哈佛新編
中國現代文學史

上

A New Literary History
of Modern China

王德威 ———— 主編

劉秀美 ———— 編修

陳婧禩 李浴洋 ———— 助理主編

目次（上）

哈佛新編中國現代文學史（上）

中文版序

　　《哈佛新編中國現代文學史》（2017）是哈佛大學出版公司繼法國、德國、美國文學史之後所策畫的第四本文學史。這一文學史系列一方面以宏觀視野呈現國家或文明傳統裡的文學流變，另一方面則以微觀視野審視特定時刻裡的文學現象。結合兩者的線索是編年順序。

　　《哈佛新編中國現代文學史》基本依此一編輯方向展開，但實踐過程則自然顯現不同的訴求與成果，書中導論已有詳細說明。最重要的是，中國文明源遠流長，「文」，「史」，「學」三者的互動尤其綿密深邃。中國現當代文學與文學史的思考與書寫範式深受西方影響，久而久之，一切被視為當然。然而，時間來到新世紀，我們必須放大歷史視野，觀察中國文學的變與不變。除了貫串中西資源，更應調合今古和雅俗傳統。據此，以下三點可以作為參照。

　　體例：一般文學史強調大敘事，以大師、經典、事件作為起承轉合的論述。《哈佛新編中國現代文學史》尊重大敘事的歷史觀和權威性，但更關注「文學」遭遇歷史時，所彰顯或遮蔽、想像或記錄的獨特能量。全書以單篇文章構成，風格包括議論、報導、抒情甚至虛構，題材則從文本文類到人事因緣、生產結構、器物媒介，不一而足。這些文章各擅勝場，反映「何為文學」，「為何文學」的豐富辯證。出版體例每篇文章以兩千五百字（中文譯為四千字）為限，篇首以某一時間作為起發點，標題語則點明該一時間的意義，繼之以文章的正題。如此，每篇文章以小觀大，指向歷史可見和不可見的發展，但各篇文章的書寫體例和全書的編年順序又將所有話題、現象納入時間的恆久律動。

　　總而言之，本書關心的是如何將中國傳統「文」和「史」的對話關係重新賦予當代意義。通過重點題材的配置和彈性風格的處理，我希望所展現的

中國文學現象猶如星羅棋布，一方面閃爍著特別的歷史時刻和文學奇才，一方面又形成可以識別的星象座標，從而讓文學、歷史的關聯性彰顯出來。

方法：相對我們對文學史鉅細靡遺、面面俱到的期待，《哈佛新編中國現代文學史》的疏漏似乎一目了然。這些疏漏固然反映編者與客觀環境的局限，但不妨視其為一種方法的實驗。我沿用了海德格爾「世界中」的觀念，認為世界是一種變化的狀態，一種被召喚、揭示的存在方式。「世界中」的中國現代文學不僅僅意味「中國走向世界」，更是一個意義複雜的、湧現的過程。據此，文學史所投射的巨大空隙成為一種邀請，有待讀者參與，持續填充現實，更新觀念，證成感知開放的狀態。

然而本書所標示的「世界中」觀點卻不必為海德格爾的觀念所限。時至今日，中國文學進入世界後所顯現的常與變，應該促使我們重新省思古典「文」的現代性問題。「文」不是一套封閉的模擬體系而已，而是主體與種種意念、器物、符號、事件相互映照，在時間之流中所呈現的經驗集合。這一方面，錢鍾書先生的「管錐學」帶來極大的啟發性。《管錐編》反轉《莊子・秋水》「用管窺天，用錐指地」的喻意，以無數中西篇章典故碎片，彙集成一股集知識、史觀、詩情為一爐的論述。所謂「史蘊詩心」，由小見大，引譬連類，當今的西方理論未必能夠做出相應的回應。

語境：《哈佛新編中國現代文學史》原本設定的對象為英語世界對中國文化懷抱興趣的讀者。在不同語境下，許多中國文學論述裡視為當然的人、事和文本必須「從頭說起」，而西方漢學界所關心的話題和詮釋方法往往又可能在中國學界意料之外。兩者形成的張力，本身就是一個話題。基於此一認知，本書特別強調中國現代文學交錯互動的現象，所論中文與華語作品來自不同國家和地區，撰稿者遍及中國與世界各地。超過半數的文章直接或間接觸及中外翻譯、傳媒問題，不是偶然，甚至本書中文版的出現也不妨作為一個翻譯事件看待。

本書時空跨度——從晚明、清代、中華民國、中華人民共和國、以及廣義華語語系區域——也反映了政治、民族和文化的進程裡，「中國」有著不同的定義，至少包含如下可能：作為一個由生存經驗構成的重層歷史積澱，一個文化和知識傳承與流變的過程，一個政治實體，一個「想像共同體」，

甚至是一個欲望或恐懼的對象物。刻意在本書中尋找國族認同的讀者不必急於對號入座。任何時代的文學和文學史無從規避歷史線索，但也無須擔負政治正確的枷鎖。1936年過世前的魯迅如果出國，理應是中華民國作家；張愛玲1956年遠走美國，入籍成為美國公民。原住民作家如夏曼‧藍波安、達德拉凡‧伊苞未必願意被收編於中華民國或台灣的標籤下，遑論漢語寫作的局限。台灣文學既然能夠包容左翼的楊逵、呂赫若，就應該包容左翼的陳映真、藍博洲。「中國」在此作為問題的輻輳點，有待作者與讀者提出各種答案。

　　本書強調文學有容乃大，大於作為符號的國家。反諷的是，本書簡體版因為種種原因，刪除將近二十篇文章。為因應這一闕失，我們另增補了題材相似、但論述、措辭不同的文章。這是無可奈何的權宜決定。唯繁體版得以將刪除的和增補的文章一併列入，因此甚至較英文版的內容更為豐富。讀者就此可以比對不同語境裡，文學與政治如何對話。繁體字版在台灣的完整呈現，恰恰說明台灣文化場域存在的意義。

　　《哈佛新編中國現代文學史》中文版的完成，代表兩岸及世界中國文學學者通力合作的成果。作為主編，我感謝參與英文版撰述的155位專家學者（詳見撰稿人簡介）；參與中譯的14位學者——王晨，王珂，李浴洋，季劍青，金莉，唐海東，張治，張屏瑾，盧冶，陳抒，陳婧褀，翟猛，劉子凌、黨俊龍；以及參與編校、修訂的四位學者——賴佩暄，黨俊龍，邱怡瑄，蔡建鑫。本書遵循哈佛出版公司文學史系列編輯體例，所有文章力求明白易讀，全書在行文更為周延的設想下，各篇文章皆經主編做了最終版修訂，並以不列註解為原則，僅提供參考書目。謹就文內所徵引字句，向原作者及出版者敬致謝意。此外，陳平原教授為本書題字，尤增光彩。

　　麥田出版公司促成本書中文繁體版完成，功不可沒。城邦集團凃玉雲總經理，麥田出版公司陳逸瑛總經理，劉麗真總監，林秀梅副總編輯及其編輯團隊為此書投注巨大心力，她們的專業知識和文化理想在在令人敬佩。劉秀美，陳婧褀，李浴洋三位教授擔任中文版編修或助理主編工作，盡心竭力，在此一併致謝。

　　《哈佛新編中國現代文學史》中英文版編輯過程中，有五位資深學者，

夏志清（1920-2013），馬悅然（Nils Göran David Malmqvist, 1924-2019），韓南（Patrick Hanan, 1927-2014），瓦格納（Rudolf Wagner, 1941-2019），黃愛玲（1960-2018）辭世。他們的研究成果早已成為學界典範，他們對學術的無我奉獻，正是文學史繼往開來的力量所在。

王德威

導論

「世界中」的中國文學

一、前言

當代中國對文學史的關注為國際學界所僅見。這不僅是因為傳統對「文」與「史」的重視其來有自，也和目前學科建制、知識管理、甚至文化生產息息相關。尤其當代文學史的編寫與閱讀更與政治氛圍形成微妙對話。在這樣的情形下，我們對中國現代文學史書寫的反思，誠為值得關注的問題。

哈佛大學出版公司《哈佛新編中國現代文學史》[1]是近年英語學界「重寫中國文學史」風潮的又一嘗試。[2] 這本文學史集合美歐、亞洲、大陸、台港155位學者作家，以184篇文章構成一部體例獨特，長達千頁的敘述。全書採取編年順序，個別篇章則聚焦特定歷史時刻、事件、人物及命題，由此衍伸、串聯出現代文學的複雜面貌。

《哈佛新編中國現代文學史》起自1635年晚明文人楊廷筠（1562-1627）、耶穌會教士艾儒略（Giulio Aleni, 1582-1649）等的「文學」新詮，止於當代作家韓松（1965-）所幻想的2066年「火星照耀美國」。在這「漫長的現代」過程裡，中國文學經歷劇烈文化及政教變動，發展出極為豐富的

1　David Der-wei Wang, ed., *A Literary History of Modern China* (Cambridge, MA, The Belknap Press of Harvard University Press, 2017).

2　2016 年即有三部文學史導向的著作問世。Yingjin Zhang（張英進）, ed., *A Companion to Modern Chinese Literature* (London, Wiley-Blackwell, 2016)；Carlos Rojas（羅鵬）and Andrea Bachner(白安卓), eds., *The Oxford Handbook of Modern Chinese Literatures* (Oxford, Oxford University Press, 2016)；Kirk Denton（鄧騰克）, ed., *The* Columbia *Companion to Modern Chinese Literature* (New York, Columbia University Press, 2016)。

內容與形式。藉此，我們期望向（英語）世界讀者呈現中國文學現代性之一端，同時反思目前文學史書寫、閱讀、教學的局限與可能。

熟悉中國大陸文學史生態的讀者對此書可能有如下的質疑。第一，哈佛版文學史儘管長達千頁，卻不是「完整」的文學史。一般文學史寫作，不論獨立或群體為之，講求綱舉目張，一以貫之。儘管不能巨細靡遺，也力求面面俱到。相形之下，《哈佛新編中國現代文學史》的疏漏似乎一目了然。魯迅（1881-1936）的作品僅及於〈狂人日記〉和有限雜文，當代文學只觸及莫言（1955-）、王安憶（1954-）等少數作家，更不提諸多和大歷史有關的標誌性議題與人物、作品付諸闕如。

但有心讀者應會發現在這「不求全」的前提下，《哈佛新編中國現代文學史》所致力的思考、想像歷史的方式。全書一方面採取編年模式，回歸時間／事件的素樸流動，向中國傳統史學論述源頭之一的編年史致意。另一方面各篇文章就選定的時間、議題，以小觀大，做出散點、輻射性陳述。這兩種方向所形成的張力貫穿全書。儘管就章節表面而言似乎掛一漏萬，重點卻在於全書各個時間點所形成的脈絡——及縫隙——促使我們想像文學史千頭萬緒，與時俱變，總有待增刪填補。細心讀者其實可以看出書中草蛇灰線的布置，進而觸類旁通，把中國現代文學的故事接著說下去。換句話說，這本文學史不再強求一家之言的定論，而在於投射一種繼長增成的對話過程。

當然，這樣的說法難免陳義過高，而且似乎不脫「後學」陰影，下文將再論及。我必須承認，面臨海外人力和材料諸多局限，本書編撰體例的形成不無因勢利導的考量。惟其如此，如何在「隨機」和「有機」、「掛一漏萬」和「以小觀大」、「一家之言」和「眾聲喧嘩」之間，發展出一個合情合理的架構，成為編者最大的挑戰。在編輯過程中，我和眾多作者就預先規畫的主題和個人專業興趣來回協商，結果有所得，也有所失。無論如何，與其說《哈佛新編中國現代文學史》意在取代目前的文學史典範，不如說就是一次方法實驗，對「何為文學史」「文學史何為」的創造性思考。

其次，本書對「文學」的定義不再根據制式說法，所包羅的多樣文本和現象也可能引人側目。各篇文章對文類、題材、媒介的處理更是五花八門，從晚清畫報到當代網上遊戲，從革命啟蒙到鴛鴦蝴蝶，從偉人講話到獄中書

簡，從紅色經典到離散敘事，不一而足。不僅如此，撰文者的風格也各有特色。按照編輯體例，每篇文字都從特定時間、文本、器物、事件展開，然後「自行其是」。夾議夾敘者有之，現身說法者有之，甚至虛構情景者亦有之。這與我們所熟悉的制式文學史敘述大相徑庭。

　　或有識者以此為眼花撩亂，徒具熱鬧而已。我卻要強調熱鬧之下的門道。這裡所牽涉的問題不僅是文學史的內容範疇而已，也包括「文」與「史」的辯證關係。長久以來，我們習於學科建制內狹義的「文學」定義，論文類必談小說、新詩、戲劇、散文，論作家不外魯郭茅巴老曹，論現象則是各色現實主義外加革命啟蒙、尋根先鋒，久而久之，形成一種再熟悉不過的敘述聲音，下焉者甚至流露八股腔調。然而到了二十一世紀的今天，如果中國現當代文學史仍然謹守上世紀初以來的規範，忽視與時俱進的媒介、場域和體材的變化，未免固步自封。回顧二十世紀以前中國「文」「學」，我們即可知意涵何其豐富——溫故其實可以知新。

　　眾所周知，一般文學史不論立場，行文率皆以史筆自居。本書無意唐突這一典範的重要性——它的存在誠為這本《哈佛新編中國現代文學史》的基石。但我以為除此之外，也不妨考慮「文學」史之所以異於其他學科歷史的特色。我們應該重新彰顯文學史內蘊的「文學性」：文學史書寫應該像所關注的文學作品一樣，具有文本的自覺。但我所謂的「文學性」不必局限於審美形式而已；什麼是文學、什麼不是文學的判斷或欣賞，本身就是歷史的產物，必須不斷被凸顯和檢視。准此，《哈佛新編中國現代文學史》的作者們以不同風格處理文本內外現象，力求實踐「文學性」，就是一種有意識的「書寫」歷史姿態。

　　第三，《哈佛新編中國現代文學史》所導向的華語語系視野也可能引起異議。如上所述，這本文學史在海外編纂，自然受到客觀環境和資源的局限，難以和大陸學界的各種宏大計畫相比擬。英語世界的讀者也未必有充分的知識準備，因而必須做出適當因應。然而當我們將中國文學置於世界文學的語境裡，一個不同以往的圖景於焉出現。近年中國史學界流行「從周邊看中國」的論述即在提醒，中國歷史的建構不僅是「承先啟後」的內爍過程，也總銘記與他者——不論是內陸的或是海外的他者——的互動經驗。更何況

中國現代文學的興起，原本就是一個內與外、古與今、雅與俗交錯的現象。

　　因此《哈佛新編中國現代文學史》不刻意敷衍民族國家敘事線索，反而強調清末到當代種種跨國族、文化、政治和語言的交流網路。本書超過半數以上文章都觸及域外經驗，自有其論述動機。從翻譯到旅行，從留學到流亡，現當代中國作家不斷在跨界的過程中汲取他者刺激，反思一己定位。基於同樣理由，我們對中國境內少數民族以漢語或非漢語創作的成果也給予相當關注。

　　更重要的是，有鑒於本書所橫跨的時空領域，我提出華語語系文學的概念作為比較的視野。此處所定義的「華語語系」不限於中國大陸之外的華文文學，也不必與以國家定位的中國文學抵牾，而是可成為兩者之外的另一介面。本書作者來自中國大陸、台灣、香港、日本、新加坡、馬來西亞、澳洲、美國、加拿大、英國、德國、荷蘭、瑞典等地，華裔與非華裔的跨族群身分間接說明了眾聲喧「華」的特色。我所要強調的是，過去兩個世紀華人經驗的複雜性和互動性是如此豐富，不應該為單一的政治地理所局限。有容乃大：唯有在更包容的格局裡看待現代華語語系文學的源起和發展，才能以更廣闊的視野對中國文學的現代性多所體會。

二、中國文學的現代世界

　　十九世紀以來的中國是一個動盪不斷的時代。從鴉片戰爭（1839-1842）到太平天國（1851-1864）、義和團運動（1900），從甲午戰爭（1894-1895）到對日抗戰（1937-1945），從中華民國（1911-）到中華人民共和國（1949-）建立，從文化大革命（1966-1976）到天安門事件（1989），中國飽經動亂。與此同時，社會價值的轉換，生產技術和經濟的發展，知識和教育的裂變，為這一古老文明帶來巨大衝擊。在維新和守成間，在革命和改良間，中國在現代化路上迂迴前行。到了新世紀，「和平崛起」和「中國夢」的口號此起彼落，彷彿復興契機又一次到來。

　　在這漫長的現代流程裡，文學的概念、實踐、傳播和評判也經歷前所未有的變化。十九世紀末以來，進口印刷技術、創新行銷策略、識字率的普

及、讀者群的擴大、媒體和翻譯形式的多樣化，以及職業作家的出現，都推動了文學創作和消費的迅速發展。隨著這些變化，中國文學——作為一種審美形式、學術科目、文化建制，甚至國族想像——成為我們現在所理解的「文學」。「文學」定義的變化，以及由此投射的重重歷史波動，的確是中國現代性最明顯的表徵之一。

　　以國家為定位的文學史是一種對大師、經典、運動和事件的連貫敘述；也是民族傳統、國家主權想像的微妙延伸。這一概念在十九、二十世紀之交引入中國，至今仍然在文學研究中占有主導地位。《哈佛新編中國現代文學史》不能自外於此一論述框架，但希望採取不同方式一探中國現代文學發展的來龍去脈。這就意味著我們需要對耳熟能詳的話題，諸如「現代」中國文學的時期劃分，中國「文學」概念的演化，「文學史」在不同情境的可行性和可讀性，以及何為「中國」文學史的含義，認真重新探討。

　　首先，目前我們對中國現代文學的發生論多半溯至二十世紀初。彼時中國面臨內憂外患，引發有志之士以文學救國的壯志。1917年文學革命、1919年五四運動，從而使中國文學進入現代化軌道。相對於此，晚清被認為是政治和文化秩序崩潰、青黃不接的過渡時期。這樣的論述近年已有大幅修正。我們從而理解，晚清時期的文學概念、創作和傳播，充滿推陳出新的衝動，也充滿頹廢保守的潛能。這些新舊力量交匯處所爆發的種種實驗和「被壓抑的現代性」，恰和五四形成交流與交鋒的關係。

　　我們不禁要叩問：中國文學自十九世紀後步入「現代」，究竟是什麼因素使然？傳統回答此一問題的方式多半著眼西方列強侵略，民主憲政發生，鄉土意識興起，軍事、經濟和文化生產模式改變，城市文化流傳，心理和性別主體創生，以及更重要的，線性時間與革命時間衝擊下所產生的「歷史」時間。這些因素首先出現在歐洲，一旦在中國發生，不但將中國納入全球性循環體系，也激發出本土因應的迫切感。現代中國文學銘刻了這些因素，也為其所銘刻。

　　我認為這類描述也許觸及中國文學「現代化」肇始的條件，卻未能解釋中國文學獨特的「現代性」意義。全球政治和技術的現代化可能催生文學的現代性，但不論在時間順序或形式內容上，中國的現代文學無須亦步亦趨，

重複或再現已有模式。《哈佛新編中國現代文學史》企圖討論如下問題：在現代中國的語境裡，現代性是如何表現的？現代性是一個外來的概念和經驗，因而僅僅是跨文化和翻譯交匯的產物，還是本土因應內裡和外來刺激而生的自我更新的能量？西方現代性的定義往往與「原創」、「時新」、「反傳統」、「突破」這些概念掛勾，但在中國語境裡，這樣的定義可否因應「奪胎換骨」、「托古改制」等固有觀念，而發展出不同的詮釋維度？最後，我們也必須思考中國現代經驗在何種程度上，促進或改變了全球現代性的傳播？

　　本書的思考脈絡並不把中國文學的現代化看作是一個根據既定的時間表、不斷前進發展的整體過程，而是將其視為一個具有多個切入點和突破點的座標圖。這對目前中國的「近代」、「現代」、「當代」三段論式史觀提出修正建議。[3] 正如本書所示，在任一歷史時刻，以「現代」為名的嚮往或壓力都可能催生出種種創新求變可能。這些可能彼此激烈競爭，而其中最被看好的未必能最後勝出，也未必是唯一回應歷史變數的答案。例如，中國文學現代化曾被認為緣起於白話文學運動；但晚近的研究也顯示，維新的想像同樣來自「文」這一傳統概念的內部轉型，甚至傳教士孕育的翻譯文化也起到重要作用。

　　歷史後見之明告訴我們，很多創新動力理應產生更為積極的結果，但或因時機偶然，或因現實考量，而僅止於曇花一現，甚至背道而馳。世事多變，善惡「俱分進化」[4]，歷史的每一轉折不一定導向「所有可能的最好世界中的最佳選擇」[5]。但這並不意味著文學「現代性」這一觀念毫無邏輯或

3　這一論述有明確政治歷史依據，以毛澤東〈新民主主義論〉（1941）所規畫革命歷史時間進程為依歸。當代文學尤指1949年後創作的文學作品，與人民共和國歷史相輔相成。近代文學和現代文學分別代表晚清（1840-1910）和五四時期（1919-1949）的文學。準此，文學發展的每一個階段都構成一個上升、前進的過程。

4　章太炎於1906年9月《民報》七號發表〈俱分進化論〉，文中指出：「彼不悟進化之所以為進化者，非由一方直進，而必由雙方並進，專舉一方，惟言智識進化可爾。若以道德言，則善亦進化，惡亦進化……。雙方並進，如影之隨形……進化之實不可非，而進化之用無所取，自標吾論曰《俱分進化論》。」

5　典出伏爾泰對萊布尼茲神學所做的嘲弄。

意義可言。恰恰相反，它正說明「現代」文學演變沒有現成路徑可循，即便該過程可以重來一遍，其中任何細微的因素都未必可能複製。牽一髮而動全身，任何現代的道路都是通過無數可變的和可塑的階段而實現。[6] 從另一角度來說，書中的每一個時間點都可以看作是一個歷史引爆點。從中我們見證「過去」所埋藏或遺忘的意義因為**此時此刻**的閱讀書寫，再一次顯現「始料／史料未及」的時間縱深和物質性。[7]

其次，我們現在所理解的中國「文學」發軔於中國封建帝國末期，並在十九世紀和二十世紀之交逐漸得以制度化。1902年，慈禧太后（1835-1908）欽點政治家、教育家張百熙（1847-1907）對成立不久的京師大學堂進行改革。張所提出的章程列出文學科，其所包括課程有：儒學、歷史、古代思想、檔案學、外國語、語言學和詞章等。但文學科所反映的仍是中國「文學」的傳統範式——由不同人文學科組成的綜合專案。這反而與日後的「通識教育」庶幾近之。現代意義的「文學」原型是詞章這一學科，包括詩學、詞學、曲學、文章學、小說學等。這一設置結合傳統中國小學研究和西方浪漫主義以降的審美實踐，為現代文學概念首開先河。[8] 一種以修辭和虛構為載體的「文學」逐漸為眾所公認。

但是，儘管採取小說、散文、詩歌、戲劇等文類，或奉行由現實主義到後現代主義的話語，中國現代文學與傳統概念的「文」和「文學」之間對話依然不絕如縷。也就是說，現代文學作家和讀者不僅步武新潮，視文學為再現世界存在的方式，也呼應傳統，視文學為參與彰顯世界變化的過程。這一彰顯過程由「文心」驅動，透過形體、藝術、社會政治和自然律動層層展開。因此，中國現代文學所體現的不只是（如西方典範所示）虛構與真實的

6　這一觀念受到生物歷史學家古德批判進化論的啟發。見如 Stephen Gould, *Full House: The Spread of Excellence From Plato to Darwin* (New York, Harmony Books, 1996)。

7　這當然是班雅明式的觀點。"To put to work experience with history—a history that is originary for every present—is the task of historical materialism. The latter is directed toward of consciousness of the present—which explodes the continuum of history." Walter Benjamin, Selection Writings, eds., *Howard Eiland and Michael Jennings* (Cambridge, MA, Harvard University Press, 2006), p. 262。

8　見陳國球《文學史書寫形態與文化政治》（北京，北京大學出版社，2004）；陳平原《作為學科的文學史》（北京，北京大學出版社，2011年）。

文本辯證關係，更是人生經驗方方面面所形成的，一個由神思到史識、由抒情到言志，不斷擴張的豐富軌跡。

中國文學的「文」源遠流長，意味圖飾、樣式、文章、氣性、文化與文明。文是審美的創造，也是知識的生成。推而廣之，文學就是從一個時代到另一個時代，從一個地域到另一個地域，對「文」的形式、思想和態度流變所銘記和被銘記的藝術。引用宇文所安所言：

如果文學的文是一種未曾實現的樣式的漸行實現，文字的文就不僅是一種〔代表或再現抽象理想的〕標記（sign），而是一種體系的構成（shematization），那麼也就不存在主從先後之爭。文的每個層面，不論是彰顯世界的文或是彰顯詩歌的文，各在彼此息息相關的過程中確立自己的位置。詩〔作為文的〕最終外在彰顯，就是這一關係繼長生成的形式。[9]

換句話說，面對文學，中國作家與讀者不僅依循西方模擬與「再現」（representation）觀念而已，也仍然傾向將文心、文字、文化與家國、世界做出有機連鎖，而且認為這是一個持續銘刻、解讀生命自然的過程，一個發源於內心並在世界上尋求多樣「彰顯」（manifestation）形式的過程。這一彰顯的過程也體現在身體、藝術形式、社會政治，乃至自然的律動上。據此，在西方虛與實、理想與模擬的典範外，現代中國文學也強烈要求自內而外，同時從想像和歷史的經驗中尋求生命的體現。[10]

正是在對「文」這樣的理解下，《哈佛新編中國現代文學史》除了一般我們熟知的文類外，還涵蓋了更多形式，從總統演講、流行歌詞、照片電

9　Stephen Owen(宇文所安), *Traditional Chinese Poetry and Poetics: Omen of the World* (Madison, University of Wisconsin Press, 1985), p.21.

10　中國現代文學從定義到分類如小說、散文、詩歌與戲劇，大抵承襲西方體系，在理論上從現實主義到現代、後現代主義，也與西方亦步亦趨。但有心讀者不難發現它仍然與傳統「文」與「文學」的概念遙相對話。二十世紀諸多社會、政治運動，從文界革命、文學革命到革命文學，再到文化大革命，無不以文學、文化作為改天換地的契機，其實暗暗說明「文」與「文學」絕非僅為想像或虛構而已。時至今日，當中國國家領導人將「講好中國故事」作為「時代使命」，其中文以載道的用意，不免令人發思古之幽情。

影、政論家書到獄中箚記等。這些形式不僅再現世界的形形色色，同時也塑造、參與世界的繼長生成。「文」這一概念和模式不斷的演繹和變化，銘記自身與世界，也為其所銘記。誠如宇文所安所說：「表現的過程必須從外部世界開始，它有優先性而未必有優越性。而同時一種潛存的規模由內爍而外延，順勢而行，從世界到心靈再到文學，交感共振，未嘗或已」。[11]

　　「文」用以彰顯內心和世界的信念也解釋了為什麼橫跨中國現代世紀，「文學」和「文化」有如此重要的意義：二十世紀初梁啟超（1873-1929）提倡文學改革為「欲新一國之民」的基礎；1917年胡適（1891-1962）和陳獨秀（1879-1942）各自提出文學改良和文學革命的呼籲；二〇年代的激進分子宣導從文學革命到革命文學；三〇年代瞿秋白（1899-1935）號召文化革命，四〇年代毛澤東將文學改革列為共產革命的要務。到了六〇年代文化大革命期間，文學成為「靈魂深處鬧革命」的媒介；八〇年代文化、文學熱風靡一時，而九〇年代諾貝爾文學獎成為全中國熱議的對象——雖然一般大眾可能並不閱讀文學。

　　第三，《哈佛新編中國現代文學史》也希望對現代中國「文學史」作為人文學科的建制，做出反思。中國歷代不乏對文學人物、活動和成就的記載品評，但文學史的撰寫則始自1904年。京師大學堂設立文學科後，年輕教師林傳甲（1877-1922）受命撰寫《中國文學史》，為教學所用。此書仿照日本學者笹川種郎的《中國文學史》（1898），後者又是在歐洲文學史啟發下所著。林傳甲的文學史十分博雜，涉及文學分類、文獻徵引、時序分期等。他強調孔子（公元前551-公元前479）以來知識變遷，著重文章的流變，對詩歌、白話小說和戲劇著墨甚少。同年，蘇州東吳大學黃人（1866-1913）所撰的《中國文學史》出版。與林著相較，黃人的文學史採用類似百科全書式敘事，記錄文學事件和著作。

　　五四之後，古典文學是文學史主力所在，現代文學在學院內尚難成氣候。雖然1920至1930年間五四領導者如胡適、周作人（1885-1967）等出版了有關中國文學史著述，但新文學只是他們問學的一小部分。三〇年代後新

11　引自 Stephen Owen, *Traditional Chinese Poetry and Poetics: Omen of the World*. p.21。

文學吸引了更多關注，左翼文人如王哲甫（生卒年不詳）和李何林（1904-
1988）等的著作浮上檯面。但在1949年以前，新文學史基本處於邊緣地帶。
1951年，青年學者王瑤（1914-1989）發表了首部重量級的中國現代文學史
著作《中國新文學史稿》，之後數以百計的中國現代文學史著作相繼出版。
當代大陸學界對文學史的熱中在世界上任何國家無出其右。

　　中國現代文學史的熱潮與共產黨政權的意識形態息息相關。按照革命意
識形態，文學發展與政治發展相輔相成；作為政治的寓言（預言）對照，文
學在社會主義的道路上必須不斷勇猛精進，從近代、現代，到當代；以革命
取代封建，朝向無產階級理想的完成。但單憑這一意識形態並不足以解釋何
以文學和文學史對新政權和「人民」如此重要。如前所論，雖然中國現代文
學深受西方「再現」體系的影響，傳統「文」作為「彰顯」意義的概念依然
歷久彌新。共產黨政權儘管處處顛覆傳統，卻牢牢守住了「文」（以載道）
的傳統。新中國持續深化「文」的概念不僅得見於日常生活中，也得見於社
會、國家運動中。因此產生的論述和實踐就不再僅視文學為世界的虛構重
現，而視其為國家大業的有機連鎖。由向黨「交心」開始，以迄社會主義天
堂的最終實現，文學無所不在。當國家領導人交代人民「講好中國故事」，
做好「中國夢」時，文學讀者要發出會心的微笑。作為時代精神表徵，文學
史想當然爾的參與、創作文學從生產到解讀的每一階段，也必須隨時修訂，
跟上時代。

　　就此我們必須回顧中國傳統文學與歷史的錯綜關係。學者早已指出，歷
史經驗是否，或如何能再現，是歷代史家爭議的話題之一。[12] 敘述歷史——
以期重現歷史中的人和事——不僅需要史料研究和史識框架，也需要修辭技
巧和史家的誠信與自許。《論語》有言：「質勝文則野，文勝質則史。」一
般認為「史」信而有徵，彷彿比「文」更可信。孔子卻表示，歷史話語踵事
增華，反可能比文學更為誇張失實。「文」和「史」必須相與為用，才能展
示一個真實而有意義的世界。司馬遷（公元前135?-公元前86）的成就庶幾

12　見如，李惠儀（Wai-yee Li）的論述 *The Readability of the Past in Early Chinese Historiography* (Cambridge,
　　MA, Harvard East Asian Monograph Series, 2007)。

近之。在史事和史識，文采和情操各方面，他創造了理想的典範。當代中國最偉大的抒情與鄉土作家沈從文（1902-1988）甚至認為偉大的歷史必先是偉大的「文學」史。[13]

不僅如此，自九世紀開始，「詩史」即成為中國詩學的重要思想。唐代文人孟棨（生卒年不詳，活躍於九世紀）曾謂，「觸事興詠，尤所鍾情」[14]。孟棨思索「情」作為內裡的「情志」和外沿的「情境」的意義，從而闡明歷史經驗與詩性思維的互補關係。「詩聖」杜甫（712-770）被譽為是傳統「詩史」的偉大實踐者，這一盛名不僅肯定其人銘記生命實相的史觀，也稱讚其人與天文、地文、人文共鳴的詩心。「詩史」論述在十七世紀中葉達到高潮，其時正值明代覆亡時刻。套用黃宗羲（1610-1695）的話，唯因「史亡而後詩作」。[15]

讀者可能察覺《哈佛新編中國現代文學史》的編纂不乏西方理論痕跡。如班雅明（Walter Benjamin, 1892-1940）的「星座圖」（constellation）、「拱廊計畫」（Arcade Project），巴赫金（Mikhail Bakhtin, 1895-1975）的「眾聲喧嘩」（heteroglossia），傅柯（Michel Foucault, 1926-1984）的「譜系學」（genealogy），或德勒茲（Gilles Deleuze, 1925-1995）的「組合」（assemblage）論、「皺摺」（fold）論等，都可引為附會。但與其說此書如何受到「後學」影響，更不如說靈感一樣得自錢鍾書（1910-1998）先生的「管錐學」。錢先生《管錐編》反轉《莊子·秋水》「用管窺天，用錐指地」喻意，以無數中西篇章典故片段匯集成一股集知識、史觀、詩情為一爐的論述。早在1962年〈讀《拉奧孔》〉一文中，錢先生就有言：

正因為零星瑣屑的東西易被忽視和遺忘，就愈需要收拾和愛惜；自發的

13　見筆者的論述，《史詩時代的抒情聲音：二十世紀中期的中國知識分子與藝術家》，涂航等譯（台北，麥田出版，2017年），第二章。

14　「觸事興詠，尤所鍾情」，見孟棨《本事詩·序》。見張暉《中國「詩史」傳統》（北京，生活·讀書　新知二聯書店　2012年）　第　章

15　黃宗羲《萬履安先生詩序》，取自《撰杖集》（即《南雷文案三刻》）（杭州，浙江古籍出版社，1985-1994年），卷十，頁47。

孤單見解是自覺的周密理論的根苗……許多嚴密周全的思想和哲學系統經不起時間的推排銷蝕，在整體上都坍塌了，但是它們的一些個別見解還為後世所採取而未失去時效……往往整個理論系統剩下來的有價值東西只是一些片段思想……眼裡只有長篇大論，瞧不起片言隻語，甚至陶醉於數量……那是淺薄庸俗的看法。[16]

由小見大，引譬連類。所謂「史蘊詩心」，當今的西方理論未必能夠做出相應的回應。[17]

歸根結柢，本書最關心的是如何將中國傳統「文」和「史」——或狹義的「詩史」——的對話關係重新呈現。通過重點題材的配置和彈性風格的處理，我希望所展現的中國文學現象猶如星棋羅布，一方面閃爍著特別的歷史時刻和文學奇才，一方面又形成可以識別的星象座標，從而讓文學、歷史的關聯性彰顯出來。

現代作家如何反思，以及現代文學如何反映這一對話關係是《哈佛新編中國現代文學史》的中心議題。通過181篇文章，筆者希望文學史所論的話題各有態度、風格和層次，甚至論述者本人和文字也各有態度、風格和層次；文學和歷史互為文本，構成多聲複部的體系。職是，每篇文章都由一個日期和相應事件來標識。這些事件也不盡相同：特定作品的出版、機構（比如一個團體、一家雜誌、一個出版社）的建立，某一著名文體、主題或技巧的初現，一項具體問題的辯論，一椿政治行動或社會事件，一段愛情，一椿醜聞……每篇文章的目的都是為了揭示該事件的歷史意義，通過文學話語或經驗來表達該事件的特定情境，當代的（無）關聯性，或長遠的意義。

此外，「詩史」的觀念促使我們視特定文類作品，甚至是傳奇虛構，為一種「歷史經驗裡特殊的，信以為真的說法；或一種（主體）意識遭遇、詮釋和回應世界的方法」。[18] 因此我鼓勵本書撰稿者——尤其極富想像力的作

16　錢鍾書《七綴集》修訂版（上海，新華書店，1985年），頁34。

17　見季進《錢鍾書與現代西學》（上海，復旦大學出版社，2011年）。又見胡曉明的討論，《陳寅恪與錢鍾書：一個隱含的詩學範式之爭》，《詩與文化心靈》（北京，中華書局，2006年），頁245-256。

18　Stephen Owen (宇文所安), *Traditional Chinese Poetry and Poetics: Omen of the World* (Madison, University

家們——選擇最得心應手的形式，表達他們的歷史「感」。例如，哈金（1956-）的文章重建了魯迅創作〈狂人日記〉的前夕；王安憶遙念母親茹志鵑（1925-1998）寫作生涯中三個關鍵挑戰；關詩佩虛擬翻譯學先驅威妥瑪（Thomas Wade，1818-1895）覲見同治皇帝（1856-1875），提出建立翻譯體制的一刻；韓瑞（Larissa Heinrich）則建議讀者閱讀他悼念酷兒作家邱妙津（1969-1995）一文時，可以從任何一個段落進入文本。

最後，我們來到文學史和國家代表性的問題。按時間順序，《哈佛新編中國現代文學史》涵蓋了從明末（1368-1644）至清代（1636-1912），從中華民國到中華人民共和國四個不同朝代、政權下的文學現象。「中國」作為一個政治、民族和文化的實體，在不同歷史時期有著不同的定義。歷史學家許倬雲和葛兆光都曾指出，「中國」一詞首見於周朝（公元前1046-公元前256）或更早，意旨空間地理上，位於中央的社會或區域。「中國」作為一種略近國家雛形的共同體意識源於宋朝（960-1279）；北方異族政權的威脅使得宋朝朝野對領土、疆界產生了自覺意識。[19] 明清兩朝也曾分別自稱為「中國」，但一直要到二十世紀初，「中國」才與現代意義上的政治主權和國家概念掛鈎。中華民國在推翻清朝的革命後於1912年成立；1949年國共內戰結束，中華人民共和國、中華民國分峙兩岸，延續至今。

當我們討論現代中國文學史的時候，我們必須明白「中國」一詞至少包含如下含義：作為一個由生存經驗構成的歷史進程，一個文化和知識的傳承，一個政治實體，一個「想像共同體」，甚至一個欲望或恐懼的對象。1949年後，中國現代文學逐漸分化成兩個傳統，分別由國民黨和共產黨的黨國論述掌控。雖然國共兩黨的意識形態壁壘分明，在二十世紀中期冷戰年代，對文學活動的控制卻有驚人相似之處，然而國民黨畢竟技遜一籌。也幸虧如此，六〇年代的台灣迎來了現代主義和其他文學實驗。隨之而起的則是何為中國、何為台灣的爭論。「中國」在台灣如何表述日益成為棘手話題。與此同時，文化大革命將中國社會主義文學推向極左。八〇年代以來，大陸

---

of Wisconsin Press, 1985), p.15.

19　許倬雲《華夏論述：一個複雜共同體的變化》（台北，天下文化，2015）；葛兆光《宅茲中國：重建有關「中國」的歷史論述》（台北，聯經出版社，2011年）。

和台灣分別經歷了政治和文化的劇烈震盪。時至今日，「中國」在不同情境下，已被後社會主義化，去殖民化，後現代化，解構化，性別化，甚至去中國化。對鼓吹台灣獨立者而言，「中國」成為一個政治不正確的指稱。但隨著大陸「大國崛起」的呼聲，「中國夢」儼然又是團結愛國情緒的新指標。

1971年，夏志清教授（1921-2013）首次以「情迷中國」（obsession with China）一詞來形容中國文人面對現代性挑戰的矛盾態度。夏先生認為，現代中國文人如此憂國憂民，以至於將他們對現狀的反感轉變為一種施虐／受虐般的心態。他們將任何社會或政治困境都看作是中國獨有的病徵，因而對中國現狀極盡批判之能事。[20]這樣的態度雖然讓現代中國文學充滿道德與政治的緊張，卻也導致畫地自限，自怨自憐的反效果。夏志清認為補救之道在於迎向（以歐洲為中心的）世界主義（cosmopolitanism）。

《中國現代小說史》出版於1961年，迄今為止仍然是英語世界最有影響力的現代中國文學史專書。儘管該書遭受左派陣營批評，謂之提倡冷戰思維、西方自由派人道主義，以及新批評，因而成為反面教材，但它「濯去舊見，以來新意」的作用卻是不能忽略的事實。將近一甲子後的今天，夏志清對「情迷中國」的批判依然鏗鏘有聲，但其含意已有改變，引人深思。在大陸，作家和讀者將他們的「情迷」轉化成複雜動機，對中國從狂熱到譏誚，從夢想到冷漠，不一而足。而在台灣，憎惡一切和中國有關的事物成為一種流行，彷彿不如此就成為時代落伍者——卻因此吊詭的，重演「情迷中國」的原始症候群。

《哈佛新編中國現代文學史》力求通過中國文學論述和實踐——從經典名作到先鋒實驗、從外國思潮到本土反響——來記錄、評價這不斷變化的中國經驗，同時叩問影響中國（後）現代性的歷史因素。更重要的是，本書從而認識中國現代文學不必只是國家主義競爭下的產物，同時也是跨國與跨語言、文化的現象，更是千萬人生活經驗——實在的與抽象的、壓抑的與嚮往的——的印記。有鑒於中國大陸和台灣的文學史都囿於意識形態和文化本質

20　C. T. Hsia (夏志清), "Appendix 1. Obsession with China: The Moral Burden of Modern Chinese Literature," in *A History of Modern Chinese Fiction* (New Haven, Yale University, 1971), pp.533-554.

主義，我們需要其他視角來揭露「中國」文學的局限和潛能。《哈佛新編中國現代文學史》企圖跨越時間和地理的界限，將眼光放在華語語系內外的文學，呈現比「共和國」或「民國」更寬廣複雜的「中國」文學。

三、「世界中」的中國文學

《哈佛新編中國現代文學史》是哈佛大學出版社文學史系列中的第四部。之前已出版了鄧尼斯・霍利爾（Dennis Hollier, 1942-）的《新編法國文學史》（*A New History of French Literature,* 1989）、大衛・韋伯里（David E. Wellbery, 1947-）的《新編德國文學史》（*A New History of German Literature,* 2004），以及葛雷・馬可斯和沃倫・索勒斯（Greil Marcus and Warren Sollors）的《新編美國文學史》（*A New Literary History of America,* 2009）。這三部文學史都一反以往文學史那種以大師、經典和歷史事件來貫穿的線性書寫，代之以看似武斷的時間點和條目，由此編織成散點輻射式脈絡。此一編寫方法使時間和意義顯現不同的交匯關係，因而爆發新意。

但這三部文學史其實各有編寫視角。《新編法國文學史》和《新編德國文學史》都是以公元八世紀作為起點，記錄法國和德國文學從過去到現在的發展始末。但《新編法國文學史》強調歷史的偶然機遇，偏向解構敘事，而《新編德國文學史》則試圖規畫一套「框架」──如媒介、時間、語言─民族身分、交會──以為探究歷史發展的深層結構。

《新編美國文學史》以十六世紀為起點，重點則在十九、二十世紀。它描述美國草創之初，如何藉群策群力的想像而創造「國家」，而這「想像的共同體」如何在以後兩百多年不斷持續其創造力，恰如文學無中生有的能量。馬可斯和索勒斯指出，美國文學史有別於法國或德國文學史，因為它不是「傳承而來的，而是像一種工具或機器那樣被創造出來，或像一座金礦礦脈、一道邊疆防線那樣被發現的」。[21] 因此，美國文學「不受傳統的羈絆或

21　Greil Marcus and Warren Sollors, eds., *A New Literary History of America* (Cambridge, MA, The Belknap Press of Harvard University Press, 2012), p.xxiii.

任何固定形式的左右」。這本文學史介紹了大量美國經驗的印記——從政治演講到詩作，從憲政談判到小說——並將這些納入文學的範疇。

《哈佛新編中國現代文學史》受到前三部文學史的啟發，但也凸顯了不同的視角。特點之一是，本書只專注「現代」史，因此異於法國、德國和美國的文學史所提供的時間和概念框架。中國歷史文化源遠流長，我們必須思考現代如何因應或背離如此豐富的傳統資源。另一方面，現代中國經歷了激烈的社會政治變革，從王朝到共和，從民國到共和國，我們也必須思考體制轉變中文學位置的升沉。

如果必須為《哈佛新編中國現代文學史》提出一個關鍵詞，那麼「『世界中』的中國文學」差堪近之。顧名思義，「世界中」點出現代中國與世界互為主客的現象。但在思想層次上，「世界中」（worlding）是由哲學家海德格（Martin Heidegger, 1889-1976）提出的一個術語，[22] 海德格將名詞「世界」動詞化，提醒我們世界不是一成不變的在那裡，而是一種變化的狀態，一種被召喚、揭示的存在的方式（being-in-the-world）。「世界中」是世界的一個複雜的、湧現的過程，持續更新現實、感知和觀念，藉此來實現「開放」的狀態。[23] 既然「世界中」是一種變化的經驗展開，也就暗示一般所謂「世界」相對的故步自封，缺乏新意。海德格又強調，「世界中」不是一項刻意操作的任務，而是應對事物的自發現象：「如果我們將事物放在其本身事物化的狀態中，世界在世界化的狀態中，那麼我們就將事物看作『事物』。」[24] 人遭遇世界，必須從物象中參照出祛蔽敞開之道，見山又是山，才能通達「世界中」的本體。

近年「世界中」一詞重被學界翻出，運用到比較文學、建築規畫、甚至

---

22 Martin Heidegger, "The Turning," in *The Question Concerning Technology and Other Essays,* trans., William Lovitt (New York, Garland, 1977), p.45. "May world in its worlding be the nearest of all nearing that nears, as it brings the truth of Being near to [wo/man's] essence, and so gives [wo/man] to belong to the disclosing bringing-to-pass that is a bringing into its own."

23 Martin Heidegger, "The Origin of the Work of Art," in *Poetry, Language, Thought,* trans., Albert Hofstadter (New York, Harper and Row, 1971), p.45.

24 Martin Heidegger, "The Thing," in *Poetry, Language, Thought,* trans., Albert Hofstadter (New York, Harper and Row, 1971), pp.179-180.

醫學研究等領域。[25] 但這一術語通常只成為全球化或跨國性的另類表述，因此頗有望文生義之嫌。如阿里夫・德里克（Arif Dirlik, 1940-2017）描述當代中國革命政治的終結和文化民族主義的興起，將其置於全球背景中，並以中國進入「世界」的方案視之。[26] 羅香凝（Lisa Rofel, 1953-）則觀察近年盛行的「天下」論述，視之為社會主義定義的「世界中」抗爭全球化的徵兆。[27]

　　本書所謂的「世界中」觀點雖然得自海德格論述的啟發，但卻不為所限。我認為近世中國文學「遭遇」世界後所顯現的常與變，促使我們思考古典「文」的現代性問題，而這一思考可以從海德格「世界中」概念得到微妙靈感。「世界中」描述事物「存在於此」的條件，凸顯其兀自彰顯的狀態。這種狀態與其說可由語言、書寫和思考形式所捕捉、規範，不如說經過這些形式而中轉、綻露。海德格認為，詩以其藉此喻彼、靈光一現的形式，彷彿洩露天機般的召喚出那世界和事物「一種簡單的共在」。[28] 回到上文所述的「文」的境界，我們乃能理解，「文」不是一套封閉的意義體系而已，而是主體與種種意念器物、符號、事件相互應照，在時間之流中所彰顯的經驗集合。

　　必須說明的是，海德格哲學與中國傳統文學思想不論就本體論或倫理觀都存有極大差異，遑論對世界的定義。尤其二戰時期海德格極具爭議性的政治選擇，更使我們認為他的「世界」需要被歷史化，甚至區域化（第一，第

25　Ananya Roy and Aihwa Ong, eds., *Worlding Cities: Asian Experiments and the Art of Being Global* (London, Wiley-Blackwell, 2011); Pheng Cheah, "What is a World? On World Literature as World-Making Activity," *Daedalus,* 137, 3 (2008): 26-39; Mei Zhan, *Other-Worldly: Making Chinese Medicine Through Transnational Frames* (Durham, Duke University Press, 2009).

26　Arif Dirlik, *Culture and History in Postrevolutionary China: The Perspective of Global Modernity* (Hong Kong, The Chinese University Press, 2012).

27　Lisa Rofel, "China's *Tianxia* Worldings: Socialist and Post-Socialist Cosmopolitanism," in Ban Wang, ed., *Chinese Visions of World Order: Tianxia, Culture, and World Politics* (Durham: Duke University Press, 2017), pp.212-254.

28　Martin Heidegger, "Language," in *Poetry, Language, Thought,* trans. Albert Hofstadter (New York, Harper and Row, 1971), p.203.

二，還是第三世界？），從而暴露其定義本身的政治盲點。但「世界中」也許仍可作為一個批判性的觀念，引導西方讀者聯想一個意義同樣廣泛的「文」的觀念，不僅觀察中國如何遭遇世界，也將「世界帶入中國」。[29] 明乎此，《哈佛新編中國現代文學史》藉以下四個主題，進一步描述「世界中」的中國文學：時空的「互緣共構」（Architectonics of Space and Time）[30]；文化的「交錯互動」（Dynamics of Travel and Transculturation）；「文」與媒介衍生（Contestation of *Wen* and Mediality）；文學與地理版圖想像（Remapping of the Literary Cartography of Modern China）。

（一）時空的「互緣共構」

　　《哈佛新編中國現代文學史》的讀者很難不注意書中兩種歷史書寫形式的融合與衝突。一方面，本書按時間順序編年，介紹現代中國文學的重要人物、作品、論述和運動。另一方面，它也介紹一系列相對卻未必重要的時間、作品、作者、事件，作為「大敘述」的參照。藉著時空線索的多重組合，本書叩問文學／史是因果關係的串聯，或是必然與偶然的交集？是再現真相的努力，還是後見之明的詮釋？以此，本書期待讀者觀察——和想像——現代性的複雜多維，以及現代中國文學史的動態發展。

　　如上所述，現有的中國文學範式多以五四運動作為中國現代文學的開端。遵循這一範式的文學史往往凸顯出一個線性的、漸進過程，以諸如革命與反動、啟蒙與傳統的對立作為「情節」主線。在西方帝國和殖民主義現代化模式的擠壓下，中國困於所謂「遲到的現代性」，因此產生種種自卑或自大的反應。針對此種困境，近年已有許多批判性反思。《哈佛新編中國現代

29　引用自 Theodore Huters's book title *Bringing the World Home* (Honolulu, University of Hawaii Press, 2005)。此書論述了中國現代早期作家和文人創造性地借用和模仿西方文學和概念模型，置身於世界的大環境中看待中國。

30　「互緣」一詞借自梁啟超《研究文化史的幾個重要問題》（1922年）：「所以歷史現象，最多只能說是『互緣』，不能說是因果。互緣怎麼解呢？謂互相為緣。佛典上常說的譬喻，『相待如交蘆』，這件事和那件事有不斷的連帶關係，你靠我、我靠你才能成立。就在這種關係狀態之下，前波後波，銜接動盪，便成一個廣大淵深的文化史海。」參見夏曉虹編，《梁啟超文選》第一卷（北京：中國廣播電視出版社，1992年），頁557。

文學史》呼應這些反思，強調中國現代文學在最初階段已蘊藏複雜的「現代」概念，未必與西方亦步亦趨。同樣的，「西方」「現代性」也具有多層意義，不能簡化為單一現象。五四作家當然開啟一系列對世界、國家、社會、個人的現代想像，為晚清或更早世代的維新文人所不及。但五四時期的現代性話語也可能遮蔽、甚至消解了清末以來諸多實驗的可能性。在不同的時空裡，這些可能性未嘗不指向中國文學現代性的潛在能量。

　　中國現代文學如何「開始」，一向是爭論不休的話題。相對一般以五四運動作為隆重開幕的時間點，本書提出了多種可能。1635年，晚明楊廷筠融匯耶穌會教士引進的西方古典觀念以及儒家傳統詩學，形成的「文學」觀念已帶有近世文學定義的色彩。另一方面，1932到1934年間，周作人與嵇文甫（1895-1963）分別自人文主義或革命立場，將中國新文學的源流追溯到十七世紀。因此，中國現代文學的「開端」既可從發生論的角度順流而下，也可以從傅柯譜系學的角度以果尋因，追本溯源。另一個可能的開端是1792年。那一年發生了兩件事：曹雪芹（1715-1763）的小說《紅樓夢》程乙本問世；馬戛爾尼（George Macartney, 1737-1806）準備率領大英使節團來華。這兩個事件似乎風馬牛不相及，但歷史的後見之明卻指出其中有關現代想像的關聯。馬戛爾尼使華（1792-1794）因朝覲等禮儀問題，為大清皇朝天下觀帶來挑戰，也預示西方「世界」的到來。《紅樓夢》寫盡帝國盛極必衰的命運，從而為不可知的「現代」啟動「預期式鄉愁」（anticipatory nostalgia）。

　　作為中國現代文學公認「開端」的1919年五四那一天，又到底發生了什麼？賀麥曉教授（Michel Hockx）告訴我們，新文學之父魯迅或其他啟蒙菁英當天並未立即感受到「歷史性」意義，反是鴛鴦蝴蝶派作家率先反應。而在官方文學史裡鴛蝴派原被認為是不登大雅之堂的。五四的重要性不必只屬於特定文學社團的論述。文學史的時間滿載共時性的「厚度」，1935年即為一例。那一年漫畫家張樂平（1910-1992）的漫畫《三毛流浪記》大受歡迎；曾為共產黨領袖的瞿秋白（1899-1935）在福建被捕，臨刑前留下耐人尋味的《多餘的話》；電影明星阮玲玉（1910-1935）自殺，遺言「人言可畏」成為媒體的焦點；而河北定縣的農民首次演出《過渡》、《龍王渠》等

實驗戲劇。文學史的時間包容了考古學式的後見之明。1971年美國加州「天使島詩歌」首次公之於世，重現十九世紀來美華工的悲慘遭遇；1997年耶魯大學孫康宜教授（1944-）終於理解五十年前父母深陷國民黨白色恐怖之謎。文學史的時間也可以揭示命運的神祕輪迴。1927年王國維（1877-1927）投湖自盡，陳寅恪（1890-1969）撰寫碑文：「獨立之精神，自由之思想」。四十二年後，陳寅恪在文化大革命中淒然離世，他為王國維所撰碑文成為自己的輓歌。最後，文學史的時間投向未來。按照科幻作家韓松的說法，2066年火星人占領地球，繼之以人工智慧席捲宇宙，人類文明隕滅，有如滄海一粟。

　　本書多篇文章特別強調現代與古典的對話。從五四到革命，儘管中國現代文學的動力來自推翻傳統，但傳統卻在現代經驗中縈繞不去。不論故事新編或以今搏古，在在證明現代和古典糾纏不休的關係。魯迅的現代性危機感深受尼采（Friedrich Nietzsche, 1844-1900）和施蒂納（Max Stirner, 1806-1856）影響，同時卻也借鏡屈原（公元前340-公元前278）和陶潛（365-427）亙古的感嘆。王國維私淑康德（Immanuel Kant, 1724-1804）和叔本華（Arthur Schopenhauer, 1788-1860）哲學，也通過佛教思想和傳統詩學來建構他的「境界」說。朱光潛（1897-1986）的問學途徑一路從尼采、克羅齊（Benedetto Croce, 1866-1952）、馬克思（Karl Marx, 1818-1883）到維科（Giambattista Vico, 1668-1744），但他對主客體的處理卻不折不扣地帶有傳統詩學「情景交融」的印記。左翼陣營中，瞿秋白浸潤於盧那察爾斯基（Anatoly Lunacharsky, 1875-1933）和普列漢諾夫（Georgi Plekhanov, 1856-1918）的左翼信仰，筆下卻讓《詩經》抒情風格和佛教思維躍入字裡行間。還有胡風（1902-1985）前衛的「主觀戰鬥精神」，誠如識者指出，不但有盧卡奇（Georg Lukacs, 1885-1971）的黑格爾（G. W. F. Hegel, 1770-1831）／馬克思主義的影響，也同時呼應孟子（約公元前385-約公元前304）的心性之學。

　　近幾十年我們愈來愈明白如下的悖論：許多言必稱「現代」的作家，不論左右，未必真那麼具有現代意識，而貌似「保守」的作家卻往往把握了前衛或摩登的要義，做出與眾不同的發明。張愛玲（1920-1995）在上個世紀

未進入經典，不僅說明「上海摩登」捲土重來，也指出後現代、後社會主義頹廢美學竟然早有軌跡可尋。陳寅恪曾被譽為現代中國最有才華的史學家，晚年卻轉向文學，以《論再生緣》和《柳如是別傳》構建了一套龐大暗碼系統，留予後世解讀。論極權政治所逼出的「隱微寫作」（esoteric writing），陳寅恪其人其文可為濫觴之一。就此我們乃知，當「現代」、甚至「當代」已經漸行漸遠，成為歷史分期的一部分，所謂傳統不能再被視為時空切割的對立面；相反的，傳統是時空綿延湧動的過程，總已包含無數創新、反創新和不創新的現象及其結果。

（二）文化的「交錯互動」

　　中國現代文學是全球現代性論述和實踐的一部分，對全球現代性我們可以持不同批判立場，但必須正視其來龍去脈，這是《哈佛新編中國現代文學史》的編撰立論基礎。首先，文學現代性的流動是通過旅行實現。所謂「旅行」指的不僅是時空中主體的移動遷徙，也是概念、情感和技術的傳遞嬗變。本書超過一半的篇幅都直接、間接觸及旅行和跨國、跨文化現象，闡釋「世界中」的中國文學不同層次的意義。如清末女性主義先驅秋瑾（1875-1907）東渡日本後，發展出激進政治思想，單士厘（1863-1945）隨夫出使各國，以《癸卯旅行記》首開女性世界遊記書寫先河。台灣散文作家三毛（1943-1991）則在1970年代來到西非撒哈拉沙漠，成就了名譟一時的異國書寫。1921年，瞿秋白乘火車穿越西伯利亞到達莫斯科，接受革命洗禮，1938年，奧登（W. H. Auden, 1907-1973）和克里斯多福·伊薛伍德（Christopher Isherwood, 1904-1986）來到中國，見證抗日戰爭。有些旅行更產生了深遠的文化意義。如1807年，英國傳教士馬禮遜（Robert Morrison, 1782-1834）抵達廣州，未幾被驅逐出境，最後落腳麻六甲。在那裡他開始《聖經》和基督教文本翻譯事業，是為中國「翻譯的現代性」之始。1987年，高行健（1940-）離開祖國前往法國，從流亡而定居，並在2000年獲得諾貝爾文學獎。

　　對上述作家而言，旅行是書寫的動力，也是題材，他們以各種風格和體裁把陌生的世界展現給中國讀者。與此同時，另有其他形式的「旅行」為幾

代中國人留下刻骨銘心的記錄。從一九三〇年代紅軍「長征」到抗戰的大遷徙，從一九四九內戰後的流亡到文化大革命時期的「上山下鄉」運動。因為大歷史事件使然，動輒百萬人的遷徙成為血淚交織的經驗。抗戰期間有8,000萬中國人流亡到大後方、解放區和其他地區；國共內戰時期有500萬人離散海外；文化大革命期間超過1,600萬人上山下鄉。此種情境下的旅行不再是浪漫的闖蕩遊走，而是歷史暴虐下的肉身試煉。

　　旅行不僅是個人或集體經驗，也發生在器物上，因此記錄了中國現代性不尋常的軌跡。對1949年後流亡至台灣的一代人如作家梁實秋（1903－1987）、唐魯孫（1908－1985）等而言，故鄉的食物觸發了他們無以名狀的鄉愁，從而有了普魯斯特式（Proustian）的逝水年華追憶。1948年，一個英文名叫Nana Hsu的上海高中女孩徐格晟上國文課心不在焉，在教科書上信筆塗鴉。六十年過去，這本教科書竟奇蹟般地出現，而娜娜身在何方？幾十年動盪中的「文學」和文學教育又經過多少轉型？

　　旅行帶來不同文化、文明的「交錯互動」（transculturation）：即各大洲、國家、社會、機構和社群之間，語言、文化和思想的相互交流、傳譯和衍生的結果。本書許多文章均關注全球和本土，政府和民間既交流又交鋒的關係。1644年，明朝覆亡的消息在歐洲快速傳開，足見彼時訊息傳播之一斑，而早在1666年就有兩部以此為題材的荷蘭戲劇上演。到了新的千禧年，帶有民族主義色彩的日本網路漫畫《義呆利》在中國大受歡迎。中國漫迷奉愛國之名將此一漫畫做了戲謔的翻轉，推出了《為龍》。五四新文化推手胡適名滿天下，最近的研究揭露他留美期間不僅接受西學洗禮，也經歷了一場情感教育。他和韋蓮司（Edith Williams, 1885－1971）的愛情故事讓我們理解啟蒙的另類意義。從1940年到1942年，周立波（1908－1979）在延安教授西方名著，涵蓋了包括普希金（Aleksandr Pushkin, 1799－1837）、歌德（Johann Wolfgang von Goethe, 1749－1832）、巴爾扎克（Honoré de Balzac, 1799－1850）等名家著作，從革命立場詮釋世界文學。

　　但西方與中國的來往從來不是單向道，中國的藝術家和作家也曾啟發西方現代文化。京劇大師梅蘭芳（1894－1961）1935年赴蘇聯公演，啟發了如愛森斯坦（Sergei Eisenstein, 1898－1948）、斯坦尼拉夫斯基（Konstantin

Stanislavsky, 1863-1938）、布萊希特（Bertolt Brecht, 1898-1956）等歐洲的電影和戲劇工作者。梅風格化的姿勢也是美國的丹尼蕭恩舞團（Denishawn Dancers）的靈感泉源。跨文化發展不總是和諧互惠的友誼之旅，誤解、威權、暴力的因素總存在互動過程中。1930年台灣霧社山區賽德克族原住民的「出草」行動，使得上百名日本殖民者被斬首。多年之後小說家舞鶴（1951-）重返霧社，思考這一事件除了反殖民「抗暴」外，是否也出於原住民的「出草」（獵頭）習俗？在漢人想當然爾的正義大纛下，我們如何還給另一族群和文化一個公道？

　　哈佛大學在現代中國與世界跨文化發展上曾經扮演關鍵角色。二十世紀開始的二十年間，陳寅恪、林語堂（1895-1976）、吳宓（1894-1978）、湯用彤（1893-1964）、俞大維（1897-1993）、洪深（1894-1955）等都曾在哈佛學習。日後吳宓將導師白璧德（Irving Babbitt, 1865-1933）的新人文主義引入中國，是為《學衡》派的理念基礎。直到上個世紀末我們才理解，革命、啟蒙之外，以古典是尚的新人文主義也曾提供中國現代性另一選項。英語世界新批評的前導瑞恰慈（I. A. Richards, 1893-1979）教授於1929年首次來到中國。他念念在中國施行語言實驗，死而後已。瑞恰慈在北平任教期間曾影響一批傑出的詩人和評論家，包括卞之琳（1910-2000）、錢鍾書和朱光潛等。除此，1944-45年胡適曾在哈佛任教；張愛玲則在1967年來到哈佛女校拉德克利夫學院（Radcliffe College）任駐校作家。1968年捷克重量級漢學家普實克（Jaroslav Průšek, 1906-1980）客座哈佛，爾後布拉格之春爆發，普氏返國，後鬱鬱以終。李歐梵教授即是他在哈佛的弟子之一。

　　跨文化發展中，最重要的媒介無疑是翻譯。通過翻譯，現代中國接觸其他文明，生成新的知識、感覺結構和權力的交流網路。翻譯正式進入中國官方話語可以追溯到1873年，威妥瑪觀見同治皇帝並諫言成立同文館。二十世紀以來從林紓（1852-1924）藉聽寫合作「翻譯」莎士比亞（William Shakespeare, 1564-1616）和歐西小說，到郭沫若（1892-1978）充滿意識形態學的歌德《浮士德》翻譯；從新中國初期流行一時的蘇聯小說，到八〇年代引發熱潮的西方現代文學，翻譯一直都是語言再造、思想交鋒的必爭之地。因為翻譯，福爾摩斯、明希豪森男爵（Baron Münchausen）、莎士比亞

甚至蘇格拉底都來到中國，成為家喻戶曉的名字。《卡拉馬助夫兄弟們》讓五四「弒父」的一代青年心有戚戚焉，奧斯特洛夫斯基（Nikolai Ostrovsky, 1904-1936）《鋼鐵是怎樣煉成的》主人公保爾‧柯察金無私的奉獻曾讓千百萬中國社會主義青年如醉如癡。到了新時期，卡夫卡（Franz Kafka, 1883-1924）、海明威（Ernest Hemingway, 1899-1961）、馬奎斯（Gabriel García Márquez, 1927-2014）和村上春樹（1949-）成為又一代讀者進入世界文學的引路人。

　　無論是文學建制還是文藝風格，全球文化的交錯互動對中國文學現代化產生重大影響。如前所述，隨著西方審美教育的滲入，「文學」在十九世紀和二十世紀之交經歷了深刻的重新定義。五四時期、延安時代、反共時期、文化大革命與新時期等，「文學何為」一直是政治運動和文化論爭的焦點。本書有七篇文章介紹影響中國現代文學史的關鍵時刻，都顯示文化領域和地域的相互傳動：1904年，文學在中國與外來資源的刺激下開始學科化；1906年章太炎反其道而行，將文學定位為自有「文字書帛」以來的印記；1930年代，左右派知識分子不約而同，將中國文學的「現代起源」追溯到明末；1942年，毛澤東發表〈在延安文藝座談會上的講話〉，提倡文學與政治相互為用；1951年，新中國第一本文學史《中國新文學史稿》出版，一年後即遭嚴厲批判；1963年，夏志清和普實克在西方就中國現代文學的研究方法激烈筆戰；1988年，「重寫文學史」運動開啟了又一場圍繞文學和歷史的論爭。

（三）「文」與媒介衍生

　　目前中國現代文學的文類範疇多集中小說、詩歌、戲劇、散文、報告文學等。《哈佛新編中國現代文學史》尊重這些文類的歷史定位，但也力圖打開格局，思考各種「文」的嘗試，為文學現代性帶來特色。因此，除了傳統文類，本書也涉及「文」在廣義人文領域的呈現，如書信、隨筆、日記、政論、演講、教科書、民間戲劇、傳統戲曲、少數民族歌謠、電影、流行歌曲，甚至有連環漫畫、音樂歌舞劇等。本書末尾部分更觸及網路漫畫和文學。

　　通過這些形式，中國「文學」顯現空前複雜的面貌，本土和域外、大眾

和菁英、霸權和顛覆，各種創作力量相互交匯，此消彼長。這些形式不僅只是審美建構而已，也是一個時代「感覺結構」（the structure of the feeling）的體現。例如十九、二十世紀之交，報紙副刊、小說雜誌和畫報等的出現改變了媒介現象，也重組文學生產和消費機制。同樣的，二十、二十一世紀之交的網路熱潮催生了又一波媒體生態，使文學創作和流通再次發生前所未見的巨變。

或有讀者產生疑惑，本書涵蓋如此多樣文本和媒體形式，難免有摒棄文學傳統，嘩眾取寵之嫌。其實不然。雖然本書採用散點輻射敘事，並常在同一時間點介紹不同媒介，但目的在於批判性地探討「文」——作為一種圖像範式、一個語言標記、一套感性系統、一種文本展示——日新又新的現代性，並為當代方興未艾的媒體研究論述，提供獨特的中國面向。通過「文」的實踐，作者、文本和世界之間的關係開始彰顯。

中國古典文論最重要的著作，劉勰（465-522）的《文心雕龍》，曾有如下的說法：

> 故立文之道，其理有三：一曰形文，五色是也；二曰聲文，五音是也；三曰情文，五性是也。五色雜而成黼黻，五音比而成韶夏，五性發而為辭章，神理之數也。[31]

中古時期的劉勰當然無從預見二十一世紀的媒體狂潮。但他所強調的「文」的轉化力，在新紀元裡依然充滿思辨張力。當我們將劉勰「立文之道」應用到當代「文學」，我們得見「形文」、「聲文」和「情文」形成了新的媒介連結。所謂形以物遷，情隨辭發，從文本到影音、從身體到數位，在在發人深省。

為了擴展「文」的內涵，本書立論不僅根據時間、事件或文本組織，也涵蓋了對器物、情境的論述。晚清石墨印刷，林語堂發明的中文打字機，沈從文對中國古代服飾的研究，詩人夏宇（1956-）購買的第一台電腦，都擴

31　劉勰《情采》、《文心雕龍》（台北，台灣開明書店，1971年）。

展了我們對「文」的物質性聯想。此外，文章自身即為一個媒介點：各篇論述相對簡短而具體，以一個故事起頭，投射更宏闊的時代脈絡。藉此產生一種新的關聯，一段新的歷史。以「甲骨文」的發現和文學現代性的產生為例，1899年，晚清王懿榮（1845-1900）購買藥用「龍骨」，卻無意間發現了迄今最早刻有中文符號的動物骨頭。甲骨文直到二十世紀之交才重見天日，其實是一種「現代」的發現。誠如白安卓（Andrea Bachner）所見，當遠古和當下形成不可思議的辯證關係，促使我們仔細思考時間的弔詭性。白安卓論甲骨文的發現，卻以馬來西亞華裔作家黃錦樹（1967-）的《魚骸》（1995）為高潮。故事裡的馬華學者滯留台灣，夜半殺龜取殼，焚炙「甲骨」，企求魂兮歸來。「甲骨文」的前世有了今生。以此，殷商占卜儀式、晚清考古發現和後現代離散情懷互為媒介，陡然讓我們理解「文」的積澱意義。

　　本書也有多篇文章觸及多重媒體之間的流動和「再媒介」（remediation）過程。1935年3月8日國際婦女節，默片明星阮玲玉自殺，留下「人言可畏」四字。此一絕筆不僅成為喪禮上的自輓辭，也刊登於報紙傳媒的頭條上，輾轉傳播，引起重重議論。賀瑞晴（Kristine Harris）指出從《詩經》到《長生殿》，「人言可畏」早已深入人心，但在傳媒時代，隨著電影、小報、連載、小說、說書、話劇廣為流傳，無遠弗屆，就更令人可畏。台灣流行歌手鄧麗君（1953-1995）的遭遇成為世紀末對照。八〇年代鄧麗君在東亞紅極一時，她的歌聲柔美甜蜜，一經傳入中國，竟徹底改變紅色音樂文化，為她贏得「小鄧」稱號，與「老鄧」鄧小平（1904-1997）分庭抗禮。鄧的歌聲饒有傳統抒情小調特色，後期更受到中國古典詩詞影響。1995年鄧麗君溘然離世，震驚一時。但在2013年，她的身影、歌聲又通過3D投影成像的方式重現人間，「音容宛在」，吸引了下一代的粉絲。

　　最後，在見證中國現代文學文化中媒介層層衍生的同時，我們仍必須聚焦「人」的因素：即在綿密的技術網路中，人的能動性何在？當魯迅聲稱「詩人者，攖人心者也」，當毛澤東發動人民喜聞樂見的「民族形式」，當陳寅恪強調「獨立之思想，自由之精神」，他們都試圖通過文學，重塑中國人的身體和精神。由肉身所體現的媒介性不受限於教條制約。想想林昭

（1932-1968）的經歷：上世紀六〇年代她被控反革命而下獄，臨刑前在自己衣服上以血書明志。1965年林昭被槍決，她以肉身的隕滅演出社會主義的殘酷劇場。當血水化為墨水，文學展現最原始的力量。或者想想朱西甯（1926-1998）的例子：他寫《華太平家傳》九易其稿，屢刪屢作，無怨無悔，直到生命終結。而上個世紀末又有哪一刻比得上1989年5月北京天安門廣場上，崔健（1961-）與上百萬示威者以歌聲撼動世界的共鳴體。論文學「攪人心」的吶喊力量，莫過於此。

（四）中國與華語文學的地理圖景

《哈佛新編中國現代文學史》第四個主題在於探勘現代文學圖景的繪製，以及域外視野的意義。如上所述，中國作家的異鄉、異域、異國經驗是中國文學現代性最重要的一端。在想像或實際的遭遇中，作家面對故鄉故土以外的世界，與之交匯或交鋒，並從中體會種種「情迷中國」的代價。郁達夫（1896-1945）沉痛的愛國吶喊源於他在日本留學時的創傷經歷；林語堂長期流寓歐美，成為中國的世故觀察者；抗戰時期張愛玲的上海、香港經驗使她得以刻畫亂世的豔異與蒼涼，日後她移民美國，加入冷戰期間海外書寫潮流。

但「中國」文學地圖如此龐大，不能僅以流放和離散概括其座標點。因此「華語語系文學」（Sinophone literature）論述代表又一次的理論嘗試。華語語系文學原泛指大陸以外，台灣、港澳「大中華」地區，南洋馬來西亞、新加坡等國的華人社群，以及更廣義的世界各地華裔或華語使用者的言說、書寫總和。以往「海外中國文學」一詞暗含內外主從之別，而「世界華文文學」又過於空疏籠統，仿佛「中國」不在「世界」之內，或「世界」只是「中國」的附庸；兩者都不免中央收編邊陲、境外的影射。有鑑於此，華語語系文學力圖從語言出發，探討華語寫作與中國主流話語合縱連橫的龐雜體系。漢語是中國人的主要語言，也是華語語系文學的公分母。然而，中國文學裡也包括非漢語的表述；漢語也不能排除其中的方言口語、因時因地制宜的現象。

華語語系論述目前有兩種主導聲音。史書美教授強調中國境外的華語社

群、以及中國境內少數族群以漢語創作的文學。藉此，她有意以華語語系文學挑戰中華人民共和國代表的中國文學霸權。[32] 相對於這種「對抗」策略，石靜遠教授提出文學的「綜理會商」。她認為，「語言〔和政治〕對立表相下，協商總已若隱若現地進行；所謂的『母語』言說、書寫既使國家文學成為可能，卻也暴露其理念上的造作」。[33] 據此，石靜遠提醒我們如下的吊詭，那就是全球化增加了而非削弱了國家文學作為文化和政治資本的價值。

筆者肯定這兩位學者的批評，但認為她們不能或不願視中國為論述對象，與之互動，因而無法充分開展華語語系這一新概念的張力。換句話說，她們雖然高談華語離散多元與眾聲喧嘩，但卻有意無意將「中國」──華語語系爭辯的源頭──視為鐵板一塊。這是抽刀斷水之舉。我認為，華語語系研究學者如果想真正發揮這一方法的批判力，藉以改變目前中國文學史封閉的範式，就必須視中國為華語世界的一員，檢視其與不同華語地區、國家，賓或主、遠和近的關係，而不是站在簡化的對立或收編的二元立場──否則我們只是回到冷戰論述的老路。同時，我們的研究範圍也從海外擴大到中國本土。所謂深入虎穴，華語語系研究必須同時在中國文學──和領土──以內，鑽研「母語」或與生俱來、或習而得之的政治、情感、族裔、社群動力的複雜性。

華語語系的觀點促使我們正視眾聲喧「華」的現象。如此，中國文學則包括兩個面向：華語世界裡的中國文學；中國文學裡的華語世界。前者將中國納入全球華語語境脈絡，觀察各個區域、社群、國家，從「主體」到「主權」你來我往的互動消長。後者強調觀照中國以內，漢語以及其他語言所構成的多音複義的共同體。兩者都凸顯「中國」與（作為動詞進行式的）「世界中」的連動性，並建議與其將中國「排除在外」，不如尋思「包括在外」的微妙辯證。作為主流的漢語不必是單一語言，而是南腔北調的集合。所謂的「標準」的中國聲音因此不斷受到挑戰，也必須不斷做出因應。行有餘

32　Shu-mei Shih（史書美）, *Visuality and Identity: Sinophone Articulations across the Pacific* (Berkeley, University of California Press, 2007).

33　Jing Tsu（石靜遠）, *Sound and Script in Chinese Diaspora* (Cambridge, MA, Harvard University Press, 2011).

力,我們更注意華語世界各階級、社群、甚至網路、虛擬空間,種種行話口語的表述方法。這與官方或正統文學、聲腔、說法,產生複雜的、既聯合又鬥爭的關係。

《哈佛新編中國現代文學史》收錄了從中國大陸到廣義的華語世界的作品。不論十九世紀第一位中國留學生容閎(1828-1912)的回憶錄,或馬來西亞北部叢林中馬共游擊隊傳閱的小說《飢餓》,這些文學現象都指向了中國經驗所帶來的巨大空間,無從與政權領域簡單切割。本書也關注藏族、穆斯林和台灣原住民等民族文學。為了避免掉入多元形式主義的陷阱,我們不求面面俱到,而試圖從具體實例加以論述,從而思考「文學」的地緣詩學和政治。這些例子包括當代漢藏雙語詩歌,東干語——唯一以斯拉夫拼音的中國方言——的變遷,西南少數民族在後社會主義時期的創作等。特別值得一提的例子包括嘉絨藏族作家阿來(1959-)對自身「代表性」的反思;穆斯林作家張承志(1948-)的尋根努力。阿來的族裔其實位於藏區邊緣,他的父親是穆斯林,本人只以漢語寫作。但他是目前中國藏族文學的「代表」作家。張承志是文革期間創立「紅衛兵」稱謂的始作俑者之一。日後他將熱情轉向伊斯蘭教的哲赫忍耶教派(晚清中國西北的一個教派)。張承志忠於他的信念,甚至直言:「我的根在西亞的阿拉伯」而「不屬於中華民族」。[34]

最後,《哈佛新編中國現代文學史》將一個多世紀以來的文學地圖擴展到幻想的空間。《鏡花緣》作者李汝珍(1763-1830)呈現了鴉片戰爭前,一代文人如何遨遊(唐朝的)大海,航向世界。1997年香港回歸前夕,董啟章(1967-)著手創作《地圖集》及系列小說,描繪神祕V城(維多利亞)的浮沉興亡。沈從文筆下的湘西或莫言(1955-)筆下的高密,相當於福克納(William Faulkner, 1897-1962)的約克納帕塔法縣(Yoknapatawpha County)或馬奎斯的馬康多小鎮(Macondo Town)。在韓松的《火星照耀美國》(又名《2066年之西行漫記》)中,2066年標誌著中美關係的一個轉折點。其時美國由於政經災難而崩毀,而中國已成為超級大國——卻由人工智慧程式「阿曼多」操控制之。因此,當火星人降臨,遂注定了人類文明的同

34　http://bbs.tiexue.net/post_6569889_1.html.

歸於盡。小說原標題「火星」照耀美國，不禁令我們聯想起1937年愛德格·斯諾（Edgar Snow, 1905-1972）的《紅星照耀中國》（Red Star over China），這是第一本以英語報導延安生活的行記。通過影射斯諾的著作，韓松促使我們思考人類和無盡宇宙星空間的烏托邦（或惡托邦）關係。在外星人入侵的陰影下，所謂社會主義、資本主義的鬥爭，只不過是浩瀚宇宙裡小小的地球事件罷了。

《哈佛新編中國現代文學史》集合155位學者、作家共同為「中國」、「現代」、「文學」、「歷史」打造一個不同以往的論述模式。不論在方法或架構上都可能引來諸多批判聲音。我期待批評的對話，但也再次強調，這部文學史不是傳統意義上「完整」的大敘事。它創造了許多有待填補的空隙。因此，讀者得以想像，並參與，發現中國現代文學中蘊含的廣闊空間，或更重要的，一個「世界中」的過程。

華語語系觀點的介入是擴大中國現代文學範疇的嘗試。華語語系所投射的地圖空間不必與現存以國家地理為基礎的「中國」相抵牾，而是力求增益它的豐富性和「世界性」。當代批評家們扛著「邊緣的政治」、「文明的衝突」、「全球語境」、「反現代性的現代性」等大旗，頭頭是道的進行宏大論述，卻同時又對「世界中」的中國現代性和歷史性的繁複線索和非主流形式視而不見，這難道不正是一個悖論麼？

如果問讀者能從中國現代文學史中學到了什麼，我認為那就是中國以及華語世界作家認識、銘刻現實的技術和信念，千迴百轉，不斷推陳出新。「通其變，遂成天下之文」[35]。文學無他，就是從一個時代到另一個時代，從一個地域到另一個地域，對「文」的形式、思想和態度流變所銘記和抹消、彰顯和遮蔽的藝術。我們必須理解，只有在免於政治教條和公式的前提下，作家才能充分一展所長。我們也必須堅信，即使在千篇一律、萬馬齊暗的時代，中國和華語世界作家一直並且仍然有著複雜思想和創造性思維，開啟眾聲喧嘩的可能——這就是「中國」文學現代性的本質。

---

35 《周易，繫辭上》，第九章。

參考文獻：

中文

（一）專書及專書論文

季進《錢鍾書與現代西學》（上海，復旦大學出版社，2011年）。

夏曉虹編《梁啟超文選》第一卷（北京，中國廣播電視出版社，1992年）。

胡曉明《詩與文化心靈》（北京，中華書局，2006年）。

許倬雲《華夏論述：一個複雜共同體的變化》（台北，天下文化，2015年）。

張暉《中國「詩史」傳統》（北京，生活・讀書・新知三聯書店，2012年）。

陳國球《文學史書寫形態與文化政治》（北京，北京大學出版社，2004年）。

陳平原《作為學科的文學史》（北京，北京大學出版社，2011年）。

葛兆光《宅茲中國：重建有關「中國」的歷史論述》（台北，聯經出版社，2011年）。

錢鍾書《七綴集》（上海，新華書店，1985年）。

黃宗羲《撰杖集》（杭州，浙江古籍出版社，1985-1994年）。

劉勰《文心雕龍》（台北，台灣開明書店，1971年）。

（二）網路資料

http://bbs.tiexue.net/post_6569889_1.htm

二、英文

Walter Benjamin, Selection Writings, eds., *Howard Eiland and Michael Jennings* (Cambridge, MA, The Belknap Press of Harvard University Press, 2006).

Arif Dirlik, *Culture and History in Postrevolutionary China: The Perspective of Global Modernity* (Hong Kong, The Chinese University Press, 2012).

Martin Heidegger, "The Origin of the Work of Art," in *Poetry, Language, Thought,* trans. Albert Hofstadter (New York, Harper and Row, 1971).

Martin Heidegger, "The Turning," in *The Question Concerning Technology and Other Essays,* trans. William Lovitt (New York, Garland, 1977).

C. T. Hsia, "Appendix 1. Obsession with China: The Moral Burden of Modern Chinese Literature," in *A History of Modern Chinese Fiction* (New Haven, Yale University Press, 1971).

Theodore Huters, *Bringing the World Home* (Honolulu, University of Hawaii Press, 2005).

Kirk Denton, ed., *The Columbia Companion to Modern Chinese Literature* (New York, Columbia University Press, 2016).

Stephen Gould, *Full House: The Spread of Excellence from Plato to Darwin* (New York, Harmony Books, 1996).

Wai-yee Li, *The Readability of the Past in Early Chinese Historiography* (Cambridge, MA, Harvard University Asia Center, 2007).

Greil Marcus and Werner Sollors, eds., *A New Literary History of America* (Cambridge, MA, The Belknap Press of Harvard University Press, 2012).

Stephen Owen, *Traditional Chinese Poetry and Poetics: Omen of the World* (Madison, University of Wisconsin Press, 1985).

Carlos Rojas and Andrea Bachner, eds., *The Oxford Handbook of Modern Chinese Literatures* (Oxford, Oxford University Press, 2016).

Ananya Roy and Aihwa Ong, eds., *Worlding Cities: Asian Experiments and the Art of Being Global* (London, Wiley-Blackwell, 2011).

Shu-mei Shih, *Visuality and Identity: Sinophone Articulations across the Pacific* (Berkeley, University of California Press, 2007).

Jing Tsu, *Sound and Script in Chinese Diaspora* (Cambridge, MA, Harvard University Press, 2011).

David Der-wei Wang, *The Lyrical in Epic Time: Chinese Intellectuals and Artists through the 1949 Crisis* (New York, Columbia University Press, 2015).

David Der-wei Wang, ed., *A Literary History of Modern China* (Cambridge, MA, The

Belknap Press of Harvard University Press, 2017).

Yingjin Zhang, ed., *A Companion to Modern Chinese Literature* (London, Wiley-Blackwell, 2016).

Mei Zhan, *Other-Worldly: Making Chinese Medicine Through Transnational Frames* (Durham, Duke University Press, 2009).

王德威[36]

36　中譯原稿由蘇州大學王曉偉老師執筆，謹此致謝。譯稿已由作者改寫並修訂。

1635 年
楊廷筠以「文學」二字定義「literature」

1932 年・1934 年
周作人與嵇文甫將現代中國文學與思想的源頭追溯至晚明

現代中國「文學」的多重緣起

　　「文學」一詞今天用以翻譯「literature」，其現代意義的登場，並非僅出於清末（1636-1912）文學改良論者康有為（1858-1927）與梁啟超（1873-1929）的論述裡，也不在五四運動（1919）啟蒙革命的大纛上。十九、二十世紀之交，「現代」文學成為流行口號，然而在此之前，試圖一新中國文學面貌的契機已經此起彼落。其一可追溯至十七世紀初，改宗天主教的儒家官員楊廷筠（1562-1627）所撰的宗教小冊子《代疑續編》。楊出生於虔誠的佛教家庭，科第甲於一時，歷任督學、御史及京兆少府等，家鄉杭州為明朝（1368-1644）繁盛的文化中心。1611年，他目睹兩位耶穌會士為友人父親施行天主教臨終祈禱，深受感動，改宗天主教，餘生以文字論辯勸世人改信天主。1635年，《代疑續編》於楊廷筠身後刊刻，當中以「文學」指稱詩文、史書、論說，包括古代聖賢格言等文字藝術，概念相當於英語語彙「literature」。

　　《代疑續編》一書延續中國歷史上「文學」一詞的既有用法，但大大開拓了它的涵義。「文學」最早出現於《論語・先進篇》，是孔門四科之一。「文學」指的是將儒家典籍學問融入個人言行舉止的修為。嗣後的年代，「文學」實踐被納入更廣泛的文化思想領域中。「文」在古典脈絡裡有多重

意義：從文章大業到斯文修養，從宇宙「人文」、「天文」的彰顯到文化教育的具體作為，從審美經驗到童蒙規訓，都包括在內。

　　晚明思潮劇變，其中涉及的諸多論題，都可匯總於「文學」的廣大意涵下。思想家李贄（1527-1602）挑戰新儒學正統，號召「放言高論」的自由表達。袁宏道（1568-1610）則通過抒寫個人感受的詩歌，反對擬古派的文學審美。其他文人、編書家，包括徐渭（1521-1593）、凌蒙初（1580-1644）、馮夢龍（1574-1645），都對長久以來備受排擠的小說與戲曲文類做出巨大貢獻，因此可被視為文學現代化的先驅。就某種程度而言，他們的創新也反映社會的變動，這與皇權中衰，城市經濟勃興，西方教會文化東來，以及儒家思想的激進個人主義轉向都有關係。

　　儘管浸淫儒家傳統，楊廷筠依然積極投身晚明文化思想再造運動。他的「文學」視野是在和耶穌會士的來往過程中得以拓寬的，後者將西方的文學概念帶進中國。相較之下，翻閱早期天主教傳道著作，如楊廷筠友人耶穌會傳教士艾儒略（Giulio Aleni, 1582-1649）的《西學凡》（1623），其中我們已見「文藝之學」的表述，意指「文章技藝的學問」，涵蓋「詩」「詞」在內，有別於傳統士大夫的「文學」實踐。「文藝」一詞，字面意思為「文章之技藝」，最早出現於儒家典籍《禮記》（約公元前43）。艾儒略「文藝之學」的用法，顯然受到歐洲耶穌會學校課程設置方案「研究綱領」（Ratio studiorum）的影響。楊廷筠吸納了艾儒略「文藝之學」的概念，將之融入中國傳統的「文學」話語中，賦予這一語詞一種新的意義。

　　「文學」的中西範式在十七至二十世紀間遞嬗不息。儘管楊廷筠的小冊子到二十世紀已被世人遺忘，卻曾在清朝產生過影響。第一次鴉片戰爭（1839-1842）後，楊廷筠等人的天主教著作在中國士林中再度流傳。魏源（1794-1857）是對天主教著作極為精熟的士大夫之一，他的百卷本著作《海國圖志》是一部關於西方各國詳節、圖史兼備的地圖集，對西方技術有所闡說。魏源於此書評述，羅馬之所以成為大帝國，原因之一是它吸收了希臘「文學」傳統的精華。魏源的「文學」一詞，著眼於純文學（belles lettres），與楊廷筠的用法相互輝映而擴充其指涉範疇，不僅僅及於文學研究，也包括文學創作。

　　魏源與持相同觀點的知識分子，試圖努力更新「文學」的意涵，他們在傳教士中尋得志同道合者。與耶穌會士一樣，這些傳教士認為必須向中國人解釋西方的文學概念。1837年，德國傳教士郭實臘（Karl F. A. Gützlaff, 1803-1851）在中文雜誌《東西洋考每月統記傳》發表《詩》一文，將中國「詩人中的詩人」李白（701-762），與荷馬（Homer，生卒年不詳）和彌爾頓（John Milton, 1608-1674）並舉為世界文學之魁傑，文中郭實臘對「文學」一詞的用法與楊廷筠相同。通過對荷馬的介紹，郭實臘開啟了現代中文世界對西方文學著作的認知。

　　十九世紀中葉，新教傳教士的著作鞏固了「文學」的新義並有所發展。1857年，晚清中國第一部中文月刊《六合叢談》奠定了中國有關西方的文學定義基礎。自1857至1859年，刊物特色是每期都有一篇英國傳教士艾約瑟（Joseph Edkins, 1823-1905）撰寫的專欄文章，介紹西方文學。專欄探討中西「文學」概念之異同，並強調文學分化的歷史語境。艾約瑟發表於《六合叢談》創刊號的文章，題為《希臘為西國文學之祖》，在世界語境中展示了中國「文學」一詞的地理學內涵。

　　艾約瑟對中國文學史的主要貢獻，在於他將「史詩詩人」（epic poet）譯作「詩史」，意思是「以詩寫作的史家」。「詩史」本是一個公認的術語，指的是具有歷史自覺的抒情詩人。艾約瑟使用這個概念、或者說誤用這個概念，反倒有助於將西方「史詩」（epic）中體現的敘事成分，引介到偏重詩歌的中國文化傳統裡來。他將荷馬史詩與中國「詩聖」杜甫（712-770）的詩作進行比較——現代學者恐怕無法接受如此粗淺的比較。然而艾約瑟的努力，終究引起了文學經典的重構。他通過吸納戲曲和小說這些傳統意義上的「下層」文類，開拓了中國文學的疆域。他甚至還頌揚了元朝（1271-1368）的白話戲曲作品，以及此後歷代的大眾文學。就此而論，他預先宣告了七十年後五四新文學運動對中國文學傳統的重構。

　　在《六合叢談》的後續各期裡，艾約瑟將話題引至修辭、史書和靈修文學（devotional literature）等各文類。他認定歐洲的議會制度，是修辭學在西方興盛、東方沒落的原因。他隨後介紹了一系列的西方上古雄辯之士，包括柏拉圖（Plato, 約公元前429-公元前347）和西塞羅（Cicero, 公元前106-公

元前43）。艾約瑟的專欄文章也特別論述希羅多德（Herodotus, 約公元前484–公元前425）和修昔底德（Thucydides, 公元前460–公元前395）的史書。最後，介紹晚清中國士人不熟悉的靈修文學（devotional literature）。靈修文學，就其西方意義言，承載了虔誠、敬畏和崇拜的基督教價值觀，代表一種新的文學視角。尤其從艾約瑟對靈修文學的接納來看，這組專欄的目的就是要重構一個中國史無前例的文學傳統，核心宗旨在於引導人們信仰上帝。

　　現代中國文學史的範式主要關注的是本土語境下發起的各種革新，中國文人的貢獻當然最為重要。本文以艾儒略、郭實臘和艾約瑟為例，無非凸顯中國文學現代化進程的漫長與駁雜，及其跨文化性和翻譯性。無論如何，至十九世紀末，中國現代文學已登上時代的舞台。「文學」的意義不再局限於儒家典籍的研究，或教化熏陶的傳統形式。更確切地說，「文學」適逢其會，成為各種形式、理念與功能交鋒的場所：菁英與通俗、保守與激進、本土與外來相互激盪。假如儒家學說裡，「文」所具有的載道與教化的至高權力至今仍揮之不去，那麼它從外來的和民間的資源裡所獲得的就是一種新的「存在理由」（raison d'être）。正是在這樣的語境下，康有為與梁啟超這兩位晚清改良運動的領袖人物，為其國家大業而開始宣傳「文學」，以至於將文學塑造為拯救中國的唯一策略。

　　1932年3月，周作人（1885–1967），這位五四新文學運動聲音最響亮的領導者之一，在北京發表了關於現代「文學」起源的演說，稍後出版成書，題為《中國新文學的源流》。周作人推崇晚明公安、竟陵二派，尊崇所謂人性之解放的立場，他指出：「〔晚明〕那一次的文學運動，和民國以來的這次文學革命運動，很有些相像的地方。」周作人尤其奉袁宏道為高明人物。袁宏道倡議的以個人性靈為基礎的文學，以及隨時代發展的文學觀，讓他從中發現了現代主義的回響。

　　周作人並非唯一一位從一個古典時刻裡，發現中國文學現代性源頭的學者。1934年，嵇文甫（1895–1963），一位信奉馬克思主義的思想史家，在他的著作《左派王學》中追溯現代中國文學與思想的源頭至晚明；當時激進風格的王陽明（1472–1529）儒家學派大行其道。然而，周、嵇

畢竟不同，前者在晚明發現的是有關五四人文主義自由派話語的源頭，後者找到的則是社會主義革命運動的初始標誌。兩人都以有意的以今搏古，對歷史進行一種現代意味的介入。事實上，兩人所顯現對文學和文學史的理解，都是一種中國和非中國因素的混合體。後之來者，在為現代與前現代架起橋梁時，每每受到周作人和嵇文甫的啟發。如任訪秋（1909-2000）對袁宏道的文學觀念所作的研究，及對李贄試圖掙脫儒教思想束縛所作的抒發。

　　儘管周作人和嵇文甫深浸於五四極端反傳統主義的話語中，卻都認為文學史包含了多重的斷裂和延續。他們試圖將現代中國文學的起源追溯至晚明的事實，提醒我們現代性總是由多種因素決定的：十九、二十世紀之交，「中國的現代」出現以前，歷史上也存在過許多鼎革與更新的時刻。同理，我們可以將周作人與嵇文甫對中國文學現代性的（時代錯置之）考察，再往前推進一步，如將晚明士林所持的性靈與文學進化觀點追溯到更早的歷史時刻。例如竹林七賢——這是公元三到四世紀的文學名士群體，以乖悖的行為和桀驁的脾性著稱，他們或許是另一個啟發多重中國現代性的來源。魯迅對此即有所省思。更重要的是，我們可以想到劉勰（465-約522）。作為傳統中國詩學的奠基之作《文心雕龍》的作者，他在《時序》一章中思考文學演進的變遷。

　　由此可見，關於現代中國文學「緣起」的故事，必然是一個具有開放性結局的敘事。假如由周作人和嵇文甫構思的現代文學、歷史脈絡，對今天的我們歷久彌新，那是因為它指明了由諸多人描繪的「文學」或「literature」的多重軌跡：從楊廷筠到艾儒略、從李贄到袁宏道、從郭實臘到艾約瑟、從康有為到梁啟超等各有所長。在這層意義上，中國文學的「現代」起點有如滿天星斗，閃爍萬端，1635年、1932年、1934年不過是其中之三。

參考文獻：

李奭學《中國晚明與歐洲文學：明末耶穌會古典證道故事考詮》修訂版（北京，生活‧讀書‧新知三聯書店，2010年）。

李奭學《譯述：明末耶穌會翻譯文學論》（香港，香港中文大學，2012年）。

李奭學 撰，張治 譯

1650 年 7 月 22 日
荷蘭報刊報導明朝覆滅

荷蘭戲劇、中國小說與開放的世界圖景

　　1644年4月25日，明朝三百年國祚終結，最後一位統治者崇禎帝（1628-1644在位），自縊於北京煤山，相關訊息經各種管道蔓延全國。根據姚廷遴（1628-晚於1697）《歷年記》記載：消息傳到南方「未及兩月，已有賣《剿闖小說》一部，備言京師失陷」。然而，崇禎帝之死訊，不僅傳至中國疆界，1650年7月22日已經由荷蘭東印度公司（Vereenigde Oost-Indische Compagnie, VOC）的海員們傳至荷蘭。1654年，居留中國十四年的耶穌會士衛匡國（Martino Martini, 1614-1661）返國後，出版一部關於王朝覆滅的全紀錄《韃靼戰紀》（*About the Tartar War*）。到1666年，至少有兩位荷蘭作家受到中國近期事件啟發，寫下了明朝最後一夜的悲劇。

　　明朝覆亡的故事成為中國小說、耶穌會士史著、以及荷蘭戲劇等全球性書寫的題材，這個故事在歐洲營造出一幅嶄新的全球圖景。通過貨物，人員及訊息的流動連接，世界變成一個單一的、互連的共同體。這樣的歐洲敘事，圍繞著「開放」的理念展開，而這一理念卻建立在將中國描繪為邊緣化的、東方的他者：一個內陸帝國，在地理、經濟、認識論上都與世界隔絕。諷刺的是，這一中國形象之所以在十七世紀歐洲流通，竟取材自中國流行的通俗說部。通過諸如《剿闖小說》等文本的傳播，這些作品視崇禎的統治為孤立，缺乏開放互動。然而，崇禎的與世隔絕，與其說是中國孤立於世的象徵，更不如說是末代君主無法與其臣民曉暢溝通的一種標誌。

　　在約翰尼斯‧安東尼德斯‧范‧德‧格斯（Johannes Antonides van der

Goes, 1647-1684）的長詩《詠Y河》（*De Ystroom*）中，可以看到明朝滅亡在歐洲開放世界敘事中所扮演的角色。此詩歌頌了流經阿姆斯特丹的Y河，以及它為這座城市和年輕的荷蘭共和國帶來的經濟與政治權力。經由水的隱喻，全詩暗示著一種水上貿易經濟，以此解釋當時荷蘭在世界的重要地位。荷蘭共和國的財富，並不是源於地域的占有，而是自由馳騁各地的海洋能力。

　　這種通過開放水域連接全球的理念，也體現在隨詩所附的版畫裡。在這幅頗具象徵意義的版畫中心，信使和商賈（以及盜賊）的保護神墨丘利（Mercury），揭開了地球的幃幔。Y河之神端坐下方寶座，周圍簇擁著代表世界不同地區的神祇：波蘭、西班牙、直布羅陀，還有中國仙娥。他們獻出珍寶，更添中央荷蘭之神的榮耀。中國仙娥（Y河之神左側的女性）慷慨不吝，盡獻胸前寶箱中的黃金，傾倒在Y河之神的大腿上。

　　將中國加入版畫，強調了荷蘭航海開放的無遠弗屆。數十年間，明朝皇帝始終抗拒荷蘭東印度公司介入貿易的企圖。十七世紀二〇年代，荷蘭東印度公司被逐至明帝國管轄範圍以外的地區建立殖民地——物產富饒而人口稀少的台灣島。儘管荷蘭東印度公司很快地帶領此地來自中國的居民發展蔗糖種植業，但最終仍沒能保住這片小小殖民地。1662年，效忠明朝的國姓爺鄭成功（1624-1662）將荷蘭東印度公司逐出台灣，建立明鄭政權。如果說明朝的滅亡，終結了荷蘭在中國邊疆的殖民探險（並將中國的疆界進一步拓展至台灣海峽之外），那麼1651年後南明的衰敗，宛如給了東印度公司入侵中國的機會。那年，耶穌會士衛匡國抵達荷蘭東印度公司爪哇總部，他帶來令人振奮的消息：「韃靼大汗已經征服了支那帝國，廣州城也打開自由貿易大門。」不久，覲見韃靼可汗的代表團隨之而至。

　　在《詠Y河》中，自我封閉的帝國，即將向貪婪的歐洲敞開大門的承諾，成了一條僅有經濟意義的訊息：

　　　　當今中國不再拒絕交出她的珍寶，
　　　　並為阿特拉斯金燦燦的收穫傾囊相助
　　　　儘管她感嘆著所遭遇的麻煩，
　　　　北京的宮廷，傾倒在韃靼巨斧下

古柏《詠Y河》（*Romeyn de Hooghe*）（1645-1708），〈詠Y河〉，book II（1671）。作者本人收藏。

見證了隨著龐大的喧嚷，繁華是如何
從鼎盛而塌陷，困境中的國家
如何眼看著崇高的帝王吊在一棵樹上
他那垂死的面龐，塗了脂粉。
如今，曾經閉緊嘴脣的黃河與長江，
向日翛然舉頭。
傾盡其蘊藏的物產給予廣州港，
以豐饒的珍寶向我們致敬。

在這幾行詩句里，《詠Y河》中的黃河、長江成了自由流淌的主要隱喻，而明朝的覆滅圖景傳達了一個教訓：整個世界，乃至於中國，都已開始向荷蘭的金庫「交出她的珍寶」。

另一位荷蘭作家，約斯特・范・登・馮德爾（Joost van den Vondel, 1587-1679），認為中國需要開放的不是全球貿易，而是基督信仰。在他看來，中國嚴重缺乏知識。在劇作《崇禎皇帝》（Zungchin, or the Demise of China）中，他將明朝的覆滅歸咎於崇禎皇帝對外部世界的無知。中國皇帝封閉於自築的銅牆鐵壁中，卻仍然無法避免叛亂發生，反而隔絕了他與周遭諸事的聯繫。他不知道，李自成（1605?-1645?）已潛入北京城，親軍衛受賄敞開大門，並向起義軍發射的只是空彈。同樣的，他的幕僚已經背叛他，而皇帝一無所知。最後，在第四幕中，皇帝與外界缺乏交流的悲劇達到頂峰。謠言在宮城四處散播，狡詐的宦官隱瞞皇家大象已遭投毒、皇城外牆已被攻陷。被高牆圍困、被假消息迷惑的崇禎無處可逃，最終自縊於一株「梅樹」。

然而范・登・馮德爾最終認為，皇帝在知識上的缺乏，並非一個世俗問題，而是宗教性的。真正的知識，只有通過基督教信仰才能獲取。因此這部悲劇裡，有一個重要角色是為像湯若望（Adam Schall, 1592-1666）這樣的耶穌會修士所設立的，他出現在第一幕。同樣功能的角色還有聖沙勿略（Saint Xavier, 1506-1552）的幽魂，他在最後一幕降臨在天使組成的合唱隊中，並預言中國將在擁抱上帝的恩典後得到拯救。受到衛匡國新近出版的《中國新地圖志》（Novus Atlas Sinensis）的啟發，范・登・馮德爾所傳達的中國雖說

封閉但正等著造物主的垂憐，他以合唱方式詠嘆中國著名的長城，說不要期望任何人造的建築足以保護這個帝國。只有向基督信仰張開懷抱，才能免於不幸。

范‧登‧馮德爾筆下，因無知釀成悲劇的崇禎帝取材自衛匡國的著作。衛匡國關於中國地理、歷史以及《韃靼戰紀》等著作席捲了歐洲圖書市場。更重要的是，衛匡國的崇禎帝與北京失陷不久後中文文獻所流傳的明朝皇帝形象驚人的相似。儘管無法確認任何具體文本——衛匡國從未說明自己的文獻出處，但這種驚人的相似性說明了，精通漢文的衛匡國筆下難以接近的崇禎帝形象是建立在當時中國所流傳的謠言、野史和小說的基礎上的。然而，關鍵在於這些漢語文本並未將崇禎的故步自封視為中國一貫拒絕向西方開放的象徵，而是當成一個末代君主的失誤，認為他沒有奉行明朝長久以來的治國原則：統治者與子民間暢通的交流。一如明朝首位遷都北京的永樂帝（1402-1424在位）所說：「上下交則泰，不交則否。自古昏君，其不知民事者，多至亡國。」

前文提及的《剿闖小說》特別著墨於此，文本廣為傳播了崇禎帝的「封閉」。小說細節多與衛匡國和范‧登‧馮德爾的記述相似：都城之內有一支「第五縱隊」背叛皇帝，皇朝炮兵所發射的不過是空彈，皇帝斬殺了自己的女兒，臨終以血書控訴那些善變不忠的臣子。事實上，小說敘述崇禎自縊於「梅（煤）山」時，將「煤」字誤作「梅」，這個細節，或許正說明衛匡國的記述和范‧登‧馮德爾的戲劇為何出現的是「梅樹」。最重要的是，這部小說和上述二者一樣，都表現了崇禎在深宮高牆內的孤立形象。然而，這個隱喻指的並不是中國與世界的隔絕，而是崇禎與臣民的離心。小說戲劇化地處理崇禎皇帝的最後一夜：他鳴鐘召集臣子上朝，卻無人回應。

歐洲文本不僅借用了崇禎的孤立形象，還模仿中文小說描繪帝國秩序的重建，將之作為一種「開放」話語的演練，一種君臣間直接交流的恢復。范‧德‧格斯在講述明代亡國的悲劇《特拉吉爾：中國的覆滅》（*Trazil, or China Overwhelmed*）中，搬演了一齣酣暢淋漓的「皇家演說」，剛登基的順治（1643-1661在位）向一位韃靼軍隊首領致辭。這一幕令人想起衛匡國的《韃靼戰紀》，其中包括類似「中國人／韃靼人／歐洲人」的修辭情景。

在貌似兒童、身高約一百二十公分的順治與身著中世紀經院式長袍的韃

鞑貴族身上，展現出一種新古典主義公共話語的理想形象。然而這最初看似對史實徹頭徹尾的扭曲，由歐洲人所創造的辯才無礙的皇帝形象，卻不只是一種東方化幻想，反而符合晚明清議的理想，即君主與臣民間，必須有暢通無阻的交流。例如1651年，衛匡國離開中國那年，不知撰者的《新世鴻勳定鼎奇聞》出版，它可視為《剿闖小說》的升級版。小說中順治和攝政王多爾袞（1612-1650）不是擅長駕馬驅馳這種「韃靼」伎倆的「蠻夷」征服者。相反地，小說最後一章將他們描述為開明人主，他們向漢人臣民下達的敕令，不論修辭形式或道德理念，都具有任何一位十七世紀中國學者皆能辨認出的理學思想痕跡。

事實上，《新世鴻勳定鼎奇聞》末章所描繪的繡像和早先小說《剿闖小說》的場景是完全一致的。儘管後者中最終勝利者不是滿人清君而是漢人明主，二者卻指向了相同的結局：一旦君臣可以再度「開放地」交流，秩序就可以重建。當然，十七世紀荷蘭有關公共演說的理想和早期現代中國對於「開放的」皇家言辭之展示，在內容與形式上皆有不同。然而這種「廣開言路」的展示，在功能上是極為相似的：這種展示界定了看似四海一家的社群，而這些社群的邊界，取決於對「開放」交流之修辭形式的精通程度。

十七世紀，一種新型的世界觀在歐洲發展成形並且流傳至今：世界被看作一個開放的共同體，由貨物、民眾與思想的自由交換連結起來。在這種觀念的建構過程中，中國顯然代表著例外——一個必須敞開大門，以融入全球交流的封閉帝國。此處試圖質疑的就是中國這種孤立的形象，並引出其他關於這種開放性理想的問題。「開放」的交換，一定是「平等」的交換嗎？開放的要求，究竟是一種邀請，抑或是一種強迫？對於「開放性」的概念，除了現有的寬鬆定義外，還有無其他的解釋？晚明席捲中國的那些關於暢通帝國交流方式的辯論，能否成為其他解釋的一種？我們能否想像一種不把單一的開放觀念，強加於其他國家的世界秩序？最後，「封閉中國」與「開明西方」之間的差異，果真如此巨大嗎？或者說，我們是否過度強調了這些差別，為的就是在日益連通的世界裡，刻畫畛域、區隔高下秩序呢？

古柏（Paize Keulemans）撰，張治 譯

1755 年

戴震：「古今學問之途，其大致有三：或事於義理，或事於制數，或事於文章。事於文章者，等而末者也。」

十九世紀中國的文章復興

　　1755年，當時聲譽如日中天的戴震（1724-1777）寫信給友人，提出關於學問分類法的觀念。他認為學問大致可分成三類，分別是道德哲學（義理）、實證考察（制數，這個概念更普遍的表述是「考證」），以及寫作（文章）。他並未將它們等量齊觀，而是降低寫作的地位。戴震強調「義理」最為重要，同時認為文章之流派文體並不需要多下工夫關注。這並不是說，寫作不屬於知識分子菁英階層所關注的重要部分——它終究是取得科舉功名的唯一途徑，而且在1750年代的科舉考試項目裡，一度還恢復了格律詩的考科——毋寧說，在戴震看來，寫作及其技法，應當在優先順序上，後於道德或政治的考慮與論證。換言之，寫作這件事並不值得認真加以考慮。錢大昕（1728-1804）作為一位在更純粹的歷史和考據研究上行之甚遠的學者，對此問題態度更為堅定。他視寫作為近乎僅具功能性的用途。他在為自己十分推重的學者秦蕙田（1702-1764）所寫的贊辭中曾提及：「及其出而為文，光明洞達，浩乎沛乎，一如其意之所欲言而止」。1792年小學家段玉裁（1735-1815）在所編的戴震著作序言中，陳述了考據學運動的真實目的，即是要將實證研究置於一切精神成果之上。他寫道：「玉裁竊以謂義理、文章，未有不由考核而得者」，這與戴震的態度形成鮮明的對照。

　　相較於這種寫作功利主義概念，姚鼐（1732-1815）與他奉為前輩者及其眾多弟子——他們都出身安徽省桐城縣——一樣，將文章視為正確獲得道

的源泉，以及感悟道的關鍵。正如他寫給魯絜非（1732-1794）的著名書信
所說：

> 鼐聞天地之道，陰陽剛柔而已。文者，天地之菁英，而陰陽剛柔之發
> 也。……其得於陽與剛之美者，則其文如霆，如電，如長風之出谷，如崇山
> 峻嶺，如決大川，如奔騏驥。……其得於陰與柔之美者，則其文如升初日，
> 如清風，如雲，如霞，如煙，如幽林曲澗。

　　這封書信提出了好文章的文體要素。姚鼐稱此種美文為「古文」，是一
種不受約束、平實的文體，其傳統可追溯至太史公司馬遷（公元前135?-公
元前86）。姚鼐明確指出，這套修辭學關懷的背後，存在一股堅定的信念，
認為優秀的寫作，實際上就是「道」的真正體現。姚鼐由此引出了一種美學
與教諭的結合，這完全超越了戴震、錢大昕所預想的那種更具備實踐意味的
「文」之範圍。實質上，將其在道德教化中的地位，放置於「義理」之上，
即便正確的道德認知仍是其終極目標。不難看出姚鼐是在常規的文章寫作
中，倡導一種更高層次的美感。顯而易見的是，他也為在美學感悟與文章寫
作技巧中宣揚意識形態，打開了方便之門。

　　在關於寫作本質與功能的極端相異論點背後，存在著一場更為根本的論
爭，聚焦於學問的基礎，以及它同政治實踐與道德哲學間的關係。十八世紀
對考證研究之熱情，最初聚焦於通過對典籍文本內涵的考核，進而獲得更加
堅確的理解，從而為正統儒家思想提供一個堅實的實證基礎；最初在宋代建
立的公理業已成為當時經學的特徵，作為官方意識形態被灌輸於教育和考試
系統，包括對官員的選拔，而考據學的領袖們視這些為陳腐過時，考據的目
的則是在公理之下有所挖掘。他們在早於宋代一千多年的漢代，尋見實證研
究所具備的一種更可靠的基礎，並由此建立拒斥宋代道統地位的決心，這種
努力所產生的新志業有一個流行稱號「漢學」。儘管普遍認為，考據學運動
的主要領袖人物在歷史認識和學術方法上皆取得巨大成就，但到了十八世紀
末，甚至連一些曾經堅持運動的中堅分子，也逐漸對專注於發現新證據的成
效，產生了疑慮：在古學裡尋找祕傳心法，以及質疑經典某部分真確性的研

究方法，不再被認為是有益於這個學術領域的。相反地，認為這種樸學研究，過於糾結於自身的動機裡，讓可運用的知識領域支離破碎，而不是使之統合。

姚鼐是最早對過度實證主義產生懷疑的人物之一。早在1774年，他就因為不滿四庫全書編訂政策的考據學偏好，辭去了纂修官職務，並於次年離開北京。此後姚鼐發展出一條明顯與漢學，以及那些北京追隨者所信奉的理念背道而馳的路徑，將餘生用在各地講學。他收了為數眾多的忠心弟子，這些人最終得以廣為傳播他的學說，即強調借由古文的熟習，來體現正確的宋儒義理之學。《漢學商兌》一書可說是其對考證學問背離的最好代表，該書為姚鼐的學生方東樹（1772-1851）所作，是對戴震、錢大昕等著名考據學家的徹底拒斥。值得注意的是，此書在1831年因阮元（1764-1849）的支持，終得刊印。阮因考證研究而馳享盛名，是當時最有權勢和影響力的士大夫。

然而，拒絕考證的離心傾向，對於考據運動試圖超越的宋學義理常談，並非意味著暢通無阻的自然回歸。十八世紀學者編纂的疏證堆積如山，使得回歸純粹思辨性的義理之學，成為幼稚無理的想法。在此情況下，呼籲對文章表現力的重新關注，便成為一個至關重要的任務——在為文時，要求有勤勉嚴謹的學問，結合所要表達的道德意涵，這就有別於考據研究的枯燥，也不同於虛浮脆弱、缺乏確切文本基礎的道德空談。這種新意義上的嚴密精準，容許古文強調道德權威時，不至於被懷疑僅是對過時宋學正統的倒行逆施。正如方東樹給姚鼐的另一弟子姚瑩（1785-1853）信中所說：「若夫興起人之善氣，遏抑人之淫心，陶搢紳，藻天地，載德與功以風動天下，傳之無窮，則莫如文」。然對當時許多學者文人而言，無論如何強調文體上的精雕細琢，古文寫作，就如莫里哀（Moliere, 1622-1673）的布爾喬亞紳士所討論的散文：他們發現自己其實早已習於此道。這也是焦循（1763-1818）在給友人信中所表達的困惑。換句話說，桐城派所提倡的表面是種對現狀的背離，實際上與當時正統文體並沒有那麼勢不兩力，因此也就不難企及。然而不無吊詭的是，熟習古文的人越多，方東樹這樣比較嚴格的倡導者，就越要哀嘆新的追隨者，遠遠不能掌握其精髓。

　　關於文章的重要性，古文並不是此時應運而生的唯一主張。支持方東樹反對漢學論爭的阮元，也提出了自己的文章理論，就是關於駢體文的復興。這種富於修飾性的韻文，在十八世紀末逐漸流行。需注意的是，駢體文曾活躍一時，直到晚唐和宋代的古文大家將其邊緣化。因此，駢體文復興的領袖人物出身於考據學派，並非偶然，因為這或許是該學派對於宋學表達拒斥的一個途徑。儘管這兩個派別在一定程度上，都強調了文章體式的重要性，但彼此之間存在著極為本質性的區別：古文未明言的意圖是要適用於一切文章的寫作，而駢體文的傳播者，卻恢復了兩種截然不同的文體差別，一曰「文」，就是精心修飾的寫作；一稱「筆」，是一種樸實文體，他們認為它難免於冗繁絮叨，近乎漫無目的的論述。阮元將「文」界定為「文章」，是兼有「沉思翰藻」的。桐城文論家試圖將所有文章一視同仁，即使是思想崇高者亦是如此，而阮元和被稱為「文選派」的追隨者——得名於六世紀時蕭統（501-531）的著名駢文選集——提出了兩種不同類型的寫作。其中比較典雅的類型，本質上似乎和現代意義的「文學」頗有重合之處。無論阮元實際意圖是否如此，他的理論，都已為超越實用性的寫作，開闢了一片空間，也埋下了伏筆，最終使王國維（1877-1927）在1906年時，激進地呼籲文學應有完全不同的天地。

　　在清朝結束前的整整一個世紀裡，這兩個流派一直是文章修辭的討論焦點，各有起落浮沉。例如，1840年代京師士林最活躍的人物多為桐城派的擁護者，而1895年後，又出現駢體文派的復興。然而在這些文脈興替的背後，或多或少存在著文章所支撐的某種明確政治用意。於是圍繞著寫作應該是什麼的問題，產生了曠日持久的論戰。一些人努力維護文章，使之作為知識統一場域核心部分的媒介作用；另一些人，則試圖區隔文辭與常規的學識，從而提升前者的地位。然而歸根究柢，這些運動代表了一個銅板的兩面：它們同時想賦予文章寫作以重要意義，在人人自危地感到清朝氣數將盡的時刻，這種意義可能被用以支撐政治與社會秩序。這種將文章之學提高至攸關生死的文化重要性做法，不可避免地，將對「文學」這一新場域產生深遠影響。這是1895年自日本引入中國的名詞，用以指涉具有一致性的「美文」，這是中國歷史上首次將文言與白話的詩歌與小說，置於同一範疇內。因此，根源

於清代對於文章本質與功能論戰的「文學的政治化」，遂成為現代中國最為
顯著的特徵之一。

胡志德（Theodore Huters）撰，張治 譯

1792 年
《紅樓夢》與馬戛爾尼使團啟程訪華

時間的衝撞：現代憧憬・懷舊想像

　　「（天朝）從不貴奇巧，並無更需爾國制辦物件。」乾隆皇帝（1736-
1795在位）在給英王喬治三世（George III, 1760-1820在位）的國書中如此
寫道，這封國書以皇帝寫給臣下的「敕諭」行文，是對來華的喬治・馬戛爾
尼勳爵（Lord George Macartney, 1737-1806）外交使團的回應。

　　1792前後，見證了兩件深刻預見中國現代經驗的大事：曹雪芹（1715-
1763）小說《紅樓夢》（程乙本）出版以及馬戛爾尼外交使團啟程訪華
（1792）。這兩件事開啟了往後數百年間中國思想史的關鍵，既具有根本意
義，也饒富起承轉合的契機。馬戛爾尼使團訪華期間（1793-1794）提出了
現代性的問題與前景，即外國人來到中國，以及國與國交涉的自覺和偏執。
與之形成對比的是，《紅樓夢》（程甲本、程乙本出版於1791、1792）創造
了一個囊括帝國晚期中國文化的高峰、又充斥著癡男怨女的晴天恨海。這使
大多數讀者因為出生時代與社會地位的差異，對從未能體驗的生活和已然失
去的文化，產生了深刻的追憶之情。

　　十六世紀後期開始來華的外交或基督教使團，並未讓中國的外交政策產
生太大變化。這種堅持中國高居「中央」地位的政策，自然將其他國家推至
邊緣。乾隆王朝無心於外國訊息的掌握與深入研究，中國各類文本中的外國
描述，依舊是異國情調式的神祕敘事與幻想的混合。經常以居高臨下或有意
貶低的語言，將外國人描寫比喻為禽獸。馬戛爾尼和近百名隨從來到清廷
後，雖然受到行禮如儀的款待，但很快就被遣離。1793年9月，馬戛爾尼謁

見乾隆皇帝時，提出在北京建立外交使節駐地請求，同時提議關閉限制繁多的廣州貿易體系，開放新的通商口岸，並制定公平的關稅。但所有請求都遭到拒絕，乾隆給了馬戛爾尼一道致喬治三世的「敕諭」，說明中國不需要從他國進口任何物品，因此不會增加與外國的貿易。

西方列強不會長期容忍中國始終將他們看成是進貢蠻夷的外交政策。更重要的是，他們也無法容忍為了換取絲綢、瓷器和茶葉，西方的白銀源源不斷地流入中國，因之所產生的貿易逆差。為了導正這樣的逆差，英國於十八世紀中葉開始向中國出售鴉片。

根據馬戛爾尼的私下觀察，中國海軍弱於英國，在這點上他有先見之明。爾後，中國在兩次鴉片戰爭（1839-1842, 1856-1860）中恥辱性戰敗，被迫簽訂不平等條約。中國成了一個半殖民地國家，香港成為英國殖民地（葡萄牙早在幾百年前，就已經租下澳門）。十個國家至少在十五座中國主要城市先後設立租界（天津就有九塊租界）。這些恥辱所造成的緊張局勢，導致了國家動盪不安與叛亂的爆發。其中最引人注目的是太平天國（1851-1864）與義和團（1900）之亂，兩者最終都在西方武力支持清廷下，被鎮壓了。

晚清改革者開始熱衷學習西方技術、文化與出國遊歷。許多人因強烈抵制這種社會動向，而緬懷傳統文化以及中國作為「中央王國」的時代。《紅樓夢》所得到的反響，有力說明了現代性和傳統之間的交錯互動（transculturation），這本小說作為國族文化身分的體現，在世界文學中，或許只有《唐吉訶德》可與之比肩。

《紅樓夢》的各種版本——中文版和英文版皆然——都在書名頁注明這部小說作者是曹雪芹，由高鶚（約1738-約1815）補寫。有關曹雪芹生平，我們所知甚微，僅知他出身於一戶失寵於帝王的豪門大族。他的名字出現在小說第一回，但也僅僅是一系列據說是重寫或編輯過本書較早版本者之一。有些名字顯然是杜撰的，有些則完全不為人所知。小說早期手稿並未標明作者，高鶚和程偉元1791、1792年整理出版的活字版，讓小說得以廣泛的公開傳播，其序言稱：「作者相傳不一，究未知出於何人。」

《紅樓夢》的主人公賈寶玉性情古怪，出身富庶之家，周邊始終圍繞著

一群堂表姊妹與丫鬟等女性，他經歷了家族在道德與經濟上由盛入衰的歷程。《紅樓夢》就算不是第一部，也可說是中國最早將情感置於關鍵的傳統長篇小說之一。賈寶玉經歷了對堂表姊妹的依戀到失去她們，最終從棄絕紅塵中獲得啟悟。但這樣的啟悟過程難免啟人疑竇，因為小說初衷本為悲金悼玉，追懷逝者。然而，經由依戀與欲望而獲得啟悟的反諷，也適用於閱讀這部小說的經驗上。《紅樓夢》的讀者必須通過對形式或表象，以及它們所引發的情感沉思，才能獲致某種真理，即對虛無的認知——真理就是一切皆為表象，人世虛無而短暫。就此而言，小說既是嘲弄，又或者是哀嘆。佛教的超脫與虛構的耽美不斷彼此顛覆。

《紅樓夢》別名——《金陵十二釵》——最易勾起記憶的是那段寶玉在一場幻夢中見到「薄命司」冊子，預言了主要女性悲哀命運的情節。《紅樓夢》借由寶玉和眾家女性所居的大觀園，創造了一個集女性審美、趣味、才華、敏感與道德的理想世界。然而，它同時又是一部追憶似水年華的懺情實錄。

許多讀者為小說中描寫的物質文化和賈家奢華、動人的細膩描繪所深深吸引。織物、繪畫、家具、奇特的小玩意兒——都包含著複雜的喻意，也涉及一個時代的趣味、文化和鑑賞力。《紅樓夢》以其百科全書式的容量，在某種意義上，概括了中華帝國晚期的文化，更重要的是，它也挑戰了這種文化。它質疑了秩序系統中理解或界定自我的方式；質疑了角色及其顛覆性的意義；質疑了情感、欲望與藝術想像，對傳統和自主性的占有；質疑了秩序與和諧對個體複雜性和內在衝突的鉗制。《紅樓夢》中自我與社會的複雜表現，以及對一個失落世界的懷舊和理想化，表達了中國現代讀者對傳統文化的情感。然而，與此同時，《紅樓夢》反諷和批判性的自我指涉，也暗示了現代性的負擔。

在《紅樓夢》的再生產、傳播、挪用與消費的過程中，雅俗文化的界線不停移動。大多數中國大學的中文系都不僅僅只有一位「紅學」專家，2010年耗費巨資，長達五十二集的電視連續劇《紅樓夢》上映。而之前舉行的紅樓選秀活動，更是讓數百萬觀眾從236,000萬名應徵者中投票，選出他們心目中的理想演員。《紅樓夢》滲入到漢語日常用法，諸多家庭把嬌生慣養的

獨生子稱作「小賈寶玉」，許多以自我為中心的女孩被描繪為黛玉，賢淑有禮的則是寶釵。卓越的中國現代語言學家王力（1900-1986），其著名且影響深遠的著作《中國現代語法》一書所引用的例子，幾乎都出自《紅樓夢》。

《紅樓夢》經歷了十九世紀末到二十世紀初的劇變，影響力仍歷久不衰，主因在於它成為新興大眾文化的一部分。這種文化與都市娛樂業、雜誌、現代商業出版，以及職業流行作家息息相關。此外，五四運動（1919）之後，現代知識分子渴望建立一個與歐洲現代小說平起平坐的文學傳統，《紅樓夢》因之鞏固了其文學經典的地位。1950年代毛澤東（1893-1976）發起文學清洗運動，其中批判俞平伯（1900-1990）對《紅樓夢》所做的政治錯誤闡釋。在共產主義的話語中，這部小說或被視為封建主義衰敗的典範，或被看作青年反抗傳統的寓言。《紅樓夢》和它的文化影響，依賴於界定與重新界定現代中國的社會、文化與技術上諸多變化之合流及其象徵。

劉心武（1942-）在2005及2007年的電視講座中，恢復了一種《達文西密碼》（The Da Vinci Code）式的解讀方法，諸如此類的流行闡釋，利用了近期清宮劇在大眾文化中的流行熱度，把這部小說詮釋為關於某個皇帝的宮廷歷史演義。當代對這個失落了的世界，以及逝去的青春與天真無邪的懷舊，或許不像百年前表現得那樣極端，畢竟西潮來臨，現代性與革命等力量已將過去推到遙不可及的遠方。如今對《紅樓夢》、傳統文化和清史的興趣，則成為一種流行。《紅樓夢》所體現的懷舊想像，在北京大觀園這類主題公園（它更像是以1987年版電視劇，而非以小說作為設計基礎）得到了呈現。遊客可以在此將自己裝扮成心儀的角色，或者觀看一部如臨其境的電影，隨寶玉夢遊太虛幻境。這種體驗《紅樓夢》的欲望並非首創：從十九世紀末到二十世紀初，北京和上海的妓院就以《紅樓夢》中女性人物命名的妓女為其賣點。

各種節本和舞台劇改編，使得《紅樓夢》能更廣泛地被那些非知識分子階層或普羅大眾所接受，諸多「續書」（非曹雪芹所著）則證明了原作對文人文化持久不衰的影響力。第一部續書出版於1796年，離《紅樓夢》的出版不過數年；2006年另兩部續書出版；期間至少還陸續出版了56部續書之多。

有一類作品或可稱為同人小說，閱讀者甚眾，如2004年出版的日文推理小說《紅樓夢殺人事件》，這部小說改寫了主要人物的活動背景，將其設置於一個神祕俱樂部而非詩社（這一事件也點燃了民族主義者的憤怒情緒，因為作者是日本人，他竟敢把小說中的神聖人物挪用到他的故事裡）。大多數續作則試圖以不同的方式改寫《紅樓夢》的結局——消除令人痛苦的內在矛盾，改善寶玉和黛玉的自私與古怪性格，或者一廂情願地，改寫那悲劇性的愛情故事。

晚清文學（至少）有兩個不斷出現的主題：相信留學有改革的力量，以及迷戀於構想烏托邦式的文明——這些文明或對社會的緊張狀態抱持批判態度，或消解這種緊張狀態。這兩種主題在兩部同題小說《新石頭記》中，都有所表現。吳趼人（1866-1910）1908年的小說開篇，述及寶玉前往「野蠻世界」旅行，同時見證了義和團叛亂的暴行，又因傳播民主觀念而遭逮捕。然後他無意間踏入「文明境界」，這是一個擁有出色政治制度、科學成就和道德修養的烏托邦。寶玉的旅行，以他對這個世界的統治者——令人尊敬的東方強——之拜訪而告終。東方強解釋他的烏托邦是建立在儒家「仁」的基礎上。南武野蠻的《新石頭記》（1909），以黛玉為主人公。寶玉和寶釵結婚當天，林黛玉並未氣絕身亡，而是逃離大觀園，想方設法到了美國留學。最終獲得英文與哲學博士學位，脫離之前角色設定，一改中國打扮，成了東京大同學校的教授。寶玉為了接近她，入讀這所學校成為留學生。

夏志清（1921-2013）曾言中國現代文學的特徵是「情迷中國」，它包含了向後看與向外看的兩種姿態，目的是創造對未來的想像。馬戛爾尼訪華與《紅樓夢》的出版，在1792這個巧妙的時間遇合點，生成一幅雙重視景，關係著我們敘述、想像以及反思中國現代性的方式。回顧輝煌的過去，或憧憬烏托邦式的未來——這廣義上的「旅行」欲望，是中國現代文學中強勁的衝力，這兩種欲望在很大程度上，也是1792事件的遺產。

參考文獻：

Way-yee Li, "Full-Length Vernacular Fiction," in *The Columbia History of Chinese*

Literature, ed., Victor H. Mair (New York, Columbia University Press, 2001), pp. 620-658.

Helen Henrietta Macartney Robbins, *Our First Ambassador to China; An Account of the Life of George, Earl of Macartney, with Extracts from His Letters, and the Narrative of His Experiences in China, as Told by Himself, 1737-1806* (London, 1908).

Shang Wei, "The *Stone* Phenomenon," in *Approaches to Teaching The Story of the Stone (Dream of the Red Chamber)*, ed., Andrew Schonebaum and Tina Lu (New York, The Modern Language Association of America, 2012), pp. 390-412.

宋安德（Andrew Schonebaum）撰，季劍青 譯

1807年9月6日

馬禮遜來到廣州

翻譯的現代性：馬禮遜的中國文學

　　1807年1月31日，來自倫敦傳道會（London Missionary Society），時年二十五的馬禮遜（Robert Morrisonm, 1782–1834）開始了取道美國，前往中國的艱難旅程，1807年9月6日他踏上了廣州的土地。由於清政府禁止基督教活動，這位中國新教傳教事業的開創者，是以東印度公司翻譯的身分，獲得中國合法居留權。

　　到中國前一年，馬禮遜研究漢語的畢生事業始於大英博物館。他在倫敦的中文老師容三德（Yong Sam-tak）協助下，抄寫了白日升（Jean Basset, 1662–1707，又作「巴設」）的不完整天主教《聖經》漢譯本。在此譯稿基礎上，馬禮遜於1813年出版了第一部《新約》漢譯本，十年後完成整部《聖經》的漢譯出版。這件事受到高度評價，被視為中國基督教的劃時代成就。同時它也為十九世紀初中國語言、文學和文化的現代性興起，做出了貢獻。

　　馬禮遜在廣州和澳門居住約三十年，由於不准公開傳教，他全心投入文學事業，並追求聖經漢譯的精益求精及其他神學著作的最佳風格。在此過程中，他曾以讚許口吻談及明清白話小說，尤其是《三國演義》。《聖諭廣訓》——康熙皇帝（1662–1722年在位）的十六條訓諭——的官話講解，則影響了馬禮遜漢語譯著的風格。

　　1812年，清廷下旨祕密印刷基督教書籍者可判處死刑，馬禮遜的中國助手自然是違反了這項法令，其中一位甚至隨身攜帶毒藥，做好就死準備。在如此的險境下，馬禮遜除漢譯《聖經》外，還出版了《威斯敏斯德小要理問

答》（*Westminster Shorter Catechism*）的第一個漢譯本《問答淺注耶穌教法》（1812），翻譯了《英格蘭教會第一布道書》（*The First Homily of the Church of England*）和《公禱書》（*The Book of Common Prayer*）的部分內容，漢譯本分別題為《勸讀聖錄熟知文》（1812）以及《年中每日早晚祈禱敍式》（1818），還有基督教國家裡普遍歌唱的大量聖詩的匯集本（《養心神詩》，1818）。除了翻譯西方著作外，馬禮遜還寫了幾部原創性的文學作品，如《西遊地球聞見略傳》（1819），以及《古聖奉神天啟示道家訓》（1832）。

　　過去的文學史家，似乎都忽略了一個事實，即中國白話的現代性，可追溯到傳教士在東南亞華語地區的文學活動。馬禮遜的大量翻譯和著作，把詞彙、句法、文學形式及宗教文化觀念的新要素，輸入漢語中。就詞彙層面，馬禮遜的翻譯屢見新詞，這些新詞往往成為傳達外國術語與觀念最有效的載體。重要的例子如《古聖奉神天啟示道家訓》中的「牧師」和「割禮」，以及《西遊地球聞見略傳》中的「世界末日」。除了創造新詞和短語，馬禮遜還以音譯方式翻譯帶有明顯猶太教或基督教色彩的聖經語彙，如Christ，Paschal，talentum和diabolos等詞。馬禮遜創新的許多詞語，如「世界末日」在當代漢語中已廣為使用。

　　馬禮遜模仿屈折語中諸如-er、-ist或-ian等表示施動者後綴的用法，在他的漢譯著作中大量採用表示施動者的詞綴「者」，如用「贖者」翻譯「ｒｅｄｅｅｍｅｒ」（《威斯敏斯德小要理問答》），用「導者」翻譯「comforter」（《約翰福音》14：16），用「老者」翻譯「elders」（《馬太福音》26：3）。值得注意的是，白日升譯稿用「善牧」翻譯「good shepherd」，馬禮遜在後面加上一個「者」字（《約翰福音》10：11）。雖然文言也使用詞綴「者」，但它的廣泛使用，卻是當代漢語表述的特徵。馬禮遜還特別注意添加表示複數的詞綴「輩」，偶爾也用「們」，借以還原源文本中的複數後綴。例如，「saints」一詞被譯作「聖輩」（《以弗所書》4：12），「scribes」譯作「書史輩」（《馬太福音》26：3），「we」則譯作「我們」（《約翰福音》1：45）。馬禮遜嚴格遵循語法中對數的強調，大幅度減少漢語書寫中的含混性。

　　除了這些詞彙上的特徵，馬禮遜還將新的句法結構引入漢語，而漢語缺少限定人稱、時態與語態等顯而易見的表達方式。文言中的被動語態，通常是用詞序——動作對象置於動詞之前——來表達，而非依賴於表示被動語態的語法標記。然而，馬禮遜翻譯原文本中的被動語態時，經常使用被動的助動詞「被」，用以表示主語是動作的對象。例如短語「be betrayed」（《馬太福音》17：22）譯做「被賣負」，「was transfigured」（《馬太福音》17：2）譯做「被變過」，「be crucified」（《馬太福音》26：2）譯做「被釘十字架」。使用「被」這一語法標記的被動句，已成為二十世紀初以來，現代漢語的標準句法結構。

　　馬禮遜翻譯《威斯敏斯德小要理問答》中的《使徒信經》（*Apostle's Creed*），體現了英語中省略的句法規則，這一規則允許出於簡潔的考慮，而略去句子中的某一部分。然而省略的規則並不適用於漢語；在平行的從句中，漢語一般情況下，都要求重複動詞，甚至重複主語。馬禮遜的方法是重複使用漢語中與英語介詞「in」、「on」或「at」相近的詞「於」，來指代他想要省略的名詞短語。由此，馬禮遜就把某些歐洲語言的語法結構，納入漢語中，特別是省略的規則、抽象名詞的構詞法，以及長前置修飾語的廣泛運用，凡此皆為二十世紀初漢語的現代化奠定了基礎。

　　納入新詞彙和句法結構外，馬禮遜還藉由翻譯，為漢語輸入了新的文學形式。翻譯《英格蘭教會第一布道書》時，馬禮遜非常細緻地重現了這一文本富於韻律感的特徵。布道書指的是以布道形式所做的基督教評註，這種布道是禮拜過程中，讀完經文後所進行的。例如翻譯「Let us night and day muse, and have meditation and contemplation in them (Psa. i.); let us ruminate, and, as it were, chew the cud, that we may have the sweet juice, spiritual effect, marrow, honey, kernel, taste, comfort, and consolation of them」（「我等宜日夜思之，默想之，復嚼之，致得其計，其靈驗，其髓，其蜜糖，其核子，其味，其慰，其安樂焉」）這段話時，馬禮遜試圖在引導從句後加上助詞「之」，並且重複所有格代詞「其」，以此重現經文的韻律模式、平行結構和靈韻（aura），為的是充分表現後面短語的詩味與修辭之美。

　　另一例子是，馬禮遜和他的中國助手翻譯包括三十首聖詩的《養心神

詩》詩集。第二十七首聖詩《蘇格蘭韻文詩篇》（*The Scottish Psalter*, 1635）中的〈萬萬民人在普天下〉（All people that on earth do dwell）第一節如下：

萬萬民人在普天下，以喜歡之聲頌神主，樂服事之其美布告，進來其前及快樂舉。

（「All people that on earth do dwell, / Sing to the Lord with cheerful voice. / Him serve with fear, His praise forth tell; / Come ye before Him and rejoice.」）

為保留原有旋律，以便於基督徒禮拜的考慮，譯詩再現了原詩的長音步（8，8，8，8）。在中國古典文學史上，八言詩非常罕見，且單音節詞居於主導地位。而馬禮遜的翻譯捨棄了傳統中國詩歌的標準格律和押韻模式，大膽使用雙音節和多音節詞。這些嘗試為中國現代詩寫作開闢了新的可能性，它們走在五四詩人的先鋒實驗之前。

第一次鴉片戰爭（1839-1842）前，許多新教傳教士先派駐東南亞，等待中國的開放。他們在當地用地方語言翻譯《聖經》。因此，大部分的漢文著作——包括馬禮遜的著述——都是由馬六甲、新加坡和巴達維亞的傳教士出版社所出版。這些傳教士以教義問答和文本互相援引的方式，形成網絡，傳播福音。

馬禮遜文體風格的倡議，以及文學上的實驗，對他的傳教士同行——特別是米憐（William Milne, 1785-1822）、郭實臘（Karl F. A. Gützlaff, 1803-1851）以及中國第一位本土福音派傳教士梁發（1789-1855）來說，構成了一個豐富的靈感源泉。

米憐以馬禮遜所使用的小說框架為藍本，出版了第一部漢語新教傳教士小說《張遠兩友相論》（1819）。這部白話小說採用了熟悉的中國場景和非對抗性語調，圍繞一個基督徒與他的非基督徒朋友間的十二篇對話。這些對話涉及諸如罪、永生和復活這一類的宗教主題。《張遠兩友相論》多次被改寫為不同的方言版本，一九三〇年代末還持續重印。它成為流傳最廣與最受歡迎的漢語傳教上小說，被認為是中國現代白話小說的源頭。

在米憐開創性的鼓舞下，郭實臘也致力於白話基督教小說創作，完成為

數可觀的作品，代表作是《贖罪之傳道》（1934）和《正邪比較》（1838）。它們具白話小說的生動鮮活，同時穿插許多新鮮的敘事策略。米憐、郭實臘和梁發的作品，大量援引馬禮遜的《聖經》漢譯，郭實臘甚至經常引用或修改馬禮遜翻譯的聖詩，用作小說卷頭詩。馬禮遜的作品，不僅對下一代傳教士的文學事業，產生了深遠的影響，也間接地促成了太平天國運動，洪秀全（1814–1864）閱讀過梁發和郭實臘的作品，郭實臘修訂的馬禮遜《聖經》，成為太平天國的官方版本。

　　馬禮遜的文學遺產，向中國讀者介紹西方學術和新穎的世界觀，因而推動了中國的文化現代性。《西遊地球聞見略傳》以一個環球旅行的中國人為第一人稱視角，向中國讀者展示西方地理觀、政治制度與世界起源論。《古聖奉神天啟示道家訓》則描述了廣泛的現代知識，諸如法國大革命、拿破崙戰爭，和西方天文學等論題。由於鴉片戰爭前中英關係日趨惡化，東印度公司的馬治平（Charles Marjoribanks, 1794–1833）委託馬禮遜翻譯他的 *Brief Account of the English Character*，譯名《大英國人事略說》。這部充滿政治色彩的著作，簡明描繪了英國人的性格和文化，呼籲中英兩國建立更平等的貿易關係。這本書在中國沿海地區流傳極廣，甚至通過地方官上傳至道光皇帝（1821–1850在位）。上述提及的世俗知識領域，被很巧妙地植入一個根本性的假定中，即基督教是構成歐洲文明的支柱之一。這些知識因而擴展了中國人看待世界歷史和政治的視野。值得注意的是，馬禮遜的一些著作——如《問答淺注耶穌教法》——被馬六甲的英華書院（Anglo-Chinese College）作為教材，在塑造學生的表達方式與宗教心態上發揮了作用。其中一些學生像是何進善（1817–1871），後來成為華人小區的宗教與社會領袖。

　　馬禮遜不僅是傳教的先驅者，同時也因為將中國語言和文化介紹到西方世界，而成為中西文化媒介的角色。他用英文寫了一部中國語法書，幾部關於中國文化和社會的論著，並且早在1813年，就將中國傳統文學作品——包括《紅樓夢》的節選——翻譯為英文。他的代表作是六卷本的《華英詞典》（*Dictionary of the Chinese Language*, 1815–1822）。這是第一部漢英詞典，以漢字發音的字母順序排列，並未採用當時通行的部首排列標準。馬禮遜用羅馬字母標注漢字讀音，用變音符號標示諸如聲調和送氣音的語音細節。馬禮

遜的羅馬化拼音，早於威妥瑪拼音與漢語拼音數十年，它以精確和系統的方式，記錄了漢字的語音特徵，使得漢語易於為西方學習者所接受。

　　由於文言的架構，可能無法完全支撐外國的語言結構和其特定的文化觀念，馬禮遜和他的傳教士同仁，在翻譯西方作品的過程中，發現需要從白話中尋求——如果不是創造——新的語言模式和手段。這些傳教士的翻譯事業，不僅預示了中國語言從文言轉向現代白話形式，而且在十九世紀末至二十世紀初的中國文學革新與文化轉型上，發揮了媒介與催化劑的作用——這是一個由於民族主義和意識形態而被長期遮蔽的事實。

參考文獻：

Richard R. Cook, "Overcoming Missions Guilt: Robert Morrison, Liang Fa, and the Opium Wars," in *After Imperialism: Christian Identity in China and the Global Evangelical Movement*, ed., Richard R. Cook and David W. Pao (Eugene, OR, Lutterworth Press, 2011), pp. 35-45.

Patrick Hanan, "The Missionary Novels of Nineteenth-Century China," *Harvard Journal of Asian Studies* 60, no. 2 (December 2000): 413-443.

John T. P. Lai, *Negotiating Religious Gaps: The Enterprise of Translating Christian Tracts by Protestant Missionaries in Nineteenth-Century China* (Sankt Augustine, Germany, Monumenta Serica, 2012).

Elizabeth Armstrong Morrison, *Memoirs of the Life and Labours of Robert Morrison* (London, Longman, 1839).

J. Barton Starr, "The Legacy of Robert Morrison," *International Bullitin of Missionary Research* 22, no. 2 (April 1998): 73-76.

黎子鵬（John T. P. Lai）撰，季劍青 譯

1810年
朝鮮使節金正喜抵達局勢緊張的北京

公羊想像與托古改制

　　1810年李氏朝鮮（1392-1897）使節金正喜（1786-1856）抵達北京，其時已是嘉慶皇帝（1796-1820在位）鏟除和珅（1750-1799）勢力之後十年了。金正喜修書回首爾（當時稱為漢城），提及乾隆皇帝（1736-1795在位）應該是位英明君主，只是為名震一時的「和珅案」所牽連。和珅為乾隆寵臣，也是一位政治家，但其貪腐規模卻史無前例。與金正喜往來者，多為反和珅派系人物。他在朝鮮的教師樸齊家（1750-1805），曾讚頌流放常州的士大夫洪亮吉（1746-1809）在小學及文獻學的造詣，並稱譽他是公羊學解經傳統裡獨具天賦的文章義法家（公羊學派的宗師公羊高，公元前475-公元前221年戰國時代齊國人）。

　　公元前二世紀初，公羊高為一部孔子（公元前551-公元前479）關於公元前722至公元前481年間的魯國編年史《春秋》撰寫註解。樸齊家藉由《公羊傳》連結了洪亮吉和孔子，他認為洪亮吉接受公羊學派的意識形態：意指孔子在《春秋》一書中，將政治事件中的「微言大義」進行了編碼，《公羊傳》則為之譯碼。這部註解批評了威脅聖賢君主普遍秩序的人。和珅專寵時期，洪亮吉即利用這部書，批判政治貪腐者。

　　1790年樸齊家造訪北京，接觸一位意想不到的「反對派」，其學術譜系的中心人物是大學士莊存與（1719-1788）。莊存與鄉籍所在的常州，乃長江岸邊的一座城市，位於繁榮富庶的江南地區中心，也是晚清時期的文化重鎮。

金正喜的來往交遊中，莊存與的孫輩莊述祖（1750-1816）及劉逢祿（1776-1829）在列，皆為十九世紀初常州「今文」經學的領袖人物。該學派主張，公元前213年秦始皇「焚書」後，憑借殘卷和記憶編纂的孔門經籍是可靠的。這些文本以當時通行的「隸書」所記錄，因此被稱為「今文」經。相對的「古文」經，依字面意思是指「古代通行字體」撰寫的經籍，以秦之前的古老「大篆」寫成。據推測，這些古文經在焚書時因被妥藏而得以保存，爾後重新被發現。常州莊、劉二氏以來的清朝學者，最先將《春秋》視為孔子整體思想的體現，而不僅是一部魯國宮廷編年史而已。這個觀點也是《春秋》三傳之一，更具歷史學傾向的《左傳》所主張的。

今文經學家們力主孔子作《春秋》以批評他所處的時代。《公羊傳》則蘊含了將孔子神聖化為本應領受天命之人。孔子未能接受天命，而將時事編年記錄，褒貶時事，施以春秋筆法。另有駁斥諸如《左傳》等古文經學的正統地位，指控在兩漢間的空位期（9-23），也即王莽（公元前45-公元23）篡漢期間，御用學者劉歆（約公元前50-公元23）等人偽造了古文經。劉逢祿後來解釋：

夫子受命製作，以為托諸空言，不如行事博深切明，故引史記而加乎王心焉。孟子曰：「《春秋》，天子之事也。」

今文經學的倡導者如莊、劉等人，轉向了《公羊傳》，因為它是傳自西漢（公元前206-公元9）大臣董仲舒（公元前179-前104）唯一一部完整的今文經傳。根據《公羊傳》，孔子作《春秋》採用了獨特用語，以呈現因事而發的歷史判斷。董仲舒詳述了《公羊傳》學說：「〔孔子〕於所見微其辭，於所聞痛其禍，於傳聞殺其恩，與情俱也。」董仲舒的時代理論，體現於「三世說」的循環觀念中，這與陰陽交互作用相關，又結合了中國傳統木、火、土、金、水的五行說。政治理論、君臣世界與天體運行相互交錯：

今《春秋》之為學也，道往而明來者也。然而其辭體天之微，故難知也。弗能察，寂若無；能察之，無物不在。是故為《春秋》者，得一端而多

連之，見一空而博貫之，則天下盡矣。

依照董仲舒的政治理論，朝代更迭帶來了制度變化。對應三世說中的每一階段，都有與之相應的制度結構。制度如同朝代一樣，依據陰陽五行而循環變化。夏、商、周之「三統」，經由時空演進，產生了相應的制度變化：

古之王者，受命而王，改制、稱號、正月，……然後感應一其司。……所以明乎天統之義也。

通過「內諸夏而外夷狄」，《春秋》提供了一個以同心圓方式，安置內外不同人群的文化觀，這形成了古代外交事務核心的朝貢體系。周朝（公元前1046-公元前256）的內部諸侯國，擁有高於周邊部族、蠻夷的優先權。舉例而言，今文經學的外交觀念，成為劉逢祿供職禮部時，解決外交衝突的基本框架。今文經的《公羊傳》，為西漢時期將孔子描述為一個富有預見的「素王」說法提供了依據。

直到十九世紀，《左傳》讓東漢古文經學家們認定孔子為受人尊敬的教師與知識傳授者，這與常州今文經學家視孔子為超凡入聖的預言家說法相左。常州學者質疑《左傳》，他們最終將今文經學引上了政治語言與古文獻學、考據學對立的道路上。代表了新信仰形式，即今文經學求用求變，不再追求語文考據學意義上的精密嚴謹。

莊存與的別有洞見，與一七八〇年代的宮廷政治一致。一七九〇年代，莊述祖將他的漢學考據與今文經學，傳授給劉逢祿，劉曾隨外祖莊存與學習。當時尚未引起關注的魏源（1794-1857）和龔自珍（1792-1841），都在十九世紀傳承了常州傳統。劉逢祿的今文經學，結合了莊存與公羊學，和莊述祖的考據學。魏源的《古微堂文稿》，如今保存在北京的國家圖書館善本部。其中有魏源為一八二〇年代出版的莊存與文集所作的序文的兩個版本。在兩個版本裡，魏源皆稱莊存與是一位「真漢學者」。

其中一個版本從未發表過，篇末出現一節有關政治方面的陳述。魏源描述了莊存與的晚年，作為大學士的他，是如何同昔日的宮廷護衛、御前寵臣

和珅共事的。魏源提及莊存與、和珅二人相處不睦，在那個晦暗的年月裡，莊氏寫下的古典研究著作，充斥著因為和珅氣燄日漲，油然而生的悲憤及失望。刊本的魏源序文中，關於和珅的記述都消失了。莊家子弟可能針對這些敏感話題進行刪裁。然而莊存與的著作，仍然透露出他對和珅的批評，這些看法都以編碼處理，利用經籍典故掩護，尤其採用了孔子「春秋筆法」的傳統。遺憾的是，莊家並未盡早地刊布這些著作，而是在莊存與去世近四十年後，才付梓印行。

與莊家交好的惲敬（1757-1817），對常州公羊學說與今文經學皆有論述。在《三代因革論》系列文章中，他稱古文為政治表達的媒介，而今文則是制度變革的設想。

惲敬文中開篇就展現出激進的觀念變革，他將此變革融入自己的史學思想和文章見解中。他對「合乎人情」的努力，與當時重新評價人欲的方向一致。惲敬還考察了經典理想的局限，歷史現實比政治和道德的抽象概念更需優先考慮。他借用柳宗元（773-819）歷史必然性的論點，以及公羊學中有關「三世」的變革主張，援引聖賢發起的制度變革，以揭示因時而變的合法與合理。早於康有為（1858-1927）半個世紀，今文經學的意識形態，早已確立了政治變革的合理性。

常州今文經學家的激進主義思想，並不僅局限於內容，而延伸至形式。正當其他地方的清朝學者日益轉向漢朝駢體文時，常州文人和安徽桐城傳統的學者，共同捍衛了宋明時期的古文。陽湖派古文——十九世紀文人結社風尚的先驅——追隨者中包括了當地各色文士，他們的文學成就和經學研究輝映成趣。以文體家出類拔萃的張惠言（1761-1802）及惲敬，與常州其他文人皆有來往。這些關係紐帶，演進為一種文學群體，與和珅時代的惡劣影響息息相關。

文學與今文經學的交迭，需要具備駢文所承傳的古典學識，以及古文繁複的文章技藝。詩詞再度成為政治表達的工具，張惠言認為詩詞是「微言大義」的寶庫，名士可以借此寄託他們的時事批評。借用西漢今文經學家對孔子《春秋》、《詩經》（　部約成書於公元前十一世紀到公元前六世紀間的詩歌總集，共305篇）「春秋筆法」的詩學詮釋，張惠言的抒情詩詞，也傳

達了對政治事件的間接批評。《春秋》及《詩經》都隱喻了周朝的滅亡，抒情詩人的作品，也同樣隱喻了他們所處的社會。實際上，張惠言在抒情詩詞的寫作和詮釋上，都運用了莊存與在《公羊傳》所發現的內容。經由意志堅決的士大夫之手，傳世文字提供了當代人批評時事的方法。

莊氏和劉氏把他們的公羊學術局限於安全的家族血脈傳承，直至一八二〇年代的嘉慶朝末期，劉逢祿之後將這些看法公之於眾。常州學者雖未曾受到二十世紀學術界的充分注意和闡釋，但他們已實現了公羊學說的政治意圖，即經學學術與政治話語的重新結合。今文經學家傳播思想、社會及政治的變革風尚，往後由康有為等人承接。十九世紀末，首先是廖平（1852-1932），繼而康有為，借用了常州學派及其各色追隨者的今文經學，喚起一種與眾不同的近代中國政治與文化想像。

1891年，晚清變革主要呼籲者康有為撰寫了考據學傑作《新學偽經考》。這種解構主義的論述，挑戰了整套經籍系統的可靠性，斥其為劉歆與王莽所造的偽書。在此基調上，康有為在1897年刊布了《孔子改制考》，構想出一種政治上極為冒險的解讀，他認為孔子是個社會改革家，但此書在1898年以及1900年，兩度由於政治的原因遭到查禁。

根據康有為的說法，孔子是一位預言家，曾闡明一個被古文經學家隱藏的歷史演進觀。這一重新闡釋，呈現了康有為以經學為幌子，傾注了自己有關「改制」的近代理想。他看好的是君主立憲制，想將中華帝國按照明治日本的榜樣進行改革。在他的巨著《大同書》中，曾以未來世界主義烏托邦的名義，呼籲終結私有財產制與家庭。康有為對合法經學的另類表述，挑戰了原本的經學正宗。他意圖以受西方影響、而又取法於古代中國的本土化民主想像，取而代之。這種同時兼具啟示錄和千禧年盛世的理想，不僅影響了梁啟超（1873-1929）那樣的改良派，也影響了毛澤東（1893-1976）等未來出現的革命派。

到了當代，公羊學說依然激奮著如蔣慶（1953-）這樣的傳統主義者，他們力主讓中國恢復自己的古代政治習俗——「參通天地人」，而達致和諧的「王道」——而非將中國政治傳統西化。由此，蔣慶等人試圖還原西方政府形式與古代經典模式之間的宇宙論分歧，這與康有為曾經的理想不謀而合。

參考文獻：

Benjamin Elman, *Classicism, Politics, and Kinship: The Ch'ang-chou School of New Text Confucianism in Late Imperial China*, (Berkeley, CA, University of California Press, 1990).

Jiang Qing, *A Confucian Constitutional Order: How China's Ancient Past Can Shape Its Political Future*, ed., Daniel A. Bell and Ruiping Fan, trans., Edmund Ryden (Princeton, NJ, Princeton University Press, 2013).

Susan Mann (Jones), "Hung Liang-chi (1746-1809): The Perception and Articulation of Political Problems in Late Eighteenth-Century China," PhD diss., (University of Chicago, 1971).

班傑明・艾爾曼（Benjamin A. Elman）撰，張治 譯

1820年

「這個甥女，據俺看來，只怕是個『離鄉病』。」《鏡花緣》第31回

「以世界為家」：《鏡花緣》與中國女性

1820年，李汝珍（約1763-1830）完成了一部超前於時代的長篇小說《鏡花緣》。小說背景設置在中國遙遠的過去——曾侍奉唐太宗（626-649在位）與唐高宗（649-683在位）的女皇武則天（684-705在位），此時正大權獨攬，創立了短命的朝代（武）周（690-705），從而成為唯一一位以皇帝名義統治中國的女人——小說同時預言了婦女解放與民族富強運動。書成數十年後，這些命題在中國方始備受關注。

《鏡花緣》情節始自主人公唐敖的蒙冤，他被人誣陷謀反於女皇，因而被迫流亡。他在南中國海奇幻島國的一連串經歷成為小說的主要情節。小說中有關唐敖的見聞，大致以中國神話《山海經》為藍本，每個虛構國度都被賦予一種非尋常的特色，藉以反映當時中國社會的各個層面。例如小說中的歧舌國人，以掌握珍貴的音韻表著稱，可輕鬆學會任何新的外國語言，只需要將新詞語拆成相應的「字母」即可。李汝珍在1805年曾刊行過一部六卷本的漢語音韻論著《李氏音鑒》。受此啟發，小說虛構的音韻表，不僅反映了中國語言文字學術傳統的意義，也顯示了外語及翻譯實踐與日俱增的重要性。

唐敖在歧舌國延請的當地通使，其女蘭音因罹病而腹脹如鼓，因此央求唐敖等人帶她同行，以尋求療方。在獲得藥草配方後，唐敖一行人試圖將她送回父親處，但一旦涉足故國海域，那些病徵便重新引發。這番舊病復發，唐敖的妻舅，即商人林之洋便說道：「這個甥女，據俺看來，只怕是個『離

鄉病』。」——並不是指她過度渴望回家，說的是家國的實體空間是她罹病的原因。

因於肚腹膨脹之怪病，蘭音父親只得將她拱手送人，這是對應於外族通婚親緣結構的表徵。傳統中國婦女須離開其出生的原生家庭，嫁入夫家。因此這一系列事件，隱喻著中國傳統社會以女性在父系家族間的強迫性流動為其基礎而建立的方式。與此同時，就小說語境看來，蘭音的離鄉背井，影射了唐敖被驅逐出祖國的境況，兩者共同呈現這部作品的基本著眼點，即性別與性別倒置的問題。例證包括小說開篇武則天登基，結尾處一場獨特的帝國官吏人才選拔的女科會試，以及作品中知名的女兒國敘述。傳統上屬於男性的社會角色，此處皆由女性擔任，通常分配給女性的角色則轉由男性接手。女兒國正好是唐敖一行人，辭別蘭音的島國後的下一站，在他們抵達不久，女國主就對林之洋一見鍾情，決計將他留在宮中寵幸。林之洋被領至掖庭，小說詳細描述他在被改造為女性的過程所蒙受的凌侮，尤其著墨於纏足時，林之洋所忍受的劇痛。這也是對纏足所導致的身體疼痛最早的漢文描寫之一，這片段描寫饒富力道地率先對纏足進行了批判，但直到十九世紀末，才在中國產生影響。

唐敖的放逐之旅，可被視為外族通婚而離鄉背井過程的一種隱喻性圖解，更直觀的說，就是對中國那股日益增強，渴望認識外國社會文化的反映。尤其是第一次鴉片戰爭（1839-1842）的失敗，極大地凸顯了中國軍事實力上的相對衰弱，眾多知識分子及政治人物領悟到亟需了解外國學問以強盛國家。事實上，學者魏源（1794-1857）就是在戰爭的陰影下，編纂並刊行第一部中文現代世界地理書籍《海國圖志》（此書1843年刊刻於揚州，1847年增補六十卷本同刊刻於揚州，1852年擴充為百卷本則刊刻於高郵）。《海國圖志》依照地理海洋區域進行分目，或可被看作是翻版《山海經》，不同之處，在於後者包含了虛構疆域的神話描述，而《海國圖志》收錄的則是以西文著作的翻譯和概述為基礎，描繪了廣大異域國度的地理環境、物產情況及技術成就。

魏源在序言稱這部著作的首要宗旨是「為以夷攻夷而作，為以夷款夷而作，為師夷長技以制夷而作」。前兩個目標，指的是調動不同群體的「夷」

互相為敵（魏源用的「夷」字，因為被認為蔑視的意味太重，自1860年代開始漸從官方話語中消泯）。第三則強調對於中國來說，需要接受外國知識，並以此來對抗外國人。這個邏輯意謂著通過研究外國風俗政教並掌握其長，中國則能重新肯定自身根本的身分和實力。或者，套用數十年後流行一時的說法，即改良派人物張之洞（1837-1909）所云之「中學為體，西學為用」。魏源的論點就是借由運用西方實用功能的學問，才有可能鞏固中國之學，並使國家強盛。換言之，必須師從外國，為的是勝過他們。

魏源對「師夷長技」重要性的強調，成為晚期帝國政治與社會的關鍵驅動力。因此，在清朝最後幾十年間，形成一股齊心協力譯介大量西書的潮流，包括了科學、醫藥、政治、哲學與文學等廣闊範圍。當時中國特別具有影響力的一個學術領域，就是社會達爾文主義的研究，這類著作在討論地緣政治學時，採用了種族層級制的視角，將白種人置於頂層，繼而是黃種、黑種和紅種民族。這一種族化的觀念，引起了許多知識分子的認同，晚清深具影響力的學者康有為（1858-1927），即受此之啟發，倡議中國男子與白人女子通婚，從而整體改善國家的種族血統。康有為所提出的種族煉金術，體現出一種信念——套用魏源的話——即從外國人那裡繼承來的事物，可以用來戰勝他們。

康有為提出的跨種族通婚構想，我們可在賽金花（1872-1936）的形象中，找到一種帶有反諷意味的扭曲對照。她是個娼妓，傳說曾利用與侵華聯軍主帥瓦德西伯爵（Alfred von Waldersee, 1832-1904）的床笫關係，在義和團運動末期（1900）解救了北京。義和團起源於山東農村，逐漸向北擴散到北京，他們對外國租界發動攻擊，在清廷軍隊的支持下，包圍了外國人士近兩個月之久。西方軍隊在瓦德西的指揮下，最終獲勝，擊垮了拳民和清兵，隨後開始洗劫帝都的其他區域。傳言賽金花及時出面干涉，此前她與瓦德西相識於歐洲，因此勸說對方休兵。由於挽救帝都免於遭受進一步蹂躪，賽金花從此被奉為國家拯救者。康有為建議中國男子娶白種太太，而賽金花恰恰是個反例，我們看到一個中國女子利用與白種男子的床笫關係達到救國目的，因而受到讚美。從賽金花事例所得的結論是——再次套用魏源的話——必須愛外國人，才能勝過他們。

　　賽金花的「功績」衍生出形形色色的文學作品，其中最具影響力的是曾樸（1872-1935）的紀實小說（roman à clef）《孽海花》。這部長篇小說的開場時間設於一八八〇年代，那時賽金花初次見到她的夫婿中國官員洪鈞（1839-1893），爾後並隨同遊歷歐洲，並認識了瓦德西。假如《鏡花緣》是一部超前時代的作品，那麼《孽海花》就是一部應時而生的作品。這部小說構思之時，義和團運動的陰影未散，因此內容所及，無非就是當下的歷史。此外，這部作品中的幾個重要歷史關鍵時刻，也與其他關懷類似主題的作品互相應和。例如《孽海花》第21至30回（即曾樸在1935年去世前所完成的最後部分），1928年曾作為單行本刊行，那年剛好是李汝珍的《鏡花緣》首印版問世一百週年；《孽海花》前20回連載，完成於1906年，同年，梁啟超（1873-1929）的《南海康先生傳》恰好問世（其中有康有為關於跨種族通婚建議的最早公開版本）。

　　然而，或許最具啟發意義的歷史巧合，是在《孽海花》的前歷史中。原來，曾樸關於這部作品的構想，本是出自一位名叫金松岑（又名金天翮，1874-1947）的作家，他率先擬以賽金花本事為題材，寫一部影射小說。他將60回小說計畫綱目交給曾樸以前，已經寫出了前6回草稿，1903年刊行前兩回。同年，金松岑發表了題為《女界鐘》的論著，被視為中國第一部關於女權的重要宣傳冊。《女界鐘》提出婦女應要參與國家事務，應該被允許自己選擇婚配伴侶，應該接受教育，前往外國學習遊歷。在清王朝滅亡、中華民國建立前夜寫作的金松岑，最終點明了婦女解放與國家強盛間的必然關聯，這在李汝珍將近一個世紀前的小說裡，早已預言了。

　　驅使《鏡花緣》中蘭音離家、唐敖去國的那種結構要素，形象性地預示著更為廣闊的政治地緣學境況。這樣的境況激勵著晚清幾代知識分子和政治家放眼海外，尋求應對故國之社會政治挑戰的良策。金松岑1903年的宣言中——作品題目字面的意思就是「女子世界的鐘聲」——這個過程繞了一大圈返回原點，它意味深長地宣稱著，中國婦女所需要的是「以世界為家」。

參考文獻：

金天翮《女界鐘》，韓嵩文（Michael Hill）譯，載劉禾（Lydia Liu）、柯瑞佳（Rebecca Karl）、高彥頤（Dorothy Ko）編《中國女性主義的誕生：跨國族理論中的核心文本》（*The Birth of Chinese Feminism: Essential Texts in Transnational Theory*, New York, 2013），頁207-286。

李汝珍《鏡花緣》，林太乙編譯（Berkeley, CA, 1965）。

羅鵬《裸視：反思中國的現代性》（*The Naked Gaze: Reflections on Chinese Modernity*, Cambridge, MA, 2008），頁54-81。

王德威《世界末的華麗：晚清小說中被壓抑的現代性，1849-1911》（*Fin-de-Siècle Splendor: Repressed Modernities of Late Qing Fiction, 1849–1911*, Stanford, CA, 1997)，頁53-117。

曾樸《孽海花》，張磊夫（Rafe de Crespigny）、柳存仁譯，收入「通俗小說特輯」（Special Issue on Middlebrow Fiction），《譯文》（*Renditons*），17–18（1982年春季號、秋季號），頁137-187。

羅鵬（Carlos Rojas）撰，張治 譯

1820年北京

「心藥心靈總心病。」

晚期古典詩歌中的徹悟與懺心

在中國帝制時代，入朝為官是仕紳階層男性最佳的進身之階。這是一個精確分級的社會制度，升遷、降黜賞罰分明。是中國足以傲向世界的制度，也是一個政府羈縻成年男性的最佳途徑：既能賦予他們高人一等的權力，也不斷提醒他們，天家可以隨時削減或收回這種權力。在入仕的科舉考試中，懷揣抱負者人數遠勝於金榜題名之人。通過科考者因著周圍大量的失敗者，而對此制度維持著相當的忠誠度；落榜者則如彩票迷一般，一試再試。

有些落第者可能會（暫時）成為一名「隱士」，指望有朝一日他的才華能另獲青睞。或者嘗試建立社交圈，以期影響下次科舉。相反地，他不應像孟郊（751-814）那樣，屢試不第時，於792（或793）年以詩歌怒斥呼號上天對他的不公：

食薺腸亦苦，強歌聲無歡。
出門即有礙，誰謂天地寬？

孟郊因此被責難了千年。如同宋朝批評家嚴羽對其詩的批評「讀之使人不歡」，由此我們得以想見古典詩歌應有的功能了。

千年之後的1820年，有志登科者比例大增，大批男性菁英壅堵在更複雜的科考等級中的各個階段。即便通過「進士」一級的主要官吏選拔考試，仍然不足；為了在官僚等級制中謀求最佳入門位置，尚需通過殿試。此外，考

試內容已變得任誰再聰慧，也不能指望必能折桂。

　　龔自珍（1792-1841）的外祖父段玉裁（1735-1815）早已告誡過他，要將人生花在有意義的事情上——像他外祖父那樣做一個古典語言學家——不要在文學上耗費精力。龔自珍想要改變這個世界，但十九世紀初，中國的茫茫宦海中的失意文人多如牛毛，對他而言，哪怕是想對步履蹣跚的清帝國產生一點輕若鴻毛的作用，機會也實在渺茫。經歷1820年的落榜，龔自珍終於在1829年進士及第，時年已三十八，但由於殿試失利，他閒置內閣鬱鬱度日。一如當時多數人一般，依存於一個無所事事的制度謀生。

　　他提出了一些「改革」方案，從將西域（今之新疆）改為行省的《西域置行省論》，到提倡恢復臣綱的《明良論》。但比起他政治上的謀畫更為深刻的層面在於，在他和他同代人的著作裡有一重要見解，即認為中國社會和政體在根本層次上出了大問題，這並非通過朝代更替或恢復古代道德標準得以修復。舊價值一蹶不振，一旦看見舊價值體系以外的世界，就無法再回頭了。反諷的是，這些作家卻必須以古典語言寫作。法國詩人波特萊爾（Charles Baudelaire, 1821-1867），1855年在〈自懲者〉（L'Héautontimorouménos）一詩中模仿了羅馬戲劇家的口氣。儘管他以法語書寫，卻傳達了羅馬作家以拉丁語寫作的感受：[1]

> 我不是一個唱錯的音符，
> 跟聖交響樂調子不合？
> 這不是由於搖我、咬我、
> 貪婪的冷嘲帶來的好處？

　　詩人提到「聖交響樂」，將自己擬作其中的一個不和諧音；他需要一個想像出來的、有「健康」價值觀的世界，借以將自己當作其中的病害。波特萊爾是最常被視為開始具備文學「現代主義」之標準敘事風格的歐洲詩人。

　　1820年科舉落第後，龔自珍寫〈又懺心一首〉懊悔自己寫作之事，他晚

1　譯者註：以下採用錢春綺譯文。原題是古羅馬喜劇家泰倫提烏斯喜劇之名。

年屢次「戒詩」，並自覺其中的諷刺與矛盾──在實踐戒詩誓言時，就已開始違背誓言了。

又懺心一首

佛言劫火遇皆銷，何物千年怒若潮？

經濟文章磨白晝，幽光狂慧復中宵。

來何洶湧須揮劍，去尚纏綿可付簫。

心藥心靈總心病，寓言決欲就燈燒。

「懺心」乃佛教術語，和翻譯"an act of repentance"意義相仿：是對過失的體認並且公開表示懺悔。這是一則奇怪的懺悔，以劫火始：一劫末尾，大地燒得寸草不生，為的是提醒信眾，命中的紛爭與苦樂皆屬虛幻。龔自珍以比劫火更為長久且又難以平息的怒潮，來消解佛陀的告誡。

凡出仕者，他的「政務」多屬文墨工夫。即便不出仕，也會以著作勸導他人理政之法，來展現自己一旦獲得相應時機的政治才能。倘若著作不被認可或遭受冷落，則如龔自珍著作曾遭受的待遇，不免隨之產生一籮筐既定的模式化反應：沮喪、退縮，乃至於暴怒。龔自珍即便行止怪異疏狂，卻不失為一位傑出的政論文章家。但他並未依照原本設定的目標為文，而是以之作為紛亂內心的留痕，是一種並無明確目標的激奮之情，卻讓他終日耗盡心血，致而徹夜難眠。這些文字是他的鴉片，是療癒他敏慧、不安心靈之藥品，同時也是疾病本身。他以自己鍾愛的意象，劍與簫，將寫作描述為突然而來的猛烈一擊，隨即轉為音樂，逐漸減弱至於無聲。

「懺心」不僅止於純然的佛教術語，它遠超於當時士林流行的佛教層次。在懺悔中，他談及自己對寫作的癡迷，和心中所感受到的愉悅，憑著這股熱情，很難見其「懺心」。他唯一的解脫之法，就是焚毀自己的作品，但龔自珍留存下大量1820年前的文字，同樣很難讓人相信其中有任何禁欲戒詩的表示。即便作品真的悉數焚毀，仍留下這首精彩的詩篇反映他的失落。詩中幾乎每一處陳述都在自我消解。這首詩是以古典語言寫成的，卻不再是「古典詩歌」了。龔自珍也是波特萊爾筆下的「自懲者」，他同時是「鋒鏑

與創傷」。

以寫作報國是虛空？是嚴肅志向？抑或是在寫作中獲得自我滿足？這就是波特萊爾的「反諷」——你不能相信任何特別的事物，因為知道太多事物是真實的。根據其本人及他人的記述，龔自珍是一位傑出的政論作家、嚴謹的經學家、佛教信徒、倦於宦游的志士，和一個至情之人（在民間傳說中，他的死亡被荒謬地與一位清室貝勒側室滿洲女詩人的私情聯繫起來）。他的諸多面貌難以定於一尊——卻全都奇妙地在詩中統合。他被當成一個「狂士」，可極妙的反諷之處也在於，「狂士」之「狂」在漢語的理解裡，其意就是不自覺的、古怪的過度放縱，在此我們將之不完美地譯做「madman」（瘋子）。

中國對於「近代」（以1839年鴉片戰爭爆發為標誌）和「現代」（起自1919年五四學生運動）有嚴格的時間分野。龔自珍未被歸屬於這兩個時代——儘管他被當作是個「預見」未來之士。他以古典語言寫作，但卻不再屬於該語言世界。我們可以認定，在龔自珍身上，有此後古典語言文學內部的基本分裂：一方面產生陳腐平庸的懷舊尚古情緒，佯裝一切照舊，另一方面則是帶有反諷意味的，在一個新的精神世界裡，仍以帶有價值包袱和強加約束的舊文言寫作。1820年的社會和物質世界尚未發生劇變，但精神世界——就人們思考和談論的範圍而言——已經深刻地變化了。「現代」詩歌的任務之一，或許就是要說出那些原本不能被言說的。我們應當記得，被很多人視為「現代」詩偶像的波特萊爾，他正是使用完美的古典體式，寫出了那些形式不能駕馭的內容。

這可說是漢語詩歌現代性的一篇外史。它在一道鴻溝中出生，鴻溝的一邊是背負沉重遺產的文言古文，一邊是嶄新的精神世界。然而，它不再屬於「古典詩歌」；就像波特萊爾的作品般，那是以一種越來越不具古典語言「本色」所寫成的詩。在這個表述裡，「現代性」不是新的精神世界本身，而是存在於被接受的文言古文和它所無法表現之世界間的鴻溝。在這樣一種現代性的敘述中，一個世紀後出現的新興白話詩，就是要通過創立新的詩歌語言來彌合這道鴻溝的嘗試。我認為，白話新詩的意義之所以重大，正因為同樣不能彌合這道鴻溝。

　　1820年以後，大量古典詩都是平庸的——但後來的白話「新詩」也同樣多數平庸，這不僅在漢語文學中如此，在任何一種文學都一樣。現代性對於純粹的技藝，比傳統詩歌更為嚴苛。詩歌的現代性不是一種體式，或者一種行話，它也不是一個特定時期：它是一種改變了的關係，連結著世界，連結著用以表述這個世界的語言。

參考文獻：

龔自珍《龔自珍全集》（上海，上海人民出版社，1975年）。

樊克政《龔自珍年譜考略》（北京，商務印書館，2004年）。

Shirleen S. Wong, *Kung Tzu-chen* (Boston, Twayne Publishers, 1975).

宇文所安（Stephen Owen）撰，張治 譯

1843年6月下旬
「始終一德兮，何日得騰身？」

追尋中國烏托邦：作為文學事件的太平天國之亂

　　1843年6月下旬，廣西農家青年洪秀全（1814-1864）鑄了一把劍，並鐫刻上自己的名字。八年後，他成為太平天國（1851-1864）的天王，那是中國歷史上第一個具基督教烏托邦色彩的政治實體。鑄劍過程，洪秀全重新演義了一段漢朝（公元前206-公元220）開國君主劉邦（公元前247-公元前195）著名的歷史橋段。劉邦出身寒門，他和他的追隨者渡過一片水澤時，見一條巨蟒橫躺途中。劉邦不願回頭，遂以利劍將巨蟒斬成兩截。司馬遷（公元前135?-公元前86）《史記》中的劉邦，傳說為赤帝之子，他擊敗的白帝之子即是那條蟒蛇的本尊。往後這個故事曾被多次改編為戲劇，劉邦成了天命的繼承者。

　　有關洪秀全的相關傳聞，見於瑞典傳教士韓山文（Theodore Hamberg, 1819-1854）的記錄。韓山文聽聞洪秀全的堂弟講述相關軼事，講述者正是太平天國次要領袖洪仁玕（1822-1864）。洪秀全是否刻意模仿漢高祖劉邦？1848年，太平軍另一位重要領袖馮雲山（1822-1852）被指控以宗教掩護謀反而鋃鐺入獄，洪秀全寫下：「始終一德兮，何日得騰身？」表達他的痛苦與渴望。這首五言詩的文體風格模仿劉邦的〈大風歌〉，洪秀全刻意呈現的正是他與歷史典範人物的關聯。

　　邪惡的蟒蛇、神聖的寶劍、天國的榮耀，這是洪秀全的願景。1837年，洪秀全第三次科場失利，此後他經歷精神崩潰及異夢連連。十年後，他「詔明於戊申年冬」（1948）向拜上帝教信徒公布異夢。洪病中得夢，天使在天

國迎接他，並引他拜見天父上主皇上帝以及天兄基督。天父賜予寶劍及一方金印，派他下凡追捕逃出天國的妖蛇。任務完成他重返天國，享受天界神聖家庭，直到天父再次派他下界來喚醒世人。現實中的洪秀全精神崩潰，大病四十餘日，此後逐漸恢復，以教書為業，並準備考試。

六年後，1843年洪秀全參加第四次科考仍然不第，偶然翻閱前次應試所得小冊子《勸世良言》，他憶起數年前的異夢，認為自己所接觸的是中國傳統未曾理解的宇宙創世說。他自認是上帝次子，下凡至世間以神聖的寶劍為武器，負載著將妖蛇化身的滿清統治者趕出人間的使命。最終，由他引起的太平天國之亂，演化成人類史上最慘重的戰爭之一，導致千萬人死亡。

十九世紀中，黃河和長江流域多自然災害，當地盜賊與祕密黨社的暴動讓困境愈發酷烈。清廷因貪腐和官僚的失職而無力控制。1850年代末，清廷與英國兩度交戰失利，但保守的朝廷面對西方挑戰卻不肯改變。洪秀全的拜上帝會在兩廣興起後，當地因客家人和原居民的衝突以及西方傳教士勸誘改宗使然，情況益加複雜。諸多因素引發了太平天國之亂。

這場叛亂不只是一場政治運動，也是一個文學事件。它創造了不可計數的文學發展可能，如宣傳文學和政治小說，也雜糅中西文獻資料，進而創造一種中國特有的烏托邦想像。這起文學事件為中國文人文化帶來巨大震盪，尤以文化生產和意識形態論爭方面為烈，並預告了二十世紀中國一種獨特文學形式——政治宣言——即將到來。

這個文學事件同時受益於西方石印技術和傳統雕版印刷術。在十九世紀，這兩種印刷術並存，引發了基督教和傳統中國儒釋道信仰體系的一場意識形態戰爭。自從新教傳教士來到東亞，儘管清廷嚴屬禁止基督教文本的印刷和傳播，他們還是在馬六甲和新加坡，以石印技術積極地刊行宣傳冊，再運至廣東等沿海省份傳布。《勸世良言》就是由首位中國福音作者梁發（又名梁阿發，1789-1855）所撰寫——為洪秀全和他的太平天國提供了靈感。太平軍攻克晚清印刷業中心之一的南京。由於雕版印刷僅需有限的專業人員和運作資本，洪秀全立即著手刊印太平軍的宣傳資料，廣為散布。此外，他頒布查毀儒釋道書籍的法令，禁止刊行。由於當地的縣鎮反覆易幟於清軍與太平軍間，這場叛亂也導致印制和查毀宣傳冊的反覆循環。當地的仕紳階層

進一步加強了這個循環，他們自己承擔印刷和傳播傳統宗教信仰宣傳冊，以此對抗太平天國的意識形態。

儘管本土宗教信仰反彈，太平天國的意識形態仍然因其強力的宣傳而影響廣遠，在某種程度上，成為二十世紀初清朝終將傾覆的先兆。十九世紀的新教傳教團體主要在平民階層中布道，他們傳播《聖經》的手法笨拙，且因文化和語言的障礙與大眾的交流大打折扣。但梁發等的宣教方式也不甚成功。比起正統基督教的布道家，太平軍使用的是通俗口語，以生動感人的宗教話語描述他們理解的天國，由此創造出中國式的烏托邦，形成一種對文盲和半文盲階層別具吸引力的策略。

以太平天國運動的開國檔案《太平天日》為例，洪秀全在小冊子裡借用了《舊約》和《新約》的文體風格，尤其是《啟示錄》，創造出神祕及富有活力的敘述。太平天國的話語裡充滿象徵符號，它們脫胎於中國口頭文學和民間宗教中隨處可見的民間想像話語。對於傳統轉喻和想像的挪用修飾了基督教理，減少些外國味而更加親切。《太平天日》裡的天界戰爭設置，近乎《封神榜》、《西遊記》等白話小說中具超自然力量角色間的打鬥。《太平天日》所用的封印，並非《啟示錄》中象徵降臨人間諸災的封印，而是驅除妖邪的法寶，就像中國民間文化裡降妖伏怪的魔法武器。

《太平天日》中出現的其他關鍵符號還有大蛇「閻羅」，又名「東海妖龍」，這兩個名字都奇妙地借自民間宗教和民俗傳統。中國神話學和歷史中的蟒蛇有時指「小龍」，象徵著帝權，體現了天命。基督教傳統中的蟒蛇，通常被視為惡魔轉世，它誘惑亞當與夏娃，導致他們被逐出天界。洪秀全認可的是基督教傳統，但卻將蟒蛇描述為心智圓熟，具有情感和陰謀的角色。洪秀全講述的天國與撒旦、妖蛇的戰爭，令人聯想劉邦斬蛇宣示天命的故事。通過兩種傳統中的蟒蛇象徵意義，洪秀全試圖傳達來自督教撒旦觀念和儒教天命說的合法性。

洪秀全雖然徹底否定儒教的合理性，但著作卻暗示他要維持儒教的天命說，以及諸如忠、孝等倫理法則的權威地位，《太平天日》中的一則插曲可視為太平天國意識形態中儒教整體地位的隱喻。上帝向其子洪秀全展示《舊約》、《新約》以及儒教經籍，說明儒教經籍充滿誤謬，在人間播散有害思

想。無言以對的孔子遭到了鞭撻，並永世不得再進入人間。奇妙的是，儘管孔子傳播了有害思想，他卻未被妖魔化，反而因具有可以彌補過失的潛力，而得到寬宥。正如此書所示，在所有太平天國的宣傳文書裡，忠於天國，是與信仰上帝緊密相結合的；服從將得到讚賞，懷疑則遭到貶斥。最早的太平天國宣傳資料如《原道救世歌》和《原道覺世訓》，都直率地敦促著人應尊重及照顧長輩，公然弘揚孝道。

儘管洪秀全對基督教懷抱著堅定的信仰，但他的基督教理解與西方基督教存在著根本的分歧。基於上帝與基督間的父子倫理關係——洪秀全從中得出了他的合法性——形式上則更接近於儒教話語所支撐的紐帶關係。無疑的，基督教神學將上帝定義為聖父、聖子、聖靈三位一體的體現，超出了洪秀全的理解，他未能領略英倫傳教士羅孝全（Issachar J. Roberts, 1802-1871）的傳授，這位教士於1847年首度向他介紹《舊約》、《新約》，但此後洪秀全與西方傳道團未有聯絡。1861年，洪秀全受到一位在太平天國旅行的傳道士所發起的辯難時被激怒，猛烈地抨擊這位教士。當太平天國與清軍陷入一場又一場的戰爭時，洪耗費越多時間躲在深宮鑽研新舊約全書。他將「正確」的基督教教義與儒家典範相比附，又從先前刊布的宣傳冊中剔除與儒教相關的內容。然而這樣一種移花接木的意識形態並不能成為有效的話語，穩定太平天國。此起彼落的戰爭、陰魂不散的戰死者讓天國的光彩為之暗淡。即便如此，洪秀全從西方汲取靈感，發明了一種新的烏托邦話語，脫離以往中國窠臼，預見了未來的理想國。這一切都雜糅了西方與中國傳統意識形態。

「始終一德兮，何日得騰身？」

参考文獻：

韓山文（Theodore Hamberg）原著《太平天國起義記》，簡又文譯（北京，1935年）。

羅爾綱《太平天國史叢考》（上海，1992年）。

司馬遷《史記》（北京，2013年）。

太平天國歷史博物館《太平天國印書》（南京，1979年）。

Jonathan D. Spence, *God's Chinese Son: The Taiping Heavenly Kingdom of Hong Xiuquan* (New York, W. W. Norton & Co. Inc., 1996).

金環 撰，張治 譯

1847年1月4日
「我該用自己所受的教育來做些什麼呢？」

《西學東漸記》：跨太平洋翻譯

1847年1月4日，華南青年容閎（1828–1912）登上停泊於廣州黃埔港的「女獵手」（Huntress）號輪船，隨其師鮑留雲牧師（Rev.Samuel Robbins Brown, 1810–1880）前往美國。輪船首先向西南航行繞過好望角，來到聖赫勒拿島（Saint Helena），接著航往西北抵達紐約。在紐約換乘火車前往康乃狄克州的紐黑文（New Haven, Connecticut），歷經八年的學習生涯，他成為首位畢業自耶魯大學的中國人。「女獵手」號漂洋過海之際，容閎不可能預見此行於己、於國的意義，當然更料想不到自己的著作和生平，會與跨太平洋翻譯活動緊密相連。他後來出版的自傳足以說明這一切。

一個多世紀後，循著首批橫越太平洋的留學生足跡，哈金（1956–）也來到美國，並以詩歌向這些前輩致敬：

他們中誰也不知道
這僅僅是一個開始——
他們的兒女們也將漂泊於
這同一片海洋。

容閎及其追隨者的確是爾後絡繹不絕的留美大軍的先驅，他們肩負中國現代轉型重任，並將中國現代文學史推向邊界之外。他們卓越不凡的旅程與奮鬥，成為關於離散、現代性、民族主義和全球化的常見敘事。

在新英格蘭善良傳教士的支持下，容閎接受了扎實的人文主義教育。他被預期回到中國，運用所學為上帝服務。然而，他認為侍奉神召不必僅限於傳播福音。他自問：「我該用自己所受的教育來做些什麼呢？」容閎希望藉耶魯所學為中國社會帶來蛻變。他期待國人能接受西方教育，以使中國復興、啟蒙、強盛。容閎期許自己能以這種方式為國服務。

但中國不是一朝一夕能改變的，尤其十九世紀五、六○年代，清廷仍恪守傳統價值觀，對西方幾乎一無所知。因此容閎首先面對的挑戰是如何讓自己的文憑為國人所認可。他告訴母親，耶魯「是美國最頂尖的大學之一」，自己獲得的學士學位相當於中國的「秀才」（「秀才」是科舉通過者的頭銜之一）。類似此種不得已而為之的翻譯，反映了彼時東西交流的匱乏。因此他也只能局限在條約所規定的通商口岸就業，擔任自己並不熱愛的翻譯員。儘管並非所願，但為了餬口，他還是接受不同的翻譯工作（包括翻譯訃聞）。但也恰恰由於這樣的經歷，容閎意識到擴大跨文化教育與交流，勢在必行。

1863年轉機出現。那一年，中國最有權勢的政治人物兩江總督曾國藩（1811–1872）招募容閎協助拓展洋務運動，並授予他正式官方頭銜。儘管如此，直到容閎再次以翻譯身分，受命處理發生於1870年的天津教案（多名法國傳教士被中國暴民殺死）時，他關於建立中國教育代表團的計畫，才獲得回應。清廷亟需熟悉西方觀念與實務的人才，終於在1872年同意他的建議，派遣第一批年齡介於十二至十五歲的男性赴美求學，共計三十位。緊接著又三批少年赴美，直到1881年中斷。然而，留美計畫並未中斷太久。隨著1905年科舉制度廢除，清政府於1911年結束統治，西學大潮衝破了中國長城，前往西方留學已蔚為風潮。由是，容閎成為近代中國愛國及具世界關懷的知識分子典範，聲譽卓著。在太平洋彼岸，他被視為拓展種族邊界、建立跨太平洋交流的亞裔美國文化開創者。

有關容閎的生平軼事，包括其跨種族婚姻、對祕魯中國苦力的調查、在台灣的停留，以及1898年參與百日維新的經歷，都記錄在其自傳《西學東漸記》（*My Life in China and America*）中。《西學東漸記》1909年於紐約出版，以英語書寫。其中尤為重要的是，該書流露了容閎對美國文化的熟稔、

赤忱的愛國情感，以及對1881年中國留美教育活動半途而廢的失望。此事表面原因是源於西點軍校和安納波利斯海軍學院拒絕接受中國學生，事實上這是違背1868年《蒲安臣條約》（Burlingame Treaty）給予中國公民的特權。這些特權在1882年的《排華法案》（Chinese Exclusion Act）中被正式廢除。然而進一步的原因在於，保守的中國官僚擔心中國留學生過度西化，成為反抗、蔑視中國制度與習俗的「假洋鬼子」。他們的擔憂其來有自。容閎認為，西學之核心並非器物與科學，而是博雅教育得以重塑中國人心的潛力。儘管容閎通過鼓動美國支持者連署公開信表達對美方片面廢除法案的抗議，竭力挽救派遣活動，然而終究功敗垂成。留下的僅僅是那已然遠去的記憶，以及在美國舉步維艱的零星留學生。此事件導致的失望與傷痛，產生於種族主義、保守主義和跨文化間的誤解，也成為容閎個人與時代的不幸。這一困境，容閎之後的留學生依然難以揮別。

近一世紀之久，除少部分朋友外，《西學東漸記》在美國鮮為人知。直到一九九〇年代，才被亞裔美國學者以明顯的矛盾情感重新挖掘出來。趙健秀（Frank Chin, 1940-）將這一文本，闡釋為某種懺悔錄形式的寫作，是有危害華裔美國人主體性的「種族主義之愛」（racist love）的證據。林英敏（Amy Ling, 1939-1999）批評該書迎合了白種人趣味。但後來的學者，將該書稱作亞裔美國人「重見天日的遺產」（recovered legacy）。儘管容閎同化的象徵非常明顯，他們仍將他的中國式愛國主義和其菁英教育，解釋為某種反種族主義和表達抗爭的形式。正如對其多樣化的接受反應所顯示的，這是一本因為跨文化和跨國族特性而讓人既恨又愛的書。

在大陸和台灣，此書的經歷更加跌宕坎坷。1915年，由徐鳳石翻譯、惲鐵樵編輯的白話譯本，以《西學東漸記》為書名，首次在中國出版，發表於當時頗受歡迎的文學雜誌《小說月報》。「西學東漸記」的字面意思是「西方學問在東方逐漸開展的記錄」，譯本副標題為「容純甫先生自敘」，從1915年1月起到8月，分八期在《小說月報》連載。這一文本被置於小說專欄，說明民初對「小說」這一體裁的定義較為寬鬆。將文本設計為小說，也體現了《小說月報》慣用的歸化翻譯策略，目的是讓譯本讀上去像是用中文創作。儘管書內附有容閎照片，以昭示此書所言非虛，編輯和譯者卻省略了

前言與附錄，方便讀者從中文書名所暗示的寓言角度進行解讀。雖然書名譯為「西學東漸記」並不忠實，卻凸顯了當時的時代精神。將此書從一個自敘文本「翻譯」為關於中國尋求西方現代性的國族敘事。

1915年，商務印書館也出版該譯本的單行本。然而與英文原著命運一般，中文譯本也逐漸湮滅於人們的記憶中。一九一〇到一九四〇年代間，中國深陷各種泥淖，內戰頻仍、外敵入侵，社會動盪日益加劇。這是一個受過西式教育留學生不再稀奇，但在中國社會變革中也不再扮演關鍵角色的時代。1949年後，此書在大陸仍不受關注，一九六〇年代台灣曾兩度重印，但回響寥寥。直到1981年，鍾叔河（1931-）將其納入重要的《走向世界》叢書中，《西學東漸記》才得到重視。而容閎也被提升至與梁啟超（1873-1929）等同的崇高地位。

自此，《西學東漸記》被標誌為在近現代和全球化時代中，記載中國「和平崛起」的開拓性著作。鍾叔河指出：「他〔容閎〕的一生，是第一代留學西方的中國知識分子為了使中國現代化而努力的一生，值得後人永遠懷念。」然而一九六〇年代的容閎被批判為「西方帝國主義的幫兇」，只因為他希望中國推行「激進的、全面的、資本主義的轉型」。1978年，容閎的聲望得以再度扭轉，並自此被傳頌為佇立於東西方交叉路口、探索民族復興途徑的愛國知識分子典範。這些姍姍來遲的頌揚，與中國現代性的當代話語產生了共鳴。恰如中國「與世界接軌」的口號一樣，象徵著中國歷史新時代的到來：西方不再是敵人，留洋與離散也成為全球性中國的某種特徵投射。

隨著容閎身後的聲譽日隆，1991、2003年分別出版了《西學東漸記》的中譯本，書名更忠於英語原著。包括導讀和評論在內的註釋版，也於1998年出版。與此同時，愈來愈多或詳或略的研究和傳記，在二十一世紀初接連問世，探索他在中國教育、金融現代化和「民族復興」方面的影響。此外，他的家鄉珠海，也建立了紀念館、博物館和幾所學校，以這種方式，表彰華南與西方以及離散華人間的聯繫。凡此種種，皆以容閎的名義開展。對容閎的關注再度激發起對中國教育派遣活動的興趣，幾部與此相關的著作和紀錄片，相繼出版、上映。其中最引人矚目的，是2004年由中國中央電視台制播的五集紀錄片《幼童》。千禧年的這股容閎熱之所以可能，乃是因為容閎的

願景，對面臨著一個新自由主義和全球化世界的中國人而言，仍具吸引力，也能被「孜孜於愛國主義幻想、堅信中國崛起後主導全球乃是天命所趨」的民族主義者加以利用。

儘管《西學東漸記》再次風行，且極具重要的歷史價值，它仍未被召入中國現代文學的殿堂中。而一些更默默無聞的文本，如陳衡哲（1890-1976）的《一日》、秋瑾（1875-1907）的《精衛石》，卻由在中國自傳研究中屢有進展的女性主義研究中發掘出土並重獲新生。事實上，中國現代文學囿於五四想像，這種想像儘管深受翻譯啟迪，卻教條式地只關注「中國白話文作品」（Chinese vernacular production），因此，《西學東漸記》自然不太可能成為納入對象。即便它既是中國近現代最早的自傳文本之一，一如梁啟超的《三十自述》，也是最早的「留學生文學」（overseas student literature），後者的譜系，可追溯至《新石頭記》和《苦學生》這樣湮沒無聞的晚清通俗小說。但是，《西學東漸記》顯然不是一部白話文學作品，而是一部翻譯作品。對五四知識分子而言，要將翻譯文本視為民族文化的代表，儘管作者為中國人，仍是異想天開。

基於此，《西學東漸記》為中國現代文學觀提出了幾個關鍵問題。作為一部跨太平洋翻譯文本，它不僅提醒我們，翻譯在中國現代文學的形成過程中，起到了重要作用，也暗示了文本背後種族主義和帝國主義的跨太平洋背景。《西學東漸記》一度被看作虛構文本，卻又因其歷史價值而被閱讀。這一現象意謂著，我們還沒有接受其述行特徵（performative characters）與寓言政治。此外，它在新自由主義全球化時代的再度風行，迫使我們反思「留學生文學」的意義。中國人總把西方尤其是美國，視為充滿機遇之地和種族主義的國度。留學生文學可視做對這一中國式執念的反諷式表達。實際上，容閎最後留在新英格蘭終老的事實，預示了留學生文學與同化、離散敘事的交匯，從而拓展了中國現代文學的疆域，並讓我們再次面對胡適（1891-1962）在《非留學篇》中討論關於知識分子之獨立性問題。容閎生平的意義，必須從這些令人難堪的語境中加以掌握。

當然，1912年，當容閎在位於康乃狄克州哈特福德（Hartford）的家中陷入彌留之際，他是不可能預見故國山河的浮沉，也無法想像自己的「翻

譯」生涯將成為一則中國現代性的寓言。作為一個跨國愛國者，他處於中美交織地帶，既非放逐者亦非流亡者，而是以跨太平洋夢想先驅者的形象，安然長眠。在這一跨越規範、擁抱文化雜糅性的夢想裡，創建一個既富民族特徵，又具全球色彩的現代性。

參考文獻：

Thomas LaFargue, *China's First Hundred* (Pullman, WA, 1942).

Amy Ling, "Yan Phou Lee on the Asian American Frontier," in *Re/collecting Early Asian America: Essays in Cultural History*, ed., Josephine Lee, Imogene L. Lim, and Yuko Matsukawa (Philadelphia, Temple University Press, 2002), pp. 273-287.

Edward J. M. Rhoads, "In the Shadow of Yung Wing: Zeng Laishun and the Chinese Educational Mission to the United States," *Pacific Historical Review* 74, no. I (2005): 19-58.

王智明 撰，唐海東 譯

1852 年
江湜結束短暫的華南之行返鄉

1885 年
黃遵憲結束八年旅居日本與美國的生涯回國

原鄉裡的異鄉人：江湜與黃遵憲

岸旁何人家，黃牛繫門衡。

倚門一嫗立，手約秤上星。

旁有數錢者，放下都籃輕。

籃中有何物，鱍鱍魚尾頳。

狗來欲舐舌，眼向籃邊偵。

有翁會狗意，打狗群兒驚。

哀哀啼不止，適來人買餳。

持餳與作食，餳少兒還爭。

須臾復兒戲，騎狗循牆行。

卻作騎馬勢，以口傳鞭聲。

斯時失翁嫗，寂寂門初扃。

黃牛亦不見，但聞黃牛鳴。

燈光忽出戶，閃若流電明。

群兒得喚入，知是魚烹成。

我方倚灘纜，向晚心孤清。

寫得此景歸，不用言吾情。

　　江湜（1818-1866）尋求入幕未果，從距離家鄉蘇州不到三百餘公里的當塗返家。這首詩以素描筆法描繪了從河岸看到的景色，詩人將船停泊岸邊，準備生火炊飯。中國傳統詩學重情感表達，提倡「情景交融」的美學，江湜在詩句最後將它們一分為二，明顯區隔情、景。此景傳達出什麼樣的訊息？是「客觀」地觀察和記錄事物本身？還是滿載著豐沛感情而不必進一步言說的場景？雖是平凡而單調的事物，下筆為文卻彷彿有了某種神祕性。是什麼如此深深撼動了詩人，以至於他不得不賦詩逐一再現這些微不足道的事。

　　江湜出生於風景優美、文化發達的江蘇一戶清貧仕紳之家，多次投身科舉，卻屢試不中。他遊歷四處試圖通過人脈關係謀求幕席以餬口；人生後半歷經太平天國之亂（1850-1864），這是人類歷史上規模最大的戰亂之一，給了日趨衰弱的清帝國致命一擊。然而，這首寫於1852年的詩似乎不受影響，河邊人家生活一片祥和，偶爾傳來牛鳴、狗吠和孩子哭笑聲。

　　所有人、事始於「家」，但對總是漂泊的江湜而言，家庭場景卻意味著一個他永遠無法企及的「理想空間」。暮色降臨，閃爍的燈光從門縫透出，那是他永遠進不了的「門」。雖然每一件微小的尋常事——買魚、趕走想偷吃食物的狗、喚孩子吃晚餐，等等——是如此地平凡，但當它們連綴成敘事時，卻凸顯了這些事件的歷史獨特性，賦予它們以一種真實感，因其沒有名目、隨機發生或消失而引人入勝。述及把狗當馬騎的小孩時，隱含著一絲反諷意味：孩子隱喻著遠走高飛、追求富於行動力以及刺激生活的欲望，與漂泊詩人對家的渴望形成了對比。詩人此時正陷入孤寂生火炊飯的窘境。

　　船上的詩人夾在兩個世界之間：他是一個暫時的存在，既不在此也不在彼。暮色中寂寞而明亮的「家」召喚著他。總而言之，江湜的詩概括了中國古典詩歌一個古老的主題：出身菁英的行旅者一方面描寫農村下里巴人，並將自己置之其外；一方面又投射浪漫想像，視其為精神家園，一個魂牽夢縈的所在。

　　詩句最終的「歸」包含了雙重指涉，既是回船上，也是回家。此處幾乎感受不到「家」的語境變化：讀此詩似乎不覺清帝國已然搖搖欲墜，也不知傳統的社會秩序——無論中國或世界——正走向盡頭。如果一個人最終回家

卻發現家園不再，那將如何？原來的那個「家」已然遠去，回不去了。

> 一燈團坐話依依，簾幕深藏未掩扉。
> 小女挽鬚爭問事，阿娘不語又牽衣。
> 日光定是舉頭近，海大何如兩手圍？
> 欲展地球圖指看，夜燈風慢落伊威。

　　這首題為〈小女〉的詩為晚清大詩人、「詩界革命」先驅黃遵憲（1848-1905）所作。「詩界革命」口號是由改革家即黃遵憲的仰慕者梁啟超（1873-1929）於二十世紀黎明到來前所提出。儘管梁啟超從未以此直接評價黃遵憲的詩，但他稱其詩「獨闢境界」，與他以古典形式表達新觀念的「詩界革命」構想顯然一致。就黃遵憲而言，這似乎是指稱他的詩作重現了他作為外交官的廣泛域外經驗。

　　1885年黃遵憲作〈小女〉一詩時，已結束日本以及舊金山八年公使的派任生涯回到家中。有一種如是說法「家只有在離開或失去時才會存在」，家的意義自然與時俱變。江湜是一個封閉家庭的過客，想像和渴望著家裡煮熟的魚；就某種意義而言，與那條窺視著籃內想吃那不屬於自己食物的狗如出一轍。黃遵憲則是家庭空間的內部寫作，他以燈光、牆與門等事物描寫這個空間。拉上簾子以防止他人窺視，門「未掩」，留下一條縫隙，一個得以進入親密家庭領域的入口。

　　這首詩圍繞著大和小、遠和近、家園與域外之間的張力。「小」一次出現在詩題，一次在詩中，指稱的都是詩人的女兒。她的「小」——「小」一詞和英語的「littleness」相似，既可以指身形也可以指年紀——來自於那天真無邪的提問：「海大何如兩手圍？」小女孩不明海洋之容積，提問凸顯了海的廣闊無垠，也隱隱指出詩人長期遠離家鄉的境況，以及他無法將經驗述與家人知的有口難言。他轉而想以帶回的一幅世界地圖（「地球圖」）解釋，但話未出口，一陣風穿過門扉打斷了他的解釋，燈光在風中閃爍不定，一隻小小飛蛾撲火而死。

　　就像十四行詩一樣，中國的律詩——此詩是其傑出範例之一——有其固

定的形式：八行詩分四聯，中間兩聯對仗。每一聯為一個意義單元，對仗的兩行詩則相互反襯、交織和補充。黃遵憲詩中的第三聯，首先是在宇宙的層面上，從垂直角度描繪空間。小女孩通過視覺（眼睛能看到的必定是近處），估量地球與太陽的距離；然後，下一行回到地球的水平線延展。在這兩行詩中，空間都是人所衡量的──舉頭、圍手──就像在許多前現代社會中發生的那樣；被衡量空間的廣闊，使得這一情境極具反諷意味。

全詩巧妙運用太陽與地球、宇宙與人類世界，大與小之間的對比。詩的最後一聯女孩相信自己的眼睛和手，詩人想用手指「地球圖」說明海洋的大小卻徒勞無功，兩者形成了一種對比。「徒勞」緣於死去的飛蛾分散了女孩的注意力，同時也因為地圖的比例太小，未能提供任何幫助甚至更加困惑。

恰恰在黃遵憲寫作此詩的二十年前，清朝兵部尚書還曾憤憤地發表過一番評論：「天下哪有如許國度！想來只是兩三國，今日稱『英吉利』，明日又稱『義大利』，後日又稱『瑞典』，以欺中國而已！」時至十九世紀末，中國已經很少知識分子還抱持這樣一種錯覺。對他們而言，世界已經是一個無限延展的概念了。黃遵憲詩中描寫的家鄉，形成了祖國的一個隱喻，對遊歷過世界的行旅者而言，這個祖國似乎已經變小了。人的視野會因旅行而改變，這樣的改變對「家」而言，既沒變化但又不完全是以前的家了。

上述兩首詩都隱含了暴力的意象：煮熟的魚和撲火而死的蛾。人類社會的存續，依賴於施加於自然界的暴力。江湜的詩，開篇描寫的商品交易，表現了必要的社會和經濟來往，這些交往很像詩人遍歷全國的旅行。飛蛾的死是個偶然、瑣細和幾乎多餘的事件，在一首緊湊總共只有五十六個字的律詩中，它是一個奢侈的細節：同時也是賦予這首詩力量的意象。

面對各個文化普遍著迷於抒情詩歌的現象，進化論學派批評檢視種種可能，歸因為人類心靈對「玩賞形式」的共同嚮往。所有偉大的詩歌都被視為語詞、結構和情感等諸多樣式的精妙聚合。《小女》詩中首尾出現照亮為簾子遮蔽、黑夜包圍的空間意象，即是詩人構建的形式之一。但空間並非完全封閉：外部世界以風為媒介闖入，製造了破壞、擾動和死亡的迷你場景。一如博伊德（Brian Boyd）所指出的，注意力乃是「任何藝術的主要關懷」，而且「詩歌是對注意力的獨特籲請」，那麼在這首詩中注意力成了主題。最

後一行詩中，注意力在兩個層面上發生了劇烈的轉向：女孩的注意力，以及詩外讀者的注意力。詩人從一個視覺意象（世界地圖），轉向另一個視覺意象（死去的飛蛾）。將它們以一種意想不到的不和諧方式並置在一起：大和小、全球與地方，以如此戲劇性的方式並列，並被賦予豐富的內涵。

　　詩人發現自己被夾在兩種情境中，一邊是妻子令人不解的沉默，一邊是小女兒的喋喋不休。如果說江湜幻想著回家，黃遵憲則已返家了，但他卻不再有「在家」的感覺——而是一如狄金生（Emily Dickinson, 1830-1886）所說「在家而無家可歸」（homeless at home）。他的困境也是中國邁入現代所面臨的困境，而他的詩將這一困境表達得再生動不過：如何調和家國與域外之間的差異，如何言說新世界，並與新世界世界對話。

參考文獻：

黃遵憲《人境廬詩草箋注》（上海，上海古籍出版社，1981年）。

江湜《伏敔堂詩錄》（上海，上海古籍出版社，2008年）。

梁啟超《飲冰室詩話》（北京，人民文學出版社，1959年）。

Brian Boyd, *Why Lyrics Last: Evolution, Cognition, and Shakespeare's Sonnets* (Cambridge, MA, Harvard University Press, 2012).

J. D. Schmidt, *Within the Human Realm: The Poetry of Huang Zunxian, 1848-1905* (Cambridge, Cambridge University Press, 1994).

Xiaofei Tian, *Visionary Journeys: Travel Writings from Early Medieval and Nineteenth-Century China* (Cambridge, MA, Harvard University Asia Center 2011).

田曉菲 撰，季劍青 譯

1853 年

《蕩寇志》出版，旋即被太平天國查禁

錯置的時代：西洋鬼子、中國天師

　　十九世紀中期，中國少有小說在對當時政治的影響上能與《蕩寇志》相比。這部小說初版於1853年，意圖為《水滸傳》續作。《水滸傳》是一部十六世紀的英雄傳奇，講述的是十一世紀反抗宋朝的一場叛亂，為108位羅賓漢式的男女英雄編年記敘。他們以水泊梁山為大本營，不顧帝國對法律和秩序的要求，為四海之內皆兄弟的浪漫理想而奮鬥。儘管此書是明清最流行的說部之一，卻也因犯上作亂的思想而每每遭到譴責甚至查禁。《蕩寇志》深受《水滸傳》影響，但卻試圖否定後者的「強盜思想」──作者立意演述男女英雄奮起為大宋朝廷賣命，成功地消滅了《水滸傳》裡的梁山叛匪。

　　太平天國叛亂期間，《蕩寇志》因其擁護正統的敘事立場，成為一個頗具爭議的文本。當1850年叛亂爆發時，南京清朝官員出於宣傳目的，已經計畫印行《蕩寇志》。1853年南京陷入太平軍之手，這些官員帶著小說的刻版逃到蘇州，並將其付梓。廣州官員則很快出版另一版本。1860年，太平天國將領李秀成（1823-1864）攻下蘇州，下令查抄《蕩寇志》刊本，並銷毀刻版。1871年這部作品再次重新出版。中華人民共和國成立之初，此書在政治不正確下成為禁書。

　　《蕩寇志》寫勤王保國，封建保守主義自不待言。但此書仍處理了一系列議題，像是對意識形態的效忠與排斥、借用文學作為宣傳工具，審查、文字獄等。這些議題至二十世紀更是變本加厲。《蕩寇志》因此預示了中國現代政治小說的興起。

　　《蕩寇志》中的政治層面特別耐人尋味，即時代錯置（anachronism）的政治，這種錯置既是王朝分期意義上的故事新編，也是概念範式意義上的時空重構。雖然《蕩寇志》以十一世紀中國為背景，但明顯地指涉十九世紀的中國危機，太平天國叛亂是這一危機的頂點。作為先驅，十六世紀的《水滸傳》鼓吹替天行道，呼群保義，提供效忠皇權外另一種意識形態。與之相反，《蕩寇志》鼓吹的是對朝廷的無條件忠誠。更加耐人尋味的是，第一次鴉片戰爭（1839-1842）後，當世界地理、西方科學知識和軍事技術被引入中國時，這部小說試圖將新的西方知識和古老的道教信仰，歷史說部與神魔幻想混為一體。

　　《蕩寇志》作者俞萬春（1794-1849）是儒家學者，卻對道教教義抱持濃厚興趣。依照俞萬春的說法，他十三歲夢見「雷霆上將」而得到啟發，成為寫作這部小說的濫觴。俞萬春從未出仕，但青年時曾協助時任廣東地方官員的父親平定少數民族叛亂。第一次鴉片戰爭期間，他還曾主動獻策軍門。廣東是外國人抵華最早聚集地之一，因於地緣關係，他似乎對西方器械發明持開放的態度，也曾撰寫兩本有關作戰策略和武器的專書。

　　俞萬春對軍事技術的興趣，可以視為一八四〇年代以來社會思潮的一部分。《蕩寇志》回應了鴉片戰爭之後的改革渴望，就此而言，它可以與徐繼畬（1795-1873）《瀛寰志略》（1848）、魏源（1794-1857）《聖武記》（1842）和《海國圖志》（1843）等具有維新思想的論著相提並論。尤其是魏源的兩部著作──《聖武記》紀念清初的輝煌軍功，《海國圖志》則介紹了世界地理和先進技術──打開新的空間和觀念視野，從而推動晚清第一階段的現代化。魏源對西方挑戰的回應，被概括為兩句名言「以夷攻夷，以夷款夷」和「師夷長技以制夷」。

　　俞萬春同輩文人如果有志為國獻策，多借政論表達。俞萬春不同，他從敘事小說中找到介入家國危機的媒介。在這方面，他較嚴復（1854-1921）和梁啟超（1873-1929）等晚清「小說界革命」的提倡者早了五十年。通過重寫《水滸傳》，俞萬春試圖創造一個不同的政治信念、歷史框架和奇幻空間。批評家指責《蕩寇志》張冠李戴，公然犯下時代錯置的錯誤。然而仔細閱讀這部小說就會發現，恰恰因為不同史觀和價值間的激烈衝突，它才製造

出一系列縫隙。通過這些縫隙，一種新的、爾後被命名為「現代」的時間感才在晚清的時代精神中浮現。

這種時代錯置的策略在《蕩寇志》的具體片段中表現得尤為明顯。如第113回中，梁山叛軍遭受重大挫折。正當頭領們焦急地重整隊伍時，有人推薦一位名為白瓦爾罕的外國人。此人是大西洋歐羅巴國人氏，中等身材，粉紅色面皮，碧睛黃髮，深目高鼻，「像殺西洋畫上的鬼子」。這個外國鬼子擅長設計和製造軍械，這是從他父親、著名的軍事專家唎啞呢唎處所學的本事。白瓦爾罕的新產品裡面最引人注目的是「色厄爾吐溪」，或者稱為「奔雷車」。

「奔雷車」形似怪物，發動則像一個活動的三層攻擊堡壘。車最上一層是兩門大炮，能從怪物形的戰車雙眼發射炮火。中間一層的軍士能從怪物／戰車的口內發射弩箭，最下層的軍士則使用長矛和撓鈎作戰。更重要的是，車輪連著精巧的彈簧裝置，因而能適應崎嶇不平的路面。如果不是以馬牽引，「奔雷車」幾乎就像是原始的坦克了。然而，這只不過是白瓦爾罕的一項發明而已；他的其他發明物還包括投擲彈、潛水船和機器獅子。多虧了這個外國鬼子的新武器，梁山叛軍在往後的戰事中占盡上風。

但《蕩寇志》不是一部只涉及西方軍事技術的小說，它還包含了一些場景；其中道教法術、奇門遁甲和巫術妖法大行其道。俞萬春既相信西方科技，也崇奉世俗的道教。小說中的主人公陳希真就是善於做法的道教俠士。他使用的法器「乾元鏡」，能夠照見一個人的過去和未來，調和陰陽之力，以其不可思議之力掃蕩妖魔。正因為這面鏡子的神力，陳希真最終才能夠擒獲白瓦爾罕，打敗梁山叛軍。

白瓦爾罕和陳希真的並置說明了《蕩寇志》敘述動機的分裂。中國古典敘事傳統中並不缺少非中國文化的奇幻或異域情調例子，《蕩寇志》有趣的地方在於，俞萬春運用時代錯置這樣新的奇幻手段，凸顯小說中歷史記憶與解釋效力之間的對話。通過將白瓦爾罕和他的發明植入十一世紀的語境，俞萬春以匪夷所思的方式描寫「現代」軍事技術如何來到中國。雖然在小說前面章節，俞萬春已表示了對先進武器的強烈興趣，但直到外國發明家出現以後，現代化軍事技術的觀念才在小說充分展開。白瓦爾罕成了一個必要的推

動者。由於這個外國鬼子的出現，宋朝軍隊和梁山叛軍間的戰鬥，進入了軍事技術和外交謀略的新階段。

隨著小說情節發展，為了應對白瓦爾罕的技術所帶來的威脅，宋軍必須找到更有力的武器。而想要探得白瓦爾罕的祕密，沒有比擒住這個外國鬼子更好的方法呢！於是，在第117回中，宋朝軍師設下陷阱，俘虜了白瓦爾罕。令人大吃一驚的是，白瓦爾罕的被擒，給了他一個表態效忠的機會。白瓦爾罕出生於澳門，自謂仰慕大宋已久，為了證明自己的忠心，他獻上了祕藏的《輪機經》。

與其說《蕩寇志》中出現的時代錯置是小說技術上的失誤，不如說是啟動歷史意識的導線。《蕩寇志》把宋朝的故事挪到清朝重新演繹，它的主題是一個借來的時間和情節，一個故事新編的修辭策略。敘事上的機械神（deus ex machina）構成了小說奇幻布局的一部分；它將那個曾經的中國和可能的中國合為一體，把當下的缺憾以想當然耳的記憶來彌補。但也正是在這一敘事技術層面上的倒果為因，俞萬春暴露了他讓時間機器回到未來的尷尬邏輯。

白瓦爾罕的被俘和效忠朝廷，給魏源的名言「師夷長技以制夷」提供了一個相當反諷的轉折。在《蕩寇志》的語境中，白瓦爾罕被拉進來不只是為了實現作者擁護大清的用心，而且還「更新」了小說中發生在宋朝的傳奇故事。當西方科學祕本《輪機經》最終被獻給中國人時，敘事者告訴我們，它不過是久已失傳的中國知識的重述。這樣的情節提供了晚清讀者面對西學的阿Q模式：從截取到挪用，最後是化為己有，而且視為古已有之的一部分。

這裡存在著俞萬春（和他的同時代人）的西方主義（Occidentalism）悖論：一方面，洋人象徵了一股邪惡的力量，必須把它從中國的文明世界中根除；另一方面，洋人又被當作中間人般的角色，幫助中國找回失落的文明遺產。白瓦爾罕被俘獲的時候，魏源的名言被顛倒了過來：「制夷以師夷長技。」克服白瓦爾罕那可怕力量的最好方法，就是擒住他並且直接學會他的本事。然而，如果像白瓦爾罕這樣厲害的洋人如此容易落入中國人手中，洋人所擁有的本事又有什麼可擔心的呢？「師夷」又有什麼意義呢？

　　正是在這裡，對科學知識的渴望竟大躍進（或大退步）到對傳統的奇幻力量的欲望。在擒獲白瓦爾罕和得到《輪機經》之後，《蕩寇志》的故事情節將我們帶回一個道教玄機和神魔妖術的世界。梁山叛軍倚仗超自然力量作戰，而宋朝軍隊則求助於法器——特別是「乾元鏡」加以還擊。

　　然而這種回到傳統主義的敘述策略，實際上是一種自相矛盾——如果說不是敷衍了事——的行為。十九世紀中期內行的讀者可能已經注意到，小說中宋軍的勝利並沒有指向這個王朝的振興，而是指向了它進一步的衰敗；如果俞萬春是用宋朝指代清朝，這就使有心讀者不得不懷疑當朝命運的終局。《蕩寇志》中的白瓦爾罕也許可以被宋朝征服，但正如第一次鴉片戰爭以來，清朝歷史所揭示的，白瓦爾罕的後裔會對中國施加更為凶惡的技術和諸多層次上的力量。因而回到傳統的奇幻最後帶來的只是痛苦的結局。中國的作家和讀者正是通過對這種敘事上自相矛盾的探索，才開始面對現代性那複雜的時間性和狀況。

　　歷史的後見之明又給俞萬春的小說提供了另外一層反諷的意味。在義和團運動（1900）爆發的前夜，相信義和團民擁有「刀槍不入」的神祕力量已經成了一種愛國表現，這種力量號稱能幫助中國贏回尊嚴和光榮。此時中國的保守主義者一廂情願相信義和團能夠扶清滅洋，就好像他們下定決心要重演《蕩寇志》中的神奇時刻。但如上所述，俞萬春的小說已經是對前朝歷史的一個時代錯置，而庚子（1900）前夕的清廷和保守主義者寧願再錯置已經錯置的義和團運動帶來大災難，也敲響了清王朝的喪鐘。當「刀槍不入」為名的奇幻想像不再處於現實邊緣，而是占據了政治平台的中心時，它標誌了晚清政治話語和正統敘事的鋌而走險和最終的崩塌。與此同時，奇幻想像也為打開中國僵局的下一次嘗試，埋下伏筆。十年之後，一種名叫「革命」的神奇力量終結了專治皇權。

參考文獻：

王德威《被壓抑的現代性：晚清小說新論》，宋偉杰譯（台北，麥田出版，
　　2003年）。

David Der-wei Wang, *Fin-de-siècle Splendor: Repressed Modernities of Late Qing Fiction, 1849-1911*(Stanford, CA, 1997).

王德威 撰，季劍青 譯

1861 年
顧太清完成《紅樓夢影》

早期現代中國的女性作家

　　1861年，詩選家兼詩人沈善寶（1808-1862），為十八世紀巨著《紅樓夢》的續作《紅樓夢影》撰寫序言。作者顧春（1799-1877）是她的詩友，以顧太清名號廣為人知。《紅樓夢影》使用了原著部分情節線索及人物，但又迥然有別。首先，小說篇幅縮短為24回；其次，小說反映了對幼童及音樂的興趣，這些都是《紅樓夢》中較少提及的主題。

　　《紅樓夢影》是中國漫長文學史上，第一部被明確斷定為女性創作的長篇世情小說。它為二十世紀小說地位的提高，女性小說家開始深入人心鋪陳了一條路。然而，在1861年這些尚屬忌諱的年代，顧太清所作的大膽嘗試是難以想像的。這些忌諱也令顧太清和沈善寶為文時皆別署筆名，顧太清用的是「雲槎外史」，沈善寶則為「西湖散人」。出版日期1877年是沈善寶作序十六年後，也是顧太清的卒年。我們不能確切地知曉小說完成於何時，但從出版日期可看出顧太清（或是她的家人）希望此書能於顧身後問世。

　　誰是顧太清？她為人所知的是詩作，以意象天真明晰而著名，尤其擅長詞。顧太清為優秀的清朝（1644-1912）女詞人，也是最卓著的二位滿族詞家之一。

　　她出身遼寧（當時為滿洲），爾後定居北京。有關她早年生涯細節十分模糊，顧姓為漢姓非滿族姓氏，得自何處，童年時期是否曾於杭州度過，都無從得知。顧太清的祖父鄂昌（卒於1755）為著名大學士鄂爾泰（1680-1745）的侄子，鄂爾泰身後因門生「胡中藻」案被捲入乾隆朝文字獄，鄂昌

因而受牽連遭乾隆賜死。這些不幸事件或可說明顧太清的漢姓緣由以及身世的諸種含糊不清。她的美貌與才情讓她獲得一段美好姻緣，使用漢姓或是少女時代移居杭州，都可能是一種克服家族恥辱的策略。

顧太清婚後生活相對較為清晰。1824年，滿族貝勒奕繪（1799-1838）的元配福晉去世後，她成為側福晉，生活美滿。雖然奕繪之前曾娶妻室，但專寵顧太清，此後也未曾納妾。兩人育有五位子女，奕繪另有嫡子。夫婦流連詩畫，夫唱婦隨，因而成就了顧太清的才華。在各種消遣中，兩人最喜閱讀《紅樓夢》。

1838年奕繪猝然逝世，顧太清的幸福就此崩解。她失去的不只是摯愛的丈夫，也是文學伴侶。奕繪元配之子素來與她不和，強迫她離開北京宅邸，她帶著兒女遷居郊外。如此佳人被逐出門，引起了某種臆測，有人揣測她與著名學者龔自珍（1792-1841）有過一段私情。巧合之處在於，龔自珍於1839年也突然離開京師。然而，一些明是非的歷史學家論定這場私情純屬子虛烏有，但謠言依然存在。被驅逐的日子對於顧太清而言，意味著嚴重的經濟困境，以及無法平靜的心緒。她變賣畫作與首飾維持這段時期的生活開銷。此外，親友也不時接濟物資。奕繪那個滿心敵意的兒子於1857年過世，因未有子嗣，顧太清所生之子成為繼承人，她終得返回故家。

作為滿族貝勒之妻與遺孀，顧太清不被允許離開京師地區。1835年，奕繪去世前三年，她已開始和一些隨夫游宦北京的杭州漢族女性建立友誼，與沈善寶的結識則是在1837年，兩人初始以詩畫交流。正因為這些新朋友，顧太清方能應付奕繪驟逝的哀痛、擾亂以及被逐出家門的恥辱。這些女性友人無論滿、漢，無論來自北京或杭州，給予顧太清諸多的慰藉，彼此賦詩並互為讀者。

沈善寶初識顧太清時，已是中年。她也經歷過家境的窮迫。1819年父親自盡時，她尚待字閨中。由於秉承家學，她尚能賣詩鬻畫以維持家計。但也因為如此，她逐漸受到杭州幾位文壇女性領袖人物的關注，這是以婦女文化高度發展而知名的城市。1832年，沈善寶的母親過世，五年後她遷至北京，在義母安排下嫁作高官繼室。此後，她的經濟條件大為改善。自此，沈善寶重新聯繫上昔日杭州交遊圈的作家，同時也與曾在杭州的女性友人持續往

來。

　　沈善寶在京師的女界交遊廣闊，她的圈子更因為滿族女性的加入而擴大。其中主要的朋友就是顧太清。沈善寶和她的友人聚會常邀約顧太清參加，最可能原因是她的漢語流利，熟稔京城情況，並且善於交際。在顧太清被逐出家門時，沈善寶伸出援手，以詩會接納她，這對顧太清而言至關重要。

　　沈善寶最著名的成就是個人詩集，以及1845年問世的《名媛詩話》，後者記述了清朝才女間形形色色的交遊。內容涉及諸多遊歷話題，關於自己和顧太清，以及杭州的朋友，京師及附近地區的滿漢女性。這些資料顯示，顧太清是一位精采可貴的良友。她和沈善寶有著二十五年的交誼，即便沈善寶並不總在北京，兩人仍然魚雁往返。

　　顧、沈之間的友誼之篤，可從以下篇章見出。1862年沈善寶辭世，顧太清為文如是說：

　　妹歿於同治元年六月十一日。余五月廿九日過訪，妹忽言：「姊之情何以報之？」余答曰：「姊妹之間何言報耶！願來生吾二人仍如今生。」妹言：「豈止來生，與君世世為弟兄。」余言：「此盟訂矣。」相去十日，竟悠然長往。能不痛哉！

　　情感之外，這份友誼也是文學志業的持續來源。關於這點，從兩位女士唱和的詩篇，及彼此書畫作品的題簽可看出端倪。此外，沈善寶與顧太清的交情，引領她進入北京文人文化中心，利於日後編纂《名媛詩話》。除小說外，沈善寶同時也是顧太清所有創作的重要支持者。

　　《紅樓夢影》問世時，顧太清和沈善寶都採用了不為人知的筆名，因此長達一百多年未受到注意。1989年，趙伯陶透過顧太清「亡佚」的詩稿（這些一直被保存在日本）完成學術論文，判斷顧太清為這部續書的作者，沈善寶則是為序者。從一篇被發掘的「佚詩」說明了其中的關聯：

　　紅樓幻境原無據，偶耳拈毫續幾回。

長序一編承過譽，花箋頻寄索書來。

詩後有注：

余偶續《紅樓夢》數回，名曰《紅樓夢影》，湘佩為之序。不待脫稿即索看，嘗責余性懶，戲謂曰：「姊年近七十，如不速成此書，恐不能成其功矣。」

事實上，1861年書序完成時，顧太清才六十二歲，次年沈善寶過世。

晚近新資料出土，2006年黃仕忠發現了顧太清於丈夫過世後所寫的兩部戲劇，存於日本的《桃源記》和在中國的《梅花引》。前一部無序，後一部為沈善寶序。兩部戲劇都別署「雲槎外史」，正是她寫《紅樓夢影》所用的筆名，《梅花引》序文作者沈善寶署名「西湖散人」。明清時期女作家戲劇作品不多，沈善寶的支持再度印證兩人友誼對文學的重要性。這兩部未刊作品的寫作時間不確定，可能都完成於奕繪去世不久。倘若如此，則顧的戲劇作品早於小說二十多年。如此可知沈善寶對顧太清戲劇的認可，應是為了協助顧太清度過艱難時期所提供的另一種支持，這兩個筆名就是她們之間二十多年的祕密。

顧太清對沈善寶的詩歌及其他著述的影響，或許不如沈善寶對顧太清的影響如此顯著。但不難看出，兩位作家的互相珍視。如無彼此的守望相助，二人的創作生涯都將受損。也許我們還可以在女作家群尋得意義非凡的友誼例證，但顧、沈二人的關係對於她們的文學生涯以及顧太清的開創性成就，都具有非凡的意義。

參考文獻：

顧春《紅樓夢影》（北京，北京大學出版社，1988〔1877〕年）。
黃仕忠〈顧太清的戲曲創作與其早年經歷〉，《文學遺產》2006年第6期，頁88-95。

Grace S. Fong, *Herself an Author: Gender, Agency, and Writing in Late Imperial China* (Honolulu, University of Hawaii Press, 2008).

Grace S. Fong, "Writing Self and Writing Lives: Shen Shanbao's (1808-62) Gendered Auto / Biographical Practices," *Nan Nü* 2, no. 2 (2000): 259-303.

Ellen Widmer, *The Beauty and the Book: Women and Fiction in Nineteenth-Century China* (Cambridge, MA, Harvard University Asia Center, 2006).

魏愛蓮（Ellen Widmer）撰，張治 譯

1862年10月11日
「放廢南裔。」

王韜登陸香港

　　1862年10月11日，王韜（1828-1897）抵達不列顛的殖民地香港。這不是令人興奮之旅，他的情緒充滿苦悶與沮喪，體會不到西方商賈來到東方世界淘寶與冒險的激動心情，也不像台山粵民前往舊金山（San Francisco）途經此地充滿激情憧憬，滿懷前往「金山」的淘金夢。王韜最初並無意此行，在上海英國領事的催促下才啟程來到香港。之前他因傳言說他涉足太平天國之亂，向英國領事尋求庇護。王韜倉促動身，因此不得不拋下家庭——還有珍愛的藏書，這對他而言是相當大的打擊。流落到中華文明疆域外的蕞爾小島——重商輕文之地，王韜的感受必定刻骨銘心。當他俯瞰這座熙攘往來的城市時，豈能不憶起晉朝詩人陶潛（365-427）的詩作：

　　結廬在人境，而無車馬喧。
　　問君何能爾？心遠地自偏。

　　但是，疏離與位移或可視為驅動現代中國文學與藝術生產的兩股主力——也是驅動西方文學與藝術發展的重要力量。康有為（1858-1927）、張愛玲（1920-1995）、白先勇（1937-）和高行健（1940-）的流亡都是例證。王韜的香港歲月以及歐亞旅行，提供了　種陌生文化衝撞下的新意，因而形塑了他新的文學實踐形式，從翻譯到遊記，小說到新聞，甚至難以簡單分類的混合形式。

　　王韜最為人知的身分是現代中國新聞業先驅以及改良派知識分子，同時是著名的翻譯家、多產作家，也是上海聲色場所生活史的熱中記錄者，堪稱是一位多才多藝的能人。由此層面而言，王韜也是現代中國政治社會史、文學史的核心人物。他生於古吳國故都蘇州近郊，毗鄰太湖。他是出入純文學和藝術的傳統學者，期望成為士大夫為朝廷效命。十七歲時，王韜已通過縣試，但未能再上層樓。他被迫放棄文人取得菁英地位的漫漫長路，轉而尋求其他謀生方式。王韜受聘為墨海書館（倫敦傳道會出版社）中文編輯前往上海，與此同時撰寫《海陬冶遊錄》（首次刊行於1878年）。此後數年，他一直為英美傳教士服務。期間他萌生對「西學」的強烈興趣，除基督教以外也涉足西方科學和現代新聞業。

　　王韜首先以翻譯確立其地位。1849年初，他成為麥都思（Walter Medhurst, 1796–1857）的得力文書，協助翻譯《聖經》「委辦本」，韓南（Patrick Hanan）稱之為「第一部具有文學價值的《聖經》中譯本」。他還協助傳教士翻譯許多非宗教著作，包括光學圖說、基礎力學、西方天文學，以及華英通商史等相關論著。王韜任職於上海教會直至1862年被迫逃往香港，自覺「放廢南裔」。他在香港擔任理雅各布（James Legge, 1815–1897）的助手，從事中國經典巨著之翻譯。

　　王韜流亡前一個月，美國內戰安蒂特姆河戰役正如火如荼。就在他出走第一天，南方國會通過「二十奴隸法」，免除任何擁有二十及二十個以上奴隸的男子服兵役義務。王韜和事件並無關聯，但他之所以逃離上海，卻可與這事件並置作為有力的事證，即社會改革與為廣大的人類自由而戰正在這同一歷史時刻，在全球啟動——王韜的傳教士朋友對這些事件輕描淡寫，他們更樂於強調的是西方文明的「進步開化」。長期以來，王韜厭惡在中國所見到的虛偽洋人，到香港後開始日漸關注帝國主義、種族壓迫與勞工剝削間的關聯。1872年，他與商界朋友合辦東華醫院，並出任董事會協理，反對惡名昭彰的「苦力貿易」，這一制度運輸中國勞工到世界各地的礦場與種植園，在經常處於滅絕人性的環境中工作。

　　1867年，一個至「南裔」之外的行旅機會到來，理雅各布邀請王韜訪問他在蘇格蘭的家鄉。王韜從香港出發，沿途飽覽新加坡、檳城、可倫坡、亞

丁、開羅以及亞歷山大港之風光後抵達歐洲。王韜抵達不列顛諸島十年後，第一個中國使節團始進駐英格蘭，因此他的出現，對英國社會而言是新奇的。旅歐期間，王韜以身穿絲袍的中國學者和「中華風物」權威形象廣受矚目，甚至在牛津大學開設一場講座。相反地，1870年當他回到香港時，憑藉對歐洲地理以及社會的直觀認識，被擁戴為西學專家。他的經歷，成為著名遊記《漫遊隨錄》（1890）的藍本，這本書亦以插圖本方式刊行。

1874年，王韜協助籌辦《循環日報》，這是一份仿效西方新聞報紙的中文日報。獲致巨大成功的《循環日報》是世界第一家華資中文報紙，爾後也成為王韜傳播思想及試圖改良中國的重要管道。讀者從香港延伸至中國各個通商口岸，乃至台灣地區都有訂閱者，甚至傳播至橫濱、新加坡、舊金山和澳大利亞。

西學宗師、熱門作家，1879年王韜因新晉名聲受邀訪日。在那裡，他遇到中國使臣黃遵憲（1848-1905），黃或許是王韜在流亡二十多年後得以重返中國的鋪路人之一。1884年王韜再次回到上海，為中國最早現代報紙之一的《申報》固定撰稿；也曾在《點石齋畫報》發表小說和遊記選錄，這份讀者眾多的畫報，是傳播西學以及上海口岸新型多元文化的重要途徑。王韜最早發表於《點石齋畫報》的短篇小說大多收入文言小說集《淞隱漫錄》（1884-1887），此書被稱為《後聊齋志異》，步武蒲松齡（1640-1715）之名作《聊齋志異》（1679）。《淞隱漫錄》在清朝反覆刊刻，流播廣遠，後續的《淞濱瑣話》（1887）亦復如此。王韜隨傅蘭雅（John Fryer, 1839-1928）等參與上海格致書院工作，1885年出任院長，在位長達十二年之久。

王韜是一位多產作家，著述廣泛，兼擅各種文體和不同論題。除了上述的短篇小說集和翻譯外，尚有《普法戰紀》、《法蘭西志》、《日本通中國考》等名著，及多篇討論西學文章，歐洲、日本遊記，若干篇上海青樓女子小傳，以及一部《豔史叢鈔》（1878）和詩文集。

就其文學創作而論，王韜對於現代中國文學的貢獻，不能僅僅以簡單標籤總結：他是一個翻譯西方科學與宗教思想的「文學買辦」？現代中國新聞業之父？一個滿懷東西羅曼史故事的遊記作家？還是撰寫上海青樓指南的作者？他的著作無法簡單化約至遊記、政論或報導等的文體分類。正如韓瑞亞

（Rania Huntington）所說，王韜的文筆很大程度上開拓出一種新型「介於新聞與通俗小說之間的空間」。例如《點石齋畫報》中發表的篇章，兼具娛樂性及向讀者介紹新思想、時事、西方訊息的作用。假使必須為這位文藝復興人士貼個「標籤」，或可稱他為一位製造跨界文本的越界者（border-crosser）。由此觀之，儘管魯迅（1881–1936）將王韜看作是寫「狹邪小說」的舊派作家——無數以妓女和愛情故事為題材的傳統作品生產者之一——事實上，王韜體現出一種與其所處時代共鳴的多元混雜性，現代中國文學史應為他重新定位。

王韜的上海、香港雙城經歷，以及海外旅行的眼界，使他迅速發展出雙重文化與語言的視野，並成為向讀者介紹西方且深具影響力的解說者，同時也是向維多利亞時代西方人士介紹中國古典傳統的重要解說者。的確，許多人視王韜為卓越的文化翻譯者。像冼玉儀（Elizabeth Sinn）所主張，王韜不僅僅是新知識的「傳遞者」；更重要的是，他協助創造並宣傳一種建立在複雜而變動的文化轉型過程中的「新的社會與文化範式」。王韜自身的多元混雜性，見於他對西方的態度。儘管他嚮往中國改革並實施現代化，早在1860年代就熱心倡導西學，但他也對西方帝國主義的侵略和文化傲慢進行了批判，並對外國的侵略威脅，以及苦力貿易的暴行做出了警示。柯文（Paul Cohen）稱王韜是一位「早期民族主義者」，他倡導結合了提升中華民族的強盛與尊嚴的有限西化。

最後，王韜文學與新聞著作的「現代性」不能簡單地以「第一人」或「新型」評價。無論就主題、文類還是語言的使用上皆是如此。與其將現代性簡化為趨新的時間概念（力求反對「舊」），毋寧將它界定於流亡與旅行的「空間移動」，尤其是外緣、前沿、邊疆以及中介區域（contact zones）——從這些空間，王韜孕育出最為獨特的作品。流亡與旅行長期以來是前現代中國文學生產的關鍵要素，王韜在旅行中體驗到他所能實現最遠距離的位移，超出「南裔」抵達嶄新的歐洲世界，這樣的經驗使他不僅通過中國眼光看視西方，也藉由西方的鏡頭反觀中國。這樣的雙重意識造成其創作中的矛盾與跨文化感。憑藉他的多元努力，王韜一度成為當時東方學領袖人物的得力助手，也是晚清西潮的關鍵締造者。他的遊記和短篇小說，不僅將西方描

述成一個擁有現代技術與工業的進步所在，而且是性情開放、浪漫旖旎的國度，一如他所想像古代神話中的「女人國」，如今已遷至歐洲了。這種二重性使王韜發展出真正的全球視野。

　　1862年王韜亡命香港，象徵現代中國歷史形塑過程中的偶然，但也顯示不同文化間中介區域的重要：現代性無他，正是彼此陌生的文化接觸後所帶來的奇花異果。

參考文獻：

Paul A. Cohen, *Between Tradition and Modernity: Wang T'ao and Reform in Late Ch'ing China* (Cambridge, MA, Harvard University Asia Center, 1974).

Sheldon H. Lu, *Chinese Modernity and Global Biopolitics: Studies in Literature and Visual Culture* (Honolulu, University of Hawaii Press, 2007).

Elizabeth Sinn, "Fugitive in Paradise: Wang Tao and Cultural Transformation in Late Nineteenth-Century Hong Kong," *Late Imperial China*, 19, no. 1 (June 1998):56-81.

鄧津華（Emma J. Teng）撰，張治 譯

1872 年 10 月 14 日
中國最早的文學期刊《瀛寰瑣紀》出版

媒體、文學和早期中國現代性

　　同治壬申年九月十一日（1872年10月14日），中國最早的文學期刊《瀛寰瑣紀》創刊號在上海公共租界發行，這裡後來成為有清一朝無庸爭議的媒體之都。與當時其他多數中文雜誌和報刊一樣，《瀛寰瑣紀》為外國人擁有及經營的公司，隸屬申報館。經營者美查（Ernest Major, 1841-1908），一個來自倫敦，精力充沛且具有創新精神的年輕人。他精通漢語，早已洞察中國自身的遺產及其對世界的興趣，足以保證現代印刷品的商機。

　　《申報》是這間公司最重要的出版品，創刊於《瀛寰瑣紀》出版前半年，股本只有一千六百兩（相當於1874年在香港創辦一份中文報紙所需股本的十分之一），這意謂能購買的設備和雇用的員工有限。除了新聞、社論以及轉載的邸報和香港中文報紙的摘錄外，這份報紙還邀請文人就國家事務發表評論，或撰寫娛樂性文字與花邊新聞，以此激發公眾討論並填充版面。

　　《申報》創刊時很快收到一大批文人的來稿，他們熱切地希望自己的作品被刊登在新媒體上。然而，只有一小部分經過挑選的稿件能夠發表。到1872年9月，報紙八個版面中的兩個半到三個版面可以登載自己的內容，其餘版面則是轉載的內容（占一個半版面）和廣告。一週發行六期，每期大概印量三千份。僅僅9月一個月，《申報》即刊登了23首署名的詩歌和散文，和33篇長篇新聞報導和評論，多數具名發表，這些稿件全來自報館以外的人。稿件內容與當下社會緊密關聯，包括描寫公共租界壯麗和鴉片煙癮弊害的竹枝詞及散文，還有涉及一系列主題的新聞：包括前載評論文章引發的後

續論爭，關於春藥危害的警告，乃至於城市解決乞丐問題的對策。

這群知識分子作者，正是這份創刊不久報紙的目標讀者群。它小心從事，唯恐這些支持者熱情不再，也正是這股熱情，推動了菁英階層對報紙的接受。雖然《瀛寰瑣紀》提供一個新園地，刊載具有時興趣味但與時事並不直接相關的作品，但並不影響《申報》外來稿數量。1872年12月，《申報》外來稿有66篇詩歌或散文，以及41篇評論或新聞。

《瀛寰瑣紀》創刊號的序言說明這份刊物起先不是以專門「文學」期刊為主。自稱「仿《中西見聞錄》而更擴充之」，所提及的刊物是兩名英國傳教士在北京創辦的中文期刊，此二人後供職於總理各國事務衙門的同文館。《中西見聞錄》的創辦者獻身於中國和中國文化，對英國的中國政策持批判態度。期刊命名已然表明創辦刊物之目的：要為他們的讀者打開世界；要發表「見聞」，亦即新聞，借以引進科學、技術，以及建立在事實基礎上的社會報導。《瀛寰瑣紀》用「瀛寰」一詞涵蓋前文所述的「仿」與「更擴充之」。內容將包括那些即便未曾親眼見聞，卻有「理性」基礎的事物，或者即便沒有「理性」支撐，卻有「想像」可暗示的事物。「瑣紀」隱含容納不同形式短篇寫作的開放性，以及作品應具備最高品質的觀點。這份刊物四年間共發行58卷，其間兩次更名，意義則不變。它預示了往後許多中文文學期刊曇花一現的命運，這些期刊經常不受出版商重視，編者往往形成特定小圈子，並遭受審查制度之害。

這份期刊的編輯工作由中國文人擔任，語言和版式大部分依照他們的偏好。於是，《瀛寰瑣紀》（以及同階段的《申報》），與同時期和稍早在北京出版的新教傳教士刊物形成鮮明對比。刊物採用中國農曆，也不在文本中使用標點符號——因為後者所代表的標準低於他們目標讀者的文化程度。無論這些形式上的標記將體現出何種中國性，這份刊物的序言，卻特意突出美查居間扮演的重要角色。將刊物的「有遠志」歸功於美查，稱其懷此洞見——即「驚奇駭怪之談，沉博絕麗之作」，定會比枯燥無味的「經書」更具教育意義。還將刊物的定位之功歸諸美查，即引入應用科學方法、濟世安民的方策以及科學知識，同時提供娛樂等。雖然美查只是以書齋主人（尊聞閣主人）之名出現在這篇頌辭中，但他似乎毋須更多的介紹。這說明《瀛寰瑣

紀》和《申報》目標讀者在很大程度上是重疊的。

　　發表於《瀛寰瑣紀》的作品當然要努力達到期刊的要求。第一卷文章極富娛樂性和知識性，有談及神經系統，也談到閒置的蒸汽巨輪「大東方號」（Great Eastern）改裝為電纜鋪設船，在不列顛群島和美國之間鋪設第一條跨大西洋海底電纜時，發揮不可估量的作用；另一篇關於長崎之行的報導，被標舉為書寫某一特定地方風土人情之「典範」；另有一篇諷刺文章，談到一個領取救濟遭拒的英國人，直到他把自己的金牙換成馬骨牙。然而，即便以最寬泛的「文學」定義理解，這一卷並沒有「文學」作品。

　　這是一項創新性的冒險事業，申報館繼續探索這份期刊未來的可能前景。過程中，它借鑒了類似內容多樣的英國期刊——如《布萊克伍德愛丁堡雜誌》（*Blackwood's Edinburgh Magazine*）或《威斯敏斯特雜誌》（*Westminster Magazine*）等，同時又盛讚《莊子》、《列子》中，那些雋永而趣味非凡的寓言所使用的文體模式。前述兩部著作成功以華美而不空洞、不落俗套的文采，表達哲學上的洞見。

　　這些都是與時代密切相關，內容非常明確具體的文本。無論長崎之行報導的典範寫作，或以骨頭做成的假牙作為諷刺的依據，乃至於稱讚《莊子》、《列子》的寓言，總而言之，都暗示出一種非常都市化的審美品味。這種品味在接下來二十年中，主導了申報館的出版事業，一直延續到著名的《點石齋畫報》出版為止。由於《瀛寰瑣紀》越來越迎合當時流行的偏愛具體和寫實的國際寫作趣味，它對大部分中國思想、著作和繪畫中所呈現的空洞形式主義，持批判態度。《瀛寰瑣紀》第二卷擴展了範圍，納入詩、曲和題獻等高雅風格的文學作品，還包括格言、遊記和速寫當時名妓等新題材，多數都是新創作文本。但刊物也開始刊載此前未及發表的作品，特別是太平天國戰爭中死難者的遺作。編者為了解釋選文標準，好讓讀者了解自己可能會投稿或建議刊登的稿件類型，經常在文末加上短評。這份刊物的作者日趨多元化，說明刊物正被視為發表視野廣泛的短篇文類陣地。一些有地位和聲望的作家開始投稿，不再署名「某客」而是署真名或齋號。通常一卷三十六頁的篇幅中，文學文本占到七頁。而作者和讀者的共同群體開始形成，他們擁有同樣廣泛的文化興趣，標舉自己為「大雅君子」。他們對「世界」充滿

興趣，但並不崇拜所有「西方」事物，並且與瑣碎內容的誇張框架保持反諷式的距離。他們是一群剛經歷過一場毀滅性內戰帶來創傷的有閒階層。

刊物第三卷賦予文學更加顯要的地位。《申報》之前已發表一些英語小說的節譯，如《格列佛遊記》的片段，此時開始連載愛德華·鮑沃爾·李敦（Edward Bulwer Lytton, 1803-1873）以遺產繼承為題材的長篇小說《昕夕閒談》（*Night and Morning*, 1841）譯作。在訂閱刊物的方式尚未普及，讀者每期購買的市場中，連載也發揮培育持續性讀者的作用。《昕夕閒談》據說可與偉大的中國小說相媲美，而且把「novel」這一世界性的文學文類加入中國小說中。《昕夕閒談》完美地符合申報館的美學規畫。譯文附有評論，使用中國文學的評點語匯，來突出其複雜的文學技巧（如伏筆）。同時又向讀者介紹英國的社會背景，那是女孩可以單獨旅行，年輕女士談戀愛也不會被排斥的地方。《昕夕閒談》旨在「怡情」，但卻通過這種方式提供了參照，而非直接批判中國本地風俗，達到修正中國風俗的目的。此時，申報館已發現一些未曾刊行或稀見的中國小說符合他們的規畫。於是，《瀛寰瑣紀》轉而發表那些作品，因而終止連載，《昕夕閒談》譯作最後以書籍形式出版。《瀛寰瑣紀》另外刊載的外國作品是24卷至26卷連載的寺門靜軒（1796-1868）的《江戶繁昌記》，這是一部有關十九世紀三〇年代江戶（今東京）極為具體，又具諷刺性的紀實文學作品。此書以漢文寫成，不必經過翻譯。在明治維新以前，漢文在日本享有崇高地位。

第三卷出版後，《瀛寰瑣紀》已發展出它的關鍵性特色，包括描述性的詩歌，如《尊聞閣同人詩選》；關於非凡人物的生動傳略，有內戰中的男女「烈士」，也有妓女或乞丐等都市型角色；討論水災這類實務的專題論文，學術性的徵引（大部分是中文材料）極大地提升了這些論文的質量；諸如曾國藩（1811-1872）等名人的未刊書信；遊記；以及相當數量從內戰中保留下來——有時候只有片段——獨一無二的文學作品，及其紀念性的引言。

1876年，這項事業突然中斷，此時申報館已確立了自身作為中國文學文化遺產，以及發表新作品最重要出版者的地位。許多曾為《瀛寰瑣紀》撰稿的作者，繼續為申報館出版的書籍寫序、作註及題辭，這些書籍為接下來數

十年的中文出版品，建立了典範性的標準。《瀛寰瑣紀》終刊時，尚有大量的手稿未刊登，標誌了這份期刊及申報館是廣受尊重的文學生產空間。兩位編輯從這些手稿中，挑選部分繼續整理發表。其中一位是蔡爾康（1851–1921），後來任職上海機器印書局，並創辦了《侯鯖新錄》。這份刊物出了四卷，延續《瀛寰瑣紀》和宋朝舊的《侯鯖錄》的傳統和美學規畫，匯集了多種多樣的文類：詩歌、軼聞、關於人和風俗的報導、歷史論文、書信及評論。

這種帶有審美傾向而不僅僅限於文學的規畫，起到了理論上的紐帶作用，它聚合了混雜的篇章，將其整合到申報館總體的出版規畫中。這一規畫，採取的立場與固守中國文化本真性之態度已然分道揚鑣，它輕輕地打開了中文寫作參與世界文學和文化潮流的大門。

參考文獻：

Patrick Hanan, *Chinese Fiction of the Nineteenth and Early Twentieth Centuries*（New York, Columbia University Press, 2004）.

Rudolf G. Wagner, "Women in Shenbaoguan Publications 1872-1890," in *Different World of Discourse: Transformations of Gender and Genre in Late Qing and Early Republican China*, ed., Nanxiu Qian, Grace S. Fong, Richard J. Smith（Leiden, Netherlands, Brill Academic Publisher, 2008）, pp. 227-256.

Catherine V. Yeh, "Recasting the Chinese Novel: Ernest Major's Shenbao Publishing House（1872-1890）," *Transcultural Studies* 1（2015）: 171-189.

魯道夫・瓦格納（Rudolf G. Wagner）撰，季劍青 譯

1873年6月29日

同治皇帝在北京紫光閣接見威妥瑪（Thomas F. Wade, 1818-1895）等外國使節

翻譯的政治：走向世界語言

今年是1873年，我——威妥瑪，英國駐華公使——是這次與中國皇帝會面的發起人。這次會面由我所找的第一個磋商者俄國公使倭良嘎哩（Aleksander G. Vlangali），帶領外國使節進入大廳，接著是美國的鏤斐迪（Frederick F. Low），我緊接其後立於大廳正中央。接續為法國公使熱福理（Louis de Geofroy），最後則是荷蘭公使費果蓀（J. H. Ferguson）。口譯員居於最後，他們總是在一個不起眼的幾乎看不見的位置，但他其實和我們中間任何一個人同等重要，因為在中國口譯員非常搶手。

我們排成一列立於年輕同治皇帝之前。紫光閣裡滿朝中國官員，下巴低到了胸部，頭幾乎完全隱沒在夏天的官帽下。我環顧四周，發現他們神情驚慌，我們沒有對年輕的皇帝行跪拜之禮以示尊重，顯然讓他們感到顏面掃地。中國臣民不論何時見到皇帝必行跪拜禮，當然也期望所有的外國使節入境隨俗。在他們眼中，中國是世界的中心和文明的源泉，外國一切不如中國，四周皆是未開化的蠻夷。然而我們之所以未行叩首禮，並不是因為皇帝的年紀，我們的國家也有年輕的君主，反對的是此種隱含外國不如中國的輕蔑態度。長久以往，外交不對等一直是中西衝突的主因，這次多國使團的目的之一便是為了表明，我們願意共同致力和平合作關係，並協助中國進入現代世界。

為了達到目的，我耗費許多時間與恭親王協商。他是攝政王，同時是總理各國事務衙門大臣，負責中國對外所有交涉事務，包括接待外國使臣等禮

儀。我已在中國生活三十年，是目前為止最富經驗的公使，於是主動聯繫恭親王，起草官方文件並且書寫私函給他。

自1860年《北京條約》簽訂以來，相信恭親王已經視我為能幹的中間人和文化顧問。我所具備的語言能力和對中國的善意，贏得他的信任和友誼。恭親王向我請教建立總理衙門及其下屬單位同文館的好處。我詳細解釋中國迫切需要建立這樣一個學術機構，馬戛爾尼使團訪華時，我國所犯的錯誤就是不得不仰仗聘雇的口譯員。他們的工作和我們的任務大相徑庭。口譯員是否值得信賴，乃是首要之事。中國必須有自己的口譯員，於是我推薦了兩位優秀的紳士——包爾騰（John Burdon）和丁韙良（William A. P. Martin）——擔任同文館的英文教習。他們的主要任務是教英文及推薦值得譯介的西學著作。

我希望中國擁有自己的口譯員隊伍，掌握各種外語。並不僅僅因為我喜歡中國，也不是因為我以口譯員起家，更重要的是其中有著我的愛國理由。英國和中國貿易要興旺，英國人在中國的生命和財產能得到保障，就必須遵循雙方共同的協商成果以及國際慣例。中國一旦擁有自己的口譯員，就無需依賴外國口譯員，從而減少求助其他列強的機會。眾所周知，維持列強的勢力平衡是國際政治的首要原則。當然，如果在多種外語中，中國首先選擇透過英語與外部世界聯繫乃至獲取西方知識，則對英國相當有利。

歷史的後見之明顯現英國在付出沉重代價後才意識到，必得掌握漢語並培訓自己的口譯員。歷經千辛萬苦我才學會這門語言，對英國人而言漢語非常新奇且難以理解。有不同筆劃的部首，多種組合的漢字。哪一個表示聲音？如果找不到漢字中表音的部分，怎麼發音呢？1839年鴉片戰爭中我以陸軍中尉的身分來到中國，當時只能依賴一本專門為傳教和商業目的而編寫的零碎常用語手冊。戰爭期間，我屢屢因錯讀地圖而感到沮喪，因為地名太過相似以至於我們無法區分。在華南地區的慘烈戰役中，我們受到錯誤情報誤導，又在缺少口譯員陪同的情況下深入中國內地，手下的士兵們驚恐萬分。

因此，我決心成為一名口譯員。在劍橋時，我已經逐漸展現學習歐洲各門古典和現代語言的天賦和熱情。然而，當我寫信給外交部和陸軍部，請求同意我離開軍隊，表達自己想留在新殖民地香港，並成為一名口譯員的願望

時，我得到的只有輕蔑和嘲笑。沒有人視口譯為光榮的職業。但我心意已決。

　　為了更有效地學習漢語，我向當時住在香港的著名漢學家和口譯員請教，其中包括馬禮遜（John Robert Morrison）、郭實臘（Karl Gützlaff）和羅伯聃（Robert Thom），他們都參與了《南京條約》的簽訂，負責起草和核定條約中英文版本。當我提到想學習漢語，他們的第一反應是驚訝和不解。「你想學的是哪種漢語呢，先生？」我請教的第一位漢學家如是說。「有古代經典的語言，有較現代書籍使用的語言，有官方檔案的語言，有書信體的語言，有口語，口語又有無數的方言。你希望一開始學的是哪一種漢語呢？」我完全懵了。古代的還是現代的口語？書信體？官方？作為一個初學者，我怎麼會知道哪個是哪個。為了充分利用學習環境，我決定先精通在地方言廣東話。開始學習的方法是抄寫馬禮遜詞典《廣東土話字彙》（*Vocabulary of the Canton Dialect*）中的每一個條目。

　　我花了五年時間努力學習，一邊在香港接受法庭口譯員的在職培訓。後來遇到了博學多聞、曾從事口譯的密迪樂（Thomas Taylor Meadows），他當時已經升任上海通商口岸領事。他慷慨親切地告訴我，如果有志獻身中英關係，應該學習官話或者說是北京話，那是宮廷和士大夫口頭用語。如此，我此前下的苦工似乎都白費了。為了有助自學，同時也為了讓未來的學習者不再重蹈覆轍，我決定建立一套正字系統法。首先，在官話流利的中國老師協助下，我將每個漢字官話發音轉寫成羅馬字母，再為每個字標上聲調或音高。之後，與其他精通官話的漢學家一起反覆核對訂正每個發音。習慣以表音字母來記誦單詞，或以英語為母語的人，透過這套系統能更有效率地認讀漢語字詞。我之所以能夠義無反顧從事這個計畫，在於外交部已請我協助提升口譯員的訓練水平。這個請求正合我意。因為我沒辦法去想像在我職業生涯的早期階段，把自己的時間浪費在與學習漢語毫無關係的行政工作上。我和英國國內及中國的學生與教師詳細討論後，起草了兩份建議書，希望提高漢語學習效率。一份是尊重漢語學習的備忘錄（1854）提交給寶寧（John Bowring）爵士，另一份是概述語言學習計畫備忘錄（1861）提交給羅素勳爵（Lord Russell）。這兩份備忘錄著重提高教材（如詞彙表、教科書和詞

典）品質並修訂現有口譯員培訓計畫架構。培訓計畫是1854年外交部委託制定。

　　我和外交部的同事、上級不同，我不認為翻譯是政府機關或領事館職員的卑微工作。翻譯人員不只是把訊息從一門語言轉換到另一門語言，翻譯人員可說是文化使節和決策者。他們透過對中國文化的了解，做出明智的決定。他們敏銳的反應來自於卓越的語言能力。他們必須深入了解語言遣詞用句的微妙含意，因為不同的表達對應著不同的等第秩序。我精挑細選口譯人才，進行嚴格訓練，因為他們是中英兩國政府不可或缺的橋梁。我做出了一個開創性的方法，也就是透過競爭考試從英國最負盛名的大學，挑選十八至二十五歲間的人才培訓口譯。最好的訓練環境及不受干擾的學習，是他們正式肩負起中英外交領域重責前所必須的。

　　我編訂了三本培訓教科書：《尋津錄》（1859）、《語言自邇集》（1867）和《文件自邇集》（1867）。這三本教科書主要集中於漢語應用文寫作中的文法和用法。此外，我要求學生廣泛閱讀以擴展他們的中國文化知識。學生每半年必須參加一次資格考試，證明漢語聽說讀寫能力。我還要求他們回答相關的中國習俗文化問題。因此我成為既古怪嚴厲又吹毛求疵的教師。這點的確如此，但不如此，他們便不能掌握漢語這門困難奇異的語言。這些學生通過考試後，會分派至領事館、海關或北京的公使館擔任口譯員。他們必須在第一時間作出決定，並回應各個階級的中國人，不論他們是士大夫還是一般百姓。也因此，身為駐華公使的我必須確實訓練他們，以確保他們將來能夠完全勝任即時翻譯工作。我的要求也許太高了，但身為先鋒必須抱持注定被人誤解的覺悟。

　　「英國大臣，威妥瑪……英國大臣，威妥瑪……」

　　當我沉浸在回憶時，耳邊傳來一個非常熟悉的聲音，那是恭親王的聲音。我看著他，忍住不再繼續回想我是如何促成這次與中國皇帝的會面。恭親王提醒我把國書呈給皇帝，我們依次進行。在整個儀式中，皇帝不發一語，由恭親王確認接受國書。離開之前，我們以中國人的方式，恭祝皇帝福體康泰，萬壽吉祥。

參考文獻：

James Cooley, *T. F. Wade in China: Pioneer in Global Diplomacy, 1842-1882* (Leiden, Netherlands, Brill Academic Publisher, 1981).

John King Fairbank, *Trade and Diplomacy on the China Coast: The Opening of the Treaty Ports, 1842-1854* (Cambridge, MA, Harvard University Press, 1953).

Uganda Sze Pui Kwan, "The Politics of Translation and the Production of Sinology: Sir Thomas Francis Wade and the Student Interpreter Program, 1843-1870," *Bulletin of the Institute of Modern History, Academia Sinica* 82 (2013): 1-52.

關詩佩（Uganda Sze Pui Kwan）撰，季劍青 譯

1884年5月8日
圖文並茂的文學時代

左圖右史：《點石齋畫報》

　　中國古來有「左圖右史」之說，足見圖文互證與互動歷史悠久。不過，時至晚清，西學東漸，古老的傳統也煥發出新機。其間，石印技術的傳入實具有關鍵意義。取代傳統的木板雕刻，以照相投影加藥水的方法製版，不僅可縮放自如，而且，版面的保真、精密度亦大為提高；再加上用機器代替人工印刷的高速率，大幅降低了印製成本，所謂「物美價廉」於此方得兌現。

　　石印技術的優勢在圖文書的出版上得到了集中體現。而成立於1879年的上海點石齋書局則將此優長發揮到極致。特別是該書局1884年5月創辦的《點石齋畫報》，以十日一冊、連續刊行十五個年頭、總計524期的驕人業績，在中國畫報史、新聞史乃至文化史上都留下了深刻印記。

　　得益於先進的石印術，《點石齋畫報》的圖像一改傳統雕版畫大多構圖單純、線條簡括的風格，轉以精緻細密取勝。創刊號出版，發售廣告即自豪地標榜其「摹繪之精，筆法之細，補景之工」（〈畫報出售〉，《申報》1884年5月8日），儼然以之為值得誇耀的一大賣點。而每期畫報固定八頁九圖，自第六號起，又新增附送之連載新書一至數種不等，五分的售價卻保持了十年以上。若與1877年《申報》館代銷的《寰瀛畫報》一卷九圖、定價一角相比，其價格優勢格外明顯。這也是《點石齋畫報》風行一時的重要原因。

　　除了繪圖精細、售價低廉外，《點石齋畫報》的成功尤在定位的準確。不同於此前供人賞玩的名人畫集或帶有教學性質的繪畫圖譜，創辦伊始，主

事者、英商美查（Ernest Major, 1841-1908）已言明《點石齋畫報》具有「新聞」的品格。正是由於當年中法戰爭爆發，「好事者繪為戰捷之圖，市井購觀，恣為談助」（尊聞閣主人，《點石齋畫報啟》，《點石齋畫報》第一號），這才引發美查的辦刊興致。

而所謂「新聞」，在美查那裡又稱為「新奇可喜之事」，實則包括時事、新知（「新」）與奇聞、果報（「奇」）。當然，其間的界線也不一定分明。比如1898年1月《點石齋畫報》509號刊出一幅《裙釵大會》圖，描繪的是1897年12月6日在上海著名的私家花園——張園舉辦的中西女士大會，多達一百二十二人的參加者乃是專為商議國人自辦的第一所女學堂籌備事宜而聚集。儘管圖畫上端的文字也表明了讚賞的態度：「是誠我華二千年來絕無僅有之盛會也，何幸於今日見之！」但在整篇鄭重其事的敘述中，出現

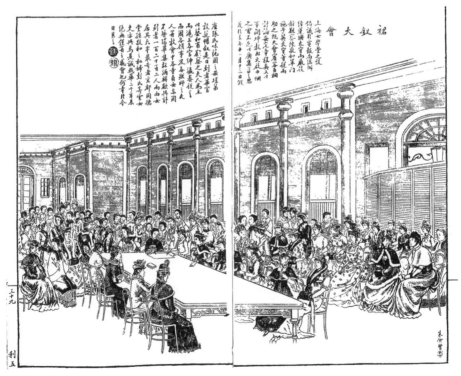

裙釵大會。

「最奇者，京都同德堂孫敬和之私婦彭氏寄雲女史亦與焉」一句，不免突兀。而這位唯一被提名道姓的人物，僅以曝光隱私的身分出現，可見對此一時事的圖繪，仍夾雜了奇聞的趣味與筆墨。實則彭寄雲女士的熱心女學，本該從正面表揚。這也是中國第一份由女性擔任主筆的《女學報》，於1898年8月3日出刊的第二期轉載此圖時，毅然刪去關涉彭氏之言的緣故。

儘管內容紛雜，但從讀者日後的憶述看，《點石齋畫報》予人印象最深的仍是時事與新知。因此，對於晚清的「西學東漸」，該刊功不可沒。不過，如果認為此乃美查有意從事啟蒙事業，起碼並不準確。應該說，《點石齋畫報》「事必新奇」的立意與上海市民文化的「好奇」風尚相吻合，才是其贏得大眾的要訣。而將「官商」、「士夫」、「販夫牧豎」以及男子婦人皆納入購閱者之列（〈第六號畫報出售〉，《申報》1884年6月26日），勢必使畫報在創新的同時，也放低了身段。晚清小說家吳趼人（1866-1910）在其名作《二十年目睹之怪現狀》中隨手寫下的一個細節，主人公的姊姊在看《點石齋畫報》，卻把同時買來的報紙留給了弟弟（第22回），也足可印證其普及程度以及行銷的成功。

正是在《點石齋畫報》成功典範的激勵下，晚清近百種後起的畫報均在面向大眾上用力。而伴隨著中日戰爭（1894-1895）、戊戌變法（1898）、庚子事變（1900）的發生，國難日重，變革的呼聲也日漸響亮。以1902年6月在北京創辦的《啟蒙畫報》為代表，晚清的畫報主旨日趨明確且集中，「開通民智，變法圖強」已然成為風起雲湧的南北畫報自覺的追求。

與晚清畫報並行的，還有各種文學雜誌之增加插圖。這一點，與明清小說繡像傳統更是一脈相承。創辦於1892年2月的《海上奇書》，先是半月刊，後改月刊，由點石齋書局承印，共刊出十五期，主要發表韓子雲個人創作的文言短篇小說《太仙漫稿》、吳語長篇小說《海上花列傳》，以及專錄前人筆記小說的《臥游集》等，此雜誌插圖甚多，且頗為精美。可惜的是，個人支撐一本雜誌的編寫刊印，實在難以為繼。十年後，因應啟蒙思潮的風起雲湧，這種圖文並茂的文學雜誌，方才站穩了腳跟。

1902年刊載在《新民叢報》第十四號的《中國唯一之文學報〈新小說〉》廣告，稱《新小說》雜誌之最大特色包括「圖畫」：「專蒐羅東西古

今英雄、名士、美人之影像，按期登載，以資觀感。其風景畫，則專採名勝地方趣味濃深者，及歷史上有關係者登之。而每篇小說中，亦常插入最精緻之繡像繪畫，其畫藉由著譯者意匠結構，託名手寫之。」意識到雜誌插圖的好處，這並不難；難的是如何落實。借用現成的照片或繪畫，只需解決紙張及印刷工藝；而為每篇小說繪製精緻的插圖，那可就難多了。如何體會作品的「意匠」，到哪裡去尋找繪畫「名手」，這都不是三言兩語就能打發的。實際上，無論梁啟超主編的《新民叢報》、《新小說》，還是日後如雨後春筍般冒出來的各式報刊，多喜歡採用照片製版，或直接翻印外國名畫。真的努力為每部（篇）小說繪製插圖，或著力於圖像敘事的，除了諸多晚清畫報，就是《繡像小說》了。

《繡像小說》創刊於1903年5月，由上海的商務印書館發行，自1903至1906年間共出版了七十二期，乃晚清四大小說雜誌之一（其他三種為《新小說》、《月月小說》與《小說林》）。這本由著名小說家李伯元（1867-1906）主編的半月刊（中間有脫期），努力為每一回小說配圖，操作難度很大。與晚清上海、北京、廣州等地畫報中的畫師有落款且頗具知名度不同，《繡像小說》等文學雜誌上的插圖幾乎未見畫師的署名，這就像畫報上的文字稿不署作者一樣。可見「術業有專攻」，各有各的側重點與榮譽感。

從筆法及風格看，為《繡像小說》畫插圖的有好幾位，但到底姓甚名誰，目前不清楚。唯一能判斷的是，受雇於商務印書館的這些插圖作者，不是成功的職業畫家，其繪畫水平遠不及《點石齋畫報》的吳友如（1840-1893）、《北京畫報》的劉炳堂，以及廣州《時事畫報》的何劍士

《繡像小說》最後一期封面，北京雜書館提供。

（1877-1917）。但正因為這些畫師沒有什麼名氣，工作態度非常認真，從不逞才使氣，而是老老實實地體會小說家的「意匠」，並將其用圖像呈現出來。如《活地獄》的衙門規矩與行刑場面、《鄰女語》的義和團大師兄及黃連聖母、《負曝閒談》的城池與馬車、《老殘遊記》的遊湖與說唱、《掃迷帚》的進香與拜佛、《醒世緣》的鴉片與麻將，以及《瞎騙奇聞》的城隍廟、《未來教育史》的新學堂、《市聲》的番菜館等，都是不可多得的歷史場景與生活畫面。在《繡像小說》所有插圖中，《文明小史》的120幅圖像或許最值得關注。原因是，此小說為整份雜誌打頭陣，且系主編自家心血，插圖的畫師不敢怠慢，製作水準相對較高。更何況，其所呈現的生活場景豐富多彩，為後人認識那個早已消失的時代提供了極大方便。

　　作為「過渡時代」，晚清的最大特徵是中西混合、新舊雜糅。這既是生活場景，也是表現技法。面對此紛紜變幻的新時代，尚未調整好筆墨的畫師似乎顯得有些慌張。翻閱《繡像小說》的大量插圖，凡屬傳統生活場景的，大致不錯；凡畫新事物的，則顯得筆力不逮。不過，迥異於吳友如所繪展現晚清上海風光的《申江勝景圖》等畫冊，《文明小史》等小說插圖所表現的，是那個時代國人的日常生活，雖瑣碎，但自然，且充滿動感，故可觀。

　　從1884年《點石齋畫報》創辦，到辛亥革命後石印畫報逐漸退出歷史舞台，這三十年間刊行的近百種畫報，不乏小說連載。但除了初刊廣州《時事畫報》的《廿載繁華夢》

《文明小史》第十七章插圖。

（黃世仲撰），幾乎未見成功者。原因是，以圖像解說新聞、講述故事、傳播新知的晚清畫報，並不擅長長篇小說的經營。相反，《繡像小說》的插圖不是很精采，但所刊小說頗多佳作，如李伯元的《文明小史》與《活地獄》、劉鶚的《老殘遊記》、吳趼人的《瞎騙奇聞》、歐陽巨源的《負曝閒談》、連夢青的《鄰女語》等。雖因雜誌中斷，連載的長篇小說多未完稿，但畢竟開啟了一個生機勃勃的文學時代。

　　隨著出版物日漸增加，分工愈來愈細，讀者的閱讀興趣也隨著發生變化。民初以後，兼載小說的石印畫報迅速衰落，文學雜誌也不再採用每回（篇）配圖的形式。至此，晚清「圖文並茂」的文學時代遂告一段落。

夏曉虹、陳平原

1890 年秋

兩位落第舉子在回滬輪船上，互相閱讀各自未完稿小說

《海上花列傳》、方言小說與白話現代性的起源

　　上海報人韓邦慶（1856-1894）和孫玉聲（?-1939）於北京科考中初次邂逅。落第後於返鄉船上，互相閱讀各自未完成的小說，聊以消遣。韓邦慶的《海上花列傳》和孫玉聲的《海上繁華夢》都對當時上海妓院區進行了全景式描寫。兩位落地士子，在歸程中交流彼此文章，排憂解悶——如果僅從基本事實的陳述來看，這一會面並無足可觀之處。畢竟五百年來中國的驛道運河上，這類同病相憐的場景可謂司空見慣。但其中仍有著頗不尋常的新意。首先，他們循海路返鄉；其次，兩人的未完稿小說以單一城市上海為場景（前現代小說場景的設置通常遍及全國）。從這些內容便可知，其時正值十九世紀下半葉，而不是十七或十五世紀。

　　事實上，從此一交流小說手稿看來，當時知識經濟結構與民族共同體的想像都已發生了結構性的變化。隨後這些小說於報刊連載，劇烈重塑了作者與讀者的關係。此種替代性文學生產場域為適時填補科舉制度廢除後出現的真空，邁出了最初的步伐。同時，韓、孫二人交流文稿時，對於是否應使用方言寫作（韓的小說對白使用方言，孫則使用標準白話）的激辯問題，在在提醒我們，二十世紀，作為現代寫作與交流形式的白話文，往往可從那些以方言寫作的先驅者處發現其端倪。或可說，是他們在一片斥責聲中所創造出來的。

　　韓邦慶和孫玉聲落第後另闢蹊徑的做法，值得我們深思。他們得以參加科舉考試，已經算得上出類拔萃。一般無法更上層樓的士子，仍能以塾師、

學術文集編纂者，或地方官員、督撫衙門之幕僚等身分悠遊地度日；或參加各類收入豐厚的經營，通過銷售書籍、谷糧、土地等商品致富。但韓、孫二人不僅是以作家身分為人銘記，更被視為上海報章雜誌界的領航編輯及出版人。這一志業抉擇，富含著諸多有趣的細節，然而在當時卻屬社會地位低下、報酬盈縮無常的職業。

在歐洲，很難認定小說和報紙取代了其時存在的文化生產結構：通過書面文字，小說及報紙的讀者群產生了戲劇性的擴張。同時，不管是具有複雜情節的虛構作品，還是報紙的報導，它們對事件的追蹤達到前所未有的同步性。對歐洲人而言，二者作為對民族共同體的想像，無前例可循。相較之下，晚清末年，我們看到對傳統科舉制度的全盤揚棄。這樣的考試制度，定期將全中國人的夢想捲入其中。因此，過去將近六個世紀，它也十分清楚地界定出中央管理機構以及思想觀念所能影響的範圍。

儘管二十世紀之交出現的「新式」學堂和課程，似乎自然而然地取代了1905年廢除的科舉制度。但科舉制度的功能，遠非狹義的教育所能涵蓋。它依照一定的規則，維繫明、清兩代的政治秩序，系統地闡明在何種條件下個人可以宣稱獨立於、甚至反對這一政治秩序。同時，它也生發了建立在科舉制度上的文學生產。1905年左右的數十年間，人們異常熱切地推介小說，企圖將小說樹立為一種值得在中國展開公共事務討論的文類。同時，將期刊出版作為知識生產與傳播的模式。我們必須在這些競技場上，一如在建立新學校、出版新課本的競技場一樣，尋找科舉制度的替代形式。科舉應試文章經常被稱為「時文」，這種與當前的聯繫——從好處說，是相關性；從壞處看，則是局限性——這種意識在二十世紀初報紙及其刊載的連載小說中，得到了呼應。這一過程中，韓邦慶和孫玉聲站在關鍵的轉折點上。他們的重要性不在思想史上或者意識形態衝突方面——康有為（1858-1927）和梁啟超（1873-1929）無疑位列那一故事裡的關鍵人物——而是在文學生產實踐與審美的物質文化史上。

中國明清兩代的小說傳播，以時間上的延滯與相對的私密性為其特徵：密友可閱讀小說手稿，等候作者完成新章節後互閱。異於詩歌、散文和書信，小說很少得以在作者生前出版，一般必須待原作出版數十年後，待續書

或續作出版，其影響源流方得以彰顯。直到十九世紀，毫不誇張，小說仍是中文書寫中一種較私人化的文類。韓邦慶和孫玉聲交流手稿作品，導致不同作者同時創作相似題材小說，恐非首例；然而，互相交流未完成手稿，隨即連載出版則是第一次。此種情形重新定義了作者與讀者，以及不同作者間的時間關係。於此，小說暴露於一個與作者共時的廣闊讀者群前，且挑戰中國人通常視詩歌、散文、序跋以及書信為構建主體思想和個體聲響的主要文類觀念。一旦小說獲此能力，各種旨在進行政治或文化批判的具影響力的體裁，如「譴責小說」、「社會小說」等在一九〇〇年代以令人驚異的速度發展。

實際上，儘管梁啟超強調他嘗試政治小說的靈感來自歐洲以及日本，但是假使直到1902年他的《新中國未來記》連載，小說尚未確立其公共性和及時性，那麼他的特殊貢獻，即宣揚小說可用以就國家未來展開明確政治論辯，面對的將是這樣一群讀者：他們未曾接受過小說教育，不明白作為公眾實踐，閱讀小說與當下有密切關聯。我們可以借用漢森（Miriam Hansen, 1949-2011）關於「白話現代主義」（vernacular modernism）的觀念，更好地理解從世紀之交直到一九一〇、一九二〇年代問題的癥結。幾十年來，一代代的批評文章，條件反射似的對讀者實踐這一方法大加撻伐，然而他們自己所依賴的恰恰是同一模式。從鴛鴦蝴蝶派小說到篇幅較長的連載小說如朱瘦菊（1892-1966）的《歇浦潮》等，二十世紀初的通俗文學延續著《海上花列傳》和《海上繁華夢》這類城市小說的傳統，構成五四時期挑戰傳統思潮得以孕育的文化實踐基底。正是依著這些文化實踐，那些挑戰才能反過來定義自身。

五四時期和明清兩朝由科舉制度產生的文學生態之間，存在著驚人的相似性。兩者對科舉應試時文的批判都曾盛極一時；對十六世紀至十九世紀間科舉八股文的批判，集中針對審美品格拙劣、觀點虛偽、語詞重複和道德觀可疑。不到十年，同樣的批判轉嫁到了通俗小說、報刊寫作，以及更普遍意義上的大眾文學文化上。設若在兩種情況下，這些批評都未能正視批評對象所具有的多樣性和創造性，卻就著考試範圍及之後白話媒體領域的多元化大做文章，一味加以譴責攻擊。如此，我們只能將這一失敗的批評實踐看成是

一個教訓，提醒自己應該時刻注意，作為專業的文學批評，自始至終都有其局限性和依賴性。

　　《海上花列傳》單行本1894年問世，對白幾乎清一色採用當地方言。大約一世紀後，台灣著名導演侯孝賢（1947–）以小說為藍本拍攝電影。儘管參演明星中，很少有人通曉上海方言，侯孝賢仍堅持應盡可能地多使用方言，為此，他招募一批會說上海話的演員如潘迪華（Rebecca Pan, 1931–）；並鼓勵其他演員應想方設法加以模仿。就日本女演員羽田美智子（1968–）部分，則啟用配音。孫玉聲若泉下有知，自不會同意這樣的做法：他描繪上海的小說，使用的其實是標準白話；他曾提醒韓邦慶，與其用一種「只有中國某個區域的人才懂」的方言寫作，還不如使用標準白話。爾後他還聲稱，由於韓邦慶的不肯妥協，《海上花列傳》的流傳遂受到影響。上海的方言電影過去沒有、未來也可能不會為中國的主流文化生產帶來實質性的貢獻。但是，以另一種方言粵語製作的電影，卻在二十世紀下半葉的一段關鍵時期，成為亞洲和全球語境下的中國電影文化旗手，對二十世紀八、九〇年代的大陸電影製作人，同時產生了正負兩面的啟迪。

　　經常被視為堅持以大眾口味和票房收益為導向的香港電影，作為香港傳媒領域的元素之一，形成於二十世紀中期。這一傳媒領域由報紙和雜誌主導，當中許多是依靠著小說連載來吸引和留住讀者的。殖民地文化的這一面向，王家衛（1958–）將之融入了他最重要的兩部電影：《花樣年華》和《2046》，兩部電影情節都以一個連載小說的作家展開。與上海數十年前的連載小說不同，一九四〇年代以後的香港連載小說，是以武俠小說為中心，這個題材相當順利地轉化成了當時的電影。儘管當前學術研究集中於以標準白話寫作的連載武俠小說，但最早的暢銷作品，實際上是粵語寫成的，這一點意味深長。正如世紀之交的上海，在二十世紀中期香港方言連載小說（本身可謂非常成功）出版後，許多同類標準白話作品接踵而至。它們利用方言小說獨特的主題和手法，以標準白話進行複製，以期讓更多讀者閱讀。

　　孫玉聲堅稱方言寫作的流通必將受限，源於他認為文藝作品的受眾應該普及全國。能操吳越方言和粵語的中國人其實數以百萬計。但如果跨越方言藩籬，放眼中國全體大眾，方言文學電影的影響自然有限。往後的批評家頗

為贊同孫玉聲的看法。這一事實闡明，標準白話的文化生產在面對方言文化生產時，對自己的相對性地位表現出了某種程度的不安。

　　實際上，從十九世紀末到二十世紀末，白話現代性被理解為起始於某種方言或其次要形式，慢慢過渡，往後才被確立為標準白話的某種關鍵時刻。不管是以連載形式發表的上海小說，還是具有現代和世界主義自覺意識的新感覺派短篇小說，抑或是香港電影，都可證明這一點。像胡適（1891-1962）和劉復（即劉半農，1891-1934）這樣的五四人物，傾向將對方言寫作的興趣，納入歐洲語言政治和民間觀念的解釋框架中。但他們並非不屑承認類似《海上花列傳》這類作品的先鋒特徵，及其重新煥發文學語言活力的可能性。一九八〇年代「尋根」作家韓少功（1953-）在幾十年後表現出相似特點。他的敘事作品富於農村風味和地域導向，對「未被標準化」的文化，表現出濃厚興趣。韓邦慶和孫玉聲在1890年的交談，標誌著一個用方言和非主流文學嘗試去探索文化革新之可能性時刻。侯孝賢於二十世紀末1998年完成韓邦慶小說的電影改編，彼時上海方言甚至在當地日常生活中已遭遇嚴峻挑戰；而香港電影則憂心忡忡地看著那些操著越來越流利普通話的本地學生。本應帶來多元化並超越簡單民族元敘事的「後」時代（後殖民、後社會主義、後現代），會不會最終只見證了圍繞某一語言中心的文化領導權重新鞏固，而非該領導權在其周邊地帶持續不斷地彌散呢？

參考文獻：

Alexander Des Forges, *Mediasphere Shanghai: The Aesthetics of Cultural Production* (Honolulu, University of Hawaii Press, 2007).

John Christopher Hamm, *Paper Swordsmen: Jin Yong and the Modern Chinese Martial Arts Novel* (Honolulu, University of Hawaii Press, 2005).

David Der-wei Wang, *Fin-de-Siècle Splendor: Repressed Modernities of Late Qing Fiction, 1848-1911* (Stanford, CA, Stanford University Press, 1997).

戴沙迪（Alexander Des Forges）撰，唐海東 譯

1895年5月25日
上海《申報》刊登小說競賽廣告

新小說前的「新小說」

　　1895年5月25日，上海《申報》刊登一則非比尋常的「時新小說」競賽廣告，主題是針對斫害中國社會的三大弊端──鴉片、纏足和科舉。優秀作品除獎金外，參賽者有機會獲聘職業作家。參賽作品內容要求具備：例如描述三大弊端所造成的損害以及提出解決方案；論述要融入故事情節，語言應清楚明白、婦孺皆宜。廣告同時刊登於1896年6月號的《教務雜誌》（*Chinese Recorder*），這是新教傳教士創辦的月刊。與廣告同時刊登的一則英文啟事寫道：「希望與在華各傳教士機構有關的學生、教師以及牧師，都能看到本則啟事所附之廣告，並踴躍參加此次競賽。」廣告署名「英國儒士傅蘭雅」，英文啟事則署名為「John Fryer」，日期1895年5月25日。

　　此處傅蘭雅之名和時間都是重要的關鍵詞，傅蘭雅（1839-1928）為英國傳教士之子，1861年來到上海。他原本志在成為傳教士，但申請時遭到拒絕──據說與他妻子的醜聞有關。他曾任教於一所教會學校，並編輯中文報紙，爾後擔任江南製造局翻譯，三十年中翻譯了大量科學與工程著作。他被公認是十九世紀將西方科學引入中國，貢獻最大者。雖然他的科學知識大部分為自學，但除了翻譯工作還創辦了中國第一個科學期刊以及首間科學書店。

　　「1895年5月25日」之所以重要，在於這是《馬關條約》簽訂僅僅數週之後，該條約為中日戰爭後中國簽訂的屈辱性條約，條約中的嚴苛條款，引發群眾史無前例的抗議，尤有甚者是當時聚集北京準備參加會試的舉人（抗

議活動預示了1919年北京學生反對《凡爾賽條約》爆發的「五四運動」）。
置身於知識分子怒潮中的傅蘭雅，和其他人一樣看到了社會和制度根本變革
的可能性。他注意到一篇文章所述的「戰爭在社會各階層當中引起的純粹愛
國主義情緒的劇烈爆發」，寫下了〈1896年教育展望〉一文發表於《教務雜
誌》1896年1月號，內容提及：

在這剛剛開始的一年，教育意義上的前景是整個中外交流史上迄今為止
最令人鼓舞的局面。中日戰爭儘管帶來了災難和痛苦，但不無巨大的教益，
對中央政府和人民俱是如此。

他還因「最近創立的文學和其他社團」而備受鼓舞，此處所指為剛剛於
北京成立由康有為（1858-1927）和梁啟超（1873-1929）創辦的「強學
會」。文章最終強調，若思改革成功則「新教傳教士的教學和培訓」至關重
要。

傅蘭雅希望能利用這一時勢所帶來的激情，他主動提議以自己經營的書
店舉辦小說競賽。別於以往為上海格致書院組織，圍繞「現代」主題的有獎
徵文競賽，他不僅期望形塑青年知識分子的意見，也希望從中尋找能塑造大
眾興論者。關於心目中的小說範本他只提到《黑奴籲天錄》，但興許還有維
多利亞時期改革小說。

傅蘭雅雖非傳教士，但他的經歷卻足以與一些致力中國社會改革的傳教
士相提並論。這些傳教士異於大部分將時間花在傳統福音傳道的同儕，他們
認為推動中國變革就是傳播基督教教義的最好方法，通過西學（特別是科
學）影響中國的領導者。他們在中國文士或「作家」協助下所完成的文學著
述，在十九世紀七、八〇年代影響甚微，但中日戰爭後的數年間卻影響力大
增。1887年，為了進一步實現目標，廣學會（Society for the Diffusion of
Christian and General Knowledge among the Chinese, SDK）在上海成立。

廣學會有兩位頗具影響力的成員。林樂知（Young J. Allen, 1836-1907）
出生於美國喬治亞州，在當地受教育，1860年以美國基督教監理會傳教士身
分來到上海。然而因美國內戰爆發，傳教資金來源中斷，他只能兼職從事傳

教工作，除擔任教職外同時編輯報刊以及為江南製造局譯書。1868年他創辦了《教會新報》，初為宗教性刊物，嗣後考慮刊物的非宗教性內容傾向，遂於1874年改名為《萬國公報》，1883年因經濟因素停刊，林樂知暫時脫離報業，接受教會的監督職位，1889年《萬國公報》復刊，他回任主編。這份刊物取材廣泛，是當時中國最有力且唯一鼓吹改革的報刊媒體。林樂知關於中日戰爭史著作《中東戰記本末》——其中包含了他對社會和制度變革的見解——則是當時最有影響力的出版品之一。

1870年，李提摩太（Timothy Richard, 1845–1919）從英國威爾斯抵達中國，他是浸禮會成員，本為福音傳道者，為了獲得中國領導者的支持，逐漸改變做法。1887年，歷經山西太原一場災難性的飢荒後，他的人生產生了重大轉折。他花了四年時間（1880–1884）刻苦自修科學、佛教和道教，再花三年時間，每月為地方官員主講科學。這樣的方式讓他的山西同儕驚愕不已，為了避免傳教團體的內部分裂，他決定離開山西。在前途未定下，他收到輾轉來自李鴻章的邀請，邀他主編天津一份中文日報《中國時報》。一如李提摩太所言，「這簡直是天意」。他很快為《中國時報》出版週刊版，這份報紙為他提供了一個發表諸多論點的平台。一年後，他受邀前往上海擔任廣學會督辦。在整個十九世紀九〇年代，他的興趣跨越國界扮演著國際政治家的角色，為中國未來制定了許多影響深遠——甚至遙不可及的計畫。

1891年，他開始摘譯貝米拉（Edward Bellamy, 1850–1898）的未來主義小說《百年一覺》（*Looking Backward, 2000-1887*, 1888），這部小說激發了梁啟超創作第一部短篇小說。然而李提摩太最具影響的翻譯是麥肯齊（Robert Mackenzie）的《泰西新史攬要》（*The 19th Century, a History*）。1892年，他在蔡爾康（1851–1921）的協助下著手翻譯，1895年完稿。語言激烈的譯本序言落款月份恰與傅蘭雅發起小說競賽的日期一致。麥肯齊的《泰西新史攬要》是一本流行讀物，雖然以法國大革命和拿破崙拉開序幕，但主要關懷的是英國。特別關注滑鐵盧戰役以及克里米亞戰爭間相對和平的四〇年代。麥肯齊詳述這一時期的社會、制度和法律上的改革。在他看來，改革法案（Reform Bill）是必須實行的制度改進，它使得長久以來不人道與權力濫用現象的消弭成為可能。其中〈郅治之隆〉兩卷洋溢著歡欣鼓舞的氣

息，詳細列舉維多利亞時期科學和技術發明上的一長串進步，描述社會由和平手段所實現的徹底轉變。一個國家可以通過法律和制度自我轉型，並於相對短期內蛻變成現代與繁榮的國家，或許是這組觀念引起中國改革者浮想聯翩。李提摩太很高興地提及，雖然過去中國書商拒絕引進外國出版品，但戰後他們卻通過盜版外國著作表達恭維之意。他估計中譯本《泰西新史攬要》在中國銷售量達百萬冊之多。

傅蘭雅的小說競賽徵集到162部參賽作品，因此增加了獲獎名額。獲獎者名單除刊於《申報》，還與傅蘭雅的評論同刊載於《萬國公報》、《中西教會報》。傅蘭雅在1896年3月《教務雜誌》啟事中談及，至少有半數參賽者來自教會學校。雖然他對大部分參賽作品評價不高，但仍然有部分作品令他印象深刻——「這一實驗發掘了幾篇真正值得發表的小說，希望其中一部分在年底之前會刊登出來。」

這樣的想法實際上並未完成。1896年6月，傅蘭雅離開上海前往加州大學任教，並與自1892以來住在奧克蘭的家人團聚。那「幾篇小說」一直未被發表，這次的小說競賽也被遺忘了。當學者們終於注意到它時，以為所有手稿皆已遺失。除了傅蘭雅提出的徵稿要求以及評論外，小說競賽所產生的唯一成效似乎只有兩部受此競賽啟發而創作的小說，其中1895年12月出版的《熙朝快史》可被稱為第一部中國現代小說。爾後人們奇蹟般地發現，2006年11月，大部分參賽作品（162篇原件中的150篇）在加州大學伯克萊分校東亞圖書館所收藏的一批手稿中被發現。爾後這些手稿的出版，大大增加了現存十九世紀末中文小說的數量。

傅蘭雅的小說競賽之所以值得關注，是因為它最早嘗試引導文人及知識分子致力為廣大閱讀群眾創作小說，特別是具有批判社會弊端的效果。他的思想對梁啟超產生了某種影響，大約七年後，梁啟超倡導的「新小說」則產生了遠大於此的影響力。

參考文獻：

周欣平主編《清末時新小說集》（上海，上海古籍出版社，2011年）。

Adrian A. Bennett, *Missionary Journalist in China: Yong J. Allen and His Magazines, 1860-1883* (Athens, GA, University of Georgia Press, 1983).

Patrick Hanan, *Chinese Fiction of the Nineteenth and Early Twentieth Centuries* (New York, Columbia University Press, 2004).

Timothy Richard, *Forty-Five Years in China* (New York, 1916).

韓南（Patrick Dewes Hanan）撰，季劍青 譯

1896年4月17日
「四百萬人同一哭。」

丘逢甲：涕淚飄零的詩學

1896年4月17日，台灣著名古典詩人丘逢甲（1864-1912）有感而發，寫下〈春愁〉：

> 春愁難遣強看山，
> 往事驚心淚欲潸。
> 四百萬人同一哭，
> 去年今日割台灣。

英國詩人華茲華斯（William Wordsworth, 1770-1850）認為所有動人的詩作都是「強烈情感的自然流露」。那麼，丘逢甲為何如此激動，發言為詩？

1894年，時值甲午。中日兩國為了朝鮮而交戰，原本定期朝貢的日本竟然意外得勝，台灣人民的命運就此改變。甲午之戰成了一起國際事件，西方列強不得不對日本刮目相看，重新討論東亞利益範圍。日本的勝利伴隨著軍國主義擴張，對地緣政治的影響持續至今。1895年4月17日，亦即丘逢甲賦詩前一年，馬關條約簽訂，隨後中國依約放棄朝鮮並割讓台灣。

丘逢甲生於台灣客家家庭。自幼聰慧，年方十四歲便考取秀才。爾後因父親年邁辭官返鄉。割地消息傳來，丘逢甲數次上書，「率全台紳民痛哭上陳」，請求光緒帝廢除《馬關條約》。他明言台灣人將誓死抵抗日人接收台

灣。當時慈禧（1835-1908）大權在握，光緒有名無實，心有餘而力不足，無法正面應允丘逢甲要求。同年稍後日軍登台，丘逢甲隨即以民兵游擊頑強抵抗。全台抗日義勇缺乏裝備補給，注定以失敗告終。期間，丘逢甲在陳季同的協助下，成立了永戴聖清的「台灣共和國」。共和國號稱獨立於中國之外，借此訴諸國際法希望引來西方列強介入，然而事與願違。

丘逢甲處心積慮，只為拯救處在老大帝國與新興帝國夾縫之間的台灣。然而他個人所面臨的危機與割讓台灣的危機不相上下。此前丘逢甲慷慨激昂上書光緒皇帝，表明願與台灣共存亡，身死而後言割地。數月不到，言猶在耳，丘逢甲在台灣民主國總統唐景崧捲款潛逃後，面對步步進逼的日軍，終究還是選擇撤回中國內地。丘逢甲「哭泣」之為「哭棄」——哭無力的自己不得不作拋棄台灣的決定，違背了先前的誓言。回到先祖原鄉的丘逢甲，成了格格不入的異鄉人。鄉愁與謠言的內外夾攻，讓他抑鬱不已，常以舊體詩抒發胸中塊壘。

丘逢甲內渡之後的作品多見涕淚飄零。他以哭泣為哭棄，希望借由動盪時局下的涕泗橫流，傳達他對台灣至死不渝的忠貞。與其同時代的林紓（1852-1924）、劉鶚（1857-1909）及吳趼人（1866-1912），都曾為不同原因而書寫哭泣，有個人心事，有國家大事，但沒有人像丘逢甲一般，如此投注於眼淚與語言的兩相呼應。正如納爾遜（Judith Nelson）所言，「書寫哭泣，就是以言辭描述哭泣不用言辭便可以輕鬆達成的事」。對丘逢甲而言，「詩成復自寫，不辨淚和墨」。他的眼淚絕非墨汁，但他希望讀者相信他筆下墨淚交融。

中國文學裡的淚水難以斗量，《詩經》中便有這麼一句：「念彼共人，涕零如雨」。奪眶而出的眼淚滿載各種文化與社會意義。涕零如雨的誇飾，折射出詩人自我與紙上人格的扞格落差。舉例而言，當男性詩人以望君早歸的女性視角書寫，作者和角色的眼淚假作真時真亦假。中國讀者幾乎不曾討論詩人眼淚的可信度，因為他們深信人同此心，心同此理。懷疑別人淚水的真假，即是透露自己情感的表裡不一。丘逢甲於是能夠借由眼淚的詩學，回應謠言：

棄地原非策，呼天儻見哀。
十年如未死，卷土定重來。

下聯句更是滿溢淚水：

封侯未遂空投筆，結客無成枉散金。
夢裡陳書仍痛哭，縱橫殘淚枕痕深。

詩成於1896年。十年過後的1906年，他還是沒能回到台灣，再一次背叛了自己的誓言。

時過境遷，雖然我們無需質疑丘逢甲是否捲款潛逃，以及他的情感是真是假，但是丘逢甲的詩作帶有濃厚的自傳性意味，難以概論。宇文所安稱中國詩歌為「欲望的迷樓」，一針見血。迷樓中作者真實的身分與角色的設定難分難解，丘逢甲的自傳詩歌尤其如此。正所謂有血有淚。眼淚滿載丘逢甲的欲望，不管是替自己辯解的欲望，還是至死都無法實現的收復台灣的欲望。

田曉菲則進一步開展了欲望的維度：由於詩歌乃是一種詩人和讀者的欲念共同建構出的迷樓，詩歌創作與閱讀便永遠是一項未完成的計畫。順著她的提示，讀者可以持續思索眼淚詩學與眼淚政治學之間的互通有無，以及丘逢甲的舊體詩是如何獲得「現代」意義。

通過與眼淚有關的典故，丘逢甲強調了他與歷史人物的共鳴聯繫。筆下的往昔典故獲得當代意義，而當下事件也因典故而多了歷史深度。在丘逢甲看來，哭台灣之失，便是「憶往思、述舊聞、懷古人、望未來」。日本殖民台灣期間，台灣與中國再無政治關聯，但丘逢甲靠著眼淚的文化與文學意義連結兩岸。在眼淚的詩學中，割讓台灣是一個「異代同其悲」、「英靈異代應相感」的事件。丘逢甲「我為遺民重痛哭，東風吹淚溢春潮」一旦放到更廣泛的歷史語境裡，讀者聽到的便不只是個人的悲傷，更有歷史上各個忠良心聲的集體應和。

丘逢甲的哭泣——從「對泣」到「四百萬人同一哭」——可強可弱。在

丘逢甲的眼淚詩學與政治學中，個體與個體、個體與集體、個體與國體有了
身體情感的共通性，台灣也獲得了一個不同於棄台民於不顧的清朝的主體
性，強烈的國族意識油然起焉。丘逢甲含淚自署為「台灣」（非大清）遺
民，不是偶然。簡而言之，含淚的詩句是種深具表演性、弔古傷今的語言。
無論哭泣是否得以為丘逢甲自我辯護，它都成為其詩作的一個顯著特色，也
讓他在十九世紀末二十世紀初的古典詩傳統中，占有一席之地。

　　值得注意的是，丘逢甲的字字血淚隨著他旅居中國漸漸較少出現。一方
面他適應了中國的生活，另一方面他在中國發現了不同理解文學和歷史的方
法。

　　二十世紀初的中國知識分子興起各式「革命」，目的在於讓老大中國回
春成少年中國。丘逢甲是「詩界革命」的一位「巨子」：

　　迴來詩界唱革命，誰果獨尊吾未逢。
　　流盡玄黃筆頭血，茫茫詞海戰群龍。

　　當時，多數人視其為詩界革命的英雄。上述詩作的豪邁氣概可以佐證。
雖然詞多激越並重複了革命必然流血的套路，詩人的好戰卻也因此一掃先前
哭哭啼啼的形象，並展現出亂世英雄的姿態。事實上，丘逢甲在後期詩作裡
努力解釋世界的快速變化，以及他相應發展的世界觀。正如寇志明（Jon
Eugene von Kowallis）指出的，古典漢詩在當時「為其作者和他們預期的讀者
群提供了一個管道，有力地表達出對於現代性話題的複雜和深奧的理解以及
反應」。

　　與此同時，丘逢甲積極參與教育改革。他深信「因思強中國，必以興起
人才為先。興起人才，必以廣開學堂為本」。他遠下南洋會晤僑民，籌集資
金。他與南洋華人的交遊往來，記錄了二十世紀初期現代中國文學的離散維
度。南洋歸來後，丘逢甲於1901年在廣東建立了他的第一所西學學堂——嶺
東同义學堂——期望使中國教育制度走向現代化。在其餘生十年間陸續建立
了多所西式學堂。

　　成詩於1902年的〈送謝四東歸〉，顯現了丘逢甲超越十年前的自信，謝

四便是當年曾勸說丘逢甲內渡的遠房表親謝道隆：

> 我年方強君未老，惜君投身隱海島。
> 亞洲大陸局日新，時勢徑待英雄造。

　　無論是英雄造時勢，還是時勢造英雄，那時的丘逢甲已不再記掛流言蜚語，或是醉心捲土重來驅逐在台日人。他的眼界已然開闊，甚至鼓勵表兄離開台灣來和他一起發展事業。旅居中國多年後，丘逢甲必定曾經有返回台灣的機會，但他最後因緣際會選擇重新扎根中國，以成就新的使命。

　　1898年意圖扭轉清廷政局的和平維新運動，為慈禧策動的宮廷政變所扼殺，許多幻滅的改良派人士開始考慮流血革命。就此丘逢甲提醒，「革命能和平成功最佳，不得已而有破壞屠殺亦不可過當」。他從未親自獻身反清戰爭，一如獻身抗日游擊戰，但他提供了革命黨人無數協助，使他們免於牢獄和迫害。許多參與1911年辛亥革命、最終推翻清朝的人士，都畢業於他創辦的學校。從永戴聖清到改良教育，乃至與堅決推翻帝國的革命黨人關係密切，丘逢甲的人生際遇為二十世紀初的遺民傳統下了新的定義。

　　1912年2月12日，中國最後一位皇帝溥儀（1906-1967）宣布退位，大清國正式終結。在新時代的開端，眾人希望丘逢甲可以繼續教育中國的青年一代。然而一場突發的肺炎在2月25日奪去了他的生命。臨終前，丘逢甲囑咐「葬須南向，吾不忘台灣也」。

　　丘逢甲辭世後，其子集其詩作於1913年付梓。詩作問世之前，只有家人與密友得以一窺其內心思想。面對人生境遇，丘逢甲喟嘆「自有千秋詩史在，任人成敗論英雄」，事實也的確如此。一個世紀之後，他的詩作仍未失去魅力，原因在於它們超越了一時一地，直指某些人之所以為人的情緒。

　　丘逢甲或許因詩中的眼淚而顯得傷感，讀者卻也因此有機會更加了解他的想法。直到去世，他始終堅信古典詩歌能夠引發情感，促成變化。詩歌創造的力量恰恰呼應了革命與教育的改變力量。抵抗「現代」所帶來的各種副作用的，正是這些生生不息的力量與改變。

參考文獻：

Jon Kowallis, *The Subtle Revolution: Poets of the "Old Schools" during Late Qing and Early Republican China* (Berkeley, CA, Institute of East Asian Studies, University of California 2006).

Judith Kay Nelson, *Seeing through Tears: Crying and Attachment* (New York, Routledge, 2012).

Stephen Owen, *Mi-Lou: Poetry and the Labyrinth of Desire* (Cambridge, MA Harvard University Press, 1989).

Stephen Owen, *Remembrances: The Experience of the Past in Classical Chinese Literature* (Cambridge, MA Harvard University Press, 1986).

Xiaofei Tian, *Tao Yuanming and the Manuscript Culture: The Record of a Dusty Table* (Seattle, University of Washington Press, 2005).

蔡建鑫 撰，張治 譯

1897 年

「有文字為智國，無文字為愚國；識字為智民，不識字為愚民。地球萬國之所同也。獨吾中國有文字而不得為智國，民識字而不得為智民，何哉？裘廷梁曰：『此文言之為害矣。』」

語言改革及其不滿

　　裘廷梁（1857-1943）寫於1897年的這段文字，一般被認為是提出有關日常書寫交流工具應從文言改為白話，最早具有影響力的表述。這段文字的出處，其標題就概括了變革最重要的動力，〈論白話為維新之本〉。「維新」就是日語「明治維新」中的「維新」一詞，用以表示改革。「明治維新」英語通常翻譯成Meiji Restoration，但譯作Meiji Reform似乎更合適些。1895年中國在中日戰爭中慘敗，時間不到兩年，裘廷梁提出這個用詞。他的呼籲事關重大：只有全面的語言改革，才能啟動「維新」——這一詞彙實際上是「現代性」的代名詞，但「現代性」一詞當時尚未進入漢語語彙。裘廷梁的文章闡明了他的信念：動員更廣大的民眾，以期實現國族復興的任務，只有通過簡化書寫語言，從而讓更多的讀者接受新觀念，才能得以完成；他還進一步暗示，此後的語言問題，都將包含強烈的政治效能。語言改革發生的同時，「文學」一詞的新定義也出現了。這個詞在傳統意義上是用來表達近於人文研究的概念，但如今它獲得了一個來自明治日本的新意義。在日本，它被用來對譯西方的術語「literature」。此後，語言、文學和政治改革再也難以分開。

　　儘管白話文書寫在中國已有悠長的歷史。數百年來，它一直是小說戲曲，以及大量哲學語錄所使用的主要語言，但議論文的標準語仍是文言文。

文言典範之最，當是司馬遷（公元前135?-公元前86）的《史記》，它寫於公元前一世紀。千百年來，文言發展出許多次文類，如古文（古典風格的散文）、時文（或稱八股文，科舉考試的法定文體），以及用於政府文書的公文，皆可為例。這些形式經過千錘百鍊，已經融匯出許多新的詞義和章法，然而最受推崇的形式，通常都是以「古文」為典範的，歷史上也不斷出現確保作者在風格上忠於舊形式的學術運動。這些要求淨化書寫語言的呼聲，基本上都是以高度道德化的方式表達。風格上的精確，與古人道德上的完美相提並論，主要是通過沉浸於古人文章的精魂方能達致。早期的白話文鼓吹者，仍沿用這種教化的調子，但關注的焦點從模仿古人轉向了通過簡化書寫文體，以影響廣大讀者群擴大這種實用性考慮。

裘廷梁所傳達的關於推進語言改革的衝動，在許多白話報刊上已有所呈現，這些報刊主要發行於長江下游的沿岸城市。一種嶄新、富於活力的文學觀念，很大程度也構成這一創造更廣大讀者群的普遍努力之一部分。轉向白話的主要動機之一，便是簡化語言和擴大讀者群，因此面向新讀者所採用的主要文學形式就是小說。小說被認為廣受歡迎，因而可以成為向人民宣傳新觀念的最有效媒介。意味深遠的是，作為呼籲使用小說傳播改革訊息主要人物之一的梁啟超（1873-929），早在1898年就明確要求新小說應落實效仿西方榜樣，這與全面改革的強調方向是一致的。梁啟超認為，中國傳統小說已被不道德的因素敗壞，應避而遠之。

那些反對改革呼聲的知識分子菁英，當然也對此做出回應。在他們看來，文言以及用文言寫作的文本，是中國應該保持的文化傳統寶庫，特別是在西方帝國主義入侵的危急時刻。在這些要求保持舊語言的呼聲中，值得注意的是他們所顯露的防衛性姿態，說明改革呼聲所遇到的回應力度。然而，語言保守主義者最終固守的一點，是指稱白話文的簡易恰恰使它缺乏表現力和彰顯微妙之處，正如語言文字學家章太炎（186-1936）所言，以白話為文時，「知白話意義不全，有時仍不得不用文言也」。

早期語言改革的努力，與政治改革的推動力聯繫在一起，且政治改革於1901年以後日益占據主導地位。但新世紀伊始，這些努力卻失去了動力。雖然梁啟超提倡的「新小說」在新世紀初方興未艾，但至少在1920年以前，公

共領域和私人交流中使用的論說語言，仍是某種刪除複雜典故的淺近文言，這些典故使得一些文言著作——尤其是章太炎和翻譯事業先驅嚴復（1853-1921）的著作，對一般讀者而言相對深奧難讀。

　　直到1916年下半年，語言改革的事業才進入高峰發展期。胡適（1891-1962）和陳獨秀（1879-1942）扮演了領導者角色，前者當時在美國留學，後者則是鼓吹改革的雜誌《新青年》的創辦者與主編，且當時剛剛被任命為北京大學文科學長。胡適的改革觀點應和了裘廷梁的論述，他曾簡要地指出「古文學的共同缺點就是不能與一般的人生出交涉」，正如胡適在〈文學改良芻議〉一文所闡明，以白話取代文言的大力疾呼，被提升至新的高度。這篇文章初刊於《新青年》1917年1月號，次月陳獨秀隨即發表〈文學革命論〉。此時的改革主張，已經超越了僅僅要求擴展讀者的需要。改革者提出，文言受制於漢語歷史的用法，導致它不僅不能表達新觀念，還讓真正的個人表達變得毫無可能。陳獨秀在鼓吹白話時，表現出某種為達目的不計代價的強悍態度（胡適似乎對此也表示贊同）。這種態度在陳獨秀寫給胡適的一封信中，表現得最為典型，他在信中提及：

　　獨至改良中國文學，當以白話為文學正宗之說，其是非甚明，必不容反對者有討論之餘地；必以吾輩所主張者為絕對之是，而不容他人之匡正也。

　　這種堅決的態度為多數年輕的改革者所共有，他們從1910年代後期的五四運動開始就一直主導公共領域，包括影響力很大的作家魯迅（1881-1936）。1920年1月，改革得到了官方認可，當時的教育部宣布，從下一學年開始，小學一、二年級以白話為教學語言，接下來幾年將擴展至高年級。

　　當通識教育家、商務印書館編輯杜亞泉（1873-1933）也開始考慮一些和書面表達相關的同類問題時，採用白話的趨勢，已經快速發展到難以抵擋的程度。然而杜亞泉直至1919年12月始在《東方雜誌》發表他的觀點——他主編及發表作品的最後一期——此舉卻也標誌了一個時代的結束。或許因為這篇文章的姍姍來遲，在杜亞泉試圖抵抗中文全面「通俗化」，試圖保持其他寫作方式可能性的努力裡，顯出了某種絕望，甚至是無助感。耐人尋味的

是，他極力反對整個中文寫作的多樣性被崩坍為一種文體，這一呼籲，反而反映了語言需要更大的靈活性，恰恰也再次證明了簡化語言這一新的論述對「文學」的強大影響力。他寫道：

> 社會文化，愈進步則愈趨於複雜，況以吾國文學範圍之廣泛，決不宜專行一種文體以狹其範圍，無論何種文體，皆有其特具之興趣……惟應用之文體，則當然以普通文及通俗文二種為適宜……此種應用文，乃科學的文，非文學的文。科學的文，重在文中所記述之事理，苟明其事理，則文字可以棄去，雖忘其文字亦可。文學的文，重在文字之排列與鍛鍊，而不在文中所記述之事理。

在這呼籲裡，杜亞泉反對將文章簡化為一覽無餘的某種單一形式，他以形式，而非以功能來界定文學。他把文學看作一種形式主導內容的寫作形態，這樣的文學觀，雖然在當時俄國形式主義者的著作中付諸實踐，但卻不為中國文壇所接受。這一點證明了，在一個民族危機日趨深重的時代裡，要求文字絕對清楚明白的呼聲所具有的力量。實際上杜亞泉把時文、古文等各種形式的論說文字，從文體多樣性的要求中排除了，這一點已說明了改革者在觀點表達的領域上取得的勝利。他很明確地意識到，只有退回相對狹窄的純文學（belles lettres）範圍中，他才有說服別人的一絲可能，或者說，保留下一丁點哪怕是傳統書面表達形式的碎片。

在這一語境中，關於杜亞泉在1911年至1919年底間，擔任《東方雜誌》主編所寫的文章，以及這一時期諸如黃遠庸（1885-1915）和章士釗（1881-1973）等其他評論家的著作，值得注意也最有趣的是，他們能用平易的、極為清晰的文言，書寫有關源於西方的觀念與問題。他們的文言文是如此清楚明白，導致一些認為文言文缺少邏輯表達能力的相關指控，根本站不住腳。甚至胡適一開始用文言文提出〈文學改良芻議〉時，也幾乎不由自主地承認了文言文的這種能力。然而杜亞泉和其他人對語言多樣性的呼籲，在一個必須急切追趕西方而製造出一系列緊張二元對立的環境中，勢必無人理睬。這裡，一切與「舊」相關的事物都無可避免地遭到譴責。

參考文獻：

陳國球《文學史書寫形態與文化政治》（北京，北京大學出版社，2004年）。

胡適〈五十年來中國之文學〉，《胡適說文學變遷》（上海，上海古籍出版社，1999年）。

劉禾《跨語際實踐：文學，民族文化與被譯介的現代性（中國，1900-1937）》，宋偉杰等譯（北京，生活・讀書・新知三聯書店，2002年）。

王德威《被壓抑的現代性：晚清小說新論》宋偉杰譯（台北，麥田出版，2003年）。

袁進《中國近代文學史》（台北，人間出版社，2010年）。

Edward M. Gunn, *Rewriting Chinese: Style and Innovation in Twentieth-Century Chinese Prose* (Stanford, CA, Stanford University Press, 1991).

Theodore Huters, "Legibility vs. the Fullness of Expression: Rethinking the Transformation of Modern Chinese Prose," *Journal of Modern Literature in Chinese 10, no. 2*(December 2011): 80-104.

Elisabeth Kaske, *The Politics of Language in Chinese Education, 1895-1919* (Leiden, Netherlands, Brill Academic Publisher, 2008).

胡志德（Theodore Huters）撰，季劍青 譯

1898年5月

烽火驚鄉夢，僑民漸學耕

邱菽園：南洋離散詩學的風雅與風土

　　1898年5月，維新變法的同一年，新馬著名詩人邱菽園（1874-1941）獨資創辦《天南新報》（1898-1905），開始他的報人生涯。「天南」是中國古代的地理學名稱，以廣義的天下之南，描述了一個中國以外南方的廣闊天地。1896年邱菽園到新加坡繼承父親遺產，從此定居此地終老。他熱烈響應晚清維新運動，大力出資贊助庚子勤王，擔任保皇會新加坡分會的會長，實踐晚清文人辦報議政的精神。另外，他投入當地孔教復興運動，開辦女學，呈現了早期南洋移民知識分子的國族想像和身分認同。近代中國知識分子保國保種的作為，集中體現於邱菽園身上。他熱愛文藝，除了創辦文社鼓吹風雅，任職報刊期間主持多個文藝欄位，刊載南來文人的古典詩詞，廣交各地文友，展開跨越國境的詩詞酬唱與交流，形塑了早期新馬地區的文學風氣。雄厚的財力、文人的交遊、進步的思想、西學的認知、在地的人脈與社會位階，邱菽園典型呈現了知識分子隨著地理遷徙，流動的政治實踐與文化轉移。他一生創作大量古典詩詞，對晚清小說理論頗具見識，出版多部文集和詩集，有「南僑詩宗」之譽，可視為十九世紀末以降南洋最具才華的在地詩人。

　　邱菽園也作丘菽園。丘為本姓，因清初雍正朝避孔子聖諱，改為邱。邱菽園原名煒萲，字宣娛，號菽園居士、嘯虹生、星洲寓公等。他於1874年出生於福建海澄，受教於廣東、澳門，八歲來新加坡短住，1888年返鄉應童子試，鄉試中舉，曾到北京應試。父親邱篤信（1820-1896）早年南來當苦

力，後經營米糧致富，成為當地重要的米商，典型白手起家的僑領。二十三歲的邱菽園在父親逝世後繼承龐大財富，躋身新加坡移民社會的上流階級。他交際往來的圈子，除了流寓當地的文人編輯與富商名流，更有峇峇林文慶（1869-1957）、宋旺相（1871-1941）等殖民地的知識菁英。他曾接受完整的傳統士大夫教育，當地友人的西學推介，形成獨特的文化資本。邱菽園成功經營豐厚的在地人脈，推動文教建設和政治理想。但他好客慷慨，縱樂奢華，1907年陷入破產困境。

　　《天南新報》從支持維新運動，轉而保皇、尊孔，成為他實踐個人政治興趣和民族情懷的最佳公共媒介。《天南新報》作為早期新加坡華人社群內的第三家華文報刊，其辦報的理想是「為宣傳進步思想提供便利，並闡明西方國家從過去所經歷的愚昧中獲得提升的方法」，由受英文教育的林文慶擔任歐洲及國際政治事務顧問。儘管該報的政治立場是中國民族主義，宣傳維新改良運動，但展現的國際視野，在一定程度上召喚南洋華人理解自己在南洋、中國及國際之間的定位。但邱同樣借助《天南新報》替自己的文學志趣，以及眾多南來的流寓文人開啟了舞台。該報除刊登自己的著作，還刊載不少落腳星洲的詩人和外地文人的詩作。1900年2月邱菽園饋贈千金接應維新領袖康有為（1858-1927）到新加坡避難，開啟了他跟康有為的政治和文學因緣。同年接待以保商名義到南洋的丘逢甲（1864-1912），甚至丘逢甲還未南來，大量作品透過《天南新報》傳播，其形象和名聲已廣為人知。丘逢甲在新馬各地演講宣教，透過《天南新報》的宣傳，推動仕紳階層對孔教運動的響應，形塑了二人南來的文化光環，也擴大了邱菽園的影響力。邱菽園曾以詩表明自創《天南新報》的志向：

　　尚以詩名市，頭顱鏡裡驚。不堪荒服外，猶自滯歸程。
　　採訪存民俗，知交惜死生。衰然三尺錄，覆瓿若為情。（《寄酬邱仙根四首》節錄）

　　與其說他同情或對流寓詩人的際遇感同身受，更引起我們關注的是他的文學能量與決心。他開闢多個文藝欄位刊載藝文作品，同時向各地文友徵求

詩作，名副其實成了當地文壇的推手。

　　後來由於庚子勤王失敗，邱菽園在清廷恫言禍累家族和質疑康有為義款帳目不清的情況下，二人斷交。多年後邱康復交，但邱菽園政治立場已有轉變，承頂《振南日報》（1913-1920，後易名《振南報》），支持民主共和，投入梁啟超的進步黨。

　　另外，邱菽園在文教建設上最為稱譽者，當屬他創辦學堂、文社的熱誠與創作的才華。在新馬孔教復興運動期間，他熱烈投入和支持，並於1899年與林文慶、宋旺相合資創建新加坡華人女子學堂（Singapore Chinese Girl's School），推行現代體制教育。他還曾編定《新出千字文》（1902）為啟蒙讀物。除此，邱菽園繼承中國領事左秉隆（1850-1924）、黃遵憲（1848-1905）遺留的文社傳統，創立「麗澤」社，主持「會吟」社，鼓勵當地文士才人進行文藝創作和投稿。破產後他仍組織檀社（1924）和南洋崇儒學社，推動南洋詩鐘活動，以詩人風雅延續斯文。尤其與詩僧、居士如瑞於上人、福慧和尚、李俊承等交遊和酬唱，在華人社會裡孕育了一個文人與僧人共存的宗教與情感空間。

　　邱菽園大半生定居南方島國，但他建立了與中原、台灣地區的文人詩歌交遊網路。他個人著述和編輯的文學作品，更是份量不輕。其中重要的作品包括四部詩集《庚寅偶存》（1890）、《壬辰冬興》（1892）、《嘯虹生詩鈔》（1922）、《丘菽園居士詩集》（又稱《菽園詩集》，1949）。前二部詩集是少作，後重刻附刊於《菽園贅談》（1897）。第三部是由康有為出資刊印，可看作馬華文壇第一本正式的漢詩詩集。《丘菽園居士詩集》是邱菽園生前編成，身後由女兒女婿刊印。另外，邱菽園還有三部筆記《菽園贅談》（1897）、《五百石洞天揮塵》（1899）和《揮塵拾遺》（1901）。三部作品都是筆記體札記，內容含括人事鉤沉、敘說掌故、談詩論學、議論時政、生活事蹟的回顧，甚至還收錄保存大量流寓文人詩詞作品，算得上是內容極為龐雜的「合集」。至於他與文友間唱和編輯成冊的詩集，還有《紅樓夢分詠絕句》（1900）、《檀榭詩集》（1926）。前者是晚清文人跨境酬唱氛圍下的成果，集合大陸、台灣與南洋詩人作品，且是第一本專以《紅樓夢》為主題的唱詠詩集。後者當屬馬華傳統詩社最早出版的社員雅集成果。

　　另外，邱菽園自號「星洲寓公」，替新加坡取了一個「星洲」的美名。他的詩集裡留有不少狀寫「星洲」的詩篇，諸如「連山斷處見星洲，落日帆檣萬舶收。赤道南環分北極，怒濤西下卷東流。」（〈星洲〉節錄，1896），雜糅南遷歷史與地理脈絡，為星洲找到自身的書寫位置，凸顯他不同於一般流寓者的眼光。然而，他的早期生活展現名士氣派作風，不忘寫作風月見聞、異族婦女的習俗，不脫傳統文人風流習氣。這些詩多屬豔體，收錄在《嘯虹生詩鈔》。但邱菽園帶有星洲行樂的志趣，這些詩作在一定程度上呈現了南來文人的生活形態，尤其當他的眼界深入到移民社會冶遊背後的風俗經驗。無論是早年主持麗澤社的徵題，以及後期主編《星洲日報》的「遊藝場」專刊，他倡導「星洲竹枝詞」、「粵謳」，以民間歌謠和竹枝詞形式，擷取當地題材，建立自己的在地視域和眼光。值得注意的是，他以馬來語和英語入詩寫作的「星洲竹枝詞」，透過閩南語腔調模擬「夷語」，借由朗讀，以二字一組的節奏，循此律動，貼近馬來語的鄉土世界。這是南來文人以舊詩形式貼近當地語言的文學戲仿，亦可看作改造漢詩的巧思。這不同於新派詩的音譯新詞，而是在竹枝詞裡狀寫異地風土的聲音，華／夷之間來回擺盪的「聲音」，可視為華夷「phone／風」的典型實例。換言之，透過詩語的轉換和轉譯，遊走文／體的疆界，形塑竹枝詞的在地趣味與風土新景觀。

　　邱菽園一生與報業關係密切，除了在新馬辦報投稿，他也曾在上海、廣州、香港多家報刊擔任副刊編輯或特約撰稿人。除此，他曾任職彰州十屬會館祕書，擔任同濟醫院和多所學校的董事，成為新馬社會少見多才多能的華人領袖。

　　作為南來詩人，他頗受嶺南著名詩家黃遵憲、康有為的稱譽，遺下一千多首詩可視為新馬重要的文學遺產。他曾以清麗澹雅筆觸描寫他這一輩南來移民落地生根的現實情境。

　　造林增野辟，築壩利車行。榛莽卅年易，芳菲百里平。
　　山低無颶患，舟集有潮生。烽火驚鄉夢，僑民漸學耕。（《島上感事四首》之一）

　　透過邱菽園深入觀察南洋地理的人文風貌變遷，漢詩呈現出南洋從炎荒之地，變為建設有成的移民社會。只是末聯一句「烽火驚鄉夢」，讓讀者看到詩人隱藏的情緒張力。移民城市景觀的變化，對照原鄉喪亂動盪。移民所把握的在地感，已轉換成現實的「僑民漸學耕」。他們成了回不了故鄉的移民，只好在異地重建自身的文化教養。詩的地方色彩，已在邱菽園身上深化為在地生活感。

　　1937年邱菽園大病初癒，決定修築生壙，並題〈自題丁丑生壙〉詩紀念，詩的末聯：「弗信且看壙草去，年年新綠到天南。」他以壙前年年長成的新綠，安頓自己定居南洋五十二年的地方情懷，象徵一代南來文人落地生根的歸屬感。他晚年罹患麻瘋病和糖尿病，1941年歿，享年六十八歲。

　　從最初的流寓風雅，到深入南洋風土，邱菽園開創了獨特的南洋文人和報人風采。他身上代表著南來文人特質的放大與集合。他有優質的士大夫詩學教養、移民先輩積存的財富、介入晚清政治的抱負、辦報興學的熱誠，以及傳統文人的風流雅興。邱菽園透過辦報回應了個人對近代中國政治的想像，卻同時推動新式學堂，為新馬華人提供知識教育的啟蒙。他一生愛好寫詩、書畫、印石，創辦文社推動早期新馬地區的文學氣象，建構了一個中國、台灣、香港與南洋區域之間的漢詩人交遊譜系。他透過宴飲酬唱、詩文互通的疊錯網絡，呈現文人在新舊交替的時代感受。邱菽園主導的文學實踐，或建立的文學場，不應只視做個人事業。他蒐集和出版流寓文人作品，藉由公共資源，召喚和描繪一個離散的文學想像，為大時代中短暫易逝的流離感受，以及境外漢詩的生產環境，保留一個南方的文學譜系。而他詩裡的風土情趣，形塑了南洋漢詩的離散蹤跡與地方認同。從他展開的文學風景，是我們認識十九世紀馬華文學史的重要開始。

參考文獻：

丘煒萲《菽園詩集》（台北，文海，1977年）。

李元瑾《東西文化的撞擊與新華知識分子的三種回應：邱菽園、林文慶、宋旺相的比較研究》（新加坡，新加坡國立大學中文系，2001年）。

邱新民《邱菽園生平》（新加坡，勝友書局，1993年）。

高嘉謙〈邱菽園與新馬文學史現場〉，收入《馬華文學批評大系：高嘉謙》
　　（桃園市，元智大學中文系，2019年），頁20-40。

楊承祖〈邱菽園研究〉，《南洋大學學報》1979年第3期，頁98-117。

高嘉謙

1899 年

「往往在更深人定之時，他就可以如嗜毒者那般獨自享用私密的樂趣，食龜，靜聆龜語，暗自為熟識者卜，以驗證這一門神祕的方術。刻畫甲骨文，追上古之體驗……。」黃錦樹，〈魚骸〉

1995 年

黃錦樹發表〈魚骸〉

甲骨，危險的補品……

1899年夏天——傳說就是這麼開始的——王懿榮（1845-1900），一位清朝官員，購買了一味包含「龍骨」的湯劑藥材，用以治療瘧疾。出於好奇，他檢視這一傳統中藥方的神祕原料時，驚訝地發現即將被磨製成藥劑的古代骨骸上，竟有刻寫的痕跡。這些刻痕看起來像中文，但又不同於任何已知的漢字。醫藥和文化產生聯繫的這一幕場景，就發生在八國聯軍為了鎮壓義和團起義以軍事行動攻入中國前不久。就這樣，中國（重新）發現了最古老的書寫檔案：鐫刻在龜甲及獸骨上的文字，時間可追溯至商朝晚期。

甲骨文的發現引發了一場蒐集狂潮，王懿榮，還有那些紛至沓來者，人人驅之若鶩，購買上千件的甲骨殘片——彷彿在義和團國難當頭之際，蒐集那些久被遺忘的碎片成為文化上穩定的象徵。幾個世紀以來，古董收藏為中國知識分子提供了一個想像文化延續性的空間。我們當然無從得知那些甲骨是否確實治癒了王懿榮的病，也不知道他在發現湯藥材料的來源後，是否還吞得下去。然而，可以確定的是，這些甲骨最終沒能「療癒」王懿榮的民族恥辱，那是中華民族的病症，在中國走向現代化的艱難路途中屢屢發作。發

現甲骨文後不久，王懿榮自盡而亡。在清軍敗於八國聯軍的局勢到來之前，他先服毒繼而跳井尋死。

這些奇異甲骨引起的知識迷醉，並未因王懿榮之死而中斷，這只是中國精神創傷史裡，有關文化傳承的戲劇的第一幕而已。比如，見證王懿榮發現甲骨的劉鶚（1857-1909），爾後收藏了五千片左右甲骨，許多購自王懿榮原藏。1903年，就在劉鶚開始寫作著名小說《老殘遊記》的同年，他刊布了一份所藏甲骨的部分目錄。通過墨拓的複製方式，劉鶚的收藏因而得以製成書面記錄，包括目錄、抄錄、註釋以及研究。這標誌著一個新學科甲骨學或甲骨文研究的開始。

劉鶚的目錄引起了各路學者的興趣，包括羅振玉（1866-1940），為劉書作序，並繼而成為該領域早期最知名的人物之一；王國維（1877-1927），為劉鶚部分藏品的後繼擁有者編過相關目錄，並撰述許多討論甲骨文及商朝社會的重要著作；還有郭沫若（1892-1978），他對這門學科興趣源自在日期間研讀羅振玉的書籍。甲骨文因而成為一個檔案中心，覆蓋考古發現、拓片和寫作。在一個動盪騷亂的年代裡，這些骨骼碎片和其上的神祕文字像是一種社會與精神黏著劑，使中國知識分子跨越地域疆界，彼此連結成一種想像的共同體。

1928年，考古學家開始在河南省安陽小屯進行甲骨的科學挖掘，此處被視為商朝殷都的遺址。而在此之前，甲骨文已被複製成文本形式，重新拼合中國文化的檔案。甲骨文迅速成為民族自豪物：從當地人為牟利販賣，到私人收藏，最終成為國家寶藏。甲骨跨越了過去個人收藏的模式，催生了一門具有國家意義學科的現代中國考古學的誕生。不僅證明完整成熟的漢字書寫系統早在三千多年前就已存在，更提供了商朝確實存在的證據，確保了司馬遷（公元前135?-公元前86）《史記》所載歷史要素之可靠——直到這些甲骨出現前，商朝文明一直缺乏可靠信史。在中國的完整性及傳統面臨危機時，甲骨一度撐起了中國文化的自信心。

二十世紀初，擺弄發黃的骨片、轉寫神祕的字符，或是埋首苦讀拓片目錄的中國知識分子形象，或許傳達出一種沉緬古代而不知今夕何夕的畫面。當是否廢除或至少改良中文語言和書寫的爭論甚囂塵上，與幾千年前的中國

文字打交道，看起來似乎是一種時代的錯置。提倡以世界語取代漢語書寫文字的胡愈之（1896-1986），在1937年〈有毒文談〉一文中，抨擊那些漢字捍衛者，稱他們是「迷戀骸骨的遺老遺少們」。事實上，王國維和羅振玉就是這樣的骸骨拜物信徒，在1911年清朝滅亡後，持續保持其忠心，即便流亡日本多年返回中國，初心依然不變。然而，甲骨文研究並非意味逃避對現狀的批評和失望，躲到中國往昔遙遠和永恆的光榮裡去。

王國維廣為人知的事蹟是他對叔本華（Arthur Schopenhauer, 1788-1860）哲學及《紅樓夢》的興趣，而不是其殷商歷朝先王譜系的互見研究。郭沫若更為人知的是，他的詩歌得自惠特曼（Walt Whitman, 1819-1892）的啟發，而非有關甲骨文詞彙通纂的多卷著作。這兩位都是現代思想家，對他們而言，甲骨文不是過去的話題，而是代表了當下與未來。另一位傑出的思想家梁啟超（1873-1929），在1926年題為〈中國考古學之過去及將來〉的講話裡，甚至提到了敏感詞彙「革命」，以此強調甲骨文發現的重大歷史意義。對於梁啟超以及其許多同輩而言，這些出自遼遠古代的檔案文書，被遺忘了幾千年，卻標誌著當下的現代性。相對於另一種影響當下的過往傳統，更具優越性：「這種東西，孔子所不曾見的，我們居然看見了；孔子所不知，我們知之；孔子說錯了，我們校正。」

作為新發現的知識以及引起民族自豪感的理由，甲骨文是當下中國非常重要的一個部分。甲骨文研究提供了一個審視過去的不同觀點，從而對當下有了不同的認識，通過回望中國，實際上卻是朝向未來。1899年，雖算不上是一個重要年份，但卻是一個奇妙的時間轉折點。1902年在梁啟超未完成小說《新中國未來記》中，時間性遭到顛覆，梁以前瞻樂觀派精神，構想中國的光輝未來。梁啟超躍向未來，提供了省視過去的新視角，相比之下，作為文本以及象徵性遺留物，甲骨文組成了一個連接過去的新方式並跨向未來。

三千年前的甲骨在二十世紀初出土，這其中所呈現的時間轉折及偶然，呼應商朝人使用甲骨的意圖：作為占卜工具，甲骨提供了超越時間局限的可能。他們在動物肩胛骨或胸甲如龜殼表面鑽洞，置於熱源上炙烤，以致骨片迸裂，劈啪有聲。裂縫的形象及裂開的「噗」聲，就組合了漢字的「卜」。這些「自然」產生的印記──輔以刻畫的字符記錄火卜的背景和其後應驗結

果——是來自神明和祖先的旨意，這些從過去召喚而來的聲音，使我們得以一窺未來。

　　無論是否為中國人，甲骨文通常被視為一種文化特殊性的精髓，但時間邏輯反映了全球現代性中更為普遍的趨勢。即便從現代性開始，時間性主要在線型的意義上被理解，許多現代思想家、作家和藝術家仍著迷於古今共時性，將其偽裝成，比如原始主義。當代馬華作家黃錦樹（1967-）的短篇小說〈刻背〉，半反諷地將歐洲現代主義與中國知識分子對甲骨的熱情等同起來，從而演繹成一個古怪的花絮趣聞。小說述及，二十世紀初，新加坡一家妓院裡，有一個性情乖僻的中國士人（讓我們想起王國維）沉緬於寫作一部新的《紅樓夢》，他想將這部作品以甲骨文字寫在龜殼上，這啟發了一個英國訪客，他想要創作一部超越《尤利西斯》（Ulysses）的小說，並紋在苦力勞動者的背上。黃錦樹的小說喚醒了新加坡的殖民地空間，兩位不同文化背景的作家，都企圖通過返回古代的鐫銘技藝探索文學上的創新。

　　黃錦樹更早的一部短篇小說〈魚骸〉，開篇就引述了一系列甲骨著名學者的話，以此質問了甲骨文在中國當下的文化象徵意義。小說主人公是一位在台灣大學教書的馬來西亞華人，他在夜間經常上演龜甲占卜的儀式：殺戮、烹飪並吃掉烏龜，然後以龜殼占卜。乍看之下，這是一場似乎關於身分的表演，旨在把一個個體，從他所處的中國文化的邊緣位置，推向想像的中心；而這場表演實則成為了對「中國性」本質主義的控訴。故事主人公不僅認同龜甲——有研究認為，甲骨文所用的龜甲可能原本來自南洋，讓他受到啟發——這些龜甲不僅是對中國文化的獻祭，也承載了中國文化。他殺龜卜巫的儀式也為了紀念自己的大哥，後者在一九五〇年代英屬馬來亞殖民時期，參加共產黨起義而犧牲。

　　甲骨文在此象徵主人公個體和文化上的匱乏，但甲骨也被物化為欲望的對象。當主人公青少年時期，在叢林中偶然看到周圍盡是龜殼的亡兄屍骨時，那一刻，創傷與覺醒的性欲同時產生。在少年的手淫行為中，死去的骸骨——從兄長死亡現場得來的遺物，也是被渴望又遭輕視的「中國性」的象徵——恢復了生命：「醒來，從衣櫥裡掏出他收藏的龜殼，無意識地套在他裸身上兀自勃起的陽具上，竟而達致前所未有的亢奮，脹紅的龜頭吐出白濁

的汁液。」

　　弇甲骨文！弇「中國性」！或許故事裡擺弄骨頭的人，想告訴我們的就是這樣的話吧。然而作為中國現代性的怪異「處方」，作為中國中心論被物慾化或遭褻瀆的象徵，甲骨是中國文化裡陰魂不散的存在……它就是一種危險的補品。

參考文獻：

陳煒湛《甲骨文論集》（上海，上海古籍出版社，2003年）。

顧音海《甲骨文：發現與研究》（上海，上海書店出版社，2002年）。

胡愈之〈有毒文談〉（1937年），載《胡愈之文集》第三卷（北京，生活・讀書・新知三聯書店，1996年），頁549-555。

梁啟超〈中國考古學之過去及將來〉（1926年），載《梁啟超全集》第九卷（北京，1999年），頁4919-4925。

黃錦樹〈刻背〉，《由島至島——刻背》（台北，麥田出版，2014年），頁381-419。

黃錦樹〈魚骸〉，《烏暗暝》（台北，麥田出版，2017年），頁429-450。

David N. Keightley, *Sources of Shang History: The Oracle-Bone Inscriptions of Bronze Age China* (Berkeley, CA, Harvard-Yenching Institute, 1978).

白安卓（Andrea Bachner）撰，張治 譯

1900年2月10日

梁啟超在《清議報》停止連載他翻譯的《佳人奇遇》

未竟的翻譯與新小說的未來

1898年10月，年輕改良派梁啟超搭乘一艘開往廣島的日本軍艦。艦長給他一部題為《佳人之奇遇》的書（1885-1897，共八冊），這是柴四郎（1852-1922）創作，十年前風靡日本的政治小說。梁啟超興奮不已，據說在船上就開始著手翻譯。梁啟超與流亡在外的同儕合力完成第一冊譯本，題為《佳人奇遇》。譯作於數月後刊登於《清議報》創刊號。《清議報》是梁啟超流亡期間在橫濱創辦的中文刊物，每期都連載《佳人奇遇》，然而1900年2月10日出版的第三十五期，小說突然中止連載。

梁啟超的翻譯被公認是最早將非西方現代小說翻譯成中文的嘗試。他翻譯的迅速令人驚嘆，同時促使我們探問，語言跨界如何得以比身體的遷移更為快速？梁啟超離開中國時對日語一定還不熟練，但《佳人之奇遇》的語言，顯示出數世紀以來東亞境內文化交流的程度。這些文化交流所產生的文學傳統跨越了國境，早已為這位中國譯者準備好一條具有象徵意義的路徑。小說原文的訓文體很獨特。訓文體是以日語讀音和文法來閱讀文言文。文言文對日語的訓文體（包括詞彙、文法和修辭）影響如此深遠，以至於梁啟超發現他早已具備的語文知識不僅必要，更足以協助他理解日文原文。他推斷所有的日語文句都是一種對應著文言文的語言形態。閱讀時只需按照既定語言規則，將日語的訓讀還原為「原本」的中文語句即可。這個想法或許聽起來詭異，但事實上成了一種大受歡迎的閱讀指導。梁啟超等人按照這個想法編撰了《和文漢讀法》（約1900）。題目不引人注意也難。

梁啟超僥倖逃脫慈禧太后（1835-1908）對百日維新的鎮壓，這場1898年發起的維新運動是在甲午戰敗的奇恥大辱後展開，改革的主幹正是梁啟超的老師康有為（1858-1927）。《佳人奇遇》的四個主角自視為「亡朝之孤臣」，對此梁啟超必定心有所感。《佳人奇遇》寫的是來自日本、中國、西班牙與愛爾蘭的男女豪傑，因緣際會下在美國費城相遇，進而結盟以抵抗壓迫各自國家之政權。日本豪傑名東海散士，心繫在戊辰戰爭（1868-1869）期間因反對明治政府而遭廢除的故鄉會津藩。中國角色范卿立志反清復明，恢復正朔並改革國家。西班牙女英雄幽蘭，是卡洛斯黨的保皇派。愛爾蘭女士紅蓮反抗的則是不列顛殖民者。小說編織了不同身世背景，塑造出反抗威權的歷史人物。四人形象各異，令人聯想到盧維杜爾（Toussaint-Louverture）、阿拉比（Ahmed Orabi）以及帕內爾（Fanny Parnell）等人。柴四郎以奔馳的想像力，賦予了這些或虛構、或有所本的各式人物一個統一的身分：他們是文化楷模。作為文化楷模，他們落實了文學的高雅，體現了傳統的價值，更致力將主觀的美學與道德思維，轉變為一種現代政治方案，藉此讓祖國擺脫帝國主義的威脅，並建立起一個新的世界秩序。然而面對敵人，這種團結景象只存在「奇遇」中，既創造出烏托邦情懷、也創造出了一種未竟的懸念。而這恰恰是小說獨特魅力的所在。

小說人物和敘事者徵引諸多漢文典籍，透過舊體詩詞以及儒家的傳統美德，凸顯他們的現代道德政治情感。主角們在整部小說裡吟誦了不止四十首漢詩。他們的詩歌創作貼近中國的抒情傳統，打造出緊密的跨國情感聯繫。在福吉谷（Valley Forge）所擺設的筵席上，愛爾蘭女傑以曹植的詩作傳達自身的民族主義情感，而中日兩國志士則一字不差地合誦了《文選》中的《古詩十九首》，紀念他們偶然的相遇。東海散人是這次烏托邦式的詩歌雅集召集人。他引用的是謝靈運的〈擬魏太子鄴中集詩序〉。謝的文字模擬了三國時期中某次在鄴城舉辦的詩人集會。假如謝靈運的模擬是對兩個多世紀前詩歌黃金時代的眷戀與想像，為古典詩歌傳統正典做出了貢獻。那麼柴四郎的敘事擬謝靈運之「擬」，則重新表現和傳遞了這樣一個詩歌傳統，帶來跨世紀跨文化的傳承。

《佳人奇遇》裡有密集的漢文典故和怪異無根的語言。在夏志清看來，

或許「按照現代標準它不值一讀」，必須有點傳統文學的涵養才能欣賞這部作品。但在十九世紀後期的日本，具有這種閱讀水平的讀者比比皆是，梁啟超本人也屬於那種博學多聞的讀者。他的翻譯將原作轉化成文言散文，添加了更多與原文呼應的典故，更逐字轉化了大多數的漢詩，這進一步提升了語體感覺。這些作為表明譯者希望他的中國讀者也成為跨國閱讀群眾之一。梁啟超在小說連載期間做了一個重要決定，將中國人物范卿撤出關鍵的福吉谷詩酒雅集，刪去他的抒情腔調，使他的身分變得模糊。他的改寫緣於他不贊成原作將忠於明朝的遺民作為現代中國人民的典範。儘管如此，這個改寫並不會讓人質疑這個中國人物及其他主角所體現的傳統文化價值。接下來的幾年裡，梁啟超小說創作的使命之一就是追求現代中國民族英雄的文化身分。中日各自的文學認同是在跨越國境的漫長交流中，逐漸形成。梁啟超則是處在中日兩國之間的一個獨特翻譯個案。

它們這種獨特的翻譯關係有另外一面，即梁啟超的譯文並未將柴四郎的作品譯介到雙方的菁英讀者群之外。就算柴四郎的作品被介紹到更廣闊的世界文學場域中，其譯本仍然只處於角落地位。正如主角們的詩歌交流，只在福吉谷這樣一個鮮有人跡之處才有意義。在小說中，男女豪傑為普世情懷而奮鬥，試圖將他們的文化價值轉譯為不受帝國主義壓迫的新世界秩序。隨著故事展開，主角們散處全球各地，各自孤軍奮戰。福吉谷之筵只是一種懷舊式的回憶。在一次困厄裡，有人說服東海散士放棄自己原本的雄心壯志，成為日本政府官員。儘管他內心仍保有傳統價值，此時卻想要透過參與國內政治，實現這些價值；一旦國家在世界舞台的地位鞏固後，這些價值的意義才能得到證明。從此，小說專注於東海散士的政治事業，原本的多條情節敘事也轉為單一線性發展。地緣政治的實踐取代了懸而未決、激發人心的想像，故事因此變得沉悶。讀者需要強大的耐心才能面對柴四郎小說的最後一部分章節，連載的嘎然中止或許與此有關。梁啟超正是在原作戲劇性的轉折點之後不久，決定終止連載。梁啟超不繼續連載的決定與小說最初的美學和道德意義一樣直接了當，毫不含糊。

不過，中斷連載讓梁啟超能在柴四郎束手之處有所開展。在此後多年流亡海外期間，梁啟超透過他的文學理念，特別是對「新小說」的提倡，持續

參與中國社會政治改革。他的文學事業在1902年創辦《新小說》時達到高峰，而以他自身創作的政治小說《新中國未來記》為代表，小說連載於1902至1903年的《新小說》。啟發梁啟超靈感的是貝拉米（Edward Bellamy）1888年出版的《回顧：2000-1887》，1891年由李提摩太（Timothy Richard, 1845-1919）發表第一個中譯本《回頭看紀略》。《新中國未來記》開篇就是關於未來的想像，新中國正在慶祝五十週年大典，向全世界的代表們展示工業和文化的繁榮。小說中，國家建設與發展歸功於兩個留學歐洲的豪傑。其中一人支持君主立憲制，另一人則主張共和革命。梁啟超的故事投入了同樣多的篇幅，分別演繹他們關於國家現代化可能道路的理想辯論，同時也運用傳統的抒情方式調和兩人戲劇性的情緒連結。在他們從歐洲返國途中，兩豪傑對俄國奪取戰略要地山海關一事，感到無比憤慨。為了發洩情緒，他們以「賀新郎」的調子填了一闋詞並題之於牆壁，他們的詩詞交流延伸到其他角色。有人就在他們的題壁詞右邊填了同樣曲調的應和詞作。小說中還有另一位豪傑以鋼琴伴奏吟唱拜倫的詩句。這些詩句先以英語原文引出，漢譯隨之出現。按照作者自註所言，這便是「以中國調譯外國意」。拜倫對古希臘文明衰落的哀悼觸動了豪傑的心弦。在帶著古典氣息的翻譯中，他們吟誦的腔調迴盪著中國抒情精神，連結起彼此的情感。小說中豪傑的抱負因此有了文化底蘊，現代英雄也因此體現出傳統的價值。由此看來，他們所創建的未來國家絲毫沒有複製二十世紀初現代性的特徵。根據一篇《新中國未來記》的出版廣告，這個想像中的新中國將會領導沒有種族主義或帝國主義的新世界秩序。古代儒家大同的理想在現代小說設想的中國未來再現。

　　然而《新中國未來記》未能完成，故事開始卻沒有結尾。現存的前5回像整部作品的骨幹，連接起過去與未來，描繪時代錯亂的景象。小說中，未來的豪傑因抒情傳統而團結，未來的社會以舊有理念而命名。《新中國未來記》的人物能夠在《佳人奇遇》找到志同道合的夥伴。這兩部作品中的角色展現了相同的傳統文化價值，並以這些價值為基礎，去想像預測未來。假如日本作家柴四郎繼續講述烏托邦的未來，將英雄豪傑變成一名國家官員，那麼沒有翻譯《佳人奇遇》後半的梁啟超可能會寫出《新中國未來記》未完成的部分。小說的中間篇章一片空白，不妨看成是一種以抒情手法表達激進的

未來。這個未來根植於古代的聲音與理想，永遠不可能在線性時間觀中找到它自己。

　　「欲新一國之民，不可不先新一國之小說」，梁啟超在他著名的《新小說》發刊詞〈論小說與群治之關係〉中如此說道。《新中國未來記》裡的英雄團結是一個寓言，寄託著作者的期望。梁啟超透過「新小說」以美學表達出他心目中政治改革以及創立新社會的理想。那是一種文化典範，對於想像中的現代社會表示認同。從法理上說，那些文化價值任何人都能夠透過教化而得之。從事實層面看，其「普遍性」存在整個前現代的東亞各地。但假如書中那些文化價值對於一個國家民族來說並無特別意義，那麼究竟什麼才是梁啟超小說所要表達的新社會之特徵呢？他所倡議和實踐的現代中國文學的特徵又是什麼呢？並列閱讀《佳人奇遇》未竟的翻譯以及梁啟超的「新小說」論述，讀者立刻會注意到國族與文化歸屬的盤根錯節。這些議題將會持續糾纏其後的中國小說。

參考文獻：

梁啟超《飲冰室合集》（北京，中華書局，1989年）。

《清議報》，重刊本（台北，約1967年）。

柴四郎《佳人之奇遇》，見《新日本古典文學大系・明治編》卷十七（東京，岩波書店，2006年）。

Patrick Hanan, *Chinese Fiction of the Nineteenth and Early Twentieth Centuries* (New York, Columbia University Press, 2004).

Adele Austin Rickett, ed., *Chinese Approaches to Literature from Confucius to Liang Chʼi-chʼao* (Princeton, NJ, Princeton University Press, 1978).

橋本悟（Satoru Hashimoto）撰，張治 譯

1900年夏秋

「銅仙熱淚消磨盡，況感西風落葉蟬。」

落葉、哀蟬、國難、詩殤

1900年庚子八月，八國聯軍浩浩蕩蕩闖入北京。事件源於為鎮壓山東激烈反基督教、反西方立場的「義和團」運動。一八九〇年代末，義和團勢力蔓延至整個北中國，清廷一方面要求義和團讓步，一方面對在中國境內擁有特許經營權的外國勢力宣戰。當皇家成員準備逃離首都，光緒帝（1875-1908年在位）的妃嬪珍妃（1876-1900）被發現死於皇宮井中。嗣後皇家流離西狩、外敵入都乃至京城燒殺劫掠的種種災難性事件，引發各類文學創作。其中珍妃之死為士大夫所青睞，成為1900年夏至1901年春間詩詞吟詠的重要泉源。

珍妃1889年入宮，很快成為皇帝最喜愛的妃嬪。然其性格剛硬，並支持光緒皇帝的維新，遂失寵於保守的慈禧太后（1835-1908）。京師受困之時，珍妃與光緒帝雙雙遭到軟禁，她死亡的真相是永遠的謎。一般認為事件的可能是：8月14日宮中人員全數撤走前，慈禧下令將珍妃扔入井中；還有人認為是太監的自發行動。有些記載則聲稱珍妃自殺，投井以殉國。

當時與此相關的文字敘事中，皇妃之死深深地與民族創傷糾結在一起，催化成集體的精神經歷。有七言詩題為「落葉」或「金井」，飽含情感地敘述了珍妃的故事。從初入宮門、與光緒相戀、忤逆慈禧等，直寫到香消玉殞和光緒帝的追悼。珍妃被描繪為美貌多才的女子，忍辱負重，最終在國難常頭時犧牲自己。她被理想化為傳統女性氣質與品德的縮影，與之相反，慈禧則被譴責為一個惡人。

　　本文開篇所引詩句，出自文廷式（1856-1904）著名的〈落花詩〉。[1]文廷式曾為珍妃幼時的老師，因而迅速得到皇帝提拔，卻於1896年遭慈禧貶黜官職。對珍妃的記憶使他的詩作較其他詩人略勝一籌。當文廷式宛如驚弓之鳥出逃之際，他寫下的詩作表達出對珍妃之死的無限哀輓。「銅仙」典故來自漢室（公元前206-公元220）滅亡後，傳說皇宮中的銅像因將被移出宮外而潸然落淚。這個典故於晚清之際廣泛為文人採用，於此代表著文廷式複雜的情感：哀悼國難、傷珍妃之死、痛光緒失位，以及自傷個人命運。

　　在中國文學傳統裡，浪漫詩往往被視為富有政治寄託，正如「美人香草」的隱喻，用以象徵詩人政治與精神上的追求。忠於遠遊丈夫或情人的思婦形象，總是被當作騷人詞客忠愛君王的藝術表現。到了十九世紀，這樣的隱喻為「詞」注入了政治與道德含義，一如俞樾（1821-1907）所言：

　　〔詞〕雖或言及出處大節，以至君臣朋友遇合之間，亦必以微言托意，借美人香草寄其纏綿悱惻之思，非如詩家之有時放筆為直乾也。

　　俞樾對詞的界說，代表了十九世紀後半流行的一種詞論見解。認為詞不僅在重要性上與地位顯赫的詩相當，尚可託寄隱微的政治寓意及更多的情感力量。不管改良派思想家在二十世紀初如何極力提高新詩和「新小說」的地位，詞這種傳統文類仍以其新的蘊涵流行於士林。士人以詞關照衰落帝國的新現實，實現他們必須諷諫朝廷的道德責任。嵌入這種文類觀的情詩隱喻與忠貞后妃之死，在關鍵的歷史時刻匯聚一起——這就是1900年的夏秋之際。

　　值此多事之秋，詞中的「美人香草」有兩層意涵。就字面層次言，詩作的曖昧比喻將讀者引至妃嬪之死、皇帝出逃的具體歷史事件上，詞家不能直言宣洩他們的焦慮，也不能公開談論政治處境；就比喻的層次言，「美人香草」之喻，成為詩人情感的框架。多層次的典故和修辭，使這些詞作變得覃

1　譯者註，見於第二首尾聯，此處依據的應該是《文道希先生遺詩》本，長沙《大公報》連載《芳蓀室詩抄》本同。但如中華書局本《文廷式集》、上海古籍本《文廷式詩詞集》，皆更重台灣趙鐵寒據李宗侗藏影印手稿編次的《知過軒詩鈔》之底本（見台版《文芸閣先生全集》），這兩句則作「銅盤人去今何世，臣甫低頭拜杜鵑」。

思精微、風格洗練。以女性形象結合歷史中人事，濃縮了當時中國士林的失落、哀傷與懷舊，展現出富於修飾、精心巧運的文學形式。

在這些詩詞意象裡，「落葉哀蟬」甚為流行。〈落葉哀蟬〉一詩相傳是漢武帝（公元前156–公元前87）為紀念愛妃之死而作，因而成為談論珍妃之死的熟見典故。王乃徵（1861–1933）甚至因四首相關的詩在京廣為傳抄，博得「王落葉」之號。同時期的軼聞掌故，顯現了這些詩作的傳播現象。一個福建軍伍官吏收到其友張蟄父來信，附有多首在北京流傳的關於珍妃之死的詩作。張蟄父數月間不斷寄來此類信札。這個小掌故說明士大夫如何熱切地分享和閱讀這些詩作。這些讀者具有共同的文化背景和相應的解詩才能，足以體會和解碼這些詩作的涵義，也似乎都在對一位清宮年輕女子之死的看似淺顯的哀輓中，寄託政治意涵。在那個動盪的夏季之後，這些詩詞的流行表明士林的集體文化創傷，以及他們意欲尋求情感宣洩的出口。閱讀、傳播和解碼這些詩詞，連結了這群士大夫。

以下是朱祖謀（1857–1931）與友人唱和之詞，其中關於愛情與死亡的強烈感染力被用以傳達政治訊息及諷喻企圖：

寄調《聲聲慢》

鳴螿頹城，吹蝶空枝，飄蓬人意相憐。一片離魂，斜陽搖夢成煙。香溝舊題紅處，拼禁花、憔悴年年。寒信急、又神宮淒奏，分付哀蟬。終古巢鸞無分，正飛霜金井，拋斷纏棉。起舞回風，才知恩怨無端。天陰洞庭波闊，夜沉沉、流恨湘弦。搖落事，向空山、休問杜鵑。

初觀這首詞圍繞著對「落葉」展開。然而「頹城」、「禁花」、「金井」的意象，語境都指向珍妃之死。一個講述女性命運的故事牽連著另一個，一個意象隨著另一個（落葉、井、蟬、天女），衍生了影射與哀怨的情緒。一個哀痛的詩人聲音正尋找著那已然香消玉殞的人，以及她所遺留的蹤跡，或可睹物思人。詩人所體會的哀傷，在這個隱晦的歷史與文學形象上得以展現。這場顯然由男性視角寫出的女性之死，似乎也有了情色的意味。

儘管當時許多官員倉皇南逃，卻也有選擇留在已經淪陷的京城，如朱祖

謀和另一個官員劉福姚（1864-?），他們搬進了王鵬運（1840-1904）的宅邸。三人自1900年9月19日至1901年1月20日間夜夜填詞，共寫成622闋小詞，共計132個詞牌，結集為《庚子秋詞》。1901年春，他們又聚集十幾位文人共寫長調詞，這些作品結集為《春蟄吟》。王鵬運為詞壇大家，在號召組織京師頻繁的文學雅集活動中是關鍵角色。他自陳為了免於在國難之際「斷盡愁腸」，不得不訴諸頻繁的寫作。三名男性詞人經常在詞作中代入一名思念遠方情人的哀怨女子身分，或是從男性角度出發，在書寫中追尋一名在空曠華麗宮室中香消玉殞的女子。這種對於女性人物的不斷召喚、性別化聲音的演繹，以及流動的身分定位，都反映出士大夫群體脆弱的主體感受，以及他們不堪一擊的心理狀態。1900年，在其極富影響力的文章《少年中國說》中，年輕的改良派人物梁啟超將「少年中國」想像為「奇花初胎」。相對於這神奇的花苞，落葉哀蟬則寄寓了逝去的帝國和文化，以及巨大壓力下的民族的脆弱性。儘管有些改良派知識分子有感不應再耗費時間哀嘆，呼籲文學寫作革命，然而京師裡的這群士大夫，卻以歷史和隱喻寫就的文學來感懷帝國的衰亡。珍妃主題引起詩歌與政治想像上的一系列共鳴，並引發了預期的鄉愁，懷想的是即將覆滅的一個朝代、一個文明，以及即將滅亡的歷史與詩歌。

死去珍妃的幽靈揮之不去。她的屍首直到1902年春天，才被移出安葬，並得到皇家尊榮。在民間想像中，珍妃被塑造為理想婦德和民族情感的傳奇女子代表。姚克（1905-1991）取材珍妃故事，完成了一部現代戲劇，由費穆（1906-1951）導演，於1941年日據期間搬上上海舞台，此後改編成電影《清宮祕史》。流行歌手周璇（1920-1957）飾演珍妃，戲劇裡的珍妃形象一變，被賦予華美多彩的人格，充滿勇氣和自我犧牲的精神。想像的珍妃形象成為受人愛戴且歷久不衰的螢幕角色。直至今日，珍妃井依然是北京故宮裡的熱門景點。著名史家陳寅恪（1890-1969）的祖父是晚清政壇重要人物，自己晚年也面對時代的沉重壓力。1965年，他在閱讀《清史稿》過程中，信筆寫詩哀悼珍妃之死，詩云：「家國舊情迷紙上，興亡遺恨照燈前。」佳人之死、國運不測，還有文人文化裡對女性隱喻的癡迷，這些糾纏混雜的主題，歷久彌新。

參考文獻：

阿英編《庚子事變文學集》（北京，中華書局，1959年）。

黃浚《花隨人聖庵摭憶》（1943年，太原，山西古籍出版社；1999年重刊本）。

錢仲聯編《清詩紀事》（南京，江蘇古籍出版社，1987-1989年）。

王鵬運、朱祖謀、劉福姚、宋育仁《庚子秋詞》（上海，約一九一〇年代；台北，台灣學生書局，1972年重刊本）。

Shengqing Wu, *Modern Archaics: Continuity and Innovation in the Chinese Lyric Tradition, 1900-1937* (Cambridge, MA, Harvard University Asia Center, 2013), pp. 45-107.

吳盛青 撰，張治 譯

1901 年
《黑奴籲天錄》出版

《黑奴籲天錄》到中國

「跑，伊莉薩，快跑！」莫雷諾（Rita Moreno）唱道。她穿著光彩奪人的衣服，出現在銀幕。劇中她飾演女奴泰婷（Tuptim），因為把斯托夫人（Harriet Beecher Stowe, 1811–1896）的小說《湯姆叔叔的小屋》（*Uncle Tom's Cabin*），改編成煽動性的舞台劇《托馬斯叔叔的小房子》（*The Small House of Uncle Thomas*），而觸怒了暹羅國王。在轟動一時的電影《國王與我》（*The King and I*, 1956）中，這齣戲中戲最令人難忘。電影是根據羅傑斯（Richard Rodgers）和漢默斯坦（Oscar Hammerstein）製作的音樂劇（1951）所翻拍，音樂劇本身又改編自蘭登（Margaret Landon）的小說《安娜與國王》（*Anna and the King of Siam*, 1944）。

泰婷知道，創造這個角色的人也一樣知道，真正對我們至關重要的故事經常都是經過二手、三手或甚至更不確定的途徑才為我們所知曉，而每一次的變換都增添了新意。伊莉薩橫渡冰川，逃離殘暴蓄奴主列格里（Simon Legree）的場景，代表了十九世紀和二十世紀各種各樣的鬥爭，這是俄國、西班牙和中國——尤其是中國——的讀者在這部經典之作中發現的嶄新意義。

我們永遠也無法知道，《湯姆叔叔的小屋》這部小說是怎樣來到魏易（1880-1932）這位當時只有二十幾歲的杭州年輕人手裡。他可能在上海聖約翰書院（St. John's College）讀書時接觸到這本書，這所學校直到1952年關閉之前，一直以英文課程培養上海上流社會階層的子女，包括如作家林語堂

（1895-1976）、外交家顧維鈞（1887-1985）、建築師貝聿銘（1917-2019）等名人。

事實上，英國傳教士傅蘭雅（John Fryer, 1839-1928）曾經推介過斯托夫人的書。他在《教務雜誌》中撰文稱道：「一部寫得好的小說能夠對民眾的心靈產生巨大的良好影響，已經有了很多這樣的例子，但或許沒有比《湯姆叔叔的小屋》（在喚醒民眾反對奴隸制方面）表現得更充分的了。」正是因為這樣的啟發，傅蘭雅於1895年發起了小說競賽，向上海各處徵稿。聖約翰書院的英文報紙《約翰聲》（St. John's Echo）刊載了一則廣告：「徵求小說，要求描繪吸食鴉片、纏足和科舉時文的弊害，以及廢除它們的方法，任何中國人均可參賽。」

傅蘭雅一直沒有選出優勝者，但《湯姆叔叔的小屋》和由此生成的奴隸制形象終究對「民眾的心靈」產生了直接的影響。這部小說令魏易激動，他和歲數比他大得多的林紓（1852-1924）合作將這部書翻譯成文言。翻譯工作開始時，他甫因和王壽昌（1862?-1925）合作翻譯了《茶花女》而聲名鵲起。林紓完全不懂英文，但擅長文言，事實證明林紓的文言造詣對讀者的接受至關重要，也許比魏易對英文的掌握更具價值。林紓與魏易的第一次合作成果《黑奴籲天錄》，標誌著中國現代文學史和出版史上最重要的一對合作夥伴的開端。二十世紀初林紓和魏易共同翻譯的其他著作——包括狄更斯（Charles Dickens）、歐文（Washington Irving）和哈格德（H. Rider Haggard）的作品——讀者遍及全國。他們影響了閱讀這些翻譯作品成長的一代作家。

十九世紀末二十世紀初中文的譯作以隨意改動原作而聞名。翻譯是否忠於原著經常啟人疑竇。當時，傳言稱作家把翻譯當作自己的原創作品兜售，甚至有時將自己的新作偽稱某外國作家新近傑作叫賣。無論如何，相較於這些形跡可疑的勾當，林紓和魏易採用的是一種相對坦誠的做法。雖然他們也經常刪減或添油加醋，但他們的翻譯大體上還是遵循了原書的情節結構。

即便如此，中譯本《黑奴籲天錄》還是將斯托夫人的原作帶到了一個令人驚訝的新方向。林紓和魏易在書序中比較了美國奴隸制和美國及南北美洲其他地方的華工困境。《黑奴籲天錄》還消除甚至反轉了小說中包含的許多

基督教情節。他們將斯托夫人的新教理想，看成是她對奴隸制罪惡的虛弱與不合時宜的反應。跟哈里斯（George Harris）的英雄事蹟相比，湯姆在列格里手下的犧牲黯然失色。哈里斯是一個混血的奴隸，以「西班牙紳士」之名逃離南方。他先是逃至加拿大，後來前往法國，接著跑到非洲參與了新國家利比里亞的建國事業。

　　《黑奴籲天錄》與《湯姆叔叔的小屋》有諸多差異，其中對喬治的關注最為顯著。大多數讀者都知道《黑奴籲天錄》是斯托夫人有關廢奴主義的經典小說，但很少人注意到她因為把喬治和伊莉薩送到利比里亞結束與兩人有關的情節軸線而遭到猛烈批評。一些人認為斯托夫人支持美國殖民協會（American Colonization Society），該協會呼籲把所有的奴隸遣返非洲。然而，在《黑奴籲天錄》中，利比里亞卻代表了現代中國的未來前景。當喬治描述利比里亞的未來時，他用的是「西學」的語言：

　　良欲合（中國與非洲之）群共命，統阿非利加之人，結團體經成完國……脫吾能立一國度，然後可以公法公理，不至坐聽白人夷滅吾種。唯公法公理，有國者方有其權。

　　諸如「公法」和「公理」這樣的術語來自當時中國有關現代國家與文化的討論。對中國讀者來說，此類翻譯者隨意置入的語言，遠比湯姆坎坷遭遇更有吸引力。

　　讀者因之沸騰。報紙上滿是詩文評論，盛讚這部作品改變了他們的世界觀。顧靈石（?-1904）說，這本書向他揭示了「全球人之受制於白人，若波蘭、若印度、若緬甸、若越南、若澳大利亞洲、若南洋群島、若太平洋、大西洋群島，無一而非黑人類乎」。這本書同時也在留日中國學生間流傳。1904年在仙台的年輕魯迅（1881-1936）寫信給國內友人，談到這本書如何激發他內心深處的民族情感。1907年，東京的中國學生把它改編成舞台劇，成了公認的第一部中文現代話劇。

　　1949年中華人民共和國建立後，《黑奴籲天錄》中有關華工與非洲奴隸的對比催生了另一版本的《湯姆叔叔的小屋》：《黑奴恨》（1961）。歐陽

予倩（1889-1962）極富創意地改寫了1907年東京上演的舞台劇本。在《黑奴恨》裡，中國有了一個新角色，成為1955年萬隆會議後不結盟國家的領袖之一。在這個版本中，哈里斯和湯姆聯手與主人進行鬥爭，湯姆的死，因此有了新意義。與其說他成為基督教寬恕意義上的殉難者，還不如說他是一個在殖民地和去殖民化世界中反抗壓迫的烈士。《黑奴恨》不再是對中國可能面臨的厄運的警告，而是顯示了中國如何可能領導世界。《人民日報》上的一篇評論文章總結道：「中國人民雖然已經獲得了解放，卻不會忘記過去」，並且能夠為「亞非拉人民面對民族壓迫而展開的無數鬥爭」指明前進的道路。

《黑奴籲天錄》的成功讓斯托夫人的原著成為二十世紀上半葉中國最重要的外國文學譯作之一，無論是林紓和魏易的版本、後來的重印本、劇本、還是以其他「改進的」版本形式出現。林紓去世後，新的譯本繼續流傳。然而，一本用文言翻譯的書怎麼會形成如此大的吸引力？一部用晦澀、陳腐甚至是胡適（1891-1962）所謂的「死文字」翻譯的小說怎麼會有如此眾多的書迷？

答案部分在於，斯托夫人的小說中善惡對比清晰，以及奴隸制作為隱喻所具有的力量。這兩方面的因素使得斯托夫人的小說流行於世界各地。但用高雅的「古文」翻譯的中譯本，在其中扮演了重要的角色。儘管令當代讀者難以置信，但林紓和魏易成功地將《黑奴籲天錄》及其他外國小說，翻譯成優雅且平易近人的散文。與其他譯作相比，林紓和他的合作者的譯文文筆不僅可讀性高，甚至優美，這使得它們本身就具有文學作品的價值。相較之下，學者和外交家馬建忠（1844-1900）就曾抱怨，當時大部分譯著不僅內容錯誤百出，譯文風格的「鄙陋」更是讓他厭煩。

爾後批評家確信現代白話書面文體的興起是歷史的必然，也極富意義。他們一直視林紓的譯作為墮落保守主義的背水一戰。例如，胡適認為林紓「替古文開闢了一個新殖民地」，把文言描繪成一種具有侵略性且四處流竄的力量。然而，文言面對不斷變化的教育體系、改革書寫系統的呼籲，其地位和實用性已不比從前。持平來看，林紓開啟了文言中某種新的創造力量。像哈里斯這樣的人物能夠用文言高聲支持「新學」和「西學」，證明文言還

是有其作用。《黑奴籲天錄》以小說的力量和外國文本的權威，證明了文言文的生命力。

　　《黑奴籲天錄》取得成功之後，林紓和魏易開始在上海商務印書館出版合作譯著。他們替出版社翻譯了數十本書，而出版社也因大量翻譯作品及教科書的出版而事業蒸蒸日上，成為中國最大的出版商。魏易離開後，林紓又和其他人合作譯介了超過一百部的作品。商務印書館甚至還聘任林紓編輯一套教科書。這套教科書體現了林紓的古文趣味。

　　林紓以古文譯書的實驗後有來者。這些作家或致力於建立他們自己的名聲或風格，或拓展古文的邊界。今之讀者在推敲魯迅翻譯的日本批評家廚川白村（1880-1923）著作時，會讀到詰屈聱牙的句子，它們在很大程度上不合「現代漢語」，需要反覆重讀才能明白論述的邏輯。魯迅所實踐的這種「硬譯」風格，應當視為林紓譯作的延續。林紓和他的翻譯合作者，可說是為中國作家、知識分子及讀者示範如何融合本土文體與外國新知的先行者。

參考文獻：

胡適〈五十年來中國之文學〉，見《胡適文存》第二卷（台北，遠東圖書，1968年），頁180-261。

林紓、魏易《黑奴籲天錄》（1901年；北京，商務印書館，1981年重印）

Michael Gibbs Hill, *Lin Shu, Inc.: Translation and the Making of Modern Chinese Culture* (New York, Oxford University Press, 2012).

韓嵩文（Michael Gibbs Hill）撰，季劍青 譯

1903年9月

劉鶚開始在《繡像小說》上連載《老殘遊記》

福爾摩斯來華

　　1903年9月，劉鶚（1857-1909）的《老殘遊記》開始在《繡像小說》連載，不久便風靡晚清中國，成為最具影響力的作品之一。小說同名主角老殘，醫術精湛，遊歷山東各地。時值義和團事變方才落幕，外人入侵、朝廷衰落、社會動蕩以及司法不公造成的諸多危機，盡收老殘眼底。

　　作者劉鶚多才多藝，極富文藝復興諸子氣息。他醉心西方科學，致力工商貿易，推崇鐵路修建，典藏甲骨文物，長於治水，兼擅中醫。劉鶚的個人哲學綜合儒釋道，太谷學派祕傳的影響若隱若現。劉鶚意識到了清帝國的搖搖欲墜，並思索覆巢之後的危難。《老殘遊記》不僅反映了劉鶚廣泛的興趣和深奧的學識，更是一部民族寓言。劉鶚開宗明義悲悼晚清局勢：「棋局已殘，吾人將老，欲不哭泣也得乎？」夏志清盛讚《老殘遊記》為「中國第一本用第一人稱寫的抒情小說」，無論是對內在心理的探究抑或自然與人文景觀的描繪，盡皆可觀。

　　《老殘遊記》甚至成為現代中國偵探小說的先驅，引人入勝。在小說第一卷最後五回，老殘捲入一場謀殺案中。嫌犯賈魏氏被告毒死夫家十三人。按照當時慣例，她的父親試圖賄賂判案官員，希望減輕刑罰。怎知判官自詡「清廉」，行賄不成反倒加重賈魏氏犯罪嫌疑，並以酷刑逼供。面對官員的偽善，扭曲的司法制度，老殘有話要說：「贓官可恨，人人知之；清官尤可恨，人多不知。蓋贓官自知有病，不敢公然為非；清官則自以為不要錢，何所不可？剛愎自用，小則殺人，大則誤國。」老殘不齒判官刑求，決

意插手。他抽絲剝繭，最終以計逮捕謀殺罪犯與同謀。太守讚許老殘為「中國的福爾摩斯」。

劉鶚寫作《老殘遊記》之際，福爾摩斯系列已有膾炙人口的中文譯本。中國現存最早的西方偵探小說譯本，就是1896年9月《時務報》所刊載的福爾摩斯系列《海軍協定》。隨後又譯介了三篇福爾摩斯故事，以應讀者需求。譯文爾後集結為《包探案》一書，成了當時引介西方法律的教材。晚清改良派人士認為，西方的科學、立法、執法手段和制度，就像偵探小說裡傳達的那樣，為教育、法律和制度改革提供了實際可行的範本。儘管這些故事說教味濃厚，中國讀者依舊讀得津津有味。劉鶚借用福爾摩斯之名入書，或有增加銷量的考慮。

老殘出現之前，中國文學裡的「福爾摩斯」是包拯，其身世可上溯宋代，是民間半神話傳說中的主角。包公剛正清廉、英明睿智且精通占卜，廣受人民愛戴，晚期帝國眾多戲劇與小說中經常出現他的身影。到了劉鶚的時代，人民對包公的喜愛不若從前，官僚腐敗讓所有相關人事遭到質疑。對晚清作家來說，福爾摩斯身分獨立、科學辦案，是偵探小說這個新文類的模範人物。老殘同樣非官派，不具司法權威，頂多是一名悲天憫人並因道德責任感而愛管閒事的江湖郎中。老殘自稱偵探，他在現代中國小說裡的出現，標誌著中國法律話語和偵查方式的深刻變革。

與此同時，我們應留意《老殘遊記》仍繼承了傳統中國公案小說的許多特質。辦案過程中，一個道教隱士告知老殘的助手，那些受害人並未真正「死亡」，他們只是服用了一種名為「千日醉」的藥，處於失去知覺的狀態。老殘將受害人的「屍首」從棺材裡移出，炙燒「返魂香」解藥，受害人於是出死入生。熟悉福爾摩斯小說的讀者當然不會欣賞這麼一個非科學化的結局，然而依照傳統公案小說的標準視之，這天外飛來一筆（deus ex machina）正是詩學正義的神力。老殘的破案手法顯示出晚清士大夫調和傳統中國術數知識與西方醫學的努力。

1903至1909年間，西方偵探小說譯本的出版達到高峰。據批評家阿英（1900-1977）估算，偵探小說占了當時中國翻譯西方小說數量的一半。晚清所有的重要翻譯家，比如林紓（1852-1924）、周瘦鵑（1895-1968）和

周作人（1885-1967）等，幾乎都翻譯過偵探故事。隨著福爾摩斯故事在中國的暢銷，一些出版商競相宣稱有最新、最完整的小說集。1949年前，有十多種中文版福爾摩斯探案集問世，譯本之中有現代白話也有文言文。除了福爾摩斯，知名英國偵探還包括海衛（Martin Hewitt）、多那文（Dick Donovan）；美國偵探則有聶格卡脫（Nick Carter）、斐洛凡士（Philo Vance），以及陳查禮（Charlie Chan）；法國代表是俠盜亞森羅蘋（Arsène Lupin），皆為家喻戶曉的名字。晚清中國作家因之某些敘事手法帶有西方偵探小說的風格技巧，吳趼人（1866-1910）《九命奇冤》（1903）開篇的懸疑情節便是一例。

　　西方偵探小說譯作的流行，進一步激發了本土偵探小說的創作，比如吳趼人的《中國偵探案》（1902）、呂俠（1884-1957）的《中國女偵探》（1907）等作品集，其中程小青（1893-1976）在民國時期創作的「東方福爾摩斯」霍桑，最令讀者傾心。程小青來自蘇州尋常百姓人家，他自學英語，據說十二歲那年首次接觸到福爾摩斯故事，即為之著迷。他創作的第一篇霍桑故事參加1914年《快活林》副刊的徵文比賽。霍桑之名的首字母脫胎自福爾摩斯（Sherlock Holmes），「H. S.」正是「S. H.」的顛倒。1942到1945年間，程小青出版了三十卷的霍桑探案集，共計73篇故事。除了創作霍桑系列，他還參與到了集體翻譯福爾摩斯探案全集之中，一次是1916年的文言版，一次是1927年的白話譯本。

　　霍桑是一個理想化的現代中國知識分子。一方面他有許多特點與福爾摩斯相似，另一方面他具備某些中國傳統價值。霍桑的助手包朗稱他「好學問，能新舊淹貫」。霍桑不屑富人，專為窮人打抱不平。福爾摩斯知識過人氣度倨傲，霍桑虛懷若谷則更為討喜。在一篇故事中，包朗如此評論：「福爾摩斯，他的天才固然是傑出的，但他卻自視甚高，有目空一切的氣概。若把福爾摩斯和霍桑相提並論，也可見得東方人和西方人的素養習性顯有不同。」

　　霍桑的登場適逢其時。這些作品出現於1919年五四運動後不久，在這歷史的關鍵時刻，科學迅速成為一種意識形態。程小青標榜他的偵探小說為「通俗科學教科書的變身」。他本人熟稔偵探技巧，得益於大量偵探小說的

翻譯工作。他還透過美國學校的函授課程，修習了犯罪學、犯罪心理學，以獲得法醫學經驗。在霍桑故事裡，主人公總能憑藉犯罪現場留下的指紋、屍首上的化學痕跡，或是辨識出罪犯的典型面相特徵，鎖定嫌犯。儘管程小青的說教味或許會削弱現代社會對其小說文學價值的觀感，但是在1920至1950年間，科學崇拜風行中國社會，小說的教育功能深具吸引力。閱讀偵探小說，帶來民族自強與更生的新希望，程小青成功地將偵探小說定位於嚴肅文學和通俗娛樂的連接點上。

在犯罪文學的世界裡，盧布朗（Maurice Leblanc, 1864-1941）塑造的法國俠盜亞森羅蘋是福爾摩斯的強勁對手。1906年盧布朗在法國雜誌《吾皆知》（Je sais tout）發表《福爾摩斯姍姍來遲》，小說安排亞森羅蘋與福爾摩斯首次交鋒。作為巴黎盜賊的領頭，亞森羅蘋智勝全世界的警察。倘若福爾摩斯代表了常規的偵探小說，那麼亞森羅蘋便延續了機智英雄的浪漫傳統。1912年亞森羅蘋被介紹到中國，十年後另一位著名的中國偵探小說家孫了紅（1897-1958）以亞森羅蘋的形象塑造了中國俠盜魯平。1923年《偵探世界》開始連載第一個有關魯平的故事《傀儡劇》，內容安排魯平智鬥霍桑。

如同亞森羅蘋，魯平也擅長偽裝。故事細節多取材於民國上海的各式設備、時尚和娛樂形式，如太陽眼鏡、北極熊、照相術、泳池、博物館、電影院乃至化裝舞會等。魯平絕非歐化的半吊子，他是中國文學「俠盜」傳統的延續。中國俠盜為易容、變聲、毒藥專家，通常武藝高強。他們仁民愛物智取貪官污吏，備受民眾崇敬。

民國時期警風敗壞，程小青的霍桑故事反映出人民對司法正義的想望。魯平兼具盜賊和俠客身分，他曖昧的形象似乎折射出人們對於法律正義的矛盾態度：唯當法律正義無所作為時，它才得以伸張。

劉鶚將福爾摩斯寫進《老殘遊記》，率先反思「清官」傳統。吊詭的是，半個世紀後的中華人民共和國強迫這位著名的西方偵探離開中國。新的共產黨政權認為偵探小說屬於資本主義的布爾喬亞意識形態，社會主義中國不應該存在犯罪。1949年後，程小青和孫了紅都停筆不再寫霍桑和魯平。諜報文學取偵探小說而代之。霍桑與魯平打擊腐敗官僚已成往事，如今是共產黨警察如何揭露反革命陰謀的天下。

參考文獻：

夏志清〈老殘遊記：藝術及意義剖析〉，《清華學報・中國研究》，1969年第
　　七卷第2期，頁40-68。

Tam King-fai, "The Detective Fiction of Ch' eng Hsiao-ch' ing," *Asia Major*, 3rd ser.,
　　5, pt. I (1992): 113-132.

Jeffrey C. Kinkley, *Chinese Justice, the Fiction: Law and Literature in Modern China*
　　(Stanford, CA, Stanford University Press, 2000).

Liu T 'ieh-yün [Liu E], The Travels of Lao Ts' an, trans., Harold Shadick (New York,
　　Columbia University Press, 1990).

魏豔 撰，張治 譯

1904年8月19日
康有為抵達斯德哥爾摩

借古喻今

　　光緒三十年農曆七月初九（1904年8月19日）晨，在斯德哥爾摩（Stockholm）中央車站，發自奧斯陸（Oslo）的火車走下一位中國紳士和年輕女士。如果斯德哥爾摩的記者知道來者身分，必定守候兩人即將下榻的斯德哥爾摩大飯店前台。他們正是流亡海外的改革家康有為（1858-1927）及其女兒康同璧（1887?-1969）。

　　半世紀後，當我居住在北京，康同璧給我一份她父親訪問瑞典兩年期間的日記手稿。1970年，我將日記譯成瑞典語並附上註釋。鑒於日記未在中國出版，遂將附有註釋的手稿，交付香港商務印書館於2007年出版。

　　旅居瑞典期間，康有為懷著強烈的好奇心參觀了中小學校、大學、圖書館、博物館、宮殿、勞工家庭居住的公寓、音樂會、托兒所、教養院、監獄、公共澡堂、遊樂場和工廠。他還受到瑞典國王和外交部長的接見。初時他下榻斯德哥爾摩大飯店，之後搬遷至首都附近同樣時尚的薩爾特捨巴登大酒店（Saltsjöbaden），因而得以充分利用機會觀察上流社會的風俗生活。

　　參觀孤兒院的經驗，讓康有為覺得自己穿越時空，來到心目中的大同社會。年輕時他曾寫過一本著作《大同書》，草稿1884年業已完成，但全書直到1935年，康有為去世八年之後才問世。他對未來世界政府的烏托邦想像熱情奔放，當中許多激進觀念與他1898年短暫掌權期間試圖推行的溫和改革大異其趣。對康有為而言，私心是一切罪惡的淵藪。在《大同書》中，他打破一切人類為保護自身及其家族私有財產而建立的壁壘。大同社會由一個選舉

出的議會管理，消弭所有國家邊界。取而代之的是，地球被劃分為有編號的方形區域，每一區域擁有一定的自主權。為防止異己之分，人口應定期轉換區域。由於氣候條件決定了種族差異，定期遷移最終可以中和這種差異。康有為認為，婚姻制度比其他任何制度在製造社會不公方面，為害更甚。為此，他呼籲兩性絕對平等，建議以有效期一年的婚姻合同取代結婚證書。雙方同意下合同便能無限期延長。從托兒所到大學，政府保證每個孩童人生起步的機會均等，受到良好的教育。康有為知道大同社會無法一蹴而及。因此，他提供社會向世界政府進化的策略，強調聯合各國對於成就世界議會的重要。

康有為不諳外語，他透過閱讀西方著作的中文譯本而得知天下事。《大同書》的許多觀點與《共產黨宣言》（1848）相似，但《共產黨宣言》的中文節譯本1906年問世，全譯本直到1920年才出版。因此，無法證明在寫《大同書》之前，他曾接觸過馬克思（Karl Marx, 1818-1883）的著作。

馬克思與康有為烏托邦夢想的共同之處，在於私有產權的廢除，國家教育制度的引入，解放婦女，消弭國界，並讓國家集中所有生產手段。但兩人的出發點、動機和提出方法完全不同。馬克思的觀點來自工業化的歐洲，擁有儒家背景的康有為，則從普世的角度抨擊弊端。馬克思預言，無產階級革命將帶來生產手段的集中，從而有效根除階級對立的起因。康有為斷言，隨著公共機構最終取代家庭和其他社會單位，新社會將逐漸地、和平地形成。馬克思沒有為共產主義社會提供任何道德或倫理規範，反而宣稱任何宗教、哲學和意識形態價值體系，都是由個人的經濟地位所決定。康有為將其烏托邦建立在儒家信念上，他認為人心本善，對同類和所有生物都有惻隱之心。這種對社會良知的堅定信念構成了康有為烏托邦思想的特性。馬克思視所有人類苦難為經濟剝削的後果，而年輕時曾鑽研佛學的康有為則更全面地分析苦難形成的諸多因素。

所有烏托邦著作都包含某些共同特徵，諸如廢除私有制，引入國家教育體系，追求兩性經濟和性的平等。《大同書》和貝拉米（Edward Bellamy, 1850-1908）1888年問世的著作《回顧：2000 1887》（*Looking Backward: 2000-1887*）有許多顯而易見的相似之處。伯納爾（Martin Bernal）在《1907

年以前中國的社會主義思潮》（*Chinese Socialism to 1907*, 1976）中揣測，康有為是受到1891年12月到1892年4月間連載於《萬國公報》的《回顧》中譯——題為《回頭看紀略》——影響，其中「大同」即為貝拉米「utopia」（烏托邦）的譯名。康有為從未提及貝拉米的著作，但我們知道康有為的弟子門人如參與戊戌變法的譚嗣同（1865-1898）和梁啟超（1873-1929）都曾是該書1896年版的讀者。同時，由於康有為和《萬國公報》編輯林樂知（Young J. Allen, 1836-1907）和李提摩太（Timothy Richard, 1845-1919）相熟，他也許可能得知《回顧》原書。不過，真正激發他的烏托邦思想的，其實是收錄於十三經《禮記》中的〈大同〉，其中描繪了一個上古的理想社會。

抵達斯德哥爾摩第三天，康有為得知恩人翁同龢（1830-1904）與世長辭。翁同龢擔任過同治（1862-1874在位）和光緒皇帝（1875-1908在位）的老師。正是翁同龢把康有為推薦給年輕的光緒帝，但此舉卻也導致了他自身的失寵。在十九世紀的最後十年，康有為領導推動一場將封建帝國改革為君主立憲制的運動。一如許多同時期的知識分子，康有為明白中國過時的社會政治結構和守舊的體制，已經威脅到自身存亡。1895年兵敗日本的慘痛教訓強化了變法自強的要求，而年輕的皇帝也願意信賴改革派人士。1898年夏天改革約百日，康有為說服皇帝公布一批較次要的改革措施。然而實權在握的慈禧太后（1835-1908）挫敗了改革派的意圖，取消所有改革敕令。譚嗣同和康有為胞弟康廣仁（1867-1898）等戊戌六君子被斬首。往後二十年，康有為輾轉海外華人社群尋求支持，為了改革——也為了個人優渥的生活。

1891年康有為發表了〈新學偽經考〉，希望藉此讓自己的改革計畫獲得支持。他批評西漢劉歆（約公元前50-公元23）出於政治目的偽造許多古代典籍。此事如下略述。

西漢時期（公元前206-公元9），劉歆為皇室宗族，其父劉向（公元前79-公元前6）學識淵博，奉命校勘宮中所藏哲學和詩歌典籍。劉歆根據劉向註解編寫書籍目錄，開中國目錄學之先河。班固（32-92）之權威代表作《漢書‧藝文志》便援引為基礎。劉歆仕宦初期得王莽（公元前45-公元23）重用，為奉車光祿大夫。公元9年，王莽篡位自立為帝，然而王朝短短

十四年便告壽終。中國史書中視王莽「新朝」為一個過渡時期。王莽登基，劉歆晉升為國師。劉歆學問淵博，對《春秋》和《左傳》的預兆闡釋深感興趣。《春秋》言簡意賅，記載了魯國公元前722年至公元前481年間的事件。《左傳》涵蓋時間（公元前722-公元前468）相近，但紀事更為詳盡。西漢時期，《左傳》文本經過重新編排和改寫，用以評論詮釋《春秋》。劉歆因闡釋書中預兆之說，因而捲入政爭。人們指責他偽造並利用《左傳》，為王莽篡漢提供合法依據。

東漢時期（2-219），古文學派和今文學派兩派掀起一場激烈的論爭。前者認為以古文字形式書寫的先秦典籍，時間早於秦始皇文字改革，更具權威性。後者則認為，流行於漢朝的典籍抄本，透過記憶書寫傳世，才是正統。今古文之爭在十八世紀捲土重來，由今文經學派首先發難。他們認為，《公羊傳》為《春秋》的今文評論，完美體現了孔子的政治思想。今文派借助《公羊傳》文本闡明孔子《春秋》寓褒貶別善惡的微言大義。康有為將今文派的思想發揚光大，他視孔子為政治改革家。公羊學派稱孔子為「素王」（無冕之王），給了康有為一個理論依據。今文派學者認為《公羊傳》描述了社會發展從失序到循序的過程，康有為深信今文學派的文本來自孔子本人，所以真實可靠，而古文學派的文本包括《左傳》在內，盡皆劉歆偽造。

瑞典漢學家高本漢（Bernhard Karlgren, 1889-1978）和中國歷史學家錢穆（1895-1990）各自為文替劉歆辯護。高本漢以三篇重量級文章駁斥了康有為對劉歆帶有政治動機的指控。他在1926年〈《左傳》真偽考〉（On the Authenticity and Nature of the Tso Chuan）一文中指出，司馬遷（公元前135?-公元前86）《史記》中許多篇章明顯源於《左傳》。在〈中國古籍的真偽〉（The Authenticity of Ancient Chinese Texts, 1929）中，他指出《左傳》的語法系統體現了某些獨一無二的特徵，不可能出自偽造。〈《周禮》和《左傳》的源流考〉（The Early History of the Chou Li and Tso Chuan Texts, 1931）再次論證康有為指控劉歆偽造《左傳》與《周禮》等其他典籍完全錯誤。

錢穆在《劉向歆父子年譜》（1930）中令人信服地指出，劉歆不可能偽造《左傳》。錢穆依據的不是語文學標準而是《漢書》內容，他提出了二十八個常識性的問題。假使康有為在世，這些問題當會令他相當難堪。錢穆巨

著《中國近三百年學術史》（1937）中的一章節，即以敏銳的眼光和古文文采，揭露康有為出於政治考慮而扭曲真相。

　　歷時五年獨立研究，高本漢和錢穆各自以其學養，徹底粉碎康有為帶有政治目的的指控。

　　兩人出生、學術生涯發展之地相隔萬里。高本漢出生於1898年，正是百日維新功虧一簣之時。錢穆生於1895年，時值甲午戰敗簽訂《馬關條約》。他們的出生恰逢現代中國發展史上的關鍵年份。高本漢在一個和平的環境中開展研究，而錢穆泰半在內亂外患中從事學術活動。兩人相同之處，在於為劉歆洗刷偽造經典的莫須有罪名，以及對學術活動必須外於政治的堅持。

　　　　　　　　馬悅然（Nils Göran David Malmqvist）撰，唐海東 譯

1905年1月6日

「文乃一國之本，國民教育之始。」

「文」與「中國最早的文學史」

　　1905年1月6日（光緒三十年臘月初一），京師大學堂優級師範科學期已結束。經過數月的艱辛，林傳甲（1877-1922）已編訂完成授課講義，並依照大學堂規定呈繳報告予學術委員會主席。講義末尾寫了：「文乃一國之本，國民教育之始。」他在最後寫的前言中重申此一觀點：「中國文學是我們國民教育的基礎。」這也是《中國文學史》一書的主要觀點，普遍認為該書為第一部中國學者寫成的中國文學史。

　　林傳甲出生於中國南部沿海大省福建，早年就學於湖廣總督張之洞（1837-1909）創建的西湖學院。在這所體現了張之洞「中學為體，西學為用」理念的學校，林傳甲接觸了地理、數學和其他西方知識，同時接受科舉考試訓練。1902年，他通過福建省鄉試，考取「舉人」，卻在北京會試中落第。1904年6月，再次會試落第後，林傳甲赴北京擔任京師大學堂優級師範科中文教習。當時京師大學堂正處於變革之中，張之洞的《奏定大學堂章程》數月前甫獲慈禧太后（1835-1908）批准，是影響晚清教育發展三大章程的最後一個。林傳甲來到大學堂不久旋即授課，他發現舊章程已失去意義，而剛頒布的新章程提供的實際指導有限，因此他依照自己對課程體系的理解規畫教學。他的講義是各種元素的古怪組合，或曰是一種妥協，例如講義要定義一門新學科，也要培養實用文寫手。這些目標似乎是展現了「文」這一概念，在晚清知識分子思想中不斷的游移變化。

　　中國傳統中「文」的涵義廣泛。廣義而言，可以指任何形式的「紋

理」，如：「天文」指天文學，「地文」指地形學；「人文」意指文化；同
時也意味著書寫語言。在寫作意義上，「文」的涵義甚廣，包括實用寫作，
如官方文書；為了消遣和鑒賞的寫作，如賦；及表達個人內在情感的寫作，
如詩歌。「文」也意指高質量的文章、辭章，這些都是純文學。就狹義而
言，「文」指「散文」，是與「韻文」相對的概念。因此，「文」兼具實用
性和非實用性（甚至趣味性），且就更寬泛的意義而言，也可視為民族文化
精神的象徵。但在前現代時期，小說和戲劇並不被視為「文」的一部分，到
了改革已勢不可擋的晚清，「文」的意義變得更為複雜。中國知識分子關於
「文」和「文學」的觀念，存在著巨大的模糊和晦澀性，這在教育現代化的
過程中體現得最為明顯。

　　京師大學堂──中國第一所現代綜合大學──是1898年百日維新的產
物。在光緒帝的支持下，康有為（1858-1927）和梁啟超（1874-1929）啟
動了改良計畫，梁啟超受命籌辦一個西式大學，用以培養具備現代知識的人
才。但當那年秋天慈禧太后奪回大權後，改良計畫因而功敗垂成，唯獨籌辦
大學計畫得以保留。1902年，慈禧太后敕令高級官員、教育家張百熙
（1847-1907）修訂國家教育制度。此後張百熙掌管京師大學堂，直至1904
年迫於政治壓力舉薦張之洞繼任。林傳甲入校之際，張百熙的課程目錄才剛
實施。相較於之前的改良主義者梁啟超的設計，這份課程目錄更偏重中國文
學，梁啟超的課程視文學為一個通識教育的領域和一門練習寫作技巧的科
目。

　　儘管張之洞是保守派政治家，但他計畫借中國文學學程將傳統中文研究
引入現代世界，將「文」或「文學」的研究，從定義含糊的概念轉變為獨立
的知識體。該學程兼容並蓄，結構合理，包括一系列經典文學課程，如「歷
代文章流變」、「古人論文要言」、「周秦至今文章名家」，以及西方文學
史、世界歷史等國外課程。但大學面臨著各式各樣的問題，不僅難有合適的
教學材料，對舊教學體制下的學生也沒有過渡期安排。林傳甲負責教授學生
第二階段的中國文學學程，他發現學生對新學程第一階段課程並不熟悉；更
具體地說，他們欠缺中國文學史的知識。為補救這一缺失，林傳甲準備了新
的教學材料，並開設專門課程。無心插柳，他因而成為後世研究者眼中，第

一位撰寫文學史的中國人。

因無前例可循，張之洞設計的中國文學史課程缺乏具體範本。意識到這一事實，他在章程中具體指出，教師備課可參考日本人的中國文學史著作。林傳甲因此從日本學者笹川種郎（1870-1949）的《支那文學史》（1898）中汲取靈感，所寫成的文學史講義被認為是中國文學史寫作的開拓之作，但許多人質疑該書的立足點。這本著作主要關於詞源、語音和散文風格（主要為古文和駢文）的歷史變遷，對通俗小說和戲劇避而不談，詩歌著墨亦少。林傳甲認為小說、戲劇為下里巴人之作，文學價值乏善可陳，詩歌則缺乏實際用途。林傳甲的文學觀一再被批評為過於傳統和教條，原因在於晚清之際中西思想交匯，有趣而新穎的觀念層出不窮，作為一本代表性論著，林著欠缺人們所期待的活力和原創性。

就在林傳甲授課講義即將完成之際，一名蘇州學者開始著手另一部後來成為名著的文學史。當時，東吳大學校長孫樂文（David Laurence Anderson, 1850-1911）建議編寫大學自用講義。因此，同校文學教授黃人（1866-1913）開始著手撰寫一部翔實的中國文學史。與林傳甲認為「文學是一國文化之精髓」的信念相似，黃人指出：「保存文學，實無異保存一切國粹，而文學史之能動人愛國、保種之感情，亦無異於國史焉。」但這位打破舊習、自詡為摩西的人物，想像文學的方式卻與林傳甲大相徑庭，他的文學觀念比林傳甲「西化」得多。他的著作大量借鑒日本學者太田善男（1880-?）的《文學概論》（1896），此書大量地借鑒西方的文學論述觀念。黃人以極大的熱情向國人介紹西方以情感、美學價值所定義的文學觀念：「美為構成文學的最要素，文學而不美，猶無靈魂之肉體……美則屬於感情，故文學之實體可謂之感情云。」這一論述有助於釐清「文學」的邊界，也可視為對這門學科的另一種界定。

1910年，林傳甲的講義以《中國文學史》為書名出版，或許為了使該書更有威望，在封面書名上方印了一句「京師大學堂講義」。此後該書歷經多次重印。黃人的著作原為課堂授課之用，後拓展為一部二十九卷的專著，於1926年印行，但流傳不廣，數十年默默無聞，直到一九八〇年代中期，才引起文學研究者的注意，其人其書所受的關注與日俱增。如今，林傳甲仍被視

為中國文學史寫作的草創者，但更具學術價值的則是黃人的著作。黃著在當時可說相當前衛，書中觀點與現代讀者對文學的認知頗具共通性。不同於林傳甲，黃人不僅肯定小說和詩歌的價值，且認為這些都是「最純粹的文學形式」。在《明朝通俗小說》的導言中，他對小說如何反映當時普遍存在的不平等、不公正的社會弊病有所剖析。他指出「文學為言語思想自由之代表」，依據此理念，他的文學史把文學的人文主義價值置於重要地位。

1905年，林傳甲離開京師大學堂，遊走各地擔任地方官，並專注婦女、兒童教育以及地方志的研究。短暫的大學教習生涯後，他再也沒寫過任何關於文學的著作。後來，他編撰了許多關於浙江、江蘇、安徽各省的地方志。四十五歲，病逝於吉林省教育官署。林傳甲沒有文學雄心，講義主要是為了貫徹張之洞的教學大綱。這是一段歷史的偶然，林著借用了日本學者的書名，予人一種擬編寫一部貫徹的、系統性的中國文學史的期待。然而，這一期待是錯置的，因為作者從未有此意。但就某種程度上而言，或許可以從此書出發，反思張之洞借由將「文」制度化以維繫傳統文化的謀慮。張之洞的思考不乏創新之處，但除了從日本引入文學術語，在面對如何在現代世界中重構「文」這一點，他是失敗了。

文學是黃人持續一生激情的志業。因此，他也撰寫《小說小話》，編寫《普通百科新大辭典》，出版文學雜誌《小說林》，並將多種外國文學作品譯入中文。這位多才的學者於1913年去世，年僅四十七歲。那一年，國民黨領導人宋教仁（1882-1913）遇刺，孫中山（1866-1925）流亡日本，發起針對臨時大總統袁世凱（1859-1916）的「二次革命」。黃人是一位具有強烈愛國情懷的知識分子，據說當時混亂不堪的政治形勢，最終令他狂疾發作，脆弱的身體也進一步惡化，導致英年早逝。

「文乃一國之本，國民教育之始」。相同的理念催生了兩部截然不同的文學史論著，因作者對「文」的觀念不同使然。林傳甲的著作與京師大學堂密切相關，代表了主流文人的立場。與此相對，黃人任教於一所由美國南方監理會（Methodist Episcopal Church, South）建立的具西方背景大學，因此通過西方視角檢視中國文學，對他而言並無不妥。黃人的超時代觀點卻也引發了一系列的提問：何謂「現代化的」中國文學？它等同於「西化的」文學

嗎？中西文學文化間的共同點何在？現代性下的傳統文學價值和角色是什麼？這些問題對於即將登場的五四知識分子來說，是他們必須要認真處理的「大哉問」中的一部分。

參考文獻：

陳國球《文學史書寫形態與文化政治》（北京，北京大學出版社，2004年）。

陳平原《作為學科的文學史》（北京，北京大學出版社，2011年）。

潘懋元、劉海峰編《中國近代教育史資料匯編：高等教育》（上海，上海教育出版社，1993年）。

Milena Doleželová-Velingelová, "Literary Historiography in Early Twentieth-Century China (1904-1928): Constructions of Cultural Memory," in *The Appropriations of Cultural Capital: China's May Fourth Project*, ed., Milena Doleželová-Velingelová and O. Kárl (Cambridge, MA, Harvard University Asia Center, 2001), pp. 123-166.

陳國球 撰，唐海東 譯

1905年

徐念慈借鑒德語故事的中文科幻小說

明希豪森的中國之行

　　1905年初夏，青年作家包天笑（1876-1973）向徐念慈（1875-1908）展示一篇自己根據日本明治時期作家巖谷小波（1870-1933）編譯的德國童話故事的重譯本，並取了《法螺先生譚》這樣一個有趣的篇名。故事中「聞所未聞，倏驚倏喜」的歷險讓徐念慈愛不釋手，於是也創作了一篇以文言文寫成的科幻小說《新法螺先生譚》。這部中篇小說於1905年發表於短暫發行的文學雜誌《小說林》，內容描繪一個好奇焦慮的男子，靈魂出竅後的時空旅行。《新法螺先生譚》可說是十八世紀德語反啟蒙作品《明希豪森男爵的神奇旅行和歷險》（*The Marvelous Travels and Adventures of Baron Münchhausen*）經過複雜的文學和文化翻譯的產物。適逢中國危急存亡之際，梁啟超（1873-1929）呼籲使用「新文體」，以白話關注現實政治。徐念慈反其道而行，透過文化借鑒與融合擴展古典文學形式潛力之餘，也呈現出新穎的美學、哲學思想。他天馬行空的故事告訴我們，儘管二十世紀的中國文學由現實主義追求和現代語言運動主導，非現實主義的文言作品仍然是現代實驗、語言創新的重要載體。

　　徐念慈極富創意，用中文重塑了德語原作中的思想和修辭。《新法螺先生譚》是晚清時期中國人與西方（尤其是日耳曼）相遇的文化產物。小說問世當時，中國使節描繪海外風土習俗的遊記正讓中國讀者大開眼界。從1878年開始，李鳳苞（1834-1887）、張德彝（1847-1918）和康有為（1858-1927）等最初遊歷海外的中國人陸續發表海外遊記，其中呈現的外國世界技

術驚人、風俗奇特、建築壯觀、軍事強大。在造訪剛剛統一的德意志帝國後，遊記作者們為文疾呼，他們相信應盡快將各式發明和進步思想引入中國。同時，洪鈞（1839-1893）駐柏林之時由其妾賽金花（約1872-1936）陪伴，歐洲之行中是洪鈞名義上的正室，她的美貌、她在歐洲的冒險乃至於1900年義和團事變期間她與陸軍元帥瓦德西（Alfred von Waldersee, 1832-1904）的羅曼史，在在激發小說作者與劇作家的想像。

　　一如之前的日語和德語作品，旅行經歷也是徐念慈故事的核心。徐念慈所借鑒的德語原作（十八世紀已傳入英國的德文幽默題材）由比格爾（Gottfried August Bürger, 1747-1794）完成於1786年，旨在反對德意志啟蒙運動。明希豪森故事中的幽默與巴洛克晚期的詼諧美學和席勒（Friedrich von Schiller, 1759-1805）的「遊戲衝動」有最為直接的關聯。所謂遊戲衝動，是一種讓個體超越內在和外在限制，從而實現肉體和精神自由的美學刺激。接二連三遇到不可思議的奇聞逸事，這個戲謔故事中的流浪漢式英雄，遊歷世界，以自我誇大的方式，不斷吹噓他的力量。明希豪森作為故事核心人物，兼具愚人矛盾的兩種形象：一方面像有條有理的敘事者，他故意講述荒唐事，只為批評和揭露真正的荒謬；另一方面又像小丑一般漫不經心的諷刺時代精神。當男爵四處遊蕩敘述離奇經歷之時，上述兩種愚蠢形式合而為一，吊詭地融合智慧和愚蠢，理性和異想天開。明希豪森繼承了「發笑哲學」的衣鉢，用遊戲表達嚴肅思想，以笑聲傳遞真理。這個人物無比矛盾，經歷潛在悲劇之時還荒謬得興高采烈。比格爾通過諷刺和純粹幽默的交錯，將明希豪森荒誕可笑的事蹟同十八世紀啟蒙時代特有的內在危機主題連結起來。

　　巖谷小波與明希豪森故事的原創者有志一同。他在十九世紀末的明治時期也意識到，反對現代性的過度理性極其必要。巖谷特別把矛頭對準了坪內逍遙（1859-1935）和其他「言文一致」運動（要求在文學藝術中取得理性進步）的支持者正在創作的文學作品。巖谷沒有追隨明治文學中現實主義的潮流趨勢，而是針鋒相對，刻意提出了帶有美學性質的論述。他利用日本豐富的古典文學遺產，向明治時代做出警示：新的現代日本民族身分的形成與大量傳統民間作品息息相關。

　　在題為《法螺先生》和《續法螺先生》的兩卷作品中，巖谷巧妙改編明

希豪森原文，突出其文學和美學的面向。文本直接譯自德語，屬於「翻案物」（源於外國的改編故事）體裁，1904年刊印於他的文集《世界童話》。名義上針對兒童繪製，《世界童話》屬於「草雙紙」，是日本傳統繪本，圖文並茂地展示出各種符碼、風格、文本技巧。兩卷故事採用簡潔的日本古典風格，融合日本文化和德語素材，並結合詩人和孩童的敘事聲音，同時滿足孩童和具有文學素養的讀者。巖谷的童話巧妙地以孩童的聲音迴避當時對文學文化的現實主義要求。與此同時，除了日本古典民間素材和西方童話的交融外，作品也調和了日本傳統結構和西方的象徵指涉。以此，巖谷的敘述論古談今，同時面對孩童與成人，在主題、文學技巧、風格層面，揭櫫古典、現代、本土與外來的雜糅。他運用兒童文學和繪本的傳統美學，重新想像德文文本，同時以別出心裁、優美、趣味橫生的方式，表達出明治時期人們意識中的矛盾和欲望。

明希豪森的故事在1905年傳到中國。多產的編輯、作家包天笑在閱讀巖谷充滿想像力的「翻案物」後，將其譯成古典傳奇並介紹給徐念慈，徐決定以它為起點，創作一部完全與眾不同、創新的小說。如同德語原作和巖谷的改編，徐念慈的小說同樣反對主流文化秩序的美學論述，也顛覆了傳統的認識論和意識形態框架。他還創造出一種別於之前德語、日語或中文版本認知上的疏離效果。此外，徐念慈的文本語言富含隱喻，可以視為一種哲學心理探究和文化批評。他以荒誕不經為方法，顛覆了同時代文化的象徵秩序。

徐念慈的新法螺先生因一陣大風而靈魂出竅。他的身體墜入地心，靈魂則飄向水星和金星。在水星上，他的靈魂目睹大腦移植之法如何讓人返老還童，在金星上，他發現低等動植物同時出現，駁斥生物學家斷言植物先於動物出現。在地心，他的身體遇到一個幾乎不老不死之人，以此人新發明的「外觀鏡」目睹奇景。然後，他的靈魂從外層空間意外墜落，在地中海與身體重新結合。他被一艘前往東方的戰艦幸運救起，得以回到上海。歸來之後，他創辦了一所大學，立刻招收十萬名學生修習唯一的課程——「腦電學」。在為期六天的課程中，學生們學習如何透過打坐發電、導電，以及如何使用、記憶、分析和綜合象徵符號。隨後「腦電學」被廣泛應用於日常生活，經過實證顯示出驚人的成果效益。

　　《新法螺先生譚》的主題包括超人旅行、未來科技、機械，以及外星球，與它的文言文形式有所扞格。引入話本傳統的敘事技巧更進一步擴大了文本敘事的曖昧性，讓人想起明希豪森故事原作和巖谷日譯荒誕的滑稽口吻。借著語言形式（文言文）、敘事口吻（話本模式）和主題（現代科學）之間的不和諧，徐念慈保留了明希豪森原著改編作品中典型的二元對立。例如，徐念慈讓敘事者在故事一開始就遇上獨特生動的狀況。與傳統古文作品不同，這位敘事者並不是無所不知、身分不明或者遠離是非。在徐念慈的虛構中，他以同時代的真人形象出現，在讀者面前將事情始末娓娓道來。徐借用了話本傳統的敘事手法，借此摹仿德語和日語文本的口吻。與此同時，他至始至終使用第一人稱「余」，大力強調自我的親身體驗、感官認知、情感和創造力。這種技巧同樣與該時期的文言作品格格不入。

　　明希豪森原作的敘事者運用（反）邏輯，讓難以置信的事件合理化，日語版的敘事者滔滔不絕不給讀者質疑的機會。徐念慈則透過法螺先生的遊歷，強調利用科技知識改造國家之必要。法螺先生因遊歷而習得的知識不僅對提升科技有所幫助，更反思了支撐當下與未來中國的道德思想。徐念慈透過主角戲劇性的靈魂出竅以及多重意識，反省了晚清時期菁英文人主體值得商榷的際遇。法螺先生在移動與停滯、光明與黑暗、清醒與入眠、危機與轉機之間擺盪，貫穿整個旅程。書中某個段落將讀者直接帶進肉體分裂的幻想：

　　余靈魂之一人，諸君聞之，必然失笑。其形若徑一寸之球，其質為氣體，用一萬萬億之顯微鏡始能現其真相，其重量與氫氣若一百與一之比例，無眼、無耳、無鼻、無舌，而視倍明，而聽倍聰，而嗅倍靈……余明明有二身，一為靈魂，一為軀殼，則將來善用此二身，以研究一切，發明一切，是余只一人，其功效不啻倍於人之一身也……乃將靈魂之身煉成一種不可思議之發光原動力。

　　如上所示，有關靈魂與軀殼分離的幻想將法螺先生的經歷呈現為一種危機處理以及創造新知的迫切努力。徐念慈令人想起莊子，強調一切哲學探究

必然源於自我的奧祕和變形。在莊子的啟發下，他開啟一條可以同時探索外在和發掘內在的道路。法螺先生也因此興起了喚醒（或說啟蒙）同胞的強烈欲望。雖然為世界去除蒙昧帶來光明的努力並非一帆風順，但各種打破現實規則的驚人經歷也讓他的眼光變得更為犀利。

　　徐念慈借鑒明希豪森的原文、日語以及中文作品中既有的修辭技巧，鋪陳晚清知識分子的深刻不安和強烈焦慮。徐念慈的文本處理了隱藏在文化變遷背後的主觀感受真實，貼近人的七情六欲。透過古典志怪傳奇的體裁，開闢了現代小說關注政治的另一條道路。

參考文獻：

包天笑《法螺先生譚》（上海，小說林社，1905年）。

徐念慈《新法螺先生譚》（上海，小說林社，1905年）。

巖谷小波《世界お伽噺》（世界童話）（東京，平凡社，1904年）。

G. A. Bürger, *Wunderbare Reisen und Abenteuer des Freiherrn von Münchhausen* (Dresden, Verlag Köhler, 1908).

許潔琳（Géraldine Fiss）撰，王晨 譯

1906年7月15日

「為甚提倡國粹？不是要人尊信孔教，只是要人愛惜我們漢種的歷史。」
──章太炎

章太炎：鼎革以文

　　1906年6月26日上午，章太炎（章炳麟，1868-1936）身陷囹圄三年後出獄，在上海牢獄門口接他的是反清革命組織同盟會成員，這是革命黨留學生前一年成立於東京的組織。作為晚清中國最具爭議的人物之一，章太炎體現出與所處時代的矛盾。他是呼籲保存國粹的保守派，也是致力革命事業的激進派；作為語文學家，他追尋中國語言文字的精髓形式，作為佛學家，他思考著人間一切執著的空無。在革命同志的陪伴下，章太炎是夜登船前往日本東京，爾後擔任同盟會機關宣傳工具《民報》主編。

　　親見1898年百日維新失敗，以及1900年義和團運動失敗，八國聯軍入侵北京，章太炎放棄改革派身分，轉而訴諸激進的革命意識形態，從種族立場宣揚推翻滿清。在寫給百日維新領袖康有為（1858-1927）的一封公開信裡，章太炎批評改革派之政治意識形態，力主革命。最終，他因《蘇報案》而入獄，期間他闡發革命理論的《訄書》修訂版在東京刊布。《駁康有為論革命書》和《訄書》都引起在日的中國革命黨人關注，因此章太炎到達東京後獲得了熱情接待。

　　然而，章太炎主編《民報》時期的部分文章並未為青年革命者所接受。入獄期間他曾勤奮研究佛學，革命學說因而逐漸吸收佛教思想。批評者甚至抨擊章太炎以傳播「佛聲」取代「民聲」。章太炎的醉心佛學，早在1906年7月15日剛到東京的第一次演講即有所顯露。在那次對中國學生的演說中，

他聲稱革命必須「用宗教發起信心，增進國民的道德」。章太炎相信佛教是唯一適合共和政體的宗教，因為共和精神需要的就是一種無神教，而只有佛教可以不依賴神祇而啟蒙思想。

此外，章太炎喜用的文言體也使年輕革命黨人產生隔閡，這位學識淵博的學者偏好以古奧的文體寫作。魯迅（1881-1936）是章太炎的學生，也是現代中國最偉大的作家，他曾在1936年一篇紀念乃師的文中承認，「我愛看這《民報》，但並非為了先生的文筆古奧，索解為難，或說佛法」，又說章太炎著作難解，以至於他甚至無法斷句，遑論理解文意。然而，對章太炎而言，文學與宗教信仰在塑造民族凝聚力方面都是根本。他強調「國粹」的重要意義，其中包含語言文字，典章制度，還有歷史人物及其事蹟。

章太炎受過清代考據學派方法論的訓練，考據學派最重要的方法就是嚴謹審慎的語文學工作。章太炎把這種嚴格的語文學視為恢復漢民族傳統的一條道路，如其所言：「為甚提倡國粹？不是要人尊信孔教，只是要人愛惜我們漢種的歷史。」因此他的學術抱負自然交織著對革命的追求。恢復漢族主權是他的政治革命目標，衍伸的則是挽救遭逢滿清政權壓迫的漢語言及文字。正如章太炎在《自定年譜》所說，「提獎光復，未嘗廢學」，事實上，在《民報》時期，章太炎就持續在《國粹學報》上發表論傳統學問的文章。他還組織了國學會，講授古代典籍，比如戰國晚期道家重要著作《莊子》；以及後漢（公元三世紀）編纂的訓詁學辭書《說文解字》。他的承繼者中有不少是在二十世紀一、二〇年代新文化運動中扮演重要角色的年輕知識分子，如魯迅、周作人（1885-1967）、錢玄同（1887-1939）和朱希祖（1879-1944）。

對章太炎來說，以《說文解字》為代表的音韻學和訓詁學，以及《莊子》的文獻學解讀，都是哲學的本質。正如他寫給《國粹學報》的一封信所言：

> 弟近所與學子討論者，以音韻訓詁為基，以周、秦諸子為極，外亦兼講釋典。蓋學問以語言為本質，故音韻訓詁，其管鑰也；以真理為歸宿，故周、秦諸子，其堂奧也。

　　這番見解爾後成為1910年《國故論衡》之要，書分三卷題為《小學》（音韻學與訓詁學）、《文學》和《諸子學》。章太炎所理解的《文學》不是單純指小說、詩歌等文學作品的研究，而是就其字面意思及古典定義而言的「文之學」，它要求在相當廣闊的範圍裡對寫作的文體和倫理學進行考察。章太炎認為由於人類思想受到語言的制約，學者與哲學家都應該在著手著述時先行調查語言的細微要素，有志於探究人文學之真相，檢視文字的聲形成則為一種必要路徑。

　　這一觀點接近清代考據學派最傑出的學者戴震（1724-1777），他的思想對章太炎產生巨大影響。章太炎在第一次東京演說中，就宣稱戴震是近世中國歷史上最重要的哲學家，且戴震之名屢見於章太炎的著作。戴震在寫給是仲明（1693-1769）的信《與是仲明論學書》中提到：

　　經之至者道也，所以明道者其詞也，所以成詞者字也。由字以通其詞，由詞以通其道，必有漸。

　　儒家經典，乃是傳載「道」的書面話語，為了理解這些話語，必須研究其組成的每一個漢字。因此，戴震認為要探求「道」，或謂世界的本質規律，就必須研究儒家經典裡的語言文字。

　　章太炎的革命激情促使他將戴震的哲學塑造為一種反清的表述。他指出戴震有意控訴雍正（1723-1735年在位）斷章取義地解釋理學家的道德法則，以作為壓迫臣民的托詞。戴震在《孟子字義疏證》裡認為理學家對「理」字的解說以道德規範為首要，為社會不公提供了意識形態的基礎。他試圖將「理」重新詮釋為一種放諸四海皆準的「分殊之理」的實踐。章太炎反清主張之根基，不在種族主義或仇外情緒，而是出自戴震的社會平等理想。此外，這種對於「理」的界定，反映了戴震的天文學與數學知識，這是十六世紀晚期及十七世紀耶穌會傳教士所輸入。戴震面向西方思想的調和論與開放視野，甚為章太炎所推重。

　　然而，章太炎很清楚戴震思想的局限性，他認為戴震只檢視了儒家經典，而未涉及儒家之外的先秦哲學典籍，例如《莊子》。其次，也是最關鍵

的是，戴震對名、實之間的裂隙不夠重視。

相較於戴震，深受佛教思想影響的章太炎主張語言最終不能表述真理，但認為語言的謹慎查驗可以揭示言辭和世界之間無法彌合的罅隙。在《五無論》中，章太炎主張世界自性為「無」，家國聚落只是表相。在《國家論》中，他又詳細論述這一觀點，聲稱國家乃是人欲為保有個體性命而生出的幻象。人類的存在本是一個錯謬的知覺，是背離真相的；人類別無選擇，只能順應由語言構建的世界觀，然而通過文學的實踐，知曉世界本為虛無之後，社會得以普世理想為範本進行改進與改革。

這樣一種文學實踐，強調的是質樸天真、精簡明晰。對章太炎而言，書面語本身已經誤導讀者對真相的認識，因為物與名之間的裂隙不可避免。過度的修辭或是誇大的修飾惡化了這個問題，但俗語白話的修辭也同樣如此，因其宗旨在於模仿口語，過程中會添增不必要的言詞。

同時，章太炎反對某種歷史進程，即運用更簡單或是更常見的字符，來表示讀音類近但原由不同字符組成的單詞。這種進程妨礙人們用精準且豐贍的文字表述思想，故而有必要恢復《說文》中的古字。

章太炎對中國書面語的俗語化持反對意見，並非基於對口語的不滿，而是憂懼俗語化會破壞古典語言中保存的古代音讀之多樣性。他以《莊子·齊物論》中的「天籟」比擬自己對中國語言的看法。《莊子》文中的「天籟」指風吹過自然萬物發出的各色聲響，意味著對存在之分殊各異的一種認知。章太炎以此作為漢語的隱喻，謂其透過時間流逝所出現的眾多方言、語氣和表現形式因而變得豐富。

「天籟」也是章太炎政治哲學裡的關鍵意象。他在「天籟」中發現了一個理想世界的願景，這世界中萬物都得以自立而生，並享有平等的權力——這願景形成他《齊物論釋》中政治哲學的核心。章太炎的政治學同樣與其語言哲學有著千絲萬縷的關係。如同普遍開放的書面話語將允許多樣化的個人表達，一個公平合理的國家也能容許人類繁榮發展的多元化。

章太炎倡言革命，以之作為復古的道路，可說在一定程度上受到民族主義的感召，但這不只是一種浪漫主義的表達。他的革命理想主要還是根植於他對書寫、文體之本質以及文學實踐之倫理和政治的深刻考察。

　　1912年中華民國成立後，章太炎逐漸退居為革命運動的旁觀者。然而，他的語文學著作卻啟發後之來者推動漢語現代化。章太炎記錄音韻學的速記方法被改編為「注音」，這是用字母表達漢語發音的首次嘗試，他的學生魯迅則在新文化運動的白話文學中扮演著決定性的角色。儘管章太炎自身的學術和思想顯得保守，但卻將中國政治、語言、文學和哲學推向現代化進程，此處所提及的只是受其著作影響的若干領域而已。認識這層反諷意味，依然是當代學人的一項任務。

參考文獻：

陳平原《觸摸歷史與進入五四》（北京：北京大學出版社，2005年）。

Kauko Laitinen, *Chinese Nationalism in the Late Qing Dynasty: Zhang Binglin as an Anti-Manchu Protagonist* (London, Sage Publications, Inc., 1990).

Kenji Shimada, *Pioneer of the Chinese Revolution: Zhang Binglin and Confucianism* (Stanford, CA, Stanford University Press, 1990).

Viren Murthy, *The Political Philosophy of Zhang Taiyan: The Resistance of Consciousness* (Leiden, Netherlands, Brill Academic Publisher, 2011).

Wong Young-tsu, *Search for Modern Nationalism: Zhang Binglin and Revolutionary China, 1869-1936* (Hong Kong, Oxford University Press, 1989).

石井剛（Ishii Tsuyoshi）撰，張治 譯

1907年6月1日

「文明戲」誕生

東京和上海的全球劇場景觀

　　1907年6月1日，李叔同（1880-1942）領導的一群中國學生把斯托夫人（Harriet Beecher Stowe，1811-1896）的《湯姆叔叔的小屋》（*Uncle Tom's Cabin, or, Life among the Lowly*）改編成戲劇搬上舞台。該劇以《黑奴籲天錄》為題，在東京本鄉座上演，觀眾達1,500人。這次演出受到了日本主流報紙的熱烈稱讚，可以視為「文明戲」的誕生。正如當時一名日本批評家在《東京每日新聞》上撰文指出的：「這次演出不可以我國的業餘演劇視之……它甚至遠遠超過了我們的新派劇演員高田、藤澤、伊井、河谷等人的演出。」僅僅過了幾個月，同年10月，《黑奴籲天錄》在上海蘭心劇院演出，導演是中國的戲劇改革家王鐘聲（1884?-1911）。

　　文明戲運動根本上是一種跨國文化現象，它根源於日本東京的戲劇改革、日本和中國對全球劇場演出的接受，以及中國人在上海和中國其他主要城市為了使舞台演出現代化而做出的本土努力。文明戲和十九世紀晚期、二十世紀初的全球劇壇交織在一起，不僅表現在劇本的跨國改編和流傳上，也表現在戲劇表演的實踐上。然而，正因為它的混雜性質，導致一九二〇年代受到話劇支持者的攻擊，幾乎被貶黜到歷史的垃圾堆。中國人演出的《湯姆叔叔的小屋》就是這一新戲劇形式的混雜性和跨國性的絕佳體現，但它同時也很好地說明了外國戲劇是如何按照本土要求和偏好而被改編和挪用的。

　　斯托夫人的小說是十九世紀讀者廣為閱讀的小說；在它出版後的一年內，單在美國就銷售了三十萬冊，後來又譯成二十多種語言。在出版市場上

獲得成功後，《湯姆叔叔的小屋》通過其多種戲劇改編的形式在美國更加流行。例如，根據近期的估計，1850年至二十世紀初年，大約有三百萬人看過該劇改編為由白人扮演黑人的巡迴演出。

1901年，林紓（1852-1924）完成了這部小說的第一個中文譯本，題為《黑奴籲天錄》，作品很快作為政治改革小說典範在中國流行開來。早在林紓譯本出現之前，傅蘭雅（John Fryer, 1839-1928）在1895年為他的小說競賽徵集作品時，就曾提及這部小說，視其為作家效仿的榜樣。

李叔同和他的同儕改編的這部五幕話劇和原作沒有什麼共同之處：湯姆叔叔的戲份被大幅度削減了（正如題目的改變所預示的），這五幕主要是圍繞富有反抗精神的主人公喬治和伊莉薩以及他們的逃跑而展開。原作中的基督教價值觀幾乎消失了，關注的焦點轉而放在民族解放的主題上。改編過程，劇本的作者很可能沿用了林紓的譯本，林紓在其譯作中的評論部分將黑奴和在美華工的命運聯繫起來，還加入了全新的內容，其中一幕表現了一個工廠慶祝的生動場面，納入了音樂和舞蹈表演。這一場景把京劇和國際性的民間藝術融合在一起，後者由一群五光十色的國際學生表演，其中包括印度、日本和朝鮮的學生。演出採用了西方現實主義的舞台布景、服裝、化妝和台詞，同時還用了寫好的劇本而非當時許多戲劇所運用的即興表演模式。

表演上的混雜性、華麗的效果和實驗性是文明戲的典型特徵，但這些特徵並非東亞所獨有。《黑奴籲天錄》很像美國流行的《湯姆叔叔的小屋》的巡迴演出改編本，後者也同樣混合了表演、歌唱和舞蹈元素。扮演黑人的白人移民，戲仿對非裔美國人的種族主義的刻板再現以強調他們的優越地位。與此相似，東京的中國演員也通過扮演黑人來突出他們自己作為「白人」和「文明人」的地位。1853年佩里准將（Commodore Matthew Perry, 1794-1858）的艦隊不受歡迎地造訪日本之後，巡迴演出在日本也流行起來了，日本的中國留學生很可能已經注意到這些演出，甚至看過。雖然這一點有待證實，但有一條資料確實提到劇中的男性黑奴是用塗黑臉的方式來扮演的。不過，這些學生當然有著比搬演一齣純粹流行的、帶有諷刺性的娛樂戲更大的雄心。

《黑奴籲天錄》不是一次性的業餘演出，是更大的旨在改革中國戲劇計

畫的一部分，這種改革長期以來一直局限於戲曲風格。1905年，李叔同赴日留學，成為幾千名中國留學生中的一員。李叔同在東京美術學校學習藝術，他是狂熱的戲劇愛好者，經常去東京劇場看戲，和演員也開始熟悉起來。李叔同和同學看了日本的「書生芝居」演出後，開始對戲劇發生興趣。「書生芝居」是在政治動盪不安的一八八〇年代出現的一種以演說為基礎的、帶有強烈政治寓意的戲劇形式。這種建立在口語基礎上的戲劇表演模式，後來又被著名演員川上音二郎（1864-1911）發展為日本的「新派」劇，《黑奴籲天錄》在日本首次上演時，正是這種新派劇最流行的時候。1906年末，李叔同和他的朋友們在東京成立了春柳社文藝研究會，通常簡稱春柳社。該社的全稱反映了它和坪內逍遙（1859-1953）領導的文藝協會間的緊密聯繫，該協會是日本重要的改良戲劇的社團，李叔同也是成員之一。這兩個社團的戲劇活動家有相似的目標，即通過結合新舊元素改革傳統戲劇並使之現代化，他們密切合作，把西方和日本的小說和戲劇改編搬上舞台。

　　這些學生在搬演外國戲劇時不僅以翻譯的劇本為基礎，還依據他們在國外實地觀劇的經驗，《茶花女》演出時他們就表明了這點，這是另一部在歐洲極為流行的小說，曾無數次被改編為戲劇，爾後還改編為電影。小仲馬（Alexandre Dumas fils，1824-1895）的這部小說早在1884年就被翻譯成日文，但直到約十年後才搬上舞台。川上音二郎最初於1893年在法國看了該劇，劇中的瑪格麗特由貝納爾（Sarah Bernhardt, 1844-1923）飾演。1901年他第二次遊歷法國時，他和他的妻子在巴黎演出此劇，然後才於1903年把它搬回到東京上演。此前五年，1898年林紓已翻譯了《茶花女》的中譯本，在中國又一次引起轟動。1907年2月，中國留學生將這部小說改編成話劇，作為他們在東京首次公演的劇目，也作為賑災活動的一部分，這次演出是非正式試演，他們只演出第一幕。此次演出，日本演員在表演訓練和舞台設計上起到了協助的作用.

　　學生們並非只是為外國的暢銷書所吸引，他們還翻譯和演出一些較少為人所知的政治性作品。他們接續演出的作品《鳴不平》，改編自一部相當晦澀的劇本《社會階梯》（*The Social Ladder*），作者是無政府主義者、歌曲作家茹伊（Jule Jouy, 1855-1897）。該劇由中國無政府主義者李石曾（1881-

1973）翻譯，他留學巴黎時曾在蒙馬特看過這部戲。

　　十九世紀末以降，上海也出現了類似的改革中國戲劇並使之現代化的努力，通過吸收來自外國戲劇的靈感轉變傳統戲劇。上海蘭心劇院自一八七〇年代中期開辦以來持續上演戲劇；義大利、法國和英國的歌劇團都將上海作為巡迴演出的一站；外國人也在租界進行業餘戲劇演出。然而，從當時史料來看，無論是業餘的還是專業的演出，觀眾中都少有中國人，原因在於這些演出可能被認為是專為外國人搬演的外國戲。隨著蘭心劇院第一次上演中文戲劇——王鐘聲的《黑奴籲天錄》——情況發生了巨大的改變。雖然就改編的劇本或故事情節而言，王鐘聲的戲劇似乎沒有使觀眾留下太深刻的印象，但在一個相對豪華和現代的劇場上演中文戲劇——已經是破天荒的一件事——加上新的燈光技巧和現實主義的場景，給觀眾和類似的劇團留下了持久的印象。

　　此後，文明戲在上海於焉成形。許多戲劇改革家從東京回到中國，文明戲運動於1914至1915年間在中國達到頂峰，它是改良的日本戲劇、改良的傳統中國戲劇和歐洲流行戲劇的混合物。為中國舞台改編的著名「新派」悲劇是最流行的，原因在於它那誇張的情節和感傷的風格，而推動戲劇改革的原初政治動力則逐漸衰退了。然而，考慮到文明戲運動的規模和我們現在的認識水平，很難對它的總體性質做任何判斷。最近的研究已經發現至少120個不同的戲劇團體以及超過800部的劇目，其中我們了解內容或有劇本的只有340部左右。這些劇目中將近百分之九十尚待研究或分析。

　　由於迅速興起的電影工業和商業劇場所帶來的衝擊，戲劇轉而向感傷方向發展。當許多文明戲作品被改編成電影時，電影工業也與戲劇形成了直接競爭關係。一些中國戲劇史家將這種商業化視為文明戲人氣跌落的主要原因，但這類判斷必須得小心翼翼。

　　要理解戲劇改革的努力為何如此重要，又為何如此具有爭議性，我們需要將這些努力放到一個更大的國際語境中觀察。十九世紀中期到後期，日本和中國的旅行者從西方返回後，往往詳細描述他們在巴黎、倫敦和柏林所見的豪華歌劇院。它們的宏偉壯麗令這些旅行者感到不可思議，這反映了戲劇在西方擁有崇高的地位，說明戲劇被看作社會變革的動力之一。最引人注目

的是，西方的歌劇院是民族文化的偉大象徵。與之形成對比的是，在日本和中國，各種形式的戲劇都被看作是通俗的大眾藝術形式，為不登大雅之堂的文學門類。為了將戲劇提升到一如它在西方所享有的地位，最初，於一八八〇年代的日本，無數以戲劇改革為題的新文學史和論文出現，至一八九〇年代末和二十世紀初，這些論著在中國被翻譯或改寫。

當時，關於中國戲劇的一些特定術語——「戲曲」、「傳統戲劇形式」、「話劇」、「喜劇」、「悲劇」等——都尚未確定；它們仍在形成過程，這過程主要通過翻譯西方戲劇或撰寫關於西方戲劇的理論著作進行。中國（及日本）戲劇理論隨後發展的方向，是尋求界定一種既能構成世界戲劇的一部分又能代表中國自身民族文化的戲劇形式。然而，究竟何種戲劇形式最適合達成這一目標？衍生許多爭論。一九二〇年代，兩極化的爭論將民族戲劇的可能性縮減至只剩兩個選項：一種是齊如山（1877-1962）和梅蘭芳（1894-1961）重新定義的京劇，另一種是五四知識分子鼓吹的西方話劇。

當1907年李叔同和他的同儕在東京將《黑奴籲天錄》搬上舞台時，他們還沒使用「文明戲」這個詞，只是簡單地稱為「新劇」。當「文明戲」一詞於一九一〇年代首先被用作一種流行的市場標籤，藉以宣傳這種新劇是「文明的」時候，它在中性的意義上到底是什麼意思並不清楚。一些學者將「文明」和包括日本在內的「文明國家」的觀念聯繫起來，認為在這個意義上它的意思就是「外國戲劇」。另一些學者則將它解釋為一種規範性的術語，強調它在讓觀眾「變得文明」方面的教育和進步功能。李叔同則將戲劇改革和文明聯繫起來，他在解釋春柳社的主旨時說：「演藝之事，關係於文明至巨」，意思是只有這種新的、改革過的戲劇才能夠實現現代化道路的主要目標，即「文明開化」，而舊戲的鄙陋會妨礙這個計畫。

因為文明戲是一種混雜的、實驗性的且介入政治的戲劇形式，同時又是傳統和現代成分的混合物，因此很容易受到攻擊。結果，在一九二〇和一九三〇年代興起的關於戲劇改革和民族戲劇發展的激烈論爭中，它同時受到了來自保守派和改革派兩個陣營的攻擊。文明戲是一種嘗試調和傳統和現代戲劇精華的綜合努力，但是到了一九三〇年代，它已經成了中國戲劇改革事業的笑柄，「文明戲」一詞只用於貶義，意在強調其粗俗、淺薄乃至有害的性

質。在這個意義上，它經歷了和鴛鴦蝴蝶派小說同樣的命運。也正是因為這個原因，這場戲劇運動逐漸變得晦暗不明，直到一九九〇年代才被學者重新發現，其聲名才得以恢復。

這裡出現了一個頗具反諷意味的轉變，今天我們仍然在紀念1907年《黑奴籲天錄》在東京的首演；2007年為它上演一百週年，但紀念的不是「文明戲」的形式。這次演出意識形態上的複雜性和形式上的混雜性似乎已經被遺忘了，如今它是作為中國現代的、西方式的戲劇的原型，作為中國話劇誕生期的重大事件而被銘記的。

參考文獻：

Joshua L. Goldstein, *Drama Kings: Players and Publics in Re-creation of Peking Opera, 1870-1937* (Berkeley, CA, University of California Press, 2007).

Jin Li, "Theater of Pathos: Sentimental Melodramas in the New Drama Legacy," *Modern Chinese Literature and Culture* 24, no. 2 (Fall 2012): 94-128.

Liu Siyuan, *Performing Hybridity in Colonial-Modern China* (New York, Palgrave Macmillan US, 2013).

M. Cody Poulton, *A Beggar's Art: Scripting Modernity in Japanese Drama, 1900-1913* (Honolulu, University of Hawaii Press, 2010).

Zhang Dafeng, Zhang Zhen, and Zhang Yingjin, "From Wenmingxi (Civilised Play) to Yingxi (Shadowplay): The Foundation of Shanghai Film Industry in the 1920s," *Asian Cinema* 9, no. 1 (Fall 1997): 46-64.

費南山（Natascha Gentz）撰，季劍青 譯

1907 年 7 月 15 日

「秋風秋雨愁煞人。」

中國第一位女性主義者之死

　　1907年7月15日，秋瑾（1875–1907）因密謀反清而被處斬。行刑前她寫下「秋風秋雨愁煞人」——詩句出自陶淡人〈秋暮遣懷〉，可為一首詩起首句，可她卻永遠沒有吟成全詩。她的遺骸被棄置於城外無主之地。未幾，她將成為辛亥革命最著名烈士之一，她的遺言銘刻於一代又一代的中國學童記憶中。

　　秋瑾出身士大夫之家，她在生命盡頭選擇以詩為記，正是來自她的文化養成。她出生時太平天國起義未久，聲勢浩大撼動清廷根基。那是一個焦灼萬分，同時也蘊含巨大希望的時代：中國因西方勢力的分割裂解而焦慮，卻又期待一個嶄新政治與社會秩序的到來。秋瑾日日從剛創刊的中國報紙上閱讀相關事件報導：俄國入侵中國東北，波蘭遭瓜分，以及菲律賓革命。先進知識分子熱情洋溢地呼籲中國革新，並指出女性地位低下乃國家強盛的重大阻礙。新式學堂（包括女學）陸續在國際都會與地方城鎮建立。1903年後半，秋瑾放下丈夫及兩個年幼孩子加入青年赴日留學潮。赴日兩年期間，她受到激進政治思想的影響加入了革命團體。回國後，短暫執教於一所新辦女學，並嘗試創辦女性主義期刊《中國女報》，而她的最後人生歲月，則投身於策畫武裝推翻清廷的行動。儘管秋瑾並非進入公共舞台或旅外留學的唯一女性，甚至也不是唯一參與革命的女性——當時社會各階層諸多女性都響應號召，成為活躍的愛國分子——但她是如此耀眼的登場，在歷史轉型的舞台上無怨無悔地履行著自己的角色。她的人生與寫作表現了現代中國「新女

性」所面對的欲望、歷險及挫折。

從諸多方面看來，秋瑾的文學著作都反映了那個時代的文化悖論：作為完全受中國文化傳統舊學訓練的最後一代，她卻逐漸向新式和西方靠攏。當她反覆督促女性友人「為女傑，莫拋心力苦吟詩」時，自己卻繼續寫詩表達她的理想與沮喪，應對當下問題，以及思考傳統。

秋瑾赴日前所寫的〈滿江紅〉顯現了她的身分衝突問題。那年她二十九歲，已結婚八年，是兩個稚兒的母親。這首詞為一幅自畫像，以秋天意象起筆。秋，恰好是詩人的姓氏。這首詞聚焦女性受到的社會限制，秋瑾以「強派作蛾眉」形容。與傳統女性特質相並列的則是詩人的真實自我，她稱之為「心」，指的是一個人的知識和感情能力，及其雄心壯志。橫亙在「強派作蛾眉」與勇敢之「心」間的巨大鴻溝，使她痛苦且倍感隔絕──「俗子胸襟誰識我？」這闋詞結束於對知音、心靈伴侶的企盼。那些「俗子」──不良讀者──無法了解被強派作女身的「我」（the I-as-assigned-female），知音則能辨認詩人的本質，見證她的雄心。

在另一篇作品《精衛石》（一部彈詞形式的未完成的自傳體虛構作品）中，秋瑾借年輕主人公之口尖銳抨擊包辦婚姻：「卻如何婚姻大事終身配，不擇兒郎但擇錢。謬云撞命真堪笑，難道是女子生來牛馬般？」這種女性閨閣之嘆已然重複數百年，秋瑾的虛構想像則走得更遠。她希冀的是徹底的社會變革，允許女性擁有一種充分發展自我的可能，即便此變革意味著一個長期的、持續性的抗爭。因此，她呼喚神話中的精衛鳥：傳說炎帝之女溺死於東海，化為精衛鳥，銜著一枚又一枚的小石子，試圖填平廣闊而又充滿危機的大海。經由浪漫想像的跳躍，對比自己漫長歲月中的不幸婚姻，秋瑾筆下的年輕主人公，得結拜姊妹之助密謀逃婚。故事尾聲，五位年輕女子攜手並立於一艘赴日汽船的甲板欄杆旁。她們面前不再是閉鎖的閨房，而是邁向偉大冒險之可能的海洋風光──「暮雲橫」。

如同實際人生，秋瑾在虛構作品裡，把在巨大歷史變遷舞台上擔當重要角色視為自己的志業。二十世紀早期的中國，這一巨大舞台便是救國。承受那時代帶給女性的家庭框架，即便後來某種程度擴充了知識女性的文化舞台，秋瑾仍嘗試重新發明自己，包括女扮男裝。正如她對一位日本舊識所

說：「我要成為男人一樣的強者，所以我要先從外貌上像個男人，再從心理上也成為男人。」在俄國侵占東北時，為響應參加義勇軍的號召，她採用了「鑑湖女俠」的名號。

　　流行的西方女英雄推波助瀾她的想像，報紙大肆渲染女英雄故事：佩羅夫斯卡婭（Sophia Perovskaya, 1853-1881），曾參與暗殺沙皇亞歷山大二世（Tsar Alexander II）的俄國無政府主義者；羅蘭夫人（Madame Roland, 1754-1793），法國大革命溫和派系之一的領袖，命喪斷頭台。但在秋瑾自我發明的核心之處仍然是傳統中國俠客的形象。根據《史記》司馬遷（公元前135?-公元前86）所定義的遊俠，「其行雖不軌於正義，然其言必信，其行必果，已諾必誠，不愛其軀，赴士之厄困」。急切想要傳遞俠客精神的秋瑾，為其佩劍賦詩，並拍下舞劍的照片。下文為她撰寫的〈紅毛刀歌〉節選：

> 一泓秋水淨纖毫，遠看不知光是刀。
> ……
> 抽刀出鞘天為搖，日月星辰芒驟韜。
> 斫地一聲海水立，露鋒三寸陰風號。
> ……
> 揭來掛壁暫不用，夜夜鳴嘯聲疑鵑。
> 英靈渴欲飲戰血，也如塊磊需酒澆。

　　〈紅毛刀歌〉詩風陽剛、豪放，她醉心於刀所象徵的「鐵血主義」，刀的殺氣隱藏在「秋水」平靜且迷魅的景象下——「秋水」暗合秋瑾的姓氏。在救國號召下，如秋瑾一般的女性，合理跨越了將女性貶斥到內闈的傳統性別界限。這首詩最引人注目的意象在於，不再被使用的刀如鵑般鳴嘯，宛如一種求索的、不停歇的精神，其巨大能量尚有待實現。秋瑾援引古代兵器源遠流長的神話，將自己——與鋼鐵相對的血肉之軀——置入俠士英雄主義的豐厚傳統中。這一傳統緊緊與民族主義的偉大事業連結。最終，刀與女俠融為一體：氣概英勇、身體超群、精神高貴。

　　但是，如何才能言行一致？如何實踐俠客的精神，而非僅僅習得其虛華外在？和當時涉足政治的學者一樣，秋瑾為這些問題所困擾。她曾在寫給朋友的書信中哀嘆：「男子之死於謀光復者……不乏其人，而女子則無聞焉，亦吾女界之羞也。」秋瑾總是努力走在前方，成為先驅者，她的這番話讀來彷彿死亡祈願。當她組織策畫的起義失敗，親密同志慘遭處決，她知道士兵正朝向她而來，儘管有充裕時間安全逃走，但她沒有這麼做。最後，她為女性平等權的奮鬥與她的民族主義行動結合在一起，她視即將到來的死亡為指派給自己責任的完成——這是先驅者的責任，永遠挺身於最前線。

　　清廷處死秋瑾，刻意丟棄遺骸，原欲讓她背負逆賊之名遺臭萬年。結拜姊妹吳芝瑛（1868-1934）和徐自華（1873-1935）背負著替逆賊收屍的危險，為秋瑾舉行體面的葬禮。葬禮吸引數百人，甚至來自各方陌生人主動參與，因而成為對清廷公開抗議的講壇，正如二十世紀中國一再出現的引人矚目葬禮。公眾哀悼的巨浪接踵而至：報紙上輓詞泛濫，傳記和戲劇渲染著秋瑾的生平及其悲劇性結局。在革命圈裡，一些年輕女性甚至取了意為「模仿秋瑾」或「景仰秋瑾」的新名字。秋瑾的死，成就了她的新女性偶像地位。數月後，當秋瑾的墳墓被士兵推倒，吳芝瑛和徐自華登上朝廷的逮捕名單時，她的墓碑拓片及抗議剪報卻仍在流傳，並為革命帶來更多的同情者。四年後，一如墓誌銘上的預言，清帝國傾覆，她被平反了。秋瑾被供奉在海峽兩岸國家民族主義的殿堂裡，留給後世的形象是犧牲小我，為國捐軀的革命者。她引頸就戮，坐實她的烈士地位，也代表女性進入現代中國歷史的關鍵時刻。在戲劇與電影裡，她每每被塑造為豪放不羈，馳騁馬上，女扮男裝，劍氣逼人的俠女，也必然以慷慨陳詞、死而後已為高潮。隨著她越來越被抽象化為愛國主義典型，她的生平故事也越傳越奇。最後這位偶像破壞者，也被徹底正統化為一個偶像。

參考文獻：

魯迅〈藥〉，《魯迅全集》卷二（北京：人民文學出版社，2005年）。

Hu Ying, *Burying Autumn: Poetry, Friendship, and Loss* (Cambridge, MA, Harvard

University Asia Center, 2016).

Mary Backus Rankin, "The Emergence of Women at the End of Ch' ing: The Case of Ch' iu Chin [Qiu Jin]," in *Women in Chinese Society*, ed., Margery Wolf and Roxane Witke (Standford, CA, Stanford University Press, 1975), pp. 39-66.

胡纓 撰，劉子凌 譯

1908年

1908年2月，魯迅發表〈摩羅詩力說〉

1908年11月，王國維發表《人間詞話》

從摩羅到諾貝爾

　　1908年，東京中國留學生雜誌《河南》，2、3月號連續刊登令飛〈摩羅詩力說〉一文。作者感於中國現狀日趨惡化，為文呼喚「精神界之戰士」——即有能力「攖人心」的詩人。他視中國傳奇詩人屈原（公元前340-公元前278）為「放言無憚，為前人所不敢言」的典範。但令飛以為屈原詩篇「多芳菲淒惻之音，而反抗挑戰，則終其篇未能見，感動後世，為力非強」，相較之下，拜倫（Lord Byron, 1788-1824）則以其反抗激情和英雄行為化身現代詩人、實為摩羅詩人的真正典範。

　　令飛即周樹人（1881-1936）早期的筆名，嗣後以「魯迅」聞名，為現代中國文學奠基人。〈摩羅詩力說〉是魯迅留日期間一系列反思中國文明的論文之一。魯迅認為中國深受封建傳統和僵化思想之害，他視詩歌，乃至於文學為復興中國人性、增強其應對現代世界之能力的首要途徑：

　　　　凡人之心，無不有詩，如詩人作詩，詩不為詩人獨有，凡一讀其詩，心即會解者，即無不自有詩人之詩……〔它能使人〕心弦立應，其聲激於靈府，令有情皆舉其首，如睹曉日，益為之美偉強力高尚發揚。

　　魯迅呼籲一新文學以振興中國的想法，與同時代持有革新觀念的眾多知識分子不謀而合。1899年，晚清政治改革先驅梁啟超（1873-1929）即已指

出，中國的現代化有賴「詩界革命」。儘管知識分子共同尋求激進的變革之道，但有關政治改革與文學維新二者關係的看法，出於動機不同，立場和方法也見仁見智。對他們而言，「文學」既指西方近代美學所謂的審美文字（belles lettres），也是載中國之「道」的表現；「文」在中國傳統思想中，既是個人情感的體現，也是民族集體心理的證言。

　　魯迅視拜倫為值得國人效法的「精神界之戰士」典範，但他並非晚清第一位讚美這位浪漫派詩人者。二十世紀初，中國開明知識界就以拜倫為偶像。魯迅別於知識界對拜倫看法之處在於，他將詩人與多種思想資源整合，包括施蒂納（Max Stirner）、叔本華（Arthur Schopenhauer）、尼采（Friedrich Nietzsche）等。最重要的是，他要喚起對詩人攪亂和摧毀現狀的「撒旦之力」的關注，這就賦予其詩學某種否定性的、甚至是惡魔般的動力。魯迅將這一力量比作摩羅（Mara）之力，一位梵語中與撒旦（Satan）相似的凶神。

　　學者對魯迅借用摩羅的意蘊已進行探討。摩羅可以是一個能毀滅世界的惡魔，也可能僅是一個作怪者，隨時準備顛覆任何既有體制。儘管摩羅擁有神祕的異國淵源和摧枯拉朽之力，對魯迅而言，它仍然代表了某種反抗傳統的解放力量。傳統中國文學及政治文化以詩教為核心，摩羅詩人卻挑戰詩教的「思無邪」要義。因此，魯迅認為，既然詩旨在「言志」，作詩時「強以無邪，即非人志。許自繇於鞭策羈縻之下，殆此事乎」？

　　1908這一年不只是摩羅詩人的到來。同年11月，王國維（1877-1927）《人間詞話》一書問世。儘管深受康德至叔本華等西哲思想洗禮，王國維寄望重振中國詩學的格局與觀念，復興由嚴羽（活躍於十三世紀）、王夫之（1619-1692）和王士禎（1634-1711）等人所代表的抒情（lyrical evocation）構架。即便如此，王國維詩論中論及的主觀與客觀、理想主義與現實主義等詞彙與概念，在在顯示他受惠於西方美學的折衷之舉。王氏詩論最引人側目的包括借用尼采「一切文學，余愛以血書者」名言，作為其評價詞作的標準。

　　王國維整合中國傳統詩學和西方美學成就他的「境界」說。境界，指某種由詩歌創作喚起但又不局限於此的感悟狀態，具有主觀性和審美召喚性，

但又與文學乃至歷史中的「典型情境」（"archetypal occasion"）產生共鳴。「境界」說反映了王國維對於歷史的獨特思考。目睹晚清接踵而至的政治危機，王國維對文明崩毀的悲觀百難排解，只好寄情於詞。詞一向以其微妙精緻的體裁和優美細膩的描繪而著稱，王卻視之為文化傳統的一曲輓歌。

如王氏所言，正因為詞人浸淫於一種最精緻的詩歌形式，他們目睹以現代為名的種種野蠻改革和肆意摧殘，因之較其他文人更加敏銳。詞作總是不免惋傷，這一特質，加上詞本身精緻細膩的語言修辭，激起了自我耽溺和自我否定——抑或身心俱疲的「現代」憂鬱症——之間的緊張關係。所謂「天以百凶成就一詞人」，王國維的例子可以作如是觀。

魯迅與王國維論述的潛在對話，使1908年成為塑造現代中國文學主體性歷程中至為重要的一年。批評家們常以相互對立的術語描述魯迅和王國維：一位主張唯意志論，另一位卻推崇形式美學；前者表達了對革命的熱望，後者卻充滿了文化的鄉愁。這種對比性的閱讀顯然過於簡單；魯迅和王國維各自以獨特的方式，試圖闡述詩歌（或文學）如何洞照歷史情境。魯迅的摩羅詩人以其惡魔般魅惑的力量進行挑釁和破壞，而王國維筆下憂鬱的詞人，則孜孜尋求一種得以協調詩性情感和歷史暴力的意境。魯迅和王國維似乎都處在一個毫無詩意的時代，他們將西方話語帶入中國語境，試圖以此思考「詩是否能夠成立」。

魯迅以其文中體現的道德迫切性和論辯的強度，無疑比王國維更引人注目。摩羅詩人來到現代，以各種不同的化身出現，從五四時期浪漫主義的偶像破壞者，到革命年代的左翼勇士，不一而足。1936年10月魯迅辭世，並迅即被文宣家們神化；他的摩羅詩人理所當然地擁有了新身分。摩羅可能是義無反顧的革命鬥士，也可能是無所不為的造反狂人。甚至不客氣地說，文化大革命時期摩羅戰士和毛派狂熱分子合為一體，將社會導向無政府狀態——一種最危險的政治和詩歌狂歡中。

我們需要再等幾十年才會意識到，魯迅從來不是一名天真的革命煽動者。他的摩羅詩人自始就具有兩張面孔。確實，魯迅尋求以摩羅的「惡魔之聲」顛覆傳統文學，但他對這一聲音所潛在的不祥始終保持警惕。這一意識使他不僅與社會和政治邪惡開展鬥爭，也與「無物之陣」——瀰漫於精神以

及身外世界的無形的、無處不在的虛無主義——苦苦相對。也就是說，魯迅理解摩羅的激情不僅可以產生革命的動力，也產生自我消耗（involutionary）力量，帶來內爆的欲望（entropic desire）和自反性的不滿（self-reflexive discontent）。他在〈墓碣文〉（1925）中描寫一個自食其心的詩人／屍人主體，揭示了現代中國的「黑暗之心」（heart of darkness）：

> ……抉心自食，欲知本味。創痛酷烈，本味何能知？……
> ……痛定之後，徐徐食之。然其心已陳舊，本味又何由知？……
> ……答我。否則，離開！……

　　王國維在思考現代文學的功用和詩人的角色上，也經歷了相似的試煉。詞人最終被難以解脫的憂鬱耗盡生命。1927年6月2日，王國維自沉於北京頤和園昆明湖。他的簡短遺書寫著：「五十之年，只欠一死，經此世變，義無再辱。」

　　對王氏死因的揣測林林總總，比如，家庭變故和心理動盪，叔本華悲觀哲學的浸淫使然，末世論思維等。最流行的說法則是，政治保守的王國維以遺民姿態殉清。然而，王氏摯友、著名歷史學家陳寅恪（1890-1969），將其自沉描述為對「自由之思想，獨立之精神」的終極實踐。將陳氏觀點推進一步，可以這麼認為，「自由」與「獨立」，與其說是其政治信仰，毋寧說是詩學追求，亦即他在《人間詞話》中探討的某種「境界」。現代中國肇始之初，王氏就已領悟到所謂「現代」，絕非啟蒙與革命的實踐如此簡單。面對公共訴求與私人訴求之間的激烈矛盾，他以自我毀滅的「任性」，辯證式地實踐了他對自由與獨立的嚮往。

　　在新的千禧年反思魯迅與王國維的詩學遺產時，我們再次追問，究竟應該如何理解現代中國文學主體性。事實上，自二十世紀末以來，中國作家和讀者對魯迅摩羅詩人的興趣已經與日俱減，遑論王國維的抒情詩學和他筆下那些懷著憂鬱的典型詞人。反之，另一位名為諾貝爾（Alfred Nobel, 1833-1896）的人物，開始引人注目。「中國作家何時才能獲得諾貝爾文學獎？」成了縈繞整個民族的問題。2000年，流亡法國的作家高行健（1940-）獲

獎，但中國政府立即公開指稱他不算中國人。時至今日，高氏作品在中國依然是禁書。2012年，莫言（1955-）的獲獎，被認為既是對中國文學的認證，也是對中國整體的認證。然而頗為諷刺的是，這一新近獲得的民族自豪感，卻是來自北歐的文學加冕禮。

令人莞爾的是，早在1927年，魯迅就遭遇了民族文學與諾貝爾獎的問題。當時瑞典探險家赫定（Sven Anders Hedin, 1865-1952）輾轉聯繫魯迅，欲提名他為諾貝爾獎候選人。魯迅拒絕這一邀請，並評論道：

> 我覺得中國實在還沒有可得諾貝爾賞金的人，瑞典最好不要理我們，誰也不給。倘因為黃色臉皮人，格外優待從寬，反足以長中國人的虛榮心，以為真可與別國大作家比肩了，結果將很壞。

儘管帶著某種嘲諷的、自我貶抑的語調，魯迅卻敏銳地感受到中國和西方間的不平等關係，以及將文學視為某種交換象徵（token of exchange）的文化政治。

魯迅對高行健、莫言獲得諾貝爾文學獎會說些什麼呢？或者不妨問，魯迅筆下的摩羅會如何評價諾貝爾獎？通過摩羅，魯迅曾希望尋求某種可以「攖人心」的文學，並因此而改變中國的民族性。然而在後社會主義時代，當中國在全球舞台崛起，西方的、資本主義世界的諾貝爾獎似乎才具有攖動中國人心的力量。當現代中國文學來到文化批判與全球文化資本相互交叉的連接點上，我們重新開啟探討文學寫作、文化遺產以及民族表徵之間的複雜連動關係。

參考文獻：

魯迅《摩羅詩力說》，《魯迅全集》卷一（北京：人民文學出版社，2005年）。

王國維《人間詞話》，《王國維全集》卷一（杭州：浙江教育出版社，2009年）。

李歐梵《鐵屋中的吶喊》，尹慧瑉譯（長沙：岳麓書社，1999年）。

Kirk Dentoned, *Modern Chinese Literary Thought* (Stanford, CA, Stanford University Press, 1996).

Julia Lovell, *The Politics of Cultural Capital: China's Quest for a Nobel Prize in Literature* (Honolulu, 2006).

王德威 撰，唐海東 譯

1909年11月13日

「劍態簫心不可羈」，二十二歲的柳亞子寫下了革命家的豪情壯志

南社：革命時代的古典詩情

　　1909年11月13日清晨，十九名學識淵博的年輕人登上一艘畫舫，離開喧鬧的蘇州西門，準備舉行南社首次雅集。時值深秋，空氣清新料峭，秋葉斑斕。小船沿著唐朝詩人白居易（772-846）任蘇州刺史時開鑿的運河山塘河緩緩前行。在這個朝氣蓬勃的團體中，有兩人是這次雅集的關鍵角色。

　　一位是涉足報刊媒體和現代戲劇界的社會活動家陳去病（1877-1925）。1908年，陳去病就曾和徐自華（1873-1935）組織集會紀念1907年7月15日被清政府處死的女烈士秋瑾（1875-1907），因而被列入清政府的監視名單。由於陳在蘇州人脈甚廣，在朋友的協助下雅集成功躲過了政府的耳目。

　　另一位是詩壇新秀柳亞子（1887-1958），一名雄心勃勃的詩人和活動家，不久即成為南社的「靈魂」。在政治氣氛熾熱的上海，身為學生的柳亞子研究槍械和炸彈製作，但隨即體認到，筆也許是最犀利的武器。他提前四天抵達蘇州，協助準備雅集事宜，期間他觀賞了馮春航（1888-1942）表演的京劇《血淚碑》。柳亞子對馮氏表演的迷戀持續多年，後來還邀請他加入南社。老派的捧角行為及利用戲劇傳播進步新觀念的做法，在他的圈子裡盛行一時。

　　雅集當日，眾人坐船前往虎丘，拍攝集體照後步行前往張祠舉行正式集會。張祠是為紀念明末抗清失敗自殺殉國的將領張國維（1595-1646）而

建，當時已部分荒廢，雜草遍地。虎丘地點的選擇意味深長，因為大約三百年前，以反清活動聞名的復社曾在此集會，虎丘因而聲名遠播。蘇州是明清文人文化中心之一，此地的人們對滿族統治下所遭受的愴痛苦難懷有深切的記憶。南社成員根植於中國南方文化，堅持排滿反清的政治立場，並自許為晚明愛國志士和復社之遺脈。

一如所有文人雅集，南社首次集會自然少不了當地的美味佳餚和各種佳釀。與會者開懷暢飲、閒聊、行酒令，與詩社組織有關的正事也按部就班進行。陳去病、高旭（1877-1925，組織者之一，當日未到場）和龐樹柏（1884-1916）分別被選為文、詩、詞三種主要古典文體選集的編輯，柳亞子和朱少屏（1882-1942）分別擔任書記和會計。詩社的正式章程已事先草就，公告於10月27日的《民籲報》上，爾後在歷次集會中一再修訂。柳亞子很快成為詩社領導人，創刊於1910年的《南社叢刻》，橫跨十年時間多達二十二卷，絕大部分卷帙由他編輯出版。

觥籌交錯間，卻意外發生一場究竟要取法唐詩或宋詩的爭論。日本學者吉川幸次郎（1904-1980）簡要類比二者詩風：唐詩如酒，宋詩似茶。南社成員之間的詩歌趣味差異，影響了他們對當時文壇的看法。晚清詩作多取法於宋詩，柳亞子卻偏愛唐音，支持者只有朱錫梁（1873-1923），龐樹柏等人對柳亞子的立場進行了雄健犀利的辯駁。柳、朱二人都有口吃問題，不擅長公開辯論，柳亞子眼見要被駁倒，突然失聲痛哭，後因龐樹柏讓步，論辯以和氣收場。然而，此後不到十年，詩社成員之間在詩歌風格和取法對象上的尖銳分歧再次激化，並於1917年在《民國日報》的平台上示眾，導致柳亞子將朱鴛雛（1897-1921）從南社除籍，這一插曲成為南社解體的催化劑。隨著政治環境的整體變化（共和革命的成功以及對共和政體的失望），這個革命前夕成立的詩社由此失去動力，自一九一〇年代後期起處於停滯狀態，直到1923年正式解散。

作為一個文學社團，南社的實踐與前現代同類團體頗多相似之處。南社讓文人以文會友，各抒己見，並藉著舉辦各種有趣的休閒活動，增進了解，各展才華。儘管如此，南社的專業化色彩、整套制度化實踐（組織與營運、選舉主要管理者、制定規章制度、持續不斷的出版成果等等），以及與報刊

媒體的密切關係，都使它有別於組織鬆散的傳統文人集會與社團。柳亞子以個人之力，匯聚社會不同領域和具各種政治面貌的社團成員，對南社的興盛可謂居功厥偉。據學者估算，1909至1923年間，共有262名成員曾參與南社的正式集會，登記為社員的數量更高達1,183名，其中441名來自江蘇，227名來自浙江，117名來自廣東。現代中國諸多傳統和新派社團、文化團體如雨後春筍般湧現，作為規模最大的南社，其成員在職業、文學風格、性別等方面，都體現了雜糅的特性，也正因為如此，南社具有不穩定的特徵。許多社員後來成為國民黨重要政治人物（如黃興〔1874-1916〕和于右任〔1879-1964〕）；若干成員因參與當時的政治活動被處死或暗殺（如周實〔1885-1911〕和宋教仁〔1882-1913〕）；還有許多社員投身現代新聞、教育和學術活動（如姚石子〔1891-1945〕、馬敘倫〔1885-1970〕和陳望道〔1891-1977〕）；有的則投入女權運動（如呂碧城〔1883-1943〕）或者佛教實踐（如蘇曼殊〔1884-1918〕和李叔同〔1880-1942〕）。1911年，南社成立了幾個分支機構，當中的越社，魯迅（1881-1936）一度為社員之一。

　　十三年中，南社組織了十八次正式雅集，十六次在上海舉行，多數集中於愚園。1914年在滬舉辦的第十次雅集上，十名社員依次行酒令，做聯句。首題是古代歷史，後論及時事，有「望江南，禾黍離離」之句（「黍離」是一個傳統象徵，代表國家的破敗），接著又轉到截然不同的主題：「芙蓉帳暖度春宵」和「羅敷媚，窈窕淑女」。這個事例說明南社成員感興趣的話題很廣，也表明保皇情感、浪漫和情色之愛、個人野心、政治熱情等這些不同情感之間可以相互滲透。除了舉辦正式的雅集，南社還在不同場合頻繁舉辦短程旅遊、宴會和聚會。1915年暮春，馮春航在杭州演出京劇《馮小青》，柳亞子、高燮（1878-1958）、姚光（1891-1945）和其他十餘名社員在杭州逗留了二十多天，一邊觀賞馮春航的演出，一邊宴飲、寫作，盡覽西湖風光。他們甚至在西湖邊馮小青墓旁立碑以紀念馮春航的演出，為這位化身現代戲劇中，年輕早夭女子的悲劇命運一掬同情之淚。這些集體活動培養傳播了同志情誼和心靈相通之情，有助於強化社員的集體認同。

　　儘管南社致力於文言和傳統體裁的創作（這一立場遭到一九一〇年代後期新文化運動知識分子的批評），但也成功地將自身樹立為一個標誌性的革命團體。這一形象得自於他們在公共論壇和現代傳媒上表達的情懷，也基於許多社員是同盟會成員的這一事實。用陳去病的話說，他們是「欲藉文字以促進革命之實力」，以飽滿的情感在報紙和出版物上批評時政，正是他們寫作的特徵。聽聞袁世凱（1859-1916）意圖復辟，柳亞子寫下詩作〈孤憤〉，以「忍抬醒眼看群屍」之句表達了自己的憤懣。「屍」橫遍地的一九一〇年代，是一個多愁善感的特殊時代，充滿革命狂熱以及對政治的沮喪和幻滅。這些由文人轉變而來的文化人士，效法傳統文人的「劍態簫心」及其放蕩不羈的生活方式，將一系列強烈的情感，如忠誠、懷舊、絕望和憤怒公之於世，從而以新的政治術語重鑄了抒情性。

　　這一詩歌寫作的現代政治實踐，具體體現於汪精衛（1883-1944）身上。按照柳亞子1936年的觀點，汪精衛極為適切地體現了南社的精神。由於刺殺攝政王載灃（1883-1951）未成，汪曾於1910年4月入獄。作為《民報》的主要撰稿人，汪精衛迅速被革命青年視為英雄，隨後為清政府赦免。他的一些詩句，如「此頭須向國門懸」，影響極為深遠。1912年4月18日，汪精衛作為第260號會員，正式加入南社，但他從未參與任何一次雅集。1923年10月10日，汪參加了新南社的成立集會，它在形制上模仿南社，規模較小。汪精衛後來成為二戰中與日本合作的南京政府首腦，成為中國現代史上最臭名昭彰的人物之一。在他與日本殖民計畫和大東亞共榮圈建設合作時期所寫的詩歌，早期反清愛國情懷不再，只剩下一種輓歌式的幽幽傷感。他的詩揭示了歷史與抒情，政治身分的短暫性以及革命話語的危險道路間錯綜複雜的聯繫。

　　在1950年10月3日舉行的另一次盛會上，詩歌與政治、煽情主義與意識形態之間的交織，又有了諷刺意味的轉折。柳亞子在觀賞一場精采的國慶歌舞演出後，應毛澤東（1893-1976）主席的要求，即席創作了一首慶祝新中華人民共和國成立的民族大團結詞。與郭沫若（1892-1978）一樣，柳亞子是少數幾位有特權能與毛進行詩詞唱和的詩人，而詩歌雅集這種文化形式，由於毛的革命，已經全面銷聲匿跡。政治文化的變動，並未影響柳亞子出入

各種政治場合，他以飽滿的熱情創作詩歌，擁護新國家。毛主席採用同一詞牌填成的和詞，本身就是革命文學的最佳代表，也為往後幾十年間所有作家和詩人的命運施展了某種魔咒，在中國當代文學史上烙下了無可磨滅的印記。

浣溪沙　　／柳亞子

火樹銀花不夜天，
弟兄姊妹舞翩躚，
歌聲唱徹月兒圓。

不是一人能領導，
那容百族共駢闐，
良宵盛會喜空前。

浣溪沙 和柳亞子先生　　／毛澤東

長夜難明赤縣天，
百年魔怪舞翩躚，
人民五億不團圓。

一唱雄雞天下白，
萬方樂奏有於闐，
詩人興會更無前。

參考文獻：

賈麥曉《文體問題：現代中國的文學社團和文學雜誌（1911-1937）》，陳太勝譯（北京，北京大學出版社，2016年）。

林香伶《南社文學綜論》（台北，里仁書局，2009年）。

柳亞子《南社紀略》（上海，上海人民出版社，1983年）。

楊天石、王學莊《南社史長編》（北京，中國人民大學出版社，1995年）。

吳盛青 撰，唐海東 譯

1911 年

1911 年 4 月 24 日，林覺民與妻訣別
1911 年，徐枕亞發明感傷英雄主義

革命加戀愛

　　1911年4月24日深夜，一位氣宇不凡的青年，坐在香港旅店的陰暗房間裡，以手帕為紙寫信給妻子。信件如此起頭：「意映卿卿如晤：吾今以此書與汝永別矣！吾作此書時，尚為世中一人；汝看此書時，吾已成為陰間一鬼。」這封信爾後成為中國現代史上最著名的情書，並成為中國高中教材中長期的經典篇目。

　　寫信者林覺民（1887-1911），是第二次廣州起義中壯烈成仁的86名烈士之一。此次起義由孫中山（1866-1925）所領導的革命同盟會策畫，旨在推翻中國末代王朝——滿清（1644-1911）。林覺民赴日留學期間，與孫中山的追隨者有所聯繫，並成為熱忱的活躍分子。1911年春，他回到中國參與進攻廣州兩廣總督衙門的計畫。起義前一個月，在前往香港與同志會合前，他短暫回福建老家探望父母和孕妻。那正是暴風雨前的死寂，林覺民面對死神，寫了一封短信給父親，一封長信給妻子。而後者將成為一次難以估量的犧牲的永恆而熾熱的見證，正是這份犧牲催生了亞洲第一個共和國。

　　林覺民淚水和筆墨齊下，娓娓訴說著對妻子陳意映（1891-1913）無以名狀的愛與慟：

　　吾至愛汝！即此愛汝一念，使吾勇於就死也……今日吾與汝幸雙健；天下人人不當死而死，與不願離而離者，不可數計；鐘情如我輩者，能忍之

乎？⋯⋯汝幸而偶我，又何不幸而生今日之中國！吾幸而得汝，又何不幸而生今日之中國，卒不忍獨善其身！嗟夫！巾短情長，所未盡者尚有萬千⋯⋯一慟！

　　信中優雅的文言語句，充滿沸騰熾烈的情感。文言是當時菁英階層的使用媒介，而林覺民捨棄了中國男性知識分子參加科舉考試，在帝國官僚系統中謀取一官半職的標準求職途徑。十四歲時，他錄取提供西式教育的全閩大學堂。數年之後，他加入中國留學生大軍，東渡日本，接受現代觀念和價值的洗禮。在全閩大學堂期間，他遵從父母意願，接受包辦婚姻。與大多數五四青年對包辦婚姻的不愉快經歷不同，林覺民很快愛上了新婚妻子，兩人感情甚篤。

　　林的年輕、勇氣及其深摯的情感，使他的絕命書在文化造神者眼中展現出無法抵擋的魅力。海峽兩岸的電影、電視劇和流行歌曲，都讚美這份供奉於民族救亡祭壇上的婚姻盟約。辛亥革命百年之際，這封信再次被用以召喚一個充滿激情與熱忱的神話般時代。對今天的讀者而言，真正不同凡響之處在於，一個如此深愛妻子者竟毅然決然離她而去，投身一個殘暴絕望、垂死掙扎之政權的血盆大口中。然而，對其同時代人而言，一個姓名將永遠銘刻於時代偉業的男子，卻如此強烈而公開地眷戀一位女性，這種「兒女情」才是驚人之處。在中國的漫長歷史中，不乏豪氣干雲、無視死亡的英雄，但很少英雄因兒女情長而獲得讚美。比如，十四世紀的《水滸傳》中不少英雄是因殺死紅杏出牆妻或傷風敗俗的蕩婦而落草為寇，其中最著名的莫過於打虎英雄武松，面對嫂子的淫蕩挑逗，他正義凜然，不為美色所動，滿懷厭惡之情，毫不猶豫地殺了她，投奔梁山。這些亡命之徒中唯一對女性溫柔以對的是粗豪暴躁的李逵，但那位女性卻是他的母親。

　　的確，林覺民信中流露的那種融化人心的情感，傳統上是留給父母的。在儒家道德思想中，最富情感的美德是孝道而非浪漫或夫妻之愛。在父權社會中，對非親屬的女性之愛是一種放縱，只有在不超出其邊緣性的存在時，才可以被容忍──例如在風月場或私情中。婚姻連結的不是兩顆情感之心，而是兩個家族相互的社會經濟利益，即便愛情萌芽其中，也不能大張旗鼓地

表達，以免和孝道產生競爭關係。

自十六世紀始，思想叛逆的文人們開創了主「情」文化，為某種橫向模式的情感辯護。他們指出，人際間的所有關係，當以男人和女人之間的愛——這種愛是平等的、互相的、自發的——為模式，而不是依父母、子女間的倫理關係來塑造。換言之，孝心和忠誠，除非發自內心，否則毫無意義，甚至於虛偽。他們創作各種戲劇和故事，讚美感情上的依戀和友伴式婚姻關係。例如湯顯祖（1550-1616）的《牡丹亭》敘述一位年輕女子對心儀男子的愛戀，最後得到原本反對的父親祝福。而曹雪芹（1715-1763）的《紅樓夢》，卻證明以情感為基礎建立關係的想法對父權體制構成了巨大威脅，因此一對戀人遭致婚姻陰謀中的棒打鴛鴦。遲至十九、二十世紀之交，橫向之愛與儒家體制之間仍然難以妥協。由鴛鴦蝴蝶派作家炮製的那些感傷故事，總是著墨於無望得到體制首肯之愛的劇痛；主人公也往往以自殺收場，或遁入隱士般的虛空之中。

不過，晚清新型愛國小說體裁的出現，似乎為浪漫之愛面臨的僵局指明了一條出路。這些故事引入一類新型的主人公，情感上先戀上一位女性，然後為某個志業赴死。如此一來，「兒女」（兩性之間的浪漫情感）與「英雄」，勇士的大膽行為和戀人的豐富情感，煙花柳巷與遊俠、法外之徒的「江湖」，這些平行世界水乳交融地交織在一起。這種後來被概括為「革命＋戀愛」的體裁，跨越意識形態光譜，逐漸主導文學生產，直到一九五〇年代歷久不衰。第一部引起巨大轟動的小說是徐枕亞（1889-1937）的《玉梨魂》，此作發表於1912年，距離林覺民就義一年之後。故事以華美的駢文寫成，敘述一位家庭教師愛上了學生的寡母。由於受到傳統社會男女授受不親和寡婦貞節觀的束縛，兩人的情感只能在書信、詩歌和啜泣中默默燃盡。慢慢地，寡婦憔悴而死，家庭教師則投身於1911年的武昌起義，最後懷抱一札情書臥倒戰場。這部略帶自傳色彩的小說一夜成名，連續再版三十次之多，並很快被改編為無聲電影及舞台劇。

儘管這位家庭教師的際遇不若林覺民那樣令人肝腸寸斷（除了妻子，林身後還留下一位蹣跚學步的兒子和一個遺腹子），但兩者都體現了「革命＋戀愛」模式的根本原則，即愛國英雄首先必須是一位具有內在性的現代主

體，而這一內在性由橫向的、異性愛的規則塑造而成。如果說，儒家視個人
將孝道推廣至為天下人謀福利為一種責任，那麼民族主義則要求個人對國家
的愛必須是一種出於自由意志、卻又充滿激情的承諾——這一點和浪漫經驗
不謀而合。正如謝冰瑩（1906-2000）在《林覺民》中所言：「真正的革命
者也是有感情的人。」如此一來，革命者已與傳統敘事作品中的厭女者大相
逕庭，因為他能夠體會在同樣珍視的江山美人之間，進行抉擇所帶來的苦
惱。二十世紀的中國，民族主義的律令總是傾向於愛國，以致到了社會主義
時期，為愛情而死，在意識形態和敘事上都已經不可行，只有社會主義祖國
才是唯一值得犧牲的對象。

　　當林覺民被捕和就義的傳言，被祕密送交家人的絕筆信所證實時，傷心欲
絕的陳意映，就如中國歷朝編年史上層出不窮的貞潔烈婦，意欲殉夫而去，因
林覺民父母的懇求才作罷，然而兩年後意映仍抑鬱傷心而亡，死後並未得到褒
揚。事實上，大多數「革命＋戀愛」故事是以男性視角敘述，女性因其被動
性，喪親之痛似乎顯得不那麼痛切和重要。但當代藝術家，對英雄主義可能對
脆弱的人類心靈造成的粗暴傷害，有更深刻的理解，因此試圖讓沉默的女性發
聲。台灣女歌手齊豫（1958-）唱出陳意映的心聲：「誰給你選擇的權利／讓
你就這樣的離去／誰把我無止境的付出都化成紙上的／一個名字？」

　　像這樣的問題，在在質疑革命是否在道德上至高無上。是否為了某種政
治志業，就可以或應該碾碎一個弱小女性對美好生活的希望？一代又一代的
中國菁英正是如此以為，聲稱民族的滅亡將抹去任何個人幸福的可能性。然
而，也有少數人對此持懷疑態度，張愛玲（1920-1995）為其中之一。她在
《傾城之戀》中讓女主人公在香港淪陷於日軍的那一刻，用家庭生活滿足
感，成功鎖住那位花花公子追求者的心。然而，中國共產黨要捨棄的是「革
命＋戀愛」中的「戀愛」。因此，幾十年來，張愛玲一直是共產黨名單上不
受歡迎的人物，也就不足為奇了。這種對戀愛的限制最早由茅盾（1896-
1981）在1935年揭示，他提出改進版的文學乃至生活公式：革命，然後才是
戀愛——謹慎地、馴服地、不裝腔作勢地戀愛，並且在任何情況下，戀愛都
不能挑戰集體志業的優先性，也不能挑戰集體話語的權威。換言之，戀愛，
只有在不成為生活最終目標和意義來源，或者不達到那種讓林覺民的史詩性

英雄主義為悲劇性痛苦所浸透的強度時，才可以被容許。

　　林覺民在信中聊以自慰的是，在他協助催生的那個新世界中，其他人不必再經歷和他一樣痛苦的選擇：「吾自遇汝以來，常願天下有情人都成眷屬。」百年之後他的願望是否已實現，依舊撲朔迷離。在毛澤東（1839-1976）時代裡，人人皆如清教徒，「愛」被放逐到地獄邊緣；後社會主義時代的文學中，「愛」以不可阻擋的洪水之勢報復性地復活，在中國集體向革命告別下尤為珍貴。與此同時，在市場驅動對快樂的不懈追求中，它也愈益危險。假若見到自己滿懷悲痛的訣別之辭，已成為消費時代懷舊的焦點，林覺民或許會驚訝不已，在這個消費時代，由於缺乏共同的超越性目標，愛已無法承受存在之輕。

參考文獻：

丁善璽執導《碧血黃花》（台灣大星電影有限公司，1980年出品）。

金舸執導《百年情書》（方金影視、金日生輝文化傳媒聯合，2011年聯合出品）。

林覺民〈與妻訣別書〉（1911年）。

謝冰瑩《林覺民》（台北，中外畫報社，1958年）。

張黎、成龍執導《辛亥革命》（上海東方影視，2011年出品）。

李海燕《心靈革命：現代中國的愛情譜系》，修佳明譯（北京：北京大學出版社，2018年）。

李歐梵《中國現代作家的浪漫一代》，王宏志等譯（北京：新星出版社，2005年）。

劉劍梅《革命與情愛：二十世紀中國小說史中的女性身體與主題重述》，郭冰茹譯（上海：上海三聯書店，2009年）。

王德威《歷史與怪獸：歷史，暴力，敘事》（全新增訂版）（台北，麥田出版，2011年）。

李海燕 撰，唐海東 譯

1913年
康有為《大同書》第一、二部分發表

2011年5月
陳耀成的紀錄片《大同：康有為在瑞典》上映

《大同書》：烏托邦小說

　　《大同：康有為在瑞典》是一齣不合時宜的電影，特別是在辛亥革命一百週年的今年。在兩年多前，聽說陳耀成在拍康有為（1858-1927）和他的《大同書》，首先感到的是難以置信，繼而就是驚喜、期待和敬佩。難以置信，是因為當世竟然有人還對康有為感興趣，把其人其事其書當作一回事去認真對待；驚喜，是因為我當時剛巧讀完《大同書》，對康有為的恢宏（或瘋狂）深為著迷；期待，是因為想知道陳耀成如何從電影的角度，去展示康有為和近百年中國歷史的關係；至於敬佩，是因為完全可以預見，這個題材肯定不會討好，而做這樣的事肯定需要過人的勇氣。幾個月前和陳耀成在台北偶遇，知道電影已經接近完成，在興奮中答應給他的電影劇本文集寫一篇談《大同書》的文章。及至最近，終於看到電影上映，堅守著獨立思考者立場的陳耀成，感覺竟跟電影中的主人公康有為相似，同樣不合時宜，但也同樣因此而更具時代性。也許，這就是《大同：康有為在瑞典》最為動人之處。

　　《大同書》是一部小說，一部關於未來的小說，也是一部關於過去的小說。當然，康有為沒有寫小說的意思。他非常嚴肅地把他心目中的理想國描

繪出來。可是，但凡一切理想國的構想，最終也難逃虛構，也即是小說的命運。它永遠不會在現實中實現，但卻會永遠激盪著人們的想像力和對理想世界的追求。儘管《大同書》裡面有許多我不同意的地方，我甚至認為它在根本理念上完全站不住腳，但我依然認為這是一本不能忽視的書。在一百年前，在清末民初之交，在進入二十世紀之始，康有為不但為中國的前景立言，還為全世界全地球的未來，做出了全面的計議。這不能不說是個宏大的企圖。其構想之大膽色，其行文之大氣魄，給讀者帶來無盡的驚奇。

當然，政治學者很可能都會對《大同書》嗤之以鼻，譏之為空想。事實上，《大同書》對社會體制發展沒有產生過任何影響。把它置放在十九世紀從歐洲發源和散播到全世界的政治社會思潮裡，《大同書》好像什麼都有一點，但又什麼也不是。它提出去階級去私產，但又不是共產主義；它反對大政府和中央政權，主張地方自治，但既不是無政府主義，也不是市場資本主義或者自由主義；它強調平等權利和公民共議，但又不是民主主義；它追求去差別去痛苦，但又不完全是佛家思想。有些地方它甚至和當時的世界潮流逆行，特別是在歐洲民族國家剛剛冒起之際，中國也在推翻滿清皇朝之後致力於新的民族國家建設，在世界新興大國的爭逐中謀求生存和自強，康有為卻竟然提出廢除國家制度，以全球為一大同公地的主張，這真是驚世駭俗之見。我不是歷史學者，所以我完全搞不懂這樣前衛的思想，怎麼可能出於在現實中支持清帝復辟、主張君主立憲的保守派康有為。

怎樣也好，我想說的是《大同書》。康有為大同理想的大前提，是去苦求樂。這當中除了有佛家淵源，也有西方享樂主義哲學的意味。康有為把孔子思想搬出來，其實只是假託。康有為一開卷便花了很長的篇幅去描述人生的種種苦：貧者苦，富者也苦；奴隸苦，帝皇也苦；女人苦，男人也苦，總之就是人生皆苦。而要去苦，首要的是去差別。有差別即苦。這也是非常佛家的思想。那麼，是什麼造成差別的呢？上者是國，下者是家，還有種族、階級、財富、男女身體之別，等等。所以，康有為在《大同書》的主體部分，提出了滅除種種差別以達至大同的方法，也即是所謂「去九界」：去國界合大地、去級界平民族、去種界同人類、去形界保獨立、去家界為天民、去產界公生業、去亂界治太平、去類界愛眾生、去苦界至極樂。

　　在種種「去界」當中，去私有財產，把所有工、農、商業歸為公有，在見識過共產主義政權的今天的我們，似乎未算出乎意料。最令人驚訝的，我個人認為有三方面。第一，去國界：即廢除國家制度，也廢除國家邊界，把全地球以經緯度劃分，東西和南北各一百度，合共一萬度，以一度為行政單位。雖然由最低層的自治單位到最高層的全球公議會，難免有層級的區分，但上下層之間沒有權力隸屬的關係，上層也不設具有實際權力的統治者或議長，而公議員也全由地方公舉，任期有限。在各層級之中，也做到官即民，民即官，所以任何形式的國家或統治體制也不再存在。由於國家不再存在，各種形式的軍事力量也沒有保留的必要，因此便消滅了戰爭之苦。第二，去種族。人之不平等，很大程度建基於種族的差異。去種族的方法，不是鼓吹互相尊重和平共存，而是徹底消除種族的差別，也即是鼓勵種族間的交配和生殖，達至完全混合的同種人類。第三，去兩性不平等。這方面康有為特別前衛。他主張廢除婚姻制度，男女自由地互相締結短期合約，為期一至兩年，期間兩人共同生活，約滿之後，按雙方意願續約，或解約另覓對象。此舉既可規範男女關係，使其不至淫亂無度，又可滿足兩性的肉慾和情感需要。由於兩性皆自由自主，所以可以解除歷來對女性的束縛和壓迫。在特殊的情況下，康有為甚至認可締結男子的同性關係（但卻沒有提到女同性戀）。又由於女性生育之後，育兒和孩童教育的工作完全交由公家負責，女性也得以從養育者的角色解放出來。因為兒童由小學到大學皆為公養，所以傳統家庭關係也不再存在。康有為提出的種種體制的改革，再加上對未來世界在交通、建設、傳播、醫學等科技的展望，讓他有信心他的大同世界可以在不久的將來實現。他因此提出把公元1901年定為大同元年。

　　要批評康有為的大同理論，是很容易的。規模如此宏大的構思，注定要顧此失彼。跟西方政治學中的種種嚴謹學說相比，《大同書》無疑是粗鬆的、空泛的、想當然的。不過，隨意識之為空想或狂想，卻又過於輕率。閱讀《大同書》，我們未必要同意它，更不必以歷史的後見之明來貶抑它或者褒揚它。相反，從它的內部矛盾，或者它與歷史世情的相衝，我們可以對當下的世界和社會制度做出反思。

　　顧名思義，大同思想建基於異同之辨。對康有為的一個批評可能是，他

的思想不夠「辯證」。「異」和「同」在他的理論中是截然二分的兩種狀態，而代表差別也即是萬惡之源的「異」，是必須消滅的。大同是全民平等的幸福世界，但要達至這樣的理想，卻必須先去除所有個體之間的差異。不難看見，民權和一統之間存在著不能消解的矛盾。以去苦去亂為目標的大同世界，以消滅異質為要務，但這不會反過來變成對民權的傷害嗎？而所謂去異，是去誰的異？哪些的異？這也是一個價值甚至是權力的問題。比如說，要達至全球一統的公國，過程中難免要經過國與國的兼併，但這些兼併往往不是對等的融合，而是以大吞小。在去種族的問題上，情況更形尖銳。康有為雖然主張無種族差別，但達到此理想的方法，卻是通過異種交配，而就人種的優劣而言，他是有一套高下判斷的標準的。他認為白人人種最優秀，黃種次之，棕種又次之，最劣者為黑種。所以，最理想是由白種和黃種為主導，把人種慢慢改良。黑種之間的繁殖最好盡量斷絕，而白種人能無私奉獻，與低下的黑種人交配，可以得到「人種改良」徽章以作嘉獎。如此這般的優生學，本身已經是不平等了。以不平等的方法達到平等，去異求同，又是一個矛盾。我們要反過來說「求同存異」，當然也很容易。我們要察覺到，同和異的問題，事實上是人類共同生存的關鍵問題。

換一個角度看，「大同」即「公」。「公」字是《大同書》的另一個關鍵字，也很可能是清末思想界的一個關鍵字。與「公」相對的，是「私」。在國際關係上，國家是私，在社會體制內，家庭是私。私是一切爭鬥和禍亂的根源。所以，去私存公是大同世界的另一要務，與去異存同是一體兩面。隨著家庭和私人空間的全面取締，每個人也成為完全意義上的公民。公民在公政府的養育和教育下成長，在公共的體制內工作，盡其公民的責任，最後在公共的體制內退休，安享晚年。這於公共空間的建立和公共人的培養上，似乎甚為理想。但是，撇開個人私欲不說，就社會的健全而言，我們應該完全消滅私人領域嗎？一個健全的公共領域，是否必須以一個同樣健全的私人領域作為後盾？這樣的問題當然無法在這裡解答，但跟異同的問題一樣，公和私應也是互為表裡，互相補足的。康有為主張去其一而存其二，似乎再次顯現出其側重單面的思維。

《大同書》的強處，是其大關懷、大視野和大氣魄，但這也同時是它的

弱點和局限。《大同書》以「愛類為大義」，貶抑個人的重要性，這和尊重個體的天賦人權思想是不相容的。但是針對以一己之私為準則的國權、家權和商權，《大同書》勇猛地展示出公義、公理和公心的重要性，為公共領域的開拓掃蕩出一條想像的道路。以今天重視多元、尊重差異的角度來看，《大同書》無疑有許多令人不滿的地方，但個人的自由和權利如何跟對群體的義務和責任相融，歷來也是政治學的核心問題。《大同書》在這方面激起的反思，肯定是深富意義的。

　　人類社會體制的實驗經歷了多番變化，人類亦因此付出了沉重的代價。到了二十一世紀之初的今天，我們相關的歷史知識肯定比康有為豐富，也讓我們很容易看出他的局限，但是，我們失落的卻是如何令人類社會進於完美的信念和想像力。像《大同書》這樣懷有大抱負的著作，在今天是不可能再出現的了。這是因為我們太老練和謹慎，還是因為人類文明的可能性在縮減中？這，恐怕是讀《大同書》之後產生的最大的震撼。

　　《大同書》給當代社會的實際參考作用可說是近乎於無，但是，它所展示的想像力，以及此想像力所觸發的思考，卻是既深且廣的。這就是《大同書》最接近小說的地方。

董啟章

1916年8月23日，紐約城

胡適以白話詩向一位美國藝術家示愛

胡適和他的實驗

　　1916年8月23日，哥倫比亞大學研究生胡適從韋蓮司（Edith Clifford Williams, 1885-1971）處轉租了一間能俯瞰哈德遜河的公寓，當時韋蓮司已遷回紐約州綺色佳康乃爾大學照顧生病的父親，胡適曾經是康乃爾的學生。胡適（1891-1962）在這間公寓創作了一首關於韋蓮司的小詩，這首詩乏善可陳，卻成為中國文學革命的炮火先聲：

> 兩只黃蝴蝶，雙雙飛上天；
> 不知為什麼，一個忽飛還。
> 剩下那一隻，孤單怪可憐；
> 也無心上天，天上太孤單。

　　此前，胡適已在日記中寫下有關韋蓮司的三首詩。第一首是一首「詞」，詩中胡適將自己和韋蓮司比喻為一對林中深情應唱的紅襟鳥，但卻有一隻杜鵑鳥不斷召喚他回巢。美國並無杜鵑，胡適顯然以此影射自己半文盲的中國未婚妻，兩人在幼年時就已訂婚。第二首也是詞，以「此時君與我，何處更容他」作結。第三首是古體詩，末句寫道：「吾乃滄蕩人，未知『愛』何似。古人說『相思』，毋乃頗類此」。

　　二十世紀早期的中國文人，仍然使用約在羅馬帝國的年代就已經定型的文言文來表達情意。他們循規蹈矩按照複雜的格律描述特定的情境，以

「詩」贈友，友人則應和以同樣格律的詩。相較之下，詞則更為私人、更為親密，內容多與女性有關。我們可以將之想像成美國人用拉丁文詩歌（Latin verse）或莎士比亞十四行詩體（Shakespearean sonnets）交流。這些詩歌的古典性質標識了作者的菁英地位，並將它們牢牢鑲嵌在中國漫長、自豪、顛撲不破的文學傳統中。古典詩歌不僅被用來衡量個人的審美感受力，也用來揣度主體對歷史和文學的理解能力。一個詩人的最高榮譽，就是他的機智典故能被引用於各種社交場合。儘管中國的白話小說已經出現了幾百年，白話文報紙也在十九世紀中期出現，用白話文寫作卻仍然被視作粗鄙的行為。因此，胡適在北京《新青年》雜誌上發表〈蝴蝶〉這樣一首詞彙淺白，朗朗上口如日常對話的詩歌，不啻是一個大膽的挑戰。

這種挑戰姿態，並非一時衝動。當時，胡適和趙元任（1892-1982）——胡適稱趙元任為美國最聰穎的中國留學生——已經就中國語言的問題進行了長達兩年的討論。他們探討言文如何一致、大眾如何更容易學會閱讀，以及因為中國方言眾多，發音應如何標準化等問題。這些討論的成果之一是西式標點法。趙元任和他的康乃爾友人於1915年刊行《科學》雜誌，向中國閱讀群眾傳播科學觀念時，便試用了西式標點法。對最多只提供類似句號標註的中國傳統書寫來說，這標誌著一個巨大的進步。

與此同時，胡適經由韋蓮司接觸了前衛藝術，她加入西方現代藝術激進而有力的鼓吹者施蒂格利茨（Alfred Stieglitz, 1864-1946）的圈子，施蒂格利茨也因其妻歐姬芙（Georgia O'Keeffe, 1887-1986）而廣為人知。韋蓮司創作了至少三幅抽象派油畫，《1914》、《1915》和《兩種旋律》（*Two Rhythms*），最後一幅目前在費城美術館「杜尚和朋友們的房間」（「Marcel Duchamp and Friends Room」）展室裡常年展出。1916年她還創作了一個用於觸摸的雕塑，藝術批評家和詩人阿波里耐（Guillaume Apollinaire, 1880-1918）都曾以它為主題在巴黎舉辦講座。

胡適雖然努力認識抽象藝術，但仍然感到迷惑不解。他在給韋蓮司的信中說：「想到因為我不能了解妳的畫，讓妳感到非常失望，這讓我極為痛苦。」為了啟發他，韋蓮司安排他會見了畫家和藝術教師別伊林森（Abraham Solomon Baylinson, 1882-1950），並帶他去看奎因（John Quinn,

1870-1924）的收藏，其中包括杜尚（Marcel Duchamp, 1887-1968）、畢卡索（Pablo Picasso, 1881-1973）、馬諦斯（Henri Matisse, 1869-1954）、塞尚（Paul Cezanne, 1839-1906）和布朗庫希（Constantin Brancuşi, 1876-1957）等人的作品。這些藝術家在當時激進拓展了何為藝術的邊界。胡適請趙元任教授韋蓮司中國書法與繪畫，作為回報。趙元任和韋蓮司因此結為終生摯友。趙在自傳裡寫道，韋蓮司是「胡適與我的共同朋友」。

　　儘管胡適關於現代繪畫的品味和興趣從未因此增加，但先鋒藝術家創作時那種放蕩不羈、離經叛道的派頭，必然給他留下了深刻的印象。在參觀了「獨立藝術家協會」（the Society of Independent Artists）的開幕展之後，他寫信給韋蓮司說：「就如我以前曾經說過的，給我印象最深的是實地試驗的精神（the spirit of experiment）。這種實驗在本質上是個人的，我沒有在任何其他地方見過作家的個性有如此充分的表現，這本身是健康和活力的表現。」

　　到1916年夏，胡適已經認定中國的文言文基本上是一種「死的語言」，因為口語的進化已遠遠超前。他同樣相信，白話文並不是文言文的庸俗版本，事實上，它在意義的表達上更為優越。胡適的這些觀點招來友人梅光迪（1890-1945）的反駁。7月，胡適寫了一首長長的白話打油詩給梅光迪調侃他，詩中使用了「牢騷發了」和「尿」等俗語。這引發了詩歌用語標準的白熱化辯論。另一位朋友因此憤慨地質問：「如凡白話皆可為詩，則何一非詩？」在胡適看來，未曾出現過白話詩的唯一原因，只是尚無詩人寫作白話詩罷了。為了證明他的觀點，他創作並發表了〈蝴蝶〉。從此以後，胡適主要以白話寫作。他在《新青年》上發表捍衛白話文和呼籲文學改良的著名文章，引起大批中國青年的強烈共鳴，使他在1917年從美國返華之前就已成名。

　　今日，提起五四運動便想起胡適的名字。但實際上，1919年5月4日，他並不在北京，而是在上海會見他的博士論文指導教授杜威（John Dewey, 1859-1952）。杜威當時正在中國巡迴演講。毫無疑問的是，能夠我手寫我口、直抒胸臆而不必總是為典故所拘牽，正是激發五四青年高度熱情的關鍵因素。青年們得到啟發，開始大膽挑戰前輩，嘗試主宰自己的命運。比胡適年長十歲的魯迅（1881-1936），直到運用白話寫作後，才成為一名成功的

作家。

在胡適的敦促下，精通數學、物理、哲學並在名牌大學教授這些科目的趙元任轉而研究語言學。趙在中國現代官話──普通話──的標準化過程中舉足輕重。他發表了權威專著《國語字典》（*A Concise Dictionary of Spoken Chinese*）和《中國話的文法》（*A Grammar of Spoken Chinese*），為朋友的白話詩譜曲。劉半農（1891-1934）的〈教我如何不想她〉和徐志摩（1897-1931）的〈海韻〉都是例子，後者是一首合唱曲目傳唱至今。

趙元任婚姻幸福，他深知胡適的不忠和波折的感情生涯，始終操心著胡適的幸福。1936年，哈佛大學在三百週年慶典上授予胡適名譽博士學位，豎立哈佛校園裡的中國石碑是對這一時刻的紀念。當胡適1943年回到哈佛演講，以及1944到1945年講學期間，他居住在旅館裡，用餐問題卻是去趙家解決。1956年，胡適瀕臨生命的低谷，趙元任為他在加州大學柏克萊分校謀得教職，並極力勸他留下。

胡適在中國共產黨接管北京前夕匆忙離去，留下了他的檔案。在1954年毛澤東（1893-1976）發動的一場聲勢浩大的運動中，胡適遭到批判，毛澤東傳播了一封批評胡適對古典白話小說《紅樓夢》觀點的信。為了證實胡適的罪名，《人民日報》重新刊登胡適所寫的一段文字，此段文字來自胡適為一本學生編選的胡適文集所寫的序言：

少年的朋友們，莫把這些小說考證看作我教你們讀小說的文字……科學態度在於撇開成見，擱起感情，只認得事實，只跟著證據走。科學方法只是「大膽的假設，小心的求證」十個字……被孔丘、朱熹牽著鼻子走，固然不算高明；被馬克思、列寧、斯大林牽著鼻子走，也算不得好漢。

九個委員組織起來，「清除胡適餘毒」胡適檔案被從北京大學（他離開前曾任校長）移到了現在的中國社會科學院，以便審查。其結果則是羅織罪名，瘋狂批判；數量之多，以卷為計。拒絕和胡適離開中國的二兒子，於1957年投繯自盡。

我們對胡適的生平所知甚詳，因為他巨細靡遺地記錄著自身和他所處時

代。他的信件被收信人珍藏，許多都在胡適逝世後整理出版。與他有過一面之緣的人，如作家張愛玲（1920-1995），也書寫過關於他的回憶文章。

自1978年起，胡適留在北京的文獻開始陸續出版，最初一批包括他於二戰期間擔任中國駐美大使的官方通信，他個人信件的選集，以及1937至1944年間的日記。這些文獻吸引了新一代學者關注這位卓越的人物。他為二十世紀上半葉中國的思想話語奠定了格局，或許難有人能望其項背。可惜的是，胡適更具煽動性的著作並沒有出現在中國2003年版的四十四卷本《胡適全集》中。胡適溯至少年時代的散落日記，於2004年由台北聯經出版公司編輯出版為十卷本，著名歷史學家余英時（1930-）為之作序。

事實證明，胡適及其友人對於中國的公眾具有無窮的吸引力，正像「布魯姆斯伯里文化圈」（the Bloomsbury circle）對英語讀者一直充滿魅力一樣。幾乎每週都有關於這些現代拓荒者的新作或文章發表，在我們二十一世紀的目光中，他們顯得如此世故又如此天真。1998年，普林斯頓大學教授周質平在台北中央研究院的檔案裡發現了胡適寫給韋蓮司的大量信件。周質平認為，她必定給胡適也寫了至少同樣數目的信。果然，周質平在北京發現了這些以英語寫就、多年無人問津的信件。《胡適與韋蓮司：深情五十年》隨後在台北和北京同時出版，在文學界引起了轟動。這些總數超過三百封的信件顯示，胡適的政治和社會觀點在很大程度上都形塑於韋蓮司。早年她並未充分留意胡適的情感，但他們的確曾在一九三〇年代短暫地成為戀人。即使韋蓮司後來得知，胡適並沒有將生命中的其他女人向她和盤托出，她仍然是他忠貞不渝的朋友。厲害的胡夫人是否知道全部故事無法得知，但在一九五〇年代與胡適在美國會合後，她與韋蓮司一見如故。1962年，胡適在一場以中央研究院院長身分主辦的雞尾酒會上，心臟病發隨後辭世。此後多年，胡夫人與韋蓮司仍然通過互換禮物和翻譯通信而交往甚篤。

胡適為自己1920年的詩集命名《嘗試集》。實驗精神當然符合他的老師杜威的實用主義哲學。然而，就今日對胡適那個時期生活的了解而言，我們可以直接了當地說，胡適的反傳統立場——中國需要拋棄死亡的文學傳統之包袱、開始新的實驗——的靈感火種，是由美國前衛藝術運動所點燃。

引用書目：

曹伯言編《胡適日記全集》（台北，聯經出版社，2004年）。

江勇振《捨我其誰：胡適》第一部《璞玉成璧，1891-1917》（北京，新星出版社，2011年）。

周質平《胡適與魯迅》（台北，時報文化，1998年）。

羅志田《再造文明的嘗試：胡適傳（1891-1929）》（北京，中華書局，2006年）。

Susan Chan Egan and Chih-p'ing Chou, *A Pragmatist and His Free Spirit: The Half-Century Romance of Hu Shi and Edith Clifford Williams* (Hong Kong, The Chinese University of Hong Kong Press, 2009).

陳毓賢（Susan Chan Egan）撰，盧冶 譯

1916年9月1日

李大釗詮釋「青春」

現代中國的「青年」之發明

　　1916年9月，一篇題為〈青春〉的散文刊載於《新青年》雜誌第二卷第一號，這份由陳獨秀（1879-1942）主編的雜誌甫於一年前創刊。作者李大釗（1889-1927）在同時期的新文化運動中扮演了重要角色。嗣後，他與陳獨秀皆成為中國共產黨的創始人。參與編輯《新青年》，並為其勤奮寫稿的李大釗與其他啟蒙知識分子，為何能在接續幾十年裡改造中國並重塑其文化的新生力量代言？這個問題有多種解釋。其中最重要的原因之一，或許就在於他們成功地將自己心目中的時代精神，清晰而生動地凝聚於具有廣泛吸引力的單一文化符號「青春」。李大釗的〈青春〉文白夾雜，詞藻生動，意象迷人，他借用許多比喻濃墨重彩地描繪了「青春」──以及這個詞語同時指向的青年人──的活力和美好。李大釗強調的是青春所具有的復生之力，由此，青春可以用來表達希望和未來；青春不僅具個人成長意義，更為民族進步和國家發展提供歷史的新視野。作者召喚中國重獲青春之轉型，將青春表述為無所不能的變革象徵，這樣的象徵性力量被賦予從自我、家庭、國族一直延伸至整個人類乃至宇宙全體，一切都有青春，一切都可以重獲青春。

　　「青年人」的崛起，是現代中國歷史上最引人注目的事件之一。傳統儒家思想教育年輕人要尊重長輩，任何試圖改變這種等級關係的行為，都會被認為是僭越和冒犯。然而，二十世紀以後，激進的中國知識分子中普遍出現了一種對青年的崇拜，從此改變了長幼之間的等級秩序，推動社會改造和革命，這個現象對中國現代知識界產生了全方位的影響。在過去一百年間，

「青春」作為一種話語實踐的象徵符號，在中國知識話語中發揮了主導性的修辭作用，並幾乎成為一切進步象徵詞語的核心。在文化的現代性意義上，「青春」代表著新生、未來和改變；近代，它獲得一種超越原來將青春期看作不成熟和脆弱敏感生物學定義的象徵意義，使之能夠應用於處在無限變化世界中的現代變革，以及由此變革所獲得的反思契機。在二十世紀中國文化轉型過程中，不安定、難以捉摸、變化多端的青春形象，卻成為最具革命潛能的決定性現代形象，其中既包含除舊布新的力量，又孕育著有關未來理想的願景。從常變常新、活力永駐的青年形象中，許多政治、文化和文學想像的新範式開始生長。

對「青春」的現代禮讚，最早是由晚清改革家梁啟超（1873-1929）在其石破天驚之作〈少年中國說〉一文提出，梁啟超這篇膾炙人口的文章，恰好發表於中國進入二十世紀的第一個農歷年的正月。文中梁啟超以壯麗的比喻和有力的修辭召喚民族的青春復興，他意欲將中國的意象從一個老邁帝國重寫為「少年中國」。對於無論是個體、還是民族象徵的青年，他賦予無限美好的願景：「美哉我少年中國，與天不老；壯哉我中國少年，與國無疆！」

梁啟超的〈少年中國說〉體現了他的政治願望，那就是中華帝國可以返老還童，進入富有競爭力的年輕國家行列，由此登上國際政治舞台。通過命名「少年中國」，梁啟超為中國塑造了一個嶄新的民族理念，這個理念幾乎在二十世紀中國政治思想中占據最核心的位置。它不僅意味著中國在對抗興盛的西方世界時能夠克服挫折，也意味著在世界歷史的新時間表上，中國經過浴火重生，轉化成一個年輕的國家。梁啟超借鑒的是像義大利、日本等新興國家，少年中國與少年義大利、少年日本一樣，可以重生為富強的民族國家。在使用「少年」命名中國的同時，梁啟超筆下的「青春」（晚清時期，青春、少年、青年的含義時有互通）這個詞語也獲得超越其僅僅作為形容詞的意義。他加諸青春的政治象徵，使它成為一個普遍的文化符號，意味著「歷史進步」的現代視野。青年人的活力，不僅能使民族復興，也推動一種新的時間概念形成：這是一個永遠保持最新、永遠保持向前的歷史運動，正如李大釗後來所讚美的那樣：

　　青年銳進之子，塵塵剎剎，立於旋轉簸揚循環無端之大洪流中，宜有江流不轉之精神，屹然獨立之氣魄，衝蕩其潮流……此之精神，即生死肉骨、回天再造之精神也。此之氣魄，即慷慨悲壯、拔山蓋世之氣魄也。惟真知愛青春者，乃能識宇宙有無盡之青春。惟真能識宇宙有無盡之青春者，乃能具此種精神與氣魄。惟真有此種精神與氣魄者，乃能永享宇宙無盡之青春。

　　陳獨秀於1915年9月創辦的《青年》雜誌（1916年9月更名為《新青年》），最終為對抗傳統的新一代中國青年賦予了一個集體名稱。毫無疑問，吸引當時年輕人響應「新青年」之理念的是，前所未有對個體自覺的強調。《青年》雜誌第一卷即以陳獨秀對年輕讀者的熱忱「敬告」開場：「予所欲涕泣陳詞者，惟屬望於新鮮活潑之青年，有以自覺而奮鬥耳！」《新青年》後來的各種論述中，將傳統描繪為令人窒息的體系，或者如魯迅（1881-1936）在〈狂人日記〉中所言，是「吃人社會」。對於中國青年來說，更加急迫的使命，就是將自身從傳統的沉重負擔中解放。新青年一代的自我塑造，激發了文學創作中的新形式，文學上的青年書寫在中國現代長篇小說中達到極致。這類創作聚焦於新青年自我身分的塑造，隱含一種新的歷史意識，在這種意識中，個性解放和民族復興糅合在一起，並被結合在青年參與歷史運動之過程中。

　　一些著名的中國現代小說都突出了這樣的場景：年輕的主人公以閱讀《新青年》作為觀念轉變、追求新我的開始。在葉紹鈞（1894-1988）的《倪煥之》（1928）裡，當主人公不斷在事業和婚姻生活中遭受挫敗而感到自己的理想已經受到侵蝕之際，他從這本「新」雜誌獲得啟迪，重塑價值觀，開啟了人生新的篇章。茅盾（1896-1981）《虹》（1930）中所描寫的梅女士讀了《新青年》後，感到自己經受了精神的洗禮，成為一個充滿自決意識的新女性。巴金（1904-2005）《家》（1931）裡的高家兄弟激動地閱讀和討論《新青年》上的文章，甚至墨守陳規、屈服於家長制的大哥覺新，也感受到自己失去的青春在體內甦醒。

　　《倪煥之》是中國最早一部整體聚焦於青年心理成長的現代小說，開篇

述及主人公離開故鄉，去探索更廣闊的世界。離家前往遠方的旅行承諾了生命的嶄新篇章。雖然他乘坐的小船被黎明前的黑暗所吞沒，他仍然感到如同沐浴著明亮的光芒一般。他幻想著可能發生的所有變化：新生活從此開啟了！出現在中國最早一部涉及新一代青年成長經驗的長篇現代小說中的這一時刻，具有高度的寓言意義。旅程和夢想，激情與承諾，希望和未來──這些元素構成了中國現代青春敘事的核心情節基礎。

《倪煥之》描述主人公一生的歷程，小說出版於1928年，距離新文化運動的輝煌歲月已經過去將近十年。倪煥之的形象正是「新青年」的模範：他追夢，奮鬥，時而勝利，但後來，他感到困惑，試圖妥協，最後失敗而悲慘地死去。故事在希望與幻滅、理想和行動、渴望和絕望中不斷循環。小說情節展示了一個封閉的迴旋過程：主人公渴求實現理想，繼而遭遇挫折、失敗和致命的危機。這個情節模式日後在現代中國「成長小說」中不斷地出現。

像這樣一部專注於旅程開端意義的小說，與歌德（Johann Wolfgang von Goethe, 1749-1832）對麥斯特離家出走的描寫、巴爾扎克（Honoré de Balzac, 1799-1850）關於外省青年來到巴黎逐夢的故事，和狄更斯（Charles Dickens, 1812-1870）為刻畫筆下年輕人物的個性成長所安排的遠大前程極其相類。或者借用特里林（Lionel Trilling, 1905-1975）的話來說，這類情節來自於描述青年成長的偉大小說譜系，這些青年總是「一開始就對生活產生了強烈的欲求，對它的複雜多變和它所做出的承諾感到強烈的困惑」。這個系譜即「成長小說」（bildungsroman），是小說敘事中特定的一類，聚焦於青年人的心理成長，包括自我修養、個性塑造以及在歷史運動的背景下尋求實現理想的嘗試。

作為中國的「成長小說」，《倪煥之》通過敘述一位同時試圖改變自身生活和國家命運的新青年的生命歷程，創造了一個將個體發展和社會革新結合在一起的現代史詩。倪煥之還只是五四運動後現代中國小說中開始湧現的虛構青年人物中的一位；在他身後還矗立著現代中國作家塑造的一系列青年形象，包括梅行素（茅盾《虹》），高覺慧（巴金《家》），蔣純祖（路翎〔1923-1994〕《財主底兒女們》）和林道靜（楊沫〔1914-1995〕《青春之歌》），這只是一些最知名的例子。同時，在倪煥之年輕的身影背後，是

少年中國輝煌、崇高的形象所放射的光芒。現代中國小說民族主義話語中，青年這一核心象徵符號，表達了對民族復興永不息止的呼喚。這是整個二十世紀中國眾多改良和革命運動始終不變的目標——從晚清的維新到辛亥革命，從五四運動到左翼政治實踐，從民族主義運動直到社會主義改造。

一般認為，成長小說的敘述規畫，是將青年成長最後達成的定型塑造為代表特定理念充分發展了的人格。但正如黑格爾（G. W. F. Hegel, 1770-1831）和盧卡奇（György Lukács, 1885-1971）所說，這樣的理想願景，很少能夠在現代小說缺乏詩意的散文化世界中得到明晰表達。中國現代成長小說中較為罕見的成功例子是，當《青春之歌》（1958）被置於現代中國如此被政治書寫的歷史背景時，卻能夠演繹完整的目的論修辭，這種修辭展現了青年一步一步受到政治馴化的過程。而在其他文本案例中，敘事架構經常遭受險惡現實的威脅，理想主義從而遭遇解體。正如巴金早期無政府主義小說所表明的那樣，中國當時正在發生的歷史境遇，瓦解了小說原本意圖強化作者政治信仰的敘事設置。例如，巴金的第一篇小說《滅亡》（1928），主人公為實現其理想而付出努力，卻以自我毀滅而告終。在《愛情的三部曲》（1931-1933）中，巴金把理想和現實之間的對比表現得更為感傷而誇張，情節走向某種道德神祕主義，青年的成長被寓言性地詮釋為「生命的開花」，但最終仍舊以青年的自我犧牲告終。

青年的犧牲或自我犧牲，通常被設定為中國成長小說的高潮。在現實生活中，李大釗於1927年光榮就義。他的殉難使他成為一個民族英雄，一個道德楷模和不朽傳奇，最重要的是，成為中國青年人效仿的偶像。但李大釗並非現代中國青年史上唯一的烈士：二十年前，鄒容 (1885-1905)，年僅二十歲，義死獄中，這位年輕的革命者被認為是革命精神的化身而名垂千古，他贏得了「青年之神」（孫中山〔1866—1925〕語）的不朽美名。與鄒容同時代的革命者汪精衛（1883-1944），也曾在1910年因計畫暗殺滿清皇族而被捕下獄，並在獄中寫下絕命詩，其中兩句便是「引刀成一快，不負少年頭」。鄒容的殉難和江精衛的絕命詩皆表明革命青年的犧牲如何賦予死亡高尚的意涵。然而，這些死亡被賦予的文化意義和關於年輕殉道者的文學再現，也同時暴露了革命青年自我成長當中永恆的衝突，那就是生與死的衝突

——年輕生命的犧牲，得以使青春永恆，而在青春「永遠」定格之際，也正是它因暴力而遭摧毀之時。

參考文獻：

Claudia Pozzana, "Spring, Temporality, and History in Li Dazhao," in *New Asian Marxism,* ed., Tani Barlow (Durham, NC, Duke University Press, 2002), pp. 269-290.

Vera Schwarcz, *The Chinese Enlightenment: Intellectuals and the Legacy of the May Fourth Movement of 1919* (Berkeley, CA, University of California Press, 1986).

Mingwei Song, *Young China: National Rejuvenation and the Bildungsroman, 1900-1959* (Cambridge, MA, Harvard University Asia Center, 2015).

Lionel Trilling, "The Princess Casamassima," in *The Princess Casamassima* by Henry James (New York, 1948).

宋明煒 撰，盧冶 譯

1918年4月2日
「救救孩子……」

周豫才寫〈狂人日記〉

〔編者按：此文是哈金對魯迅寫作〈狂人日記〉時的創作體驗充分研究
基礎上，所寫的一篇小說式的描述。〕

從市中心回來的路上，周豫才（1881-1936）順便在同和居早早吃了晚
餐。身為一個從沿海省份浙江來的南方人，他對北京館子裡的海味不大看得
起。但是他喜歡同和居，這裡肉菜不錯而且價錢公道。再者離他寓居的那間
破爛的紹興會館也不遠。有時他晚上去，不為吃飯，只求獨醉。今天他吃了
一碗牛肉麵，卻破例沒叫那慣常的一壺米酒。飯後他沿著塵土飛揚的街道往
回溜達，不期然遇到了錢玄同（1887-1939）。此公是文學刊物《新青年》
的主編。玄同提起了豫才答應作的文章，並提醒了期限。豫才對他的感情頗
為複雜。玄同面目和藹，誇誇其談卻懶得去作實在的文章，可是又在一幫熱
心發動文學革命的年輕學者中扮演著領袖的角色。玄同往往擲出些偏激的點
子任由他們領會或爭論。可是無論如何他和豫才在日本時曾追隨同一個老師
研習經典，豫才只好把他當個朋友。

「我今晚就寫。」他向玄同保證，對自己的拖延有些尷尬。

「你最好快些。一聽說你願意在五月號發點東西，我們整個編委會都興
奮著呢。」

一個月前某晚，玄同到紹興會館拜會豫才，發現他在鈔古碑。搖搖晃晃
的桌子上放著一摞佛經和厚厚一冊木刻版畫。豫才和二弟作人（1885-

1967）以學問淵博、思想自由聞名，可是弟弟已在北京大學任教授，豫才卻只是教育部的一個小小僉事。

「你鈔了這些有什麼用？」玄同翻著友人新近臨摹的書法發問。

「沒有什麼用。」豫才答道，一面將一支品海牌香菸插入象牙菸嘴。他面目清瘦，加之濃密的鬍鬚和挺直的雙眉，看著有種堅毅的英俊，可是眼睛卻因憂愁而黯然失色。

「那麼，你鈔它是什麼意思？」玄同抿了一口龍井，接著問道。

「沒有什麼意思。」

「得了，何必這樣虛度時光呢。給我們做點文章吧。」

豫才默然不語。數月前他曾答應幫助《新青年》，可是到如今什麼都沒做。他知道這雜誌尚未發過什麼了不得的文章。編輯和作者大多都是玄同一類的空想家，只知發驚人之論，喊喊「文學革命」的口號，卻少有肯專心做點實在工作的。結果是沒有多少公眾關注這本雜誌。這幫「文學革命家」許是感到灰心寂寞了吧。一定是因為這個玄同才三番兩次來催他入夥。

豫才打破沉寂道：「寫了又有什麼意思呢？假如一間鐵屋子，是絕無窗戶而萬難破毀的，裡面有許多熟睡的人們，不久都要悶死了，然而是從昏睡入死滅，並不感到就死的悲哀。然而你大嚷起來，驚起了較為清醒的幾個人，使這不幸的少數者來受無可挽救的臨終的苦楚，你倒以為對得起他們麼？」

隔著厚厚的鏡片，玄同的雙目灼灼放光。他近乎喊叫道：「然而幾個人既然起來，你不能說絕沒有毀壞這鐵屋的希望！」

豫才想了想，覺得玄同未必全無道理。誰敢說這鐵屋就絕無毀壞的可能呢？於是他答應加入並同意給《新青年》寫文章了。

實際上玄同在日本與周氏兄弟時有往來，深知二人都致力於推動新文學以使中國人之精神獲得新生。豫才曾對留日同胞說，他之所以離開醫專是覺得與肉體的疾病相比，他更想療治國人精神的愚弱。換句話說，他渴望成為能治療民族病態靈魂的醫生。他以為要改變精神當然要推文藝，因而棄醫從文。

可是自離醫專之後，他並沒有從事文學創作。他只是研究文學。愈研究

便愈覺得灰心和謙卑。在給一位好友的信中，他坦言杜思妥也夫斯基（Fyodor Dostoyevsky, 1821–1881）給他帶來的震撼，而此時他剛剛讀完《窮人》（*Poor Folk,* 1946）一書。他為這位小說家二十五歲就寫出此書而驚異不已。「他擁有這般蒼老的心靈」，他對陀氏如此評價。

整整十二年豫才都沒有寫出一篇文學作品。最接近於文學創作的活動當數和作人合譯的兩卷外國小說。所選作家大多來自受帝國強權壓迫的小國。內心深處他覺得自己作為一個作家尚未開始就已經失敗了。看到救國的事業頻頻受挫，他覺得這個國家已經不可救藥。所以他只想要安靜平淡的生活。他靠朋友幫忙在北京找了事做，借此遠離母親逼他娶的那位小腳妻子。他從沒愛過她，卻也無意離婚，因為不願傷母親的心。他把她留在浙江好照顧母親，只每月寄錢給他們。

他時而覺得被困在了生活無意義的窠臼中。他的床板底下放著一把刀，常想著若是這了無生氣的境況變得一發不堪忍受，他就拿刀抹腕子。

在街上遇到玄同之後，豫才知道不能再拖了，今天就得寫。他已經讀過幾百篇外國作家的短篇小說，其中很多都是譯自其他語言的日、德譯本，因而他對這一形式略有所知。不過他從沒寫過小說，不確定寫不寫得好。他在讀過的所有外國作家中，最愛果戈里（Nicolai Gogol, 1809–1852）。他久已打算翻譯果戈里的名作《死魂靈》（*Dead Souls*，這一譯本在1935年，也就是他去世前一年完成）。他喜歡果戈里的幽默、哀婉和狂亂的精神，他誤以為這是果戈里激勵俄國人抗爭封建主義和社會不公的手段。他並不知道出身烏克蘭的果戈里在其劇作《欽差大臣》受到好評之前的許多年裡，一直被排擠在俄國文學主流以外。儘管後來扮演了現代俄國文學奠基者的角色，果戈里實際上在語言、文化以及國家等層面都是一個分裂的人。果戈里不忠於任何東西或人，只忠於自己的藝術。可是豫才多麼想擁有果戈里那輕盈的筆觸，那光芒四射的詩意文才，那縱情的笑聲，和那神祕的光環。他知道這些特點自己可能力不能及，因為他的性情過於陰鬱，無法快意地含淚大笑。他不會開玩笑。

近來他在考慮寫一扁果戈里〈狂人日記〉式的小說，因為敘事者可以借瘋人瘋語暢所欲言，既然瘋了大可以全然坦率。這個故事的想法生發於一年

多前的一件事。1916年秋天他的一個姨表兄弟久孫從山西來，到紹興會館尋求庇護。他聲稱有人在追殺他，他已在離家前立好遺囑並做好了其他安排。無論豫才如何苦勸，久孫都深信不疑。豫才覺得他的表弟精神失常，得了迫害狂。儘管嚇得魂不附體，他有時卻很清醒，他的胡言亂語也時而閃現真相的光芒。他發誓有人要渴飲其血、飢餐其肉。豫才對此印象很深，在他走之後漸漸產生了中國歷史之本質就是吃人的想法。在給友人的信中，豫才稱中國為一個吃人的國家。現在他要在自己所寫的小說中，讓這個瘋狂的敘事者滔滔不絕地闡述這個想法，以此來破解人類歷史黑暗的祕密，而這祕密歸根結底就是兩個字：吃人。

儘管有了這個深刻的洞見，他依然對日記體感到不安，因為這一形式可能太過私密，容易被人曲解。有些讀者甚至會把這瘋狂歸結到作者身上。再者，他打算用當下的口語寫這個故事，這種語言當時的小說是不用的。這就意味著對某些人來說連這種文風都太過激進。他在教育部的同事看了這個故事可能會大驚小怪，尤其是他的上司。無論如何豫才不能危及他的工作，這差事雖然枯燥卻很簡單而且收入不壞。

他突然想到可以給小說寫一個引子，好限制一下內容的瘋狂。他要用文言來寫這個前言，好和正文的白話作為對比。在這個引子裡他要強調主人公早已恢復正常，離家做官去了。這麼一來，儘管有瘋癲的胡言亂語，這故事看起來不過是那人一時的失常。換句話說，秩序已經恢復，沒有什麼好怕的了，人們應該把後面的幾頁紙權當一個病例。當然了，敏銳的讀者看得出故事咄咄逼人的內涵，吃人被戲劇化地處理為人類歷史的本質而且是長期的社會實踐。這將是來自尼采式狂人的啟示，他堅信包括自己家人在內的人，處心積慮地要殺了他來吃。好，就讓這瘋狂的聲音肆無忌憚地咆哮吧，好驚起幾個沉睡的人。

不過，可能前言也保護不了作者，所以豫才決定用筆名。他選了「魯迅」，因為他母親姓魯，而「迅」字只是個表示快的模糊形容詞。他絕想不到這麼一個簡單的名字將名留青史，不像他之前所用的那些。有好幾天他都煩惱自己的故事未免模仿痕跡太重，受果戈里影響太深。為了抵消模仿的印象，他用連續的數字來組織日記的篇目，而不是冠以日期。這麼一來這篇小

說就有點像中國文學的一個體裁——筆記。他最好想辦法讓這故事帶點本土特點。

　　寫作過程比預想的順利。他下筆總是很快，但是一篇文章付梓之前總要斟酌好一陣子。奮筆如飛之際，他只覺百感交集——對於病入膏肓的中國他感到悲戚、絕望、憤怒、憎惡——種種感情一時湧出。他本打算隨處加一些不動聲色的筆觸，可是不知怎的這故事任性起來，變得越來越急迫、越來越悲痛，猛烈得駭人。他絕不可能把它變得輕鬆一點。結尾處他乾脆寫道：「沒有吃過人的孩子，或者還有？救救孩子……」

　　他很清楚這麼一個結尾效仿了果戈里〈狂人日記〉的倒數第二句話：「媽呀，可憐可憐患病的孩子吧！」可是他不能自已，因為他的故事需要一聲撕心裂肺的哭喊來作結尾。這算是剽竊嗎？他想道。不算吧，畢竟他的「孩子」是複數。果戈里的狂人囁嚅著向俄羅斯母親求告，而他的主角並沒有明確的求告對象而且是在大聲疾呼。

　　院中一棵刺槐鬼影幢幢，一彎殘月在樹梢朦朧照著，此時他放下了筆。他已經為這個故事用去了四個多鐘頭。還不錯，他告訴自己。

　　這時他意識到標題〈狂人日記〉或有失當之處，因為日記要有日期，而他把十三個段落冠以連續的數字更像是戲劇的線索，有某種情節可循。該不該把這篇留一段時間好改改題目什麼的？那麼一來就太麻煩了，太費筆墨功夫，所以他決定就這樣了。這不過是完成一項義務罷了。

　　他用還燃著的菸頭又點燃一支菸。頂著緊繃發熱的額頭，他躺進了藤椅裡，一邊用手指捋著鬍子。他太累了，什麼都不去想。空氣中有杏花的氣息，聞起來甜甜的。今年春天來得早。明天一早起來他就把這故事給玄同。他才不在意朋友喜不喜歡。他就說：「反正我履行了諾言。」他覺得自己不會再涉足小說了——他已經三十七歲了。他此時絕想不到〈狂人日記〉之後的一系列傑作，也絕料不到這是一個不朽的開端。

哈金撰，干珂譯

1918 年夏
「悲欣交集。」

現代梵音

　　1918年5月2日，詩僧蘇曼殊（1884-1918）在上海廣慈醫院辭世時，尚不足三十五歲。據說他死於消化不良：他和朋友打賭，一口氣吃了六十個肉包子，隨即又飲了一杯咖啡，因而送醫。朋友勸他別再吃了，曼殊卻堅持言出必行。

　　同年夏，李叔同（1880-1942）辭別親友，於杭州虎跑寺出家，自此以「弘一」之名行世，成為二十世紀中國最受人景仰的律宗高僧。剃度兩個月之內，弘一即受具足戒。根據其日後回憶，是時「內心迫切，若非即時披剃不可者，自亦不能明其故也」。此後二十四年，弘一謹守數百則佛制戒律，包括「非食時戒」。他嚴格奉行過午不食，數十年如一日。

　　相較之下，曼殊則食慾亢進——在他吃得起的時候。他在日本時曾一日飲冰五、六斤，結果躺在地上一動不動，「人以為死，視之猶有氣」。次日他故技重施，甚而「恆得洞洩疾，旋愈旋作」。另有一次，他按捺不住想吃糖又苦於阮囊羞澀，以至於變賣金牙換糖。

　　執迷與匱乏，在曼殊的人生中構成一枚硬幣的兩面。他曾對摯友傾訴，自己的身世有「難言之恫」。曼殊1884年出生於日本橫濱，父親是一名廣東籍商人。他的生母據說是他父親日籍侍妾的妹妹。六歲的曼殊被送回廣東，迎接他的是種種欺凌與歧視。十餘歲便寄身寺院，想必與此有關。曼殊與佛教結緣的另一原因，據說與慘痛的初戀有關：蘇家家道中落，婚約亦隨之取消。眼見意中人轉屬他人，曼殊棄絕紅塵，以此表達對這段夭折愛情的忠貞

不渝。

　　曼殊人生中若干重要事件的細節皆曖昧不明，包括他的出家。但重要的是，自始至終，他自視為一介僧侶，哪怕在上海灘吃花酒，叫局的花箋上也落款「和尚」。在自我形象的經營上，曼殊搖擺於一襲袈裟和一件西服之間。若論文學身分的塑造，那麼毫無疑問，根深柢固的佛教思維和情感方式在他的詩、小說和私人信件裡在在流露。曼殊筆下最經典的主題是一位出家人和一位女性——事實上是兩位女性，各具風采而同時傾心於男主人公——之間注定無法修成正果的苦澀愛情。這一兩難困境貫穿他最知名的帶有自傳色彩的作品《斷鴻零雁記》。在另一篇小說《絳紗記》中，曼殊描寫一位闍目坐化的僧人，其僧袍下貼身纏裹的絳紗正是終生不忘的定情之物。僧人的肉身最終在他苦候的女性懷抱裡奄忽化作灰塵，留下絳紗常伴伊人。

　　對曼殊而言，「情」是他的信仰核心。照他自己的話說：「雖今出家，以情求道，是以憂耳。」倘若愛情的度量衡不僅包括感情的強烈也包括感情的恆久，那麼出家禁欲作為忠貞的終極封印有何不可？不僅如此，這些淚痕累累的書寫也暴露了一個受傷的靈魂面對親密關係時的無奈與無能：曼殊筆下出家的男主人公，一如他自身的鏡像，渴慕親密關係卻又每每避之唯恐不及，寧願抽身撒手，自此畢生銘記，「矢死不易吾初心也」。以小說對存在意義的探討而言，曼殊筆下「還卿一鉢無情淚」的男主人公與十八世紀的巨著《紅樓夢》裡的「情僧」遙相呼應，為情與幻、欲與空的亙古辯證提供了一則二十世紀的續篇。

　　曼殊度過了短暫卻炫目的一生。他的足跡遍布整個亞洲：從香港到爪哇，從暹羅到錫蘭，但他大部分時間待在上海和東京。他旅居曼谷，花了兩年時間學習梵文。不過，他更熱中於將拜倫（Lord Byron, 1788-1824）和雪萊（Percy Byssche Shelley, 1792-1822）的詩作介紹給中國讀者。曼殊還翻譯（及重構）了《悲慘世界》（*Les Misérables*）的片段，藉此抒發一個排滿的無政府主義革命者的心聲，並被章太炎（1868-1936）等排滿志士引為同道。他步履所及，處處墜入情網，傾心於曼殊的女子有華人、日本人和西班牙人。然而，到頭一夢，萬境皆空。曼殊每每覺悟「恨不相逢未剃時」而痛斬情絲，重返「行雲流水一孤僧」的生活軌跡。可以說，曼殊一次次地往返

於紅塵與空門之間，一次次地嘗到「看破」的滋味，儘管無一歷久。讀者恐怕無法要求這樣一個熾熱而耽溺的青年寫出深邃的作品。但是，到頭來，曼殊最為人稱道之處恰恰是他的任性。「攏統講起來」，郁達夫（1896-1945）說，「他的譯詩，比他自作的詩好，他的詩比他的畫好，他的畫比他的小說好，而他的浪漫氣質，由這一種浪漫氣質而來的行動風度，比他的一切都要好」。

　　當李叔同準備削髮入山的時候，他的決絕令同時代的人們既震驚又不解。一個名聞遐邇、正值盛年的藝術家，為何棄世出家？李叔同1880年出生於天津一戶鹽商家庭，自小習於一個富貴公子的精雅生活，年方弱冠即以詩文和金石篆刻在上海文壇嶄露頭角。1905年，在歸葬生母之後，李叔同東渡扶桑。在東瀛的中國留學生中，倘若棄醫從文的魯迅（1881-1936）在文學裡找到了一條「人跡罕至的路」，那麼李叔同的選擇則可謂一條無人問津之路。在岡倉覺三（1862-1913）創立的東京美術學校，李叔同和他的同學曾延年（1873-1937）成為最早在日本學習西洋美術的中國人。除了油畫，他也研習西洋音樂，並在東京創辦《音樂小雜誌》，發中文音樂期刊之先聲。1906年冬，李叔同和曾延年在東京創立第一個現代中國話劇團體「春柳社」。次年二月，春柳社首度公演《茶花女遺事》，東京觀眾為之驚豔。李叔同飾的女主角瑪格麗特尤以「優美婉麗」倍受矚目。1911年，李叔同回國，擔任美術與音樂教員，同時身兼多職：他出任《太平洋報》文藝編輯，與柳亞子（1887-1958）等創辦《文美雜誌》，寫字繪畫，填詞作曲，常年不斷。無論現代還是古典，他都游刃有餘。1914年，李叔同在浙江第一師範學校執教時，首開人體模特美術教學之先河。膾炙人口的中文歌曲〈送別〉，正是李叔同改編美國音樂家奧德威（John P. Ordway, 1824-1880）的民謠〈夢見家和母親〉（Dreaming of Home and Mother）而成。與此同時，他刻製的金石篆刻為西泠印社所珍藏。

　　以李叔同的天賦和成就，加上圓滿的婚姻（他與髮妻育有兩個兒子），在世人眼裡堪謂完美無憾。然而，對李叔同而言未必如此，他的遁入空門也並非如傳說中的那般突兀。1916年冬，久為神經衰弱所苦的李叔同在虎跑寺試驗斷食，前後歷時三週，這成為他皈依佛門的一個關鍵轉捩點。李叔同對

斷食全程做了周詳的記錄。根據他留下的《斷食日誌》，此時的李叔同虔信天理教。天理教是江戶時代由中山美伎（1798-1887）創立的日本新興宗教之一，信仰父母神「天理王命」。敬奉神詔開始斷食的李叔同，時時記誦《御神樂歌》，祈禱神人合一，期冀通過這一場身體的實驗，沐浴神恩，獲得身心靈化。如其所願，斷食結束，李叔同手書「靈化」二字作為紀念。失恃十餘年來，他給自己取名「李哀」。斷食後，他更名「李欣」。二十六年後，在他圓寂前三日，再次想起這個字。弘一在這一天留下絕筆：「悲欣交集。」

在李叔同的尋道歷程中，虎跑是意義重大的一站。他在這裡第一次親近出家生活，和僧侶朝夕相處，深為觸動，以至於次年冬，他沒有回家過年，而是再次來到虎跑。此時的李叔同已經發心茹素，並閱讀了多種大乘佛典。民國七年正月十五日（1918年2月25日），李叔同在虎跑寺皈依三寶，法名演音，號弘一。約五個月後，他重返虎跑，踏進山門後做的第一件事便是換上法服。

弘一出家伊始即發心學習戒律。這在很大程度上要歸功於學識淵博的摯友馬一浮（1883-1967）的建議。「律」，梵語音譯「毘尼」，指出家眾必須遵守的行為規範。記載戒律的佛典總稱「律藏」。律藏與記載佛陀教誨的經藏、闡釋教義的論藏，「三藏」合而構成佛教的經典。弘一研讀了律宗各部派的典籍。1931年初，他在佛前發願專學南山律，即由唐代律宗大師道宣（596-667）承襲發揚的法藏部的律儀。律宗諸部派，以南山律廣為東亞佛教僧團接受，影響最為深遠，其核心典籍是在五世紀時翻譯成中文的《四分律》。弘一不止一次表示，他認為自己最重要的作品是他為《四分律》做的提綱《四分律比丘戒相表記》。

在他溫和靜穆的外表下，弘一現身說法、以身殉道的決心令人肅然起敬。他持律謹嚴，誓以一己之軀詮釋律的精義。日常一言一行，一粥一飯，皆滲透苦修的精神，力求時時刻刻，將修心與修身融為一體。同時代曾與弘一接觸的人，無論佛門內外，每每透過弘一細緻而毫不張揚的修行，體會到佛教的悲憫之心。據他的弟子、著名藝術家豐子愷（1898-1975）回憶，弘一每次就坐前，總要輕輕搖晃藤椅，再慢慢坐下。豐子愷後來得知，法師之

所以這麼做，是為了讓棲身藤條隙縫間的「小蟲」及時逃離，免得在人坐下時傷了性命。曾隨李叔同學習繪畫的豐子愷，在而立之年皈依三寶，畢生視弘一為依止師。在同一年，師徒攜手開始創作《護生畫集》。《護生畫集》共有六輯，總計450幀畫作、450幀書法，宣揚慈悲、戒殺和素食主義。依師徒二人的原計畫，《護生畫集》每十年完成一輯，歷時一甲子大功告成。數十年後，堅持踐行當年在先師面前許下的願望支撐著豐子愷熬過「文化大革命」的歲月。豐子愷最終提前完成畫作，並在逝世前將《護生畫集》全部手稿寄給移居新加坡的閩僧廣洽法師（1901–1994）。1979年，弘一法師誕辰一百週年，《護生畫集》全本在新加坡出版。海內外佛教徒同舟共濟，見證宏願得償。

　　從現代戲劇的先驅李叔同到律宗高僧弘一大師，看似斷裂的前半生與後半生，實則一以貫之。1907年，春柳社首演成功，李叔同憶起三年前客居滬上創作文明戲時寫下的詩句。這首他重新命名為〈《茶花女遺事》演後感賦〉的詩作，將青年戲劇家的熱望和盤托出：

東鄰有兒背佝僂，西鄰有女猶含羞。
蟪蛄寧識春與秋，金蓮鞋子玉搔頭。
誓度眾生成佛果，為現歌台說法身。
孟荍不作吾道絕，中原滾地皆胡塵。

　　隔著時空回望，這首詩渾如預言。在東京的劇場，李叔同跨入表演藝術的大門，初次實驗以肉身演繹另一種真實。他對這項藝術的駕馭在中土的伽藍日臻爐火純青，因為在這裡，他尋到了終極信仰。

　　終其一生，弘一留下大量書法作品。除了寥寥幾首歌曲，書法是弘一出家後唯一不曾割捨的審美實踐。弘一深知，書法即佛法，抄寫佛經即是以身命演繹佛法。歸根結底，書法是將文字的力量與書寫者的身體的技藝熔於一爐的表演藝術。弘一的佛教書法，正是佛陀聖教與多年修持的身體合而鑄就。在這個意義上，他留下最令人震撼的作品莫過於民國二十二年正月二十一日（1933年2月15日），弘一刺血為墨，手書「南無阿彌陀佛」。這一

天，他在廈門妙釋寺開始講律，自謂「宏律第一步」。

　　1912年，李叔同和蘇曼殊曾同時任職於於上海發行的《太平洋報》，不過他們之間似乎無甚交誼。儘管兩人截然不同，兩位藝術家僧侶都深諳表演藝術的精髓。不僅如此，兩人都密切關注在佛法東漸近兩千年後，一名漢傳佛教比丘如何置身現代世界的問題。從現實人生到文學想像，蘇曼殊締造了一種浪漫的「法身」，一舉改寫了「比丘」和「愛情」兩者的定義。他的遺言將其浪漫情懷推向高潮：「一切有情，都無罣礙。」與此同時，在同一個詭譎失序而遍地悲苦的世界裡，弘一矢志以戒為師，以此血肉之軀承負大乘佛教的救世憫願。二十世紀中國，振臂高呼之聲此起彼伏，這位謙卑內斂的律宗大師留下了一把安靜的聲音。然而他的聲音至今回響不絕，傳遞佛教所理解的「醒覺」──不僅超越人我之見，也堅持和平不僅僅意味著沒有戰爭。

參考文獻：

Raoul Birnbaum, "Master Hongyi Looks Back: A Modern Man Becomes a Monk in Twentieth-Century China," in Steven Heine and Charles S. Prebish eds., *Buddhism in the Modern World: Adaptations of an Ancient Tradition* (New York, Oxford University Press, 2003）: 75-124.

Leo Ou-Fan Lee, Su Man-shu in *The Romantic Generation of Modern Chinese Writers* (Cambridge, MA, Harvard University Press, 1973): 58-78.

應磊

1919年5月4日
五四運動爆發

觸摸歷史與進入五四

　　1919年5月20日的《晨報》，報導「北京學生聯合會日前開會決議，從昨日起一律罷課，以為最後的力爭」，並節錄學生的〈罷課宣言〉和〈上大總統書〉。我感興趣的是，上述兩份文件已經正式使用「五四運動」這一概念。前者將「五四」運動的性質，定義為「外爭國權，內除國賊」；後者則稱曹、章、陸之賣國與攘權，「輿論不止〔足〕以除奸，法律不足以絕罪」，故「五四運動實國民義憤所趨」。這兩份文件的作者不詳，倒是5月26日出版的《每週評論》上，羅家倫（1897-1969）以筆名「毅」發表〈五四運動的精神〉，開篇即是「什麼叫做『五四運動』呢」。羅文著力表彰學生「奮空拳，揚白手，和黑暗勢力相鬥」的「犧牲精神」，並且預言：「這樣的犧牲精神不磨滅，真是再造中國之元素。」

　　對於這場剛剛興起的運動，國人投入極大的熱情，報刊上的文章幾乎一邊倒，全都認定學生不但無罪，而且有功。而《上海罷市實錄》（6月）、《民潮七日記》（6月）、《上海罷市救亡史》（7月）、《五四》（7月）、《青島潮》（8月）、《學風潮記》（9月）等書的出版，更令人驚訝出版界立場之堅定、反應之敏捷。

　　一個正在進行中的群眾運動，竟然得到如此廣泛的支持，而且被迅速「命名」和「定位」，實在罕見。從一開始就被作為「正面人物」塑造的「五四」運動，一百年來，被無數立場觀點迥異的政客與文人所談論，幾乎從未被全盤否定過。在現實鬥爭中，如何塑造「五四」形象，往往牽涉到能

否得民心、承正統，各家各派全都不敢掉以輕心。「五四」運動的「接受史」，本身就是一門莫測高深的大學問。面對如此撲朔迷離的八卦陣，沒有相當功力，實在不敢輕舉妄動。

於是，退而求其次，不談大道理，只做小文章。相對於高舉經過自家渲染與詮釋的「五四旗幟」，若本文之「小打小鬧」，只能自居邊緣。

邊緣有邊緣的好處，那就是不必承擔全面介紹、評價、反省「五四」運動的重任，而可以僅就興趣所及，選取若干值得評說的人物與場面，隨意揮灑筆墨。舉個例子，談論「五四」遊行對於中國社會的巨大衝擊，歷來關注的是學生、市民、工人等群體的反應，而我更看重個體的感覺。眾多當事人及旁觀者的回憶錄，為我們進入歷史深處——回到現場，提供了絕好的線索。幾十年後的追憶，難保不因時光流逝而「遺忘」，更無法迴避意識形態的「汙染」。將其與當年的新聞報導以及檔案資料相對照，往往能有出乎意料之外的好收穫。

至於「五四」那天下午，在東交民巷的德國醫院裡陪二弟的冰心（1900-1999），從前來送換洗衣服的女工口中，知道街上有好多學生正打著白旗遊行，「路旁看的人擠得水洩不通」（冰心〈回憶五四〉）；在趙家樓附近的鄭振鐸（1898-1958）午睡剛起，便聽見有人喊失火，緊接著又看見警察在追趕一個穿著藍布大褂的學生（鄭振鐸〈前事不忘〉）；從什剎海會賢堂面湖的樓上吃茶歸來的沈尹默（1883-1971），走在回家路上，「看見滿街都是水流，街上人說是消防隊在救趙家樓曹宅的火，這火是北大學生們放的」（沈尹默〈五四對我的影響〉）；遊行的消息傳到北京西郊的清華園，聞一多（1899-1946）寫了一張岳飛（1103-1142）的《滿江紅》，當偷偷貼在食堂門口（聞一多〈五四歷史座談〉）……諸如此類生動有趣的細節，在為「五四」那天的遊行提供證詞的同時，也在引導我們進入「觀察者」的位置。這些注重細節的追憶，對於幫助我們「觸摸歷史」，比起從新文化運動或巴黎和會講起的高頭講章，一點也不遜色。

正如孫伏園（1894-1966）所說的，「五四運動的歷史意義，一年比一年更趨明顯；五四運動的具體印象，卻一年比一年更趨淡忘了」（孫伏園〈回憶五四當年〉）。沒有無數細節的充實，「五四」運動的「具體印

象」，就難保不「一年比一年更趨淡忘了」。沒有「具體印象」的「五四」，只剩下口號和旗幟，也就很難讓一代代年輕人真正記憶。這麼說來，提供足以幫助讀者「回到現場」的細節與畫面，對於「五四」研究來說，並非可有可無。

　　古希臘的哲人早就說過，人們無法進入同一條河流兩次。所謂「回到現場」，只能是借助於可能採取的手段，努力創造一個「模擬現場」。而創造的過程本身，很可能比不盡如人意的「結果」更為迷人。聽學者如數家珍，娓娓而談，不只告訴你哪些歷史疑案已經揭開，而且坦承好多細節眾說紛紜，暫時難辨真偽。提供如此「開放性的文本」，並非不負責任，而是對風光無限的「回憶史」既欣賞，又質疑。對於「五四」運動的當事人來說，「追憶逝水年華」時所面臨的陷阱，其實不是「遺忘」，而是「創造」。事件本身知名度極高，大量情節「眾所周知」，回憶者於是容易對號入座。一次次的追憶、一遍遍的復述、一回回的修訂，不知不覺中創作了一個個似是而非的精采故事。先是浮想聯翩，繼而移步變形，最終連作者自己也都堅信不移。面對大量此類半真半假的「五四故事」，丟棄了太可惜，引錄呢，又不可靠。能考訂清楚，那再好不過；可問題在於，有些重要細節，根本就無法復原。「並置」不同說法，既保留了豐富的史料，又提醒讀者注意，並非所有的「第一手資料」都可靠。

　　半個世紀前，俞平伯（1900-1990）在《人民日報》上發表〈回顧與前瞻〉，談到作為當事人，「每逢『五四』，北京大學的同學們總來要我寫點紀念文字，但我往往推托著、延宕著不寫」。之所以如此「矜持」，表面的理由是作為「一名馬前小卒，實在不配談這光榮的故事」；可實際上，讓他深感不安的是，關於「五四」的紀念活動，很大程度上已經蛻變成為「例行公事」。

　　從1920年5月4日《晨報》組織專版紀念文章起，談論「五四」，起碼在北京大學裡，是「時尚」，也是必不可少的「儀式」。如此年復一年的「紀念」，對於傳播「五四」運動的聲名，固然大有好處；可反過來，又容易使原本生氣淋漓的「五四」，簡化成一句激動人心、簡單明瞭的口號。這可是詩人俞平伯所不願意看到的，於是，有了如下感概：

在這古城的大學裡，雖亦年年紀念「五四」，但很像官樣文章，有些朋友逐漸冷卻了當時的熱情，老實說，我也不免如此。甚至有時候並不能公開熱烈地紀念它。新來的同學們對這佳節，想一例感到欣悅和懷慕罷，但既不曾身歷其境，總不太親切，亦是難免的。

出於對新政權的體認，俞平伯終於改變初衷，開口述說起「五四」來，從此一發而不可收。幾十年間，忠實於自己的感覺，拒絕隨波逐流，基本上不使用大話、空話、套話，使得俞先生之談論「五四」，始終卓然獨立。讀讀分別撰於1959和1979年的〈五四憶往〉、〈「五四」六十週年憶往事〉，你會對文章的「情調」印象格外深刻，因其與同時代諸多「政治正確」的「宏文」味道迥異。

「五四」運動值得紀念，這點毫無疑義；問題在於，採取何種方式更有效。大致說來，有三種策略可供選擇。第一，「發揚光大」——如此立說，唱主角的必定是政治家，且著眼於現實需求；第二，「詮釋歷史」——那是學者的立場，主要面向過去，注重抽象的學理；第三，「追憶往事」——強調並把玩細節、場景與心境，那只能屬於廣義的「文人」。無論在政壇還是學界，前兩者的聲名遠比個人化的「追憶」顯赫；後者因其無關大局，始終處於邊緣，不大為世人所關注。

我之所以特別看重這些個性化的敘述，既基於當事人的精神需求，也著眼後世的知識視野。對於有幸參與這一偉大歷史事件的文人來說，關於「五四」的記憶，不會被時間所鏽蝕，而且很可能成為伴隨終身的精神印記。五〇年代中期，王統照（1897-1957）撰文追憶「五四」，稱「我現在能夠靜靜地回念三十五年前這一天的經過，自有特殊的興感。即使是極冷靜的回想起來，還不能不躍然欲起」（王統照〈三十五年前的五月四日〉）；七〇年代末，當來客請周予同（1898-1981）講講他參加「五四」運動的情況時，「他感慨地說：『老了老了！』激動地哭了，很久才平靜下來」（雲復、侯剛〈訪周予同先生〉）。至於聞一多之拍案而起，與其發表追憶「五四」運

動的文章同步；冰心之談論從「五四」到「四五」，更是預示著其進入八〇年代以後的政治姿態。可以這麼說，早年參加「五四」運動的歷史記憶，絕不僅僅是茶餘飯後的談資，更可能隨時召喚出青春、理想與激情。

至於俞平伯所說的「不曾身歷其境」、雖十分仰慕但「總不太親切」的後來者，其進入「五四」的最大障礙，不在理念的差異，而在實感的缺失。作為當事人，孫伏園尚且有「五四運動的具體印象，卻一年比一年更趨淡忘了」的擔憂，從未謀面的後來者，更是難識廬山真面目。借助俞、謝等先輩瑣碎但真切的追憶，我們方才得以比較從容地進入「五四」的規定情境。

倘若希望「五四」活在一代代年輕人的記憶中，單靠準確無誤的意義闡發顯然不夠，還必須有真實可感的具體印象。對於希望通過「觸摸歷史」來「進入五四」的讀者來說，俞平伯、冰心等人「瑣碎」的回憶文字，很可能是「最佳讀物」。

隨著冰心老人的去世，我們與五四運動的直接聯繫，基本上已不再存在。三、四〇年代，活躍在中國政治、學術、文化舞台上的重要人物，大都與「五四」運動有直接間接的關聯；五、六〇年代，「五四」的當事人依然健在，加上新政權的大力提倡，「五四」運動的歷史意義家喻戶曉。但隨著時間的推移，我們距離「五四」的規定情境越來越遠，更多地將其作為政治／文化符號來表彰或使用，而很少顧及此「血肉之軀」本身的喜怒哀樂。

對過分講求整齊劃一、乾淨俐落的專家論述，我向來不無戒心。引入「私人記憶」，目的是突破固定的理論框架，呈現更加紛紜複雜的「五四」圖景，豐富甚至修正史家的想像。而對於一般讀者來說，它更可能提供一種高頭講章所不具備的「現場感」，誘惑你興趣盎然地進入歷史。當然，歲月流逝，幾十年後的回憶難保不失真，再加上敘述者自身視角的限制，此類「追憶」，必須與原始報導、檔案材料等相參照，方能真正發揮作用。

人們常說「以史為鑒」，似乎談論「五四」，只是為了今日的現實需求。我懷疑，這種急功近利的研究思路，容易導致用今人的眼光來剪裁歷史。閱讀八十年來無數關於「五四」的研究著述，感觸良多。假如暫時擱置「什麼是真正的五四精神」之類嚴肅的叩問，跟隨俞平伯等人的筆墨，輕鬆自如地進入歷史，我敢擔保，你會喜歡上「五四」，並進而體貼、擁抱「五

四」的。至於如何理解、怎樣評判，那得看各人的立場和道行，實在勉強不得。我的願望其實很卑微，那便是：讓「五四」的圖景在年輕人的頭腦裡變得「鮮活」起來。

陳平原

1919年5月4日
魯迅收到了日本寄來的書籍

巨大的不實之名：「五四文學」

　　1919年5月4日，是現代中國歷史上經典的一天。那一天，北京多所高校的激進學生走上街頭抗議「巴黎和會」（Paris Peace Conference）的決議——將德國在山東的特權轉讓給日本而非歸還中國。學生集結於天安門廣場，隨後前往使館遞交請願書給美國大使。但他們沒有意識到使館週日公休，因此未能見到大使。沮喪之餘繼續行進，最終匯集到被認定當為媚日賣國行徑負責的交通總長曹汝霖（1877-1966）官邸附近。曹汝霖在暴亂中逃出，同僚章宗祥（1879-1962）則遭暴力毆打，曹宅付之一炬。學生抗議行動接踵而至，並在全國各重要城市蔓延。民眾成功抵制日貨形成對政府的一股巨大壓力。中國駐巴黎代表團最終拒絕簽署《凡爾賽條約》（Treaty of Versailles），而那些被認定喪權辱國的政府部長，被罷免了職務。存在爭議的領土，在1921至1922年的「華盛頓會議」（Washington Naval Conference）後歸還中國。

　　1919年5月4日的系列事件，經常被視作預示中國反抗帝國主義的開端，並為共產主義運動奠定了基礎。這系列事件與文學並無關係，但「五四文學」概念卻廣泛為學界內外所運用。事實上，被稱為「五四」的文學，甚至無法代表該時期的中國文學。「五四（文學）」的經典化，是一個由國家主導，高度政治性的過程，與一般文學經典的形成方式大相逕庭。對文言文的強烈反抗並非一夕間突然發生，白話寫作是「新文化運動」的關鍵組成部分，這一運動由北京大學教授群在早於「五四」的一九一〇年代中期發起。

「新文化運動」旨在袪除儒家之於社會、道德與文化階級制度的印記，它在其標誌性刊物——1915年創刊、由陳獨秀（1879-1942）等人主編的《新青年》中成型。

　　教授群的反傳統主義或許啟發了示威學生的行動。反之，學生使用白話教育大眾的成功，又促成了1920年白話文成為政府明定的中小學教育語言。

　　即便如此，這些也殊少涉及文學。文學文本並非僅由其書寫語言所決定。且令人稱奇的是，出現於1919年5月4日前後不可計數的白話文本，並未被視作「五四文學」。在中國現代文學史中，「五四」的標籤意謂著一種創造性的寫作態度，它很大程度上是反傳統的，有時甚至是具破壞性的，旨在傳播新觀念與倡導新的生活方式，並助長社會運動與政治運動。儘管這種狀況在1919年5月4日前就已形成，且某種程度上孕育了學生們在反日示威中所表現的激進主義。但持平而言，仍然是那一天發生的系列事件，構成了整整一代中國知識分子的「橫空出世」。

　　然而更不可思議的是，「五四文學」經典中，並不包含任何令人難忘的「五四」示威事實描述。例如當時在北京任職於教育部且為《新青年》撰稿的魯迅（1881-1936），1919年5月4日對他而言，恰似平凡無奇的一天。他在日記中寫道：「四日曇。星期休息。徐吉軒為父設奠，上午赴吊並賻三元。下午孫福源君來。劉半農來，交與書籍二冊，是丸善寄來者。」

　　容或有過度詮釋之嫌，我們可從魯迅日記的最末句，即他提及收到丸善書店所寄書籍中，讀出一些訊息。1902至1909年間居於日本的魯迅，是丸善書店的常客，歸國後持續定期訂購書籍。可以這麼說，魯迅關於西方社會與文化的知識，很大程度取決於他對日譯西方著作的閱讀，這些書籍大多都購自丸善書店。1919年5月4日這篇無關緊要的日記，所記下的隻言片語，可以視為一種溫和但又具諷刺意味的提示：潛藏於學生反日運動的意識形態，大部分源自日文書籍的閱讀。魯迅此時期的書信，也顯示了他已注意到示威與抵制的行動。比如1919年7月4日在寄給錢玄同（1887-1939）的信中，他略帶諷刺地提到他的日籍弟妹是「仇偶」，而其侄子姪女則是「半仇子女」。但另一方面，魯迅日記中卻又有大量與丸善書店的例行交易記錄，當然這一切可能只是巧合。

　　但顯而易見，魯迅未曾以「五四」示威遊行作任何一篇小說的背景。無論那一天的系列事件多麼具戲劇性——許多目擊者已證實充滿戲劇性，但它們卻未啟發作家寫出創新作品，或者說至少「五四文學」作家是如此。

　　為了尋找關於「五四」示威、罷工與抵制行動的小說，我們不得不轉向他處，即一份英文名為*Illustrated Novel Magazine*的雜誌——《小說畫報》。這份雜誌1917年1月創刊，由上海多產作家、翻譯家、編輯與記者包天笑（1875-1973）所編。包天笑在其〈例言〉中指出：「小說以白話為正宗。」雜誌的所有來稿必須使用白話。在〈例言〉後的「短引」中，包天笑寫道：「蓋文學進化之軌道，必由古語之文學變而為俗話之文學。」包天笑的觀點，在意圖與論述兩方面——使用現代「文學」觀念，並將轉向白話寫作視之為「進化」的結果，這與胡適（1891-1962）同月在《新青年》發表關於文學改良的著名文章〈文學改良芻議〉主張高度相似。再者，眾所周知，《新青年》每期出版時間都會比封面所標示的遲許多，所以極有可能是包天笑的觀點發表在前。但包天笑以及他的雜誌，卻從未與胡適「文學革命」以及「五四」的傳統相聯繫。相反地，包天笑反而與被視為「五四文學」對立面的「鴛鴦蝴蝶派」聯繫在一起。

　　就像絕大多數「五四文學」幾乎不涉及「五四」一樣，絕大多數「鴛鴦蝴蝶派」的文學，也不以描寫鴛鴦和蝴蝶為特徵。這一術語被用來寬泛定義那些出自上海，成於一群各自為政作家之手的出版刊物。這些作家較少歐化的寫作風格，並且在面對傳統時，呈現出比北京的改革者（如胡適與魯迅）更為複雜的態度。在傳統的文學史中，尤其是出版於中國者，「鴛鴦蝴蝶派」的風格被視為是為了「文學革命」成功，而亟需被「打倒」的「敵人」。它被貶低了很長一段時間，即使今日，也很難避免對這些作品產生不那麼「嚴肅」或不那麼「文學」的第一印象。與其相關的一切，包括語言、標點的使用，以及拒絕以白話入詩等，都使其無法被納入中國現代文學的典範。包天笑等人的作品，很少出現在被我們教授的經典之列。它們缺乏足夠的英文譯本可以讓我們用翻譯來教授這種風格。而原文距離中文語言課程所教授的「標準」普通話太遠，也無法鼓勵用中文原文講授。絕大多數關於中國現代文學的課程（以及絕大多數翻譯的文集），要麼就徹底忽視這種風

格，要麼就點到為止。然而關注刊登於「鴛鴦蝴蝶派」雜誌的小說如何處理「五四」遊行，也許是我們更深入理解一九一〇年代末與一九二〇年代初中國文學的絕佳路徑。

1919年6月號《小說畫報》開卷即是《國恥痛史》一書的全版廣告。而打頭兩篇小說均以「五四」遊行為背景。第一篇由包天笑所撰，題為〈誰之罪〉直接引自赫爾岑（Aleksandr Herzen, 1812-1870）的同名俄羅斯小說。在此，我們遂有了一位關於「五四」書寫的「鴛鴦蝴蝶派」作家，而且他還指涉了一位以社會批判著稱的俄國現實主義作家。這與「鴛鴦蝴蝶派」的傳統印象相去甚遠。

第一篇故事背景是反日運動席捲全國時的蘇州，主人公是一位賣東洋雜貨為生的蘇州小販王國才（王國才作為「亡國奴才」的雙關語，是當時中國人在反帝宣傳中的一種流行自況）。小說一開始，王國才在街邊小攤販售東洋玩具和文具。他的生意很好，獲利後他和妻子決定購買日商製造的高檔彩紙裝飾其妻自製的小盒子，以便更多獲利。然而，示威遊行的學生搗毀了貨攤，搜家焚燒彩紙，所有付之一炬，王國才因之破產。諷刺的是，學生們初到時，打著的正是「幸勿暴動」的口號。無力保全家庭，羞憤難當的王國才選擇了自殺。敘述者最後反問：「誰之罪？」

第二篇由與包天笑志同道合的另外一位著名作家及編輯姚鵷雛（1892-1954）所作，題為〈犧牲一切〉。故事發生於上海，主人公是一位在日本接受過教育，任職於日本銀行的中國年輕人。他的妻子能說一口流利英語，在當地的教會學校幫忙。故事在生活描寫中開場，並聚焦於年輕妻子與保守婆婆間的代溝。當反日遊行蔓延到上海時，妻子踴躍勸說丈夫辭掉日本銀行工作，做正確的事。為了國家利益，他們放棄舒適的生活。小說結尾採開放式，包括婆婆在內的三名主人公，都聲明「犧牲一切」是正確的。至於他們的最終結局，則留給讀者想像。

兩篇小說都包含了學生運動的細節描述，也以插圖描繪遊行中的學生。第二篇小說尤其精采，特寫了主人公及其他人物間的彼此互動，反映當時社會與世代差距，也寫出這對青年夫婦的真摯情感。兩個文本既延續了「二元補襯」（由浦安迪〔Andrew Plaks〕發明的概念）的前現代虛構傳統，又使

之適於現代雜誌出版。它們都突出了示威遊行的愛國熱情，但也彰顯了暴力行徑的醜惡一面與無辜的犧牲者。第一篇小說以提問結尾，第二篇則以開放式結局為終。兩位作者都未做出道德判斷，鼓勵讀者自己思考。

　　總之，相較「鴛鴦蝴蝶派」這一標籤帶來的預設，這兩篇小說展現了對五四事件更為複雜的回應。更重要的是，這樣的小說可以使我們徹底摒棄這些不實之名。反之，我們應當去閱讀大量可能找到的出版物資源，繼而對中國現代文學史上這一迷人時期所產生的故事，作出更新和更好的敘述。

參考文獻：

陳平原《觸摸歷史與進入五四》（北京，北京大學出版社，2005年）。

Kai-wing Chow et al., eds., *Beyond the May Fourth Paradigm: In Search of Chinese Modernity* (Lanham, MD, Lexington Books, 2008).

Milena Doleželová-Velingerová et al., eds., *The Appropriation of Cultural Capital: China's May Fourth Project* (Cambridge, MA, Harvard University Asia Center, 2001).

Michel Hockx, "What's in a Date? May Fourth in Modern Chinese Literary History," in *Paths towards Modernity: Conference to Mark the Centenary of Jaroslav Prusek, ed. Olga Lomova* (Prague, 2008), pp. 291–306.

賀麥曉（Michel Hockx）撰，李浴洋 譯

1921 年 11 月 30 日

「一男子，名喚台灣，被診斷為『文化落後症』，現急需治療。」

台灣診斷書

　　1921年11月30日，一名二十七歲住在台灣總督府，名喚台灣島的男子，因持續嚴重的「智識營養不良」，被診斷為「世界文化的低能兒」。醫生建議比較激進的治療方式。處方包括最大劑量的正規學校教育，同時大量增加幼兒園、圖書館和讀報社群的數量。根據評估，如果謹遵處方，病人可在二十年內康復。主治醫師是日本殖民時期台灣重要的文化名人和政治家蔣渭水（1891-1931）。此診斷出自蔣渭水的散文〈臨床講義——關於名為台灣的病人〉。

　　這個充滿寓言意味的診斷體現了台灣知識分子深切的社會政治關懷以及對文化啟蒙的決心。啟蒙的呼聲最早出現在刊行於東京，以留日台灣學子為主要讀者群的《台灣青年》，後來影響漸及台灣本土。此啟蒙大計由1921年10月17日成立的台灣文化協會主導，蔣渭水是重要的創辦成員之一。〈臨床講義〉首先刊登於協會的會刊。1920年代台灣知識分子的活動方式與殖民時期頭二十年（1895-1915）的武裝抵抗不同，他們大多以文化活動方式表達他們對殖民政府的不滿。蔣的文章正好體現了反殖運動策略上的調整。

　　台灣文化協會是殖民時期第一個全國性的文化組織。首要宗旨是啟蒙大眾，而這一目標與創辦人員廣泛的社會政治參與有密切的關係，蔣渭水堪稱最佳例子。早在1912年，蔣就和他台灣總督府醫學校的幾位同學一起加入同盟會台灣分會，支持孫中山（1866-1925）的革命運動。1913年，蔣意圖刺殺袁世凱（1859-1916）未果。1914年，他參加了由日本民權運動領袖和台

灣鄉紳聯合創立的「台灣同化會」，該會旨在消弭日本人對台灣人的種種歧視，但成立不到兩個月即被總督府強制解散。1920年始，蔣渭水在台灣的社會政治運動中越來越活躍。1921年他參與了多項台灣自治的請願活動，並在1923年因為政治參與而遭殖民當局拘留。在政治輿論和文化環境都被嚴密監管之時，醫學院是台灣人唯一可以接受高等教育的地方。二十世紀二、三〇年代數位舉足輕重的政治文化人物，如賴和（1894-1943）、吳新榮（1907-1967）和蔣渭水都出身醫學院。

　　如何向不識字的大眾傳達反殖思想和進步文化，是知識分子面臨的棘手問題。當時台灣主要人口只會說台灣話，無論是書面文言還是日文都不適宜作為與大眾接觸的媒介。1920年，陳炘（1893-1947）在《台灣青年》創刊號中曾試圖解決這個問題。他不僅在〈文學與職務〉一文強調文學的社會功能，也提倡使用通俗易懂的語言。1920至1923年間，知識分子各自以不同的語文——如陳炘以文言，甘文芳（1901-1986）以日文，黃朝琴（1897-1972）以白話——為文，共同推動白話文書寫。這些理論先驅的努力卓然有成，1923年《台灣民報》創刊號即使用白話文，而非如早先《台灣青年》與《台灣》呈現的文言與日文各半。

　　就讀於北京師範大學，深受文學革命影響的張我軍（1902-1955），在1924年4月的《台灣民報》發表〈致台灣青年的一封信〉，抨擊舊體詩陳腐頹喪，雕琢文字。張認為作為中國文學分支的台灣文學缺乏一個標準化的書寫系統，應大力推動使用白話文。10月，張回到台灣，發表〈糟糕的台灣文學界〉，將舊體詩人貶斥為「守墓之犬」。張的苛刻言論引起不少反彈，讓許多新舊文人都加入這場主要在《台灣民報》上展開的論戰。張的支持者包括蔡孝乾（1908-1982）、賴和、楊雲萍（1906-2000）與陳虛谷（1891-1965)等人。新舊文學之爭於1925年達到巔峰，後續幾年偶有回響。1925年後，許多白話文運動的支持者都將精力投入到其他社會運動中。當他們透過白話文的實驗寫作將理論付諸實踐時，在剖析社會問題以及表達對改革的強烈憧憬兩方面，與蔣渭水的〈臨床講義〉如出一轍。

　　賴和是早期台灣白話文學的先鋒人物之一，被尊稱為「台灣新文學之父」。1925年，賴發表了第一首白話詩〈覺悟下的犧牲——寄二林事件的戰

友〉。翌年，他又發表了〈鬥鬧熱〉和〈一桿「稱仔」〉。這三篇作品全面控訴了台灣社會的陋習和日本殖民者的壓迫，奠定了賴和日後創作的根基。同時它們也彰顯了殖民時期台灣文學的主要主題。賴和以〈覺悟下的犧牲〉一文支持「二林事件」中遭到羈留乃至監禁的農民。二林事件為二林在地的蔗農因不滿林本源製糖株式會社的收購價格太低，與殖民當局產生的一次衝突。在這首詩的副標中，賴和稱農民為他的「戰友」，詩作表達了賴和對被剝削農民的深切同情，讚揚他們為自身權益奮鬥的行動「多麼難能，多麼光榮！」對弱者的人道關懷始終是賴和文學創作的核心主題。另一個反覆出現的主題則是對台灣人「民族性」的刻畫，尤其著重在本島社會中落伍的舊習上。

　　〈鬥鬧熱〉是一則迎神賽會的諷刺描寫，賴和以諧謔的語調呼籲社會改革。小說經由幾個無名人物的對話暴露了村人的過度好面子。為了與鄰村的人比拚，村內甚至一貧如洗者都被迫捐獻，好讓慶典更加奢華。雖然幾個路人看客議論活動將非常成功，但一位老人卻回憶著日本殖民之前，村子間迎神賽會的比拼更加激烈。乍看之下，老村民的話似乎是批判日本的殖民，意指過去由本地人治理的台灣社會更加富庶。但小說的核心凸顯的其實是饒富洞見的敘述者與無知群眾之間不可逾越的階級距離。與清醒的敘事者不同，群眾無法認知自身受到壓迫的處境。大眾和老者一樣，沉浸在舊時記憶不能自拔，而不是發展出足以和殖民主義對抗的社會意識。

　　〈一桿「稱仔」〉的主旨大致相同，是關於菜販「秦得參」（與台語發音「真的慘」接近）被日本資本主義剝削的悲慘故事。某日，一個日本巡警光顧菜攤。秦得參為了討好他，故意少算菜的重量。沒想到巡警不但不接受他的好意，還以「違反度量衡制度」的罪名逮捕秦得參。無力繳納保釋金的秦得參殺了警察後自殺。「稱仔」理應是公平公正的象徵。但是在殖民地時期的台灣，警察為謀經濟私利，以及為服務政治控制的目的，擅自設置了另一套度量衡制度。賴和眼見這種不公平的制度，有感而發：日本殖民雖然給台灣帶來了進步和現代化，但島內居民的生活質素並無相應改善。

　　賴和作品對於勞工階層的關注預示著1927年台灣文化協會的日益左傾。賴和同時參與了新左翼的台灣文化協會以及改革派的台灣民眾黨活動。在蔣

渭水的領導下，尤其是通過參與不同的普羅運動，台灣民眾黨逐漸左傾。這一左傾路線導致黨內仕紳階級，如林獻堂（1881-1956）、蔡培火（1889-1983）等人的陸續退黨。後者籌組改革派台灣地方自治聯盟，試圖以合法的手段爭取更大程度的自治。

儘管賴和在文化協會分裂之時並未表明其意識形態傾向，但他的確感受到知識菁英與大眾之間的鴻溝逐漸增大。在他的〈隨筆〉（1931）及短篇小說〈辱?!〉（1931）中，賴和自嘲身為一介文人，並無大用，並且質疑台灣文化協會的啟蒙話語是否真的能改善勞苦大眾的生活。他清醒地意識到文化啟蒙論的局限性。隨著群眾運動的重要性日益增長，他對社會經濟位於下層的人民有了更多同情。他逐漸成為一個左派文人，雖然他的社會主義理論仍是理想化的信念，有待更好的實踐。他和楊逵（1906-1985）不同，一生未加入台灣共產黨也未參與任何工會活動。

1932年，在賴和推薦下，楊逵〈送報伕〉的一半內容刊登於《台灣新民報》。他延續了賴和作品中的反殖民主題，但規避了其中的國族主義，將階級意識置於反帝國主義之上。〈送報伕〉中的被壓迫者面臨解雇時，唯有透過國際間的合作與自助才能爭取權益。小說全文兩年後才得以出版，講述一個台灣送報伕如何在東京成為信奉暴力革命的社會主義者，爾後回到台灣，最終領導對資本主義剝削的抵抗。

楊逵的〈頑童伐鬼記〉（1936）、〈模範村〉（1937）同樣諷刺資本家的偷竊行徑。〈頑童伐鬼記〉從日本藝術學生井上健作的角度，敘述他到訪台灣的故事。他帶著憧憬而來，卻對殖民地骯髒貧窮的現實失望不已，並意識到服務於資本家的藝術是沒有生命的。回東京之前，井上留下一張題為《伐鬼圖》的畫給在地的小朋友。小朋友們受到此圖的啟發，巧妙構思了一套策略成功趕跑被他們稱為「惡鬼」的當地資本家，保護了自己的遊樂場。〈模範村〉揭露了殖民者為了施行同化台灣人的政策，不惜以在地村民的社會福祉為代價。故事中的兩個知識分子極力反抗殖民者的壓迫：一個在大陸與日本人抗爭，另一個留在台灣教育農民。楊逵在上述三個故事中提醒讀者，真正的魔鬼是帝國資本主義的剝削。無產階級和弱勢群體間跨國界的合作和文學藝術的普及才是和魔鬼對抗的最有力武器。

　　恰如二十世紀之交、許多受到晚清「新民」說與五四「文化改造論」影響的中國知識分子，殖民地台灣的作家也肩負起文化啟蒙的道德重任。魯迅（1881–1936）棄醫從文、致力於透過文學來醫治中國在精神方面的疾病，而蔣渭水與賴和投入文學時則依然將自己視為醫生，志在醫治台灣社會的種種痼疾。不同於魯迅，蔣渭水和賴和終其一生都是執業醫生。蔣渭水的醫療事業和他的政治與文化活動息息相關，他創立於1916年的大安醫院正是台灣文化協會的總部，同時還在醫院旁開了一家書店，希望能醫治台灣人的「智識匱乏」。蔣渭水、賴和與楊逵的作品雖然分屬不同病理學派別，但都描繪了殖民地社會的病症百出。蔣渭水將殖民地台灣人格化為患有「文化落後症」的病人，呼應了魯迅對革命前封建中國禮教吃人的比喻。恰恰是這種以文學作為醫治社會弊病良方的共同追求，清晰地呈現出台灣作家和魯迅及其追隨者之間的連結。

　　從蔣渭水的〈臨床講義〉到張我軍發起的新舊文學論戰，都將一九二〇年代的台灣刻畫成一個病入膏肓的患者。台灣人民智識匱乏症之一就是文化界內盛行過時的古典文學，這些先鋒作家的作品凸顯了文學與社會政治情勢間千絲萬縷的聯繫。他們也合力建構了反殖民的寫實主義文學作為台灣文學的典範。這種將文學視作醫治社會弊病的實用觀點在當下的台灣依然被奉為圭臬，在這個意義上，那些沒有表達明顯社會關懷的作品很可能因此被邊緣化。

參考文獻：

賴和〈一桿「稱仔」〉，《台灣民報》1926年2月14日、21日。
張我軍〈糟糕的台灣文學界〉，《台灣民報》1924年10月。

林姵吟 撰，陳抒 譯

1922年3月
《學衡》發表了第一篇關於哈佛學者白璧德的文章

翻譯白璧德

　　1922年3月，《學衡》發表了第一篇關於哈佛學者白璧德（Irving Babbitt, 1865-1933）的文章。直到1933年終刊為止，《學衡》總共發表了八篇關於白璧德的文章，其中四篇是著作的翻譯，包括他1921年在波士頓中國學生年會上的演說，以及他的著作《文學與美國的大學》（*Literature and the American College*, 1908）和《民主與領袖》（*Democracy and Leadership*, 1924）中的章節。其餘文章則是對白璧德提倡的新人文主義的一般性介紹，其中一篇作者是白璧德在哈佛的學生梅光迪（1890-1945），另一篇（譯文）作者是法國作家馬西爾（Louis J. A. Mercier, 1880-1953）。

　　Babbitt得到了一個中文名字「白璧德」，此類情事在中國漫長的跨文化交流史上經常發生。儘管白璧德從未到過中國，他卻是二十世紀二、三〇年代中國的流行文化符號。一九二〇年代初，當反傳統主義者攻擊儒家傳統，特別是古代文言時，《學衡》編輯把白璧德塑造成一個古典學問的堅定支持者。論爭白熱化時，白璧德和另一位美國學者杜威（John Dewey, 1859-1962）成了對比，後者曾應新文化運動領袖胡適（1859-1962）的邀請，於1919至1921年間實地造訪中國。在一九二〇年代末和一九三〇年代初，當文學論爭的焦點從語言改革轉向支持共產主義革命時，白璧德被拿來批評文學的政治化。他的新人文主義再一次得到了強調，這次他被呈現為極力反對把文學變成階級鬥爭政治武器的文學理論家。

　　在這兩個例子裡，白璧德的中國追隨者都沒有完全理解他的觀點。白璧

德出生於俄亥俄州的代頓（Dayton），為一九一〇至一九三〇年代美國新人文主義的領袖之一。白璧德與摩爾（Paul Elmer More, 1864-1937）、佛斯特（Norman Foerster, 1887-1912）和捨曼（Stuart Pratt Sherman, 1881-1926）有志一同。他認為美國新興的財閥統治和物質主義摧毀了亙古至今的人文價值，而對它們發起了思想抗爭。白璧德尤其反對美國大學課程的改變，如選課制、職業教育和服務理念之類。白璧德的專長是古希臘哲學、法國文學和佛教，他在哈佛大學教了幾十年的書，影響了許多學生的觀點。然而，由於他反對大眾社會、大眾民主和實用科學主義的立場鮮明，當美國的都市化和工業化正如火如荼地展開時，他學術生涯的大部分時間都處於美國文化場域的邊緣。

　　儘管白璧德生不逢時，卻給他在美國的追隨者提供了現代性的另類視野。快速工業化是美國現代時期的象徵，對此他頗有批判。雖然白璧德不是科班出身的經濟學家或社會學家，他卻很敏銳地指出了這一前所未有的社會政治亂局，終將給人類帶來巨大傷害。白璧德以文藝復興時期的人文主義者和英國博雅教育的傳統為榜樣，宣稱古典研究、哲學和文學必須成為「執政者教育」的基礎，以抵抗工業化時代的教育趨勢。他支持傑佛遜式的「貴族民主」（aristocratic democracy），視其為美國政府的典範，想把過去和現在聯繫起來，給他眼中任意胡為的發展提供正確的方向。

　　因為白璧德的中國追隨者只知道他是哈佛大學的教授，卻沒有領會他的新人文主義的社會經濟意義。例如，《學衡》的主編吳宓（1894-1978）是把白璧德的新人文主義介紹到中國的關鍵人物，但他對他老師提倡文藝復興人文主義和博雅教育的動機卻知之甚微。吳宓的日記和自傳表明他和當時許多中國留學生一樣，生活在美國社會外緣。他將大部分的時間貢獻給中國學術，祖國的時事比起美國的時事更讓他感興趣。他對白璧德的新文人主義的理解，便自限於狹隘且學究氣息濃厚的美學觀點。他熟知他老師的學術著作，特別是關於希臘文學、盧梭（Jean-Jacques Rousseau, 1712-1778）思想和佛教的研究。但是他不了解他老師全力以赴的教育論爭，也不清楚這場教育論爭的社會經濟脈絡。

　　雖然吳宓所知有限，但他卻因為兩個原因而為白璧德的新人文主義所吸

引。一個原因是它有力地反駁了新文化運動在文化上的反傳統主義。這場運動攻擊了儒教，認為它是帝制時期（公元前206–公元1911）支撐威權主義、等級制度和菁英主義的國家意識形態。在一九二〇年代白話文寫作論爭的脈絡中，新人文主義為吳宓提供了依據，讓他以文言和高雅詩歌形式為基礎，將中國的過去和現在連結起來。更有利的是，新人文主義是來自美國這樣一個先進工業國的思想學派，美國已經認識到工業化的好處和它所造成的傷害。

　　一個恰當的例子是吳宓對白璧德形象的塑造。在胡先驌（1894–1968）翻譯的〈白璧德中西人文教育談〉（1922年3月）一文的編者按語裡，吳宓特意將白璧德和一九二〇年代的中國聯繫起來。首先他強調白璧德雖然不懂中文，卻很了解中國最近的發展。其次，他指出白璧德是美國重要的文學批評家，與其他西方思想家的社會視野迥然不同。其他西方思想家強調科學主義和物質主義的好處，白璧德卻關注宗教與道德在塑造個人精神生活上的作用。其他西方思想家把現代歐洲看作人類發展的頂峰，白璧德卻把東方和西方、過去和現在的學問整合起來。

　　白璧德的新人文主義協助抵抗反傳統主義。此外，它還讓中國在全球現代性話語中獲得了一席之地，因此吸引了吳宓。白璧德試圖從歐洲、印度和中國汲取資源，來清晰地表達某種全球文化。按照當時的標準而言，他確實是「跨文化」的人物。在《學衡》雜誌的文章裡，白璧德的全球主義不斷得到彰顯。前文提及吳宓給胡先驌譯文寫的編者按語中告訴讀者，從白璧德的角度來看，西方的柏拉圖和亞里斯多德、東方的釋迦牟尼和孔子，他們的教導，具有同一性。吳宓1925年翻譯的白璧德《民主與領袖》一書的第五章〈歐洲與亞洲〉中，白璧德的全球主義再次現身。在這一章中，白璧德比較了四位思想家：拿撒勒的耶穌、印度的釋迦牟尼、雅典的亞里斯多德和中國的孔子。他跨越地理和文化的邊界，首先在宗教層面上比較了耶穌和釋迦牟尼，然後在道德哲學的基礎上比較了亞里斯多德和孔子。白璧德展示了世界各地學術上的同一性，他希望所有的現代人都向亞洲的「精神文明」學習，以對抗歐美快速發展的物質主義。

　　當然，吳宓的白璧德可以被理解為某種對一戰結束後的工業化和科學主

義的「保守批判」。但是在吳宓的呈現中，白璧德來自飛速發展的工業國家，而且又是一位心中有特定目標的思想家，認為東方哲學構成二十一世紀的精神基礎。他眼中的白璧德不僅僅反對工業化與科學主義這兩大現代世界支柱，更是中國另類現代性的支持者，而這種現代性將東方文化的成分含括在現代化過程之中。

1927年，就在吳宓討論全球化的白璧德文章發表兩年後，梁實秋（1903-1987）展現出白璧德的另一副形象。梁實秋是白璧德以前在哈佛的學生，他跟魯迅（1881-1936）就作家是否應該寫革命文學發生過論爭。從1927年起到1936年止，這場論爭斷斷續續延燒了九年，時間上跟魯迅領導中國左翼作家聯盟（1930-1936）有所重疊。魯迅將蘇聯文藝理論家的著作翻譯成中文，指出為藝術而藝術並不存在。在魯迅眼裡，所有的（文學或非文學的）作品都表現出階級差異，也因此是階級鬥爭的重要組成部分。另一方面，梁實秋則支持為藝術而藝術，認為文學有超越政治的內在價值。雙方論爭集中關注三個問題：文學是否反映了階級差異，文學（特別是詩歌）是否表達人類精神，以及黨國體制是否能夠用文學政策來控制文學生產。在思辨這三個論題時，梁實秋所依據的正是白璧德的新人文主義。和吳宓類似，他也把美國學者Babbitt變成了能為中國現代化提供洞見的中國專家白璧德。

為了反駁魯迅的論述，梁實秋指出魯迅在批評白璧德支持為藝術而藝術的時候，完全誤解了白璧德。對梁實秋來說，白璧德新人文主義的範圍要比他的美學理論來得更為寬廣。一方面，新人文主義汲取了古希臘、文藝復興和十九世紀浪漫主義的人文主義傳統。另一方面，新人文主義提供了另類現代性的視野，用人類對道德正義和精神覺醒的渴望，制衡人們對物質進步的追求。因而，新人文主義是一個反對物質主義、民粹主義、科學主義和功利主義的綜合思想體系，而蘇俄恰恰是建立在這幾種主義的基礎之上。

梁實秋援引白璧德對待現代化的穩健之道，來批評魯迅對革命文學的支持。在梁實秋看來，「革命文學」是一個矛盾的術語，因為所有的文學作品由於其原創性和創造性，本來就是革命的。雖然許多文學作品並不支持共產主義革命，但那並不意味著它們自身不是革命的作品。對梁實秋來說，魯迅把革命的意識形態強加給其他作家，結果起到了反作用。梁實秋認為，魯迅

不去鼓勵文學的創造性，實際上限制了作家從事文學實驗的自由，毫無必要地給他們穿上了馬列主義的緊身衣。梁實秋指出，這麼做的結果是作家不再有能力去表達生活的複雜性；相反，他們成了共產黨的傳聲筒。

白璧德的新人文主義對梁實秋的論述影響深遠。就梁實秋而言，白璧德的最大貢獻是他的如下觀點：每一個人都必須被當作一個獨特的人，有他或她的尊嚴、個性和人格。無論是在文學還是在現實生活中，白璧德都尋求人與人之間的差異，嚴肅對待人類世界的錯綜複雜。梁實秋認為，魯迅與白璧德形成對比，前者支持的是一種革命文學，將無數的人簡化成諸如「無產階級」和「資產階級」這樣的標籤。梁實秋最後的總結是，這種將文學政治化的做法不會奏效，不僅是因為它人為地隔開人們，更因為它與人性背道而馳。

與吳宓的白璧德類似，梁實秋的白璧德也不是Irving Babbitt。梁實秋理解的白璧德一部分來自他個人對白璧德作品選擇性地閱讀，一部分來自他對中國新文學的理解。白璧德在一九二〇年代反對白話文運動，而到了一九三〇年代則轉而反對革命文學的創作。在這兩種情況下，白璧德都象徵了另一條現代化中國語言和文學的道路，在這條路上，中國的過去被認真對待。

參考文獻：

白璧德《文學與美國的大學》（北京，北京大學出版社，2011年）。

白璧德《盧梭與浪漫主義》（石家莊，河北教育出版社，2003年）。

《學衡》（1922-1923年）。

梁實秋《偏見集》（南京，南京出版社，1934年）。

吳宓《吳宓日記》（十卷）（北京，生活・讀書・新知三聯書店，1998年）。

Irving Babbitt, *Literature and the American College* (1908; repr., Washington, DC, National Humanities Institute, 1986).

Irving Babbit, *Rousseau and Romanticism* (Boston, Houghton Mifflin Company, 1919) .

韓子奇（Tze-ki Hon）撰，季劍青 譯

1922年春
包天笑訪問了向愷然

向愷然的猴子

　　一如西部小說之於美國的意義，武俠小說和電影在中國是一種英雄主義與幻想的半神話故事，它們在普遍的民族與文化認同上，發揮了至關重要的作用。如今在網路上蓬勃發展的武俠小說，主題與素材可溯源至早期中國文學經典。二十世紀以來，作為大眾印刷文化的重要存在的武俠小說，以連載形式刊登於報章雜誌，套裝文本更是成為借閱、出租或購買的潮流，雖然在中華人民共和國成立後一度被禁，但依舊盛行於香港、台灣與海外中國社群。湖南人向愷然（1890-1957）是公認的現代武俠小說之父，1923年以「平江不肖生」筆名連載的《江湖奇俠傳》與《近代俠義英雄傳》，引發了民國武俠小說熱。與之息息相關的武俠電影風潮持續至今，甚至形成綿延不絕的小說及電影改編浪潮。向愷然為何而寫？一切要從1922年編輯包天笑（1875-1973）的來訪說起。

　　根據包天笑回憶，雖然無法記得這段經歷的確切日期，但時間大約是《星期》（1922年2月創刊，包天笑編輯）發行前後，當時包天笑尋找向愷然已有一段時日了。1916年，向愷然已出版描寫中國留洋學生醜聞的暢銷小說《留東外史》。小說聲譽卓著，但作者行蹤卻不為人知。包天笑提到「有人說已回湖南去了，有人說又到日本去了，莫衷一是」。另一位湖南作家張冥飛透露向愷然仍居於上海的訊息，包天笑認為時機到來。但這位經常被提及的作家很少接受訪客，張冥飛提醒「你要訪他，須在下午三點鐘以後，倘然在夜裡去更好」。精明的包天笑表示知曉「向大人乃癮君子

也」。翌日，包天笑來到新聞路的狹窄巷弄，他見到了向愷然，一條狗、一隻猴子和他的一個侍妾。儘管包天笑下午四點才登門，向愷然卻未作好會客準備。「他是剛起身，必須過了癮方有精神，我就不客氣在他煙榻上相對而臥了」。那晚，向愷然承諾會為包天笑編輯的《星期》撰寫兩部作品。

其中一部作品是為他贏得最初聲譽的小說的續作之一《留東外史補》，這部續作與原著一樣，在自然主義的細節中，敘述了環環相扣的奇聞軼事，揭露一群以留學為名，浪跡海外的男男女女的情欲爭逐，唯利是圖、虛情假意、自欺欺人、狹隘懶惰。他們的劣蹟比之十年前更加離譜。如同向愷然寫道：

> 大約是世界文明進步，中國人的作惡程度也就跟著進步。只看幾年來國內的政治和社會的情形，已足證明我國人作惡進步之神速。

中國社會與政治現實同全球文明的抵牾，使得《留東外史》躋身二十世紀初偉大的「譴責小說」之列。一九一〇年代，這一流派儘管仍深受讀者歡迎，卻已被批評家評價為辭氣浮露的「黑幕小說」。批評家指責這一流派充斥著淫穢、謠言，甚至勒索意圖。1918年，教育部通俗教育研究會呼籲作家停止創作這類型小說。同年，「黑幕小說」成為主張文學「改良」與「革命」的「新文化」陣營首批論爭的對象之一。「黑幕小說」被批判為形式陳舊、內容輕浮，輕浮憊賴；然而這類批判卻忽略作品與「新文學」進程間的關聯。向愷然在《留東外史》中，嫻熟掌握鮮活口語對話，還有羅列種種文人怪現狀，在在呈現中國國民性的墮落。中國人在域外日本社會與文化環境中的經歷，無疑更曝露了這種醜態。這種眼光作為一種參照性視角，反映在諸多經典的「新文學」／「五四」作品中——如魯迅（1881-1936）在《吶喊·自序》中，記述他在日本仙台醫校看到中國人被砍頭的幻燈片的遭遇，或郁達夫（1896-1945）在〈沉淪〉中，描寫一個留學生將個人的性苦悶嫁接為感時憂國的絕望。《留東外史》與〈沉淪〉的主題共鳴，尤引人注目。對郁達夫作品中的主人公，以及充斥在向愷然小說中的無恥之徒們而言，性

欲是他們「表演」的關鍵。他們將自我的放蕩無形，轉化為為國雪恥的藉口。在〈沉淪〉中，這種轉換以備受屈辱的方式結束。故事結尾，主人公在妓院尋歡受挫，悶悶不樂，決定自沉。他面朝西方，迎向大海，狂呼：「祖國呀祖國！我的死是你害我的！你快富起來！強起來罷！你還有許多兒女在那裡受苦呢！」

　　黃文漢對此要啞然失笑了。他是《留東外史》的中心人物之一，是一個對武術狂熱的中國留學生。他色膽包天，百無禁忌，而且樂於與同伴分享對日本女人的嫖經。然而，儘管黃文漢的行徑如此離譜，他卻無意藉此演出自甘墮落或自慚形穢的好戲。小說伊始，他帶朋友去找相好的一對「姊妹」，卻在門外看到兩雙日本軍靴。他長驅直入，打斷妓女與客人的好事。手足無措的日本軍官建議與新相識的黃共進一餐，黃刻意點選高價美食，而當日本軍官將帳單交給他，他卻拿起他們的一件大衣大步邁出，宣稱準備去典當。軍官緊隨其後，他擊倒其中一位，並招來警察。果不出所料，對手唯恐當眾蒙羞，影響前程，只好道歉付帳。

　　面對日本人對中國人的藐視——無論真實或想像，黃文漢的回應不是軟弱自卑，而是炫耀自己性能力超強，以此展現民族自豪。正如他對軍官所說：

　　你知道我是來求學的嗎？我說句失禮的話你聽，我在國內的時候，聽說貴國美人最多，最易勾搭。我家中祖遺了幾十萬財產，在中國嫖厭了，特來貴國研究嫖的。今日就算是我上課的時間，難道你可說我來壞了嗎？

　　我們不難看出郁達夫筆下厭世的主人公每每以刻意狂放的姿態，彌補心中的恐懼和空虛。我們也得見魯迅阿Q所表演的「國民性」：在綁赴刑場中，仍然想著戲曲中哪個英雄場面，絕望地自命是一條好漢。但向愷然筆下的黃文漢如此生龍活虎，因此泯沒了正面與反面人物的尺度。

　　向愷然為《星期》所寫的第二部作品是《獵人偶記》，這是他的家鄉湖南的系列奇聞軼事，此部作品與《留東外史補》同樣令人聯想到其早期創作。1916年他在《民權素》雜誌發表《變色談》系列作品，1924年版的《變

色談》則刊登於《社會之花》雜誌，三部作品有著共同主題——湖南野外的
獵人與老虎，但僅有極少的素材。前兩部採用文言與傳統筆記小說的敘事模
式。向愷然以作者／敘事者出現在這些故事中，講述了他從熟人那兒蒐集的
傳說，以及他自己觀察到的事件，並證明其來有自，絕非穿鑿。1916年《變
色談》的故事來源與主角原型是向愷然在東京結識的一位中國武術家，但這
些故事並無《留東外史》中都市生活的卑鄙與背叛元素，然而就像對女性的
忽視一般——這可能並非偶然。湖南的原始山林都是為（男）人與野獸、
（男）人與（男）人之間的狡黠、勇敢、殘暴的原始與不道德競爭而鋪陳。

　　1924年的《變色談》捨棄傳統的表達方式，以生動活潑的白話閒聊呈
現。向愷然以年輕時期在野外遇虎的四次經歷展開故事，言談毫無英雄氣
概，相反地，他坦然描寫自己撞見這野獸時的恐懼之情，甚至令人莞爾。他
的描述凸顯了湖南荒野與現代都市的對立。他深思「談虎色變」背後的意
義，認為這句諺語應該是由知道老虎真面目的人所創造，因為他在動物園看
到的老虎威嚴盡失，只剩可憐形象。向愷然所指的動物園在哪裡？他何時候
有了這樣的機遇？答案是上海。向年輕時赴日留學途中初次經過這座城市。
相對上海動物園裡的老虎，只有他少年時期在山野中撞見的那些老虎，才真
是令人望而生畏的山大王。

　　向愷然早在《留東外史》就已表露武俠創作的因子，我們可以從故事主
人公黃文漢的身上看見，他不僅懂得武術，還帶有民族主義式的俠客精神。
此外，《留東外史》在描繪日本這樣一個反烏托邦時，也融入湖南的鄉野傳
奇，不禁令人想起《水滸傳》裡打虎的好漢。1922年，向愷然住在上海。包
天笑到新聞路的弄堂裡拜訪他。透過題材的萌發、再基於一些人際關係與商
業需要，兩人的會面可說是催生了現代武俠小說。包天笑認為那次拜訪是成
功的，他向朋友沈知方（1882-1939）展示向愷然的湖南傳奇。沈知方是包
天笑在《小說大觀》工作時的同事。沈知方看後驚呼「你從何處掘出了這個
寶藏？」沈知方是上海非常有遠見的出版商，新近成立世界書局。為了在通
俗期刊市場上挑戰大東書局——即包天笑的雇主，他在1922年8月創辦了
《紅雜誌》。在《紅雜誌》這類期刊中，誕生了一本與眾不同的新雜誌，也
就是中國第一本致力於特定通俗小說類型的雜誌——《偵探世界》。看過包

天笑帶來的那些故事，沈知方決定與向愷然簽約，邀他為雜誌寫作。對新市場有敏銳直覺的沈知方，希望向愷然能寫新穎且有特定主題的作品——「劍仙俠士之類的一流傳奇小說」。因此，平江不肖生的《江湖奇俠傳》在1922年底的《紅雜誌》上首次連載，《近代俠義英雄傳》也在1923年夏天的《偵探世界》第一期開始刊登。

擅長梳理文學脈絡再加上武俠小說本身的英雄性，使得包天笑為向愷然作的傳，即使帶有目的性，卻是成功且吸引人的。看包天笑敘述的樂事之一，便是他彷彿能帶我們回到向愷然的出租房間，房裡有一張煙榻、喜怒無常的主人、他的妾、狗和猴子。包天笑曾在別處提過，那條狗與那隻猴子經常吵架，以及向愷然是如何開玩笑地說，自己與「三隻野獸」一起生活。在《星期》第46期，包天笑發表了一則與向愷然有關的軼事：

向愷然家之猴

向愷然先生家蓄一猴，雄也。一日有作猴戲者登門，攜一猴，大小相等，則為牝者。兩猴相見，互拊其體，感情甚洽。向君擬購之以為配偶，而猴戲者見狀，索價甚巨。其實猴已枯瘦，購之不過四五金，乃向君願出十金購此猴，猴戲者尚靳之。既而猴戲者將去，兩猴互鉤其手不釋，強分之。向君之猴，悲啼者終夜。

三隻野獸，但沒有老虎。在向愷然的閣樓上，我們既沒有發現山林間禁欲的英雄，也沒有看到反烏托邦城市裡無情的花天酒地。我們看見的反而是一齣關於欲望與失落的悲情戲劇，投射在與主人相似的猴子身上。郁達夫筆下的悲劇性主人公，或許比我們想像的要更貼近向愷然。

參考文獻：

Louis Cha, *The Book and the Sword*, trans., Graham Earnshaw (Oxford, Oxford University Press, 2004).

John Christopher Hamm, *Paper Swordsmen: Jin Yong and the Modern Chinese Martial*

Arts Novel (Honolulu, University of Hawaii Press, 2005).

Petrus Liu, *Stateless Subjects: Chinese Martial Arts Literature and Postcolonial History* (Ithaca, NY, Cornell University Press, 2011).

韓倚松（John Christopher Hamm）撰，李浴洋 譯

1922 年 12 月 2 日
春暉中學舉行開學典禮

新文學與國文課

　　1908年春暉中學創建計畫著手進行，顯示了晚清浙江地方仕紳對教育改革的關心，他們視其為貧弱國家實現現代化的手段。1919年，現代新文化潮流加快了教育改革的腳步，當時新文化運動核心的教師與作家們多數是中小學老師，浙江省尤甚。於是，同年成立籌辦私立中學董事會。翌年，提名經亨頤（1877-1938）為首任校長，並擇定浙江上虞白馬湖為校址。1922年夏天，春暉中學開始招生，9月10日第一屆學生入學，12月2日舉行開學典禮，共計57名學生。

　　經亨頤為上虞人，曾任浙江省立第一師範學校校長，多年來他始終是教育改革的鼓吹者。1919年五四運動熱潮推動著他實踐先進的政策，這些政策與「新文化」緊緊相繫。經亨頤和一群浙江一師的師生，發起對傳統儒家理念的批判。然而，即便是在西式共和政治的統治下，浙江省仍保留一年兩次祭孔的傳統。五四運動促使知識分子及學生對這一道德傳統重新加以反思，經亨頤支持學生抵制校園中的這類儀式。結果省教育會要求經亨頤立即驅逐激進的學生領袖。但他拒絕合作，甚至辭職以示立場，其他主要教員也陸續跟進。

　　春暉中學便是在這一動盪不安的時期中建立，這表明了教育對於新文化運動而言的核心意義。1920年1月，經亨頤被提名為春暉中學首任校長，同時也受到來自省教育會的批判。春暉中學由地方仕紳出資興建，理念正是要讓教育事業跳脫省政府持之有年的文化保守主義框架，這種文化保守主義體

現在一些如浙江一師那樣的公立學校。經亨頤向從前同事夏丏尊（1886-1946）請求協助籌組春暉中學師資團隊。

　　夏丏尊是教育家也是充滿創造力的作家，他邀集一批具相似背景者加入春暉中學。像是浙江一師陳望道（1891-1977，著名作家和新成立的「文學研究會」成員）、李叔同（1880-1942，日本進步教育觀念的重要引介者，強調藝術與音樂在教育中的重要性，同時是一位極具現代感性的虔誠佛教徒）。李叔同在一師的學生豐子愷（1898-1975）也被延攬至春暉中學教授藝術和音樂。試看夏丏尊延聘至春暉中學教學或演講，從而參與了新式教育實驗者——如散文家朱自清（1898-1948）、信奉康德主義的美學家朱光潛（1897-1986）、小說家葉聖陶（1894-1988），詩人及散文家俞平伯（1900-1990），就會發現夏丏尊選擇教員特別著重個人思想和文化的卓越成就。究竟為何這些文化名人願意至浙江鄉村的一所私立中學任教？

　　除了歸功於夏丏尊的人脈外，在當時中國大城市政治與職場動盪不安的情況下，歸園田居並且扮演培養下一代中國知識分子和作家的重要角色，想必具有某種吸引力。雖然招募文化名流至中學任教似乎是象徵意義居多，但此舉卻體現了新文化運動的價值。運動初期——正如隨之而來的情況一般——富有創造力的作家，經常也是踵隨先進的政治立場者。他們將文學、藝術視為一種介入社會的模式，此思想根植於梁啟超（1873-1929）及嚴復（1853-1921）等晚清改革家。他們鼓吹以文學（尤其是小說）實現國家的現代化，以期養成具備知識、政治意識，能成為民主基礎的公民。經亨頤與夏丏尊非凡的作為，就是運用私立學校不受政府和地方保守勢力阻撓的機會，讓第一代中國現代作家的才能和政治意識，得以發揮於浙江兒童教育中。

　　春暉中學的故事就是一則文學敘事：一群既是中學老師又是創造力滿溢的作家以遠離歷史和政治動盪的田園生活形式，再造現代教育。他們受到來自歐美及日本教育觀念的啟發，以學生為中心重新思考師生對應關係。將這樣的關係視作是情感的、母性的、溫潤的，而非父權式的刻板嚴格。學校的教室可向外延伸至菜園、雞舍，彷如一座田園實驗室，師生過著民主的公社式生活。這種理想主義所體現的願景，正是日本作家武者小路實篤（1885-

1976）對現代自足公社式的「新村」想像，這種「新村」實際上已存在日本。武者小路實篤的方案不僅啟發了夏丏尊，同時也影響周作人（1885-1967）。這些理念以文學形式體現在葉聖陶寫於1928年的小說〈倪煥之〉，以及他和夏丏尊1933年合著的一部鼓勵青年積極自發閱讀寫作的故事體裁作品《文心》等。

閱讀和寫作確實是一九二〇年代教育改革的核心問題。這一節點使文學和教育的交會變得尤為意味深長：當時作家中，許多或絕大多數都曾經或仍然為人師表，因此理解新文化運動對傳統儒家教育與方法的排斥。儘管文學史通常專注於藝術發展，二十世紀初的中國教師面臨的卻是一個巨大的問題：學生該閱讀什麼，該如何讀，應如何教導他們在寫作中表達自己，他們是否希望成為文學家？當然，部分教育圖景充斥著大量來自西方典範的內容——自然和社會科學、其他國家的歷史與文學、外語——但中國的現代語言，其模式與經典以及傳統文獻，實際上是所有新型知識得以傳達的媒介，這是更基本的問題。

白馬湖作家解決問題的辦法，是為中學生提供一套實用的、包含平等精神的寫作課。之所以說「實用」是因為他們認為能在寫作中充分表達自我，是現代公民至關重要的素質，這種技藝在日常生活中會不斷證明其用途。這種方法並未將閱讀與寫作局限於課堂，強調的是能與社會各階層生活融為一體。「包含平等精神」所指是淡化具藝術天賦者與一般人的寫作區別；不將天賦看得比一般人在正常環境下通過努力所獲得的學問更高。於此，得見儒家傳統教育理念及與之形成鮮明對比的西方關於平等與價值觀的奇妙融合。在前者處，閱讀與寫作被置於教學之重心，成為學生介入社會的主要模式；後者則拒斥根深柢固的社會階級體制（包括以教育界定社會菁英的做法）。將學生提升至教育實踐的中心，著重簡單直接的表達勝於華美的巧思理念。

夏丏尊、葉聖陶和豐子愷等人的實際教學活動雖然無緣重現，但他們卻在寫作中示範了這些理念，並撰寫初級讀本與指南，致力使寫作成為中國青年日常生活的一部分。我們可以在他們的散文中看到，如夏丏尊的《平屋雜文》（1936）、豐子愷的《緣緣堂隨筆》（1931）傳達了言簡意賅的理念，

以及直書胸臆的想法。豐子愷的漫畫優雅迷人，至今仍被珍視，在視覺文化上所創造的抒情風格與魯迅（1881-1936）提倡的左翼木刻藝術形成鮮明對比，後者的美學更直接呈現二元對立世界。相較其他作家，這些作家的隨筆更具實用教誨意義，但對他們而言，寫作必須同時是件賞心樂事，一如夏丏尊著名的〈白馬湖之冬〉那樣：

　　我常把頭上的羅宋帽拉得低低地在洋燈下工作至深夜。松濤如吼，霜月當窗，飢鼠吱吱在承塵上奔竄。我於這種時候，深感到蕭瑟的詩趣，常獨自撥划著爐灰，不肯就睡，把自己擬諸山水畫中的人物，作種種幽邈的遐想。

豐子愷的漫畫：《聽》，豐子愷作，1926年。

夏丏尊把我們帶往他在湖邊陋屋中經歷無盡寒夜的苦澀現實中，但他又藉由文學、藝術傳統與自己的聯繫，從而找到了享受困窘之道。由此他證明了經由散文寫作的訓練，將藝術欣賞應用於細緻觀察的個人經驗確實能提升（或似乎能提升）個人的生活品質。

　　就這種寫作風格發展而言，較少為文學史家所知但又更能說明問題的是1930年代出版的諸多閱讀和寫作手冊，特別是出自夏丏尊、朱

光潛和朱自清等白馬湖作家之手的著作，最常見的是針對名家散文的評註。在這類著作中，作者會考察著名篇章（包括前現代的作品），特別關注創作技巧，如此學生便可直接從中有所領會，並且應用於寫作。這些篇幅不長的集子，讀來一如中國文學和寫作課程講義，或許這些確實就是課程講義。此外，小說家也經常以小說形式表現現代教育的運作。例如，葉聖陶與夏丏尊合著的《文心》，大體上就是以義大利經典名著《愛的教育》（*Cuore: Diary of an Italian Schoolboy*）為藍本。這部十九世紀的義大利作品是《文心》的先驅之作，《文心》則是它在中國的回響，文本揭示了以學生為本位的教育，並連結了學習和愛國主義。但夏丏尊和葉聖陶的著作描繪對象是十多歲的少年，並且更為熱切地關注經由自我指導（self-guided）的閱讀與寫作而培育的心靈生活過程，以及這些活動如何能與現代社會生活饒富意義地相互結合。

　　將散文寫作視為對現代教育理念的核心意義的總體想像，歸結到白馬湖畔一所私立中學數個月的教學活動上，似乎有點牽強。確實，當時許多曾經任教的重要人物爾後又轉任其他實驗性學校，其中最著名者為上海立達學園。大體而言，本文所述及的著作大約出版於一九二〇年代末至一九三〇年代初，而非作家短暫停留春暉中學的1922年至1925年間。然而，別具況味的是，這些作家經常回憶起那段新教育理念與田園環境結合的歲月，更不用說在湖畔小屋的教師共同體了。這些理念是如此深刻地烙印於他們的腦海，永久融入一種冥思閒適的生活方式與共同體，並且與中國散文的悠久傳統形成共鳴。

參考文獻：

白傑明《藝術的逃難：豐子愷傳》（杭州，浙江人民出版社，2015年）。

陳星《白馬湖作家群》（杭州，浙江文藝出版社，1998年）。

Geremie Barmé, *An Artistic Exile. A Life of Feng Zikai (1898-1975)* (Berkeley, CA, University of California Press, 2002).

Charles A. Laughlin, *The Literature of Leisure and Chinese Modernity* (Honolulu,

University of Hawaii Press, 2008).

David Pollard, *The Chinese Essay* (New York, Columbia University Press, 2000).

羅福林（Charles A. Laughlin）撰，季劍青 譯

1924年4月12日

我是個崇拜青春，歡樂與光明的靈魂——徐志摩〈默境〉

徐志摩和中國的浪漫主義

　　1924年4月12日，諾貝爾文學獎得主泰戈爾（Rabindranath Tagore, 1861-1941）蒞臨上海，開啟為期兩週的中國之行，此行是應著名文化人梁啟超（1873-1929）創辦的講學社之邀來訪。梁啟超派了得意門生徐志摩（1897-1931）——兩年前剛從英國留學歸來甫嶄露頭角的年輕詩人——擔任泰戈爾的翻譯和嚮導。在那張中國現代文學史上最具標誌性的照片中，這位白髮蒼蒼的孟加拉詩哲居中，左邊是溫文儒雅的徐志摩，右邊是迷人的女詩人林徽因（1904-1955）。徐志摩等人於1923年創立的文學社團，使用的名稱正是泰戈爾1913年出版的散文詩選集之名《新月》（*The Crescent Moon*）。

　　徐志摩無疑是中國現代詩歌史上最著名的詩人，他的名字不僅在學術界和詩歌讀者群中如雷貫耳，在華文世界也廣為人知。雖然他早已聞名全國，但詩創作開始的時間相對較晚。1920年他二十三歲，從紐約移居倫敦後才成為詩人。浸淫於英國文學及與英國文化人的友誼，激發了他寫詩的欲望，並形塑其文學品味與風格。

　　徐志摩在書信裡提及閱讀吳爾芙（Virginia Woolf, 1882-1941）和喬伊斯（James Joyce, 1882-1941）的作品，由此可知他熟悉一九二〇年代的盛期現代主義（high modernism）。然而，出於天性和美學選擇，他對浪漫主義更感興趣，此後遂成為中國最重要的浪漫主義者。他的創作生涯從1920年至1931年，儘管短暫，卻藉由引入這一新的美學範式，進而改變了現代中國詩

歌的路徑。

　　1917年，當時正留學美國的胡適呼籲革新令人窒息的、頹敗的中國詩歌傳統，徐志摩受此影響對現代詩產生興趣。胡適主張拋棄文言，轉而用現代白話寫作新詩——因此，現代中國詩歌也被稱為「白話詩」（vernacular poetry）。胡適和其他新詩先驅拋卻了古典詩歌的固定形式和韻律，實驗性地採用自由詩和其他從西方引進的詩歌形式。他們也不再運用中國古典詩歌中慣用的意象和熟悉的母題，轉而提出「詩的經驗主義」（poetic empiricism）概念，將詩歌創作建立在個人經驗而非文學常規的基礎上。一如他的詩作〈夢與詩〉所寫：「你不能做我的詩，正如我不能做你的夢。」

　　在開明知識分子的支持下，特別是在北京大學，現代詩歌一片繁榮，但其嚴重缺點在於，甫獲自由的詩歌以及詩人強調詩歌的淺顯易懂，導致中國早期現代詩充斥著膚淺的傾訴或散文化現象。基於對此情況的回應，徐志摩和新月社的同仁，尤其是聞一多（1899-1946）和朱湘（1904-1933），為現代詩歌引入了一種新的結構感。在徐志摩看來，結構對詩歌而言至關重要；通過詩節形式（stanzaic form）和聲音模式，意義才得以彰顯。

　　徐志摩寫於1925年的著名詩作〈偶然〉，就是最佳範例。詩只有兩小節，

　　　　我是天空裡的一片雲，
　　　　偶爾投影在你的波心——
　　　　你不必訝異，
　　　　更無須歡喜——
　　　　在轉瞬間消滅了蹤影。

　　　　你我相逢在黑夜的海上，
　　　　你有你的我有我的方向；
　　　　你記得也好，
　　　　最好你忘掉，
　　　　在這交會時互放的光亮！

第一小節的音節模式是9—9—5—5—9，第二小節則是10—10—5—5—10，整首詩的形式寓變化於嚴整之中，以平行的形式響應了不幸的戀人這一主題。兩者永不相遇，除了短短的瞬間——短暫得如浮雲在水中的倒影，或黑夜裡兩艘擦肩而過的船。尾韻加強了詩的情感力量。

有別於許多早期現代中國詩，〈偶然〉的詩語言令人稱道，它沒有中國古典詩的痕跡，措辭和節奏具有令人耳目一新的現代感。此詩朗誦聽來自然、真摯、悅耳。最後，詩歌處理的是愛情這一永恆主題，確切地說，是轉瞬即逝的愛情。然而，這首詩所傳達的微妙情感與絕大多數愛情詩不同，顯得別具一格。它沒有表現在惆悵與苦澀中的難以自拔，在表面的淡然（「你記得也好／最好你忘掉」）背後，是對生活之美的傾情擁抱和對自我超越的頌讚。正因如此，〈偶然〉深受讀者喜愛，還被譜成流行歌曲。

實際上，徐志摩至少有十七首詩被譜成歌曲，包括〈月下待杜鵑不來〉（1923）、〈為要尋一顆明星〉（1923）、〈海韻〉（1925）、〈再別康橋〉（1928）、〈我不知道風是在哪一個方向吹〉（1928）等。〈海韻〉先是由語言學家趙元任（1892-1982）譜成帶有女高音獨唱的混聲四部合唱作品，1974年再由莊奴和古月根據徐志摩和趙元任原作改編，由超級巨星鄧麗君（1953-1995）演唱並錄製成唱片。這首詩包含五小節，唱詞對象是喚作「你」的一位「女郎」。夜幕降臨，女郎徘徊在海灘上，她不顧敘述者對即將漲潮的警告，拒絕回家且在沙灘上縱情歌舞。詩的末尾，女郎不見蹤影，也許為大海所吞沒。

〈海韻〉可以讀作一則寓言，歌舞不羈的女郎是詩人的代表，最終吞沒女郎的大海則象徵著無邊無際的自由和想像力。女郎消失於大海並非悲劇，而是隱喻著某種浸禮與體認。作為浪漫主義者，徐志摩信奉一種多層面的詩學。他視愛情為神聖不可侵犯之物，詠唱孩童的純真和自然的靈感，他從不倦於追求精神之自由。〈海韻〉和其他幾首成熟期的詩，可說是徐志摩藝術成就巔峰之代表作。

在抗日戰爭（1937-1945）及國共內戰期間，徐志摩的作品因政治動盪而黯然失色，這是可想而知的。1949年中華人民共和國成立後，徐志摩成為不受歡迎的人物，除了作為「小資產階級頹廢思想」的代表而成為被批判的

標靶，讀者再也無法接觸他的作品。

　　然而，在海峽另一岸徐志摩卻重新流行，原因有二。首先，當時絕大多數五四時期作家，或因其左翼傾向，或因身陷大陸，作品不見容於國民黨政權，徐志摩是少數1949年前的作家中被認為「安全」的。他的詩與散文，為二十世紀五、六〇年代的新一代台灣作家提供了靈感，也為許多詩人提供了重要範式。他們模仿徐的詩歌形式、押韻方法和語言的流暢運用。他的散文詩〈我所知道的康橋〉、〈翡冷翠山居閒話〉、〈自剖〉在讀者中廣為傳誦；〈我所知道的康橋〉還被選入教材。他寫給陸小曼（1903-1965）的書信體日記，以大膽的個人主義色彩和飽滿的情感受到熱烈喜愛。第一則日記即如此開頭：「幸福還不是不可能的，這是我最近的發現。」又說：「我恨的是庸凡，平常，瑣細，俗；我愛個性的表現。」

　　「徐志摩熱」經久不衰的另一個原因，是由其詩與散文的稜鏡所折射的富於傳奇色彩的個人生活。他的理想主義、叛逆精神和浪漫主義令一代又一代的讀者著迷。對其同時代人而言，他天生的魅力和討人喜歡的個性具有不可抵抗的魔力。著名作家和翻譯家梁實秋（1903-1987）在〈談徐志摩〉一文中回憶：「真正一團和氣使四座並歡的是志摩。他有時遲到，舉座奄奄無生氣，他一趕到，像一陣旋風捲來，橫掃四座。又像是一把火炬把每個人的心都點燃……弄得大家都歡喜不置。」1931年12月3日，詩人因飛機失事身亡十三天後，他的密友胡適在〈追悼志摩〉一文中回憶道：

　　　朋友裡缺不了他。他是我們的連索，他是黏著性的，發酵性的。在這七八年中，國內文藝界裡起了不少的風波，吵了不少的架，許多很熟的朋友往往弄得不能見面。但我沒有聽見有人怨恨過志摩；誰也不能抵抗志摩的同情心，誰也不能避開他的黏著性。他才是和事的無窮的同情，使我們老，他總是朋友中間的「連索」。他從沒有疑心，他從不會妒忌。

　　除了自身魅力，徐志摩富於戲劇性的感情生活也讓他為同時代人所熟知。他追求林徽因不果的經歷，都寫在早期的詩裡，而他對陸小曼愛的自白，則無疑成為熱戀中青年男女的至高典範。他的離婚和第二次婚姻不僅震

撼文學界，甚至還在全國掀起軒然大波。據當時報導，徐志摩邀請老師梁啟超在自己與陸小曼的婚禮上致賀詞，而梁啟超卻當著全體客人的面斥責他。婚後，為了支撐陸小曼奢華的生活方式，徐志摩不得不四處兼課，緩解財務困窘，間接導致了他的遇難，這個說法也廣為人所接受。但無論外界如何看待他的私生活，徐志摩一心一意依照自己宣稱的理想生活。不管在詩中還是現實，他始終堅信愛情的神聖性，為此寧犧牲一切，包括生命。〈為要尋一顆明星〉體現的即是這種英雄式的追求，詩中的主人公騎著一匹跛腳的瞎馬，義無反顧地衝入昏黑之夜，破曉時分，瞎馬和騎士都筋疲力竭地倒在荒野之中。詩人以朝聖者之姿出發，終點卻成為一名殉道者。

　　一九七〇年代後期，中國重新向西方敞開大門，「徐志摩」不僅以戲劇性的姿態回歸，且成為中國最知名的詩人。在一九八〇年代文藝復興和「文化熱」中，學者和一般讀者重新發現徐志摩的詩，並著迷於他豐富多彩的生活。如今，徐志摩已然成為家喻戶曉的名字，一個詩人所能期望的莫過於此。這部分應歸功於1999年以徐志摩生活故事為腳本的電視連續劇《人間四月天》，該劇受到觀眾的熱烈推崇。

　　當然，成名的代價就是人們視其詩作為詩人精采生活的描述，而忽略詩中蘊含的精美藝術特色。例如他的代表作〈偶然〉和〈再別康橋〉，尤其是後者結尾處：

悄悄的我走了，
正如我悄悄的來；
我揮一揮衣袖，
不帶走一片雲彩。

　　如此呈現了詩歌的優美意象和悅耳語言的作品，以迷魅般的力量吸引讀者，使他們無形間忽略了詩中的深意。中國一些詩人批評徐志摩乃至整個浪漫主義派為感傷、膚淺，這一看法在二十一世紀初期的詩壇引起了一場論爭。這類批評源於對浪漫主義和徐志摩兩者的誤解，並受到文學史進化觀點的加持。正如前文所述，徐志摩與浪漫主義間的密切關係是基於詩人的天性

和美學選擇，有其廣泛而深刻之處。對浪漫主義和徐志摩而言，與自然的精神融合，孩童的救贖力量，愛的永恆延續，以及對富創造性的想像力和自由的強調，這些一再出現的主題，其深度遠遠超出了膚淺的抒情或愛情。

我們看到的不僅僅是一個天賦洋溢的詩人，也是現代詩人的一種新典型：勇於突破舊俗、充滿個人主義精神和創新意識。在徐志摩身上，我們看見的是中國現代詩歌發展的絕佳範例。在他身上，我們確認了如是信念：現代詩歌將擁有一個光明的未來。

參考文獻：

Leo Ou-fan Lee, *The Romantic Generation of Modern Chinese Writers* (Cambridge, MA, Harvard University Press, 1973).

Michelle Yeh, *Modern Chinese Poetry: Theory and Practice since 1917* (New Haven, CT, Yale University Press, 1991).

奚密 撰，唐海東 譯

1924年5月30日

「中國的安危存亡，全在我們中國的國民睡還是醒。」──孫中山，1924年

聲音的魅力

　　1924年5月30日，正在廣州養病的孫中山（1866-1925），應上海《中國晚報》的邀約，在廣州南堤的小憩俱樂部，對著留聲機進行演講。此演講被製作成三張每分七十八轉的膠木唱片，其中包括兩張國語（普通話）版，一張粵語版。這是唯一存世的孫中山完整錄聲，彌足珍貴。原版唱片很難覓得，但托數位技術的福，現在各大網站上很容易找到並下載。至於文字部分，1928年「首都各界總理逝世三週年紀念會印贈」的《孫中山先生演講集》以〈同胞都要奉行三民主義〉為題，收錄了這四段國語版的演說詞，副題為「十三年五卅應上海中國晚報之請受音於廣州之留聲機片詞」。這幾段「大家要醒！醒！醒！」的喊話，日後有好些版本，題目各不相同，原因很簡單，這本就不是完整的文章，也不是真正的現場演說。

　　本來，演說乃孫中山的特長，也是其提倡革命、募集經費、動員群眾的主要手段。孫曾自稱：「予少時在美，聆名人演說，於某人獨到之處，簡練而揣摩之，積久，自然成為予一人之演說。」除了講稿的準備、現場的控制，中山先生還特別強調平日如何練姿勢與練語氣。可惜的是，這些對於現場聽眾來說必不可少的「演說技巧」，在速記稿或整理稿中，是不太能體現出來的。

　　演說在晚清的興起，絕對是一件大事。1899年，梁啟超（1873-1929）接受日人犬養毅（1855-1932）的建議，將學校、報章、演說定義為「傳播文明三利器」；而且，基於對中國教育現狀的了解，梁啟超認定「國民識字

少者，當利用演說」。此後，整個二十世紀中國，無論哪個政黨、派別或個人，只要想進行有效的思想啟蒙或社會動員，都離不開「演說」這一利器。

晚清以降迅速崛起的「演說」，不僅僅是政治、社會、學術、文化活動，甚至深刻影響了中國的文章變革。那些落在紙面上的「聲音」，包括演講的底稿、記錄稿、整理稿，以及模擬演講的文章，對白話文運動和文章體式改進的積極影響不容低估。廣場上的演說，不同於古已有之的著述，不能文縐縐，謝絕掉書袋，更忌佶屈聱牙的表述，必須盡可能口語化，突出大思路，傾向於暢快淋漓，這才可能有好的現場效果。而這一點，深刻影響了二十世紀中國文壇乃至學界的風氣。

問題在於，有一利必有一弊，這些面對公眾的「演說」，一旦整理成文，在便利傳播的同時，必然減少原本很重要的現場感——比如口音、語調、手勢、抑揚頓挫，乃至演講者的各種肢體語言。現場聽眾都明白，這些無法用文字記錄下來的感覺與氛圍，對於一場演說是多麼重要。可現代史上很多擅長演說的政治家或學問家，我們只能欣賞其精采的演說詞，卻無法真正聆聽教誨，實在很遺憾。

這不是技術障礙，而是觀念問題——古往今來，在很多讀書人心目中，落在紙上的才是真正的文章，至於那些隨風飄逝的聲音，不值得過分重視。可是，留聲機的出現，注定將改變這一切。美國人愛迪生（Thomas Edison, 1847–1931）於1877年發明了留聲機，二十年後風靡全球。最早將留聲機及唱片引進中國的，是位於上海南京路上的英商謀得利洋行（MORTRIE），據說時間是1897年。翻閱清末民初上海的報紙，確實多有「謀得利」的推銷廣告。現存最早的京劇唱片（1904）是國外製作、國內銷售，而1917年東方百代唱片公司與大中華唱片廠開始改在上海生產粗紋唱片——後者得到了孫中山的大力扶持，並親自為之命名。換句話說，1917年以後，中國人已經能夠在國內完成某些特定聲音的灌音、製作與銷售。只是基於商業的考慮，加上受眾的經濟能力與欣賞習慣，唱片內容局限於京劇等戲曲以及流行音樂，還有若干教學用品；在孫中山之前，尚未發現哪個政治家有意識地將其作為宣傳工具來使用。

在錄音之前半年，即1923年12月30日，孫中山在廣州對國民黨員發表長

篇演說，強調「革命成功全賴宣傳主義」：「我們用以往的歷史證明起來，世界上的文明進步，多半是由於宣傳。譬如中國的文化，自何而來呢？完全是由於宣傳。大家都知道中國最有名的人是孔子，他周遊列國，是做什麼事呢？是注重當時宣傳堯、舜、禹、湯、文、武、周公之道。……今日中國的舊文化，能夠和歐美的新文化並駕齊驅的原因，都是由於孔子在兩千多年以前所做的宣傳工夫。」晚年孫中山意識到，從事革命事業，軍事之外，更值得重視的是宣傳。宣傳不全是演說，但演說無疑是鼓動群眾、進行社會動員的最佳手段之一。考慮到自家身體日漸衰弱，孫中山決定借助新技術來傳播自己的思想。

孫中山先生確實有先見之明，完成此錄音後不到一年，便因病在北京去世。一方面，我們感嘆這段錄音彌足珍貴，另一方面則馳想，若同時代其他同樣喜歡、擅長演說的重要人物，比如蔡元培（1868-1940）、宋教仁（1882-1913）、魯迅、李大釗（1889-1927）、陶行知（1891-1946）、聞一多（1899-1946）等，也能保留下錄音資料，那該多好！「聲音」不同於「文字」，「傾聽」也不同於「閱讀」，在疾風驟雨的二十世紀中國，演說或演說風的「文章」，當然值得特別關注；可若是能夠同時保留聲音，那就更理想了。

如此極為難得的絕配，大概當推毛澤東（1893-1976）的「中國人民從此站立起來了」。這句話，凝聚了百年中國的血淚與希望，特別能激起民族自豪感。一般人以為，這是毛澤東在天安門城樓上宣布中華人民共和國成立時說的，其實不對，真正的出處是此前十天，即1949年9月21日，毛澤東在中國人民政治協商會議第一屆全體會議上的開幕詞。這篇氣勢磅礡的演說詞，初刊1949年9月22日《人民日報》，後收入《毛澤東選集》第五卷（北京：人民出版社，1977年）。此演講稿作為文章來推敲，不見得十分精采；但湖南口音很重的「諸位代表先生們，我們有一個共同的感覺，這就是我們的工作將寫在人類的歷史上，它將表明：占人類總數四分之一的中國人從此站立起來了」，當年讓現場聽眾熱血沸騰，歷經半個世紀的傳播，更是深入人心，以至你若換成字正腔圓的朗讀，反而覺得沒有力量，不足以一言九鼎。

　　有趣的是，孫中山與毛澤東的這兩次演說，內容上竟遙相呼應，都是在談論歷史悠久的中國如何在艱難中崛起，只不過一是痛心疾首地吶喊，一是興高采烈地歡呼。二者都使用了文學性語言，一說「睡與醒」，一說「站立起來」。此類動作性很強的表達方式，生動、明快，很有煽動力，特別適合於公眾演說。

　　從孫中山驚呼「中國的安危存亡，全在我們中國的國民睡還是醒」，到毛澤東自豪地宣稱「中國人從此站立起來了」，中間隔了二十五年；而從孫中山錄製留聲機的1924年，再往前推二十五年，則有梁啟超的〈自由書‧傳播文明三利器〉。無論是留聲機保存的真實的演說，還是透過記錄整理、作為文章發表的虛擬的演說，都讓我們意識到，在二十世紀中國，有一種聲音是可以穿透迷霧、直達九霄的。在這個意義上，這些演說算不算「文學」，反而不是很重要。

參考文獻：

劉禺生〈孫中山先生語錄〉，《世載堂雜憶》。
梁啟超《自由書》。

陳平原

1925年6月17日
「待我成塵時，你將見我的微笑！」

魯迅與墓碑

　　我對墓園的理解，始於坐落在柏林東部的布萊希特（Bertolt Brecht, 1898-1956）故居。他和妻子長眠於此，兩塊近於無字的、形態各異的石頭就是墓碑。

　　1926年，革命與北伐烽火熾熱，陰謀與危險已在凝聚，南下的魯迅（1881-1936）尚未捲入漩渦，他孤身蟄居於廈門大學，偶爾從戀人的信中體會廣東的喧嘩與騷動。夜濃到微醺，「南普陀寺還在做牽絲傀儡戲，時時傳來鑼鼓聲，每一間隔中，就更加顯得寂靜」。他將在眺望棗樹的窗下寫出的雜文，連同談及林奈（Carolus Linnaeus, 1707-1778）及尼采（Friedrich Nietzsche, 1844-1900）的四篇古文，匯集成冊。「雖然明知道……神魂是無法追躡的，但總不能那麼決絕，還想將糟粕收斂起來，造成一座小小的新墳，一面是埋藏，一面也是留戀」。

　　同樣「一面是埋葬，一面也是留戀」。魯迅的「墳」是文字凝聚的過去的生命，而布萊希特的墓碑幾乎是對文字的拒絕。他們各以不同的方式，在「小小的丘隴」中，埋葬「曾經的或過去的軀殼」。（《墳・寫在〈墳〉後面》）

　　這些比喻意義上的無字碑與真實的無字碑的命運其實大致相當。北京十二陵，除長陵外，其餘諸碑均無一字，弄清原委，需要一個有關宮廷政治的漫長故事。在中國，最出名的無字碑要算泰山登封台北側的無字碑和乾陵武則天（624-705）的無字碑了。秦始皇（公元前259-公元前210）何以在泰

山登封台側立無字碑，歷來解者紛紜，並無的論；而武則天的無字碑也伴其千秋功罪任由評說。

其實，金陵紫金山南麓的中山陵也是一處無字碑。孫中山（1866-1925）逝世後，國民黨內曾計畫由汪精衛（1883-1944）、胡漢民（1879-1936）撰寫墓誌銘，但遭到反對，轉請章太炎（1869-1936）撰寫。太炎先生的〈祭孫公文〉以四言為主，鏗鏘沉雄，如云：「天生我公，為世鈴鐸。調樂專壹，吐辭為矱。」1929年中山陵落成時，傳因蔣介石（1887-1975）（任中山陵建築總監）拒絕使用章氏所撰墓誌，致使中山陵空有碑亭而無墓誌銘。如今碑亭內的「天下為公」四字是後來所補，卻行遍天下。

布萊希特的無字碑既不驕傲，也不謙卑，倒是有些別緻。無論陽光明媚，還是淒風苦雨，他在書房的窗口凝視著那個必然的終點，或許體會了存在，也或許反觀了時代。他和他的第二任妻子魏格爾（Helene Weigel, 1900-1971）一定無數次討論過他們的共同歸宿。熟悉布萊希特私生活的人或許會對「共同歸宿」莞爾一笑，但忠誠與否並不同於相知與否──他們有共同的志趣、共同的舞台是真實的。如今兩塊石頭促膝而居，一起凝望著曾經凝望的窗口。身體消弭，欲望與靈魂的對峙失了依託，沸點以冰點的形態存在。

穿過布萊希特夫婦的無字碑，右轉就是墓園，那裡安葬著費希特（Johann Gottlieb Fichte, 1762-1814）和黑格爾（Georg Wilhelm Friedrich Hegel, 1770-1831）。他們並列著。黑格爾，這位費希特哲學的批判者，就這樣與他的批判對象並排佇立，低矮的黑色墓碑有一種後來者的謙卑和不妥協──上面寫著他的全稱和生卒年，再無別的頭銜。不同於費希特的絕對自我及其自我承認，黑格爾將承認置於主奴之間的鬥爭關係之中，離開了他者無從確立自我的身分。並置的墓碑或許隱含著承認與自我承認的政治。

費希特說：我是我！

不，我是我們！──黑格爾堅持道。

但那個我們也綿延至他身後的「我們」嗎？或許是的，因為「我們」命名著黑格爾。這個綿延的我們出於不同的理由，不斷重新命名鐫刻在黑色石塊上的名字。這是辯證的否定。近於無字的墓碑似乎在說：一切都會重寫的，但以「我」的名義。

　　中國的士大夫，即便開明如梁啟超（1873-1929），大概會補充說：我是我，但我也是我們；但這個我們並不表現為主奴結構，而是一家人，不需要在鬥爭中相互承認。1998年，為了紀念戊戌變法一百週年，《讀書》雜誌與天則經濟研究所在香山臥佛寺聯合召開會議，梁啟超和他的老師康有為（1858-1927）是主要的話題。會者在1998年尚能坐在一起討論，如今卻像黑格爾的左派與右派一樣分道揚鑣，直至生命終點也不準備回頭，卻是一目了然的。

　　記得幾年前尋訪倫敦郊區的馬克思（Karl Marx, 1818-1883）墓，意外發現隔著一條小路與他對峙的是斯賓塞（Herbert Spencer, 1820-1903）。這是一場未完的戰爭，一場從十九世紀的洪波中綿延而來的對峙，即共產主義者與社會達爾文主義者之間的對峙。如今大概很少有人專門前往祭拜斯賓塞了，但他的著作以各種變異的形態存活於世間，卻是重大而又常常為人忽略的事實。

　　我們就生活在各種紀念碑的中間，紀念碑界定著我們各自的位置。梁墓是一個家族墓園。墓園寧靜、典雅而莊嚴。幽靜的山谷將這位當年的新人物襯托為一個古典的士大夫。妻妾圍繞「自我」而列，子孫按照輩分而各有位次。清晰的內外，自成一體的家族，畫出了它與外部世界的界限。「自我」在家族綿延中伸展，承認變成了一種自然的傳承。這位也曾為康德（Immanuel Kant, 1724-1804）、費希特、黑格爾的思想而激動的「啟蒙者」，以自己對待死後的方式證明自己屬於另一個「普遍的特殊」，卻未能將「特殊」再度上升為「普遍」。「新思潮」或「五四」在他的死後世界從未發生。

　　黑格爾的「我們」是「我」，梁啟超的「我」是「我們」。對於費希特和黑格爾的辯論，梁啟超或許會這麼說：我就是我們，一個譜系井然的世界。布萊希特與魏格爾之間的搏鬥仍在進行——愛與背叛，舞台與激情，以及最終匯為一體的表演與生活。但在這無限綿延的故事中，有些東西添加了進來，有些味道發生了變異。那是什麼呢？

　　「待我成塵時，你將見我的微笑！」——1925年6月17號，在北京阜成門內西三條二十一號的老虎尾巴裡，對著兩棵棗樹，魯迅寫下了這樣的句

子。那一年他四十四歲，正在隱祕的戀愛中。散文詩的標題卻透著冰點的寒徹，是〈墓碣文〉。

參考文獻：

魯迅〈寫在《墳》後面〉，《墳》，《魯迅全集》第一卷（北京，人民文學出版社）。

汪暉

1925 年 11 月 9 日

我們必須要說，就如同傳統中國藝術，梅蘭芳藝術裡的現實主義、抽象化和風格化，其現實主義的譜曲和詮釋精準確切，令人讚嘆驚訝；此外，令人心醉神迷的搬演場地，使他的藝術作品高度風格化、迥然不同。——斯達克・楊（Stark Young），《新共和》，1930 年

梅蘭芳、丹尼蕭恩舞團與世界戲劇

1925年11月9日，遠東藝術評論家、策展人及講師馬爾智（Benjamin March, 1899–1934）在北京的日記寫道：

今晚我們去……看了環球巡演的丹尼蕭恩舞團。他們正為北平觀眾演出三晚。對我們而言表演很不錯，想及在北平能看到這種難得的演出，就覺得此表演更好。晚上最有趣的是，偉大的中國演員梅蘭芳也來看表演。節目最後，梅蘭芳還上場表演了一出改編自中國古老傳奇的動人獨幕劇，內容講述一位將軍和心上人的分離。敵軍要取將軍的命，深愛著將軍的心上人，願意犧牲自己換取將軍的生路。表演細膩入微，扮相耀眼動人，梅蘭芳全場的一舉一動都令人賞心悅目。福梅齡小姐（Mary Ferguson，北京美術協會一九二〇年代的會長）稍後告訴我們，表演結束後這位中國演員和聖丹尼斯小姐、蕭恩先生合照，並邀請他們次日下午喝茶。茶敘中，梅蘭芳為他非常敬仰的聖丹尼斯小姐展示了他那晚演出的戲服。聖丹尼斯小姐換上戲服後，梅蘭芳又指導她中國女性走路的方式和風格。

中國最重要的京劇演員梅蘭芳（1894–1961），與美國現代舞蹈奠基人

聖丹尼斯（Ruth St. Denis, 1879-1968）和蕭恩（Ted Shawn, 1891-1972）三人的風雲際會有著複雜的歷史背景。日本是丹尼蕭恩舞團東方之行的第一站，他們在日本的演出被描述為一場「勝利」。在日本他們會見了最負盛名的歌舞伎演員並觀看了他們的表演。隨後聖丹尼斯和蕭恩帶領舞蹈團來到中國——一個飽受北方軍閥混戰摧殘的國家。他們的火車因故停駛，只得從入境港口大連乘船到天津，輾轉前往北京，他們差點無法抵達目的地。聖丹尼斯在日記中寫道：「我們動身前往北京，然後停下來——我們停著不動，然後又啟程了！中國正發生一場戰爭。誰聽說過中國有戰爭嗎？」一行人千辛萬苦到達之後才發現，此次北京之行最大的動力——梅蘭芳——已經因為戰爭而取消了所有的公開演出。如果沒有這次會面，這個舞蹈團可能和許多外國人與中國人一樣，以為中國人仰馬翻全面失序，然後帶著這樣的印象回去。

　　梅蘭芳意識到丹尼蕭恩舞團的到來是一個良機，可將戰爭帶來的失望化為京劇與現代舞的邂逅，並開花結果。1925年11月9日晚，丹尼蕭恩舞團在北京真光劇院演出。如上文所言，馬爾智當晚看到梅蘭芳的表演正是《霸王別姬》。蕭恩後來如此評價梅蘭芳的演出：

　　在那場舞蹈裡，他披著斗篷起舞，斗篷下的身影風姿綽約。卸下斗篷後，雙劍脫鞘。乍看手裡執一把劍，幾個動作後倏地變成雙劍。舞蹈節奏越來越輕快，簡潔的步法引人注目，除了兩腳就地迅速移位，有一兩次的動作令人想起芭蕾的組合舞步。舞蹈接近尾聲時，銀色雙劍舞得耀眼生輝，梅蘭芳全身彷彿籠罩在光芒之下。然而，這種魅力似乎為他個人所獨有。我們後來看到其他年輕演員以同樣風格演出，越發領會到梅蘭芳所具有的活力。

　　評者之所以將京劇理解為一種舞蹈形式，與梅蘭芳努力將舞蹈帶入京劇有關。在京劇表演中成功融合唱念做打舞，梅蘭芳是第一人。表演次日梅蘭芳解釋他改革的動機。他高度自覺地尋找新的表現資源重塑京劇。他棄絕僵硬（stultified）和俗套的京劇傳統，只為給劇場重新注入活力。蕭恩如此總結他和梅蘭芳的對談：

　　梅蘭芳發現京劇已經近乎枯竭。由於徹底因循守舊，京劇幾個世紀以來愈來愈脫離現實生活，觀眾也因此逐漸流失，只剩中下階層的百姓。梅先生在上海劇院裡觀摩過不少外京劇團的演出，認識到美國和歐洲的戲劇和舞蹈更具活力更忠於生活。然而，他卻非常明智，並未試圖模仿外國舞蹈樣式，反而回歸歷史，回到千年以前舞蹈登峰造極的時代。他勤奮鑽研古籍手稿、圖片和音樂，重新創造出的舞蹈，盡現中華精萃。

　　在這此對談中，梅蘭芳沒有提及他與日本傑出舞踊家藤間靜枝（1880-1966）的相會。藤間靜枝是歌舞伎戲劇傳統內部的一個新舞蹈流派的創立者。梅蘭芳1919年首次訪日時對她留下了深刻持久的印象。

　　梅為丹尼蕭恩舞團表演的《霸王別姬》，實際上是他的長期支持合作者齊如山（1877-1962）為他量身打造的新作品。這齣道別脫胎自晚明一部五十齣的戲曲《千金記》中的第37齣《別姬》。楚霸王的悲劇故事不是《千金記》核心，虞姬也不是主要角色。梅蘭芳的京劇止於虞姬的自殺，省略了楚霸王兵敗自刎的後續情節，使虞姬成為中心人物。劇本從以老生或老年男性為中心轉為以女性角色為主，標誌著一個承先啟後卻又極度具有現代意義的轉向。《霸王別姬》以革新的劍舞作為核心，迅速成為梅蘭芳代表作之一。

　　在中國，重塑京劇的動力與世界其他地方改革戲劇和舞蹈的努力如出一轍。這些多樣的實驗並非發源於某個「中心」，而是相互激盪鼓舞而成。由此看來，京劇的革命性轉型與現代舞蹈的誕生有著相同的契機。現代舞蹈拒絕芭蕾的公式化美學，追求自然和身體的整體美學。梅蘭芳的京劇也在一九二〇年代經歷了同樣的自我批評和重生，嘗試在過去找尋抽象的表現形式。蕭恩明白自己的作品是重鑄傳統芭蕾的結果，也清楚意識到梅的表演很大程度上再造了京劇傳統。但是在現代主義的歷史脈絡下，京劇不被視為現代的或是現實的藝術形式，而是被標記為一種「傳統」和「過去」的藝術形式，而丹尼蕭恩舞團的現代特質正是由此汲取靈感。蕭恩在《舞神》（1929）中寫道：「梅蘭芳是復興中國舞蹈的唯一希望。」雖然與傳統看似格格不入，現代舞蹈和梅蘭芳的獨特風格「回歸」早已為人遺忘的舞蹈源頭。梅蘭芳與

其良師益友齊如山雖效仿歐美舞台及屏幕上的創新表演技術，但與此同時，梅蘭芳也通過閱覽壁畫、石刻、木板畫和佛寺雕塑，從這些被遺忘的中國古老創意源泉汲取養分。

1925年11月9日的聯合演出標誌著京劇和現代舞蹈第一次直接而且自覺的藝術交流與合作。與丹尼蕭恩舞團的交流讓梅蘭芳發現他與現代主義藝術家理念一致。兩者都希望超克僵化的表演藝術、創造蘊含時代精神的新形式，並接受來自悠久的歷史以及其他文化的啟迪。兩位借由觀摩佛教圖像創造出的手勢，是神韻兼備耐人尋味的例子。

丹尼蕭恩舞團迅速地汲取此次北京之行的各種靈感。他們還在遠東巡迴演出時，便以梅蘭芳經典作品的形式和主題為基礎，即興創作舞劇。除了他們自己版本的《霸王別姬》之外（如今名為《武將軍別妻》），這些演出還包括來自佛教《維摩詰經》的《天女散花》，以及出自《紅樓夢》的《黛玉葬花》。一年後，1926年10月他們重返上海，演出了「新的中國和東方式的」舞蹈。

這些照片捕捉到現代與過去、遙遠文化的連結，並呈現了兩種表演傳統因相互詮釋而激發的創造力。影像讓我們得以一窺跨文化交流的某些細節，並凸顯文化如何藉由相互交流而自我更新。五四的現代主義者如胡適，堅持將京劇定位為封建時代的遺留。在1930年一篇題為〈梅蘭芳和中國戲劇〉的文章中，他寫道：「在歷史上，中國戲劇的成長是受束縛的，它至今還沒有擺脫那種跟樂曲、歌舞和雜技的傳統聯繫，尚未形成一種說話自然，表演自發的戲劇。」與現代舞蹈的跨文化交流讓京劇的形式產生了巨大的改變。京劇借鑒了圖像中的中國舞蹈傳統，借此與日本與西方的表演藝術溝通，反倒啟發了西方非現實主義式與現代主義式的表演風格。

1925年11月9日並非上述過程的終點。1930年，梅蘭芳的美國之旅成果極為豐碩。他的表演啟發了當地的文化先鋒，並因此對「西方」的舞台藝術產生了深遠的影響。1935年，梅在莫斯科演出高朋滿座。戲劇家布萊希特（Bertolt Brecht, 1898-1956）、舞台導演斯坦尼斯拉夫斯基（Konstantin Stanislavski, 1963-1938）和電影導演愛森斯坦（Sergey Eisenstein, 1989-1948）都出席觀賞。卓別林（Charlie Chaplin, 1889-1977）還特別提醒愛森

斯坦千萬別錯過梅蘭芳的表演。布萊希特的非現實主義的「間離」表演形式，即直接來自梅蘭芳的影響。

京劇借鑒了世界上眾多表演藝術中的演技、舞蹈、歌唱和台步。我們今天所認識的京劇是新一代演員、作家和戲劇家等多方同心協力的成果。梅蘭芳所改造的傳統有的源於中亞或印度北部，在歷史的因緣際會之下來到了中國。再造傳統的梅蘭芳後來自成一個傳統，經常啟發了一九二〇年代以來的現代表演藝術。

參考文獻：

金鳳吉譯〈梅馨遠流櫻花國：1924年日本《演劇新潮》雜誌社邀請著名戲劇家為梅蘭芳舉行座談會（速記稿）〉，《新文化史料》1996年第1期，頁53-59。

Benjamin March, "The Oriental Chronicles" (1924-1925), Benjamin March Papers, 1923-1934, Freer Gallery of Arts and Arthur M. Sackler Gallery Archives, Smithsonian Institution，Washington, DC. Ted Shawn, *Gods Who Dance* (New York, E. P. Dutton & Company, 1929).

葉凱蒂（Catherine Vance Yeh）撰，劉子凌 譯

1927 年 6 月 2 日
王國維自沉

1969 年 10 月 7 日
陳寅恪去世

「獨立之精神，自由之思想」

1927年6月2日，著名學者與詩人王國維（1877-1927）自沉於北京頤和園昆明湖。當時普遍認為王國維是為「殉清」而死，因為年幼的清朝遜帝曾是王國維的學生。但王國維的友人以及他在清華學校研究院國學門的同事陳寅恪（1890-1969）在〈王觀堂先生輓詞〉中提出了不同的解釋：

蓋今日之赤縣神州值數千年未有之巨劫奇變，劫盡變窮，則此文化精神所凝聚之人，安得不與之共命而同盡，此觀堂先生所以不得不死。

兩年後，陳寅恪在〈海寧王靜安先生紀念碑〉上再次闡述了王國維之死的意義：「先生以一死見其獨立自由之意志……先生之著述，或有時而不彰；先生之學說，或有時而可商。惟此獨立之精神，自由之思想……與天壤而同久……」

兩個分別出於1927年和1929年的說法省略了一些潛在的不同立場。陳寅恪似乎在說，中國文化的精華在於「獨立之精神，自由之思想」。但令人驚訝的是，1927年的〈輓詞〉卻仍舊視王國維為「三綱」——即統治者、父親與丈夫的道德權威（「君為臣綱，父為子綱，夫為婦綱」）——的信徒，儘

管陳寅恪著力強調三綱的意義在於作為一種道德理想，而非具體的實踐形式。他暗示這些「舊式」的道德戒律所具有的權威性暗含「獨立之精神，自由之思想」，特別是在時不我予的今日。在這種意義上，將現代中國知識分子簡單地區分為保守派與進步派的做法是一種嚴重的誤導。眷戀往昔的「文化鄉愁」（cultural nostalgia）是可以與疏離感、抗爭意識以及自動自發產生聯繫的。

陳寅恪撰文討論王國維之死時，已是公認的傑出史學家。他涉獵廣博，研究涵蓋了梵文、巴利文與突厥文、佛教史、中印文化關係以及中國與中亞的聯繫等諸多領域。此後二十年間，他又廣泛地討論了中國中世紀的政治史與制度史。1890年陳寅恪出生於一個不乏著名詩人與士大夫的世家望族中。遊學日本、歐洲與美國並從事研究後，陳寅恪於1926年回國，成為清華大學教授。抗日戰爭期間，他流寓中國西南。一九四〇年代後期，他曾短暫考慮過接受牛津大學教席，順便尋求治療他日漸惡化的視力。陳寅恪因手術失敗而失明並於1949年回國，同時拒絕了前往台灣或香港的機會。他以廣州中山大學教授的身分度過了生命的最後二十年。

輝煌的學術成就並不能詮釋陳寅恪全部的文化意義。他之所以成為一時代的文化偶像，在於他抗拒政治教條，捍衛知識分子節氣。他的抗拒方式由專業史學家的信念與文化懷舊主義者的實踐形式融合而成；前者透過抗拒野蠻與破壞以確認文化價值，後者則經由重新定義主觀自覺、質疑政治權力，打開了意識形態抗爭的空間。這些姿態全都鑲嵌在陳寅恪對王國維的詮釋中。他將「獨立」與「自由」相提並論，在他生命的最後二十年餘音繞梁，成了他身為學者與「人」的自我定義。

1953年，陳寅恪以前的學生汪籛（1916-1966）來到廣州，試圖勸說他接受在北京新成立的中國科學院第二歷史研究所（即中古史研究所）所長的職位。在〈對科學院的答覆〉中，他開門見山引用〈海寧王靜安先生紀念碑〉上的文字白陳以明志。他認為「讀書治學，蓋將以脫心志於俗諦之桎梏」，是知識分子勢在必行的，「俗諦」在當時指的是孫中山（1866-1925）所謂的「民族、民權、民生」三民主義。到了1953年「俗諦」則指共產主義學說。作為（顯然是不可能被）接受的職位條件，陳寅恪明確提出當

局應當允許第二歷史研究所「不宗奉馬列主義，並不學習政治」，同時「請毛公〔毛澤東，1893-1976〕或劉公〔劉少奇，1898-1969〕給一允許說明書，以作擋箭牌」。他也希望學生「都要有自由思想，獨立精神」。汪籛於1950年加入中國共產黨，並到馬列學院學習。陳寅恪因而對汪聲明：「你已不是我的學生了」。汪籛在1966年自殺，成為文革首批受害者之一。

　　「獨立」與「自由」也是陳寅恪用來向女作家陳端生（1751-約1796）以及對明遺民、名妓柳如是（1617-1664）致意之詞，她們是他在二十世紀五、六〇年代學術研究的關注焦點。1953年，陳寅恪寫了一篇關於陳端生及其彈詞《再生緣》的長篇論文。《再生緣》女主角是孟麗君，家人與未婚夫家人均遭構陷，她被迫女扮男裝，遠離家園。日後在科舉考試中連中三元，並且出任兵部尚書。情節後半她識破父母、未婚夫及皇帝為使她現出真實身分所設下的圈套。陳端生二十歲前完成了前十六卷，戲謔與不羈是主調。後因母親辭世，個人婚姻以及丈夫因科場案被謫戌新疆伊犁，陳端生遂停止寫作。十二年後她續寫第十七卷時，她的丈夫依舊在新疆伊犁，1796年他被赦免歸家時，陳端生已不在人世。第十七卷基調陰鬱悲慘，以陳端生自述其寫作開篇，描繪皇后在孟麗君醉酒後脫下她的靴子發現她的扮裝祕密。沒有幾位讀者能忘記孟麗君發現自己被出賣與身分曝光後，吐血於裹足白綾上的觸目驚心畫面。

　　陳端生之所以沒有完成這部作品，不僅緣於個人生活不幸，很可能是她無法為故事給出一個合理的結局。對作者和絕大多數讀者而言，敘事的愉悅感與能量來自孟麗君挑戰父權、夫權與皇權；一旦真正身分曝光，與「三綱」和解也就染上了悲劇色彩。這種不協調尤其令人難以忍受。陳寅恪為陳端生思想的「自由及自尊即獨立之思想」而叫好，顯而易見是因為她含蓄地顛覆了三綱。陳從1927年向三綱致意轉向1953年歡呼它們被顛覆，部分原因在於他了解在三綱與現代威權政治之間具有某種邪惡的關聯。他經常把馬克思主義者的正統觀念比作儒家在中國古代的思想控制。

　　在《論〈再生緣〉》中，陳寅恪耐心地揭櫫在陳端生生平及其時代中被遺忘的細節。他打破了自己一向的論述風格，文中援引了許多自己的詩歌，將對戰爭與毀滅的體驗以及閱讀陳端生時的壓抑貫注其中。他特別關注自傳

性的第十七卷，該卷的線索也呼應了他的詩歌與論文，形成了一種獨特的反躬自省。

陳寅恪於1953至1964年間完成《柳如是別傳》。他將同樣的抒情精神、自我省察意識，以及對一位被遺忘天才女性的鍾情帶入此書，也發現柳如是個人思想情感與時代風尚之間的脫節。相較於有關陳端生的論述，陳寅恪在《柳如是別傳》中融入更多對於選擇與困境的同情，因為它們是政治失序的代價。陳寅恪在字裡行間懷念晚明的榮耀與優雅，甚至追憶伴隨著明朝覆滅，政治、文化以及文藝創作之間盤根錯節的關係。這種為一個失落的世界獻身的情懷，或者作為倖存遺民的心態，無疑呼應了陳寅恪在二十世紀五、六〇年代政治運動中所關切的搖搖欲墜的中國文化。

陳寅恪對柳如是最為著名的描述是將她比作「我民族獨立之精神，自由之思想」的代表。王國維、陳端生與柳如是究竟有何共同點使他們得以擁有同樣的尊號？對柳與王而言，可能因為他們都是忠誠的遺民（分別是明朝遺民與清朝遺民）。在這樣的意義上，他們都具有對當下政權不滿的權利，並且需要爭取一個不被當下政治權威宰制的文化—知識空間。他們三位都反對在文化傳承與激變之間進行二分，並且都繞過了這點。與王和陳相比，柳如是更深刻象徵了傳統中心與邊緣的張力。名妓柳如是雖然「放誕不羈」，卻也富含學識、才華橫溢。這饒富興味地暗示著中華文化具有透過越界和包容對立而再生的能力。

中華帝國晚期文化中的壓制性力量，扭曲與壓抑了柳如是的「真」與「實」。為了重建柳如是的生平與著作，陳寅恪不得不與兩個半世紀的遺忘、誤解與泯滅抗爭。柳如是的許多作品都遺失了，關於它們的存在與意義只能經由她的友人與愛人的作品加以間接推斷。陳寅恪暗示，他在文學與中國文化遺產之間建立關聯的方式，類似「考古」。他的考古是一種對於碎片的採擷與綴合，也是一種克服斷裂與空白的重任，更是他在自己的著作中表達的信仰。陳寅恪身處的時代所否決的文化使命，恰恰在他的著述中得以延續。

在《論〈再生緣〉》與《柳如是別傳》中，陳寅恪引用清朝詞人項鴻祚（1798-1835）〈《憶雲詞丙稿》序〉中之言：「若復不為無益之事，則安

能悅有涯之生。」（此乃項鴻祚轉用自張彥遠〔815—907〕《歷代名畫記》），「無益」形容具有一種自嘲的意味。不過只有「無益之事」才能真正樹立起一種個體自由，確認個人領域的不可或缺，反之也可以成為響應死亡（「有涯之生」）的勇氣。當然，「無益」也可能意味徒勞無功。陳寅恪就曾懷疑過自己的著作是否能順利出版。但「無益」似乎也可以預先反駁質疑的聲音。這種聲音認為陳寅恪這些關於女性的著作，並非一位偉大的歷史學家應有的成就。無論如何，透過展示柳如是與陳端生如何以其「獨立之精神，自由之思想」體現出令人振奮的文化理想，陳寅恪重新定義了歷史書寫的意義。

陳寅恪在1952年寫道：「何地能招自古魂？」他的生平與著作恰似一處「招魂」場。陳寅恪逝世於1969年10月7日，時為文革第三年。他的死無疑緣於物質匱乏、精神痛苦，以及毗臨寓所的紅衛兵高音喇叭帶來的恐怖。陳寅恪追念王國維的悼詞：余英時所謂的「文化遺民」以及蔣天樞的「傳統歷史文化所托命」，如今成了別人追念他的適切悼詞。這裡的「文化」具體所指是「獨立」與「自由」。陳寅恪早已透過對王國維、陳端生與柳如是的評價，向我們指明了路徑。

參考文獻：

陳寅恪《陳寅恪集》（北京，生活‧讀書‧新知三聯書店，2009年）。

胡文輝《陳寅恪詩箋釋》（廣州，廣東人民出版社，2008年）。

余英時《陳寅恪晚年詩文釋證》（台北，東大圖書，1998年）。

Li Wai-Yee, "Nostalgia and Resistance: Gender and the Poetry of Chen Yinke," in *Xiang Lectures on Chinese Poetry*, vol. 7 (Montreal, 2016), pp. 1-26.

李惠儀 撰，李浴洋 譯

1927年6月4日

呂碧城登上了瑞士阿爾卑斯山

傳奇呂碧城

　　1927年6月4日，首次旅行歐洲的呂碧城（1883-1943）——作為一位乘坐纜車登頂阿爾卑斯山的東亞「女性」——如此宣示她的卓越之舉。她在一首以「破陣樂」為詞牌的詞作中，簡潔優雅地記錄了令人振奮的經歷，並在短序中敘述她征服危機四伏的阿爾卑斯山的先鋒之舉：

破陣樂

　　序：歐洲雪山以阿而伯士為最高，白琅克次之，其分脈為冰山，餘則蒼翠如常，但極險峻，遊者必乘飛車Teleferique，懸於電線，掠空而行。東亞女子倚聲為山靈壽者，予殆第一人乎？

　　渾沌乍啟，風雷暗坼，橫插天柱。

　　駭翠排空窺碧海，直與狂瀾爭怒。

　　光閃陰陽，雲為潮汐，自成朝暮。

　　認游蹤、只許飛車到，便紅絲遠系，飆輪難駐。

　　一角孤分，花明玉井，冰蓮初吐。

　　延佇。拂蘚攜岩，調宮按羽，問華夏，衡今古。

　　十萬年來空谷裡，可有粉妝題賦。

　　寫蠻箋，傳心契，惟吾與汝。

　　省識浮生彈指，此日青峰，前番白雪，他時黃土。且證世外因緣，山靈

感遇。

　　距此二十多年前的1904年5月8日，二十歲的呂碧城在通商口岸天津結識進步報紙《大公報》（*L'Impartiel*）創辦人英華（1867-1926）。當時她的父親已去世幾年，呂碧城跟隨在堂塘沽任官的舅父生活。她因為計畫參觀天津新開辦女學堂，與舅父大吵後憤怒離家。呂碧城的文學才華與她的女子教育理想令英華側目。他在日記中記錄下了當日的會晤，並抄錄她新近填寫的詞作：

滿江紅・感懷

晦黯神州，欣曙光一線遙射。問何人，女權高唱，若安達克？雪浪千尋悲業海，風潮廿紀看東亞。聽青閨揮涕發狂言，君休訝。

幽與閉，長如夜。羈與絆，無休歇。叩帝閽不見，憤懷難瀉。遍地離魂招未得，一腔熱血無從灑。歎蛙居井底願頻違，情空惹。

　　兩天後，英華將這首詞刊登在《大公報》，詞作引起開明讀者的熱烈回響，呂碧城因而在社會賢達與政治菁英的文學圈一舉成名。英華聘她擔任助理編輯，同時留她在報社總部，並為她籌募資金開辦第一所公共女學堂。同年6月，秋瑾（1875-1907）從北京來邀說呂碧城同往日本留學，但她婉辭了。

　　呂碧城和她的姊妹，與秋瑾及其摯友吳芝瑛（1868-1934）、徐自華（1873-1935）等，是最後一代在私塾接受古典文學訓練的女性典型。她們的下一代，也就是1919年及其後成長的一代，則是在正規的學堂與大學接受教育，且將古典文學作為一門學習的學科。只有為數極少的年輕女性，如沈祖棻（1909-1977）與稍後的葉嘉瑩（1924-），以填詞為終生創作志業之一。清末出生於安徽旌德文官之家的呂氏四姊妹，從小由父母傳授詩詞、書法與繪畫。排行第三的呂碧城擅於填詞，詞為句式長短不一的獨特詩歌類型。她的早期詞作透過優雅的意象刻畫出悵惘的情致，融自然與個性於一體，在在表現出這一文類所具有的美感與不可思議的魅力：

浪淘沙

寒意透雲幬，寶篆煙浮。深夜聽雨小紅樓。姹紫嫣紅零落否？人替花愁。

臨遠怕凝眸，草膩波柔。隔簾咫尺是西洲。來日送春兼送別，花替人愁。

相較之下，呂氏〈滿江紅〉對於今典（女權、羅蘭夫人、聖女貞德、東亞）的大膽使用，以及直顯的情緒抒寫，則是一種晚清政治化的產物，而非其整體詞風的特徵。她發展出的這一詞風將現代性與西方文化的空間體驗，天衣無縫地融入舊有的詞學傳統。

民國時期，呂碧城的生活是公開化的，但部分生活核心卻又被隱藏。這大概與時任中華民國總統的袁世凱（1859-1916）在1912年任命她為總統府咨議有關。袁世凱後進行復辟運動，呂碧城立刻辭官。此時的呂碧城變得異常富有，但財富來源始終是個謎。她聲稱是事業經營得宜的結果。她在上海的奢靡生活方式與花邊新聞經常出現在這座城市的小報上，但呂碧城卻依舊保持著與樊增祥（1846-1931）、費樹蔚（1883-1935）等老派文友的來往，如其詞作所見一斑。

1920年，她實現了出國留學的夢想，紐約一年，旁聽了哥倫比亞大學的課程，並學會跳交際舞。爾後她刊印於文集中的照片，便是攝於紐約攝影棚。這些照片展示了她的運動短髮與優雅的連身裙，炫耀了紙醉金迷的生活方式，並形塑出其時方興未艾的摩登女郎（Flapper Girl）形象，可以說是一種挑釁。那段時間，她為《申報》「自由談」專欄與數種「鴛鴦蝴蝶派」作家編輯的小說雜誌撰稿，描繪美國生活、風俗與娛樂。呂碧城刻意將摩登女性與文人的雙重形象傳播到上海新興的印刷媒體上，藉此宣揚她的獨特性。

回到上海數年後，呂碧城因為對旅行的渴望，於1926年再次踏上前往美國與歐洲的長途旅程，最終在瑞士日內瓦湖畔阿爾卑斯山的蒙特勒過著隱居生活。從一九二〇年代後期到一九三〇年代後期，歐洲十年是呂碧城卓然有成的創作期。她創作了許多詞作與遊記，部分寄回中國發表或連載於報紙與雜誌，1929年兩部文集的問世是她豐碩創作的高峰。1932年與1937年詞集

《曉珠詞》（共四卷）刊行，這些詞作都是她之前寄給友人準備在上海付梓的。

　　呂碧城乘坐纜車登上阿爾卑斯山白朗峰的詞作，呈現她對這些白雪皚皚的山峰以及象徵意義的著迷，山色尤其令她振奮。恰如許多明代與清代的女詩人，她走出了日常凡庸，承擔起高潔的隱士身分——一種傳統男性角色（即此後她的詞作所呈現的文士形象，他們披頭散髮，象徵了自由不羈）。在山林原野遨遊，在風吹的高處享受雨雪的洗禮，在雲朵、星辰與蒼穹之下，她感受到了聖潔與超越。1928年6月第二次到日內瓦旅行——恰好是首次旅行後的一年——的遊記中，她留下了這些文字：

好事近

登阿爾伯士Alps雪山

寒鎖玉嵯峨，掠眼星辰堪撷。散髮排雲直上，闢九州島仙闕。

再來剛是一年期，還映舊時雪。說與山靈無愧，有襟懷同潔。

　　其他詞作則抒發了對世界的纏綿情思，包括故鄉與在地動植物的偶然入夢，還有與中國友人書信往返詩歌唱和。她最終超越了山色的誘惑，轉成素食主義者與動物權益保護者，並在太虛法師（1890-1947）與印光法師（1862-1940）領導的現代佛教復興運動傳布到歐洲時，加入了佛教僧侶的隊伍。呂碧城於1929年皈依，回到上海與香港翻譯佛經與弘揚佛法。她停止填詞，因為詞作為一種寄託情感的虛幻方式「多違戒律」。之後她又重拾填詞熱情，併發現「移情奪境，以詞為最」。在「專以佉盧文字迻譯釋典，三載始竣，形神交瘁」後，她寫道：

　　〔予〕乃重拈詞筆，以遊戲文章息養心力。顧既觸夙嗜，流連忘返，百日內得六十餘闋，爰合舊稿，釐為四卷。草草寫定，從今擱筆。

　　1937年版《曉珠詞》跋中她如此寫道，但實際上並未付諸實踐。那年她再度到瑞士直至1940年第二次世界大戰，不得不返回香港。她最後的詞作記

錄了那幾年目睹與領悟的先兆與佛理。1943年1月23日，呂碧城在香港跑馬地東蓮覺苑平靜辭世。

　　從年輕時期逃出舅父家，到中年加入現代佛教運動，呂碧城的理想與選擇體現了文化激進主義的鮮明特徵。她多方面渴望與追求新事物——那些在她的時代被認為是「現代」與「世界主義」的事物，例如，為女性提供教育，在印刷媒體工作，學習英語，追隨並幫助創造時尚，以及環球旅行。在一生諸多轉變中，她始終堅持以古文創作。她的填詞才能完美顯現出新的性別主題，在女性詞人中不同於前人或後之來者。然而諷刺的是，一九二〇年代中後期，她曾經強烈反對中國政府機構（例如海關）使用英語，以及以白話為國語。她堅持古典（文學）語言在文化與國家中的核心地位。雖然她從未明說，她期待他人能了解她的未婚身分出於自覺選擇。在蒙特勒，她拒絕年輕仰慕者吳宓（1894-1978）在1930年到瑞士旅行時的拜訪請求。吳宓為比較文學學者與中國學專家。他寄來主動為她的文集所作的序言，稱讚她因未婚的孤寂而彰顯於詞作的憂鬱美感。呂碧城的文學實踐與人生選擇，不斷被重讀與誤讀，它們的歧義性開啟了二十世紀中國現代性的另一種敘述。

參考文獻：

費樹蔚編《呂碧城集》（上海，1929年）。

Grace Fong, "Alternative Modernities, or a Classical Woman of Modern China: The Challenging Trajectories of Lü Bicheng's (1883-1943) Life and Song Lyrics," *Nan Nü: Men, Women, and Gender in China* 6, no. 1 (2004): 12-59.

Shengqing Wu, *Modern Archaics: Continuity and Innovation in the Chinese Lyric Tradition, 1900-1937* (Cambridge, MA, Harvard University Asia Center, 2013).

方秀潔（Grace S. Fong）撰，李浴洋 譯

1927年8月23日
薩科和萬澤蒂在波士頓被處死

巴金的無政府主義小說

　　1927年，兩位義大利裔美籍無政府主義者薩科（Nicola Sacco, 1891-1927）和萬澤蒂（Bartolomeo Vanzetti, 1888-1927）受控犯有搶劫謀殺罪而遭到審判，這件事成為全世界媒體的頭條新聞。那年夏天，一位數月之前剛抵法國，曾積極參與中國無政府主義運動的四川青年李芾甘（1904-2005），焦急地追蹤從馬薩諸塞州傳來的消息。巴黎在李芾甘眼中是一個陰鬱的「不日之城」，他發現整個歐洲的政治形勢都「沉淪在反動的深淵裡」。的確，一九二〇年代無政府主義運動在歐洲和北美已日漸式微，來自中國的消息同樣令人沮喪：一黨專政的國民黨政府，對工人運動進行各種逮捕、大屠殺和背叛的殘酷鎮壓。在鎮壓行動中，幾位資深的中國無政府主義者背叛了革命事業，轉而與蔣介石（1887-1975）合作。雪上加霜的是，剛抵達巴黎，李芾甘於1925年罹患的肺結核開始惡化了。

　　在醫生的建議下，李芾甘移居到小城沙多－吉里（Château-Thierry），在那裡他著魔似的關注著薩科和萬澤蒂的案子。依據一些無法證實的旁證，兩人早在六年前已被裁定死刑。李芾甘抵達歐洲時，世界各地的營救運動正如火如荼展開。李芾甘為兩位受審者的高度道德勇氣所感動，寄信給波士頓營救委員會表示支持，並表達對薩科和萬澤蒂的崇仰之情。萬澤蒂回了兩封熱情的長信，他看過這位年輕的中國崇拜者照片後，在第二封回信中寫了「青年，是人類的希望」。這封信點燃了一個中國青年的心，夢想著他的兩位英雄能獲釋，渴望無政府主義運動能有一個美好的未來。但希望很快幻

滅，1927年8月24日，執行死刑的消息傳到沙多－吉里，李芾甘陷入絕望，在若干不眠之夜後，他開始記下內心的感受，故事就在這些隨意速寫中逐漸成型。根據據李芾甘的回憶，薩科和萬澤蒂的死，是他撰寫第一部小說《滅亡》的直接導因，他打算講述一位無政府主義革命者生與死的故事。

小說完成後，李芾甘署上了筆名巴金，以表達自己對國際無政府主義運動最偉大的兩位導師——巴枯寧（Mikhail Bakunin, 1814-1876）和克魯泡特金（Peter Kropotkin, 1842-1921）——的景仰。李芾甘成長於四川的一個富裕家庭，他反抗儒家的家長制，爾後成為中國無政府主義運動的積極參與者和作家。之後數十年，巴金的名聲響徹中國文壇。巴金之名首先是其無政府主義理想的象徵，青少年巴金早已深為克魯泡特金的無政府主義道德深深打動，並開始參與當地無政府主義組織的政治活動。他堅信高德曼（Emma Goldman, 1869-1940）在致他的一封信中所言：「無政府主義是最美好的理想！」

經過第一代中國無政府主義革命者的努力，一九二〇年代巴金傾心於無政府主義理念時，這一主義已然成為中國知識界流行甚廣的思潮，是共產主義興起之前，中國激進思潮的主要源頭。即便無政府主義式微，它承諾推翻所有獨裁結構、將個體從任何形式的脅迫性體制中解放的理想社會烏托邦願景，仍然在中國知識階層的思想中留有深遠的影響。以劉師復（1884-1915）受無政府主義啟發而成立的心社為例，他認為無政府主義的生活方式應能使中國人放棄對權威的習慣性服從，在沒有體制性干擾下充分發展自我個性。他為自己的追隨者制定了一套嚴格的道德準則和行為規範，要求他們以道德、簡淨為生活實踐，力行不吃肉、不抽菸、不飲酒、不坐轎子、不結婚、不保留姓氏（師復就放棄了自己的姓氏「劉」）、不當官、不參軍、不信教。1915年師復因勞累過度去世，他被年輕一代的中國無政府主義者推崇為道德典範。巴金小說顯見受師復的影響，如著名的《家》（1931）中的主人公高覺慧，對受壓迫的傭人表示同情，憎惡轎子和種種剝削人力勞動的形式。

巴金寫《滅亡》時，中國無政府主義的全國性運動已然瓦解，巴金或許將這部小說當作自己的訣別詞。小說中的主人公杜大心個性有一鮮明特質，

即拒絕向任何社會的不公現象妥協，或者擴而言之，他反抗組成整個社會現
實的種種世俗細節。因為在他看來，這些都是當權者的陰謀，他只從自己內
心尋找自由。杜大心極其敏感、多愁善思、甚至帶點神經質的性格，讓人聯
想到十九世紀俄國文學中那些魔性的、虛無主義的人物，如杜思妥也夫斯基
（Fyodor Dostoyevsky, 1821-1881）筆下的「地下人」和阿爾志跋綏夫
（Mikhail Artsybashev, 1878-1927）筆下憎恨人類的主人公薩寧。杜大心的哲
學明確而直截了當地宣揚仇恨，視之為宇宙的根本力量，仇恨鼓動他呼籲以
一場血的革命去毀滅整個現存社會，但同時他也相信，作為一個革命者，注
定毀滅。他寫了一首詩讚美十七世紀俄國英雄拉辛（Stenka Razin, 約1630-
1671）的勇敢死亡，詩的前兩句寫道：「對於最先起來反抗壓迫的人，滅亡
一定會降臨到他身上。」

　　誓言要犧牲生命拯救人類的杜大心，被一種死亡的願望所推動。從更廣
泛的語境而言，在一個標誌著無政府主義運動終止的歷史時刻進行寫作，本
身就意味著毀滅。以為自己很快將因肺結核而走到生命終點的巴金，把自己
可能英年早逝投射到筆下主人公的悲劇結局中，將一個垂死者的性格描寫與
狂熱的理想主義結合。巴金處女作命名為《滅亡》可謂恰如其分，這部小說
喚起了革命以及他自己年輕生命的象徵性死亡。

　　革命以外，肺結核也在杜大心這位肺結核病人的性格描繪中發揮重要作
用，決定了小說敘事的最終結局，並定義了巴金寫作的形式。杜大心所患的
疾病不僅在身體上致命，也具有高度象徵意義。正如柄谷行人（1941-）所
言，在有關肺結核的文學表現中，這一疾病將病人從大眾區隔出來，且由於
其傳染性特點和惡性症狀，它將病人轉化為他人眼中既「危險」又「具吸引
力」的個體。肺結核由此與浪漫性情之間建立起某種聯繫，患者也獲得抒發
內心生命力和自發性的更優越能力。後五四時期中國小說中的肺結核病人，
標誌著一種新的性格描寫方式登場，這種性格經常被賦予革命的內涵。正如
丁玲（1904-1986）和蔣光慈（1901-1931）的作品所示，肺結核病人經常
是一位青年：疾病強化了其孤絕感，且加重其內在的不安感，同時，儘管疾
病讓其陷入頹廢的邊緣，卻也造就了一位決意並注定要挑戰、反叛既有秩序
的浪漫主義英雄。

　　肺結核病人杜大心無疑就是這樣一位浪漫主義英雄。肺結核為他的絕望與痛苦提供了明顯的形式，並把他的革命者情懷戲劇化為一種精神瘋狂，促使其將「毀滅」視為所有社會和個人問題的絕對和終極解決方案。就像一位看上去不正常、但對世界的真相具有更清醒認識的先知，杜大心將整個世界都看成是垂死的。他號召的無政府主義革命，目的也是清除人性中的「弊病」。從更深刻的意義上看，杜大心的革命情懷和行動所凸顯的毀滅性「弊病」，也在《滅亡》的新穎敘事中體現了隱喻性的症候。對無政府主義革命者巴金而言，因絕望而寫小說，寫作行為即暗示了他的革命生涯結束。小說形式成為認知與行動之間裂縫的症狀，因作為一種表達內心情感的形式，小說創作將主體予以隔絕，阻止他在外部世界中以實際行動實現理想。

　　1928年巴金回到中國時，《滅亡》已在《小說月報》連載。爾後幾年，巴金不能公開追求自己的政治理想，轉而書寫系列無政府主義小說，諸如《新生》（1932）和《愛情三部曲》（1931-1933）。直至2005年生命終結，在巴金漫長的一生中，他內心始終是一位無政府主義者，或者用他的話說，他一直是個有信仰的人。巴金小說中的強烈理想主義色彩，使其風格與許多同時代作家迥然不同，他的創作向中國青年發出了要追求自我理想的呼聲。《愛情三部曲》完成之後，小說創作為受挫的革命者巴金提供了一種有效的表達方式，因之得以傳播那些他認為在後無政府主義革命時代裡，對中國青年的精神成長不可或缺的道德價值。這一模式在《愛情三部曲》的最終部《電》和《激流三部曲》第一部《家》中表現得最為明顯。《電》中的年輕女孩李佩珠是巴金革命理念的化身；而《家》則塑造了為幾代中國讀者所讚美、最受人喜愛的青年偶像高覺慧。

　　《家》戲劇性地描寫了新一代青年和父輩的衝突。巴金藉由詳盡描繪父輩們的惡行，抨擊傳統家族制度。這些父輩不是落後於時代的儒家衛道者，就是虛偽、腐朽的道德敗壞者。《家》中的年輕一代和父輩間的戲劇化衝突，被重寫為光明與黑暗的戰爭，其中年輕一代對家長制的怒火所蘊含的情感力量將衝擊中國社會根基。年輕的叛逆者高覺慧毫無疑問比中國現代文學中任何青年角色都受到更多讚美、崇拜和偶像化。作為一個反抗自身家庭的青春期叛逆者，覺慧是那個時代的典範式英雄。

　　通過《家》的大舉成功，巴金使一種崇拜青年的文化傳播出去，這一信念與他的無政府主義理想息息相關。他珍視萬澤蒂的座右銘：「青年是人類的希望。」巴金終其一生都堅持這一信念，他對青年人的純真、活力和熱忱懷有幾乎宗教般的信心。法國哲學家居約（Jean-Marie Guyau, 1854-1888）的道德和美學觀點曾對巴金的思想產生重要影響，借用巴金翻譯自居約的說法，青年是「生命的開花」，這一隱喻表達了巴金對人性的終極想像，這幾乎是他所有關於青年的小說基本情節。「生命的開花」是一個過程，其中一個人的生命活力不是通過擴張自我，而是通過奉獻、消耗和犧牲自我以服務於提高整體人類福祉的方式而得以彰顯。同時，這一道德信念要求個體對這一事業的奉獻必須完全出於自願，沒有強制義務或來自外部的認可。

　　巴金在《電》中有意識地通過李佩珠這一形象，將居約「生命的開花」這一道德理想具體化。美麗、充滿活力、樂觀的年輕女孩李佩珠經歷道德啟蒙後，彷彿成為巴金信念的化身：「我覺得身體內裝滿了什麼東西，好像就要發洩出來一樣。」《家》中的青春活力以一種重申中國無政府主義運動目標的方式，動搖了中國社會的根基。李佩珠和高覺慧這兩個理想化版的杜大心，復活了巴金的無政府主義信念，並向廣大讀者傳達其核心理念，儘管讀者或許不了解巴金無政府主義小說所描繪的，從滅亡到新生的痛苦歷程，但都為其綻放的青春之美所深深打動。

參考文獻：

陳思和《人格的發展：巴金傳》（上海，上海文藝出版社，1990年）。

Arif Dirlik, *Anarchism in the Chinese Revolution* (Berkeley, CA, University of California Press, 1991).

Olga Lang, *Pa Chin and His Writings: Chinese Youth between the Two Revolutions* (Cambridge, MA, Harvard University Press, 1967).

宋明煒 撰，唐海東 譯

1928 年 1 月 16 日

郭沫若在日記寫了一首政治詩

革命與萊茵的葡萄

「跳讀《文化批判》（第一期），夜就寢時得詩一首」。郭沫若在1928年1月16日的日記中如此寫道，並賦詩一首：

朋友，你以為目前過於沉悶了嗎？
這是暴風雨快要來時的先兆。
朋友，你以為目前過於混沌了嗎？
這是新社會快要誕生的前宵。

陣痛已經漸漸地達到了高潮，
母體不能夠支持橫陳著了。
我們準備下了一杯鮮紅的喜酒，
但這並不是那萊茵河畔的葡萄。

我們準備下了一杯鮮紅的壽酒，
這是我們的血液充滿在心頭，
要釀出一片的腥風血雨在這夜間，
戰取那新生的太陽，新生的宇宙！

這首題為〈戰取〉的詩，是郭沫若在1927下半到1928上半年藏身上海期

間所寫的最後一首詩。它雖作於一個不甚重要的日子，卻意味著郭沫若個人命運的轉折點、中國長期革命的一個危機時刻，以及現代中國文學的一個轉折點。

對二十世紀中國革命文化而言，郭沫若是具有核心意義的詩人／學者／政治家。他以抒情詩人的身分在文壇上首次亮相，後來成為中國科學院的首任院長。學者芮效衛（David Tod Roy, 1933-2016）曾表示，郭沫若「或許是他那個時代最為多才多藝的知識分子」，因為他在各方面扮演了關鍵角色：創造現代中國詩歌和倡導西方浪漫主義；開創中國史學的馬克思主義闡釋，以及在破譯甲骨文與金文（最古老的中國書寫系統）上貢獻良多；將自傳與歷史劇重新定義與政治化；漢譯歌德（Johann Wolfgang von Goethe, 1749-1832）的《浮士德》（*Faust*）；以及在社會主義時期成為毛澤東最後和詩者之一。

郭沫若的名聲伴隨著爭議。中國共產黨一度將郭沫若推崇為中國進步文化的旗手和「革命浪漫主義」的代表，但很多批評家視其為革命政治家和浪漫主義文人最不堪的混合體——特別是郭沫若在美學、知識與政治運動中的浮沉。李歐梵則稱其為「左翼浪漫主義者」。他的毀譽交加標示了現代中國革命與浪漫主義遇合的一種鮮明樣態。

1928上半年郭沫若的命運懸而未決，主因在於他從浪漫主義躍入了革命。一九二〇年代中期，郭沫若已成為新文學運動（始於1917）的年輕偶像。1926年，他開始參與廣東的革命政治，並進入國民黨和中共的統一戰線司令部。北伐期間（1926-1928），郭沫若為國民黨領導人和軍事指揮官蔣介石（1887-1975）麾下人員，然而旋即背叛了長官，譴責蔣的反共立場。蔣介石之後終止革命合作，對共產黨展開「清黨」運動，1927年5月司令部發布通緝郭沫若。郭因此加入中共並參與反蔣的南昌起義，幸而最終逃脫國民黨的通緝，藏身上海租界。1927年北伐結束，郭沫若被通緝，他本欲舉家前往蘇聯，不料突然罹患重病而作罷。

但是，正當革命事業彷彿將郭沫若拋棄之際，詩歌的靈感取代了其革命事業。他後來回憶：

在恢復期中……詩的感興，倒連續地湧出了。不，不是湧出，而像從外邊侵襲來的那樣……一有詩興，立即拿著一支鉛筆來記錄，公然也就錄成了一個集子。那便是曾經出版而且遭過禁止的《恢復》了。

郭沫若為他1928年1月寫下的組詩取了一個英文標題：*Reconvalescence*（convalescence「恢復」一詞的怪異英文拼寫，很可能得之於德語單詞 *Rekonvaleszenz*）。郭沫若寫詩的筆記本後來成了日記，而他在1月16日寫下的詩成為《恢復》的壓軸之作。

〈戰取〉將兩條隱喻之線編織在一起，一條指涉社會革命的身體政治，如生產的陣痛一般，另一條則聚焦於酒的意象，以之歡慶革命。當然，二者的關聯是酒－血的類比：唯一的革命之酒是我們的血（「要釀出一片的腥風血雨」）。這首詩將讀者（「朋友」）放在「新社會快要誕生的前宵」的位置，號召一場革命「高潮」的到來，因而表現出一種激切的預言姿態。郭沫若在1928年1月16日寫下這一片段，回應現代中國歷史中的一個重大危機，用他自己的話說，《恢復》是「革命頓挫」的產物。

詩中使用「沉悶」「混沌」等詞彙描述「目前」的特徵，它們不僅在個人層面表明了詩人的身體和精神狀態，也可以理解為指示著一個更大的語境：將這種「頓挫」描繪成一種集體經驗。許多受過教育的青年投身於1925至1927年的國民革命，目擊歷史以令人目眩的節奏演進：統一戰線的軍事勝利、蔣介石切斷聯合陣線，以及針對全國共產主義者的屠殺。對支持共產主義的青年來說，政治的洗禮瞬間變成一場災難性的創傷事件。郭沫若在詩中呼喚「朋友」，向一群志同道合的青年發聲，同時也指涉了共同的挫敗或迷惘體驗。

郭沫若的詩作正好對應了中國「革命文學」的興起。李歐梵注意到，「當左翼作家為革命文學鼓譟時，革命正處於最低潮」。1928年初「革命文學論爭」爆發，影響了當時整個文化界。正如偉大的現代中國作家魯迅（1881-1936）的冷眼觀察，1928年革命前夕，上海的「期刊便紛紛而出了」——受挫的政治欲望如今只能轉移至文學領域。《文化批判》即是新刊物之一，旨在推崇「馬克思主義的啟蒙」，由1921年郭沫若所組織的浪漫主

義文學團體「創造社」中較新的成員所創辦。創刊號為文壇介紹了大量的左派新名詞，如將黑格爾—馬克思主義的揚棄（aufheben）概念音譯成「奧伏赫變」。魯迅對此毫不猶豫地譏笑：「我不解何以要譯得這麼難寫，在第四階級，一定比照描一個原文難。」這一德語概念的語音符咒——一場語言的暴動——承載了左派在精神上遭遇的創傷性打擊和服務於「恢復」話語的「革命文學」雙重印痕。

讀過《文化批判》第一期後，郭沫若寫下〈戰取〉，這首詩未能獲得多數郭著評論家的注意，主要是因為它易於被歸類為一種典型的「政治抒情詩」，缺少藝術的精密性或詩學的朦朧感。但是在對一個「新生」社會的明確呼喚中，有一個脫穎而出的意象，但晦澀不明，需要深入闡釋。此意象即是在「鮮紅」與「血液」間的「萊茵河畔的葡萄」。它作為鮮血的尋常比喻，遭詩人否定，成為革命鮮血的對立物。沒有評論者留意萊茵的葡萄在此處的奇怪登場。首先，最著名的萊茵葡萄酒並非血色，而是白色。如果萊茵的葡萄是血液的一個拙劣模擬，再考慮郭沫若心中對「血紅的酒」之強調，那他在此突然提及異國及其白色的酒就更加令人費解。郭沫若在中國政治危機時刻提及萊茵河，究竟有何用意？

萊茵河與賀德林（Friedrich Hölderlin, 1770–1843）的詩、法國大革命的影響、青年馬克思（Karl Marx, 1818–1883）的故鄉、華格納（Richard Wagner, 1813–1883）的史詩劇等等相關，自身已是一個超載的文化、歷史參照物。事實上，郭沫若詩中突現的萊茵河意象，是一個比讀者原初設想的更為複雜的互文修辭。1928年初，郭沫若焦急地等待其翻譯的歌德《浮士德》第一部的出版。翻譯工作始於1919年，當時他還是一個留日學生，1920年因公寓的耗子咬壞最初手稿而放棄，至1927年11月才重啟翻譯。隨後他說：「真是愉快，在我現在失掉了自由的時候，能夠把我這《浮士德》第一部的譯稿整理了出來。」他在自傳裡也聲稱自己「把十年來自身的經驗和心境也含孕」在1927年第一部翻譯中。他的翻譯實踐和詩歌寫作標誌了社會政治經驗的內化，以及革命停頓時的詩歌重返。

郭沫若的「萊茵河畔的葡萄」其實來自他對德語Rheinwein的翻譯，出自歌德《浮士德》第一部「萊普齊市的歐北和酒吧」（Auerbach's Tavern in

Leipzig）一幕。在《浮士德》譯本裡，他把這一幕中的Rheinwein譯為「萊茵的葡萄」，也在自己的〈戰取〉中使用了幾乎同樣的詞彙：萊茵河畔的葡萄。

「萊普齊市的歐北和酒吧」一幕是對德國學者和學生放縱的生活方式的喜劇性諷刺。唱完了諷刺愛情和法庭政治的歌曲之後，學生們與梅菲斯特費勒斯（Mephistopheles）想為自由舉杯，當梅菲斯特費勒斯承諾「為每位嘉賓提供我的酒窖裡上好的酒」，胡樂盧（Frosch，象徵大學新生）提出了請求：

我便要萊茵的葡萄。
葡萄酒中我們的國產最好。

於是梅菲斯特用魔法從「地獄的火焰」中變出萊茵葡萄酒，飲酒者倒酒時，「它變成火光」。在這一幕結尾，眾人意識到他們遭到梅菲斯特的愚弄，胡樂盧仍說：「我當然以為自己飲的是萊茵的葡萄。」此處，郭沫若再度明確把那種酒翻譯成「萊茵的葡萄」。

在歌德的諷刺中，萊茵葡萄酒與魔鬼的魔法和地獄的火焰相涉，並指向德國知識分子的放縱。郭沫若引用萊茵葡萄酒，首先是對中國革命青年的一次自我批判，由於他們對政治的無知，被一個「魔鬼」——蔣介石的國民黨——愚弄了，而這個魔鬼對革命的承諾則變成「地獄的火焰」：隨後發生的白色恐怖。其次，這似乎也包含了對其同志們溫和的或預設的批評，他們迷戀於革命理論的「德國調」，卻疏離了真正為中國所拋灑的革命之血。最後，將萊茵的葡萄突兀地插入詩中，也是頓挫的政治體驗的一種修辭表現。如浮士德一樣，郭沫若渴望躍入「行動和創造的喜樂」——社會實踐的更廣大世界。但1927年，他被迫返回文學生活，詩就是他的萊茵的葡萄，一種政治行動的替代物。對萊茵葡萄酒的拒絕，對實際的革命之血的呼喚，仍只不過是抒情表演而已，是想像中的革命「準備工作」的自我矛盾之徵候。

萊茵的葡萄在翻譯和抒情詩領域跨界引用，因此可被視為革命頓挫的一個飽含隱喻的意象。我們也能從「革命文學」浮現的危機中辨識出一種翻譯

的深層模式，它涉及的不僅是中國革命與馬克思主義概念的結合，也是中國革命與歌德戲劇想像的創意合體，這最終意味著將政治的頓挫翻譯到其歷史先例之中。郭沫若在1月29日的日記寫道：「中國的現勢很像1848年的歐洲。法蘭西二月革命影響及於全歐，但德、奧、比、法均相繼失敗。白色恐怖瀰漫，馬、恩都只得向海外亡命。」2月底，郭沫若登上一艘赴日的輪船，開始了十年的流亡生涯。

　　1928年1月16日只是中國漫長革命中一個稍縱即逝的瞬間，但被長期忽視的「萊茵的葡萄」意象卻是錯置的革命欲望的一幅快照，這種欲望恰好發生在革命遭遇頓挫之時。由此得見郭沫若革命浪漫主義的一個隱祕特徵：將危機的體驗翻譯至開放式的歷史洪流中。

王璞 撰，劉子凌 譯

1928 年

「我真不知道他們所愛惜我的是些什麼：愛我的驕縱，愛我的脾氣，愛我的
肺病嗎？」

病與浪漫

　　丁玲（1904-1986）的〈莎菲女士日記〉廣受歡迎，因為女主人公以第
一人稱坦白表述了她的性渴望和孤獨感。當時中國文學的一般通則是不鼓勵
作家描寫與情色相關的主題，而丁玲發表於1928年的故事卻描寫了莎菲的性
經驗及她在北京尋求愛情的經歷，因此撩撥起當時讀者的胃口。這篇短篇小
說之所以擁有如此高的人氣，與其獨創性和異國情調有關。莎菲的日記讀起
來類似1925年出版的《包法利夫人》（*Madame Bovary*）中譯本。第一篇日記
描述她關在房間裡睡覺，因風聲而驚醒。她違背不能看書和胡思亂想的醫
囑，滿腦子胡思亂想。小說中有一個段落似乎隱晦指涉她的自慰：「太陽照
到紙窗上時，我在煨第三次的牛奶。昨天煨了四次。次數雖煨得多，卻不定
是要吃，這只不過是一個人在刮風天為免除煩惱的養氣法子。」莎菲是一位
獨自生活在都市中的現代女性，具有自我反省的能力，在性方面很開放。她
擺脫傳統社會規則的羈束，卻常常感到孤獨、憂鬱、無聊和墮落：「想不出
能找點什麼事做，只好一人坐在火爐旁生氣。氣的事，也是天天氣慣了
的。」

　　莎菲的肺病凸顯了其作為一個現代女性的身分。和其他很多患有肺病的
現代人一樣，莎菲住在一個租金低廉的公寓裡，不停地自怨自艾。她幻想能
到北京郊外空氣清新的西山去。基督教衛理公會在那裡建了一座肺病療養
院，隸屬北平協和醫學院。從日記可以看出她是一個聰明睿智、思想複雜的

女性。肺病帶來了一連串的吊詭：她身體虛弱卻靈感勃發、她高度興奮卻又充滿挫折感。這些矛盾吊詭完美地體現了一九二〇、一九三〇年代那些貌似獲得解放的中國女性的生存狀況。她們只是部分擺脫傳統體制化對女性行為的約束。在一定程度上，莎菲的故事之所以受歡迎，是因為她對性問題討論的坦率，但同時也呈現自身對性問題的曖昧。她批評友人「壓抑住這種愛的表現」，但又擔心自身的行為不符合「體面女性」該有的形象。她以一種挑戰的姿態宣告自己狂熱的欲望，但在滿足欲望時又畏首畏尾。她的肺病象徵了自身被壓抑的情欲，也象徵了對社會秩序的威脅：「我真不知道他們所愛惜我的是些什麼；愛我的驕縱，愛我的脾氣，愛我的肺病嗎？」

1929年，一本用易於理解的中文寫成的健康指南在有關「肺病」的章節中指出，「人們說十人中有九人得了肺病；確實，有太多中國人正因為肺病而命懸一線！」這種認為肺病在中國城市傳染蔓延的說法，或許在很大程度上反映的是一種實情。從一九二〇年代到一九四〇年代，肺病在多數情況下都是最致命的傳染病，是造成中國人因病致死的主因。一九二〇年代的中國，每年有超過85萬人死於肺病；到了一九三〇年代，數字增長到120萬人。進步知識分子以及西醫相信，相較於西方國家，肺病在中國尤其猖獗，並指出中國的風俗文化是導致此病易於傳染的主因。他們列舉了「中國人的壞習慣」，比如崇尚多代同堂的傳統家庭結構使很多人同炕共眠，共享筷子，隨意吐痰等。這些都被列為主要傳染源。甚至有人將轉盤桌子作為一種「講究衛生的桌子」（「hygienic table」）引進中國，意在改進中國人家庭進餐的方式。

這一時期流行的電影和小說中，有很多身患肺病的女主人公浪漫地死去。她們的形象與她們在其中被創生和消費的傳染病大環境，形成了一種強烈反差。莎菲女士的形象背後是中國小說和戲劇傳統中，一長串心思敏感、「多愁多病」的女性。其中最著名的是《紅樓夢》（1791／1792）中的林黛玉，一個堪稱典範的肺病患者。就在傳染肆虐、肺病患者大批死去的可怕現實景觀中，小說的虛構世界卻充斥著體現浪漫痛苦（romantic agony）的人物形象，兩者的反差令人深思。二十世紀早期，歐洲浪漫派作家的作品被大量譯成中文，缺乏系統性譯介但涉及面極廣。不是在病原學意義上，而是就其

病徵而言，這些作家經常將肺結核描寫成一種特別「現代的」疾病。1899年，林紓（1852-1924）以文言文翻譯了小仲馬（Alexandre Dumas fils, 824-1895）1848年出版的小說《巴黎茶花女遺事》（La Dame aux Camélias，今譯為《茶花女》），這些肺病纏身的浪漫女主人公的其中之一便由此被譯介到中國。這本小說出版不久便銷量可觀，到1906年止，至少發行了六個版本。一九三〇年代，中國的肺病傳染尤為劇烈，讀者對這本小說的興趣也隨之高漲。十年間，這本小說至少發行了十二個版本，同時還有短篇小說的版本，系列連載，甚至電影。

小說講述巴黎最美麗、最受人喜愛、也最具魅力的交際花瑪格麗特·戈蒂埃（Marguerite Gautier）與一個貴族青年的愛情故事。他愛上她對真摯愛情的純潔嚮往。但為了不讓他名譽受損，她選擇離開，隨後相思成疾，死於肺病。一如李歐梵所言，林紓的譯本廣受歡迎，反映出「在逐漸從傳統價值觀的約束下解放後，那整個一代中國人對浪漫愛情的敏感認知（romantic sensibility）」。讀者對這部小說反響熱烈的另一個原因為：很多同時代的法國讀者都相信《茶花女》以及根據該小說改編的歌劇《茶花女》（La Traviata）都來自真人真事。這種看法可能吸引現代中國的作家和讀者，因為他們習慣於將小說視為真實事件的反映。在小說和歌劇中，瑪格麗特都提供了一種由翻譯引進的外國女性典範。她身患一種特別的浪漫主義疾病，相思成疾憔悴至死。這一切都與中國讀者所身處的肺病傳染肆虐的現實形成了鮮明對比。其內含的意義暗示了這位中國的瑪格麗特之所以廣受歡迎，至少在一定程度上是因為她迎合了中國讀者的期待。中國小說和戲劇傳統中那些病懨懨的美人形象早已將這樣的期待定型了。

林紓譯本的《茶花女》已淡化原著與中國傳統觀念不相呼應的部分。瑪格麗特既純潔如處女，又善於交際，這是原著中的關鍵。譯本忽略這一特徵，反過來凸顯其身心純潔和道德高尚。在譯本中，原著瑪格麗特與情人阿芒（Armand）的性接觸常常被簡化、重寫或刪除得一乾二淨。原著中瑪格麗特的欲望以及欲望的無以表達加劇了她的病情，而中國的瑪格麗特則更為貞潔，更有德行，因此更貼近中國文學傳統中那些受難美人的典範形象。罹患肺病的瑪格麗特臨終之際喊道：「因計餘生時所享用之物，死時若以二倍

之苦償之。」這使中國讀者想起了林黛玉前世欠下的孽債，她同樣以死於肺病的方式償債。

　　對於這些文學角色而言，浪漫主義疾病是構成他們的過往和身分認同的一部分。十九世紀末，傳統中醫詞彙「傳染」被用來翻譯西方生物醫學中「contagion」這一概念。這個詞原先是指涉三種傳染源：與病人直接或間接的接觸、遺傳、以及性接觸。即使在現代生物醫學重新定義後，傳染一詞仍然保留了早期涵義的鮮明特徵，尤其是家庭內和遺傳方面發現病源這一點。這種概念上的混雜（conceptual hybridity）所暗示的含意，可以在這些講述現代女性生活故事中一窺端倪。一方面，她們的疾病代表了一種解放，而另一方面，這種疾病又確實將她們與傳統女性角色和對女性的舊有描繪綁在一起。在討論肺病時，中國傳統醫學將其定義為一種「勞瘵」的疾病，通常發生在女性身上，病因是情緒的過分耽溺於和極度相思。從本質上說，中國傳統醫學把肺病看作一種由情感、欲望和身心透支導致的疾病。且認為它可以經由遺傳從母親傳給女兒。患者死後，這種疾病能經由「屍蟲」而傳播。死者的屍體會感染其他人，家人是最有可能被傳染的。肺病也被稱為「痊屍」或「傳屍」。現代生物醫學將這種浪漫主義疾病重新界定為肺結核，但這並未能完全消除這些傳統觀念。實際的情況反而是，這種現代觀念本身有來自早期定義的影響。其他影響因素則包括該疾病所處的社會文化環境，及其在中國傳統文學和醫學中的譜系。

　　中國的瑪格麗特更多是因為自身的內心生活——即想法、情感，以及寫作行為——而致病。與其對應的法國瑪格麗特則更多是因為「放蕩的生活，舞會，甚至狂歡無度」而致病。與原著的女主人公一樣，中國的瑪格麗特內心「持續燃燒的欲望，幾乎可以說是肺病的副作用」。在現代小說中，肺結核不是傳染導致的；相反的，它被表現為與一種與內在天性俱來的潛在病徵。這種天性使病者渴望得到某樣東西。林紓譯本中，瑪格麗特在一封信中寫道：「自知必不支。向吾母亦死於病肺，瘵根所貽，若家業留以畀余者。」莎菲女士一樣選擇逃離了家庭，但卻沒有承繼瑪格麗特的悲劇。在現代小說中，肺病帶有一種命定的特徵，它作為對「紅顏薄命」的一種表現而被承繼下來。在中國古典文學中，紅顏薄命一詞是用來形容身世不幸的美

人。莎菲女士沒有去西山尋求療養，與她對應的歐洲角色則會到山頂接受療養。反之，莎菲女士接受自己的薄命，前往南方度過所剩無幾的生命。

《紅樓夢》中的林黛玉雖然極為貞潔自持，但卻經常擾亂既定秩序。她是一個任性的孤兒，對賈寶玉熱烈卻未能實現的愛，使得她身染肺病，最終相思而亡。後來出現了多部《紅樓夢》續集，全都力求去除或淡化這些導致悲劇的弔詭，將林黛玉重塑成一個小家碧玉、更負責任、欲望較弱的人物。然而，正是原著中打破規則的性格使得林黛玉成了小說和電影，乃至公眾想像中極受歡迎的人物。她甚至在現實的真實女性身上重現：一八七〇年代至一九二〇年代的上海租界曾經盛行一種風氣，即妓女們會以《紅樓夢》中人物的名字作為藝名，以此代表自己的個性特徵。「林黛玉」即為其一（二十世紀早期的「四大名妓」之一），在報紙、旅行手冊、遊記和小說中為人津津樂道。這些青樓女子的「黛玉」都是開路先鋒。她們既是公眾人物，又是職業藝人、時尚偶像和趣味引導者，也因此自身地位有所提高。不言而喻的是，這些真實生活中的黛玉同樣威脅了社會秩序：「每個心繫青樓的臭男人開口閉口都是林黛玉、林黛玉」。這些現代的黛玉是解放了的黛玉，只是仍在受苦。

如果說十九世紀每個相思成疾的女性都把自己想像成林黛玉，那麼時髦的現代女性也以同樣的方式想像並崇拜著莎菲女士和瑪格麗特。但這些身染肺病的現代女性典範人物獲得了如此之高的人氣，這一事實本身就是一種被傳統暈染了的女性傳承。這些身染肺病的人物比肺病本身更具傳染性。這種疾病在小說中仍然被呈現為遺傳所致，因相思而起，而不是一種結核桿菌導致的傳染性疾病。儘管這些人物擁有許多現代性的特徵，但界定她們的疾病本身卻不是肺結核，而是前現代的肺病，一種中國傳統文化的產物。如她身患的疾病一樣，莎菲女士被過往時代那些浪漫女主人公的化身所感染。

參考文獻：

Rey Chow, *Woman and Chinese Modernity: The Politics of Reading between West and East* (Minneapolis, University of Minnesota Press, 1991).

Ding Ling, "Diary of Miss Sophia," trans., Tani Barlow, in *I Myself Am a Woman: Selected Writings of Ding Ling* (Boston, Beacon Press, 1989), pp. 83-103.

Gail Hershatter, *Dangerous Pleasures: Prostitution and Modernity in Twentieth- Century Shanghai* (Berkeley, CA, 1997).

Andrew Schonebaum, "Medicine in *The Story of the Stone*: Four Cases," in *Approaches to Teaching"The Story of the Stone,"* eds., Andrew Schonebaum and Tina Lu (New York, 2012), pp. 164–185.

K. Chimin Wong and Wu Lien-teh, *History of Chinese Medicine: Being a Chronicle of Medical Happenings in China from Ancient Times to the Present Period* (Tianjin, China, 1932).

宋安德（Andrew Schonebaum） 撰，金莉 譯

1929 年 9 月
《女作家》開始在上海發行

性別、商業化和文學市場

　　1929年秋，外表風光的新雜誌《女作家》在上海發行，引起相當大的轟動，但只發行一期就停刊了。這一歷史細節在現代中國文學研究中，經常被當成一個註腳點到為止。然而，這份雜誌的起落值得再次關注。其故事揭示了二十世紀早期，複雜的性別機制在中國都市文學界所發揮的作用，包括「新女性」的迅速商業化，以及一九二〇年代晚期女作家在文化領域中不斷提高的地位。

　　同年稍早，頗具影響力的《真美善》雜誌為紀念創刊一週年，發行「女作家」專號，法國文學愛好者、批評家張若谷（1905-1960）被延聘為特約編輯。當期介紹莎弗（Sappho）和雷卡米耶夫人（Madame Récamier, 1777-1849）的文章，與凌叔華（1900-1990）和冰心（1900-1999）的稿件同時刊出。張若谷則撰寫了一篇概述中國女性文學的前言，其中大部分是針對歐洲和日本「藍襪子」女性主義運動的反思。張若谷於結論提出，「藍襪子」一詞無法在中文語境獲得有效譯解，但其言下之意很清楚：作為「摩登生活」的一種新興現象，當代中國女作家值得從審美角度加以欣賞。同樣顯而易見的是，對張若谷來說，文學本身無可置疑的是男性領域，女性主要是作為提供靈感的繆思。針對著他想像中的女作家，張若谷在該文結尾寫道：「你們的談話，你們的酬酢，你們的交際，你們的友誼，你們的信札：這些都要比詩歌或小說的手抄稿卷要來得更有價值，更有魅力。」

　　稍加瀏覽這一經過巧妙策畫的專號目錄，我們可以發現一些不見經傳的

名字，比如短篇小說作者顧志筠和顧佳玲，以及劇作者趙慧深，這些人物早已為大眾遺忘。但目錄中大部分的是著名作家——冰心、廬隱（1898-1934）、袁昌英（1894-1973）、白薇（1894-1987）、呂碧城（1883-1943）和蘇雪林（1897-1999）等，顯然她們多數是受邀為這一週年專號撰文。她們的創作有古典或現代詩歌、小品、小說、戲劇、傳記、回憶錄，以及批評文章，涵蓋了那時代的文學全貌。然而，並非所有撰稿者都是女性：邵洵美（1906-1968）、曾樸（1872-1935）、崔萬秋（1904-1990）等人也都為這一專號撰寫了傳記作品和批評文章。「女士」一詞作為鮮明直白的標籤，被用來區分女性和男性撰稿人。專號（以及相關的宣傳）都以「女士」這一性別化的稱呼標示女性作者，男性則僅稱其全名。

儘管民國時期的期刊出版界，這種做法並不少見，但用在女作家專號中，這一標籤就顯得怪異而多餘了。正因如此，丁玲（1904-1986）的名字在撰稿人中缺席，格外引人矚目。據說甫獲聲名的她拒絕了約稿，理由是她賣稿子，但不賣「女性」這一標籤。這是頗有先見之明的抗議，針對的是日益商業化的文化市場，抬高女作家的「女性」身分，卻不注重作品。與同時代的女作家一樣，丁玲希望在出版品的署名上不要被貼上「女士」這一標籤。

然而，專號付梓後，丁玲的疑慮並沒有消除。除了無所不在的女性標籤外，專號選文的封面還附上一張作者賞心悅目的照片。對於讀者而言，這些照片展示的是視覺上的細微處——雅致的腕表、眼鏡、齊耳短髮或大波浪髮型，以及活潑張揚的歐式帽子，更不用說自信的姿態和神情——昭示了現代「才女」新派的異域風情。如陳學昭（1906-1991）的作者照，短髮齊耳搭配瀏海，身穿式樣簡單的襯衫，雙眼直視鏡頭，散發出一種帶有挑戰意味的自信。有時或許因沒有現成照片可用，則以山名文夫（1897-1980）和山太郎（1897-1982）創作的新藝術派女性形象當插圖。例如，金光楣的短篇小說封面就是使用裸體女性風格化的剪影。事實證明，這些編輯的加工處理正是這份雜誌的賣點所在：專號很快創下銷售記錄，引發出版業的轟動效應，毫無疑義地證實了「女作家」作為商業賣點的巨大潛力。此外，專號還引起圍繞「女作家」的出版風潮，其中包括《女作家》新雜誌的發行。

　　《女作家》的發行是上海唯美主義者邵洵美的點子。與張若谷一樣，他也是法國文學愛好者，他為《真美善》「女作家」專號撰寫介紹其文學繆斯莎弗的文章。作為出版業新手，邵洵美任命張若谷為編輯，可能是將出版一份專門刊載女作家作品的雜誌視為一項有利可圖的嘗試。早在1929年6月，該雜誌即將出版的廣告就出現在商業媒體。例如，上海主要報紙《申報》在6月6日登載一則廣告，將新雜誌即將發行與《真美善》獲利甚豐的專號聯繫起來，直接提到後者的創紀錄銷量。無論是作為促銷香菸或藥品的圖像，還是藉由好萊塢電影，現代女性這一主題都能帶來市場效益。《申報》這則廣告再明白不過地說明瞭這一點。因此，將這一理念擴展至出版業，毫不令人意外。

　　1929年9月雜誌發行後卻一敗塗地，創刊號後旋即停刊。此一翻轉原因何在？難道公眾的興趣已快速轉向新的流行文學了嗎？這是否宣告了女性文學的終結（抑或是女性文學終結的開始）？《申報》提供了一條線索，解釋《女作家》為何稍縱即逝：同年6月下旬，《申報》刊登了蘇雪林、袁昌英、白薇，以及其他人的聯合聲明，宣布與這份新雜誌及其背後「無恥」的支持者沒有任何關係，即便她們先前都曾為《真美善》專號撰寫稿件。這些著名女作家的抵制行動，導致《女作家》創刊號內容乏善可陳，只能依靠寫作新人的稿件。唯一在現代中國文學界留下痕跡的新人是左聯五烈士之一的馮鏗（1907-1931），她在1931年遭國民黨毒手。張若谷運用其早先文圖並茂的編輯策略，當中有冰心新婚燕爾的照片，以及現代主義女畫家關紫蘭（1903-1986）和唐蘊玉（1906-1992）的照片。可是，沒有上海著名作家的現身說法，這份雜誌無法成功吸引讀者，只能鳴金收兵。

　　《真美善》專號出版後，張若谷遭到猛烈抨擊，這或許是為何著名女性知識分子不願與《女作家》有任何關聯的原因之一。評論如此充滿敵意，以至於張若谷不得不公開響應。在《真美善》5月號上，張若谷提到他受到的批評涉及各方面，從對愛情的直白描寫感到憤慨，到懷疑期刊編輯的商業動機。他的回應顯示出有點自我防衛，但文章大抵讀來更像是一種精明的策略，要化這場爭議所帶來的危機為促進雜誌銷量的商機。確實，這種批評引發的關注並沒有減少這本雜誌的銷量。專號最終以書籍形式出版，直到1931

年仍然發行。

　　由此看來，有可能是浪子邵洵美的惡名昭彰，讓著名女作家對這份專號避之唯恐不及，也有傳言說他參與了精心策畫的劉舞心騙局。騙局起初只是文字上的惡作劇，即邵洵美以一個女學生的名義寫一封情書給他的老師，也就是《真美善》的編輯曾樸。據說，這位「年輕女士」的文采深深打動上了年紀的曾樸，堅持要在《真美善》週年專號上發表「她」的短篇小說，騙局也因此變得一發不可收拾。真相最後何時曝光，我們不得而知，但直到一九三〇年代，邵洵美代筆的短篇小說不斷在文學選集中出現。專號採用語言和視覺的策略抬高女作家的身分地位。邵洵美假造文本，厚顏無恥的做法暴露了一種骨子裡居高臨下的曖昧態度，與專號的前提思想完全背道而馳。

　　然而最重要的是，這些著名女作家的抵制行動標誌了一種態度，抗議雜誌肆無忌憚地將女性作家物化為偶像崇拜，把她們包裝成上海都市現代性的物質主義風景的一部分，與最新的時尚潮流、進口電影和咖啡館處於同一層次。電影明星和交際花耀眼奪目的照片充斥小報版面，這些才女和她們一樣，在專號中也被呈現為一種審美對象，供大眾崇拜、渴慕和消費。這種視覺展示導致了文本錯位：女作家被建構成一種賞心悅目、可供消費的視覺奇觀，其身體和外貌與作品內容你來我往，爭奪人們的關注。無論其中的理由是什麼，到了張若谷開始為《女作家》約稿時，所有一線的女作家全都拒絕。她們的拒絕，是文化權威性一個經常為人忽略的面向。

　　《女作家》的停刊並不代表女性寫作商品化的終結。《真美善》系列的出版物持續利用這一潮流，直到一九三〇年代。1930年，以出版食譜廣為人知的時希聖主編包裝精美的十卷本「女作家小叢書」，作者包括玉痕、海鷗和韋月侶等。但這一時期並非所有宣揚女性寫作的人都仰仗著有關女性的陳詞濫調，來推廣銷量。在一套蔚為大觀的叢書中，編者凸顯了女性寫作的不同體裁，並採用中性的封面設計，完全不用「女士」這一性別標籤。很多資深女作家──包括抵制邵洵美發行《女作家》的那幾位，甚至丁玲──都出現在叢書中。這一事實說明，這些女作家所厭惡的或許不是「女作家」這一性別概念，而是將這概念加以包裝謀取商業利益的手段。事實上，文學市場見證了女性文學出版方興未艾。1929年付印作品的多產便應證了這點，其中

包括陳學昭、白薇和蘇雪林的首部長篇小說。

其時都市女性對打造自身的公眾形象擁有很大的主導權。比如，1929年結集出版的一本書中，著名女詞人和精明的企業家呂碧城在顯著位置上登載了自己著不同服裝的照片，從一個舉止張揚的奇裝異服者到一個現代教育者。讀者因此對這位具有多重面貌的新女性感到驚豔，此事也顯示呂碧城打造自身形象的高明手段。其他女作家則藉由長、短篇小說中女作家的形象來宣揚作家身分。例如，陳學昭的半自傳體長篇小說《南風的夢》（1929）描繪一位女主人公以寫作賺取遊歷歐洲的旅費。小說沒有說明這位作為記者的女主人公是否能擺脫前男友獨斷專行的控制。儘管如此，現實生活中的陳學昭卻能靠著為《大公報》撰稿和其他寫作養活自己。這部小說在倉促中完成，當時她剛從法國返國，準備向《大公報》索取稿酬（為了逼迫她結婚，她哥哥凍結這筆錢）。返國期間除了《南風的夢》外，她還出版了兩本散文集《如夢》和《憶巴黎》，同時也為許多期刊撰稿。從高雅的文學期刊到《旅行雜誌》這樣的商業雜誌都有她的文字。妥善安排金錢方面的事務後，她才前往法國。直到1935年完成法國文學博士學業後才又返回中國。

往後幾年，公眾對「女作家」被商品化的關注絲毫沒有消退。例如，1935年，阮玲玉（1910-1935）主演的電影《新女性》中，有一情節陳述一個出版商的貪婪計算，準備將女作家美麗的照片作為作品封底，將她推向市場。後來，她的自殺更成了媒體大肆渲染的奇觀，用以促進銷量。如同許多左翼文藝作品一樣，這位被人利用的新女性既是父權文化的表徵，也象徵了資本主義社會的道德淪落。與此同時，對女作家的刻畫顯示了「女性從事寫作」依然是一個極富爭議性的話題。1929年，沈櫻（1907-1986）在文壇上首次亮相，她出版了三本短篇小說集。小說《一個女作家》探索一位與文學市場抗爭的職業女作家鈺姍的困境。在文學市場上寫作不但成了一種流通的商品，作為一個「女作家」的身分也比作品內容更重要，公眾領域將女作家物化為崇拜對象的結果是作家所寫的任何內容都會被解讀為自曝私生活。與電影《新女性》中自殺的韋明不同，沈櫻在小說中描寫的這位女作家不是一個可憐的犧牲品，她被刻畫成一位掌握情況、具有主體性的人物。對她而言，影響寫作的商業化環境令人惱火，但尚遠不至於導致生存危機。

参考文獻：

沈櫻〈一個女作家〉，《沈櫻代表作》（北京，1999年），頁238-245。

《女作家雜誌》（上海，1929年）。

張若谷〈關於「女作家號」〉，《真美善》第四卷第一號（上海，1929年）。

《真美善・女作家號》（上海，1929年）。

杜愛梅（Amy Dooling）撰，金莉 譯

1929 年
有人說，我的寫作，全是假的

身為名人的作家

　　1949年，自喻為「文字機器」的張恨水（1895–1967）發表自傳體回憶錄時強調其動機是有人對他產生了不少的誤解：「在東北和華北淪陷期間，偽造的張恨水小說，竟達四五十種之多。那裡面不少是作孽的文字，把這罪過加在我身上，我太冤，我也應當辯白。」具體而言就是，他想澄清許多以他的名義出版的作品都是偽作，並反駁與他有關的流言蜚語。

　　一九三〇年代，張恨水在聲譽如日中天時，成為八卦小報的首要目標。身為「鴛鴦蝴蝶派」（以中產階級才子佳人、武俠小說著稱）首席作家，張恨水經常身陷公眾的是非口舌中。在回憶錄中他交互使用第一人稱和第三人稱指涉自己：

　　有人說，我的寫作，全是假的，有一老儒代為執筆。也有人反問，這老儒為什麼不出名，一切便宜張恨水呢！他們說另有祕密。也有人說，小說是我作的，但不是我寫的。學了外國辦法：張恨水說，別人寫。這樣代寫的人，共有三位之多。更有人說，我寫小說，是幾個人合作，由我一個人出名，得錢瓜分。甚至還有人說，有一位女士代我寫小說，她不便出名。張恨水本人，根本狗屁不通。

　　張恨水聲稱自己對這些說法一笑置之，認為成名後畢竟要留一些材料供八卦記者探聽。但終其一生，他其實相當關注作品的真實性及作者身分問

題，努力向讀者呈現一個如假包換的張恨水。

　　本名張心遠的張恨水創作一百多部小說，總計超過三千萬字。創作量全盛時期，經常六到七部小說同時連載，每天寫作約五千字，他以複雜的圖表和概略提綱記錄人物和情節的發展。他同時使用文言和白話，深諳典故運用之道，對眾多文學形式也駕輕就熟，如新聞、散文、影評、書評、遊記和回憶錄等。1919年他在北京以新聞記者的身分開始了職業生涯，根據他的日後回憶，等到開始寫小說時，他的筆已經「寫得很滑了」。

　　1929年，張恨水開始在當時上海發行量最大的《新聞報》連載小說《啼笑因緣》，這部小說很快成為上海市民談論的熱門話題，廣受歡迎的程度標誌了一個文壇明星的誕生。此時，張恨水在中國北方早已大名鼎鼎，一九二〇年代中期連載的小說《春明外史》和《金粉世家》替他招攬了廣大的讀者群。然而，要等到嚴獨鶴（1889-1968）慧眼識英雄，邀他為《新聞報》的文學副刊「快活林」撰稿，他才開始真正享譽全國。嚴獨鶴指出，「在《啼笑因緣》刊登在『快活林』之第一日起，便引起了無數讀者的熱愛了：至今雖登完，這種受歡迎的熱度，始終沒有減退，一時文壇中竟有『啼笑因緣迷』的口號」。甚至在《啼笑因緣》連載完以後，「快活林」還繼續每日登載張恨水的軼聞趣事，以及讀者對這部小說的評論，同時以大幅廣告推銷小說單行本。

　　1933年，筆名華嚴一丐的小報記者寫到，僅僅三年內《啼笑因緣》就被改編成了地方戲曲、大鼓書、舞台劇、廣播劇，以及多種其他的表演和敘事形式。他也列舉了在西安、香港、杭州、武漢和寧波出版的眾多改寫和再版的版本，以及上海本地出現的幾種盜版、偽作和改編的版本。《啼笑因緣》也因明星與大華兩家電影公司爭奪小說的專用權而引起一場官司。這場官司成了一個重要的新聞事件，進而為這部小說做了更多的免費宣傳。與當代對文化知識產權和著作權保護的極端關注有所不同，大部分的五四作家並不反對複製的版本，反而將其視為中國新生的文化產業的一部分。有人模仿代表功成名就。

　　《啼笑因緣》成功後，張恨水開始每天收到十多封粉絲來信，多數是女性讀者。最初他一一親筆回信，最後只能統一回應。某次，有些女大學生請

求張恨水在《啼笑因緣》單行本登上自己的照片，據說張恨水的回應是：「你們喜歡看我的書，我感到榮幸，但是你們看了我的照片後，就會不喜歡我的書了，所以還是不登我的照片為好。」儘管婉拒，但《啼笑因緣》單行本首版的賣點卻還是作者的玉照，所有廣告中都提及這一點。

　　對於一個後來被偽作和抄襲所苦的作家而言，在作家生涯的開始恰巧寫作了一篇有關偽作的故事再貼切不過。1919年3月，他發表的第一篇小說〈真假寶玉〉在報紙連載六天，小說描述曹雪芹（1715-1763）的名作《紅樓夢》中的男主角賈寶玉，從一場瞌睡中醒來，發現四面八方無數假寶玉「全都個個學自己的模樣」。經過花園時，他為出現無數個林黛玉而震驚。其中一個如此逼真，以至於寶玉試圖向她搭訕。看到了這些沒完沒了的假寶玉和假黛玉，真寶玉嘆道，「怎麼這些人，不男不女不老不少，都要學我呢？咳，寶玉寶玉你真遭劫了」。

　　張恨水的故事基於續寫和戲仿《紅樓夢》由來已久的傳統。王德威認為，晚清作家喜好戲仿古典小說的傾向——包括續寫和改寫——涉及了一種對慣例和傳統的遊戲書寫，是一種新的模仿美學。這種模仿傾向同時也得益於新的機械複製技術的發展，包括更為廉價的大量印刷技術，比如平版印刷術和金屬活字的運用。這些都使得十九世紀出現了一個新版《紅樓夢》的巨大市場，以及一個熱中私人操作的、續寫《紅樓夢》的產業。《紅樓夢》的續集往往異想天開。這種現象到了二十世紀未曾消退。《紅樓夢》的改編和重寫出現在多種新興媒體，包括連環漫畫、日曆藝術、報紙連載小說、電影和電視連續劇。

　　〈真假寶玉〉問世一個月後，張恨水又發表了另一篇小說〈小說迷魂遊地府記〉，於1919年4、5月間連載。故事講述主人公（「小說迷」）遊歷地府，見到那裡的牆上貼滿了推銷新小說的廣告。牆上的每一個書名都醒目地包括了「花」「玉」「恨」「淚」幾個字的排列組合，並搭配時裝美人素描畫。如果說杜思妥也夫斯基（Fyodor Dostoyevsky, 1821-1881）將魔鬼想像成一個心灰意冷的法國貴族，那麼張恨水則將地府呈現為一個現代大都市，那裡鋪天蓋地都是推銷通俗小說的廣告。

　　這篇小說連載時正值五四運動高潮。小說並非只是單純地譴責傳統，而

是反映出各式議題：原創性和模仿，真實性和版權問題，市場營銷和市場等。簡單地說，小說思索一個當代作家應如何為自己定位，同時參照了寫作傳統白話小說的偉大作家，以及眾多透過翻譯進入中國讀者視野的外國作家。這個地府世界滿是文學巨匠，從雨果（Victor Hugo, 1802-1885）、歐文（Washington Irving, 1783-1859）到金聖嘆（1608-1661）、羅貫中（1330-1400）。其中曹雪芹更籲請人們關注「《紅樓夢》一書版權名譽的問題」。

　　張恨水於1943年所寫的散文〈文字被竊〉中傳達了他的憂慮，也就是他的文字和名聲如何在傳播過程中超出了他的控制：

　　　　最近，朋友給我一個掃興的消息，上海來人，看到小說月報和海報，都載了我的長篇。無疑的這又是一次文字被竊。因為朋友沒有告訴我小說篇名，不知他是把我舊作拿去，改題註銷呢？或者是不肖文人作了小說，冒我的名字揭載。但惡意陷害，是無可諱言的。

　　　　日本侵華，張恨水離開了上海。此後，他常受邀為那些偽政府治理的刊物寫稿。儘管他一再拒絕，幾家上海報紙依然未經許可就連載他的作品，改掉小說標題，以油印的方式印上他的簽名。因此，他不得不在重慶、香港和漢口的報紙上登載聲明，宣布這些偽造出版物不是他本人所發表的。然而他也指出，「但我儘管登啟事，他照常的翻版，我絕對無可奈何」。他熱切地表明拒絕與偽政府合作的態度，但又無法阻止名字在未經許可的情況下被擅自徵用。他認為沉默即代表默許，因此他在一篇文章中公開聲明：「我無法將張恨水三個字放在保險箱裡，我這一番報告，也許不算是增加身分的廣告吧？」

　　張恨水連載小說的長度，以及他與多家報紙的密切聯繫，意味著很多讀者都密切關注著他的私生活，彷彿這也是一部小說。傳統作家常常為一個小圈子寫作，成員包括贊助人和朋友。與此相對，像張恨水這樣的現代作家，典型地是為一個由不知名讀者構成的龐大群體而創作。儘管不知名，這些讀者依然要求在一定程度上可以參與他的人生。他的讀者會得知他的病況（〈由病榻上寫來〉），了解他對菊花的癡迷（〈公園購菊記〉）。張恨水

的文章與其生活節奏交織在一起。一個最私密的例子是：他因兩個幼女夭亡必須中斷連載《金粉世家》數日而向讀者道歉。在連載《金粉世家》的六年間，他的大女兒慰兒從牙牙學語的幼兒長成了二年級的小學生：「當吾日日寫《金粉世家》，慰兒至案前索果餌錢時，常竊視曰：『勿擾父，父方作《金粉世家》也』。」張恨水提到，人間悲劇不僅只是發生在書中人物身上：「此不但書中人應有其悲歡離合……吾書作尾聲之時，吾幼女康兒方夭亡……而長女慰兒，亦隨其妹於地下。」正當《金粉世家》進入高潮即將完結之際，慰兒和襁褓中的小女兒康兒不幸死於流感。「悲未能自己，不覺隨筆插入文中」。讀者捧卷閱讀，作者真實生活中的悲傷如是隱入字裡行間。

　　早在1928年，張恨水已提到，讀其書，即其友。他在《春明外史》的後序中寫道：

　　凡予同世之人，得讀予書而悅之，無論識與不識，皆引以為友，予已慰矣。即予身死之後，予以墓木已拱，予骸骨已泥，而予之書，或幸而不亡，乃令後世之人，取予書讀而悅之，進而友此陳死人，則以百年以上之我，與百年以下之諸男女老少，得而為友，不亦人生大快之事耶？

　　1967年，張恨水的生命走到盡頭，但他擁有許多「轉世再生的生命」，包括授權或未經授權的作品改編，相繼成了電影（單是《啼笑因緣》就被搬上銀幕十一次）、舞台劇、廣播劇、連環漫畫、彈詞和地方戲曲。此外，諸多未得到認可的續集和仿作、廣為報導的版權糾紛和雇人代筆的傳聞、更別提大量打著他的名號寫成的偽作（其中甚至有一本假的回憶錄），持續流傳於市面。

參考文獻：

Perry Link, *Mandarin Ducks and Butterflies: Popular Fiction in Early Twentieth-Century Chinese Cities* (Berkeley, CA, University of California Press, 1981).

Thomas Michael McClellan, *Zhang Henshui and Popular Chinese Fiction, 1919-1949*

(New York, Edwin Mellen Press, 2005).

Zhang Henshui, *Shanghai Express: A Thirties Novel*, trans. William Lyell (Honolulu, University of Hawaii Press, 1997).

周成蔭 撰，金莉 譯

1930年10月

瑞恰慈從北京致信T. S.艾略特

瑞恰慈與中國批評

　　1930年10月19日，瑞恰慈（I. A. Richards, 1893-1979）在北京（時稱「北平」）給艾略特（T. S. Eliot, 1888-1965）寫了封信，談到他翻譯中國傳統經典《孟子》之事：「我現在正努力練習與孟子站在鏡子的兩邊，能否成功，目前還不知道⋯⋯至少，這是迄今為止，我為複雜定義和想像各種可能意涵（possible meanings）所做的最佳訓練了。」艾略特曾建議大家使用陌生的語言去閱讀，如同「試著同時站在鏡子的兩邊」。1930年冬，在北京的瑞恰慈與協助他的孟子專家正試著實踐他有關意義與溝通的理論：用一種他尚不會讀的語言，他能夠將「可能的意涵」（「possible meaning」）帶到什麼樣的境地。兩年後《孟子論心：複雜定義的實驗》（*Mencius on the Mind: Experiments in Multiple Definition*, 1932）出版，是瑞恰慈以異國文本探索「同時站在鏡子兩邊」之可能性的實驗成果。

　　論者尚未充分注意到《孟子論心》所標誌的正是瑞恰慈所謂的「複雜定義」（「multiple definition」）或「實用批評」（「practical criticism」）的文學批評教授法的正式濫觴。這本書充分顯示了他在包容、組織、展示（以及通過「間接控制的猜測」〔"indirectly controlled guess"〕的方式）想像和創造意義時進行分析和闡釋的靈活性。儘管只選取自己所感興趣的一些段落，瑞恰慈對《孟子》的閱讀仍可以說是他最有系統的「細讀」（close analysis）和「實用批評」方法的延伸。這些方法，早在1925年他在劍橋大學為英語文學士榮譽學位的學生授課時便已提出。實用批評可說是體現瑞恰慈「交互理

解」（「mutual understanding」）觀念的典範。他認為，寫作和閱讀是動態的形構，作者和讀者不斷地更動和調適他們的思想，直到寫作和閱讀行為結束前，詮釋與理解持續不斷地推展。瑞恰慈對《孟子》的「複雜定義」，將文本的豐富內涵以及語義的複雜性推向前台，並展示了中國模式意義理解的與眾不同。西方學界傾向將中國思想視為靜止不變或鐵板一塊。在瑞恰慈的複雜定義下，《孟子》則獲得了更加豐富的文本生命。

　　《孟子論心》是瑞恰慈努力復原自由人文主義（liberal humanism）的傳統，《孟子論心》見證了這個努力。它不僅試圖整合繁多的意義系統，也嘗試在同一種文化傳統中包含思想的多種歷史形式。要在中國的古老智慧和西方的邏輯科學之間促進和達成一種理解，需要一種新的分析工具。唯有藉由這個工具，中國和西方才得以順利溝通。瑞恰慈的「複雜定義」預設了跨文化差異的存在，而他知道如何應對這些差異。他在《孟子論心》中提供新的方法去理解意義，並且發展出比較研究的新範式。這些都鞏固了他為「複雜定義」所制定的教學規範。

　　一九三〇年代，瑞恰慈已經不再以文學為研究主題。他堅信將「基本英語」（Basic English）發展為一種國際語言，更重要且更有意義。他在清華大學的教學和隨後為基本英語所做的工作意味著一種自我創造，是其職業和知識生涯中的一個重要時刻。基本英語是英語的一種簡化形式，只有八百五十個單詞，其中包括了十八個動詞。儘管在結構上如此簡略粗糙，瑞恰慈卻相信基本英語擁有無限的表達範圍。他認為，中國對基本英語的接受，絕對能夠協助將之推廣至全球各地。他在中國講授英國文學的經歷，促使他開始為西方文化設計教學用的基本英語文本，如《伊利亞特》（Iliad）和《理想國》（Republic）。在北京的課堂上，瑞恰慈使用的文學教材包括《黛絲姑娘》（Tess of the d'Urbervilles）。他的中國學生覺得這些異國文學中晦澀難解的語言最令人疲厭。這促使他再一次思考研究計畫中最核心的問題：理解緣何而存在？怎樣才能發展出意義？他的中國學生所遭遇的嚴重語言障礙，源於他們對西方知識傳統和文化缺乏先備知識。顯然的，在他使用英語傳授西方文學之前，必須先發展一套用於傳授英語的教學計畫，而在他建立英語教學程序之前，又必須先理解漢語的表意模式。《孟子論心》有一個小心翼翼

的副標題：「複雜定義的實驗」。這似乎是為了表明，英語和漢語差異如此之大，若要譯解二者，就必須調動各式複雜的符號（signs）。在闡述這個漢語文本的複雜語義之際，瑞恰慈試圖再次強調他對於閱讀和交流的哲學信念：複雜定義是人類相互交流理解的關鍵。

　　這是瑞恰慈第二次造訪中國。在他漫長的生命裡，他曾在1927年到1979年半個多世紀中，訪問中國六、七次之多，大多為了推廣基本英語。然而，他對中國批評家和詩人最重要的影響，卻不是基本英語教學，而是他已經拋棄的文學批評領域。他在清華大學的同事和學生視他為現代學術批評之父，以及實用批評的創始人，這種方法能運用於教室的學習和實踐。傳統批評實踐和現代學術批評之間的差異極為清晰，其中之一是：前者完全訴諸讀者的教育成果和品味判斷，後者則強調非個人的、客觀的和分析性的步驟，這種步驟可以被傳授、學習和複製。新文化運動之後，中國知識菁英和學術群體戮力建立起一種新的國民文學，並發展出一套新的批評實踐。長久以來，中國詩歌的鑑賞品評都是建立在讀者的印象與經驗的基礎上。如何將傳統的印象式批評轉化為更加系統化、更少經驗性的分析，是學術界面臨的一個重大挑戰。德古爾蒙（Remy de Gourmont, 1858-1915）的名言在二十世紀早期的北京幾乎成了一種教條：「一個真誠的人念茲在茲的便是將他個人看法建立成放諸四海皆準的法則。」面對這樣的教條，瑞恰慈的「複雜定義」之所以具有吸引力，恰是因為他所提供的批評方法是分析性的、客觀的，是可以按部就班習得的。葉公超（1904-1981）在他為瑞恰慈的《科學與詩》（*Poetry and Science*）中譯本所寫序言中總結：「國內現在最缺乏的，不是浪漫主義，不是寫實主義，不是象徵主義，而是這種分析文學作品的理論。」

　　瑞恰慈在清華大學的同事和學生們，對於他的批評理論和方法論的應用產生了一種特別的興趣。集詩人、散文家、文學研究者於一身的朱自清（1898-1948），曾為一九三〇年代早期清華大學中國文學系主任，是提倡和推廣實用批評的最佳人選。1935年在〈詩多義舉例〉一文中，朱自清認為拋棄舊有觀點的時機成熟了，這種長期占據主流的觀點即是，好詩超越分析批評，它的意義只能整體把握，它的美學價值只能憑藉直覺「意會」。這一傳統的詩歌有機論，長期以來認為詩歌鑑賞以經驗為主，不需

要詮釋與分析。朱自清對這種以「詩話」或「詞話」為代表的印象式批評相當不耐：「單說一首詩『好』，是不夠的，人家要問怎麼個好法，便非先做分析的工夫不成。」討論一種新的批評方向時，朱自清廣泛引用瑞恰慈的意義理論。朱所強調的是文學語言與科學語言之間的差異。科學語言要求意義的清晰和明確，而文學語言則是感性的，因此也必然是複雜多義的。朱自清建議以文義、情感、口氣、用意這四者來定位一個詩人。他以四首中國古典詩歌為例進行文本說明，以實用批評的程序分析它們。他對這些詩歌的閱讀告訴我們：理解具有各種可能性。他的文章是早期應用瑞恰慈批評方法論的例子，代表了與傳統批評方法論的分道揚鑣。

1929年考入清華大學的錢鍾書（1910-1998）也嘗試了瑞恰慈的複雜定義和細讀法。他對古典詩歌「通感」運用的研究是一個例子，錢的研究主要為瑞恰慈在意義和文藝心理學雙重興趣上的詮釋與延伸。也就是說，錢鍾書的應用更多來自他對新式小說批評方法的興趣，而不是他有意將瑞恰慈的理論在地化。像他的老師朱自清一樣，錢鍾書並沒有為古典詩歌的裝置和技巧發展出一套用於鑒賞和解釋的、持久耐用的批評範式。

在詩歌創作領域，瑞恰慈的理論為一九四〇年代中國現代主義詩歌的發展做出了貢獻。1946到1948年，詩人及學者袁可嘉（1921-2008）發表了一系列宣揚現代主義詩歌的短文。充分借鑒瑞恰慈的語言和交流理論，袁致力進一步區分詩歌語言和科學語言。他認為，詩歌的觀念和手法如「含混」和「多義」對於他正在從事的新式詩歌的發展來說極為重要。袁強調，詩與科學之間的差異，給了詩歌語言一種特權，成為一種獨特的創造性媒介。

瑞恰慈的理論為一九四〇年代詩歌語言的實驗運用，提供了正當的批評理論依據。有關現代主義詩歌實踐更為重要的靈感來源，其實來自瑞恰慈的學生燕卜蓀（William Empson, 1906-1984）。他追隨導師的足跡，於1937年來到中國講授英語。燕卜蓀被校方發現寢室存有保險套因而被認為行為不檢，遭致撤銷劍橋大學教席，他因此決定遠離英國前往遠東。瑞恰慈認為燕卜蓀是他在劍橋最優秀的學生。1929年9月，他從北京寫信給艾略特，表達了對劍橋大學撤銷燕卜蓀教席的憤慨，希望艾略特能幫燕卜蓀在倫敦謀職。最終，瑞恰慈為燕卜蓀在北京大學謀得教職。希望燕卜蓀協助他在中國推廣

基本英語。在日本短期教學三年後，燕卜蓀於1937年抵達中國。他抵達時卻發現北京大學已因戰亂南遷；先到長沙，後到昆明，和清華大學、南開大學組成戰時著名的「西南聯合大學」（以下簡稱「聯大」）。燕卜蓀於1937年到1939年間在聯大教書，對學生產生了巨大的影響。傑出者如現代主義詩人穆旦（1918–1977）。袁可嘉於1941年進入聯大，其時燕卜蓀已經返回英國任職BBC（英國廣播公司），但他早已成為聯大的傳奇人物。燕卜蓀之所以受人崇敬，不僅源於他對詩歌和批評理論的貢獻，也因為他無懼日本的侵略、對在中國的事業堅定奉獻，以及他與中國同事和學生的團結一心。這或許是燕卜蓀和瑞恰慈不同之處。瑞恰慈於1937年第四次訪問中國，但在戰爭爆發之際選擇離開，前往美國哈佛大學任教。瑞恰慈拋棄了中國，以及推廣基本英語的朋友們，燕卜蓀無法諒解。

　　基本英語一直讓大家有所質疑。1932年到1939年間，生活在北京的艾克敦（Harold Acton, 1904–1994）便認為基本英語是對中國學生的強行灌輸，並且如此預言了它的失敗：「傑出的記憶天賦，以及代代相傳對優雅語言的熱愛，中國人最不可能受到這種閹割術語的誘惑。」然而瑞恰慈並沒有放棄。1979年，他以81歲高齡，不顧醫囑，展開了最後一次中國之旅。他於旅行中病倒，返回英國後隨即離開人世。

參考文獻：

葉公超〈從印象到評價〉（1934），陳子善編《葉公超批評文集》（珠海出版社，1998年）。

葉公超〈《科學與詩》序言〉，I. A. 瑞恰慈著《科學與詩》，曹葆華譯（上海，商務印書館，1935年），頁1-4。

朱自清〈詩多義舉例〉，選自徐葆耕編《瑞恰慈：科學與詩》（北京，清華大學出版社，2002年），頁95-110。

Harold Acton, *Memoirs of an Aesthete* (London, 2008).

I. A. Richards, *Mencius on the Mind: Experiments in Multiple Definition* (London, 1932).

I. A. Richards, *Practical Criticism* (London, 1929).

I. A. Richards, *Selected Letters of I. A. Richards* (Oxford, 1990).

童慶生 撰，盧冶 譯

1930 年 10 月 27 日
台灣原住民賽德克族在霧社公學校襲殺霧社日本人

2000 年 1 月
舞鶴出版《餘生》

獵頭之邀

　　1930年10月27日早晨，位於台灣中部的霧社公學校舉辦一年一度的運動會，參加者包括賽德克族、漢族、日本居民及當地殖民官員，總數約400人左右。當參加者正準備唱日本國歌、升國旗之際，突然湧進約300名賽德克原住民，他們穿著傳統服飾，佩戴刀槍衝向廣場人群，猝不及防下能高郡郡守小笠原敬太郎的頭顱已被拋向空中，恐怖的屠殺場面接續而至。賽德克族武士一反「不獵取女人及兒童首級」的出草習俗，對日本人展開不分年齡與性別的襲殺，無數人頭被割下，共計134名日本人喪命。

　　這起事件是台灣在日本殖民統治（1895-1945）時期最激烈血腥的反抗運動之一，是為第一次霧社事件。為了鎮壓起義，日本政府出動超過7,000名軍警，配備機槍、大炮和瓦斯毒氣。起事賽德克族人逐步退入山區，經過二十三天堅守，參與事件的主要人物或戰死、或自殺，總計死難者達644人，超過抗日六部落族人一半以上人口。

　　「如何記憶和講述霧社事件」一直是台灣歷史和文學中充滿爭議的話題。事件發生之時，台灣已被日本統治三十五年，漢族的抵抗運動早已絕跡。作為南島語族之一的賽德克族，做了漢族想做而做不到的事。一九五〇年代起，試圖講述霧社事件的努力未曾間斷，從小說、詩歌、報告文學到口

述史、紀錄片、音樂、電影甚至漫畫等。尤有甚者，2011年電影《賽德克·巴萊》以史詩般的壯觀再現這一事件。然而，種種再現無論在歷史經驗的痛感或辯爭的力度上，都無法與2000年小說家舞鶴（1951-）發表的小說《餘生》相提並論。

　　《餘生》在虛構的敘事中糅合了民族志、歷史的反省和個人的思考。舞鶴自言小說寫作源自他在霧社的兩年生活經歷，目的在於了解事件的起因和後果。小說最尖銳之處正是賽德克族人對日本人的斬首行動。舞鶴記錄了「斬首」如何引發了兩種類型的解釋。在中國國民黨執政期間，這次的斬首行動代表了中國人反抗日本壓迫的壯舉。1953年，國民黨政府追認賽德克族起義首領莫那·魯道（1882-1930）為烈士，並於1974年在南投仁愛鄉樹立莫那·魯道紀念碑。另一方面，對日本殖民當局而言，斬首事件標記著他們統治台灣期間最慘烈的時刻。日本政府除對起義進行了嚴酷鎮壓外，翌年殖民政策也進行了根本調整，從隔離和壓迫轉為同化與羈縻。

　　舞鶴對國民政府和日本殖民者的霧社事件解釋，都提出了質疑，他將其視為同一種霸權結構的產物。與此相反，他提議通過重啟對「斬首」的討論，正視它的創傷，以及它對賽德克族人的後續影響，藉此重新審視這一事件。通過採訪倖存者和後人，舞鶴得出結論：斬首行動與其被理解成抵抗殖民統治的暴力形式，毋寧說它更接近於執行「獵頭」這一古老的原始儀式。用小說中人物的話來說，「我們的先輩理解由莫那·魯道領導的獵頭行動，但他們對所謂的『霧社事件』卻所知不多」。

　　舞鶴指出，霧社事件中部落的主體性與殖民或國族主權是相互關聯的。他詰問：在何種意義上，我們稱賽德克族原住民為中國人？在何種程度上，他們對日本人的襲擊可以解讀為殖民抵抗？原住民部落的獵頭儀式，怎樣與斬首帶來的殖民或國族創傷和解？這些問題把我們帶到小說最具爭議性的部分：舞鶴關注另一起發生於霧社事件五個月後的斬首屠殺。彼時，賽德克族抗日六部落的倖存者已被日本人集中至鄰近原部落的五處「保護番收容所」內。1931年4月25日，倖存的賽德克族人受到敵對的道澤群（霧社事件中這一群社站在日本一方）武士襲擊，266名賽德克族族人被殺，死者多被斬首，史稱「第二次霧社事件」。這次屠殺事件因與原來的霧社事件不同，而

經常被研究者忽略或淡化，它明顯是部落間的衝突（儘管可能受日本人挑唆），因此看似缺乏直接的殖民或國族意義。

隨著調查腳步，舞鶴懷疑賽德克族對日本殖民者的攻擊，與他們內部的戰爭可能視為一回事。在兩個事件中，獵頭這一傳統的演繹方式，混淆了對殖民統治的譴責和對部落世仇的解決。根據一位賽德克族耆老所說，當時日本人如果能依部落的習俗，不將事件視為反殖民暴動，而是傳統的獵頭儀式，並「回報」以另一次獵頭儀式——正如在第二次事件中，道澤群對德克達雅群人的襲擊一樣——他們的統治會輕鬆許多。舞鶴舉實例支持他的結論：曾經互相獵頭的敵對部落，之後仍然通婚，彷彿獵頭在親緣系統中既是需要排除的因素，也是必然存在的因素。人類學家李維－史陀（Claude Levi-Strauss）當會樂見這些部落在「互惠」和「復仇」中的深層結構。

舞鶴對賽德克族人獵頭的辯解，或許反映了他的原始主義（primitivism）傾向。但他並不只是一個僅要喚回高貴野蠻人的浪漫主義者。他堅稱，任何歷史一旦被視為線性發展，無論退化或進化，都是一種簡化主義。反之，他提供了一種看待歷史的共時性（synchronic）視角，這一視角使他能夠同時審視已經發生和正在發生的事件；審視漢族，原住民，及其移動的主體；並審視種種公共和私人的考量。用舞鶴自己的話說「沒有關於歷史的歷史，真相只存在於對歷史的呈現之中」。

舞鶴的小說在千禧年登場具有標誌性的意義：它為砍頭的辯證提供了新啟示，而中國現代文學的一種開端，正是砍頭作為事件。1906年，正在日本讀醫學預科的學生魯迅（1881-1936）看到一張幻燈片，顯示一群中國人呆滯地圍觀一個同胞被示眾砍頭。犯人據稱在日俄戰爭中，為俄軍刺探日本軍事行動。接下來的故事我們耳熟能詳：魯迅意識到，拯救中國人的肉體前必先拯救他們的靈魂，因此決定棄醫從文。在幻燈片事件後的十六年，魯迅在短篇小說集《吶喊》中痛陳：

　　凡是愚弱的國民，即使體格如何健全，如何茁壯，也只能做毫無意義的示眾的材料和看客……我們的第一要著，是在改變他們的精神，而善於改變精神的是，我那時以為當然要推文藝。

　　但魯迅並非五四作家中唯一企圖在國家、文學和砍頭之間，建構寓言性的聯繫。中國現代最偉大的鄉土作家和抒情作家沈從文（1902-1988）成長於湘西苗族地區，少年期間曾經目睹過成百上千的砍頭場面。原因或出自地方暴動，或政府鎮壓、軍閥混戰。最駭人聽聞的莫過於士兵逮捕無辜的農民後，讓他們以抽籤賭命，勝者獲釋，輸則被砍頭。沈從文的反應耐人尋味。相對魯迅對幻燈所見的斬首場景駭然不已，沈從文卻試圖檢視天地不仁的現場，並思考置之死地而後生的可能與不可能。沈從文不將砍頭看作身體和主體斷裂的決絕象徵，反而從中思考其中存亡絕續的共存關係。

　　在魯迅呼籲吶喊之處，沈從文卻以一種淡淡的抒情風格講述他的故事。他並未視寫作為象徵手段，投射不堪回首的（身首異處抑或山河破碎）斷裂傷痕；他反而視寫作為在生命的殺戮戰場上，清理並延續生存意義的方法。沈從文還描述了一個不走運的農民，在砍頭前向獄友們道別的情景（《黃昏》）；一個孩子挎著裝有父兄頭顱的籃子走在山路上（《黔小景》），以及更加駭人的，年輕的士兵把一個頭顱當成足球踢著玩，野狗則爭奪著被棄置河邊的無頭屍體（《從文自傳》）。通過這些作品，沈從文關注寫作的能動性，及其批判與救贖的力量。敘事是追記（remember），也是重構（re-member）生命過往碎片的方法。

　　在魯迅和沈從文關於砍頭的辯證中，舞鶴提供了什麼新意？三位作家面對歷史的暴虐和人性的殘酷，都懷有深沉的憂思。儘管現代文明以啟蒙與革命掛帥，野蠻和文明的糾纏卻始終如一；現代性和怪獸性，只是一體的兩面。然而三位作家的砍頭敘事頗有不同。魯迅視砍頭為中國人性與文明斷裂的象徵，深惡痛絕，因此流露強烈的「情迷中國」（obsession with China）情懷。舞鶴則思索在角逐現代性過程中，賽德克族人、日本人和中國人是否互相淪為獵人和獵物。另一方面，沈從文透過詩意的寫作機制彌合未來與過去，文明與野蠻，卻總是掙扎在「想像的鄉愁」中。而舞鶴沒有這樣的鄉愁，卻必須處理揮之不去的現代憂鬱症候群——流蕩，孤獨，隱匿。

　　舞鶴更關心的，毋寧是如何將小說的主體從「中國」——作為一個巨大的政治符號，文明象徵或歷史經驗——拯救出來，並思考現代人創傷癥結之所在。他重寫霧社事件的動機，與其說出於任何國族的目標考量，不如說是

要思考大歷史、大敘述之後的「餘生」。對他而言，賽德克族人如何在霧社事件後的幾十年中苟延殘喘，遭受不同政治勢力輪番的脅迫、侮辱與收編的過程，比事件本身更加令人戰慄。

舞鶴的意圖已經呈顯在小說的標題《餘生》裡。他自言書名來自霧社事件後，賽德克族人自己所樹立的一座「餘生紀念碑」上的題詞，這個樸素卑微的紀念碑與官方奉民族大義的理由所樹立的宏偉紀念碑，形成強烈對比。對賽德克人來說，官方的紀念碑是為死者樹立的，而部落的碑則是為生者樹立的——他們的歷史是被剝奪的歷史；而他們自出生以來，所過的就已是「餘生」。

《餘生》沒有以傳統的小說標準組織情節。它以一系列特寫的方式，介紹舞鶴在居留霧社期間遇見的一組人物。這些人的故事構成了交錯的聲音，有的與事件有關，有的無關。對舞鶴來說，並置這些不同的聲音，是對事件後的賽德克族人支離破碎的境遇唯一的描述方式。這樣的敘事也導致不同的文類相互並陳，從報告文學到民族誌、速寫、軼聞、採訪、傳說、想像內心獨白等，不一而足。這些體裁彷彿來自不同的源頭或殘餘，它們形成了一種獨特的美學，呈現了何為「餘生」敘事。

霧社事件對於賽德克族人而言，代表了一個回不去的時刻。在兩次血腥的「獵頭」戰爭之後，他們被拋置在無止盡的屈辱和迷失中。作為以漢語寫作的漢族作家，舞鶴對於他的《餘生》書寫種族、和語言的「不正確性」有自知之明。但也因此，他無疑選擇了一個搖搖欲墜的出發點，並以此反思原住民的餘生境地和修復其歷史的不可能性。今天，賽德克人和其他台灣原住民總數不到600,000人，仍然承受著遠不如漢族的經濟和社會地位。他們被稱為台灣原住民，其實每每被利用為宣揚台灣「本土化」口號的象徵符號而已。當台灣本土主義者——其實多是漢族移民的後裔——自認他們在這座島嶼上的至高合法性時，《餘生》提醒我們，賽德克族幽靈縈繞不去。

參考文獻：

舞鶴《餘生》（台北，麥田出版，2000年）。

Leo Ching, *Becoming "Japanese": Colonial Taiwan and the Politics of Identity Formation* (Berkeley, CA, University of California Press, 2000).

David Der-wei Wang, *The Monster That Is History: History, Violence and Fictional Writing in 20th Century China* (Berkeley, CA, University of California Press, 2004).

王德威 撰，盧冶 譯

1931年2月7日
國民黨處決五名左翼青年作家

中國左翼作家聯盟，1930-1936年

　　1931年2月7日，23名反政府活動的中國共產黨黨員，被國民黨政府祕密處決於上海。其中李偉森（1903-1931）、胡也頻（1904-1931）、柔石（1901-1931）、殷夫（1909-1931）和馮鏗（1907-1931）是中國左翼作家聯盟（左聯）的積極成員。在共產主義文學史中，他們以「左聯五烈士」被銘記。

　　五名前途遠大的青年作家被處決，深獲廣大民眾的同情。其中最年長的柔石只有二十九歲。他與魯迅（1881-1936）關係密切，魯迅稱讚他是一位了不起的才子。二十一歲的殷夫年紀最輕，已出版一部詩集。一九三〇年代早期中國知名女作家屈指可數，而犧牲者之一的馮鏗就是其中一位。處決消息一出，海內外都展開了憤怒的聲討和抗議。美國左翼雜誌如《新群眾》（*New Masses*）和《新共和》（*New Republic*），發文譴責這場大屠殺。包括法捷耶夫（Alexander Fadeev, 1901-1956）、巴比塞（Henri Barbusse, 1873-1935）和辛克萊（Upton Sinclair, 1878-1968）等著名作家在內的國際革命作家聯盟（International Union of Revolutionary Writers），共同發表聲明，嚴厲抨擊國民黨迫害作家。

　　國民黨對左翼文學運動的鎮壓確實殘酷。政府頒布嚴格的書報檢查令，眾多出版商和雜誌因為散播反政府觀點而遭突襲取締。1930年9月，國民黨政府取締左聯，發令逮捕成員。然而，五名年輕作家並不是因為左翼作家身分被逮捕和處決，而是因為他們直接參與了共產黨活動。1931年1月17日共

產黨舉行了一次祕密會議，旨在解決黨內紛爭，五人是在會議進行時遭到逮捕。有充分證據顯示，他們在黨內的對頭向有關當局密報會議消息。五位烈士實際上是共產黨權力鬥爭的犧牲品。

左聯曾經是文學戰線上反抗國民黨的重要戰鬥力量。1930年3月2日於上海成立後迅速吸納了大量會員，成為超過400人的組織，在東京、北京、天津、廣州、南京、濟南、武漢和保定都設有分支機構。左聯在中國共產黨最高層授意下成立，代表了中共試圖控制文學界的首次嘗試。1927年國民黨以手段殘酷的清黨沉重打擊了共產黨，共產黨急於將作家統整到自己旗下，以進行更有效的戰鬥。此舉成功獲得中國現代文學巨擘魯迅的支持，魯迅因為目睹清黨暴行，對國民黨統治感到幻滅。儘管他不是中共黨員，但他的支持對於共產主義事業至關重要，因為魯迅對青年群眾有著巨大的影響力。除了幾位業已成名的作家之外，絕大多數左聯成員入會時都不到三十歲，甚至許多還是十幾歲的青少年，當中只有寥寥可數的幾位曾經發表過值得注意的文學作品，因此左聯很難名副其實地成為一個「作家」聯盟。儘管如此，這些年輕成員在反抗當局的鬥爭中都是勇敢堅強的鬥士，盡心盡力為中國共產黨的政治目的服務。

左聯一開始就為自己設定了特殊的政治議程。在成立大會計畫中，左聯領導幹部宣稱將「站在無產階級解放鬥爭的戰線上」，並致力與「一切反對無產階級的反動勢力」進行「『不勝利，毋寧死』的血的鬥爭」。文學在此幾乎消聲匿跡，政治顯然是焦點。對左聯成員而言，藝術和文學只是無產階級和人類解放戰爭的工具。其他文件也顯示，他們曾明確要求人民支持中國共產黨領導的江西蘇維埃政權。

左聯的鬥爭並非紙上談兵。他們號召成員到工廠和農村，組織人民展開鬥爭。發動了大規模群眾示威遊行，視其為共產黨軍事活動的一部分。他們採取「休克戰術」以避免遭到逮捕。在所謂的「飛行集會」中組織一個小組，迅速分發傳單、呼口號，在警察到來前立刻撤離。他們祕密張貼海報抨擊當局。儘管無法確切得知活動是否具有成效，許多左聯成員依舊積極熱情參與。

雖然左聯成員避免與警察發生正面衝突，許多人仍然因示威遊行和其他

政治活動而入獄，此事讓左聯溫和派擔憂不已。上級下令成員投筆從戎，但左聯中如魯迅、茅盾（1896-1981）等知名作家，刻意忽視上級命令，將精力集中於文學戰線上。他們的貢獻，讓左聯在推動左翼文學運動方面取得進展。

左聯成員出版許多文學報刊，其中部分影響深遠。1931年9月中共宣傳部下令發起的《北斗》，被認為是一九三〇年代最具影響力的文學刊物。著名女作家丁玲（1904-1986）因有能力邀集非左聯作家稿件，因而獲選為主編。冰心（1900-1999）、凌叔華（1900-1990）和徐志摩（1897-1931）等曾被左翼批評家抨擊為小資產階級的作家，也都在《北斗》上發表過作品。《北斗》編輯熱心提攜新作家，著名作家艾青（1910-1996）的處女作也發表於《北斗》。他們定期召開座談會，邀請讀者與作家見面，爾後證明，這些座談會也是招募左聯會員的良機。除了《北斗》，左聯成立半年內至少出版了四種正式刊物，但都為當局迅速取締。

左聯成員積極推動大眾文學，以加強對非知識分子群眾的影響。儘管成員都同意文學作品應為大眾而寫，但是否應犧牲文學的藝術價值？此一議題無法取得共識。有人認為在危機四伏的時代，「人們需要黑麵包，而不是精細的餅乾」——也就是說，作品的政治正確比藝術精美更為重要。另一些人則警告，無法吸引群眾的低劣文學，並無任何益處。至於大眾文學由誰創作？這一問題也爭執不下。有人以為，應當由專業作家創作供群眾消費，有人則表示，應由大眾自己創作。左聯成員就這些問題發表多篇文章，卻未達成一致意見。大約十年後，1942年毛澤東（1893-1976）〈在延安文藝座談會上的講話〉才給出一個明確的答案：作家們應當深入到群眾中去，向工農兵學習如何寫作。

左聯成員除針對就左聯事業具有重要意義的文學議題進行論爭外，左聯本身也積極參與官方文學團體論戰。在當局大力支持下，親政府作家於1930年6月發起所謂的「民族主義文藝」運動。許多運動倡導者與政府關係密切，有人甚至任職上海市警察局。他們指責左翼作家製造了一個不正常的病態的文學場景。左聯非常嚴肅地接受「民族主義文藝」運動的挑戰。所有重量級作家都撰文抨擊民族主義者，將他們的著作，無論是理論還是文學創

作，批評得體無完膚。

中華人民共和國的文學史家盛讚左聯取得了巨大的成功。這並非溢美之詞，左聯的成功確實名副其實。毫無疑問，一九三〇年代的文壇，很大程度上為左翼作家們占據。一方面，他們推動左翼文學，呼籲創造面向無產階級的文學。另一方面，面對不喜歡的文學作品和文學思潮，他們予以抨擊並消弭它們的影響力。此外，他們的確將一大批作家團結到自己旗下。甚至連國民黨也慢慢相信，1949年大陸之所以拱手讓與共產黨的主要原因，就是共產黨掌控了文學界。國民黨曾經在軍事和政治事務占有明確的優勢，但歸根究柢，筆比劍更強而有力。

實際上，左聯的聯合戰線並不若中共學者聲稱的那樣團結。左聯的統一性一開始即建立在不穩定和脆弱的基礎上。組織內部存在著兩個重心：一個是魯迅，另一個是共產黨領導階層。魯迅將許多年輕人吸引到左翼事業中，他對左翼文學運動的支持無庸置疑。但由於年事已高，很多活動他不必然現身。因此，他很少參加會議，遑論示威遊行，也因此不受重視甚至被刻意疏離。更重要的是，魯迅並不是中共黨員，經常拒絕落實黨的政策和指令。另一方面，左聯工作由左聯內部黨的領導幹部主持。這兩個權力中心之間的和諧融洽，有賴黨員與魯迅協調，以及魯迅是否願意相信黨的指示。左聯最初幾年書記是魯迅弟子馮雪峰（1903-1976），因此給與魯迅巨大的尊重和顯著的地位。同時，上海左翼文學運動實際領導人瞿秋白（1899-1935）也是魯迅的好友。然而，馮雪峰和瞿秋白分別於1933年12月和1934年1月離開上海。年輕且缺乏經驗的周揚（1908-1989）成為左聯書記，他從未得到魯迅的信任。左聯兩個領導層之間的橋梁也因此徹底坍崩。1935年末左聯解散時，周揚和魯迅身陷一場論戰，嚴重撕裂左翼陣營。直到1936年魯迅去世，次年第二次中日戰爭爆發，左翼作家才真正團結於左翼事業中。歷史的悲劇與諷刺在於此，中華人民共和國成立以後，所有左聯領導人都在不同時期受到清算。所有左聯時期的活動和寫作都被視為反黨罪行的證據。至於1931年被國民黨處決的五位作家，早逝對他們而言或許是一種幸運。他們永遠不會知道黨內權力鬥爭的可怕，也看不到左聯最終的瓦解。他們名聲清白無瑕，為了無產階級革命的崇高事業而身先士卒的形象，將永傳後世。

參考文獻：

Merle Goldman, *China's Intellectuals: Advise and Dissent* (Cambridge, MA, Harvard University Press, 1981).

T. A. Hsia, *The Gate of Darkness: Studies on the Leftist Literary Movement in China* (Seattle, University of Washington Press, 1968).

Leo Ou-fan Lee, ed., *Lu Xun and His Legacy* (Berkeley, CA, University of California Press, 1985).

Paul G. Pickowicz, *Marxist Literary Thought in China: The Influence of Ch'u Ch'iu Pai* (Berkeley, CA, University of California Press, 1981).

Wong Wang-chi, *Politics and Literature in Shanghai: The Chinese League of Left-Wing Writer, 1930-36* (Manchester, UK, Manchester University Press, 1991).

王宏志 撰，唐海東 譯

1932年
黑嬰發表了首部短篇小說

黑嬰的〈異教徒戀曲〉（〈Pagan Love Song〉）

　　《帝國的女兒》是上海現代派小說家黑嬰（1915–1992）1932年的處女作。小說中夾雜了三個英語詞彙，有如浮現於漢字汪洋中的一座孤島。勉子是個日本女子，在一座不知名的東南亞城市為娼。她擁抱著和她有肌膚之親的一個年輕人，夢想著這場方興未艾的戰爭所衍生的敵對與種族隔閡，並不會讓她們遠離家園，也不會拆散二人：「就算我們形影不離，卻只有咫尺天涯的感嘆。就算拿起吉他，在月色棕影的沙灘上唱著〈Pagan Love Song〉，幸福也與我們無緣。」這首歌的旋律如同化石般緊緊嵌進故事裡。在這早就被人遺忘了的流行歌曲裡，我們能聽出什麼弦外之音？它能否描繪出小說和作者的世界？如今現代主義與全球流動的大眾文化已然水乳交融，聆聽這首歌，我們能否發現當代華文寫作裡的某些新東西？

　　中國現代主義作為一種現象，通常被視為以上海為中心而發生。然而，現代主義的出現其實遠遠超出上海外灘。〈帝國的女兒〉發表於《申報》月刊的數月之前，十八歲的黑嬰從遙遠的蘇門答臘島乘坐輪船來到了這座城市，小說的發表，造就了他短暫而多產的一段創作生涯。黑嬰知道〈異教徒戀曲〉這首歌，可能因於觀看1929年米高梅公司（Metro-Goldwyn-Mayer, MGM）所發行的電影《異教徒》（*The Pagan*）。這部電影或許是在他的家鄉棉蘭觀看，或是在上海某家他經常光顧的二輪電影院看到。《異教徒》拍攝於南洋的土阿莫土群島（Archipel des Tuamotu），影片充滿植物風情畫，描繪一位混血莊園主人與南海土著美女間充滿異國情調的羅曼史。隨著電影

的高票房，這首歌出現了多種版本，黑嬰必曾聽過其中一種。太平洋航線始自美國大陸西岸，延伸至夏威夷和日本，再分別經過一些南洋的歐洲殖民地轉口港和中國領地港口，最終抵達中國大陸沿海。上海是沿岸主要港口，好萊塢電影和紐約製作的流行爵士樂在這裡極為風行。

　　這條航線也成了華人在離散中傳播新華文文化的路徑。未到外灘之前，黑嬰成長過程已接受普通話初級教育。他受到現代主義風格雜誌《現代》的影響，接觸了更為廣闊的文字世界。黑嬰本名張又泉，1915年出生於棉蘭一個不算富裕的客家家庭。他的筆名指涉眾多：包括他早熟天賦中的自負、馬來血統造成在上海格格不入的沉痛感、以及對爵士樂和1930年早期風靡全球的夏威夷搖擺舞的激情。躁鬱不安的移民與文化的龍蛇混雜，讓黑嬰感到流離失所。他藉由小說處理了這段經驗。小說的實驗形式與文字音律的抑揚頓挫，繪製了一張他的行旅圖，也追溯出繁複的物質和媒介網絡。中國的現代主義正是從這個網絡浮現。

　　論者曾言黑嬰是中國第四號橫光利一。他的作品明顯偏向新感覺派作家，如曾模仿日本現代派小說的作家穆時英（1912-1940）和劉吶鷗（1905-1940）的延伸。隨著1937年中日戰爭爆發，黑嬰的上海時日驟然終止。爾後同在一家親日報社擔任編輯的劉吶鷗（台灣富裕家庭子弟）與穆時英（上海的布爾喬亞），被視為通敵分子而遭民族主義者暗殺。黑嬰命運則有所不同，他因希望團結海外華人獻身民族活動，回到印度尼西亞擔任當地一家華文報紙的編輯，後被日軍逮捕送進爪哇島集中營四年。1949年革命潮流興起後，黑嬰舉家遷回中國投入新國家的建設事業，在北京寒冷氣候中回到不曾見過的「家」安頓，他進入《光明日報》工作。事後證明，「家」對黑嬰來說是一個不可或缺的虛構，沒了這個虛構他可能無法活命。

　　讓我們回到他第一篇小說中的歌曲。這首歌有多種版本，其中聽眾群最多的或許是發行於1929年，由漢蕭（Annette Hanshaw, 1901-1985）演唱、費瑞拉（Frank Ferera, 1885-1951）的夏威夷三人組伴奏的版本。這首乍聽下簡單的華爾滋樂曲，費瑞拉以夏威夷吉他彈出流暢的滑音和二階和聲，召喚稍縱即逝的熱帶風情。音符飛旋在空中，有如海灘邊的螢火蟲，閃爍瞬間。費瑞拉是十九世紀從北大西洋馬德拉群島移民到檀香山操葡萄牙語的移民後

代，移工將小型的四弦琴帶到夏威夷，這種琴在新的島嶼被稱為烏克麗麗（ukulele）。費瑞拉和他的樂隊在1915年舊金山舉辦的巴拿馬—太平洋國際博覽會上成為焦點人物，他們點燃了一九二○年代美國大陸對夏威夷音樂的癡迷，並改變了美國的本土音樂。夏威夷的樂隊和唱片也傳播至東方，沿著檀香山到橫濱、神戶的港口航線，為日本歌謠打上了熱帶音樂的印記。不僅日本，東南亞的新加坡、檳榔嶼和雅加達也為之著迷。現代印度尼西亞最早，也是最重要的流行曲風爪哇克隆鐘音樂，就是建立在烏克麗麗合奏組的聲音上。黑嬰在棉蘭度過的童年時期必曾沉浸其中。到了一九三○年代早期，也就是黑嬰進入上海暨南大學時期，烏克麗麗已經成為都市流行的異國風情飾品，和夏威夷吉他都成了中國爵士樂時代新「現代歌曲」的必備樂器，薩克斯風中國爵士樂時代是上海百代公司工作室一手打造而成的。

黑嬰是一個十足的影迷，到上海後也成了交際舞廳的常客，沉迷於音樂世界。幾年來他為大眾讀物出版社撰寫不少稿件，包括短篇小說、南洋遊記、影評及為好萊塢大牌量身打造的歌曲——從麥克唐納（Jeanette MacDonald, 1903-1965）1930年聲名大噪的〈玫瑰只有一朵〉（Only a Rose, 出自1930年的彩色有聲電影《流浪國王》〔The Vagabond King〕），到鮑威爾（Dick Powell, 1904-1963）和基勒（Ruby Keeler, 1909-1993）在貝克萊（Busby Berkeley, 1895-1976）的電影《1933淘金女郎》（Gold Diggers of 1933）中著名的〈影子華爾滋〉（Waltz of the Shadows）重唱。

黑嬰的許多讀者都應該看過《異教徒》，知道〈異教徒戀曲〉或者〈影子華爾滋〉的旋律。因此文本中的典故會讓閱聽轉成一種生動的感受經驗，聽覺衍生的影像感躍然紙上，樂音迴盪在白紙黑字間。

黑嬰的散文同樣追求如此的流行感，和穆時英、劉吶鷗一樣，黑嬰的文字有著陌生化的效果。例如，「眼睛」以「眼珠子」取代。表達強化之義時，反覆出現的形容詞不是普遍使用的「很」或「頗」，而是當時流行的「怪」。驚嘆號和英語詞彙如「ukulele」穿插字裡行間，成了視覺和音韻的分音符號。黑嬰刻畫魔術般的靜止畫面，極力追求一種寫真的物質性：

　　河水是黃濁地流，這幾天來下過雨，流得急激哪；漂著幾片芭蕉葉子，

漂著香蕉皮，漂著一堆垃圾。我們的船子不用划，漂下去，跟著一堆垃圾，香蕉皮，芭蕉葉子漂下去，漂下去……

　　不斷重複的詞語像是吟唱咒文。其他作品中的重複詞語（如小說《南島懷戀曲》中一再重複的「黑妮子，我愛你呢！」）貫串整部小說，像是流行歌曲分節結構的模仿。黑嬰並沒有放棄典故的語義功能，〈異教徒戀曲〉的典故複雜動人。對讀者而言，在主要人物思想和動機都難以掌握的故事中，這首同名歌曲有如一線光明，照亮了世界，即便瞬間即逝。英語歌詞如同故事的密碼一般：

> 祖國的群山在召喚
> 我們歸屬那裡
> 我們將彼此勵志
> 用這首異教徒戀曲

　　黑嬰小說中的主人公各自被「祖國的群山」放逐，最終也背棄了彼此的情感。事實上，黑嬰和故事中的人物對自己的國族身分並沒有完全「歸屬」感。小說中的勉子被中國情人拋棄，她的越界行為讓她失去了日本社會地位。小說裡的中國青年漂流異地，起初擺盪在情慾與厭惡勉子的日本身分之間，後來他不再視她為「帝國的女兒」的加害者身分，而是受害者，一個尋求安慰也提供安慰的人，那怕這樣的關係只是片刻。

　　小說寫於1931年日本侵占滿洲後，複雜化了民族認同和族群問題。相較於中日戰爭期間的「救亡」文學，這並不是一種典型。黑嬰筆下的男主人公以英語和馬來語與勉子交流，這是一種刻意的安排。他是帝國的後裔，也是航海網絡下的後裔，這個網絡不僅連結了南洋、中國與日本，也與帝國主義的西方有所連接。因此帶有夏威夷口音的《異教徒戀曲》，不僅訴說著黑嬰所具有的熱帶地區他者性（otherness），也指涉著複雜的物質與文化路線。他的身分正是鑲嵌在這樣的路線中。

　　黑嬰創作豐富。他在穿梭於蘇門答臘、新加坡和上海水路之間的輪船，

完成了許多小說和散文。1933年《沉沒的船》寫了船上同舟共濟的人。從年輕的中國戀人、外國殖民者到水手，個個身上滿是生活留下的印跡。在溺水危機接近時，人群產生衝突。甲板下引擎轟隆震天，有人這樣比喻：「這不是『爵士』啦！狂暴地，有力地，每一個人的心都給震撼啦！」這是一則有關聲音的寓言：現代的來來去去，不過是由毫無靈魂的機器所驅動。

發表於《申報》的〈印度洋上〉是黑嬰的反思之作。他講述了自己登上一艘郵輪，抵達「古老」而充滿未知的祖國：

> 一個殖民地生長下來的僑生會有很好的政治意識嗎？那些統治者真聰明呢，他們有法子使你什麼也不懂得的……我卻終於海底出太陽的奇蹟似的走開了。

當然，黑嬰最終被革命點燃了愛國的熱情和希望，選擇永遠地離開熱帶地區，舉家遷回中國。正如其他的愛國歸僑，這種對國家熱情的高度投入，日後卻成為文革中的可怕罪名，任何海外關係都遭到懷疑。黑嬰曾在日本逮捕下入獄四年，回到祖國又被勞改二十年。幸運的是，身體並未因此而受傷。只是黑嬰在上海和蘇門答臘時期的音樂收藏，未能倖存。在紅衛兵搜查住宅前，他和家人已經預防性的自動粉碎這些收藏。

1992年黑嬰病逝北京。二十年後，一位名叫奧本海默（Joshua Oppenheimer, 1974-）的年輕美國導演，執導一部深具爭議的紀錄片，揭開1960年代中期發生在印度尼西亞的一段傷痛歷史，一場政治暴力導致大約五十萬人民被屠殺。表面上，許多犧牲者被認為是因為信仰共產主義而遭到殺戮，事實上他們都是華人。《殺戮演繹》（*The Act of Killing*）呈現了大屠殺的兩個魔頭——岡戈（Anwar Congo）和祖卡德里（Adi Zulkadry），記錄他們如何從地方電影院黃牛票販子搖身一變，成為殺死成千上萬華人的行刑隊首領。如電影所示，如此慘絕人寰的殺戮之所以完全不受追究，正是根植於種族衝突的漫長歷史，以及當地華人沒有任何政治力量代表自身立場。早在1932年，黑嬰就曾暗指，身為荷屬印度尼西亞群島上的華裔殖民，命運如何「悲慘」與「壓抑」。岡戈實施種族清洗的城市正是黑嬰的家鄉棉蘭。如果

黑嬰不是在心靈和命運的指引下回到「祖國的群山」建設他所欲歸屬的國家，或許他已葬身魔頭岡戈之手了。

安德魯 F. 瓊斯（Andrew F. Jones）撰，張屏瑾 譯

1934年1月1日

沈從文出版《邊城》

1986年3月20日

莫言出版《紅高粱》

大地尋根：戰爭與和平、美麗與腐朽

　　《邊城》出版於1934年，是沈從文（1902-1988）永恆的傑作。1986年出版的《紅高粱》（次年成為長篇小說《紅高粱家族》的第一章），則是莫言（1955-）的代表作，至今猶然。《紅高粱》的定位歸功於張藝謀（1951-）1987年改編電影的石破天驚之作，也是後毛澤東（1893-1976）時代首部被搬上銀幕的先鋒創作。兩部篇幅不長的優秀中篇小說，各自成為劃時代作品。

　　《邊城》出版時，沈從文三十一歲。他早期的作品充滿了死亡和血腥的「剿匪」故事，記述他1918到1923年間參加湘西軍隊，在偏鄉異地的所見所聞。1986年，同樣三十一歲的莫言，服役於承平時期的解放軍軍隊。沈從文的軍旅生涯因擔任長官陳渠珍的書記而邁向小說家之路，爾後在陳的資助下於1922年前往北京。

　　《邊城》與《紅高粱》以看似截然對立的兩種鄉愁式理想主義（nostalgic idealism），質疑了他們所處時代的「現實」。沈從文的作品想像了戰爭時代下的和平；莫言則試圖利用過去的戰爭喚醒耽溺和平的當代人。小說打破了兩位出身行伍的作家年輕時期習自軍隊的教條與神話。對作者乃至於中國和中國文學的世界形象而言，兩部中篇小說各自標誌著一個關鍵時刻。

　　《邊城》和《紅高粱》二作之間並無特別承繼關係。兩部小說之間有持續十五年的戰爭以及近三十年的毛澤東時代的鴻溝。《邊城》消失數十年，1980年後重新問世。1984年，當莫言加入尋根、先鋒運動，對西方現代主義文學發生興趣。讀者如果在《邊城》和《紅高粱》發現共通性，與其說是主題的歷久彌新，不如說是每一代作家持續不懈的現代衝動——即重新定位自己的國族認同，在戰爭與文化動盪中堅持審美追尋，以及對性別差異與世代鴻溝的重新省思。

　　這兩部中篇小說都試圖探索城鄉差距問題，儘管處理方式十分迂迴。《邊城》刻畫民初湘西小城的水陸風景人物，水手、士兵、暗娼來往其間。故事主人公是一名年邁的擺渡人和他的孫女。他們的生活彷彿與世隔絕，地主、資本家、兵匪、帝國主義者或革命學生尚未實際干擾地方生活。《紅高粱》的匿名敘事者同樣讓自己的祖父母成為小說主人公——演義1939年仍然年輕的祖父母如何抵抗日軍侵略。敘事者回顧往事，如醉如癡，他似乎有種神奇能力，透過從未謀面的祖先的眼光，看見歷史，這使得小說和電影從一開始就獲致「實驗性」的讚賞。敘述者坦承祖父一開始是個攔路「響馬」，之後叛離各種不同色彩和性質的軍隊勢力，甚至背離了祖母。小說結尾，敘事者觀察到從那革命風起雲湧的年代之後，紅高粱家族以及人類所發生的「種族退化」。電影版將祖父從土匪頭子提升為天生的領袖人物，但他始終不是農民。

　　《邊城》與《紅高粱》根植鄉土，藉此作者似乎有意追尋中國在世界巨變中不變的本質。一九八〇年代的批評家，將《邊城》視為一種「鄉土文學」特例（一種地域文學，卻不具毛澤東版「窮苦農民」的那種世界觀）在二戰前的源頭。1986年，批評家同樣把《紅高粱》歸類為新近鵲起的「尋根文學」。在這些作品中，小說家翻轉他們心儀的西方敘事實驗風格，用以描摹與西方現代性迥異的中國地域文化。無論是舒徐有致的《邊城》，或是急管繁弦的《紅高粱》，都駐筆觀照鄉土天然：那令人眩目傾心、無以名狀的悠悠天道循環。

　　湖南湘西與山東高密分別是沈從文和莫言的故鄉，也成為他們鄉土作品中虛構的所在。如今這些地方的文學聲名遠大於地理存在。其實，《紅高

粱》電影流露的「西北風」不無張藝謀的家鄉陝西印象。當地理上的偏鄉僻壞──如膠東、陝北、湘西──占據文學與心靈版圖核心位置時，中國地域風土凌駕傳統政治中心，代表中華民族新的面貌。《邊城》與《紅高粱》（中篇小說、系列小說及電影）調和地方色彩及推廣地方風俗，就這樣與中國觀眾相遇了。

　　與他們同輩作家一樣，退伍後的沈從文與日漸成熟的莫言，認為「嚴肅」文學必須推動世界進步，促進文學革命與現代主義。這意味著他們分別揭示了自己所見的儒家傳統以及毛主義的不足。正如魯迅一般，他們把中國的動盪，歸因於自身轉向的顛仆，而不僅只是帝國主義肆虐。

　　這兩位作家都贏得了世界性的讚譽，肯定了他們超越種族國界的抱負與成就。根據馬悅然（Göran Malmqvist, 1924-2019）的說法，如果沈從文沒有在1988年去世，他本可獲得諾貝爾文學獎。但那也會成為對「中國」（政權）的一種嘲諷，因為沈從文自1949年後就停止寫作了。莫言則確實獲得2012年諾貝爾文學獎。然而，對於他在共產黨文學體制裡的安之若素，海外政治性批評從未間斷。但海內外的民族主義者對他們仍有批評。任何向中國「舊社會」拋送秋波的作家，都可能被指控為自我東方主義化，或對舊中國進行一廂情願的重塑。沈從文與莫言從當代語匯中創造出令人耳目一新的的文學語言，這對自命正統的作家而言，難免為之側目。

　　兩位作家都為其所在時代的「先鋒」。一九三〇年代，沈從文與中產階級與衛道之士針鋒相對，一九八〇年代後期，莫言嘲諷的對象則是官僚體制和根深柢固的地方勢力。《邊城》和《紅高粱》皆非迎合潮流之作。《邊城》經營牧歌般景象，無視一九三〇年代批評界對批判現實主義與浪漫行動主義的要求；沈從文希望透過寫作，建造一座「希臘小廟」。《紅高粱》則不隨一九八〇年代菁英實驗主義的高蹈風格起舞。莫言運用魔幻寫實主義、以巴洛克式風格渲染戰爭英雄主義。《紅高粱》情感豐沛，充滿泛神化想像，一如沈從文的晚期作品。莫言在暴力與衰朽中看見了美，沈從文部分作品亦然。兩位作家都在悲劇中注入幽默，甚至嘲弄小說中的人物。

　　莫言將《紅高粱》擴充為史詩性敘事《紅高粱家族》，為一九八〇年代重述二十世紀中國史的長篇巨製開先河。莫言、余華（1960-）、蘇童

（1963-）、李銳（1950-）、張煒（1955-）及其他見證「文革」的作家，為中國革命進程及其後果，創造了一種新的歷史敘述。二十世紀初，嚴肅小說曾與鴛鴦蝴蝶派通俗小說競爭。一九九〇年代，儘管暢銷文學捲土重來，《紅高粱》以降的長篇歷史小說在新一輪的競爭與檢查制度中獲得一席之地，而且廣受歡迎。

　　1930年代《邊城》出版前，先鋒寫作潮流已由短篇走向長篇。戰爭時期，沈從文開始創作湘西民族歷史小說《長河》。由於審查制度和個人因素，《長河》並未完成。他的文學風格戰後由學生輩如汪曾祺等接力延續，1949年後中國文學風潮丕變，他們絕大多數選擇了沉默。

　　無論是一九三〇年代還是一九八〇年代，文化和權力都由城市力量主導，對鄉土中國的關注從何而來？一九八〇年代是集體化農村解體和文化更新的時代。一九二〇和三〇年代，鄉土中國首次被有識之士「發現」，成為一個自身有意義的社會存在。改革者與馬克思主義、鄉村重建運動，以及中國第一次社會調查都發揮了作用。除了革命者外，「農村」也吸引了人文學者（包括與沈從文同時代的周作人和徐志摩〔1897-1931〕、改革實踐派晏陽初〔1890-1990〕，甚至包括新儒家梁漱溟〔1893-1988〕）。但無論國內外，小說與電影仍然主導中國鄉村形象的塑造。賽珍珠（1892-1973年）的《大地》，是1931和1932年間美國最暢銷的小說，到了1934年，已出現多版中譯本，但電影直至1937年才上映。賽珍珠的第一任丈夫卜凱（John Lossing Buck, 1890-1975）是中國知名的農業經濟學家；她的父母是中國傳教士。他們代表另一股為西方觀眾創造中國形象的力量——通常把中國描述為一個亟需從外邦得到精神與物質改革的國家。《大地》的中國主人公是社會的中堅力量：辛勤工作，富有同情心，注重實際而非一味「封建」。但在中國，外來的洋人竟然有如此權威對「落後的」中國說三道四，顯然難以令人接受。

　　《邊城》在中國大受歡迎，1936年已有英譯本。這本小說之所以令中國讀者怦然心動，有可能因為此書是一位「地地道道的中國作家」所創作，因此讓中國掙脫被洋人代言的困境，得以在國際形象上占有一席之地。與此同時，左翼作家則認為《邊城》所塑造的那種和諧圖景，其實刻意遮蓋了內陸

中國飽受階級和性別撕扯，早已分崩離析的真相。《邊城》裡少女翠翠天真無邪，追求她的兄弟則以山歌求愛。翠翠是孝順的，也是自由的。她迥異於賽珍珠筆下的阿蘭，以及無數中國進步作家塑造出的被踐踏女性角色。

1938年，賽珍珠以她的中國敘事獲得諾貝爾文學獎。中國（背景）作家則一直到2000年才有高行健（1940-）獲獎。一九八〇年代的中國先鋒作家在諾貝爾獎名單裡找尋私淑對象時，卻不包括賽珍珠！莫言的最愛是福克納（William Faulkner, 1897-1962），以及馬奎斯（Gabriel García Márquez, 1927-2014）。他們也崇拜高汀（William Golding, 1911-1993）的《蒼蠅王》，一部有關人類無知與衝突的寓言。

一九三〇年代的中國為戰雲籠罩，當時部分批評家譴責《邊城》田園詩甚或童話般的描述為不知人間疾苦，甚或墮入避世逍遙的道家烏托邦（雖然是反儒家的烏托邦）。這些批評者無視沈從文自己從軍時所見證的殘酷現實。另一方面，《紅高粱》成於改革開放時期，表面上似乎呼應愛國戰爭的可歌可泣，其中好勇鬥狠的江湖事蹟卻被認為不足為訓，理由是那些英雄好漢的行徑每每出於私利而非民族大義。果如此，毛文學裡的農民起義敘事不也是該打回原形？莫言後來的小說如《豐乳肥臀》（1996）有更明白的反戰意圖。他的作品延續了中國一個世紀以來的準達爾文式物競天擇觀點，將生命看成一場無休止的戰鬥；但他從一個不那麼民族主義的角度修正了這個觀點。沈從文則在一九四〇年代就是一個和平主義者。

兩部小說都以祖輩的死亡為高潮。在憂患重重的一九三〇年代，沈從文讓筆下的老擺渡者死於洪水來臨的睡夢中，並以此作為小說結束。此處死亡預示著一種重生的機會。《紅高粱》的寫作是在國家真正充滿希望與復甦的時期，卻讓「我奶奶」死於當年一陣密集的子彈中──對民族生命力每下愈況的未來，做了反諷性預言。

《邊城》與《紅高粱》都描寫愛與個人承諾如何跨越現代人的疏離關係。就算《邊城》瀰漫著人與人難以參透的、宿命式的誤解，或是《紅高粱》充斥源自本能的暴力與背叛，作者對愛與承諾的力量，依然堅持。未來讀者會讚美《邊城》與《紅高粱》對鄉土、民生，以及民族的描寫生動逼真。但這兩部小說持久的力量存在於他們對空間、族群以及時代等界限

的超越。

沈從文和莫言在他們的時代是如此地非同凡響，他們促使讀者尋找的不僅是個人、群體之「根」，更是抽象的人類美與善之「根」。無論是描寫情愛還是戰爭，兩部小說都憧憬一種勇氣和創造力的源泉。沈從文與莫言以中國鄉村挑戰各種或新或舊的國族認同神話。儘管舊有鄉土生活正逐漸從中國大地上消失，他們為其創造了個人的，以及另類超越的神話。

參考文獻：

〈與諾貝爾獎評委、中國文學專家馬悅然的會面〉，《南華早報》2014年5月18日。

莫言《紅高粱》，《人民文學》1986年第3期，頁6-38。

莫言《紅高粱家族》（台北，洪範出版社，1988年）。

沈從文《邊城》，《國聞周報》第十一卷第1-2、4、10-16期（1934年1月1日-4月23日）。

張藝謀執導《紅高粱》（1987年，中國西安）。

Janice Leung, "Meet Göran Malmqvist, Nobel Prize Member and Champion of Chinese Literature," *South China Morning Post*, April 18, 2014.

Mo Yan, *Red Sorghum*, trans., Howard Goldblatt (New York, Penguin Books, 1993).

Shen Congwen, *Border Town*, trans., Jeffrey C. Kinkley (New York, Harper Perennial, 2009).

金介甫（Jeffrey C. Kinkley）撰，張屏瑾 譯

1934年10月–1936年10月
「我們苦樂共享。」

長征女戰士的回憶

　　詳盡的長征敘事對我們理解中國農民、中國共產黨士兵以及紅軍領導而言，不可或缺。長久以來，它都屬於男性的故事。直到過去數十年，對參加長征女性的關注終於逐漸增加。她們的回憶與見證構成「長征故事」的重要部分。

　　1934年，蔣介石（1887–1975）的國民政府宣布共產黨為非法組織。國民黨軍隊包圍共黨在江西的根據地，力圖殲滅。在資源匱乏的困境中，最高領導層決定聯合江西的力量與湖南、四川紅軍分支西進北上。第一方面軍大約86,000人悄然繞開國民黨軍隊的包圍，開始爾後為人所知的兩萬五千里長征。這支軍隊包括共產黨的最高領導層和大約35名女性。他們且戰且走，在靠近雲南西部邊界前，先向西向南行動。第二方面軍約20,000人，包括大約20名女性。軍隊離開湖南省，一年後踏上了同一條路線。在四川的第四方面軍超過80,000人，包括至少20,000名女戰士，甚至可能達到80,000人之多。三支紅軍部隊於1936年會師陝西。

　　1986年到1989年間，我得到特許，採訪了來自七個省份，服務於三方面軍的23位長征女戰士。許多話題中尤其關於健康問題，她們的回答精采而且細節豐富。這些女性護理傷員，有的與第一方面軍的休養兵團一起行動，有的在野戰醫院工作，三人懷孕並在長征中生產，另一個開始長征時孩子才一個月大。許多人幫著接生。這些女性遭受痢疾、斑疹傷寒、瘧疾和食物中毒之苦，除了月經停止、營養不良與脫水，更得承受海拔六千公尺以上行軍所

造成的後果。男性戰士認為女性的遭遇更為艱苦，但這些女戰士並不以為苦，而認為只是盡一己分內之事而已。

離開根據地前，第一方面軍在工作組裡召集年輕的女戰士進行體檢。這些強壯的年輕女性此前已顯示了她們為紅軍招募士兵、徵集糧食的能力。在鄧六金（1911-2003）的記憶中，1934年10月，在第一方面軍出發長征前不久：

> 組織部領導來告訴我們說我們婦女要被送到前線。想到我們要像真正的戰士一樣去前線了，非常非常高興！但是去前線有三個條件：能走路〔很長的路〕，健康，能搬動十五斤重的東西。還有另外一個條件：我們要做個體檢，這對我們很困難，因為沒經驗。我們說我們寧願不體檢。他〔領導〕說：「不體檢就不能去前線。」鬥爭了一番，我們最後說：「好吧！」他們給我們量了血壓，聽了心跳，檢查了耳朵和鼻子。

王泉媛（1913-2009）更細緻地描述了體檢經驗，強調軍隊士兵要有強壯的身體、良好的肺功能、沒有夜盲症、良好的聽力。她補充說：

> 醫生是男的。有女醫生，但是給我們做檢查的是個男的。他們是要檢查懷孕的事嗎？如果你身體裡有個小孩子？不！我們十二個都沒懷孕。即使我們懷孕了，醫生壓根也不會問。我們是經中央政府討論後挑出來的。

除了被分派到工作組的女性，其他人加入第一方面軍長征是因為她們與最高領導層的男性結婚或訂婚了。她們當中有些人已經懷孕，且部分有嚴重健康問題，與休養連一起行動，無需接受體檢。周恩來（1898-1976）的夫人鄧穎超（1904-1992）因肺結核病重，長征途中大部分時間都以擔架抬著前進。毛澤東的夫人賀子珍（1909-1984）、安全部門負責人凱豐（原名何克全，1906-1955）的夫人廖似光（1911-2004）、羅炳輝（1897-1946）的夫人楊厚珍（1908-1977）都已懷孕。楊厚珍還纏足。

謝小梅（1913-2006）屬於婦女工作組，部隊長征前還跟新生兒住在醫

院。上級讓她將孩子安置在當地人家，因為第一方面軍不允許孩子一起行動。

　　第二和第四方面軍紀律相對較不嚴格，長征中女性可以攜子同行，也可以生產。第二方面軍的兩位受訪者，陳琮英（1902-2003）和蹇先佛（1916-），懷著三月身孕攀過雪山後，她們的孩子在四川草原誕生。

　　第二方面軍總指揮賀龍（1896-1969）的夫人蹇先任（1909-2004），因找不到撫養新生兒的人家，長征途中帶著新生女嬰，加上自己病體未癒，長征之路特別艱巨。部隊且戰且走，通過湖南遠走貴州、雲南時，蹇先任和孩子幾乎拖著前進。直到雲、貴，部隊方得以稍稍休養生息：

　　我到藥店去買了一些治血虛的藥，滋陰潛陽。我恢復了健康，還給女兒弄到了一支天花疫苗。我的孩子非常漂亮。如果她長大得了天花，我想那太糟糕了。

　　第二方面軍政委任弼時（1904-1950）夫人陳琮英，攀過雪山後不久，在四川生下第七個孩子。另一位曾在草地生子，來自第二方面軍的受訪者是蹇先佛。她是一位將軍夫人。她的姊姊蹇先任說：「我們知道……生孩子會很困難，但她很強壯。我們不是勞動婦女，但長征路上我們得到了很多鍛鍊。」蹇先佛解釋道：

　　我感覺很不好，但是不知道為什麼。走著走著，我肚子疼了。羊水破了，我還沒意識到。我恍恍惚惚地從早上走到下午三四點，直到我姊帶著她的孩子趕上我。她意識到情況不正常，勸我先到一個塵土很多的工事裡。我們把背包墊起來。我沒法躺到地上，所以坐在背包上，還放一些在背後。我丈夫扶著我的後背，我姊剪斷了臍帶。孩子出生以後，來了一場大暴雨。我們有個小帳篷，想蓋住我們自己，可是所有東西都溼了。我抱著孩子——他很健康。第二天我們就像平常一樣出發了。

　　生過兩個孩子的姊姊幫著接生。她們置身之處無潔淨水可用，只能剪斷

臍帶，包起嬰兒，無法幫嬰兒洗澡。她說，「我們給他取名堡生，意思是『生在一個堡壘裡』」，接著補充說明妹妹生產後第二天就出發了。此後三天賽先佛一直以擔架抬著。

第一方面軍的女性並未提及丈夫的在場，只有最高級領導人的夫人生產時才有醫生。但即使丈夫職位崇高，一方面軍女性都在嬰兒出生處捨棄他們，無論附近是否有人照看。

錢希鈞（1905-1990）與毛澤東的弟弟毛澤民（1896-1943）結婚，根據她的描述，廖似光的嬰兒被拋在附近沒有居民的一座山腳下。毛澤東的夫人賀子珍不久後生下第三個孩子，據她弟妹的說法，當時找到一位瞎眼老太婆收養。曾玉是一方面軍部隊抵達四川後第一個生產的人。部隊到達之處是藏區，居民都躲藏到山裡。鄧六金說：

> 曾玉懷孕時我跟她在一起。劉彩霞跟我一邊一個，拉著她爬山。我們到了山頂，又下山，可是她太疼了，沒法繼續走。她那天晚上生了孩子。
>
> ……〔只有〕我們倆，啥都不懂，就幫她把孩子拉出來。三天以後我們都掉隊了。怎麼辦？我們只能把孩子放在誰家房子裡的草堆上。曾玉還在出血。對其他三個人來說，情況可能好一點，因為他們是高級領導人的夫人。所有的孩子都丟在當地家庭了。這些留下的孩子，音訊全無。

這些女性與男士兵一樣，忍受著蝨子、感冒、痢疾、瘧疾、結核、傷寒、營養不良、偶發的中毒、雙腳的浮腫與脫水，還有傷病。

鄧六金講述了一則心酸事：由於痢疾太嚴重，她脫隊了。所有女性都非常害怕落隊後被國民黨抓住、殺害。但危秋英（1910-2005）始終陪伴著她，一路相助，直到重新趕上連隊。鄧回憶當時，危堅持「要死一起死」：

> 她把我們的東西都背上，我們拄著拐杖繼續走。因為我一陣又一陣的痢疾，只能很慢地挪動。我沒有藥。天黑了，我們只能在樹下休息，背對著背。我不斷跟她說，自己走吧，趕上其他人。我們一起受苦，也真的共享苦樂。

　　第四方面軍的病號被安置在野戰醫院，病人在療養期間需接受訓練，以彌補醫療人員的不足。李燕發十三歲加入第四方面軍時，被分配到宣傳隊，直到罹患斑疹傷寒。復原後她不被允許離開醫院。她開始擔任護士，為傷員塗抹紅藥水或磺胺，更換衣服繃帶，消毒打針。

　　長征路上，第四方面軍的何曼秋（1919-2014）頗為獨特，她接受了正規的醫療訓練。因瘧疾染病，被送往軍醫院，「僅僅三克的奎因」就讓她迅速恢復。她看到醫院缺少受過教育的全科醫生，決定留下來接受訓練成為護士。如她所解釋：「護士學校那時不是真的教護理：我們只是每天上一堆課，然後剩餘時間都照顧傷兵。」她尤其關心女性患者，因為第四方面軍有8,000名女戰士。她共事的大多數醫生都曾被國民黨軍俘虜過，但沒有一個人接受過婦科訓練。「不管什麼問題，醫生都只會說她們得了肝血癆，是在女性身上發現的一種結核病形式，絕經，低燒，渾身虛弱」。

　　第四方面軍在四川西北部紮營時，隨第一方面軍來自江西的醫學校開設了一個班。只有少數人通過入學考試，經過學習後畢業，何曼秋是其中之一。

　　長征結束後，李健仁（1906-1992）記述提到，長達一年之久的長途跋涉，她的健康並無大礙，只是特別削瘦。其他人所述情況類似，沒有來自遠征造成的嚴重健康問題。

　　戰火之下，遠征經常夜間行動，沒有足夠的食物和避難所。這只是1949年共產黨掌權前漫長鬥爭的一部分。然而根據受訪者自述，直到聽到來自男性戰友的描述前，她們不曾把長征當作革命生涯中一個單獨的或英雄的階段，她們只深刻記憶著那一年所經歷的健康狀況。她們與男性同志一起「同甘共苦」，從中獲得力量和快樂。在所有的採訪中，這是與健康有關的故事裡一個常見的主題。

參考文獻：

Benjamin Yang, *From Revolution to Politics: Chinese Communists on the Long March* (Boulder, CO, Westview Press, 1990).

Helen P. Young, *Choosing Revolution: Chinese Women Soldiers on the Long March* (Champaign, IL, University of Illinois Press 2001).

楊海倫（Helen Praeger Young）撰，劉子凌譯

1935年3月8日
「人言可畏。」

語言、文學和默片

　　說來矛盾，中國默片的關鍵時刻之一竟因為「人言可畏」（英語中最接近的說法是「people will talk」）這句話而被銘記。「人言可畏」也被認定是一九三〇年代默片明星阮玲玉（1910-1935）遺書上的最後一句話，像是墓碑上的文字，甚至更像是電影中常見的字卡（intertitles），陰魂不散地圍繞著1935年國際婦女節當天阮玲玉的神祕死亡。這句手寫的短語為報紙轉載，還出現在葬禮的橫幅上，在隨後的幾個月、幾年乃至幾十年間，不斷地被傳播和爭論。長久以來，「人言可畏」一直暗示著謠言受害者所遭受的危險或悲傷。從《詩經》到清朝以誘惑和傷逝為敘述主題的名劇《長生殿》，這種意味深長的表述已經深植於中國文化。但到了媒體時代，當電影、新興報刊、連載小說、白話小說、茶館說書、新式戲曲和話劇爭相引人注意時，這句話又意味著什麼？誰又能為中國默片「發聲」？它們要說什麼，會說什麼？

　　中國最早的電影幾乎是無聲和片段式的，既有異域風情，又通俗易懂。1897年，上海一家茶館的客人們對一連串進口影像驚嘆不已，當時一位觀眾回憶那令人瞠目結舌的經驗：

　　　　兩西女做跳舞狀，黃髮蓬蓬，憨態可掬……兩西人作角抵戲……一女子在盆中洗浴……一人變弄戲法……乍隱乍現，人生真夢幻泡影耳，皆可作如是觀。

這些「活的動畫」或者「電光影戲」雖僅僅幾分鐘時間，卻足以被視作科技奇蹟。除了種種不尋常的畫面和微敘事，場邊經常還有現場解說、音樂、節目介紹單和海報。1905年，當北京鬧區豐泰照相館的照相師嘗試電影製作時，他們邀請慈禧太后（1835-1908）最喜歡的京劇武生譚鑫培（1847-1917）在鏡頭前表演了取材自歷史史詩〈三國演義〉的《定軍山》。這些都是歷史見微知著的例證。

從中國電影製作早期開始，文學、戲劇和電影間便相互影響。1921年長篇敘事電影在中國成為可能之後，各式傳統或新式，本土或譯介的改編作品更是大批湧現。清代蒲松齡（1640-1715）的《聊齋志異》至少為一九二〇年代中期的三部長片提供了靈感。民新、明星和天一等大電影公司和其他規模較小的公司，不僅將早已膾炙人口的小說和戲曲搬上銀幕，如《木蘭從軍》和《西廂記》，1928到1931年間還將向愷然（1890-1957）的新式連載小說《江湖奇俠傳》改編為十八集武俠大片《火燒紅蓮寺》，此後還出現了多部續集和重拍。

融合文字和視覺語言的默片藝術激發了一些中國暢銷作家的想像力。包天笑（1875—1973）於一九一〇年代在上海觀賞電影時，特別欣賞字卡的經濟，特別表示「舞台劇亦以含蓄為妙，往往無言之妙，勝於有言」。他寫道，技藝高尚之演員能夠「以眉聽，以目語，即手足一動作之間，處處皆戲」。但即便如此，包天笑仍然覺得解釋性的字卡對當時的中國電影不可或缺。於是，他開始為明星等電影公司出品的至少十多部影片撰寫劇本和字卡。

中國最大的電影公司以包括書迷在內的城市觀眾作為首要目標，宣傳電影與流行作家合作，一同製作具有國際色彩的作品。1926年，明星電影公司在風靡一時的兩集影片《空谷蘭》的廣告中，稱來自「包天笑先生最令人滿意的小說」，十多年前由劇作家鄭正秋（1889-1935）改編成「最受歡迎的文明戲」。在該公司的雜誌上，包天笑為讀者描繪了這部家庭劇與世界的聯繫：作品脫胎於一部日本小說，小說原譯自英語。同年，明星電影公司還推出了包天笑改編自托爾斯泰（Lev Tolstoy, 1828-1910）的《復活》。包天笑將背景轉移到中國。與此同時，拍攝中國暢銷作品反而容易引起爭執。另一

位著名的鴛鴦蝴蝶派作家張恨水（1895-1967）的《啼笑因緣》改編權引人垂涎，甚至引發了炸彈威脅事件。但明星公司不受威脅，出錢擺平了競爭者，還因為支付電影明星胡蝶（1908-1989）超高片酬而登上報紙頭條。

中外默片女演員在二十世紀二、三〇年代成了媒體寵兒，被視為「摩登姑娘」或「新女性」，是最受眾人矚目的新社會階層代表。無論是影迷雜誌的封面，報紙的電影增刊，還是在商品廣告上，她們時髦的形象隨處可見。這些女性名氣之大，以至於定期前往劇組考察攝製情況並為她們的「櫻脣」設計對話的包天笑如此笑道：「我們做八股文，人家說是『為聖人立言』，現在做『字幕』，卻是為女明星立言了。」

作家們還以默片情節為靈感創作小說。1927年，丁玲（1904-1986）以短篇小說〈夢珂〉開啟了創作生涯，小說的主人公是個在上海尋求成為演員的年輕女子。丁玲也曾做過明星夢，雖然她的表演成就乏善可陳，但不妨礙她為自己的角色想像功成名就之後的生活。兩年後，張恨水創作一部情節線類似的小說《銀漢雙星》。不久，朱石麟（1899-1967）也為一九三〇年代上海三大電影公司之一的聯華影業，將《銀漢雙星》改編為電影劇本。拍攝成具有音軌的部分有聲片，還有優美的中英雙語字幕卡。

就像丁玲和張恨水所述，電影圈光鮮亮麗但龍蛇混雜，年輕的小明星不可避免地遭到剝削和羞辱。這是舊時代的殘留，當時的演員生活處於體面社會的邊緣。時過境遷，此後的女演員能克服這種命運，取得屬於自己的聲音和權威嗎？有些女演員做了嘗試。拍過默片和有聲電影的艾霞（1912-1934）可說是典型的「摩登女性」，她為《現代一女性》（1933）撰寫劇本並親自參與演出。銀幕上，她的角色獲得了解放的結局，拋棄自己的浪漫夢想，跳脫了「愛情的牢籠」。但現實生活中，艾霞卻選擇了另一條路，於短短一年後自殺。

1927年，魯迅（1881-1936）斷言：「要恢復這多年無聲的中國，是不容易的。」他談的是文學改革，但也不禁讓人聯想到電影即將從無聲走向有聲。整個一九三〇年代，導演、編劇和電影公司在在強調語言、文學和電影之間的聯繫。五四運動中的白話文倡導者們認為文言寫作「已死」，聲稱白話文可以復興中國。一些電影製作人和影評家也宣稱有聲電影是比「無聲電

影」更加生動的選擇。另一批新感覺派作家如劉吶鷗（1905-1940）和穆時英（1912-1940）等，則認為電影中視覺語言的運用要優先於文字語言。就算如此，當時還是有許多人繼續依靠字幕卡表述和對話，有時也加上聲效或音軌，催生了創意和奇異風格。文言和默片的支持者的認識沒錯：文字和默片就算不同地域的人也能夠理解，也具有自身的文化獨特性。這就是為什麼至少在1937年前，中國的許多故事長片仍然採用默片形式，比美國持續時間更長。此外，作家用一支筆或一台打字機就能給文學帶來革命性的「聲音」，而在電影製作和展示中達到同樣的效果則困難得多，需要為新的聲音技術和訓練付出巨大的成本。

中國的「晚期默片」和部分有聲故事片較以往更加專注於話語，彷彿在掙扎著開口，極力擴張著媒介的極限。典型的例子是1933年明星公司的電影《春蠶》，作品改編自茅盾（1896-1981）新作中篇小說。電影畫面從翻開小說封面切入。與茅盾同為左翼文化運動先鋒的劇作家夏衍（1900-1995）和導演程步高（1898-1966）將這個關於農村艱難生活的故事改編為電影，試圖將政治元素注入電影。為了應對日益嚴苛的審查，程步高採用紀錄片風格，為《春蠶》贏得了中國第一部現實主義電影之名。為強調社會經濟訊息，他還試驗了新穎的文本和聲音增效：影片加入法律契約和招牌的鏡頭，字卡採用富有表現力的斜體或字體縮放，以及漢字「錢」的銀幕動畫圖形。

這是文學加電影的藝術潮流巔峰。

一年後，由聯華公司拍攝的《新女性》，作家和平面媒體成了焦點。迷人的阮玲玉飾演女主角韋明，是一位新進小說家和音樂教師。韋明發現出版社和記者更感興趣的不是她的藝術，而是大肆宣傳她的美貌和私生活。她為自己的小說取了不祥的名字《戀愛的墳墓》，讓人想起流行於一九二〇年代的悲劇浪漫小說。電影採用類似早期默片的倒敘方式，《新女性》最終揭露韋明一段不為人知的過去：大學戀情、私奔、懷孕和被拋棄。《戀愛的墳墓》也讓人聯想艾霞電影裡的「戀愛的牢籠」。自殺似乎是韋明唯一能夠逃脫牢籠的方法。韋明之死對應了艾霞現實生活中的自殺身亡。然而《新女性》中的另一位女性則體現了女性自信的形象和聲音，她是韋明的摯友李阿英。這又讓人連結了《現代一女性》中艾霞所飾演的女主角，《新女性》中

有一幕女聲齊唱，成為這部默片的唯一原聲音軌。推動婦女解放和民族救亡的歌詞，正是由李阿英所創作。

　　《新女性》對書寫和圖像的細緻關注，演繹了編劇孫師毅（1904-1966）的看法：「未攝的膠片是紙，攝影機是筆，演員的動作是一個個的字，導演的攝取與剪輯方法是敘述的文法，這些事物藝術地、有機地連繫起來，以直接訴之於觀眾的視覺的，才是電影的故事。」為了給阮玲玉的寫作式表演添加文法，《新女性》的導演蔡楚生（1906-1968）在影片中巧妙運用大量不同的文本和視覺技巧，影片結尾尤其明顯。當韋明奄奄一息即將斷氣之時，謠言以醒目的字卡出現在屏幕上。接下來她迴光返照憤怒喊著「我要報復」，然後掙扎起身說道「您救救我！」「我要活啊！」——這些字幕卡出現在畫面，疊映在她的嘴上，逐漸顫抖放大，最後覆蓋整個畫面。

　　《新女性》首映不到幾週，阮玲玉便香消玉殞。她的自殺似乎重演了韋明的命運。各式八卦謠言和海內外的新聞報導，當時的作家和電影製作人無一不印象深刻。阮玲玉遺書是真是假沒人能夠確定，各種「誰殺死了新女性」的臆測也層出不窮。「人言可畏」的說法深入人心，流傳至今。阮玲玉身亡兩個月後，魯迅在一篇名作中用這句話控訴了新聞界的無情：

　　阮玲玉正在現身銀幕，是一個大家認識的人，因此她更是給報章湊熱鬧的好材料，至少也可以增加一點銷場……所以我們……先來設身處地的想一想罷，那麼，大概就會知道阮玲玉的以為「人言可畏」，是真的，或人的以為她的自殺，和新聞記事有關，也是真的。

　　在中國默片和部分有聲電影時代，「人言可畏」概括了語言本身所持續面對的挑戰。電影製片人、藝術家和作家以這個意外得到的說法，在公私邊界上摸索自身複雜的生活。半個多世紀後，香港導演關錦鵬（1957-）剖析並重述了這個中國電影史的關鍵時期。在1992年的《阮玲玉》中，關錦鵬出色地將歷史的失落、缺省和沉默提煉成一部引人深思的阮玲玉傳記。另一方面，經歷過文革的作家巴金（1904-2005）則以「人言可畏」含蓄地提醒人們，勿忘古往今來害人不淺的政治謠言以及折磨眾人的社會不公：

　　三十年代我只能靠個人奮鬥和朋友關心活下去的日子裡，一位有才華、有成就的電影女明星因為「人言可畏」自殺了。但是在個人奮鬥受到普遍批判的今天，怎麼還有那麼多的「人言」？而「人言」又是那麼「可畏」？

參考文獻：

Kristine Harris, "*Two Stars on the Silver Screen:* The Metafilm as Chinese Modern," in *History in Images: Pictures and Public Space in Modern China,* eds., Christian Henriot and Wen-hsin Yeh (Berkeley, CA, Institute of East Asian Studies, 2012), pp. 191-244.

Law Kar and Frank Bren, "Full Text of the Account of an Early Film Show in Qi Garden Published in *Youxi Bao* on September 5, 1897," in *Hong Kong Cinema: A Cross-Cultural View,* eds., Law Kar and Frank Bren (Lanham, MD, Scarecrow Press, 2004), pp. 313–314.

Lu Xun, *Silent China: Selected Writings of Lu Xun,* ed. and trans., Gladys Yang (Oxford, 1973).

賀瑞晴（Kristine Harris）撰，王晨 譯

1935年6月18日
「多餘的話」

瞿秋白之死

　　1935年2月末，中國共產黨前領導人瞿秋白（1899–1935）在福建西部被國民黨軍隊擄獲，鋃鐺入獄。面對蔣介石的「圍剿」，共產黨於前一年秋天放棄江西蘇區。離開蘇區的瞿秋白曾試圖前往上海，入獄一個月間，瞿秋白還能保持其身為著名共產黨員身分的祕密，但最終仍然曝光，給國民黨一個面對造反紅軍勝利的重要宣傳機會。兩個月間，他們強迫瞿秋白背叛共產黨志業，但他堅決拒絕。瞿秋白對共產主義信條辯才無礙，據說他說服了至少一位捉他入獄者加入共產黨，這些信條是他十五年前在莫斯科學到的。然而，上海那些激烈、緊張的政治與文學鬥爭進一步磨礪了這些信條。7月18日早上，他的命運就此底定。他被帶至附近一座公園，喝下一杯酒，抽一支菸，高唱〈國際歌〉，然後遭到槍決。

　　然而，瞿秋白的文學遺產將這個政治殉道的故事複雜化了。他對文學批評的熱情與天賦，引領他參與文學革命事業。他是中國第一個具備深度的馬克思主義文學批評者，這也是一種文人形象的建構，根植在傳統中國敏銳纖細的抒情方式中，並在日後的歲月裡縈繞著他。成為國民黨的俘虜後，瞿秋白寫了他最後的長篇散文《多餘的話》。這一令人矚目且困惑不已的文章，既是回憶錄也是自白與自我剖析。他在五月裡以五天時間完成，數日後便收到處死的命令。這篇散文不僅深化我們對中國共產黨黨史的理解，更揭示出革命事業核心中的文學悖論。瞿秋白在文中對多餘性的肯定，來自近四十年努力克服歷史的無用感。「多餘」這一概念絕非最後死亡前突然意識到的軟

弱。對瞿秋白而言，它是終其一生反覆出現的主題，是抒情靈感的資源、文學探尋的對象，也是政治批評的目標。但是，瞿秋白儘管全力逃避一個多餘的命運，最終發現自己恰恰成了這一詞彙的體現，徹底為革命史的敘事拋棄放逐。

如同諸多同代的知識分子，瞿秋白成長於一個急劇中落的傳統仕紳家庭。他的教育主要集中在儒家經典，但隨後為佛學的自發興趣所取代。瞿秋白更關心的是超越性、世界性的事件，而非加入政治活動的新潮流。1916年他來到北京，學習傳統中國哲學。結果，他在俄文專修館註冊，原因在於他缺少學費，此處還能獲得些許津貼。在《多餘的話》裡，瞿秋白承認當時他並不知道俄國已經革命，更不用說俄國文學的偉大意義。很快地，瞿秋白的文學興趣和語言天賦，與當年擾動北京的文化和社會叛逆潮流有了交集。

瞿秋白利用業餘時間鑽研佛學，甚至一度倡議通過菩薩行的實踐來救國。然而，透過閱讀托爾斯泰（Leo Tolstoy, 1828-1910）、普希金（Alesksandr Pushkin, 1799-1837）和果戈里（Nikolai Gogol, 1809-1852），對俄國知識的逐漸累積，促使他的政治覺醒，以及他與帶有革命思想的知識分子的聯繫。1919年五四運動席捲北京的校園，瞿秋白在抗議活動中成了俄文專修館的領導代表。大眾行動與參與國家事務的經歷，激奮了他也讓他對鑽研文學產生強烈的迫切感。如同許多五四的同代人，瞿秋白開始相信文學革命掌控著國家回春復興的關鍵。同時，瞿秋白對俄國文學（他視俄國文學為中國作家可加以模仿的現實主義典範）的研究，讓他了解他的文學分身（doppelgänger）：多餘的人。

瞿秋白由文學界到激進政治的轉向形成了一個「脆弱的二元人物」，而折磨著十九世紀俄國小說中流行的諸多多餘人角色的，正是這一難題。這些小說在瞿秋白政治覺醒時尤其令他沉迷。多餘人的形象表達出了一種渴望：皈依這個國家和這一歷史時刻，克服冷漠的社會局限（如階級），並與「人民」產生有機的聯繫。雖然多餘人天資過人，但他們個人的弱點和社會的隔離，還是阻礙了他們實現文化和政治變革的願望。在對俄國文學的研究中，瞿秋白牢記了這些挫敗，以此激發自己的政治和文學事業。他敏銳地意識到知識分子在大眾政治時代的局限。他用多餘這一修辭來批判五四知識分子的歐化，他們流露菁英自負，不與大眾打成一片。但在《多餘的話》裡，瞿秋

白承認他也從未成功地將自己的觀點重組為無產階級的模式。他想要放棄政治拿出更多的時間去閱讀，但他不得不壓抑這種想法。他一方面是左翼革命者，另一方面是高潔的文學學者。兩者互相牴觸的人格，在瞿秋白面前成了一種辯證頡頏，他的歷史意識也因此變得激進。我們不能將瞿秋白這種多餘性簡單地描述為一個史詩歷史進程中不協調的抒情時刻，而是需要解釋這些微妙感知，同時存在與相互作用的問題。《多餘的話》不是一種整體化的歷史概念，或是自我發言，而是突出了那些碎片化的、迥然不同的和冗餘的各種可能性，這些無法被納入整體之中。

　　1920年，為了在新建立的蘇聯尋找中國社會轉型的參考，瞿秋白以北京《晨報》通信員的身分前往莫斯科。雖然他滿懷浪漫主義的希望和雄心，在莫斯科兩年的駐留卻伴隨著貧窮、飢餓和孤獨，而且肺結核不時發作，這個病折磨他終生。儘管如此，瞿秋白還是盡職地調查探究俄國革命的精神資源。這段歷程描寫結集為《餓鄉紀程》（1922）和《赤都心史》（1924）。隨著瞿秋白發現自己成了「世界的文化運動先鋒隊」的一員，這些著作展現出其個人化、憂鬱的筆觸。與此相對，無產大眾的勝利愈發遙不可及。瞿秋白在俄國莫斯科期間對馬克思主義文本的認真考察，終究堅定了他的政治信念，淬礪了他的理論敏銳。

　　1923年初瞿秋白回到中國，著手馬克思主義文藝思想的系統化，但是他對政治的介入逐漸壓倒了他在文學上的努力。他的回國是緣於中共領袖陳獨秀（1879-1942）的催促。頭一年的11月份，瞿秋白在莫斯科共產國際大會上為陳獨秀口譯。他竭盡心力地在新的政治角色上犧牲奉獻，除了編輯刊物，還在上海大學講授馬克思主義和文學理論。在《多餘的話》裡，瞿秋白將自己在中共黨內的迅速崛起歸因於「歷史的誤會」，宣稱他真正的身分是「半吊子的『文人』」，並把政治工作比喻為「一場噩夢」。瞿秋白作為中共領導人的任期始於1927年與國民黨的合作破裂之後，當時蔣介石發動血腥屠殺，是國民黨史中的一個混亂時期。瞿秋白治理下的中共政策，是力圖抓住內戰這一機遇，從統一戰線轉向武裝起義。南昌、湖南和廣州的起義對共產黨而言，均以極度令人痛心的失敗告終。1927年的大小災難過後，瞿秋白在1928年被撤銷領導職務。他因追隨危險的「盲動主義」政治路線而受到指

責。在《多餘的話》裡，瞿秋白聲稱黨領導人任期的結束，對他而言是一次解脫，提到像他這樣的「平凡的文人」在政治中沒什麼位置，他問，如果「這不是『歷史的誤會』，是什麼呢？」

作為失敗的黨領導人，以及1929到1930年中共駐莫斯科代表之後，瞿秋白重返文化鬥爭領域，再次充滿熱情投入文學，尤其關注知識分子作家在革命時代所扮演的角色。身為一九三〇年代初上海左翼作家聯盟領導人，瞿秋白強而有力地為革命的美學先鋒位置辯護。他在那些年裡發表的論戰文章基本都是指向左聯的同志。他們多數像他一樣，是五四時代的知識分子。瞿秋白提出，藝術和文學「打成一片」最可怕的障礙，正是那些所謂的「革命作家」。他們「站在大眾之外」，不改正自己的思維方式，反倒利用他們的社會地位去責難無產階級。瞿秋白開出的藥方是「俗語文學革命」。他要求直接面對鄉村農民大眾，與他們共同生活，接納他們的語言和美學形式，協助培養他們的寫作才能。他的尖銳修辭預示了毛澤東（1893-1976）二十年後在延安頒布的關於形式和內容的禁令。他不再認同以外國典範為模仿對象（那些俄國大師從他的著述裡消失了），而是把解決方案聚焦在鄉村，這些方案意在調整先前意識形態的偏差，之後在《多餘的話》裡他承認那種偏差他難辭其咎。根據瞿秋白的觀點，縮短都市知識分子與鄉村農民間的距離是推展文化的關鍵。辦法在於建立一種兩者都能使用的新的、草根的革命語言。瞿秋白和他的蘇維埃同事共同發展了所謂的拉丁化新文字（Latinxua Sin Wenz）的漢語羅馬化拼寫系統，不僅為了促進鄉村地區識字，更希望最終全盤取代以漢字為基礎的漢語書寫。

瞿秋白的左聯角色迫使他數次藏身上海，經常接受摯友魯迅（1881-1936）的照應。1934年初，他以教育委員的身分被派往江西蘇區，離開上海的妻子、朋友前往瑞金，實踐他的無產階級革命文學和語言改革理論。他建立學校、培訓教師、組織文化運動，特別是戲劇活動。雖然第二年瞿秋白就承認自己與鄉村大眾間實際上並無「共同語言」，但他的貢獻仍然被認為具典範意義。繁重的工作和鄉村的環境嚴重折損了他的健康，但當共產黨決定放棄蘇區時，瞿秋白卻不得不留下。

紅軍從江西蘇區的撤退開啟了後來中國共產黨神話化的長征。瞿秋白被

這一歷史的重要運動拋下，再一次成為了多餘的人。「現在我已經完全被解除了武裝，被拉出了隊伍，只剩得我自己了」，他在序言中如此寫道。在這最後一個無用時刻，瞿秋白擁抱了一種壓抑的抒情模式：「心上有不能自已的衝動和需要：說一說內心的話，徹底暴露內心的真相。」瞿秋白以這種方式站在歷史之外，堅定地認同自己是一個文人，也就是傳統中國的知識分子。在瞿秋白的理解裡，文人「正是無用的人物」，遠非政治上、社會上覺醒的知識分子，更不用說革命者了。文人非但沒有實現與大眾的團契，更被拋在後面，是無可挽回的舊時代殘餘。

瞿秋白死後，他的名聲與許多共產黨領導人一樣隨政治需要而浮沉。他生前遭批判，被撤銷權力，而1949年共產黨勝利後，則被頌揚為烈士。在他逝世二十週年紀念日，遺體甚至被轉葬至八寶山革命公墓。可是瞿秋白身後的尊榮卻是有條件的，強調的是他在發展馬克思主義文學思想這一文化工作方面的貢獻，以及語言改革的論著。《多餘的話》則被徹底否定，認為是國民黨出於宣傳目的修改甚至偽造。然而諷刺的是，文革時期《多餘的話》被用來詆毀瞿秋白的「叛徒行徑」，並囚禁他倖存的家人，此時他的作者身分才得到承認。儘管文本的地位不再被質疑，其所經歷的歷史道路依舊暗示了一件事：人們對於揭示了歷史動盪的「多餘的」文字，將持續感到不安。

參考文獻：

夏濟安〈一名軟心腸共產主義者的煉成與毀滅〉，《黑暗的閘門：中國左翼文學運動研究》（香港，香港中文大學出版社，2016年），頁3-50。

Jamie Greenbaum, *Qu Qiubai: Superfluous Words* (Canberra, 2006).

Paul G. Pickowicz, *Marxist Literary Thought in China: The Influence of Chü Ch'iu-pai* (Berkeley, CA, University of California Press, 1981).

Ellen Widmer, "Qu Qiubai and Russian Literature," in *Modern Chinese Literature in the May Fourth Era*, Merle Goldman (Cambridge, MA, 1977), pp. 103-125.

若岸舟（Andy Rodekohr）撰，劉子凌 譯

1935年7月28日、8月1日
張樂平創造了漫畫人物三毛，國民政府宣布那一年為「兒童年」

兒童中國：三毛傳奇

　　著名卡通人物三毛（三根頭髮）是漫畫家張樂平（1910-1992）的創造。張樂平把他的大部分作品都奉獻給了這個孤兒主題。三毛連載漫畫首先發表於上海《晨報》，專欄始於1935年7月28日，當時國民黨政權正在倡導兒童年。三毛首次登場時，被描述為一個「來自上海普通家庭，頑皮天真的小男孩」，沒有鮮明的政治特徵。1937到1945年戰爭期間，張樂平停畫三毛。1946和1947年，他才重拾這個主題，創作了兩個漫畫系列《三毛從軍記》和《三毛流浪記》。此時的三毛成為一個來自農村的小男孩，和一個淪落上海街頭、無家可歸的孤兒。1949年，《三毛流浪記》被改編成電影，有兩種不同結局：一是將無家可歸的三毛放回街上；另一個則讓三毛慶祝上海和全國的解放。這兩種結局預示了一九五〇年代三毛的曖昧命運：他是舊中國黑暗而令人不悅的象徵？還是新中國的希望？對於三毛的諸般變化的探討，無疑有助於理解中國現代文化史。

　　三毛故事是現代中國人主體性變遷的重要圖像敘述之一。這一漫畫人物誕生的背景，是晚清以來的一種「兒童的發現」，也就是視兒童為一個現代性的代表。作為「人的文學」的一部分，兒童被創造成一個新的、現代的主體。這個過程與重新提高過去被貶低的群體（如女性和農民）的努力密切相關，說明了現代中國文學的持續發展。人們借由兒童反覆表達對現代中國國族文化改革的關切，它被塑造或重塑為若干不同的文學和政治人物，從晚清的「小英雄」，到一九二〇年代的「小讀者」（冰心〔1900-1999〕）和

「小野蠻」（周作人〔1885-1967〕），到戰時的「小先生」（陶行知〔1891-1946〕），再到一九五〇年代的少先隊員。但是，正如魯迅著名的吶喊「救救孩子……」所表述的，作為中國現代文化新主體的兒童，是以一種高度弔詭的方式來顯示自身存在。兒童經常被認為是現代中國實現革新的代理人（agent），與國族文化緊密相連。但一如魯迅所言，成人都已腐敗，還有誰來拯救孩子呢？此外，兒童可以被建構為一股顛覆力量，挑戰立國根本的政治、社會和文化秩序。夏衍（1900-1995）寫道：「三毛的主題既是社會的，也是政治的。」正因如此，三毛的形象圖繪作為中國現代性的再現，備受爭議。

　　從摘自1935年系列的《矯枉過正》中可以發現，早期的三毛並不像是孤兒，像是來自城市中產家庭。他的服裝和周圍的許多用品（如冰箱）可以證

張樂平《矯枉過正》。來源：1935年初刊。復刻於丁言昭、余之編《上海Memory：張樂平筆下的三〇年代》。（感謝張樂平家人應允許本文使用四幅圖畫）

實這一點。雖然早期系列對1936年日本侵華偶有涉及，但整體而言是輕鬆的，三毛的形象通常只是來自中產階級家庭的可愛單純小男孩。戰後出現的三毛，則展現了完全不同的特徵。《三毛從軍記》的最後一幀畫，字母V跨越整個空間，可以將其理解為「victory」的首字母。然而，在政治層面上，漫畫的整體內涵卻倍加曖昧和令人沮喪。立於下方的三毛表情困惑，呈現V型的兩條路，一條通向後方的鄉村，一條導向戰後的上海，那裡高樓已結蛛網，暗指著戰後城市的荒廢。更令人震撼的是，由一座座墳墓所構築的字母V視覺場域。周遭密布著墳墓，小小的三毛看起來是荒誕的：兩條路都建築於死亡之上，那麼三毛該走哪一條呢？他該如何選擇呢？張樂平提出了一個非常重要的社會和政治問題。如果對比閱讀後來的《三毛流浪記》（1947），我們可以推斷張樂平給三毛的答案是：到上海去，成為一個無家可歸的孩子。

　　《三毛流浪記》中的三毛，一開始是個鄉村的窮孤兒，懷著發財夢來到

張樂平《三毛從軍記》之最後一幅。來源：《申報》1947年10月4日，第12版。

上海，但夢想很快就破滅了。一幀題為《美夢幻滅》的畫追蹤了三毛在這個大城市謀生的努力。畫中的剝削童工被展現為上海消費社會的必要組成部分，他推著人力車，在街上撿拾菸屁股，在印刷工廠當學徒，在富有人家為僕，瀰漫其間的都是這個可憐蟲不適合這消費城市的任何角落，甚至連垃圾箱都無容身之地。三毛的小小身軀總是被城市的人群推向角落，他的臉總是因恐懼、渴望或者悲傷而扭曲，但也因過度苦情而顯得可笑。三毛的人物形象結合了怪異和可憐，他的醜陋與畸形挑戰了傳統文化中常見的、以健康漂亮兒童作為未來新中國的形象再現。

　　漫畫中一個模稜兩可的對比存在三毛和其他兒童間。一個典型例子是，在《同是兒童》的畫中，背景環境是城市的一處公共空間，半裸的三毛和主人正在表演，群眾帶著孩子圍觀。江湖藝人用一手將三毛高高舉在空中，細瘦的四肢被捆綁著，他成一個球狀。或許因身體痛苦與恐懼而哭喊，大顆的淚珠飛向天空。與三毛的痛苦形成對比的是觀眾臉上滿是激動和驚訝。大多數觀眾是與三毛同齡的兒童，他們衣著整齊，手裡拿著現代玩具和食物。換句話說，三毛在某種程度上也成了這些兒童的玩具，他遭到折磨的年幼身體娛樂了這些國家未來的主人翁。

　　近旁桿子上的標語寫著「慶祝兒童節」，旁邊站著另外一個看起來似乎不快樂的窮孩子，捧著一籃食物叫賣。他斜眼盯著三毛，也許不滿他的表演，因為被表演吸引，多數人注意力都不在他的貨物上。在圖畫的世界裡，這個小孩邊緣到幾乎看不見，像是被社會忽視一般。同樣奇怪的是兩組兒童在數量上的對比。圖中多數兒童穿著良好、營養不錯，來自中產階級家庭，只有三毛和那個窮孩子被排除在外。

　　如果多數兒童既幸福又教養良好，三毛和另一個窮孩子傳達了什麼訊息？他們悲慘的不幸只是偶然嗎？還是他們代表了當時中國兒童的社會現實？另一個重要問題是，究竟哪一組兒童代表了這個國家的未來？套用魯迅的話，圍觀的兒童可被稱為冷漠的看客。更等而下之的是，他們可能正在享受這一奇觀。如果他們成為未來中國的主人翁，那麼接下來會發生什麼事？另一方面，如果三毛體現了未來的國族主體，這恐怕不樂觀，與完美和激進革命相差甚遠。無家可歸的三毛和另一個不起眼的窮困兒童，以及年輕的資

張樂平《同是兒童》。來源：《大公報》，1948年。

產階級觀眾，每個人的位置都問題重重。

　　1949年，左傾的崑崙影業公司以上海為基地，將1948年的系列漫畫改編為電影。《三毛流浪記》影片製作時，正是國民黨統治即將讓位於中國共產黨的歷史關鍵。影片劇本由陽翰笙（1902–1993）改編，是共產黨掌權後首批少數公映電影之一，影片結尾應得到更多注意。最初影片結束於三毛離開富有人家，回到寒冷颱風的街頭，這是與張樂平漫畫版呼應的結尾。漫畫的最後一幅〈混亂世界〉中，小小的三毛困在一處擁擠的十字街頭。然而，1949年解放後，電影結尾增加了解放後的上海的鏡頭，三毛與其他無家可歸的兒童一起參加歡慶的遊行。這個版本與漫畫和原拍電影模稜兩可的結尾形成強烈對比，著實預告了1949年後發展的新型孤兒敘事。

　　解放後，新的、年輕一代的創造包括兩個過程，一是改造舊有的兒童表現形態，另一是向前建立全新的模式。一九五〇年代，張樂平完成了新的三毛漫畫系列，包括《三毛的控訴》、《三毛翻身記》、《三毛今昔》和《三

毛迎解放》。文革期間，三毛成了一個紅小兵。在這些系列裡，三毛變成新中國健康豐滿的小男孩，而非革命前舊上海的那個形單影隻、骨瘦如柴、無家可歸的孩童。

正如1949年電影的某一結局把三毛放回街頭一樣，這一轉型並非一帆風順。關於三毛形象，論者多有爭議。有人認為三毛是一個無家可歸的兒童，流氓無產階級的一員，因此不值得再畫。有人則認為三毛過瘦，頭上的三根毛顯現他缺乏營養，只適合代表舊社會的兒童。如果張樂平要繼續畫三毛，必須添上頭髮以創造一個更為健康的形象。另有人苛刻評論三毛的年齡。他們認為張樂平十多年前就創造出這一人物，如今三毛還被畫成小男孩，是違反自然規律的。各說各話的諸多評論讓張樂平洩氣，不得不追問他應如何重新下筆。

1950年5月，上海漫畫工作者聯誼會（the Committee of Shanghai Cartoon Artists）為張樂平組織了一場座談會，討論他的三毛。最終結論是三毛形象

張樂平〈迎新年〉。來源：《紅小兵》雜誌（上海）封面圖，第240期，1978年1月。

特徵不應改變，他早已為讀者留下深刻印象。三毛的年齡應維持十歲左右，但他們也強調三毛應被表達為新中國的一個孩子，應展示新中國兒童的幸福。所以，後來的三毛參與了上海各式各樣的革命運動。他成了新社會中新型兒童的理想典範。

通過三毛（一個總是不完整的人物）的例子，我想表明的是，任何一個兒童的造型都不僅濃縮了特定的物質—符號實踐（material-semiotic practices），更形成了某種特定版本的中國現代性。兒童的不同造型體現了中國知識分子和思想家在不同時代裡對轉型的渴望。換言之，三毛必須永遠是個兒童，就像中國對現代性的探問永遠持續進行，從不可能真正完成或「成熟」。

張樂平的三毛系列因此為我們提供了現代中國兒童身體意涵的歷史演化過程。通過轉型——從一個中產家庭的調皮男孩，到國軍的一名小兵，然後是流浪街頭無家可歸的孩子，最後是共產黨新中國的一個健康幸福的兒童——三毛這個主人公逐漸取得了政治意義。這個人物總是處於流變（becoming）過程，而不是處在一個封閉的、個人的身體中。而且，他的變化不已恰恰證明了兒童這一修辭的多義性和不穩定性，既代表了中國的現代性，也抓住了時代裡不同的意識形態導向。

參考文獻：

徐蘭君、安德魯 F. 瓊斯（Andrew F. Jones）主編《兒童的發現：現代中國文學及文化中的兒童問題》（北京，北京大學出版社，2011年）。

Mary Ann Farquhar, *Children's Literature in China: From Lu Xun to Mao Zedong* (Armonk, NY, Routledge, 1999).

Andrew F. Jones, "The Child as History in Republican China: A Discourse on Development," *Positions: East Asia Cultures Critique* 10, no. 3 (Winter 2002): 695–727.

徐蘭君 撰，劉丁凌 譯

1935年12月21日
「農民所有、所治、所享的話劇」

《過渡》與定縣實驗戲劇

　　1935年12月21日寒夜，河北定縣東不落崗和鄰近村子的兩千餘村民群聚於晚間劇場。第一行對白尚未說出口，某些奇異之處已預示了今晚將有所不同。首先，即將登台的戲劇並非傳統的大秧歌，而是一齣三幕現代話劇《過渡》，作者熊佛西（1900-1965）。其次，演員不是來自職業巡迴劇團，而是業餘的東不落崗本地村民及平民教育促進會（MEM，平教會）戲劇委員會的教師群。最後，演出空間亦非觀眾圍繞的臨時舞台，而是由東不落崗村民自己修建的露天劇場。這些創舉讓觀眾們引頸期盼《過渡》的首演。

　　比本地村民和演員更加激動的或許是受邀觀劇的貴賓。這些知名評論家來自北京和南京。農民表演現代戲劇的奇觀具強烈吸引力。話劇在一九三〇年代中期，已贏得大量的都市觀眾，但卻沒能成功激起農民的熱情。雖然已有太多零星的呼聲，要求話劇「到大眾中去」、劇作家努力為農民寫作、寫農民事，結果卻令人失望。農民對話劇的態度滿懷疑慮，認為它是舶來品，話劇的心理探索及對現代愛情的描繪，甚至讓他們覺得是一種道德敗壞的演示。因此，對評論家及其都市讀者而言，農民演員和觀眾參與《過渡》的演出，看似前無古人。

　　在此種濃烈的期待氛圍裡，《過渡》的登場特別令人感到震撼。扮作橋工的農民，一邊唱著由本地流行調子改編的《過渡歌》，一邊「拖著石頭和木料……推著小車，或者擔著擔子」，穿過觀眾登上舞台，將建築材料放在主要布景的鷹架四周。沒有指定座席的觀眾坐在稍低與舞台階梯相連的區

域，觀眾與舞台間則是男女農民扮演渡客和旁觀者角色，他們像本地村民日常生活般走動交談。看到鄉親以這樣一種現實主義的方式歌唱行動，底下觀眾很容易認同《過渡》所呈現的話劇現實。

當然，《過渡》的成功很大程度上與內容有關。故事核心是正直的村民與一胡姓惡棍船戶間的鬥爭。張國本是一個剛回鄉的知識分子，他組織一群受壓迫的年輕農民建造橫跨本地河流的橋梁。這樣一座橋將為小區帶來便利性，但卻威脅到船戶的利益，他原壟斷了載人過渡權。胡阻撓工程的惡行最後曝光，被政府指派調查的警察逮捕。話劇便在演員與觀眾對惡棍船戶的集體審判中結束。

批評家稱讚《過渡》是巧妙把對西方戲劇的領悟與定縣農民生活的本地風俗融為一體的「混血兒」，他們注意到劇場作為公共空間具備了改造、調教鄉村公眾群體形成的社會功能。他們的評論考慮了《過渡》與中國當時另一個異曲同工的計畫，即戲劇大眾化和鄉村重建間的關聯。以斯諾（Edgar Snow, 1905-1972）的話來說，「定縣主義」（Dingxianism）此後幾十年間成為中國文化和政治發展進程中的一個意外因素。

定縣由一個鄉村小區轉型為中國首個「實驗戲劇」所在地，應歸功於本地仕紳米氏與晏陽初（1890-1990）的共同努力，前者從一九〇〇年代早期就推動鄉村重建，後者在1923年創建了平教會。晏陽初設想下的平教會有四大工程，包括文藝、生計、衛生與公民教育。他診斷出中國的「鄉村危機」來自「四大劣根」──愚、窮、弱、私，而四大工程便是解決的手段。1926年米氏邀請平教會來定縣翟城村，當時晏陽初就得到了他夢寐以求的完美實驗區。他要為鄉村社會帶來「現代性」，將中國農民變為「新公民」。

平教會到定縣不久成立了文學部與藝術教育部，開始調查研究當地流行的演出形式，如大秧歌和大鼓。部門領導人瞿菊農（1901-1976）和孫伏園（1894-1966）很快注意到，鄉村戲劇主要依賴帶有鮮明本地特色的主題。本地農民不僅愛看這些演出，有時候興起模仿。平教會掌握了戲劇對改造社會的潛在作用，決定改良並徵用本地的戲劇技術追求「現代化」。晏陽初選擇熊佛西領導這一事業。

熊佛西是中國國劇運動（1925-1926）的一個重要聲音。在他看來，這

個運動是創造出「為全體中國人所有、所治、所享的戲劇」。一九三〇年代初，熊佛西已導演過一些劇作，並經常在《晨報》發表劇評和翻譯劇本。但是，這些北京完成、上演的劇作，只在都市年輕知識分子的小圈子中受到歡迎。直到1932年，熊佛西仍未能使戲劇讓中國的大眾——占中國人口百分之八十以上的農民——「所有、所治、所享」。恰恰在這個時間點上，晏陽初邀請他擔任平教會新成立的戲劇委員會領導人。

熊佛西第一個在定縣搬上舞台的是幾年前完成的劇本《喇叭》（1929）。劇情講述一個表演者（也是一個外人）和某個鄉村小區的關係。《喇叭》1932年在平教會的「表證劇場」（一個業經改造的貢院）連續公演兩晚，其鄉村布景、「自然的演出」和幽默的對白贏得了觀眾同聲盛讚。《喇叭》的成功讓熊佛西能繼續創作並上演以農民日常生活為主題的話劇。

熊佛西調整他的寫作風格以提高效率。第一，他透過社會調查，認識鄉村小區如何運行，如何生存。這種了解鄉村習慣的努力，開花結果了。從1932年到1937年，他創作出包括《鋤頭健兒》（1932）、《屠戶》（1933）和最著名的《過渡》等劇本，這些作品在鄉村觀眾中極受歡迎。第二，熊佛西意識到，以農民現實生活為主題的劇本，無法兼顧都市戲劇裡流行的東西，如微妙的心理變化、細膩的情節轉折、和摩登愛情等。因此他選擇突出生猛、剛性的場面。比如寫《過渡》時，熊佛西放棄了一個浪漫的情節副線，唯恐它削弱了劇本賴以表現力量的「群眾激情」。

由戲劇委員會職員演出的《喇叭》首演不久，定縣農民在熊佛西的指導下開始表演。同時，戲劇委員會還經常收到村民們的請求，要求擴大他們正在快速增加的劇目。1933到1934年間，在平教會的督導下，13位村民組成了話劇團，招募男女演員，在自己村子演出之餘也巡演他處。因此「農民所有、所治、所享的話劇」也出自農民本身。

熊佛西受村民的天賦與熱情激發，並不因農民的參與而犧牲藝術品質。相反，他的目標是通過戲劇的整體製作過程（包括排演、表演和技術設計）指導他的演員。戲劇委員會的督導採取了排戲小組的形式，通常在演出前兩、三個月，每晚排練。小組裡農民演員研究劇本的情節和情緒，練習冷讀術（cold readings），製作道具並磨練技巧。熊佛西和戲劇委員會因此既能夠

推進平教會的現代化要求，也能保證演出質量。

合適的演出空間對戲劇委員會的成功同樣至關重要。平教會初至定縣時，米氏建議晏陽初以貢院為總部開辦識字班，為鄉村大眾製作印刷和圖畫材料。1932年，當熊佛西的《喇叭》在新近完成的「表證劇場」上演時，原來的老大帝國加新興民國的貢院進而轉型為一處公共空間，供演出和公共集會。其建築結構（圍牆、巨大的考棚和露天的院子）提供了一處與眾不同的演出空間，其他鄉野之地的臨時舞台難望其項背。

戲劇委員會意識到一個固定的演出空間可以帶來某些好處，例如觀眾注意力集中的清晰「焦點」；推進演員與觀眾親密的共同感。1932年下半，他們提議組織鄰近村莊的農民建造自己的現代劇場。最初建議約兩年後，東不落崗從三十個村莊脫穎而出，被選定為兩個「實驗區域」之一（另一個是西建陽）。東不落崗雀屏中選後，大約50位本地農民演員便在戲劇委員會的督導下，開始持續的建築工程和彩排。他們白天建造新劇場，晚上排練新戲劇。經過近一年的努力，東不落崗的露天劇場終於完工，恰好趕上《過渡》的首演。

《過渡》觀劇貴賓的評論有待商榷，戲劇演出的在地成功並非史無前例。一九三〇年代定縣上演的大部分話劇演員陣容，多為農民或農民與教師們的組合。此一事實大大提高了這一藝術在本地的受歡迎程度。農民看到他們的朋友或熟人在舞台上扮演著自己，他們逐漸熟悉話劇的戲劇力量，模糊戲劇表演與現實邊界的正是這力量。最初只是一群鄰居和鄉親的觀眾轉型為一個鄉村共同體，分享著共同的生活、身分和情感。

此外，一九三〇年代中期，一如上海這樣的世界大城，話劇團還需努力尋找固定的演出場所，定縣的鄉村小區卻已經擁有「民建民有」的劇場，這是一件非比尋常的事。平教會的戲劇實驗之所以引起媒體熱烈關注，原因之一是知識分子不僅將農民主導的戲劇建設視為為鄉村大眾帶來現代戲劇藝術的手段，還視其為農民轉變成新型公民進程的一部分。換言之，這種建設所需的合作有利於打造一種集體的身分認同（communal identification）。經由表演和觀看話劇，這種認同在農民之間日益壯大，奠基於情感和物質的定縣鄉村公眾群體逐漸成形。其集體的身分認同既是想像的，也是物質化的

（materialized）。

這些政治的弦外之音使「定縣主義」成為受人矚目的樣板，吸引各式政治派別的戲劇家和社會改革家。1937年中日戰爭爆發，戲劇委員會領導人（包括熊佛西、陳治策〔1894-1954〕和楊村彬〔1911-1989〕）在重慶地區將「定縣模式」應用於各自的戲劇運動中。同樣的，延安的大眾戲劇運動與定縣經驗亦有一些共同之處，在毛澤東（1893-1976）〈在延安文藝座談會上的講話〉裡得以見出與熊佛西對農民「所有、所治、所享」呼籲的關聯。最後，平教會的戲劇經驗在二十世紀五、六〇年代早期的鄉村業餘劇團和大眾運動中得到回響。

《過渡》和其他在定縣搬演的話劇發展為一種大眾的文化運動，此事部分歸功於平教會戲劇實驗在一九三〇年代受到媒體圈的關注。綜合審視1935年《過渡》的演出成功，可以發現話劇在定縣農民間的大受歡迎絕非偶然。平教會戲劇委員會在其語言和表演方式上做了必要的調整，藉以創造一種新型的現代戲劇。它與本地的現實進行協商，獲得並教育鄉村大眾的參與，也強化了戲劇被賦予的娛樂和說教使命。今日的後見之明告訴我們，二十世紀中期中國戲劇的發展，很大程度可說是來自定縣的老師和農民在1932到1937年間的先見之明、以及不眠不休的辛勞。

參考文獻：

李景漢編《定縣社會概況調查》（北京，1935年）。

中華平民教育促進會編《〈過渡〉演出特輯》（北京，1936年）。

熊佛西《戲劇大眾化之實驗》（南京，1937年）。

Liu Siyuan, "'A Mixed-Blooded Child, Neither Western nor Eastern' : Sinicization of Western-Style Theatre in Rural China in the 1930s," *Asian Theatre Journal* 25, no. 2 (2008): 272–297.

Kathryn Alexia Merkel-Hess McDonald, "A New People: Rural Modernity in Republican China," PhD diss., University of California, Irvine, 2009.

Sun Huizhu, "The Peasants' Theatre Experiment in Ding Xian County (1932–1937),"

PhD diss., New York University, 1990.

Zhang Yu, "Visual and Theatrical Constructs of a Modern Life in the Countryside: James Yen, Xiong Foxi, and the Rural Reconstruction Movement in Ding Country (1920s–1930s)," *Modern Chinese Literature and Culture* 25, no. 1 (Spring 2013): 47–95.

何曼 撰，劉子凌 譯

1935 年底
郵便！在配達夫的喊聲裡，「卜」的一聲，一張批擲在機上⋯⋯

一封台灣話文的「批」寄出

郵便！在配達夫的喊聲裡，「卜」的一聲，一張批擲在機上，走去提起來，

施 灰 殿

無錯，是我的。啥人寄來的？翻過底面。

大橋市福壽町 許 修

噯！是啥事？他不是被關在監牢？怎寄信出來給我？是要創啥貨呢？扯開封緘——

　　1935年底，在楊逵（1906-1985）脫離「台灣文藝聯盟」機關志《台灣文藝》後另起爐灶的《台灣新文學》之創刊號上，刊載了署名「灰」的作者發表的〈一個同志的批信〉。這個短篇嚴格而言不算是書信體，它非由書信的往來推動情節的發展，不過就如取自小說起始處的上引文顯示，故事是由一封捎來的「批」——「phue」，「書信」的台語讀法——所啟動，書信的機制仍決定了灰小說的構造。這個決定性展現在故事情節基本上是受訊者的（addressee）的「施灰」對「許修」這位發訊者（addresser）的來信之回應。該信的內文未被完整呈現，讀者的我們僅透過主述者「我」即施灰有限的披露得知許修寫道：「身體病到太壞，需要一點營養補給劑，身邊無半個錢。」而後根據「我」的內在獨白，來自小康家庭的施灰時常金援許修等社會運動者——「同志」這個詞在三〇年代的本島亦帶有左派的暗示——不過

收到信的此刻，「我」似乎已退出運動一段時間，而對作為「被恥笑過的落伍者」，被貼上「向後轉」之類負面標籤感到忿忿不平。儘管「我」經過一番人情世故的權衡，願意再次義助昔日志同道合的許修，不過「我」對此事其實意興闌珊：「寄去，到郵便路有點仔遠，今日腳也懶行……在袋裡多放些時，也算還是自己的錢。」

　　沒想到這一拖延竟使這椿雪中送炭的義舉從此不了了之。「我」先是在「暗頓」被父親因屢屢散財、不思守成而數落一番，為排遣這口惡氣，「我」遂至「樂園」、「醉鄉」眠花宿柳「尋快樂」，並且毫不「吝嗇著『止卜』」。這之後又過了幾天，「我」仍以諸如「過午了，送金怕不辦理，等待明日，大概不要緊」等理由推托著不去救濟，反正「若會死已經聞也爛了」，沒消息就是好消息。後來由於「我」對日本人警察要求「寄付」欠缺「公然反對的力量，也沒有講：『我不寄付』的勇氣」，不得不「把預備要寄去給那同志的款項移用」以完成「做國民應當盡的義務」。故事末了，「我」「非意識地又提起那張信來」面對著同志「我不願就這樣死去，你若憐惜我，同情我，不甘我這樣死掉，希求你寄些錢給我」的求生的悲願，只能感嘆：「啊！同志！這是你的運命啊！」

　　〈一個同志的批信〉可以說是透過「我」的有限視角、東拉西扯的饒舌而做的自白。這種其實有所選擇的告解亦為書信體小說的一大特色，在私密的坦露、剖析，與面對讀者（或至少收信的受訊者）的公共性之間，小說呈現的「我」總已是表演欲望的折射，語言修辭闡述的結果。藉由書信機制誘使讀者信以為「真」的那個「我」畢竟是不地道的（inauthentic），「我」所呈現的內面原來是在某個「舞台」上（或謂處境中），面對一群「觀眾─讀者」而做的設想，「我」之為物根本充滿他人乃至社會的外部因。就〈一個同志的批信〉的案例言，它所處的1935年前後的台灣，正是「大正民主」潮終結，在世界經濟大蕭條中逐步靠攏法西斯的日本帝國，先是發動滿洲事變（1931）成立魁儡的滿洲國政權，而第二次中日戰爭（1937-1945）亦山雨欲來的危機時刻。順時應勢，殖民地的台灣島內，官方接納異議的容忍度逐漸收緊，1931年全島大檢舉，1934年台灣議會設置請願運動被迫終止，二〇年代以來始終分分合合的左派社會革命分子（許修）與體制內改革者（某

種意義上的施灰）這時不免都失去了抗爭的餘地。於是〈一個同志的批信〉不再與發軔於二〇年代的「台灣新文學運動」分享同樣的情節走法，作者灰沒有在故事最後提供苦悶的主人翁從封建、殖民之桎梏中解放的許諾，也未給予寄託啟蒙信念的理想他方——比如追風（謝春木，1902-1969）《她將往何處去》（彼女は何処へ，1922）讓從媒妁婚姻的牢籠中覺醒的女主角到東京去——在改革意向上形同陌路的施灰和許修刻正索求的竟不過都是「營養補給劑」，金錢的、性的欲望等等了此餘生的一晌貪歡。

　　〈一個同志的批信〉篇幅不長，感慨卻深，作者「灰」不是別人，正是「台灣新文學之父」賴和（1894-1943）。賴和寫作此作的1935年，台灣新文學史上最大規模的事件「鄉土文學與台灣話文論戰」（1930-1934，以下簡稱「鄉土／話文論戰」）才剛剛落幕。這場論戰牽連甚廣，不只本島的左右派與新舊文人，日語世代知識人（如東京帝大英文系畢業的蘇維熊〔1908-1968〕）乃至殖民者的日本人（特別是致力於教導日人台語解讀的小野西洲〔小野真盛，1884-1965〕）等各路人馬都介入其中；而中介各方意見的媒體也十分多元，島內的《伍人報》、《南音》、《語苑》、《台灣新聞》、《台灣新民報》、《台南新報》以至於在東京創辦的《福爾摩沙》（フォルモサ），等等不同屬性之雜誌或報紙都成為意見交換或交鋒的場域。「鄉土／話文論戰」累計有近百篇論文，牽連的層面之廣，對問題的討論之深，在在讓人印象深刻。

　　一般認為黃石輝（1900-1945）〈怎樣不提倡鄉土文學〉（1930.8）一文象徵性地開啟了「鄉土／話文論戰」，黃石輝在該文寫下的剴切呼籲直到今日仍發人深省：

　　你是台灣人，你頭戴台灣天，腳踏台灣地，眼睛所看見的是台灣的狀況，耳孔所聽見的是台灣的消息，時間所歷的亦是台灣的經驗，嘴裡所說的亦是台灣的語言；所以你那如椽的健筆，生花的彩筆，亦應該去寫台灣的文學了。

　　從這段話可以得知，黃石輝一開始的訴求是邀請處於「台灣天」、「台

灣地」這特定的時空中之「台灣人」來寫「台灣的文學」。換言之，一方面，這當中帶有擬真、如實地反映當前此刻的台灣之「寫實主義」企圖；另一方面，這份企圖同時也召喚出「讀者」的問題，亦即這群寫實主義的追求者是為了誰而寫作當前此刻的台灣？班納迪克‧安德森（Benedict Anderson, 1936-2015）談論「現代小說」如何打造「民族國家」的經典論述有助於釐清此處潛藏的問題。對安德森而言，透過報刊等現代傳媒閱讀小說，是構成「想像的共同體」不二的法門。柄谷行人更進一步將這個問題導向「言文一致」，他認為現代語體機制在民族締造工程中位居要津。在這個意義上，「鄉土／話文論戰」中浮現的為「誰」而寫，這個「誰」何所指遂界定了爭執不下的雙方──偏執「中國白話文」或「台灣話文」的兩派──其之界線。顧名思義，「中國」白話文和「台灣」話文代表了兩種不同的民族想像。前者認為本島雖暫時淪為日本殖民地，但有朝一日終究會與祖國「殊途同歸」；為求和對岸保持一致，此間文學非得使用中國白話文來寫不可。相對地，後者主張本島與大陸既已走向差異的道途，與其勉強操作不是在地人「嘴裡所說的」北京方言，不如善用「台灣的語言」來書寫。可以說，一種「殊途殊歸」的台灣民族主義已在這裡露出端倪。

　　而這也是目前關於「鄉土／話文論戰」的主流解釋。不過，晚近台灣史學者陳培豐指出一個有趣的現象，在三〇年代台灣為著台灣話文能否登大雅之堂、是否有支撐現代文學寫作之可能等議題陷入僵局的正反兩方──支持者主要有郭秋生（1904-1980）；反對者如賴明弘（1915-1958）──吊詭地，使用著其實是同一種的文體，亦即〈一個同志的批信〉所展現的那個對今人而言頗為難解的文體。過往這個在殖民地台灣獨一語境中鎔鑄混生的獨特漢文文體總被籠統視為某種「中國白話文」之衍生，但從前面本文對賴和小說的引用可見，它的字裡行間充斥了諸如「郵便」（信）、「配達夫」（郵差）、「殿」（敬稱）、「町」（行政單位）、「機」（桌子）與「寄付」（捐贈）許多日文漢字；甚且有像「止卜」（チップ，小費，來自英語的「tip」）這類將日語以片假名表記的外來語，再用漢字記音的寫法。當然，「止卜」須用台語念才可解出箇中意趣。易言之，就算兼善日、中語言，也不見得能全篇讀通。此外亦有大量台灣話文像是「批」（信）、「啥

人」（誰）、「創啥貨」（做什麼）與「若會死已經聞也爛了」（如果會死早已爛得〔屍臭〕都聞得到）嵌進內文；又或如寄批來的同志「許修」，他的名在台語音同「苦修」，顯然賴和透過其人寄與微言大意。

　　但是若按照中國白話文的語彙語法、乃至審美標準來看，〈一個同志的批信〉之價值頂多在於它記錄了某種地方色彩（嘔啞嘲哳？）；更重要的是，文章中許多精微的語意、幽深的暗示，如果不諳日、台語，著實不易理解。在〈一個同志的批信〉中，賴和尤其藉由台語的詞彙庫及文法規則來營造小說的美感特質，除了前段所舉之例，另如「扯開封緘」或者「有點仔遠」等說法，不熟悉台語雖不至於費解，不過台灣話「扯開」，thiah-khui，沒有中國白話文的「扯」那樣出蠻勁之感，比較接近「拆開」、「撕開」；而「有點仔」的「仔」（á）是口語中表「小」或「狎暱」意思的後綴，以台灣話文來念生動、日常，但從中國白話文的角度來看未免多餘。

　　事實上，賴和似也可寫一手流暢的中國白話文，據信暗指台灣文化協會分裂的《前進》（1928）就頗有五四散文詩高度象徵化的抒情特徵。不過在大部分的時候，賴和都採用接近〈一個同志的批信〉這般較為混雜的方式寫作，運用台灣話文來設想寓意的情況也所在多有，例如名作〈一桿「稱仔」〉（1926）的主人翁「秦得參」，台語讀法近似「真得慘」；〈雕古董〉（1930）的篇名在台語意指「作弄」、「開玩笑」。甚至〈一個同志的批信〉其實是一篇賴和更著意以台灣話文寫就的「台語小說」。在這裡，台灣話文派在缺乏國家機器規範、行政資源挹注的困窘中，慘淡經營的言文一致實踐立下了它初步的美學里程碑。這群知識人透過整理歌仔冊之類的傳統民間文學，自力匯整出一套（任意性頗高的）台語表記法；進而再利用漢字文化圈「同文」的歷史基盤，巧妙地挪借合用的中國白話文表現法，而更仰賴日本漢字來指稱如「國民」等現代事物。「台灣話文」，骨力食栗（kut-lát tsiáh-lát），終於也逐漸摸索出得以描述現代世界、表達現代人情感的「我們‧台灣人」的文體。

　　而這就是賴和〈一個同志的批信〉作為書信體的第二重意義。不論是志趣相當的同志，或其實為形同陌路的仇敵，書信的發訊者與受訊者之間總預設著能為對方所讀解的共享的文體。雖然這款僅在「我們」圈內流通的共同

密碼很快就要隨著公共媒體「廢止」漢文欄（1937）而被迫消沉，不過這微細的一線香仍是「鄉土／話文論戰」給予後來的台灣人最大的啟示。

參考文獻：

柄谷行人《定本柄谷行人集1：日本近代文學の起源》（東京，岩波書店，2004年）。

陳培豐《想像和界限：台灣語言文體的混生》（台北，群學出版社，2013年）。

Benedict Anderson. *Imagined Communities: Reflections on the Origin and Spread of Nationalism* (London, Verso Books, 2016).

鍾秩維

1936年5月21日
「發現一天之內的中國的全般面目。」

《中國的一日》

　　二十世紀以來，不少報告文學作品試圖聚焦記錄歷史上的一天或一個時刻，以成就和影響而言，1936年由茅盾（沈雁冰，1896-1981）主編的《中國的一日》堪稱其中之最。這一厚重、豐富的圖文匯卷，從提議到出版不過數月。史上第一個類似的計畫，是大約一年前由高爾基（Maksim Gorky, 1868-1936）在蘇聯提出的《世界的一日》（*Den mira*）。這類計畫竭盡所能蒐集豐富多元的聲音，以展現某個特定時間點的人類和歷史的橫斷面。蘇聯的計畫以全球為範圍，但最終只落實為一本1935年9月27日在全球發行的報紙的剪貼簿。蘇聯的成果較中國晚出，其時高爾基已不在人世。

　　《中國的一日》的衍生品在接下來的四十年間層出不窮，但範圍都局限於國家內部或特定的地域，如徵集寫作《上海的一日》（1938）或《華中的一日》（1940）。2014年6月，北京蓬蒿劇場上演了一齣先鋒戲劇，由日本導演佐藤誠（1943-）指導，靈感起源於《中國的一日》。該劇同樣選取了5月21日，以向茅盾的1936年版致敬。「一日」的創意跨越世代，魅力無窮。

　　早年的高爾基和茅盾有著想要捕捉一個全球性時刻的衝動，這種衝動帶有一個有趣的特點。它為革命觀點所激發，且堅信群眾的集體聲音能夠證明這種革命觀點的正確性。《中國的一日》的撰稿者，被要求在兩千字的篇幅內捕捉他們在1936年5月21日這一天的經歷。形式可以是一件藝術品，一張傳單或者小冊子，但多數稿件仍採用書面形式。在編輯手記中，茅盾寫道：

首先我們要求它須是五月二十一日所發生的事，其次是「這事」須有社會意義，或至少可以表見社會上一部分人的生活狀況；……

我們所採用的……是向來從不寫稿（即非文字生活者）的人們的作品為最多。因為他們的稿子最適合於我們的標準，因為是賴有他們，這本書的材料才不單調，而展示了中國一日人生之多種的面目。

一九三〇年代，世界左翼文學已經傾向現實主義的寫作，幾乎要像紀錄片一樣精確。強調真實性且具有文學價值的報告文學在此時湧現證明了這一傾向。此外，傾向全景式呈現的詳盡創作衝動也與此相關。茅盾於一九二〇年代後期出版了他的第一批小說，受到來自左翼文學陣營的批評，指責他的作品社會視野狹窄（角色都是些思想進步而家庭優裕的青年知識分子）。茅盾自認為是堅定的左翼革命作家，力圖辯解一個作家只應書寫自己所熟悉的事物。然而，接下來的小說三部曲《春蠶》（1933）描寫的卻是中國南方的農村生活，說明了他的寫作已經轉向反映不同的社會層面。日後他的作品從農村更擴及實業、政治、金融等題材。

茅盾是二十世紀中國最重要的小說家之一。他不斷變化小說技巧、向紀實性靠攏。長篇小說《子夜》（1933）以自然主義加紀實文學的方法，深入工廠和貧民窟採訪底層民眾，蒐集他們勞動環境的真實訊息，為小說提供更多的現實感。由此，我們可以發現現實主義小說和「一日」計畫中全景式視角之間的聯結點：為了精確地反映當代歷史，現實主義寫作更重視實際生活中人們的聲音和語言，尤其當這些經驗來自於作者個人經驗之外的社會群體時。因此，這是一個記錄成千上百人的「眾聲喧嘩」計畫，發聲者跨越了不同的階層、職業、年齡、性別和宗教信仰。一般小說受限於個體視角和有限的社會群體，難以傳達這個計畫空前的歷史真實性。茅盾始料未及的是紀實文學的編纂多少影響了他日後創作事業的發展。

《中國的一日》畢竟不能將各式各樣不同的聲音，絲毫不差地傳達給讀者。編輯委員會的十一位成員包括作家、歷史學家、教育家和記者等，他們所面對的是一個體量巨大的工作。短時間內，蜂擁而至的稿件數量令人驚訝。委員會收到超過三千份來稿，但只有一小部分被收入文集。編輯需要創造一種中

國經驗的「橫斷面」，這個橫斷面必須符合他們的觀點以及他們對中國現實的觀感，藉以確保最終成果具有獨特的傾向性。我們或許不會也不可能知道哪些稿件無法入選文集，然而我們可以推測這些落選的稿件，對社會階級矛盾、日本的侵華威脅，以及當時中國軍事、經濟和政治的種種危機缺乏適當的強調。

茅盾繼續寫道，這部書涉及的非專業作者之多，證明了中國文學的前景光明燦爛：

真的，這裡是什麼都有的：富有者的荒淫享樂，飢餓線上掙扎的大眾，獻身民族革命的志士，落後麻木的階層，宗教迷信的猖獗，公務員的腐化，土劣的橫暴，女性的被壓迫，小市民知識分子的徬徨，「受難者」的痛苦及其精神上的不屈服……真的！從都市的大街和小巷，高樓和草棚，從小城鎮的冷落仄隘的市塵，從農村的斷垣破屋，從學校，從失業者的公寓，從軍營，從監獄，從公司公署，從工廠，從市場，從小商店，從家法森嚴的舊家庭——從中國的每一個角落，發出了悲壯的吶喊，沉痛的聲訴，辛辣的詛咒，含淚的微笑，抑制著的然而沸湧的熱情，醉生夢死者的囈語，宗教徒的欺騙，全無心肝者的獰笑！這是現中國一日的然而也不僅限於此一日的奇瑰的交響樂！

茅盾在這篇編輯手記結尾的段落中所使用的修辭，與他前些年提倡報告文學時發表的文章相近：這種寫作的價值，就蘊含在它所呈現的豐富社會層面中。同時，他也清楚表示，這部書具有明確的政治立場，也為報告文學的社會多樣性增加了廣闊的空間範圍。文集最終收錄幾乎來自中國各地的作者469篇作品，優先介紹先前從未發表過作品的作者。這是眾多編輯原則其中之一，在當時可說獨一無二。文集目錄依照地域編輯。如此，閱讀宛如啟動了一次虛擬的全國旅行。

一九三〇年代中期，小品文成為不同政治立場的作家表情達意的普遍選擇。從無產階級文學運動中的報告文學，到周作人（1885-1967）和林語堂（1895-1976）所提倡的散文，多數人在文中表達觀點時，都不超過二、三千字。在這一意義上，作為同一時代作品的《中國的一日》的文章上限也是兩千字。最終作品中，敘事性散文具壓倒性多數。大部分作者將他們對5月21日的

觀察和經驗寫成了小故事。方法是刻畫人物性格、描繪細節以及豐富的諷刺技巧，似乎連未經訓練的業餘寫作者都習慣以象徵手法表達他們的經驗，作品也普遍流露出對政府的宣傳和口號的懷疑。其他入選作品包括編者和應徵者的來往信件，這些信件通常表達了強烈的政治觀念，描述人們所遭受的苦痛和侮辱，有的稿件是撰稿人提供的傳單或小冊子，並附有一、兩段的解釋文字。

《中國的一日》中呈現出中國正處於危機中，共和政府統治既不公正寬容，也無力應付軍閥和共產黨的軍事行動，更難以抵抗日本侵略的威脅。對不幸的、滿懷疑竇的大眾來說，商人、傳教士、來自西方或西化的教育者，以及其他專業人士，每每被視為壓迫者。偶有少數積極的人物，但他們卻又無權無勢、身處邊緣。整部文集以地域組織，大量入選者都對社會公共場所進行了細緻入微的描述，如茶館、寺院、監獄、醫院、學校，以及擁擠的法庭和政府辦公室。

書中的聲音豐富多彩，讓人耳目一新，平衡了因為編纂方法所導致的意識形態上的同一性：牢騷的、憤怒的、自私的和自負的、幽默的、悲憫的、有時甚至是奇特的。如下文這位江蘇的法庭書記員記錄工作內容的語氣，難以一錘定音：

除美人之外，我們最感興味的，是最殘忍最離奇的消息。接著便來了這類事兒：一個十三歲的女孩子，被一個三十多歲的男子強姦了，女孩子的母親，顫抖抖淚汪汪的來告狀，說她的姑娘已經奄奄一息了。這消息真正給我們的刺激不小；我立刻跑出去告訴一個同僚。不久收發室裡就充滿了人，熱熱鬧鬧，笑語喧天。

還有的作者可以在短短數行之內，傳達關於性別、現代性和道德的令人驚訝的微妙觀點，如來自貴陽的一位男士，如此描述他與同事陳小姐同往觀賞電影《新女性》的情景：

談到一對未婚的男女去看電影，在貴陽這種半開化的地方，是否有人說閒話，我倒不大十分清楚；但是陳本人的思想，我是認為很進步的；所謂

「進步」，並非進到都市婦女那種矛盾的浪漫的那一步。這是說她有著很堅強的意志，能用一種類似消極的沉默手段去和舊禮教反抗。也就因為她有這份沉默，所以，一班不應當落後而落後的人們對之卻也不十分反對。

一位造訪蘇聯的女性的觀點更加激進，她寫信給同伴道：

食色性也，這裡的婦女，人人有職業（當然也有少數是例外）。人人都可自由地得到愛人，人生的最大前提，都解決了；尤其各處托兒所林立，婦女問題中最大的育兒問題已解決了。

儘管這種多音複調顯然呼應了編者對中國社會的左翼社會現實主義的認識，然而這些聲音自身依舊有著令人驚嘆的多樣性。也因此《中國的一日》成為現代中國文學中一部特別的文本，同時也是一九三〇年代全球文化和政治中的一件獨特藝術品。

參考文獻：

Charles A. Laughlin, *Chinese Reportage: The Aesthetics of Historical Experience* (Durham, NC, Harvard-Yenching Institute, 2002).

Charles A. Laughlin, "Mao Dun," in *Chinese Fiction Writers, 1900-1949,* ed., Thomas Moran, *Dictionary of Literary Biography*, vol. 328 (Detroit, 2007), pp. 164-177.

Mao Dun, ed., *One Day in China: May 21, 1936,* trans. and eds., Sherman Cochran, Andrew C. K. Hsieh, and Janis Cochran (New Haven, CT, Yale University Press, 1983).

Mao Dun, "On Reading *Ni Huanzhi,*" trans., Yu-shih Chen, in *Modern Chinese Literary Thought*, ed., Kirk A. Denton (Stanford, CA, Stanford University Press, 1996), 289–306.

羅福林（Charles A. Laughlin）撰，盧冶 譯

1936 年 10 月
《怒吼吧，中國！》展出

木刻：流動的圖像

1936年10月2日，全國第二回木刻流動展覽會巡迴至上海。李樺（1907-1995）的一幅黑白木刻是會場最引人矚目的作品之一。這幅木刻20×15公分大小，一個裸男被蒙住眼睛，緊縛於一座木樁上，張著嘴吶喊並竭力試圖撿起地上的匕首。他的大手強健，發達的肌肉因絕望的抗爭而緊繃。他並非僅是冷漠觀眾眼中的客體而已，因為他的聲音無可抑制地刺向我們，呼喚著回應。這幅題為《怒吼吧，中國！》的木刻，此後普遍被視為現代中國藝術的傑作，它不僅展示了木刻的表現力，甚且有效地傳達了一種民族精神（national psyche）。

一九三〇年代前期，一批年輕的中國藝術家開始創作先鋒藝術形式的現代木刻。如何呈現出人的聲音，是他們念茲在茲的事業，也是一種觀念上的奉獻。他們對這種藝術形式的著迷有來自德國表現主義的深刻影響，後者認為黑白木刻是一種象徵媒介（emblematic medium）。1936年的流動展覽會至少十位藝術家展出超過十二幅作品，他們嘗試將吶喊的共鳴視覺化，無論是個人或是集體的。

《怒吼吧，中國！》所呼應的情境遠遠超越了一九三〇年代中期的視覺藝術領域。李樺作品的命名是呼應一個更為廣闊的文化運動。這一運動源於文學，影響卻擴及全球。它來自一部實驗戲劇，原為蘇聯未來主義詩人和劇作家特列季亞科夫（Sergei Tret'iakov, 1892-1937）所作，1926年在莫斯科的梅耶荷德劇場（Meyerhold Theater）演出。隨後數年，這一齣關於長江上反

怒吼吧中國：《怒吼吧，中國！》，李樺作。

抗英帝國主義共同體的政治宣傳劇，依序在柏林、法蘭克福、東京、紐約演出，最後結束於英國的曼徹斯特。1930年下半年百老匯的製作演出記錄超過七十場，亞裔美國演員和唐人街的居民都參與其中，此事前所未有。《怒吼吧，中國！》與經濟大蕭條（the Great Depression）時期重迭，是現代最早風靡全球的作品之一。其吸引力源於一種國際視野，也就是以跨國政治運動和團結去對抗資本主義驅動的帝國主義強權。這一革命視野讓休斯（Langston Hughes, 1902-1967）獲得充滿激情的回應。1937年，這位非裔美國詩人加入了西班牙內戰（Spanish Civil War）的反法西斯陣營，並在馬德里寫下一首令人振奮的詩作〈怒吼吧，中國！〉

《怒吼吧，中國！》一劇一開始便引起華人興奮的關注。1928年首次被引介至中國，當時一位充滿魅力的劇作家田漢（1898-1968）評論了前一年東京築地小劇場的演出。一些在莫斯科的中國留學生已經觀看過1926年梅耶荷德劇場的演出。到了1930年，上海出現了兩個譯本，都是基於日語的劇本和演出。田漢點評其一時，突出了劇作強調集體身分的概念：「實在沙漠般廣漠散漫的中國需要這種『喊叫的藝術』啊！」

1930年夏，特列季亞科夫劇本在廣州進行中國首演，並得到國民黨當局的支持。演出大獲成功，部分要歸功龐大的演員陣容。他們與觀眾直接交流，並實現了「民眾劇場」（people's theater）的理念。1933年，一個劇團聯合組織克服了許多技術困難，把《怒吼吧，中國！》帶到上海。這一反應熱烈的演出也擁有龐大的演員陣容，而且吸收當地的碼頭工人擔任臨時演員。演出後的評論聚焦於中國是一個自決國家，並賦予中國人對抗日本擴張主義的集體聲音。這個劇本之前已經吸引大多數左傾作家和批評家，它的團結和抗爭意涵，在國家危急時刻更引發了廣泛的支持。兩年之內，良友圖書公司出版了全譯本，配上上海演出劇照，方便未來其他地方的演出參考。一九三〇年代，全國大約有十七個劇團計畫上演此劇，儘管只有少數付諸實踐。1941至1945年太平洋戰爭期間，這個劇作被用來宣揚反西方的泛亞洲主義，在日本占領下的上海和北平（北京）上演。1943年10月，它也在1895年成為日本殖民地的台灣以日語演出。

縱觀一九三〇年代，「怒吼吧，中國！」是一種熟悉的、反帝國主義的

表達、號召與吶喊。比如說，1931年12月，一本上海左翼作家聯盟刊物的創刊號就將社論取名為〈怒吼啊，中國！〉。編輯者在談及日本侵占滿州時發出了這樣的聲音：「現在，我們團結起來，一齊吶喊的時候到了。」1933年5月，深具影響力的主流文學期刊《現代》發表了一系列木刻，包括胡一川（1910-2000）的《到前線去！》，畫中呈現一個充滿激情號召農民行動的人，直接響應了1932年日本對上海的空襲。畫作強調「喊聲」的延伸，為正在興起的木刻運動奠定了基調。

　　1935年著名電影《風雲兒女》上映，它是抵抗日本侵略總動員的一部分。主題曲〈義勇軍進行曲〉迅速流傳，並在即將爆發的中日戰爭（從1937到1945）中號召人民拿起武器抵抗。這首歌中的兩行歌詞特別引人共鳴：「中華民族到了最危險的時候／每個人被迫著發出最後的吼聲。」歌詞為田漢創作，由聶耳（1912-1935）配樂，後者堅持在電影配音時包括非職業歌手，以傳遞人民的聲音。不到二十年，〈義勇軍進行曲〉成了中華人民共和國的國歌。

　　因此，李樺1936年展出的木刻在主題和跨媒介層面上都有所呼應，並在許多層面上響應了當代觀眾的關切。然而，當魯迅（1881-1936）參觀全國第二回木刻流動展覽會時，一種更為深刻的歷史回聲變得更清晰可聞。這位傑出作家自一九二〇年代後期對現代風格木刻的支持，在現代中國木刻史中至關重要。魯迅在參觀展覽時一定曾因這一藝術運動明顯的成功而倍感欣慰，畢竟他曾不遺餘力地提倡和守護這一運動。他對李樺木刻的評論沒有留下文字記載，但他的確認識這位藝術家並曾經與他密切通信。

　　觀看《怒吼吧，中國！》時，魯迅應該重新回溯了一個似曾相似的場景，也就是他棄醫從文的命運呼喚：那著名的幻燈片事件。當時年輕的魯迅留學日本習醫，在課堂上看到1905年日俄戰爭的畫片。在一張幻燈片中，中國群眾漠不關心環繞著一個被五花大綁遭指控為俄國間諜的人。這人即將被日本軍官砍頭示眾。魯迅在日本課堂上看到的可怖畫面，讓他留下心靈創傷，同時暴露了看與被看的複雜網絡，既令人目瞪口呆，也令人怵目驚心。這一圖像在聽覺上也令人難以忘懷，因為死刑執行時一片死寂，沒有任何痛苦或抗爭的吶喊聲。

　　對魯迅而言，吶喊的渴望和打破令人窒息的沉默攸關存亡。在棄醫從文後不久寫下的一篇關於浪漫主義詩力的文章裡，魯迅把「心聲」作為偉大文學的目標與效力。他將沉默或聲音的匱乏等同於死亡和民族的衰敗，他呼喚「至誠之聲」以振奮精神，刷新民族。聲音既是自我覺知的一個隱喻，也是一種感知經驗（sensory experience）有待獲得或實踐。聲音可以是一種改革力量，但必須發自個人內心。

　　魯迅1907年對一種宏偉的、激動人心的聲音的呼喚，是改革話語的一部分。這個觸及了諸多層面的改革話語在二十世紀中國的轉折處正蓄勢待發。「喚醒中國」是這個改革啟蒙議程中的核心和持久的隱喻，藉此具備現代民族意識的新國民將得以到來。為了集體喚醒民眾，許多作家和辯論家訴諸報章雜誌、詩歌、小說、戲劇、歷史編纂，甚至口頭故事，作為教育大眾的有效途徑，即必要手段。來自這一時期的作品無論文學或非文學，都滿布諸如「喚起」、「自覺」和「吶喊」之類的詞彙。

　　1918年，寓居北京的魯迅藉由創新性短篇小說〈狂人日記〉，發出了激進反傳統的聲音。這曾是改革啟蒙隱而不宣的部分，在當下初興的新文化運動中持續壯大。狂人廣為人知的控訴是，儒家道德規範只是為了掩飾禮教吃人。作為一位孤獨的英雄，狂人有直言不諱的勇氣。他催促村人改變，但他徹頭徹尾的懷疑態度蘊含著深刻的絕望。數年後，魯迅把他的第一部短篇小說集命名為《吶喊》（1923）。他對年輕一代表示，「喚醒」的工程是一個複雜且令人警醒的挑戰。在此，他將幻燈片事件脈絡化，同時考慮到在難以摧毀的鐵屋子裡吶喊的道德難題：吶喊驚醒了少數較為清醒的人，反倒讓他們痛苦而絕望地死去。儘管如此他認定他的聲音依然重要。「有時候仍不免吶喊幾聲」他寫道：「聊以慰藉那在寂寞裡奔馳的勇士，使他不憚於前驅」。

　　來自魯迅的狂人的激情吶喊絕非一個孤立事件。比如說，一九一〇年代後期在日本留學的郭沫若（1892-1978）。他生氣勃勃的現代詩作，顯示了一個響亮的、不受拘束的和世界主義的自我。「我飛奔，／我狂叫，／我燃燒。／我如烈火一樣地燃燒！／我如大海一樣地狂叫！／我如電氣一樣地飛跑！」詩人以天狗狂喜的聲音大聲宣告。1921年，郭沫若在上海出版了他的

首部詩集《女神》，以極富張力的自由詩激勵了許多年輕讀者。

　　一九二〇年代中期，隨著一種新型政治文化在1925年反帝的五卅運動浮現，魯迅和郭沫若開始談論集體聲音的衝擊力。正是在此時「喚醒中國」改革舊文化演變為一種政治規劃和運動。大眾動員成為一種有系統的行動，並採用了更為新穎的技術手段，比如留聲機、廣播和電影。魯迅在1927年評論道，一個《無聲的中國》應該獲得生機蓬勃、響亮高昂的聲音。他號召年輕人使用現代的表達方式說出內心的真話，因為一個衰老而說不出話的國家，無權立足於世界之上。同年，郭沫若——已是一個堅定的共產主義者——敦促年輕人要像一架留聲機，回應並轉播勞動大眾雷鳴般的戰鬥之聲。大眾的喊聲業已升起，抵達。

　　在李樺的木刻裡，誰可以作為一個怒吼中國的主體去發言？為什麼它必須吶喊？他提出尖銳的問題，但沒有給出答案，這些開放的問題將持續產生不同的響應。作為一個視覺圖像，《怒吼吧，中國！》引領我們去思索這種「吶喊的藝術」所帶有的多重媒材的（multimedial）、國際性的、現代的盤根錯節。

參考文獻：

邱坤良《戲劇的演出、傳播與政治鬥爭：以《怒吼吧，中國》及其東亞演出史為中心》，《戲劇研究》2011年第7期，頁107-150。

John Fitzgerald, *Awakening China: Politics, Culture, and Class in the Nationalist Revolution* (Stanford, CA, Stanford University Press, 1996).

Xiaobing Tang, *Origins of the Chinese Avant-Garde: The Modern Woodcut Movement* (Berkeley, CA, 2008)

唐小兵 撰，劉子凌 譯

1936年10月19日
周樹人去世

文章身後事

　　身為一位卓越的學者、作家、翻譯家和文化批評家，同時也是當時最著名的文壇人物之一，魯迅（1881-1936）身後的紀念活動場面隆重正式。為了滿足前來弔唁的群眾，遺體瞻仰持續了三天。根據統計，出殯當天約一萬多名弔念者立於街道兩旁送別魯迅。他們舉著花圈以及寫著弔詞的白色靈幡和這位文學巨匠的肖像，有些人唱著悼歌。多位當時的傑出人物，如作家巴金（1904-2005）、改革派教育家蔡元培（1868-1940），以及孫中山（1866-1925）的遺孀宋慶齡（1893-1981）等擔任護送靈柩和致詞的工作。靈柩上覆蓋的白旗寫著「民族魂」。魯迅過世後，迅速成為中國共產黨加以神化的人物。毛澤東（1893-1976）在1937年的一次紀念講話中，稱他為「現代中國的聖人」。

　　如此盛大的公開弔唁場面和頌揚，完全與魯迅生前明確表示的意願背道而馳。他在去世前倉促完成的一份遺囑中，要求身後徹底為世人遺忘，這不僅是一個自謙的舉動而已。一九三〇年代，魯迅成了左翼作家聯盟領袖之一，他清楚認知自己的文壇地位，並且運用它發展左翼運動。他生前孜孜不倦地整理保存寫作成果，為後世留下了卷軼浩繁的著作。然而，為什麼他會明確表示希望離世後被人遺忘呢？

　　魯迅深切地意識到，當作者死後，以其為表現對象的文本曾擁有自身的生命，因為死去的作者不能再質疑大眾的評述。事實上，魯迅在寫作中曾經思考過敘述的倫理問題和再現的局限性，並提出了如下質疑：誰擁有敘述的

權威，或是得到了「權威的許可」來敘述？一個文本真的能再現作者嗎？還是說文本最終只會背叛作者？

兩部白話短篇小說集，《吶喊》（1923）和《徬徨》（1926）充分顯現了魯迅對再現的局限性憂慮，以及對聲稱文本能夠代表作者發聲的說法有所疑慮。通過審視敘述者講述故事的動機，魯迅極具探索性的短篇小說，經常提醒讀者關注敘述的倫理問題。其敘述者往往缺乏同情心，或是靠不住；他們對事情的講述非常主觀——或是為了展示一個更加正面的自我形象，或是想讓故事聽起來更有趣，一如〈狂人日記〉、〈祝福〉、〈傷逝〉和〈阿Q正傳〉中的敘述者。這些講述施予被敘事者一種特殊形式的暴力，不僅扭曲形象、甚至否定被講述者的實際身分。魯迅某些重述過往的故事凸顯出，導致敘事扭曲的原因不單只是主觀性闡釋、人們進行自我辯解的強烈需求以及對戲劇性故事的偏好；記憶的不可靠和訛誤層出的情況也是導致扭曲的原因之一，例如〈故鄉〉和〈社戲〉。

魯迅曾說過，他「解剖」自己較之「解剖」他人更無情。因此，他創作的一個標誌性特徵就在於他對自己身為作家的局限性自覺，以及對他自身敘事作品的局限性自覺。在為數不少的散文以及自序中，都傳達出他對寫作所抱持的不確定感和曖昧感。他的自傳性和傳記體散文同樣表達了他對自身寫作能否精確再現過往和逝者的生命故事所抱持的懷疑態度。然而，正如他留給後世的大量著作所證實的，魯迅是一個積習難改的記憶收藏者。在回憶文集《朝花夕拾》中，他描繪了許多關於童年和青年時代的往事，一絲不苟地記錄了那個時代的人事物。甚至當他提醒讀者注意記憶之不可靠和文本再現的局限性時，他的作品也傳達出一種迫切、甚至是絕望的籲求。他呼籲人們必須見證與紀念逝去的人事物。

魯迅一以貫之的傷逝悼亡，部分體現在他對死亡的執念上。死亡的主題和意象反覆出現在他的短篇小說集和最後一部創作文集《故事新編》（1936）中。後者是魯迅根據中國古老的神話傳說改寫的故事。他透過直白或寓言去面對死亡的方式也體現在散文毛骨悚然的陰鬱氛圍上。死亡可以是指他人的死亡、個人自身必死的命運，或是作為過往時代的一個象徵。這方面最突出的作品要屬他極具實驗性的散文集《野草》（1927）。儘管常被認

為是散文詩，這部文集實際上混合了軼聞和創意散文，以及一首詩歌和一個劇本。其中有些屬於他最隱晦難解、同時又是最精采的創作。

在《野草》中，死亡和腐朽的主題與意象經常與新生相輔相成。事實上，魯迅對死亡念念不忘的背後隱藏了他對生命本身宛如朝露這一本質的執念，以及一種想在寫作中把握住生命的部分本質的急迫願望。他拒絕傷悼，堅持在寫作中讓過往和逝者鮮活依舊，這說明了他堅信必須誠實無欺地對待所有關於逝者的記憶。可以確定的是，他所採取的回憶形式經常伴隨著揮之不去的懷舊與對如下事實的無奈：即使在寫作的當下，他記錄下的往事遺蹟和歌頌逝者的生命意象也同時消失隱去。然而，這種無法擺脫的失落感或許讓他感受到以文字記錄過往的刻不容緩。

在魯迅的寫作中，回憶和遺忘相互角力的背後潛藏著一種與希望有關的觀念。儘管對寫作的可靠性和有效性持有一種懷疑態度，他依然堅信他寫下的作品或許能以某種方式攫住過往的魅影和逝者的靈魂。魯迅懷揣著一種希望，有心讀者仔細閱讀會發現他的作品如同啟發過他的文學前輩作品一樣，讓過往的微光重新閃爍，成為教導的訓誡和靈感的源泉。讀者在自己的時代面對同樣問題時也因此有了指引。

1926年起，魯迅大半放棄了創意寫作。雜文——一種短小的論辯散文——成了他寫作的主要形式，並以此捕捉生命最後十年的所見所聞。雜文同時也成為他捍衛自己和闡釋自身寫作動機的一種手段。在〈阿Q正傳的成因〉一文中，魯迅假想並幽默地調侃了自己死後被人們憶起時，可能被冠以的各種名號——或許是位「學者」、「思想界之權威」、「戰士」，又或許是「官僚」、「學匪」，甚至「世故的老人」。雖然看似調侃，但事實上魯迅對自己樹立起的公眾形象十分自覺，也很在乎自己身後的影響。生前，他持續不懈地反擊對他人格的「錯誤呈現」，力圖通過自我再現來加以糾正。他公開拒絕崇拜者加諸於他身上的諸如「革命家」、「鬥士」和「導師」這類頭銜。他清醒地意識到文字和意象在作者死後將擁有永恆的生命並強烈地反擊了敵手。在多篇雜文中，魯迅巧妙結合他對中、外文學文本的淵博知識、他嫻熟運用文言和白話語彙的技能，以及辛辣的諷刺。他精心組織的論述徹底反駁了對手。在機智、說理和表達方面，他的對手難以望其項背，極

少人能在他的反擊下全身而退。而對手在失敗中所受的羞辱，通過不斷再版的言辭交鋒記錄繼續呈現在世人眼前。

　　事實上，魯迅似乎從敵意中汲取了豐富的創造能量，即使在瀕臨死亡時依然如此。在辭世前幾個月寫的一篇雜文〈死〉中，他構想了如下情景：有關歐洲人在死前寬恕仇敵並尋求仇敵寬恕的臨終儀式，如果有人詢問他的意見，他會如何回應？他的回答是，他的怨敵應該繼續仇視他，因為他不會寬恕其中任何一個。宣告要與敵手永遠為敵，並非只是反映了年事漸高的魯迅的頑固和記仇。魯迅終其一生所嘲諷和抵制的正是，諸如在死前與敵人達成和解這類安撫性的姿態，這不過是一種徒具形式的安慰。面對死亡的他一如既往，深信生前所從事的文學論戰在他死後將擁有自己的生命。

　　魯迅去世後，名字被反覆援引，用以支持各種他不會贊同的政治觀點和事業。他絕不會接受如「民族魂」和「現代中國的聖人」這類頭銜。從這個角度解讀，魯迅公開表示想被人遺忘的意願，以及為了將作品公諸於世而付出的努力，或許都是一種形式上的「自我保護」，以防他人特別是仇敵蓋棺論定他的生命與人格。面對眾多仇敵，他要讓文本自己發聲，掌握話語權。他的作品浮現出思想家、作家和文化批評家的複雜形象，這形象與寫作維持著模稜兩可的關係。書寫過往難以捉摸的意象時，他意識到寫作所具備的的危險性和局限性，同時又為其力量和潛力所吸引。作者描繪對象的本質為書寫的力量和潛力所捕捉，並在文本中轉世再生。

參考文獻：

Marston Anderson, *The Limits of Realism: Chinese Fiction in the Revolutionary Period* (Berkeley, CA, University of California Press, 1990).

Eileen J. Cheng, *Literary Remains: Death, Trauma, and Lu Xun's Refusal to Mourn* (Honolulu, University of Hawaii Press, 2013).

Theodore Huters, "Blossoms in the Snow: Lu Xun and the Dilemma of Modern Chinese Literature," *Modern China* 10, no. 1 (1984): 49–77.

Jonathan Lear, *Radical Hope: Ethics in the Face of Cultural Devastation* (Cambridge,

MA, Harvard University Press, 2006).

Leo Ou-Fan Lee, *Lu Xun and His Legacy* (Berkeley, CA, University of California Press, 1985).

莊愛玲（Eileen J. Cheng）撰，金莉 譯

1937年2月2日
《日出》在上海首演

曹禺及其劇作

　　陳白露直視著一瓶安眠藥。吞藥之前，低聲說出最後的話：

　　太陽升起來了，黑暗留在後面。
　　但是太陽不是我們的，我們要睡了。

　　這是1937年2月2日《日出》在上海首演時結束的一幕。演員謝幕時熱烈的掌聲證明了當年二十七歲的曹禺（1910-1996）再一次創造了一部現代中國戲劇傑作。在處女作《雷雨》成功的基礎上，曹禺已然樹立了他在戲劇界的地位和聲名。兩部劇名可謂象徵了他壓抑的憤怒、對中國家庭與社會的激烈譴責，以及對「陽光普照」每個人的生活的渴望。

　　《雷雨》寫於1933年，當時曹禺是北京清華大學西洋文學系最後一年的學生。他深愛清大的圖書館，尤其館藏的希臘悲劇、莎士比亞（William Shakespeare, 1564-1616）、易卜生（Henrik Ibsen, 1828-1906）、歐尼爾（Eugene O'Neill, 1888-1953）、契訶夫（Anton Chekhov, 1860-1904）等人的劇本（大部分是英語的）。「我愛讀劇本，經常一個劇本讀好幾遍」。這一新嗜好使他更清楚認識西方戲劇與中國傳統劇場的區別，兒童時期他已深深著迷於中國傳統表演藝術，入迷漸深便決定也投身戲劇。

　　完成論文《論易卜生》後，曹禺在1933年的暑期旅行中決心創作《雷雨》。故事情節和人物來自周遭生活，在過去五年裡反覆醞釀。「《雷雨》

對我是個誘惑。與《雷雨》俱來的情緒蘊成我對宇宙間許多神祕的事物一種不可言喻的憧憬，《雷雨》可以說是我的『蠻性的遺留』」。《雷雨》聚焦於周、魯兩家人，暴露當時的社會壓迫。這部四幕劇提出了家庭階級、通姦、亂倫和勞工騷動等問題，其主題反映了二十世紀二、三〇年代流行的激烈反傳統精神，特別強調個人從父權制家庭中解放。故事的多重關係——主與僕、父母與子女、繼母與繼子——不僅揭示了愛與恨，也體現了命運的探索。悲劇結局部分來自希臘悲劇的啟發，也反思了這一主題。

　　《雷雨》1934年出版，1935年正式首演，旋即吸引了全國讀者、演員和觀眾的注意。戲劇在幾個城市巡迴演出時，曹禺便著手第二個劇本《日出》。《雷雨》的主角是令人窒息的癥結，劇中周家的主人將陽光擋在門外，《日出》則將太陽的意象置於中心。《雷雨》女主角在黎明前吞藥自殺了，她自殺前的低語傳達了太陽並不屬於她或者其他被社會遺棄的不幸人們。

　　曹禺使用「話劇」這一文體創作，這個術語使其區別於傳統載歌載舞的劇場形式，強調的是口語文本的重要性。話劇在一九三〇年代的中國是相對新鮮的，而且在二十世紀伊始與年輕的激進知識分子緊密相關。他們支持吸收西方知識，希望以此為手段消滅中國社會的頹敗和落後。1907年，一群留學日本的中國學生受到東京的歐風現代日本戲劇啟發，決定組織新劇首演。幾週以後，這種新風格的戲劇出現在上海。現代劇場被新派人物認為能夠呼應時代需要、體現社會變遷的精神。

　　儘管現代戲劇先驅做出了努力，新劇仍需與歷史悠久的本土戲劇體裁，並和日益流行的電影工業競爭。曹禺一九三〇年代中期的成功，無論在形式和市場上都有助於這新生的、非本土西方劇種的發展。他的成功得到了廣泛的認可。他最早的兩部劇作讓他得到中國戲劇現代化關鍵人物的美名。曹禺與其他劇作家批判性的扭轉西方戲劇的異國情調，使之扎根中國本土。

　　《日出》創新性的戲劇觀念、對熱門話題的介入，以及其對當時「情感結構」（structure of feeling）的描繪，堪稱曹禺作品的典範。

　　不同於《雷雨》遵循古典「三一律」描繪兩個家庭的恩怨情仇，《日出》採取一種開放的結構，展示一九三〇年代中國的廣大人物群像，包括銀

行家、政府官員、大學生、富寡婦、流氓和小白臉，還有受剝削的職員、工人、僕人和妓女。劇情圍繞著陳白露平行發展，她成為高級妓女之前是個學生。住在一處華麗的旅館，被富有的銀行家包養。她試圖阻止一個名喚「小東西」的十來歲鄉村女孩被賣入花叢，但最終失敗，小東西最後在妓院裡慘淡死去。故事情節嫻熟地連接起社會菁英與底層人物，聚焦於三個不同女性——白露、小東西和翠喜（一個中年妓女）——各異的人生悲劇。在一場金融危機中，一個銀行職員投機晉升失敗了，而另一個職員在遭到無情解雇後自殺。最後，甚至富有的銀行家也徹底破產，陳白露的未來再無希望。她對高級妓女的「新生活」感到絕望，但也不願回歸「舊我」再次淪為貧窮的大學生。在她眼裡，除了自殺別無選擇。

曹禺為回應《大公報》的〈集體評論〉而寫的跋，說明契訶夫如何啟發了他。曹禺描述他閱讀《三姊妹》後的感受，稱劇中人為「有靈魂的活人」，並且注意「這齣偉大的戲裡沒有一點張牙舞爪的穿插」。曹禺把自己稱作「偉大的老師的低劣的學徒」，解釋他如何想創造一組人物，如契訶夫劇本一樣令人信服：「每個角色都應占有相等的輕重……『主要的動作』在這齣戲一直也並沒有。」一個較遙遠的靈感來自點彩畫派（pointillism）的後期印象派風格畫法。如曹禺所說：

> 《日出》便是這類多少點子集成的一幅畫面，果若《日出》有些微的生動，有一點社會的真實感，那應作為色點的小東西，翠喜，小順子以及在那地獄裡各色各樣的人，同樣地是構成這一點真實的因子。

是什麼使得曹禺決心為觀眾呈現出這些人物？答案很可能存在於他的個人生活中。他出生於一個上層階級家庭，然而早在孩提時代他就目擊家道中落後的世態炎涼，對人性的多面與多變深有所感。面對人性的黑暗面，年輕的曹禺很難控制情緒：「一件一件不公平的血腥的事實……逼成我按捺不下的憤怒。……這些失眠的夜晚困獸似的在一間籠子大的屋子裡踱過來，拖過去。」在這些艱難的日子裡，曹禺摔碎了許多他曾珍藏的東西，包括繼母給他的小小的馬和瓷觀音。當破碎的瓷片深深刺進他的手指時，他大聲嚎叫。

「血，一滴一滴快意的血緩緩地流出來」。他飢渴地搜尋答案，希望能夠藉此面對來自暗無天日世界的窒息重壓。

　　曹禺開始閱讀《聖經》、《道德經》和其他著作，他希望能從中獲得啟示。然而，他發現人類並未踵隨那些大師的指引。曹禺從他所閱讀的著作中選擇了八段引文傳達他寫作《日出》的意圖。一句來自《道德經》的話體現了《日出》中多樣的人生線索：

　　損不足以奉有餘。

　　這句話也是一把鑰匙，讀者和觀眾可藉此打開一扇門，通向這一充滿詩意的劇本及其眾多人物。

　　《日出》出色地描繪了掙扎求生的「不足者」的困境。小東西的沉淪每下愈況，觀眾束手無策。她從第一幕中的華麗旅館來到第三幕中的下等妓院。她在妓院裡遇到了翠喜，一個四十多歲的好心妓女。曹禺的評論帶著對翠喜的尊敬：

　　令人感動的是她那樣狗似的效忠於她的老幼，和無意中流露出來對那更無告者的溫暖的關心……為著家裡那一群老小，她必需賣著自己的肉體，麻木地挨下去。

　　曹禺比較了翠喜淒涼的生存與年輕的小東西：

　　一個小，一個老；一個偷偷走上死的路，（看看報紙吧，隨時可以發現這類的事情。）一個如大多數的這類女人，不得已必須活下去……這群人我們不應忘掉，這是在這「損不足以奉有餘」的社會裡最黑暗的一個角落，最需要陽光的。

　　劇作家所稱的「最黑暗的角落」來自劇本的第三幕。為了真實呈現這些人物及其生活環境，曹禺——當時二十來歲的一個年輕人——在一個寒冷的

冬夜造訪紅燈區。他對出入者的興趣被懷疑是警方的臥底，遭到暴打。

　　曹禺認為劇本的第三幕是「《日出》的心臟」，然而第三幕也是最富爭議的。例如，在《大公報》的〈集體評論〉中，當時燕京大學西洋文學系主任謝迪克（Harold R. Shadick, 1902-1993）將《日出》歸入「現代中國戲劇中最有力的一部」，能夠「與易卜生和高爾斯華綏的傑作並肩而立」。然而，他認為第三幕造成劇本結構的問題，稱這一幕為「過場」。導演歐陽予倩（1889-1962）甚至在上海的《日出》首演中刪除這一幕。

　　就風格和寫作手法而言，《日出》與《雷雨》大相逕庭。但對曹禺來說，兩個劇本的創作動力都源於一種「情感的洶湧」。他覺得《雷雨》「太像戲」了，因為它精心編織了來自兩個家庭八個人物的複雜關係，其中家庭關係（父親和兒子）和商業關係（雇主和僱員）夾纏不分。因此，當他開始構思《日出》時，曹禺決定採用另一種劇作寫法。他受到契訶夫和印象主義藝術的啟發，創造了日常生活的拼貼。舞台上各種真實人物的呈現，傳達出他對那些仍然生活在黑暗中的人們全心全意的同情：「剛剛冬天過去了，金光射著田野裡每一棵臨風抖擻的小草……我要的是太陽，是春日。」

　　往後十年，儘管遭遇戰爭，曹禺的戲劇寫作仍舊豐富。孜孜表現人在生活中無從逃避的黑暗，以及他們對陽光的嚮往。在《原野》（1937）中，一個叛逆的年輕女性和逃亡的情人，懷著對一個「老遠老遠的」世界的夢想，在一個無邊漆黑的夜晚逃跑，相偕去尋找「黃金子鋪的」明亮之地。《北京人》（1941）描繪一個士大夫家庭的中衰以及其中各種勾心鬥角，同時激烈地批判了黑暗的時代中，令人窒息的壓力和虛偽。他對人性複雜的強而有力探索，反映出中國人世世代代的苦難，以及難以自拔的深刻理解。

　　轉型痛苦的強烈、對陽光的需要，時至今日依舊與讀者和觀眾產生共鳴：這解釋了何以2010年曹禺百年誕辰紀念（包括演出、展覽、電影放映和演講）吸引了全球巨大關注。

參考文獻：

《曹禺全集》（石家莊，花山文藝出版社，1996年）。

田本相、胡叔和編《曹禺研究資料》（北京，1991年）。

《戲劇工作社首次公演〈日出〉》，《申報》1937年2月2日，第4版。

李如茹、蔣維國 撰，劉子凌 譯

1937年春
「房子是在曠野上的」

「吹號者」艾青

艾青（1910-1996）從一場預知夢中醒來：

我們擠在一間大房子裡
房子是在曠野上的

女人給小孩餵奶。一個老人痙攣地搖著頭。外面傳來像是火車從遠處奔馳而來的聲音。「飛機，飛機」，屋角有人驚叫。臉貼在窗上。黑色的巨翼掠過房子，蓋滿了灰色的天。怎麼辦？所有人都出去！老的和小的，不會走的背著，他們出得門來，走到一個無生命的、燒焦了的地方，這裡處處沾染了泥汙和血跡。艾青記憶中這片土地過去並不是這個樣子。他曾經倘佯在花香裡，紅的綠的黃的紫的顏色圍繞四周。但現在天壓得很低，越來越多的飛機嗡嗡地飛過頭頂。人群在一條路上蹣跚行走。為什麼是這條路？它可以通到安靜的地方嗎？誰能給一個指示的手勢？天壓得更低了。又是飛機飛機。詩人回過頭，看到泥土揚起，磚飛得很高，然後落下。房子倒了。在荒野裡，樹和草都死去了，但人仍然活著……
　　艾青將他的詩簡單地命名為〈夢〉。1937年夏天，這場夢境成真。中日戰爭7月7日在北京附近爆發。八月，敵機轟炸上海，殘酷的巷戰摧毀了這座城市。當日本的機械化部隊向內陸進軍，預謀恐嚇中國人投降時，避難的人潮逃離他們在中國東部海濱的家。城鎮被轟炸，入侵。那些選擇留下來的人

面臨被槍殺、刀刺、折磨或強姦的危險。千萬人踏上陸路和水路：有的走了數日，有的數月，更多人流離了數年。一旦與熟悉的、安穩的本地社群和家庭割斷了聯繫，中國的土地對流亡者來說，就是滿布未知危險和艱辛的曠野。

艾青也離開了上海。但在某種意義上，他已流亡多年，選擇了一種無根的狀態。1910年艾青出生於浙江省金華縣城附近的山村，家境優裕，一成年便離開故鄉前往杭州西湖國立藝術院求學。在那裡，現代主義畫家林風眠（1900-1991）鼓勵他去巴黎學習藝術。他的父親是富有的店主兼地主，很不情願地從地板下掘出一千塊墨西哥鷹洋，把這筆財產交給了他的大兒子，他是全家的希望。然而，他的這次投資最後卻血本無歸。艾青1932年回到中國，拒不回家。他躋身進步青年之列，與他們同樣受到現代大都市上海人聲鼎沸的文學和藝術社群所吸引。不到一年，被捕入獄。他在一個世界語課堂上遭到國民黨政府祕密警察突襲逮捕，因顛覆罪的指控被判六年徒刑。繪畫已不再可能，所以他在監獄裡寫詩，並請他的律師和朋友偷偷帶出手稿，在上海的前衛文學雜誌發表。

艾青在1937年戰爭爆發前的詩，讓人想起浪漫的失落（romantic loss）和都市的新奇。和其他留歐歸國者一樣，他喜歡在詩行裡大量穿插字母寫就的外國詞彙：crème、Chagall、orange、melancholic、radio、Pompeii、adieu。1930年代，中國現代詩尚未滿二十歲，而艾青及其同道者的出生大致與清王朝的崩毀同時。因此詩裡稱巴黎為蕩婦，或是寫詩告訴阿波利奈爾（Guillaume Apollinaire, 1880-1918），上海警察僅僅因為你持有一冊《酒精集》（*Alcools*）就把你關起來。以此公開宣稱自己身為世界公民的貨真價實，也公然挑釁舊有文化與政治秩序。他在監獄生涯裡寫出的最著名詩作是〈大堰河，我的保姆〉，至今依然膾炙人口。這首長詩格調悲哀，讚頌了一位哺育幼年艾青的農婦，哀婉的詞句讓她成了詩人象徵意義上的母親。

兩次大戰之間的上海有一群文學波希米亞人，他們既不出名又好爭論。艾青的早期詩作投射出敏感的世界公民和受壓迫者的養子形象，因此獲得這群人的青睞。文學人物沒有改名換姓的經歷，似乎不夠完整。據說在監獄裡，艾青無法容忍他原本的姓氏「蔣」與蔣介石（1887-1975）的連結，他銀鐺入獄與蔣介石領導勢力脫不了關係。他在「蔣」字的部首下打了個叉，

得出他的新姓「艾」。並由此切斷了與家族的象徵紐帶，抹去與統治者之間的巧合聯繫。

艾青獲釋一年後寫下了〈夢〉。這首詩稍微保留了他早期作品中的象徵主義、超現實風格。正如艾青在一個腳註中堅稱的，這首詩是對他夜間夢境的精確文字記錄。但當中還是有些新的東西：這是艾青第一次把一首詩中的「我」與一個集體的命運放在一起。〈夢〉描述了一場大規模的流亡，人們被迫離開家園，遭驅逐到曠野之中。它也描繪了一種由內而外的轉變，一種象徵性的新生，顯示出詩人對神話的偏好。說〈夢〉中的情景帶有聖經故事的意味，並非無稽之談。在艾青早期的寫作生涯中，他偏愛把《新約》故事改寫為詩行。在獄中他就寫出了長篇敘事詩〈一個拿撒勒人的死〉，在詩的結尾，耶穌在荒涼的各各他被釘上十字架。此詩與〈夢〉的相似之處不應被忽略。就像耶穌遭到迫害，〈夢〉裡的人們和詩人也被遺棄，沒有退路，看不清前方的路。

戰爭初年，製造神話（mythmaking）時機已臻成熟。日本入侵帶來日常生活混亂不安，這一點從當年眾多個人記述中可以得知。但是戰爭也凸顯了國家滅亡，人民成為「亡國奴」的恐懼，艾青和許多作家自覺有責任將自己的創作聯合救亡圖存。因此，此時的詩歌構思藝術與宣傳混為一體，不如此無異叛國。在中國絕找不到一個像歐文（Wilfred Owen, 1893-1918）一般，憤然揭露愛國主義這一「古老的謊言」的詩人。與此相反，戰爭的混亂必須揭露一個更高的目的，而這個目的旨在超越這難以忍受的現實。對艾青來說，這意味著承擔曠野裡預言者的角色。簡言之，他成為中國國族神話的製造者。國族神話這一觀念儘管新穎且尚未定型，但一個光明的未來恰恰蘊藏在這種稚嫩之中。艾青這一時期的詩歌偏愛重生和超越的隱喻：春天、黎明、復活和太陽。戰爭本身深受歡迎，因為它的到來宛如一場大洪水（Great Flood），將徹底滌盪那個阻擾中國進入新時代的腐朽舊社會。作為惠特曼（Walt Whitman, 1819-1892）和馬雅可夫斯基（Vladimir Mayakovsky, 1893-1930）的崇拜者，艾青知道如何釋放出啟示錄般的奔流詩句：

不要悲哀——

讓戰爭帶去古老的中國

讓炮火轟毀朽腐的中國

……

不要憐恤讓我們送走那

擠滿了鴉片煙鬼的

走私的、流氓的

軍閥的

官僚的

漢奸的

敵探的中國

　　這場淨化留下來的將是昇華了的土地和人民的結合體。戰爭早期，艾青有關這一主題最為雄心勃勃的詩作〈向太陽〉，1938年五月發表於武漢的《七月》半月刊。當時武漢是中華民國戰時首都，文化和政治的動員如火如荼，然而並不持久。〈向太陽〉由九個各自獨立又前後呼應的章節組成──始於「我起來」，終於「我向太陽」──這首長詩令人屏息，展示了艾青的詩性人格（poetic persona），拋掉陰鬱的過去，大踏步邁向新的日子。詩開始於黎明時分，詩人在森林裡醒來，像一隻困倦的、受傷的野獸。他來到一個陽光普照的地方，這裡有快樂而活躍的人群：老幼、男女、軍人、工人、志願者都「被同一的意欲所驅使」。太陽升上天空，紅得像血，使詩人：

　　想起 博愛 平等 自由

　　想起 德謨克拉西

　　想起〈馬賽曲〉〈國際歌〉

　　想起 華盛頓 列寧 孫逸仙

　　和一切把人類從苦難裡拯救出來的

　　人物的名字

這首詩結束於一種救贖的狂喜，此時超越的太陽連詩人也吞噬了：

太陽在我的頭上
用不能再比這更強烈的光芒
燃灼著我的肉體
由於它的熱力的鼓舞
我用嘶啞的聲音
歌唱了：
「於是，我的心胸
被火焰之手撕開
陳腐的靈魂
擱棄在河畔……」
這時候
我對我所看見，所聽見
感到了從未有過的寬懷與熱愛
我甚至想在這光明的際會中死去……

艾青擅長表達民族的狂喜，這一才能最終為他贏得了「人民的詩人」的雅號。受到來自1938年冬天首次經歷黃河盆地乾燥、荒涼風景的觸動，在〈北方〉中他將自己的感情與中國地理的起源神話連接起來：

我愛這悲哀的國土，
古老的國土
──這國土
養育了為我所愛的
世界上最艱苦
與最古老的種族。

諷刺的是，「人民的詩人」艾青只有在以寬泛抽象化的語言表現人民的

時候才最為得心應手：如〈向太陽〉裡快樂的大眾、勤奮的市民，或者〈北方〉所描繪的一個民族的家譜軀幹。詩與現實中的人物——比如那些被迫在戰時曠野裡生存下去的人們——的相遇，生發出不同類型的場面。發表於戰爭早期前衛先鋒刊物的詩歌，很像來自災區的黑白照片。他們呆滯、冷漠而又不安，尤其是當被描繪的那些人回敬了詩人的注視時。如〈乞丐〉中北方農村的流亡者，他們：

> 用固執的眼
> 凝視著你
> 看你在吃任何食物
> 和你用指甲剔牙齒的樣子

　　〈乞丐〉全然沒有光輝的尾聲，只有飢餓的、無家可歸的行乞者的形象，他們伸出手臂乞討銅幣，卻總是事與願違，毫無所得。

　　艾青能夠在詩裡彈奏出多種音調，他很少訴諸諷刺。比較他寫活著的人的詩——如上引的兩首——與寫逝者的詩時，一種令人不安的裂隙出現了。後者拯救的、鼓舞人心的結尾消失不見了。跟〈乞丐〉類似的詩歌描繪了令人毛骨悚然的靜物畫面，直白地以屍體收尾。〈人皮〉寫於1938年7月，較〈向太陽〉遲三個月出版。〈人皮〉或許是艾青此時期，甚至是整個創作生涯裡最令人毛骨悚然的詩作。詩人看到一張破爛的人皮倒掛在樹上，蒼蠅圍繞，下方「是腐爛發臭的一堆／血，肉，泥土，已混合在一起」：

> ……這是從中國女人身上剝下的
> 一張人皮……
> 不幸的女子啊！
> 炮火已轟毀了她的家
> 轟毀了她的孩子，她的親人
> 轟毀了她的維繫生命的一切

　　在此艾青遭遇了一個孤零零的受害者。我們不難想像，她就是艾青戰前夢中，大批流亡人潮當中的一個。對這個女子來說，戰爭已經結束。艾青並沒有用象徵主義，有的只是被丟棄的遺骸，支離破碎慢慢腐爛融入土地。艾青將這個殘酷的場景結束於「風」的描寫上：「把這腐臭的氣息／吹到遙遠的、遙遠的四方去……」但詩並未結束，他進而展開最後一節：

> 中國人啊，
> 今天你必須
> 把這人皮
> 當作旗幟，
> 懸掛著
> 懸掛著
> 永遠地在你最鮮明的記憶裡
> 讓它喚醒你——
> 你必須記住這是中國的土地

　　就像其他作家和藝術家一樣，艾青在戰時對中國未來的求索，於1941年把他帶到毛澤東（1893-1976）的共產主義根據地延安。自此，他在1949年之後「新中國」的北京文學菁英中步步高昇，直到1957年失寵，成為那一年反右運動裡成千上萬遭到清洗的知識分子之一。在被流放到黑龍江和新疆二十餘年後，他於1979年被黨恢復名譽，以中國文學重要人物之姿重返公共生活。1996年病逝北京。

參考文獻：

《艾青全集》（石家莊，花山文藝出版社，1991年）。

Ai Qing and Eugene Chen Eoyang, *Selected Poems of Ai Qing* (Bloomington, IN, Indiana University Press, 1982).

R. Keith Schoppa, *In a Sea of Bitterness: Refugees during the Sino-Japanese War*

(Cambridge, MA, Harvard University Press, 2011).

江克平（John A. Crespi）撰，劉子凌 譯

1937 年 11 月 18 日
燕卜蓀在長沙的臨時大學教書

1938 年 2 月 28 日
奧登和伊薛伍德從香港抵達廣州

燕卜蓀、奧登與九葉詩派

　　1937年11月18日，燕卜蓀（William Empson, 1906-1984）來到北京大學教書。時逢戰爭，北京大學、清華大學與南開大學聯合於湖南長沙成立戰時臨時大學。文學院坐落於南嶽群山中，距離城市約一百公里。燕卜蓀當時三十一歲、未婚，年紀僅比學生大一些，活力十足。深入中國的他致力於寫作、教學和演講，生活常佐以威士忌或白酒。戰事倥傯，師生像士兵一樣地生活和工作。南嶽為中國道教聖地之一的「聖山」，與世隔絕。因為缺乏專業圖書館，文本教材只能依靠記憶。燕卜蓀講授莎士比亞（William Shakespeare, 1564-1616），第一個文本是《奧賽羅》（*Othello*），他憑記憶在黑板寫下大段大段的原文，朗誦並講解晦澀部分。在英詩課的最初幾週，他全憑記憶複誦一些早期英詩原文。燕卜蓀最長的一首詩〈南嶽之秋〉記錄了他在臨時大學的生活與工作：

　　　　課堂上所講一切題目的內容，
　　　　都埋在丟在北方的圖書館裡。
　　　　因此人們奇怪地迷惑了，
　　　　為找線索搜求著自己的記憶。

　　哪些珀伽索斯應該培養，

　　就看誰中你的心意。

　　版本的異同不妨討論，

　　我們講詩，詩隨講而長成整體。

　　那是一段令人振奮又快樂的時光。燕卜蓀的許多學生都曾溫馨地回憶，先生以打字機繕打課程大綱中的文本至課堂分發。不久之後，他在雲南講授的現代詩課程，日後對學生產生莫大影響。其中的一些學生成為傑出的詩人、學者和翻譯家，包括穆旦（1918-1977），一九四〇年代中國最具創造性的先鋒現代主義詩人之一。

　　那是一個知識生產異常豐饒的時期，儘管環境艱苦，或者可以如是說，正是艱難的教學環境成就了這樣的時期。當時燕卜蓀和他的中國同伴正創作各自的代表作。他開始寫作《複合詞的結構》（*The Structure of Complex Words*）；馮友蘭（1895-1990）完成《新理學》；金岳霖（1895-1984）完成《論道》；湯用彤（1893-1964）寫了《中國佛教史》第一部分初稿；聞一多（1899-1946）繼續他的《詩經》和《楚辭》研究；錢穆（1895-1990）則開始為《國史大綱》的寫作準備。無論是學生還是教員都發展出一種共同的歸屬感，並對他們作為「知識界公民之領袖」的地位有一種集體認識。從這時期開始，燕卜蓀「將視山峰為學術界的理想形象」。

　　從1937年11月至1938年2月，臨時大學在長沙駐紮一學期便遷往雲南昆明，更名為西南聯合大學，簡稱「聯大」。燕卜蓀在聯大教授「現代英詩」，這是中國現代詩歌史上的重要時刻。燕卜蓀為傑出的詩人及文學批評家，他沒有講授自己的詩歌，而是以一個英國現代主義詩人的身分，在戰時的中國講授現代英詩，這的確是一個文學事件。燕卜蓀在聯大深深地鼓舞了那些頗有抱負的青年詩人，他的課程也產生出人意料的影響，許多學生得出的結論是：現代主義詩歌比他們曾經熱愛的浪漫主義詩歌來得優越。有些人甚至拒絕聽講述司各特（Walter Scott, 1771-1832）的課，艾略特（T. S. Eliot, 1888-1965）和奧登（W. H. Auden, 1907-1973）成為他們的新詩神。如果因此認為英美現代主義必然反浪漫主義，當然是一種過度簡化的想法，但年輕

的聯大學生詩人有了他們必須超越徐志摩（1896-1931）的率真情感和感傷主義的共識，而徐正是中國浪漫詩人的代表。燕卜蓀的課被數屆聯大學生銘記流傳，他的現代詩歌課程則被認為是聯大新的詩歌趣味最重要的靈感泉源，就中國現代詩歌的整體而言也是如此。

　　燕卜蓀的學生非常仰慕奧登，當然這位詩人之所以受歡迎，很大程度上可歸因於他的中國行以及他公開支持中國人民抗日戰爭。當燕卜蓀隨著臨時大學從南嶽轉移時，奧登和伊薛伍德（Christopher Isherwood, 1904-1986）於1938年2月28日從香港抵達廣州。他們受倫敦費伯與費伯出版社（Faber & Faber）和紐約蘭登書屋（Random House）的委託，撰寫一部關於世界反法西斯戰爭中國戰場的書。他們在中國大約停留四個月。在戰時首府漢口，他們會見蔣宋美齡（1897-2003）——覺得她雖驕矜，但確實活潑迷人——及一些著名的中國文人，如田漢（1898-1968）、洪深（1894-1955）和穆木天（1900-1971）。伊薛伍德記錄二人旅程的紀實著作《戰地行記》（*A Journey to a War*），收入了奧登最好的戰爭詩作之一〈戰爭時期〉（In Time of War），包括二十七首十四行詩及一首結尾詩。奧登在詩中反思人類陷入非理性的悲劇，其最驚心動魄的證明就是這種反噬自身的戰爭。對奧登來說，發生在中國的抗戰具有全球意義，因為我們「已經生活在沒有地方性事件的整體世界中了」。

　　燕卜蓀視奧登為同代詩人中屈指可數的天才之一。早在1931年，他就為奧登的詩作撰寫評論。1937年，奧登出發前往廣州前，他們曾在香港短暫晤面。在現代新詩課上，燕卜蓀評講奧登的〈西班牙〉（Spain, 1937）。奧登在西班牙內戰期間曾想為「人民陣線」當救護車司機。對聯大的學生而言，他是活生生的英雄詩人典範，深深影響了如穆旦這樣的年輕詩人。穆旦的〈農民兵〉（1945）讓人聯想到奧登的《戰爭時期》中的第十八首〈他被使用在遠離文化中心的地方〉反映了一個「消逝」於土地裡的無名農民兵徹底的虛無感。

　　奧登在〈西班牙〉裡對人類歷史斷裂性的冥思，在穆旦〈飢餓的中國〉第三組（1947）中有所回應，該作否定中國現實，認為它無法承諾一個更美好的未來：

昨天已經過去了，昨天是田園的牧歌，
是和春水一樣流暢的日子，就要流入
意義重大的明天：然而今天是飢餓。
⋯⋯
昨天是假期的和平：然而今天是飢餓。

這些詩行迴盪著奧登〈西班牙〉的聲音：

昨天已經過去了⋯⋯
⋯⋯
昨天是裝置發電機和渦輪機，
是在殖民地的沙漠上鋪設鐵軌；
昨天是對人類的起源
作經典性的講學。但今天是鬥爭。

　　1942年，穆旦以口譯員身分參加了中國遠征軍，在緬甸和越南間的山脈中抵抗日軍。這場遠征最終慘敗。半數軍隊將近50,000人，埋骨於危機四伏的緬甸叢莽中。穆旦的〈森林之魅〉（1945）記錄了撕心裂肺的悲傷、痛楚和絕望，那是對他親眼所見和經歷的、令人難以置信的殘酷戰爭的反映。詩歌之於穆旦，是生命之舉，對於奧登和穆旦的老師燕卜蓀亦然：「我們講詩，詩隨講而長成整體。」穆旦那雄渾壯麗的詩意，只有在現代詩的英雄主義脈絡中，才能得到最好的解讀，而這一英雄主義則必須通過親自履行來檢驗。戰爭帶給穆旦一生中從未平復的毀滅性影響。抗戰剛剛結束，中國又陷入另一場戰爭——中國共產黨與中國國民黨的內戰。無法再以同樣的方式繼續寫詩，穆旦還不到三十歲就感受到「毀滅的火焰」（〈三十誕辰有感〉，1947）吞噬了他作為詩人的熱忱。1948年，他前往美國芝加哥大學攻讀文學碩士學位。
　　聯大之所以能夠成為中國戰時詩歌創作的實驗中心，很大程度上是因為

它是一所西方風格的現代大學，是當時中國最優秀的三所大學的聯合體，其中許多教師都曾接受西學教育。儘管偏隱一隅，聯大在知識上卻有著世界性的氛圍。燕卜蓀如此描述在聯大的歲月：這是「中國消化歐洲成就的最新努力，今天一個受過良好教育的中國人，幾乎可以說是世界上教育程度最好的人」；他的「中國同事日常習慣使用三到四種語言交談，不是裝模作樣，而僅僅是為了方便」；「學生的水平都非常之高」。聯大詩人群星閃耀，其中的前輩佼佼者要數聞一多和朱自清（1898-1948），他們在一九二〇年代的白話詩運動中，早已作為新詩詩人脫穎而出。同樣著名的還有先鋒詩人馮至（1905-1993），魯迅稱他為「中國最為傑出的抒情詩人」，以及1938年剛從延安旅行歸來的卞之琳（1910-2000）。其他知名作家還包括沈從文、李廣田（1906-1968）。然而，是穆旦、杜運燮（1915-2002）、鄭敏（1920-）和袁可嘉（1921-2008）等學生詩人有意識地創造新的詩歌風格，儘管他們的作品價值要到半世紀後的1980年代初才得到充分肯定。此時，他們和其他同代的戰時詩人被匯聚合稱「九葉詩派」。

「九葉」是追憶命名，來自袁可嘉（1921-2008）編輯的《九葉集》（1981）。詩集收錄了四位聯大詩人——穆旦、杜運燮、袁可嘉和鄭敏——的詩作。其他成員包括辛笛(1912-2004)、陳敬容(1917-1989)、杭約赫(1917-1995)、唐祈(1920-1990)和唐湜(1920-2005)。「九葉」的自我定位並非沒有爭議，尤其是它的排他傾向，但這一命名也確實為他們標誌了一個詩歌群體的獨特身分。儘管在1940年代，九葉派詩人憂慮國家的命運，但他們卻更傾向記錄個體的生存狀況與反應，而不是直接明確描述社會現實。與其他詩人顯著的不同在於他們模仿英美現代主義詩歌，強調對人格的解離和情感的對象化描寫。《九葉集》的出版，對一九八〇年代初期崛起的中國當代詩人，產生了出人意料的影響。這些詩人正努力掙脫文革時期徹底政治化的文學實踐，九葉詩人提供了一個詩歌現代性的範本。就後毛澤東時代開拓詩歌實驗的自由境地而言，他們有著不可磨滅的貢獻。這一對現代主義詩歌遲來的認可和復興，與當時現代主義敘事實驗（如意識流）息息相關。袁可嘉對傳播和推廣西方（尤其是英美）現代主義文學功不可沒。他最早開始研究這一學科，便是在一九四〇年代初的聯大。

　　1939年1月，燕卜蓀告別聯大，進入BBC廣播電台服務，此時英國正與納粹德國交戰。1947年戰爭結束不久，他回到中國，在北京大學繼續教書。〈中國歌謠〉（Chinese Ballad, 1952）是他在北京完成的最後詩作，這是對中國革命詩人李季（1922－1980）創作的長篇敘事詩〈王貴與李香香〉的片段英譯。講述的是即將奔赴前線的紅軍戰士王貴和他的農村戀人李香香之間的愛情故事：

Now he has seen the girl Hsiang-Hsiang,

Now back to the guerrilla band;

And she goes with him down the vale

And pauses at the strand.

The mud is yellow, deep, and thick,

And their feet stick, where the stream turns.

"Make me two models out of this,

That clutches as it yearns.

"Make one of me and one of you, And both shall be alive.

...

"So your flesh shall be part of mine

And part of mine be yours.

Brother and sister we shall be

Whose unity endures.

"...Come back to me,

Come back, in a few days."

原文：

香香：
十天半月有空了，請假回來看香香。
看罷香香歸隊去，香香送到溝底裡。

溝灣裡膠泥黃又多，挖塊膠泥捏咱兩個；

捏一個你來捏一個我，捏的就像活人脫。

……

摔碎了泥人再重和，再捏一個你來再捏一個我；

哥哥身上有妹妹，妹妹身上也有哥哥。

捏完了泥人叫哥哥，再等幾天你來看我。

　　燕卜蓀於1952年夏天離開中國，到英國謝菲爾德大學任講座教授。他的就職演講題目是〈在遠東教英文〉。

參考文獻：

《穆旦詩全集》（北京，中國文學出版社，1996年）。

王佐良〈懷燕卜蓀〉，《外國文學》1980年第1期，頁2。

袁可嘉《半個世紀的腳印》（北京，人民文學出版社，1994年）。

W. H. Auden, *Selected Poems,* ed., Edward Mendelson (New York, Book Club Associates,1979).

W. H. Auden and Christopher Isherwood, *Journey to a War* (London, 1973).

William Empson, *Complete Poems,* ed., with introduction and notes by John Haffenden (London, 2000).

William Empson, "Teaching English in the Far East," *London Review of Books* 17 (August 1989): 17–19.

Michelle Yeh, ed. and trans., *Anthology of Modern Chinese Poetry* (New Haven, CT, Yale University Press, 1992).

童慶生 撰，盧冶 譯

1938年6月
台灣客家青年鍾理和前往中國東北

尋找原鄉人

　　1938年夏，屏東美濃客家青年鍾理和（1915-1960）隻身前往中國東北
——那時稱滿洲國。他進入「滿洲自動車學校」學習駕駛，1940年秋取得駕
駛執照後任職「奉天交通株式會社」。同年返台，8月帶領鍾台妹（1911-
2008）搭乘「馬尼拉丸」經日本門司，轉從下關搭船抵瀋陽。1941年夏遷居
北平，淪陷時期北平生活困難，鍾理和曾擔任短暫三個月的翻譯員（1881-
1936），也曾經營石炭零售店。爾後得自一位表兄接濟，專事寫作。北平時
期，鍾理和深受魯迅影響，加上自身遭遇的傳統束縛，此後批判封建傳統成
為他一生的文學理念。日本戰敗，鍾氏夫妻於1946年歷經千辛萬苦搭乘難民
船輾轉回到台灣。

　　鍾理和是日據時代少數能以流利白話漢文創作的台裔作家，雖僅有日據
時期長治公學高等科學歷，但曾於私塾學習漢文兩年。私塾期間舉凡當時能
夠蒐羅的古體小說，皆廣加閱讀。時逢大陸新文學風起雲湧，部分作品也見
於台灣，魯迅、巴金（1904-2005）、郁達夫（1896-1945）、張資平
（1893-1959）等人的作品令他廢寢忘食，偶爾也創作一二，只是不曾打算
成為作家，純粹滿足「模仿的本能」而已。根據鍾的回憶，最初創作一篇不
知該如何歸屬文類的兩、三千字短文〈由一個叫化子得到的啟示〉，閱讀
《紅樓夢》後又發想寫了與當時流行歌曲同名長篇小說《雨夜化》，這是他
的文學初體驗。

　　十八歲升學失敗的鍾理和往返故居大路關、屏東商行和美濃尖山（笠

山）間，一方面協助父兄農場事業，一方面在依山傍水的田園間創新自己的生命意義。沉浸文學閱讀的遼闊之路，開啟了這位青年以文學為唯一追尋的生命契機。完成於1937年的〈理髮匠的戀愛〉是鍾理和今存最早作品的原稿。1943年間他翻譯一些日本作家的散文和小說，1945年鍾理和自稱為「習作」的《夾竹桃》出版，卻是他生前唯一出版的作品。《夾竹桃》共收錄四篇作品〈夾竹桃〉、〈新生〉、〈游絲〉、〈薄芒〉，其中只有〈薄芒〉書寫故鄉美濃，其餘三篇均為北平紀聞。

鍾理和出身富家，十九歲那年戀上自家工廠女工鍾台妹。當時傳統「同姓不婚」的禁忌形成巨大的壓力，他的苦悶和悲憤無以抒發，只有付諸文墨。此時「成為作家」的夢想在他心中萌芽，而北平則是他堅定作家夢的地方。鍾理和與鍾台妹這段「同姓苦戀」其實只是一場艱辛人生的起頭，日後他們共同經歷的憂患自不在話下。然而兩人始終信守不渝的情義，終成為現代台灣文學史上令人難忘的一章。

在鍾理和成長的歲月裡，台灣所受日本的影響已根深柢固。以鍾的家世而言，本可如大部分台裔知識分子赴日深造，但鍾理和對他心目中的原鄉——中國——有著深層的愛戀。儘管父親唐山生意失敗及課堂教師對支那冷嘲熱諷，鍾理和的原鄉情懷未曾稍減，反而與日俱增。其中啟發他最深的是同父異母的同齡兄弟鍾和鳴（1915–1950），和鳴的浪漫血性及祕而不宣的進步思想，在在令鍾理和心嚮往之。中日戰爭爆發後，台籍志願軍列隊為效忠天皇而戰，鍾和鳴與妻子蔣碧玉（1921–1995）卻前往大陸參加抗日組織。

鍾理和偕同鍾台妹出奔東北，除了追求掙脫封建體制的愛情自主外，在當時東亞歷史格局的氛圍下，似乎還帶著一份對於原鄉的想望。他在〈奔逃〉中寫道，九一八事件後，日本計畫性開發「滿州國」，吸引當時所謂的大東亞共榮圈內的日本、朝鮮以及殖民台灣人爭相前往謀求新發展。對於鍾理和而言，他心目中的祖國山河彷彿承諾著情感、倫理與政治主體的無限可能。日後他以如是情懷述說著滿心的孺慕之情：「我不是愛國主義者，但原鄉人的血，必須流返原鄉，才會停止沸騰！」從台灣到日本，從日本到滿洲國，再從滿洲國到北平，鍾理和原鄉之旅的終點是故國文化的核心。然而文

化故都的一切卻讓他失望，戰時北平的慘淡髒亂，周遭人事的麻木，使得鍾理和魂繫夢縈的原鄉夢碎。《夾竹桃》記錄了此時期的所見所聞，筆鋒冷冽，卻難掩憂鬱落寞之情。

日本戰敗，一夕間所有的人仿若被捲入了翻騰的歷史大洪流。旅居北平台籍人士間發生齟齬，長一輩的張我軍（1902-1955）在〈台灣人的國家觀念〉中論斷台灣二、三十歲以下的年輕人缺乏國家觀念。鍾理和無法認同，撰〈為台灣青年申冤〉反駁。事實上，就他自己而言，戰爭時期一心投向祖國，戰後祖國政府卻視他們為二等公民，情何以堪！〈白薯的悲哀〉恰恰反映他此時期的心境。1947年，返歸台灣後一年，鍾理和肺結核病情惡化，北上就醫時目睹二二八事件。爾後在療養院期間寫下了〈祖國歸來〉總結大陸去來，他的原鄉情結至此已消磨殆盡，健康每下愈況。〈祖國歸來〉成為情感最為昂揚、文辭最為嚴厲的遺世作品。

鍾理和生命最後三年的文學生涯中，除了積極索回1956年參加「中華文藝基金獎」獲長篇小說二獎的《笠山農場》稿件外，他計畫了台灣三部曲——大武山之歌的寫作，首開大河小說寫作的先河。遺憾的是因健康問題，最終只完成三節而停筆。1959年是他一生中作品發表量最豐盛的一年，〈錢的故事〉〈蒼蠅〉等舊作獲得發表機會，新作陸續完成，〈原鄉人〉、〈假黎婆〉正是此階段的創作。他又在鍾肇政鼓勵下埋首創作〈雨〉。〈雨〉的誕生樹立了鍾理和創作的新里程碑，由生活小說走向全面性的農民社會掃描，可惜此作也伴隨著鍾理和走向生命終點，成為最後一曲輓歌。

論者每每強調鍾理和後期對台灣家鄉的深情觀照，用以對比他的中國經驗。他五○年代初期的「故鄉四作」——〈竹頭莊〉、〈火山〉、〈阿煌叔〉、〈親家與山歌〉——堪稱未來台灣鄉土文學的源頭。內容為其戰後重見故鄉的深刻感受，既有巨變的農村面貌、也呈現人性崩毀的一面。「故鄉四作」相較於奉天、北京時期作品雖仍具批判、透視的寫實，但趨近台灣鄉村色調的明快與簡樸。1958年為尋求刊登機會，鍾曾三易其稿，且於文後加上附記，闡明作品乃1946年初返台所見。「作者於三十五年春返台。當時台灣在久戰之後，元氣盡喪。……雖短短十數年，其間差別，豈可以數字計。滄海桑田，身歷其境，難免隔世之感。本篇所記，即為作者返台時所見一

斑。……」而今這段附記，恰恰可作為那個時代作家處境的另類旁白。

　　然而，作家的原鄉想像不必為政治正確的論述所局限，鍾理和對中國的複雜情愫，一直持續至他的生命末期。1958年他寫下〈原鄉人〉，記述自己從小對祖國的浪漫憧憬，也不諱言描寫在台大陸人猥瑣、漂泊不定的形象。這篇作品與其說是符應時潮的應景之作，不如說是回首來時之路的真誠告白。〈原鄉人〉裡福佬人、日本人、客家人交相往來，為少年鍾理和上了難得的一課「人種學」。這對應生命經驗而未臻完整的人種學課程，兩年後鍾為它補上了。

　　1960年鍾理和發表了〈假黎婆〉，「假黎」是當時美濃客家人對原住民的通稱。故事裡的假黎指的是鍾的繼祖母，這手上紋著圖案與漢人形貌有異的老奶奶對鍾疼愛無比，他也深愛著祖母。直到一日他隨奶奶穿越所謂的「番界」來到奶奶的故鄉，老奶奶娓娓唱起「番曲」，渾然忘我，彷彿拾回遺失多年的鄉愁。年幼的鍾理和「內心卻感到一種迷惶，一種困擾」，「好像覺得這已不是我那原來的可親可愛的奶奶了」。假黎奶奶的原鄉不是鍾理和的原鄉，鄉愁的界線竟是如此難以跨越。

　　作為客家子弟，鍾理和顯然為自己族群身分歸屬的不確定性，早有敏銳的反思。所謂原鄉，無非是他安頓自己的終極響往：原鄉可以是土地國家，是至親摯愛，更可以是他一生的文學志業。終其一生，鍾理和不斷思索著原鄉的定義與代價。然而，他所呈現的鄉土寫作，卻是從大陸到台灣，其幽微曲折處，有待來者細細體會。

　　回首來時路，當年啟發鍾理和文學與原鄉信念的兄弟鍾和鳴，早在鍾理和過世前十二年，即已成為白色恐怖的犧牲者。鍾和鳴以另一名字——鍾浩東——見知於世。1949年他任職基隆中學校長期間，因「光明報」事件被捕處死。當時同案者尚有知名左翼作家呂赫若（1919-1951）。他們為建立左翼烏托邦理想，死而後已。這又是另外一種原鄉故事了。

參考文獻：

王德威〈尋找原鄉的人〉，《台灣：從文學看歷史》（台北，麥田出版，2005

年），頁247-250。

彭瑞金《鍾理和傳》（南投，台灣文獻委員會，1994年）。

王德威

1938 年
穆旦書寫〈三千里步行〉

一個年輕詩人的畫像

　　1938年，二十歲的穆旦（1918-1977）在隨清華大學西遷途中，寫下混合了青春朝氣和戰火流離的抒情組詩〈三千里步行〉（1940），刻畫了千里跋涉的心境：

　　　　我們有不同的夢，濃霧似的覆在沅江上，
　　　　而每日每夜，沅江是一條明亮的道路，
　　　　不盡的滔滔的感情，伸在土地裡扎根！
　　　　喲，痛苦的黎明！讓我們起來，讓我們走過
　　　　濃密的桐樹，馬尾松，豐富的丘陵地帶，
　　　　歡呼著又沉默著，奔跑在河水兩旁。

　　浪漫主義式的情感在地景間流動，寓情於景的抒情筆法顯得簡單，且思想脆弱，穆旦的詩藝還需更多磨練，但他的才華已經露出鋒芒。

　　1937年抗日戰爭爆發，西南聯大遷到昆明後並未脫離戰火，屢遭日軍轟炸。穆旦也隨校一路長途跋涉至此。戰亂中的聯大最大資產是強大的師資陣容，和百分之百自由的學風——以及詩風。當時在此執教的詩人包括聞一多（1899-1946）、朱自清（1898-1948）、馮至（1905-1993）、李廣田（1906-1968）、卞之琳（1910-2000）以及英國詩人暨「新批評」大將燕卜蓀（William Empson, 1906-1984），堪稱是當時中國最強的新詩教學陣

容。

　　其時隨校南遷的北大、清華學生，多為求知欲極強的菁英，部分學生已發表詩作，同時摸索未來。根據王佐良（1916-1995）的回憶：「中國新詩也恰好到了一個轉折點。西南聯大的青年詩人們不滿足於『新月派』那樣的缺乏靈魂大起大落的後浪漫主義。如今他們跟著燕卜蓀讀艾略特（T. S. Eliot, 1888-1965）的〈普魯弗洛克〉，讀奧登（Wystan Hugh Auden, 1907-1973）的〈西班牙〉和寫於中國戰場的十四行詩，又讀托馬斯（Dylan Thomas, 1914-1953）的『神啟式』詩，他們的眼睛打開了——原來還有這樣的新題材和新寫法。」燕卜蓀教導的「現代英詩」課程，產生漩渦般的力量，吸引年輕校園詩人進入英詩世界，任教的時日雖短，卻影響了好幾屆的學生，其中以穆旦最為知名。

　　穆旦十六歲開始寫詩，在聯大受教於燕卜蓀，吸收了英國現代派的詩歌和新批評的理論視野，尤其奧登的長詩〈西班牙〉（1937）對穆旦戰爭詩的寫作產生相當大的啟示。更關鍵的是，1938年奧登到訪中國，翌年發表了二十七首名為《戰爭時代》的十四行組詩，被譽為反戰詩歌的經典之作。

　　奧登描繪的戰火就在眼前，聯大師生在日軍轟炸機的殺戮下生活、上課。穆旦原本就關注國家的存亡，南遷第二年，他完成了一首相當獨特的戰爭詩〈防空洞裡的抒情詩〉（1939）。穆旦不像1938年的田間那樣把詩偽裝成「鼓點」，到處去宣傳反戰的口號；也不像賀敬之（1924-）和郭小川（1919-1976）老是抱著「同志」一詞，在虛擬的前線吆喝壯膽；穆旦重視意象的設計，擅長捕捉現實的細節再加以轉換成更有震撼力的意象，或將具體的變為抽象。於是，在他筆下「防空洞裡的昆明」出現這種真實感十足的畫面，而且還是一種在當時算是很前衛的多聲部對話技巧：

　　　他向我，笑著，這裡倒涼快，
　　　當我擦著汗珠，彈去爬山的土，
　　　當我看見他瘦弱的身體
　　　顫抖，在地下一陣隱隱的風裡。
　　　他笑著，你不應該放過這個消遣的時機，

這是上海的申報，唉這五光十色的新聞，
讓我們坐過去，那裡有一線暗黃的光。
我想起大街上瘋狂的跑著的人們，
那些個殘酷的，為死亡恫嚇著的人們，
像是蜂躑的昆蟲，向我們的洞裡擠。

誰知道農夫把什麼種子灑在這土裡？
我正在高樓上睡覺，一個說，我在洗澡。
你想最近的市價會有變動嗎？府上是？
哦哦，改日一定拜訪，我最近很忙。
寂靜。他們像覺到了氧氣的缺乏。
雖然地下是安全的。互相觀望著：
○黑色的臉，黑色的身子，黑色的手！
這時候我聽見大風在陽光裡
附在每個人的耳邊吹出細細的呼喚，
從他的屋簷，從他的書頁，從他的血裡。

　　沒有人會像穆旦這樣刻畫防空洞裡寒暄的景象（同時期的延安詩人不
會，剛剛投入慰勞信寫作的卞之琳也不會），那不真實，或者說，不符合一
首具有普遍性的戰爭詩應當要揭露、鼓吹的事物。在抗戰意識高漲的當下，
總要呼籲些什麼，控訴些什麼。穆旦的創意偏偏就在寒暄——眾多對白互相
夾雜，沒頭沒尾的，聽到一些又聽漏一些。然後從聽覺切換到黑色視覺，再
切換到主觀聯想——猜想每個避難者更具體的來歷。穆旦沒有在人物語氣和
表情上弄出緊張感，只暗示了眾人的缺氧（被炸彈震落並染黑全身的塵埃，
暗示了死亡的潛在威脅），和避難者苦中作樂的念頭，更多是詩人本身的荒
誕狂想。「荒誕」是存在主義對現實世界的洞悉，是更深一層的現實，是一
般戰爭詩不屑處理或不願面對的現實。戰爭本來就不只是直接的死亡與破
壞，戰火底下還有很多被戰爭詩忽略的瑣碎事物，屬於庶民的真實生活，看
似無關痛癢，卻存在於防空洞的現實當中，寒暄的是彼此陌生的過去，以及

相約的未來，這也是一種逃避死亡威脅的心理反應，是戰地生活的一部分。

　　穆旦的戰爭書寫所預設的讀者不是虛擬的祖國或黨政高層，也不是文盲等級的庸眾讀者，更多是呈現自己對戰爭本質的思考，從來不管是否政治正確。他拒絕讓詩淪為戰爭的武器，詩也不是戰績報導，戰爭只能作為詩的主題，所以在寫作技巧上必須有更多的變化，更多承載深意的意象，以深入現象的核心。有論者以為穆旦的戰爭詩「從奧登詩感受到『發現的驚異』，『智性』介入嚴酷的戰爭進行現實反思、探及戰爭本質」，「在〈森林之魅〉裡，穆旦在痛徹肺腑的死亡威脅下，在無以復加的飢餓驅趕下，似乎陷入了一種幻覺：森林化作魅影，人是那樣的脆弱和無助，恐怖的骷髏和陰暗的森林漸次展現在作者面前，於是森林和人展開了對生命的爭奪」。

　　「南渡自應思往事，北歸端恐待來生」。陳寅恪（1890-1969）筆下令人焦躁的中國時局，正是穆旦棄筆從戎，投身「中國遠征軍」杜聿明（1904-1981）部進入緬甸山區作戰的寫照。〈森林之魅——祭胡康河谷上的白骨〉（1945），原題〈森林之歌——祭野人山死難的兵士〉，為緬甸戰場歸來三年後之作。1942是令人難忘的一年，中國十萬大軍在胡康河谷（又名野人山）被擊垮，滇緬公路中斷，死傷逾半，穆旦至印度養傷三個月，差點丟了性命。遮天蔽地、悶熱潮溼的雨林有太多令人致命的草木蟲蟻和疾病，再加上日軍的火炮、同胞的屍骸、斷糧八日，他終於體驗到為何緬甸人叫它「胡康」，真是一處「魔鬼居住的地方」。森林就是魔鬼，人跟森林的對峙（形同對話的詩劇）更顯得本身的脆弱，死亡是無孔不入的，它存在於森林的每個部分。陷落在戰火中的人類，在絕望中逐漸了解他的大敵其實是眼前這片雨林：

　　　　是什麼聲音呼喚？有什麼東西

　　　　忽然躲避我？在綠葉後面

　　　　它露出眼睛，向我注視，我移動

　　　　它輕輕跟隨。黑夜帶來它嫉妒的沉默

　　　　貼近我全身。而樹和樹織成的網

　　　　壓住我的呼吸，隔去我享有的天空！

是飢餓的空間，低語又飛旋，
像多智的靈魅，使我漸漸明白
它的要求溫柔而邪惡，它散布
疾病和絕望，和憩靜，要我依從。
在橫倒的大樹旁，在腐爛的葉上，
綠色的毒，你癱瘓了我的血肉和身心

　　生存的恐懼感像一隻無從逃竄的小獸，被濃密的雨林意象系統罩住，這種象徵主義和存在主義的混合體，讓人想起奧登的《戰爭時期》，但他有自己的聲音，有自己對戰火中生存的感受，這是穆旦獻給所有戰火倖存者的抽象畫。王家新說得好：「穆旦在那時雖然沒有直接翻譯奧登，但在他身上卻攜帶著一個潛在的譯者，更重要的是，他以自己敏銳的、光彩奪目的創作本身對奧登做出了有力的回應。……穆旦接受奧登影響的意義在於，他通過奧登才真正找到了進入現實、進入現代詩歌的方式。」

　　如果不是穆旦的摯友王佐良（1916-1995）透露了他在緬甸——從事自殺性的殿後戰，面對死亡、創傷和致命的痢疾，更曾一次斷糧八日之久——的遭遇，爾後所有評論家和讀者，很難完整讀出裡頭藏著「他對大地的懼怕，原始的雨，森林裡奇異的、看了使人害病的草木怒長，而在繁茂的綠葉之間卻是那些走在他前面的人的腐爛的屍身，也許就是他的朋友們的」。也許是這一段根植在記憶深處，揮之不去、不斷繁衍的恐懼與創傷，促使穆旦在戰後三年不得不把詩逼出來，去面對它。1947年改篇名中的「歌」為「魅」，正巧也說明了此詩魅力之來源。

　　1949年1月，穆旦隨聯合國糧農組織工作隊前往泰國擔任翻譯，8月底自曼谷赴芝加哥大學攻讀英美文學，一年後取得碩士學位。穆旦對改朝換代後的新中國充滿期待，急著回去為祖國奉獻。為了避開美國政府的阻撓，他以去香港定居為由，在1953年終於成功回到夢寐以求的祖國。往後三年，穆旦因淪為「肅反對象」不敢再提筆。穆旦從不求官，但求平安，希望能夠埋葬所有過去的舊，重新做人。

　　1957年備受矚目的《詩刊》創刊，由臧克家（1905-2004）主編。穆旦

在當年第5期發表了〈葬歌〉，向整肅者表態，把自己貶抑到不具威脅性的程度。同年，他還很振作的發表了七首詩（包括〈九十九家爭鳴記〉），穆旦重新回到讀者面前。但「人民」的政治力量沒放過他，1958年12月天津法院列舉「他所經歷的曲折」——在聯大時期參加青鳥、南荒等反動文藝社團；發表反動詩〈一九三九年火炬行列在昆明〉和〈九十九家爭鳴記〉；充當匪青年軍少校翻譯官到印度去。最後判處為「歷史反革命分子」，撤銷教職，逐出講堂。

1959年的第一天，萬念俱灰的穆旦在日記中寫下——「把自己整個交給人民去處理，不再抱有個人的野心及願望」。才華洋溢的穆旦，不得不放棄詩歌創作，直到1975年才歷劫歸來，1977年病逝。「我的叔父死了，我不敢哭，我害怕封建主義的復辟；我的心想笑，但我不敢笑：是不是這裡有一杯毒劑？」一段充滿審判意味的「歷史」是穆旦個人也是中國新詩界的「毒劑」。

參考文獻：

穆旦《穆旦詩文集》（北京，人民文學出版社，2006年）。

唐湜《九葉詩人：中國新詩的中興》（上海，上海教育出版社，2003年）。

易社強《戰爭與革命中的西南聯大》，饒佳榮譯（台北，傳記文學，2010年）。

陳大為

1939 年 10 月 15 日
阿壟完成了首部詳盡描寫南京日據時期事件的小說

南京大屠殺的佚作

　　南京大屠殺（1937-1938）不僅是二十世紀軍事史上縈繞不去的駭人事件，也具有高度的寓言性。與這場屠殺相關的集體記憶，總是交織著失去、迫害、殉難和民族主義的複雜情感，這些情感陰影始終籠罩著當代中日關係。時間的推移讓有關這場屠殺的豐富中文資料已經出版，包括七十二卷歷史資料匯編、數十部專著、眾多目擊者傳記、大開本的影像集、倖存者和士兵的日記、外國記述的中譯本，以及大量的詩歌集、長短篇小說。這一事件也成了無數影片的靈感來源，從以《血色玫瑰》（2007）為代表的連續劇，到大製作電影如陸川（1971- ）的《南京，南京》（2009）和張藝謀（1951- ）的《金陵十三釵》（2011）等。

　　在現代中國的民族記憶中，南京大屠殺已經成為鮮明的象徵符號，以至於許多人無法想像，這一事件曾經有一段時期不見於公眾論述之中，沒有小說，沒有電影，更沒有紀念館。事實上，一直要到一九八〇年代中期，關於南京大屠殺的記憶才隨著中日關係的改變和日本歷史修正主義者的無恥否認而被重新激發。一系列的出版物、電視紀錄片和電影，重新揭開了塵封的歷史事件。此前幾十年裡，曾有一個孤獨的聲音試圖將南京屠殺的記憶保存在小說中。以下就是關於這段被噤聲的故事。

　　1939年10月15日，大屠殺第二個週年紀念日前數月，阿壟（1907-1967）完成了第一部詳盡記錄南京日據時期的小說。阿壟原名陳守梅，以詩作和具有開創性的報告文學聞名。他與作家、文藝理論家胡風（1902-

1985）以及他的「七月詩派」（以《七月》雜誌為核心的創作團體，在抗戰期間由胡風主持發行）關係密切。抗戰時期，他從軍並在戰場受傷。在西安療養眼傷期間，他以親身經歷和屠殺相關報導文獻為資料，創作最初題為《南京》的小說。小說僅花兩個月（1939年8月到10月）時間完成，很快贏得認可，手稿被中華全國文藝界抗敵協會評為最佳小說。這本小說並沒有正式出版，當初應是以手稿形式在協會委員之間傳閱。這部作品無疑以其爆炸性和即時性主題，吸引了評審團注意。它揭發了日軍在南京的暴行，以充滿詩意的語言和高頻率的擬聲詞淋漓盡致地呈現了戰爭細節。這份得之甚早的榮譽，本應為這篇小說和年輕的作者帶來充滿希望的前景，然而結果並非如此。《南京》直到1987年才出版，作者早已逝世二十年，小說問世距其完成已經五十年之久。

　　小說不見天日原因相當複雜：戰後數年的混亂、國共內戰的逼迫、作者本人與中國共產黨和國民黨之間的緊張關係，以及在冷戰這一新的政治局勢下，中國共產黨的主要對手不再是日本人而是國民黨。這些因素無疑都讓這部作品遭到壓制、並自官方文學史中消失。當初小說完成並獲獎時，恰逢蔣介石（1887-1975）國民黨政府倡導的新生活運動如火如荼展開。這一運動是基督教倫理和法西斯式律令相互混合的產物。它提倡「國防文學」、鼓勵崇高的愛國精神、宣揚無畏抗敵以及中國終將勝利的願景。從這個角度來說，《南京》是一部與時代氛圍違和的作品。

　　《南京》兼具小說與報告文學色彩，運用語言極具獨到特色，包括豐富的戰爭情境描寫、擬聲詞的運用及充滿詩意的隱喻。它更像一部大屠殺的前傳，聚焦於1937年12月13日前的事件，而不是針對屠殺的真實再現。對許多讀者而言，小說最令人震撼之處在於對中國國民性的描述。作為深受魯迅（1881-1936）影響的詩人，阿壠有著批判、反諷和黑色幽默的文風特色。他的許多作品在描繪中國國民性的諸多面向時，明顯傾向於赤裸裸的譴責。就主題而言，《南京》並不符合用來號召市民擁護新生活運動的國防文學，實際上這部小說的內在精神卻更多得益於五四運動所關切的內容，以及魯迅所留下的省思國民性陰暗面的批判性傳統。

　　小說反覆呈現日軍侵占南京以及屠殺前夕，中國不斷自我虐待的情景，

繼承了魯迅對「吃人」傳統的批判。阿壟頗為關注國民黨政府的「焦土政策」，這一政策旨在銷毀本土的資源和財富，以免落入敵軍之手。在阿壟的小說裡，焦點不在於該政令對戰爭結局所做的貢獻，而在於被迫銷毀有用物資和財產對人民所造成的困境。作者描述了一個寡婦被士兵驅逐出家園時發出的乞求：

> 讓日本人來吧！讓日本人來吧！你讓我們自己死在日本人手裡吧！……你一天也不讓我們活，我們要活呀。你把大家趕光，沒有人吃我的烤山芋，你又要燒我的房屋，你又要逼我搬，一條活路也不給我留，等不到日本人來我們就要死在你手裡了！

諸如此類的情節清楚明示，在阿壟筆下與其說國民黨人是高尚的抗敵者，還不如說他們是大屠殺前夜威脅同胞的敵軍幫兇。

隨著小說的展開，有關國人自相殘殺的場景變得越來越激烈。有一段情節描述一位老奶奶如何瘋狂地在日軍空襲中尋求掩蔽。但她還遭遇一個殘暴的中國士兵，他不斷咆哮並威脅要用槍托打她，但真正的恐怖是老婦人最終決定把她的財物扔進淺井，待空襲過後再取回，沒想到卻不小心將襁褓中的孫子扔進井裡。這類事例貫穿了整部小說，許多情節比日軍暴行的描寫更令人難忘。這種充滿魯迅風格的描寫，在一個名為鍾玉龍的人物身上體現得最為尖銳和諷刺。他被描寫為一個柔弱的佛教茹素者，對暴力毫無招架之力。但他巧遇一個遭襲的受害者。傷者呻吟呼救，但鍾卻因為暈血而無法協助救護。在描述這情節的創傷性後果時，阿壟將人吃人的隱喻提升到一個新的高度：

> 一片什麼軟軟的東西飛入鍾玉龍的口中，直到喉頭，差不多把他塞住……鮮紅鮮紅的，濕潤多汁。他再仔細看一眼，——原來是一塊肉！……立刻，他嘔吐起來，……他慘叫了一聲，臉向天，彷彿在責問一個不忠實的朋友一樣，說道：
> 「我，我，——我從來沒有—— 踏死—— 一個螞蟻！我從來—— 沒，

沒有吃過—— 一口豬肉，—— 一尾魚，—— 我，我，—— 我今天吃，吃，吃的是人肉！人肉！人——肉！——」

　　在國民政府的統治下，出版社預料這本書激進的主題會帶來政治問題。除此之外，抗日戰爭期間因為戰鬥、混亂、大規模的遷徙和重新安置更為出版活動帶來實際影響，這些問題延續到國共內戰結束。在中華人民共和國成立後的數年裡，小說的作者又面臨了一場新的挑戰，更加注定《南京》被擱置的命運。胡風因批評毛澤東（1893-1976）關於藝術和文學的現實主義理論而在一九五〇年代早期遭到政治清洗，與其關係密切的阿壟也遭捲入。這場所謂的清查「胡風反革命集團」運動帶來了大規模的批判和政治譴責，最後阿壟鋃鐺入獄。在將近十二年的獄中生涯之後，於1967年3月15日去世。

　　1955年，阿壟過去的學生楊春英寫道：

　　阿壟這個狡猾的殺人不見血的劊子手，唯恐青年上不了他的當，他歪曲名作家的創作經驗來欺騙青年，他更惡毒地把魯迅和茅盾先生提出來的「多寫」解釋成是「多寫日常生活」。

　　約四年後，方紀（1919-1998）寫道：

　　（對於阿壟的寫作）我也還是從直覺上嗅出了一點味道：感到他那裡面既沒有提毛主席〈在延安文藝座談會上的講話〉，又沒有提大家公認的解放區的作品，而其本身又是一種用我所不熟悉的語言寫成的似是而非的東西。

　　這些只是一九五〇年代針對阿壟的公開譴責和大規模批判的出版物當中的兩個例子，是作家和他的同志所面臨的全國性攻擊的抽樣。這些報刊雜誌上的批判文章引發了全國性的攻擊，數以百萬計的中國人踴躍參加。許多年來，代表阿壟的不是他的詩才、不是他在報告文學中的開創性著作、不是他風格穩健的文學理論著作，自然也不是他的非凡之作《南京》——此書從未在公開發表的批判文章中被人提及——而是「反動罪惡的劊子手」這一類批

判文字。可悲的是，阿壟自己恐怕也從未想到，他在《南京》中對同胞國民性格的批判，更像是一個預言。

　　《南京》最終於1987年12月出版，被更名為《南京血祭》，並進行了「必要的文字加工」（修改的程度是否改變了阿壟的原始意圖則不得而知），加入當時由國家資助、為了紀念南京大屠殺五十週年而出版的小說和電影產品的浪潮中。這一時期標誌著關於南京大屠殺的文化行動達到了一個新的水平，顯示出政治利用歷史記憶的新形式。從一九九〇到二〇〇〇年代，因為一系列新的英文著作出版，南京大屠殺在世界語境中獲得了新的意義。包括張純如（Iris Chang, 1968-2004）突破性的暢銷紀實著作、魏特琳（Minnie Vautrin, 1886-1941）、拉貝（John Rabe, 1882-1950）公開的日記，以及哈金（1956-）、海德（Mo Hayder, 1962-）、賓斯托克（R. C. Binstock, 1958-）的小說。與此同時，新一批中國作家如葉兆言（1957-）、嚴歌苓（1958-）也在小說中敘述這一歷史事件。中國的一線電影工作者將這一歷史悲劇搬上大銀幕，許多黃金時段播放的諜戰劇也呈現了這場屠殺。然而在這些新的紀念作品、源源不斷的文學及視覺改編，乃至於經年積累的出土歷史文獻之外，我們要銘記曾經被消音的阿壟。關於1937年事件的文學作品，逐日變得公式化，內容一望便知，宣傳意味濃厚。多數1987年之後的南京屠殺題材小說和電影，對於一系列的人物、地點和事件的再現都變成了一種義務，如外國目擊者、國際安全區、大量用於反駁日本方面否定屠殺的「證據」，焦點集中在三十萬的遇難者，還有無數關於掠奪、強姦、集體活埋以及其他所有使這場屠殺惡名昭彰的暴行圖像證據。就此來看，阿壟小說別具重要意義。這並不僅僅因為它是第一部在事件發生後不久寫成的小說，更因為作者特立獨行、有時顯得乖僻的再現策略。因五四運動的理想主義精神激勵，加上真實的戰場經驗和想像力豐富的詩人語言，都讓阿壟筆下的南京事件完全不同於相同題材的著作。儘管這部小說在作者1987年「平反」後已數度再版，但被遺忘數十年後，《南京》在浩如煙海的中國現代小說經典裡仍較少為人所知。

參考文獻：

阿壟《南京血祭》（北京，人民文學出版社，1987年）。

Michael Berry, *A History of Pain: Trauma in Modern Chinese Literature and Film* (New York, Columbia University Press, 2008).

Ken Sekine, "A Verbose Silence in 1939 Chongqing: Why Ah Long's *Nanjing* Could Not Be Published," Modern Chinese Literature and Culture Resource Center, Ohio State University, 2004, http://u.osu.edu/mclc/online-series/sekine/.

白睿文（Michael Berry）撰，盧冶 譯

1940年9月3日
劉吶鷗在上海一飯店被槍殺

新感覺派的詩學與政治

　　劉吶鷗（1905-1940），生於台灣、日本受教育，為上海「新感覺派」
領袖人物。1940年9月3日在上海一間飯店出席慶祝自己繼任《國民新聞》主
編餐會時，遭身分不明者槍殺。該刊前任主編為同一文學團體的作家、電影
導演穆時英（1912-1940），兩個多月前在任上被暗殺。

　　《國民新聞》是汪精衛（1883-1944）的南京政府──一個與日方合作
的傀儡政權──所屬新聞機構。兩案兇手是否有關？或為同一組織唆使？成
為一樁懸案。或以為是日本人懷疑劉吶鷗為中國國民黨雙面間諜（或地下黨
成員）而下手，或以為劉與日本人勾結而被國民黨所殺。新感覺派成員施蟄
存（1905-2003）則認為劉是因賭債為杜月笙（1888-1951）幫派解決，各
種推測似乎均理據充足。劉吶鷗曾是汪偽政府中央電影攝影編導主任及編劇
組長，1937年拍攝了一部反日電影《密電碼》，也為幾家左傾電影公司拍攝
影片，包括1936年《永遠的微笑》（該片由著名女星胡蝶〔1908-1989〕主
演），1937年《初戀》，1940年《大地女兒》，此部電影改編自賽珍珠
（Pearl Buck, 1892-1973）的小說《母親》（*Mother*）。劉吶鷗1939年加入日
本亞洲發展委員會所成立的中華電影公司，身陷半殖民地的複雜政治，自然
如履薄冰。他的早逝其來有自。

　　劉出生於日據時期台灣一個地主之家，就讀台南長老教會中學，1920年
轉入東京青山學院高中部。1926年春天，他以優異的成績畢業於該校高級進
修部英文專業，隨即前往上海，進入震旦大學法文特別班，在那裡認識了戴

望舒（1905-1950），施蟄存和杜衡（1907-1965）。這幾位青年才俊日後與劉吶鷗皆以新感覺派聞名於世。這個文學團體以其現代主義傾向著名，在當時上海左、右翼兩個現實主義文學為主流的文學界占一席之地。

劉吶鷗以平庸，帶有無產階級意味的小說開啟了他的文學生涯。1929年他自費開書店，直到國民黨查封之前，一直是左翼文學菁英的聚集地。厭倦無產階級小說的強調內容、輕忽形式，他很快轉向現代主義。文學評論家、也是劉吶鷗的同輩樓適夷（1905-2001）曾經批評他的文藝小圈子，並銳利指出在1931年，這個小團體的創作僅僅是「把日本的新感覺派搬運到了上海」。事實上，劉吶鷗和他的同仁當時尚未以新感覺派自居。然而，到了1934年4月，《婦女畫報》主編、漫畫家郭建英（1907-1979）接受了這一標籤，並提到：「黑嬰〔1915-1992〕先生是中國新感覺派的新成員。」其時《婦女畫報》已經成為此文學團體的月刊，集照片、漫畫和「掌上小說」（palm-of-the-hand stories）為一體。掌上小說是一種微型小說，以日本新感覺派作家橫光利一（1899-1972）的創作著稱，集中描寫摩登少女奪目的性感形象。

事實上，掌上小說的始祖並非日本作家，主要「師承」自法國現代主義作家莫朗（Paul Morand, 1888-1976）。掌上小說法語寫作「conte」（故事），通常以一位時髦男性作為敘述者，他可視為作者的分身，頻頻挑逗性感的年輕女性；女方則開放熱情、任性多變，熱中折磨她的追求者。劉吶鷗在1927年的日記中表明，這種敘述體，其實揭示了花花公子的思維模式。他對妻子的看法顯示了他的女性觀，劉吶鷗的妻子是他的姨表姊，長他一歲。1922年，劉十七歲便步入婚姻。他對婚姻的不滿一部分緣於「封建殘餘」的包辦婚姻，妨礙他的現代情感；一部分出於雙方教育背景和個性的差距。當時大多數女性接受私塾教育，他的妻子亦然。因此，在日記裡他曾抱怨妻子的日文程度不佳。1927年4月，他從上海返鄉參加祖母葬禮，在一則日記中，他又將妻子視為紅顏禍水的女性象徵。總之，劉吶鷗自身流露出一種根深柢固的男性沙文主義和厭女傾向。他貶抑要求燕好的妻子是吸取男性精血的「吸血鬼」，一如波特萊爾（Charles Baudelaire, 1821-1867）詩集《惡之華》（*Les Fleurs du mal*）中〈吸血鬼〉（Le Vampire）一詩所述。對於劉吶鷗

來說，女人沒有真實的情感和愛情，她們需要的只是性，她的力比多往往是男性墮落的主要根源。在花花公子的詞彙表裡，男性是理智的象徵、精神的王者，而女性則代表著性和肉體的歡娛。對於劉而言，女人只有兩個與身體相關的功能：繁衍子嗣和性愛。

　　一方面，這個公子哥兒有著無可救藥的厭女症，他認為女子智商低下、不可信任；另一方面，他又迷戀於女體和裝扮，視之為現代性的精華。在劉吶鷗的日記裡，我們看到他持續穿梭上海街巷，流連於一家家的咖啡館和舞廳，馬不停蹄尋找著符合他品味的女性身影。這些女子宛如波特萊爾〈給一位過路女子〉（To a Passer-By）中的過客，或是在咖啡館和妓院偶然相遇的陌生人。她們有著同樣的特質，是一種強烈的欲望，希望從觀看她們的對象引逗出遠遠超過她們自身的激情。對劉吶鷗來說，這些女子正是波特萊爾詩中所謂的「善變美人」。波特萊爾的標誌美學「*la modernité*」（現代性），在劉的日記中出現兩次，都與賣淫者相關。一次描寫妓院中一名等待他光顧的年輕妓女，嘆息道：「啊，我飢渴的心啊！啊，真想把他半透明的眼睛吞掉，那現代性的面影！」1927年11月27日的日記中，這個詞彙又再一次用以描述一個不知名妓女的眼睛：「我選擇了她，因為她眼中的現代性。」在這浪蕩子的凝視下，一個渺小的賣淫女，傾刻間成了現代性的象徵。

　　劉吶鷗的上海歲月確實有如花花公子一般。雖然十二歲面臨父親亡故，但母親提供充足的資費，他連續在上海開了兩家書店，且自費發行雜誌和書籍。一九三〇年代早期，他甚至在上海投資房地產。他建房提供從台灣遷來的家族居住，還出租給戴望舒和穆時英，餘下空房則租給日本房客。此外，他還在商業區買下幾乎一整個街區。據說他過世後，母親和妻子因上海的房地產而陷入嚴重糾紛。

　　劉吶鷗和文學同仁一起工作、遊樂，白天經營書店，晚上頻繁出入舞廳和妓院。他的探戈舞步令人嘆為觀止，舞客停下舞步，騰出空間讓他盡情表演，「舞王」綽號不脛而走。他定期練習跳舞，並依照《來學跳舞吧》（*Apprenons à danser*）、《現代舞步》（*Danses modernes*）和《跳舞守則》（*Dancing Do's and Don'ts*）等舞蹈指南學習。他與來自台灣的親朋關係友好，經常聚會且任他們自由出入自己的公寓。如他訪問東京時在那裡就學的弟

弟、台南長老教會學校同學以及台灣白話文學運動的著名倡導者黃朝琴（1897-1972）。

　　1928年，黃朝琴出任國民政府外交部僑務局。劉吶鷗與黃相識後，經常相約餐館聚談、泡舞廳和搓麻將。其時上海遭受內戰及外軍入侵的威脅，及時行樂的思想蔚然成風。儘管生活方式浪蕩糜爛，劉吶鷗對於文學事業卻極其認真。除了寫作短篇小說、發行文學雜誌外，1928年他翻譯出版了一卷日本無產階級和新感覺派作家的作品集，包括林房雄（1903-1975），中河與一（1897-1994），橫光利一和片岡鐵兵（1894-1944）。1930年，他由日譯本轉譯了俄國馬克思主義文藝理論家弗理契（Vladmir Friche, 1870-1929）的著作《藝術社會學》（1926）。自此他改變事業方向，成為中國最早的嚴肅電影理論家。與左翼電影理論相反，劉吶鷗認為一部電影的成功並不取決於內容，而是處理和改編主題的方式。也就是說，重要的是形式，是藝術的自主權。1932年，通過閱讀法語文獻，他寫了一篇名為〈影片藝術論〉的文章，分析俄國導演普多夫金（Vsevolod Pudovkine, 1893-1953）和維爾托夫（Dziga Vertov, 1896-1954）的蒙太奇和電影眼睛論（kino-eye）。1933年，他創辦了《現代電影》雜誌，刊載一系列關於電影技術的文章，如節奏、視角和鏡頭位置。

　　《現代電影》很快引發了一系列論爭，如「軟性電影和硬性電影」之爭，最引人注目的論爭者之一是左翼影評家唐納（1914-1988）。這場論爭由劉吶鷗來自台灣的友人黃嘉謨（1916-2004）所引發，他在一篇文章中稱左翼的「革命電影」充斥著無意義的口號和教訓，讓柔軟的電影膠片都「硬化」了。他強調電影的基本功能是娛樂，「電影是給眼睛吃的冰淇淋，是給心靈坐的沙發椅」。劉吶鷗和他的現代主義團體就這樣高舉藝術自主的大旗，將他們的文藝美學置於紈絝主義的形式中。他們關於電影的娛樂性理論也與無產階級的政治美學截然不同，雙方的衝突不可避免。

　　劉吶鷗生於殖民地台灣，卻成名於上海，甚至死於上海。直到半個多世紀後，台灣才承認他的文學地位。1997年夏天，當他的家人將劉1927年的日記交給我時，還不確定是否「安全」或內容是否適合公開。台灣解嚴後十年，劉吶鷗的二女兒談起父親被謀殺的事件仍感不安。他的家族於暗殺事件

後不久返台，此事一直是家族的禁忌。從七歲起，她已深刻地感受到震驚和恐懼，這種感受歷經台灣光復、國民政府接管台灣，直至一九五〇至一九七〇年代白色恐怖時期仍縈繞不去。1997年夏天，她依稀憶起母親描述父親在一九三〇年代上海文學圈和電影業中的活躍，但直到2001年父親的五卷本全集問世前，她從未知曉父親的文學地位和重要性。

參考文獻：

彭小妍、黃英哲編譯《劉吶鷗日記集》（台灣，台南縣文化局，2001年）。

康來新、許秦蓁合編《劉吶鷗全集，上冊》（台灣，台南縣文化局，2001年）。

Peng Hsiao-yen, "A Dandy, Traveler, and Woman Watcher: Liu Na' ou from Taiwan," in *Dandyism and Transcultural Modernity: The Dandy, the Flaneur, and the Translator in 1930s Shanghai, Tokyo, and Paris* (London, 2010), pp. 22-58.

彭小妍 撰，盧冶 譯

1940年12月19日

費穆的《孔夫子》在上海金城大戲院首映

中國性與現代性之間：費穆的電影藝術

1940年12月19日，著名電影導演費穆（1906-1951）的《孔夫子》在上海金城大戲院首映。1948年，電影重新剪輯版短暫播映後，就此消失。長期以來此部作品似乎已經失傳，然而半個多世紀後，底片卻在作品最初的發想地香港出土。

一切要從上海淪陷說起。從1937年11月11日上海淪陷到1941年12月8日太平洋戰爭爆發，日軍進入租界，上海變成「孤島」。在這段晦暗不明的歷史時期，租界的政治文化環境越發險惡。費穆一如當時多數中國人，於上海淪陷後暫時避居香港（1938-1939），他在香港執導了第一部舞台劇《女子公寓》。此舉別具意義：首先，從1941到1945日軍占領期間，當上海的電影業為日方控制的中華聯合製片公司壟斷時，費穆放棄電影，轉而致力於舞台劇；其次，日後他的《孔夫子》（1941）和《小城之春》（1948）等影片深受舞台劇風格影響，包括傳統戲曲和現代話劇。

費穆在英國殖民地的香港遇到老友，如商人金信民（1911-?）和演員張翼（1909-1983），爾後兩人都參與《孔夫子》的攝製，前者慷慨解囊成為電影製片，後者則扮演孔夫子最鍾愛的弟子之一子路（公元前542-公元前480）。費穆還遇見了日後演出孔夫子的唐槐秋（1898-1954），當時唐的劇團正在皇后戲院演出。根據金信民回憶，1939年9月18日民華影業公司成立，恰逢國恥九一八事變紀念日。針對公司的處女作，費穆提議：「要麼不拍，要拍就拍一個人家不拍的題材，不要那麼只講娛樂、商業的。就拍古代

了不起的教育家孔夫子吧。」此時，上海形勢已趨穩定，當地影業歷經被占
領的挫敗後重獲生機，大量通俗作品安撫了人們的情緒，尤以古裝片為最。

1939年末費穆回到孤島，40年初開拍《孔夫子》，預計在3月完成攝
製，最終耗時一年，花費為原始預算五倍之多。雖然費穆導戲向來以慢工出
細活見稱，但耗時一年顯示了拍攝過程必然遭致諸多困難，除製作上的障
礙，恐怕另有其他重要原因。一九四〇年代後期，國際形勢越趨惡劣，中國
狀況尤為悲觀，費穆可能因此陷入窘境，情況頗似1945年戰後啟動的作品
《錦繡山河》。這部傳說中的影片，描寫抗戰勝利後國共第三次合作，商談
組織聯合政府，重建家園。然而與中國人民的期待相反，戰爭勝利迎來的不
是和平而是另一場戰爭：國共內戰。費穆多番修改劇本，仍無法配合風雲變
換的時局。他花了近三年的時間，電影卻從未完成。

電影畢竟是藝術。如果沉重而晦澀的傳記電影《孔夫子》至今仍能觸動
人心，那無疑是藝術語言傳達了時代的哀痛而又超越了時代。電影中的兩個
場景具有標誌性的意義。

第一個場景：孔夫子由於未能說服魯定公勤政愛民，決定辭去魯國司寇
之職，周遊列國傳播聖賢之道。在向弟子們宣布這個決定前，他在房間獨自
徘徊，徹夜不眠。房內陳設簡單，一張低矮木桌置於巨大的長方形窗前，窗
戶既無窗框也無窗稜。窗外的枝葉雖不特別茂密，但象徵著生命和希望。夫
子背對觀眾望著窗外，思緒似乎遠遠地飄到無法預測的未來。這幕場景的抽
象和精神性蘊含了靜謐之美。

第二個場景：孔夫子的愛徒顏回（公元前521–公元前481）年僅三十二
歲便去世。悲傷的夫子步出顏回房間來到窗邊。陽光自屋門透入，營造出室
內昏暗和室外明亮的反差。鏡頭從顏回的特寫來到屋外，透過方形窗框捕捉
哀痛逾恆的孔夫子。夫子痛苦而絕望地哀嘆：「天喪予！天喪予！」螢幕上
幾根乾枯的樹枝交錯，影子投射在簡陋小屋的外牆上。經過十五年的漂泊，
七十歲的夫子遭逢人生最深沉的傷心事，隨後他返回魯國，陪伴的只有自己
的孫子。這幕場景無疑是中國國產電影中最淒涼的時刻之一，與當時中國歷
史令人發狂的混亂全然不同。

中國傳統繪畫中的留白在自然視覺描繪中相當重要，費穆在上述場景留

下許多平添想像的空間，取景和採光也近似西方現代藝術的空間概念。回首看來，或許可將《孔夫子》的根源追溯至費穆先前的作品《狼山喋血記》(1936)，這部影片大獲左翼批評家的好評，被視為「國防電影」代表作。雖然一九三〇年代左翼知識分子宣揚藝術現實主義，但《狼山喋血記》劇情簡單，將抗日故事變成近乎抽象的寓言。視覺特色與音樂的極度風格化在美學上與《孔夫子》有著驚人的相似。

此處，尚需關注二十世紀三、四〇年代的意識形態氛圍。許多左翼知識分子希望費穆「能拿孔子學說的本質，加以批評，拿孔子當時的時代和目前時代本質上的不同指出，而對孔子學說在今天的中國是『行不通』的尖銳的觀察再用諷刺的手腕來表現這些」，國民黨領導者則順利地將儒家思想融入自身的意識形態，以其為治理國家的工具。但費穆堅持自己的想法，在影片宣傳手冊《孔夫子及其時代》中大量引用胡適（1891-1962）的《中國哲學史大綱》。恰恰後者也於1941年1月5日在《申報》發表的〈中國怎樣長期作戰〉一文，談到中華民族的歷史意識，來源於「自兩千一百年以來，幾乎一向生活於一個帝國、一個政府、一種法律、一種文學、一個教育制度和一個歷史文化之下」。胡適筆下提及中國這種悠長久遠的「歷史文化」，與費穆電影裡孔子那雖死猶生的精神竟那樣互相契合。

費穆於1941-1948年間執導的電影僅兩部存世：《小城之春》（1948）和京劇影片《生死恨》（1948）。《小城之春》是費穆最為傑出的作品，過去三十年間被視為中國電影史上最重要的作品之一。簡單的故事，情節圍繞一對夫妻與妻子的舊情人，主要從妻子的視角出發，由充滿魅力的女演員韋偉（1922-）以迷人的畫外音呈現。獨白在過去與現在、現實與幻想間搖擺，足以媲美雷乃（Alain Resnais, 1922-2014）的里程碑作品《廣島之戀》（Hiroshima mon amour，1964）的現代性，儘管費穆的電影要早了十六年。

電影只有五個人物——丈夫、妻子、情人、丈夫十多歲的妹妹和一個僕人。除了片頭簡單地提到戰爭，故事安排在與現實世界脫離的一種虛空中，某種角度上類似《狼山喋血記》的寓言背景。從今天角度看來，儘管《小城之春》非常貼近中國傳統美學和倫理，但它的不落俗套仍令人驚訝。

劇中人物居住於一處半毀的老式宅邸，各自擁有自己的房間，但每扇門

都能通往個人的私人世界，讓人聯想十八世紀小說《紅樓夢》中賈寶玉和他美麗的姊妹們在景致華美的大觀園裡的各處居所。費穆巧妙轉換生活空間為心理空間，如同曹雪芹（1715-1763）將筆下角色安排在各自多彩的空間內。臥室毀於戰爭，夫妻只能移住側邊廂房。丈夫房間滿是古書，房內瀰漫著燃香和中藥氣味，但大部分時間他都在花園廢墟沉浸於痛苦的懷舊中。妻子的房間昏暗而了無生氣，白天她只得躲到花園另一頭的小姑房間。那似乎是宅邸中唯一受陽光眷顧之處，其他房間窗戶緊閉，只有在這歡愉的空間，敞開的窗外有著誘人的春光。半額宅邸意外來客——妻子的舊情人，同時也是丈夫的兒時玩伴，他借住在宅邸一處幾乎廢棄的角落書房，一個隱祕且充滿潛藏欲望之處，扇形小窗微妙地顯露情人的誘惑遊戲，鑲嵌玻璃門成為阻擋僭越社會準則欲望的最後防線。

　　費穆的電影是精美之作，探索永恆的愛情和婚姻主題，但從更大的背景來看，它也表達了身處中國歷史上的紛擾時代，知識分子和藝術家的反思。傳統中國文人習於以詩回應時代，費穆則以電影為之。他在《孔夫子》中試圖從中國悠久歷史的力量中尋找自信，以此調和抗日戰爭中面對可怕現實的挫折感。《小城之春》作為對那個時代思想困境的回應，他一方面依靠傳統文化的遺存，一方面繼續對外部世界保持敏感和開放，一如電影尾聲，那對夫妻最終留在小城的斷垣殘壁，看著妹妹和僕人送走朋友／情人，走向未知的將來。

　　費穆自一九三〇年代初開始電影事業，他充分意識到電影語言的獨特性，在有關自己早期作品的文章中表達了極欲讓電影脫離「文明戲」，發展一種新視覺形式的渴望，以出其不意的構圖和蒙太奇手法為特點的《狼山喋血記》可視為早期的巔峰之作。翌年，他嘗試結合舞台與電影藝術，既有富先鋒意味的表現主義作品《春閨斷夢》（1937），復有具傳統色彩的京劇改編電影《斬經堂》（1937），在《孔夫子》中則巧妙地結合場面調度和片段敘事。拍攝《孔夫子》時煞費心血，而《小城之春》則三個月順利完成。費穆在每一幀影像中注入詩意，融入中國戲曲藝術的風采和傳統文學作品的隱喻，《小城之春》因而成為中國電影史上極富美感的作品。然而，由於費穆被認為在意識形態上「不夠進步」甚至「墮落」，作品為1949年前的左翼評

論家及其後的電影史學者所擯棄，囿於歷史深淵的黑暗中，直到一九八〇年代初才為香港電影圈發掘。二十世紀五、六〇年代，當1949年後的電影導演和批評家熱烈討論中國電影的民族風格時，他們並未能理解中國性並不必然與現代性矛盾。藉由微妙的心理深度和抒情的電影語言，費穆遠遠超越自身所處的時代眼界。

黃愛玲 撰，王晨 譯

1940-1942 年
周立波在魯迅藝術文學院開設「西方文學大師名著選讀」系列講座

延安的西洋文學課

　　1939年12月，經過暴風雪中的漫長旅程，周立波（1908-1979）抵達戰時共產黨主要革命根據地延安。他以小說家和批評家的身分，被任命為魯迅藝術文學院（魯藝）編譯處處長和和文學系教員，當時他才過而立之年，連延安居民都知道他是一位俄國文學翻譯家。周立波曾經捲入反國民黨政府的街頭集會，並因其激進行為而入獄服刑，是上海知名的抗議活動領導人。他的筆名立波源自於英文「liberation」（解放），恰能表明他投身民族和工人階級解放事業的決心。

　　1940到1942年間，周立波在魯藝開設「西方文學大師名著選讀」系列講座。閱讀書單有俄國社會主義作家高爾基（Maksim Gorky, 1868-1936）和法捷耶夫（Alexander Fadeev, 1901-1956）的小說，也有沙俄作家，如普希金（Alexandr Pushkin, 1799-1837）、萊蒙托夫（Mikhail Lermontov, 1814-1841）、果戈里（Nikolai Gogol, 1809-1852）和托爾斯泰（Leo Tolstoy, 1828-1910）等的作品。歐洲文學名家包括歌德（Johann Wolfgang von Goethe, 1749-1832）、巴爾扎克（Honoré de Balzac, 1799-1850）、司湯達爾（Stendhal, 1783-1842）、莫泊桑（Guy de Maupassant, 1850-1893）和梅里美（Prosper Mérimée, 1803-1870）等。周立波的講義使用延安當時非常珍貴的粗紙，講義密密麻麻寫滿中文和英文，幾乎無空白之處。儘管當時書籍在延安非常稀有，但周立波經常引述中英著作，長篇大段地背誦。他的講座深深吸引了戲劇、音樂與藝術系師生，聽眾坐在窯洞前的泥地，陶醉於他精神

奕奕、滔滔不絕的講解中，一邊筆記，一邊回應他偶爾提出的問題。附近不時傳來敵機轟炸的炮彈聲，但講座並未因此中斷。根據參加講座者爾後的回憶，稱聽周立波講課是難得的享受。

1937年7月7日，日軍入侵華北，抗日戰爭爆發。隨著反帝愛國情緒席捲全國，延安迅速成為抵抗運動中心。大批充滿理想主義的城市青年奔赴延安，周立波即為其中之一。這些知識分子、藝術家和學生在延安找到新家園，希望為抗戰效力，為自己的生命和職業生涯開啟新的扉頁。他們於大都市文化中心接受教育，嫻熟外語，富於文學藝術天賦，以其文化和精神為軍事抵抗添磚加瓦，他們成為創辦劇院、組建學習協會和社團、出版報紙雜誌並建各類學校的「文化工作者」。1937年成立於延安的抗日軍政大學是根據地的綜合性高等教育機構，魯藝為人文和藝術分部。魯藝副校長周揚（1908-1989）在成立宣言中宣示學院的使命是在國家的反帝和獨立運動中發揮作用。周揚以批判性思考為指導原則，鼓勵學員們不要對新社會的黑暗面視而不見，革命藝術家們應當批判和改正社會弊病，在思想上保持獨立性，保留批評的權利。美國記者斯諾（Edgar Snow, 1905-1972）在著作中提到延安的教育如何孕育了國際主義精神：一般士兵努力跟進西班牙內戰的消息，並力圖了解它和其他地方反法西斯鬥爭的關係；農民們也知曉關於義大利征服阿比西尼亞（Abyssinia）和德義聯軍入侵西班牙的基本資訊。

魯藝構成了阿普特（David Apter, 1924-2010）和賽什（Tony Saich, 1953-）所謂的話語社群（discourse community），即某種具有戲劇性意味的公共區域。在這一空間中，戰士和知識分子一起熟讀文本，闡釋各自的體會，表達他們的情感，以此鍛造相互之間的意識形態紐帶。從這一環境中發展出一種名為「啟發」的方法，和傳統以死記硬背為主、提出一些問題然後給予標準答案的簡單方法大相徑庭。啟發式教學法是從歸納導向演繹而進行的一種研究方法，研究者由近及遠，由具體到抽象，由部分至整體。

周立波的講座筆記於1984年出版，體現了其教授西方文學經典的方法。由於生平是根植於作者所處的社會歷史動態中，因此他不僅從作者的生平背景入手，更重要的是藉由詳細檢視作品所處的社會歷史著手詮釋作品。由於缺乏參考書籍，周立波藉由引用文學大師的言論和評述闡釋文本，在文本、

作家和評論著作間建立起饒富成效的聯繫。他也頻繁地引用中國作家的言論，尤其是魯迅（1881-1936），以及傳統文學經典中典雅、詩意的篇章。他的概括和結論是沉浸於對文本的持續性闡釋而得出。周立波的講座將西方文學帶入革命時期的中國，是培訓作家和藝術家的革命文化計畫的一部分。他的課堂大大促進了中國革命者對於西方作家的認識；這些西方作家被標榜為創意源泉、尋求政治自由和獨立的民族作家。

周立波在講座中將人文主義話語和革命藝術理論相互交織，儘管諸如「人性」、「個人主義」和「愛情」等觀念，爾後被當權者視為小資產階級思想而遭到批評，但他終究確認了小說作為媒介進行現代政治變革的兩個層面。首先，他聚焦於浪漫個人主義，提出了如何理解生活及其在小說中的再現這一關鍵問題。其次，他探討小說在推動歷史變革和大眾民主過程中的作用。

他在司湯達爾、巴爾扎克和托爾斯泰的作品中發現了人性，並闡述了浪漫個體情感結構的廣範。愛情升級為革命激情；這些作家及其筆下人物強烈的浪漫想像力，推動著他們全心、甚至堂吉訶德式地投入革命運動。從概述司湯達爾的生平開始，周立波展示其如何深刻涉入拿破崙戰爭以及席捲全歐的世界性政治和社會動亂中。儘管司湯達爾認為對女性的浪漫之愛是其首要的激情，並在自己的墓碑銘刻了他曾愛過的六位女性的名字。但廣義而言，他所描繪的愛是一種冒險且富於挑戰性的經驗，這與他所處歷史時代的動亂有某種契合。隨著他的愛轉變為激情，激情由此成為一種力量的美學，賦予革命男女力量。司湯達爾作品中的愛，絕不僅僅是一種私人的異性之愛，而是一種情感和同情心的擴展，是一種崇高的激情，只有通過給予他人幸福才能實現；它是親密的、向善的、利他的。

周立波解讀歐洲和俄國小說時，發現小說的審美力量因烏托邦想像和歷史現實間的張力而凸顯。這一觀點預示著當時尚處於實驗階段的社會主義現實主義觀念的到來。這種新的小說，根據想像中的未來而對現實進行詳細的觀照描寫，是一種注入浪漫主義的現實主義。在司湯達爾、巴爾扎克、托爾斯泰和其他作家的作品中，周立波發掘了一種將社會中的人置於自然歷史當中的小說理論。現實主義小說中的人物，與不斷變異的社會風俗和習慣密不

可分，他們是特定時代和空間的社會產物。在此特徵下，小說家們藉由詳盡的細節描繪，卓有成效地呈現了城市風貌的多種複雜性。現實主義的這一面，由傳奇性的、浪漫主義的投射得以補充。儘管喜歡誇張和想像，但司湯達爾成功地將那些激動人心、不同凡響之物，編織進現實主義的敘事中。將通俗劇慣有的母題，如激情、嫉妒、權力、女人、性和謀殺，融入現實主義的描述，從而將作品轉化為虛構與現實相互衝突的熔爐。

相較於浪漫個人主義和通俗劇的詮釋，更重要的是周立波將歐洲小說解讀為歷史小說。深受司各特（Walter Scott, 1771–1832）威佛利系列小說（Waverley Novels）的影響，司湯達爾的作品從幻想式的、浪漫主義的描寫，拓展為歷史性的、史詩性的敘述，標誌著創造藝術和創造歷史二者的統一。周立波將司湯達爾與巴爾扎克小說中體現的敏銳歷史變革意識相聯繫，並將後者視為現實主義的輝煌勝利。巴爾扎克的小說反映了法國作家對法國大革命後，1816至1848年間歷史轉型的某種傾向性立場。這一動盪不安的時代，見證了貴族式的舊體制在新興資產階級壓力下無可挽回的衰敗。儘管巴爾扎克是一個堅定的保守主義者，但他敏銳地看到了席捲整個舊階層的社會劇變。幻想與現實、想像與史詩交織於他的小說中，這些作品將詩性與俚俗、戲劇性場面與角色刻畫融匯於一爐。

中國革命藝術倡導這樣的觀點：藝術應當是革命變革的先導與新社會的催化劑。周立波的小說觀點，與同為共產主義知識分子的盧卡奇（Geörg Lucács, 1885–1971）的歷史小說理論不謀而合。盧卡奇以轉化現實的潛力和史詩性的視野定義歷史小說。這一新體裁的範例，如司各特的小說，受惠於德國民族主義話語和法國大革命傳統，捕捉到處在萌芽中對民族歷史和世界歷史的意識。德國民族主義對早期民間文化的探究，從而讓德國人意識到民族自我創建和自我形成的過程。民族藝術和文化再次強調了民族身分，有助於民族的復興。另一方面，法國大革命使得歷史成為一種大眾經驗。十九世紀歐洲各國群眾運動的高漲，向廣大群眾傳遞了歷史經驗。這一新的世界歷史意識，和持續不斷的社會轉型的敏銳意識相結合，與傳統的浪漫觀念迥然不同，這一觀念將歷史的共同體看成是有機的、長時間的，根植於悠久的傳統、風俗習慣和語言的土壤中。舊的歷史小說不過是穿著復古服飾的歷史

劇，向凝固了的景觀的懷舊性歸返，如同博物館裡展覽的珍玩古董。與之形成鮮明對比，革命歷史小說則從眾人生命的深度上刻畫劃時代的歷史轉型，並描繪社會變革如何影響日常生活、經濟和思想傾向。新型歷史小說的流行特點，建立在以此為信念的前提上，即人民是改變歷史體制、推動歷史進步的動力。

在周立波的教學中，民族文學提供了民族的各種面向，但共產主義運動追求超越民族藩籬，實現國際大團結。共產主義文化意識形態認為，具相同受壓迫和受奴役經歷的各國人民可以結成同盟，而為人民服務的藝術，應當在各國勞動階級間宣揚一種意識形態團結感。儘管托爾斯泰作品描繪的是俄國的農民階層，對周立波而言，他們也反映了某種農民的國際同盟感。同樣的，十九世紀的歐洲文學，一國之民或某個民族反抗舊制度或外來政權的行動，都能讓具有相同目標者產生共鳴。因此，由西方人文主義和第三世界文化蘊育的國際主義衝動，與民族獨立是齊頭並進的。國際主義並不強加無根的跨國觀點於民族文化之上。是人民在特定國家疆域裡組成了民族／國家。在其中，受壓迫的、尋求自由的人民形成革命階級，組成了真正的民族／國家，以庶民身分號召認同、宣示主權。在國際上，南半球不同國家／民族的被壓迫者，因為有志一同，成為真正意義上的國際主義者。假如一國之內某個階級甘為帝國主義的走狗，這個階級就沒有資格成為該國人民的一部分，因為它不能代表人民的意願。以階級為基礎的世界民族／國家觀念代表了第三世界國際主義精神，將歷史民族文化身分與無遠弗屆的共產國際紐帶緊密結合。

參考文獻：

賀志強等編著《魯藝史話》（西安，陝西人民出版社，1991）。

黃科安《延安文學研究》（北京，文化藝術出版社，2009）。

周立波《周立波魯藝講稿》（上海，上海文藝出版社，1984）。

David Apter and Tony Saich, *Revolutionary Discourse in Mao's Republic* (Cambridge, MA, Harvard University Press, 1994).

David Holm, *Art and Ideology in Revolutionary China* (New York, Oxford University Press, 1991).

Joseph Levenson, *Revolution and Cosmopolitanism* (Berkeley, CA, University of California Press, 1971).

Georg Lucács, *The Historical Novel* (Lincoln, NE, University of Nebraska Press, 1983).

Edgar Snow, *Red Star over China* (New York, 1944).

Ban Wang, ed., *Words and Their Stories: Essays on the Language of the Chinese Revolution* (Leiden, Netherlands, Brill Academic Publisher, 2011).

王斑 撰，唐海東 譯

1941 年 12 月 25 日
「再也不會跟從前一樣了，她想。」

張愛玲在香港

張愛玲（1920–1995）在自傳體小說《易經》（*The Book of Change*）中寫道：

忽然間她被一束強光迎頭攝住，在這乳黃色、有著球形立柱的小小門廊裡，她從頭到腳都浸潤在光霧之中。過了一會兒她才發覺，這是海那頭射過來的探照燈。她一動也不動，立在這光的神龕裡……在黑暗中她無聲地輕笑，身體仍被籠在光中。再也不會跟從前一樣了，她想。

時間來到1941年底的香港，其時，張愛玲已被香港大學錄取。二十餘年後回首，她以如是抒情口吻寫下這夢幻時刻，恰如喬伊斯（James Joyce, 1882–1941）式的「頓悟」（epiphany）般，預見了她此後的寫作生涯。那「探照燈」彷彿是預示日軍即將入侵、並在那一年聖誕節占領香港的不祥信號。兩年之後，張愛玲果真在上海這座她所熱愛的城市閃亮登場，成為街談巷議的話題。一顆文學新星於焉誕生。

如果張愛玲沒有離開上海前往香港求學，她會從事別的職業嗎？很可能不會：創作的種子早在她童年時期的上海就已播下。香港經驗對她而言之所以重要，在於標誌著她的人生轉捩點，為她的創作增添了嶄新的「超出傳統的」（extra-traditional）的維度。若無此番經歷，她不可能寫出《傾城之戀》（1943），也表現不出〈燼餘錄〉（1944）中那種心理與道德上的強

度。前者是她最令人難忘的兩部中篇小說之一，而後者可說是中國現代文學史上散文體裁的壓卷之作。假若張愛玲在文學上再無所出，僅這兩部作品，也足以奠定她在中國現代文學的經典地位了。

可以肯定的是，無論在小說還是現實中，香港的三年時光（1939年夏至1942年夏）標誌著張愛玲的成長過渡期。她因目睹「戰爭的殘酷和人類無謂的執著」，在返回故鄉上海之前已然脫胎換骨。興許她是帶著「浪女」回歸之感，把自己的小說熱情奉獻給心愛的故鄉讀者，其中部分作品的敘述背景正是香港。英屬殖民地的暫居經驗，顯然令她的創造力有如泉湧。歸返上海前兩年（1943-1944），她寫出十餘篇短篇小說和數量相當的散文。1944年，她的第一部短篇小說集上市後四天即告售罄，同年稍晚面世的散文集也同樣暢銷。正如王德威所言：「對歷史和人類命運中意外事件的惶然一瞥，從此成為張愛玲寫作中經久不衰的主題。為此，香港具有了一個形而上的維度，易與常、個人欲望與社會命運，在這座城市中反覆無端地交錯相雜。」

小說《沉香屑：第一爐香》（1943）和《沉香屑：第二爐香》（1943）均以香港為背景，因其中雜處著英國人、中葡混血兒和印度人而充滿了異國奇風，與她此前筆下的上海大相逕庭。表面上看，小說的場景充滿了南洋浪漫的異域元素。第一個故事裡的高級妓院是香港的替代，這一座被奇異野花包圍著的白色山頂別墅，成為展現年輕女主人公——一個來自上海的純真少女——自願被誘惑與墮落過程而設置的誘人背景。第二個故事中，性壓抑的女主人公——一個生活在這座殖民小島上的維多利亞時代英國女性——在新婚之夜遭遇了精神創傷。如果這兩篇小說一開始是用英文寫就（張氏後來流寓美國時即用英語寫作），很可能會被誤認為是毛姆（W.Somerset Maugham, 1874-1965）的作品。而當我們將這兩篇小說與毛姆的《面紗》（*The Painted Veil*,1941）——一部以香港和虛構的中國南方小鎮為背景、關於通姦和救贖的故事——相比較時，便會發現，比起毛姆筆下英國殖民者面對中國人所表現優越感十足的刻畫，張愛玲的描述更為可靠，也更加富於情感的真實性。

張氏未完成的小說《連環套》（1944），是其香港故事的另一典型，背景為更早期的香港，描述一個底層中國婦女和她相繼委身的四個丈夫／情人動盪不安的生活。她先後同一個印度人、兩個中國人和一個英國人生養了五

個孩子。作品向香港的底層居民投以極為罕見的一瞥，他們的生活圍繞著西環和中環西部人口密集區域，那裡是印度和中國商人、魚販子和僕役的聚居地。我們可以跟隨女主人公霓喜的腳步穿街走巷，逼仄狹窄的石子街兩旁商店林立，「來往的都是些短打的黑衣人；窮人是黑色的」。一個在此開設綢緞店的印度富商，買下十四歲的霓喜，但始終未正式娶她為妻。霓喜為了生活，自此周旋在一個男人又一個男人身上，像是一個個的連環套。儘管張愛玲公開承認，她在小說中著意呈現的是一個上海人眼中的香港——亦即，帶著一點東方主義（和自我東方化的）奇異味道，然而這並非完全出於她的想像而已。

　　大學時期張愛玲居住在香港大學女生宿舍「梅舍」。港大校園不僅是張氏小說《茉莉香片》（1943）和散文〈燼餘錄〉的核心背景，也是前述《易經》中「探照燈」事件的發生地。它坐落在俯瞰中國商圈的薄扶林道中段，山頂的那些豪宅住著殖民地的高級官員及其家眷。年輕的愛玲拿著獎學金在一所殖民地大學主修英國文學，因而享受著特權地位，和在山下生活的絕大多數本地中國居民有著隔閡。也許偶然的涉足中國人居住區，並未給她留下好印象，她的日常用語是英語，而非本地人說的廣東話。老師們是英國人，同學則大多來自香港、印度、馬來亞和新加坡的上層富戶。其中一位名為摩西甸（Fatima Muheeden），又名炎櫻（1920-1977）的中國、錫蘭混血女性成為她的終生密友，第二次增訂本《傳奇》的封面設計者就是炎櫻，張氏文中不時提起她。儘管事實上她無論與那個群體都相對疏離，但作為在一個殖民地菁英學校中備受呵護的學生，她的生活享受著某種程度上的舒適和穩定，直到戰爭及日軍的入侵猝然奪走了這一切。

　　如前所述，直擊戰爭的恐怖和暴行給了張愛玲創作〈燼餘錄〉的靈感，此文生動地描述了她的同學們對於這場戰爭是如何毫無防備心。直到日軍的槍炮在他們腳下炸響之前，有人還在憂慮晚餐時的穿著，有人（即炎櫻）正準備到城裡去看「五彩卡通電影」。文中作者繪製了廢棄的街道上一輛空電車兀兀孑立的奇景。時光彷彿在蒙太奇式的斷片中瞬間凝滯：「一輛空電車停在街心，電車外面，淡淡的太陽，電車裡面，也是太陽——單只這電車便有一種原始的荒涼。」這是「探照燈」之外，讓一個年輕女孩成長的另一個

天啟般的時刻。冰冷的超現實主義語調，與同時期的另一篇散文〈公寓生活記趣〉（1943）中對上海電車的溫情描述形成強烈對比。張氏聲稱，她是非得聽見電車響才睡得著覺的。於她而言，深夜裡電車回廠的聲音，「像排了隊的小孩，嘈雜，叫囂」。

　　張愛玲香港故事中的另一個地標是淺水灣飯店。它曾經坐落於港島南岸，今已不存；舊址上蓋起了一座現代化的高級公寓，頂層的露台飯店裡懷舊式的吊扇裝飾和殖民地風格的傢具，歷歷在目引人追念中篇小說《傾城之戀》中的情狀。

　　小說圖景分為兩幕，第一幕在上海。在那裡，白流蘇——一個離了婚、受困於傳統大家庭的上海女人，遇到了從英國歸來的花花公子范柳原。柳原邀請她去香港相會。隨著場景的轉移，故事也開啟了新的徵程。一個新的世界驟然開始，舊的規矩不復存在，她被迫扮演一個縱情聲色的離婚女人，和她那位風流成性的追求者棋逢對手，就像在拍攝一部怪誕的好萊塢喜劇片或歌舞片。淺水灣飯店正是上演風流韻事的絕佳地點。置身於新的環境中，白流蘇感到自己獲得了解放，人生第一次能夠追尋自己的身分，掌控自己的命運。顯然，將小小的悲劇化作喜劇需要香港這樣具有異域色彩的土地。如果范柳原和白流蘇仍在上海，他們的羅曼史將永無機緣開花結果。故事結尾，敘述者嘲弄地點評道，正是戰爭和成千上萬人的死亡，成全了女主人公的幸福結局。的確，正是這一時間（一場戰爭）和空間（香港）的絕妙勾聯使得平凡化為非凡，歷史成為傳奇。

　　根據張愛玲的回憶，她是在1941年港大暑假期間，去淺水灣飯店探望母親時首次聽到一對男女的情事八卦。他們是張母的麻將牌友，女子在打牌中的母親身後眉目傳情，將男人釣上鈎，接著兩人便相愛並同居了。是據這段流言，她織就了一個精湛的浪漫故事。

　　我們不禁要問：這些人從上海來到香港究竟意欲何為，難道僅僅是為了逃避戰爭？1941年的上海還沒有被日軍占領，1943年前上海租界一直是一座未受影響的「孤島」。除了陪伴女兒這個藉口，張愛玲的母親到香港做什麼？實際上，張愛玲很少見到母親，即使見面也往往充滿劍拔弩張的氣氛。隨著《易經》（2010）和《小團圓》（2009）的出版，這對母女的關係也以

其更豐富的面貌昭示於眾。在張愛玲早期的作品中幾乎視母親為偶像。是她為這個乳名喚作「煐」的女兒起了「Eileen」的英文名字，並以其發音取中文名「愛玲」。張母是一位獨立自主的現代女性，與保守傳統的丈夫頑強對峙，終至離婚。如果說在上海，張愛玲身上與專制的父親相反的一切都來自她的母親，那麼在香港，情況就全變了。她後來的小說中所揭露的母親是「刻薄、任性、放蕩」，一個為了獲得安全感和經濟支持，不惜走馬燈似的大換英國情人的徬徨無助女人，她甚至在牌桌上賭輸掉女兒的獎學金。她那上流社會的生活姿態，不過是偽善和頹廢的面具。曾幾何時，她的女兒以寫作的方式虛構性地重返彼時彼地，向她不再崇拜的母親索取宿債。

簡而言之，張愛玲的香港故事，呈現了奢華與衰頹、浪漫迷魅和精神墮落並置的複雜圖景。這個殖民島嶼，為張愛玲眼中深受傳統制約的上海，提供了一面扭曲的鏡子；相對於所扎根的上海，香港成了她的自我「他者」。多年之後的1952年，當她被迫離開上海時，她別無選擇再次前往香港，並以之為試圖開啟新文學生涯的臨時基地，爾後再移居美國。可以說，是香港，才令她後來的文學寫作成為可能。

參考文獻：

Eileen Chang, *The Book of Change* (Hong Kong, Hong Kong University Press, 2009).

Kam Louie, ed., *Eileen Chang: Romancing Languages, Cultures and Genres* (Hong Kong, Hong Kong University Press, 2012).

Leo Ou-fan Lee, *Shanghai Modern: The Flowering of a New Urban Culture in China, 1930–1945* (Cambridge, MA, Harvard University Press, 1999), ch. 8.

李歐梵 撰，盧冶 譯

1942年1月22日
蕭紅病逝日據下的香港

2014年秋
許鞍華執導的《黃金時代》上映

在戰火中寫作

　　1942年1月24日，香港淪陷五週，蕭紅（1911-1942，本名張乃瑩）病逝醫院。自1931年日軍入侵滿洲家鄉後，蕭紅開始了顛沛流離的一生。張愛玲（1920-1995）是另一位戰爭流亡者，1939年她到香港求學，卻因戰爭學業再度中斷，為餬口她不得不在「大學堂臨時醫院」擔任看護，如她日後回憶：「我是一個不負責任的，沒良心的看護。」她的冰冷無情來自無法容忍生命的受難。蕭紅和張愛玲可說是最具才華的中國現代作家，彼此從未謀面，但香港的共同經歷，促使她們創作出中國現代文學中堪稱最優秀之作。

　　蕭紅在香港的最後一年完成了備受讚譽的自傳體小說《呼蘭河傳》。這部小說是她對中國東北一個偏遠小村的童年抒情回憶，那是一切「現代性」遙不可及的地方。1942年張愛玲回到上海，來年發表了《傾城之戀》的系列出色作品。這篇小說以香港淪陷為背景，敘述飄零異地的男女主角與社會規範壓迫抗爭的故事。

　　七十多年後，名聞遐邇的香港導演許鞍華（1947-）讓這兩位作家「齊聚一堂」。許鞍華的出身與戰爭有不解之緣，她出生於中國東北，父親原籍廣東，母親是日本人。她的作品主題多樣，包括文化的流離失所。1984年，她將張愛玲的《傾城之戀》改編成電影；2014又推出《黃金時代》，這部

傳記影片追溯蕭紅在第二次中日戰爭期間，輾轉中國各地的經歷，兩部影片都凸顯了戰時的香港。許鞍華在電影《傾城之戀》中重建淺水灣飯店的露台，也就是張愛玲小說中男女主角墜入情網的所在。她在《黃金時代》中重新想像了蕭紅、端木蕻良（1912-1996）和駱賓基（1917-1994）的三角戀情，並將其與蕭紅日益惡化的健康和日軍的轟炸相互交織。電影《傾城之戀》的尾聲不由令人想像許鞍華當時是否已在腦中構想著蕭紅所處的情境，也就是同樣置身於廢墟香港隨處可見的屍首和傷者中。她是否也預見自己三十年後會拍攝《黃金時代》，再次重現滿目瘡痍的戰時香港？那是張愛玲的女主角尋覓愛情的地方，也是蕭紅的葬身之處。

作為一位藝術導演，許鞍華擅於改編文學作品。但令人好奇的是，她為何決定搬演蕭紅的人生經歷而不是作品？蕭紅迷人的抒情寫作風格易於引起讀者想像她的私人生活，這可能促使許鞍華採用匠心獨具的仿紀錄片風格拍攝《黃金時代》。該片交雜著蕭紅的寫作生涯、愛情經歷和東北淪陷，激起了觀眾對蕭紅人生經歷的興趣。雖然那是一個奉行「新女性」意識的時代，支持女性解放，但半個多世紀以來，蕭紅的人生經歷卻鮮為人知。

蕭紅出生於一個小地主家庭，位於哈爾濱郊區呼蘭縣的偏遠村莊。如同典型的五四新女性，蕭紅為逃避包辦婚姻，十八歲遠離家園尋求自由和自我實現。離家未久，她與遭她拒絕的未婚夫意外重逢，但旋即被他遺棄在哈爾濱的一家旅館。懷孕的蕭紅身無分文，不得已寫信向一家當地報紙求援，替她解圍的正是年輕的左翼新聞記者蕭軍（1907-1988, 本名劉鴻霖）。她與蕭軍發展出一段情愫，二人共同生活、寫作，1933年出版合集《跋涉》。爾後，他們逃離日據下的哈爾濱前往青島。1934年，抵達上海見到魯迅，在魯迅協助下蕭軍出版了《八月的鄉村》，蕭紅則出版第一本小說《生死場》及散文集《商市街》。《生死場》或許是首部反映中國東北地區，農民聽天由命的悲慘生活作品，他們也因此在左翼文壇聲名鵲起。

1937年，第二次中日戰爭全面爆發，他們的流亡之旅跨越了半個中國，從上海到武漢，重慶到西安。這對情侶關係日漸緊張，雖然二人皆具有左翼文學傾向，蕭紅對政治大多採取一種迴避態度，蕭軍則於1938加入革命戰線。蕭軍對感情的不忠以及二人在意識形態上的分歧，迫使蕭紅終結了這段

羅曼史。蕭紅懷著蕭軍的孩子，愛上了來自滿洲的作家端木蕻良。但她和端木的婚姻，卻讓她再次陷入窘境。同行左翼人士反對他們的結合，戰事又波及居住的城市，於是二人動身前往香港。蕭紅在香港出版了兩本新小說《馬伯樂》和她的最後一部名作《呼蘭河傳》。

1941年12月7日，日軍開始轟炸香港。蕭紅因肺病及併發症住院，端木蕻良卻將她托付給初嶄露頭角的作家駱賓基後自己躲了起來。駱賓基非常崇拜蕭紅，根據他的說法，蕭紅也漸對他產生感情。日本剛剛攻陷香港一個月，年僅三十一歲的蕭紅離開人世了。她的閱歷足以超越年齡長她兩倍者的人生，曾經擁有兩個出生不久即夭折的孩子，曾經有過好幾個戀人，包括那場生命結束前與駱賓基注定無結局的戀情。

儘管蕭紅的傳記作品不少，但她的愛情經歷鮮為人提及。或許緣於這些兒女私情與她作為一個抗日作家以及流亡者的形象不符。一九七〇年代，傑出的翻譯家葛浩文（Howard Goldblatt, 1939–）重新發現蕭紅，並極力宣傳其作品，因此引起海外的熱烈關注。葛浩文當時是美國印第安納大學（Indiana University）的研究生，他的著作引發海外華語世界對蕭紅作品的興趣。八〇年代以來，蕭紅被納入文學正統，她的作品被選入學校教科書，甚至改編成戲劇作品。蕭紅的作品經常被置放於愛國抗戰的敘事框架下，如1999年北京戲劇導演田沁鑫（1969–）改編自《生死場》的話劇便強調蕭紅的抗日，凸顯原本小說中並不重要的戰爭背景。儘管文學界和戲劇界非常注重蕭紅，電影界卻多持忽視態度，直到2013年霍建起（1958–）執導的《蕭紅》上映才有所改觀。由蕭紅家鄉出資拍攝的《蕭紅》是一部濫情的戲劇，一味的偏袒蕭軍和駱賓基，妖魔化端木蕻良。許鞍華的《黃金時代》卻從不同視角試圖理解這位一九三〇年代獨具特色的作家。

二十一世紀的中國掀起了新一波對民國時期（1911–1949）的關注。在這一背景下，許鞍華竭力避免對蕭紅所處的動盪時代進行任何浪漫化處理。電影中蕭紅的左翼文學圈朋友，直接面對鏡頭陳述自己知道或是不知道的蕭紅。大部分台詞都取自他們的文學作品、來往信件和歷史檔案。許鞍華還以同一件事的不同版本方式呈現，第一個版本中的劇中人物轉述了蕭軍的說詞，陳述他頗具英雄氣概地接受蕭紅要求分手與端木蕻良攜手的決定。另一

版本為端木蕻良晚年回憶蕭軍如何與他衝突，並且不情願地接受蕭紅的決定。電影暗示了蕭紅對這件事的說法與蕭軍和端木蕻良的版本有所不同，因而激發我們思考記憶與現實、文學與歷史的曖昧不定。許鞍華在《商市街》的描述下取材，以幾組鏡頭描繪飢餓對於這對寫作者的身心折磨，因而這部影片呈現出一種有關蕭紅的抒情化現實，或者說一種虛構的紀實。這種風格讓人想起貫穿蕭紅作品那種貌似自然無心的筆調，這部影片因而成了對蕭紅文學成就的一種禮讚。

　　魯迅在《生死場》的序言中盛讚蕭紅，他評述這部小說「自然不過是略圖，敘事和寫景勝於人物描寫，然而北方人們對於生的堅強，對於死的掙扎，卻往往已力透紙背」。魯迅的讚詞加上蕭紅對日據下中國東北偏遠鄉村農民生活的憐恤，使她成了「東北作家」中的愛國主義典範。香港的淺水灣飯店是蕭紅的暫時棲身處，作於香港的《呼蘭河傳》卻再次提到滿洲鄉村那些亙古不變的村落，因此當時有批評者將這本小說斥為懷舊之作。小說背景是呼蘭縣的小鎮，人們「過得是既不向前，也不回頭的生活，是凡過去的，都算忘記了，未來的他們也不怎樣積極地希望著，只是一天一天地平板地、無怨無尤地在他們祖先給他們準備好的口糧之中生活著」。這部自傳體小說的敘述者是一個小女孩，她講述諸如鄉鎮節慶以及小鎮人家故事。包括敘述者深愛的祖父、小團圓媳婦（童養媳）、篩豆粉的人，以及天生兔唇的磨房主等。他們的故事揭示了鄉鎮社會的複雜性。第一章描寫呼蘭縣城的一條主道中間的大泥坑，體現了蕭紅的寫作風格：

　　　　一年之中抬車抬馬，在這泥坑子上不知抬了多少次，可沒有一個人說把泥坑子用土填起來不就好了嗎？沒有一個。
　　　　……
　　　　總共這泥坑子施給當地居民的福利有兩條：第一條，常常抬車抬馬，淹雞淹鴨，鬧得非常熱鬧，可使居民說長道短，得以消遣。
　　　　……
　　　　第二條就是這豬肉的問題了，若沒有這泥坑子，可怎麼吃瘟豬肉呢？吃是可以吃的，但是可怎麼說法呢？真正說吃的是瘟豬肉，豈不太不講衛生了

嗎？有這泥坑子可就好辦，可以使瘟豬變成淹豬……

　　小說第五章講述一個被「診斷」為遭邪魔附體的小團圓媳婦故事。「治療」方法包括用滾燙的水清洗身體。此處赤裸裸地呈現村裡的日常暴力，但字裡行間卻無道德譴責意味。這種敘述方式使讀者接觸鄉村生活的內在邏輯，引導讀者提出批評，而不是針砭其過：

　　小團圓媳婦怕羞不肯脫下衣裳來，她婆婆喊著號令給她撕下來了。現在她什麼也不知道了，她沒有感覺了，婆婆反而替她著想了。

　　大神打了幾陣鼓，二神向大神對了幾陣話。看熱鬧的人，你望望他，他望望你。雖然不知道下文如何，這小團圓媳婦是死是活。但卻沒有白看一場熱鬧，到底是開了眼界，見了世面，總算是不無所得的。

　　如果說蕭紅抒情的現實主義，要求讀者從多重視角理解其作品的內容，那麼許鞍華的《黃金時代》似乎採取了相同的策略。電影並列歷史軼事、文學材料和生動的意象，許鞍華質疑了觀眾已知或未知的、有關影片中這位傳奇主角的經歷，使得這部影片成了少有的與蕭紅文學成就相當的電影。許鞍華運用這種策略，承續蕭紅與張愛玲的影響。這兩位作家都拒斥男性作家過分簡單化的愛國主義敘述。她們洞察戰亂可以解放這一吊詭現象，揭示了世代受壓迫的農民在自己的社群內也可能成為壓迫者。能夠講述這樣故事的或許只有許鞍華，一位出生於因戰爭而結緣的家庭，又在男性主導的電影工業中立足的女性。

參考文獻：

許鞍華執導《黃金時代》（Stella Mega Film，2014年）。
許鞍華執導《傾城之戀》（蕭氏兄弟，2002年）。
霍建起執導《蕭紅》（Talent International Film，2013年）。
蕭紅《蕭紅：小說》（北京，2014年）。

Xiao Hong, *The Field of Life and Death & Tales of Hulan River,* trans., Howard Goldblatt (Boston, 2002).

周慧玲 撰，金莉 譯

1942年5月2日－5月23日

文藝要「成為整個革命機器的一個組成部分」，「要站在黨的立場」，讚揚「人民的勞動和鬥爭」，歌頌「人民的軍隊，人民的黨」。

毛澤東〈在延安文藝座談會上的講話〉及
其政治文化意義

　　1942年5月2日中共中央宣傳部在延安楊家嶺召集一百多位作家、藝術家舉行座談會。毛澤東（1893-1976）作了〈在延安文藝座談會上的講話〉（引言）的報告，強調文藝要「成為整個革命機器的一個組成部分」，「要站在黨的立場」，讚揚「人民的勞動和鬥爭」，歌頌「人民的軍隊，人民的黨」。

　　5月16日舉行第二次會議時，著名作家蕭軍（1907-1988）第一個發言，說作家要有「自由」，是「獨立」的，魯迅（1881-1936）在廣州就不受哪一個黨哪一個組織的指揮，並且表示自己從不寫歌功頌德的文章。時為毛澤東祕書的胡喬木（1912-1992）當即起來反駁，說「文藝界需要有組織，魯迅當年沒有受到組織領導是不足，不是他的光榮。歸根到底，是黨要不要領導文藝，能不能領導文藝的問題」。胡喬木後來回憶說，毛澤東對他的發言非常高興，會後專門請他吃飯，說是祝賀開展了鬥爭。

　　到5月23日最後一次會議上，八路軍總司令朱德（1886-1976）作了發言，再次反駁蕭軍，說不要怕談「轉變」思想立場，「豈止有轉變，而且是投降。我是一個舊軍人出身的人，我就是投降共產黨的」。接著毛澤東作總結，他一開口就表示：「朱總司令講得很好，他已經作了結論。」

　　這樣，發生在座談會上的這場由蕭軍引發，朱德作結論的小插曲就獨具

一種象徵的意義。它點明了中國共產黨主持召開的文藝座談會和毛澤東的講話的基本精神和主題：為了實現黨對文藝的絕對領導和把文學藝術改造成為「黨的文藝」，關鍵是知識分子的改造與投降。

　　就在座談會召開期間，5月16日的中共中央機關報《解放日報》特地摘引了列寧（Vladimir Lenin, 1870-1924）關於知識分子的論述，強調知識分子與無產階級的「對抗關係」，指出這種對抗不是經濟對抗，而表現為「在情緒中及在思維中的一種對抗」。毛澤東在〈講話〉裡更是提出「小資產階級知識分子」要用「他們的面貌來改造黨，改造社會」，並聲色俱厲地發出警告：「無產階級是不能遷就你們的，依了你們，實際上就是依了大地主大資產階級，就有亡黨亡國的危險。」

　　毛澤東在〈講話〉裡如此嚴厲地批判知識分子，還有更複雜的黨內鬥爭的背景。在1942年延安整風運動之前，大約在1940至1941年間，實際主管文藝工作的是時任黨的總書記兼宣傳部長的張聞天（1900-1976）。他所推行的是比較寬鬆的文藝路線和知識分子政策。強調「應該重視文化人」，黨的領導「要力求避免對於他們寫作上人工的限制和干涉。我們應該在實際上保證他們寫作的充分自由」，要「提倡自由研究，自由思想，自由辯論的生動、活潑、民主的作風」，延安文藝界也因此出現過相對獨立的社團、刊物林立的局面，給許多老延安人留下難忘的記憶。毛澤東的〈講話〉正是要改變這樣的被視為「自由主義泛濫」的「混亂」，建立與強化黨的一元化領導的體制。其核心就是要強制知識分子完全、徹底的歸順，投降，以達到政治和思想文化的大一統。延安整風運動就是要確立毛澤東的絕對領導地位，投降黨實際就是歸順代表黨的毛澤東本人。這背後是毛澤東的建國理想：實行政、教合一，將政治權威、精神權威、道德權威集於一身。他看重的是文學的教化功能，要創造一個用他的思想來改造、淨化億萬中國人心靈的文學與文化的「毛澤東時代」。

　　這樣，在由此而開端的毛澤東時代裡，「投降」，還是「不投降」，就成為知識分子必須做出的選擇，並因此決定他們的命運。在當時的延安，首先宣布「投降」的，是著名的左翼作家丁玲（1904-1986）和詩人何其芳（1912-1977）；丁玲甚至表示「要把自己的甲冑繳納，即使有等身的著

作，也要視為無物，要抹去自尊心自傲心」。拒絕歸順的蕭軍和王實味（1906-1947）就遭到了大批判，王實味最後被非法處決。毛澤東又派何其芳到國民黨統治區去宣傳〈講話〉精神，實際是勸降；深懂中共政治的郭沫若（1892-1978）與茅盾（1896-1981）迅速及時作出擁戴的反應，而書生氣十足的胡風（1902-1985）則茫然不覺，還發表了舒蕪（1922-2009）的〈論主觀〉，對〈講話〉作出不同於毛澤東的自己的解釋，由此種下了五〇年代被整肅的禍根。

不可否認的事實是，許多知識分子，特別是左翼知識分子對中國共產黨、毛澤東和他的〈講話〉的接受、歸順，不僅是出於怯懦和依附權勢，而是自有其思想邏輯的。中國的左翼知識分子首先是一個民族主義者，他們的理想是要建立一個獨立、統一、富強、民主、自由的現代化民族國家。他們最初的現代化想像，產生於「五四」，主要是來自西方啟蒙主義思想；但當他們接受馬克思主義，成為左翼知識分子時，他們的批判資本主義，尤其是反對西方帝國主義侵略的立場就和所接受的西方現代化想像產生了矛盾。而中國共產黨和毛澤東的包括〈講話〉在內的新思想、新文化的一個最大特點，就是既堅持了建立統一、獨立、富強的現代化民族國家的目標，又提出要構建一個非西方化，甚至反西方化的發展現代中國政治、經濟、文化的新模式，以保持中國實現現代化的民族目標過程中的獨立性。這對於渴望同時實現現代化和民族獨立的兩大目標，並因此陷入矛盾與困惑的左翼知識分子，顯然是有吸引力的。作為一個深知中國和知識分子的政治家，毛澤東深刻地把握了這一點，從一開始就提出了「馬克思主義必須和我國的具體特點相結合並通過一定的民族形式才能實現」的命題。而〈講話〉正是被視為將馬克思主義中國化，尋找具有中國特色的馬克思主義文化發展道路的自覺嘗試。這樣的中國化的馬克思主義的毛澤東思想，就同時滿足了左翼知識分子的馬克思主義與民族主義的雙重要求。左翼知識分子最後選擇歸順於毛澤東和毛澤東思想，這應該是一個思想上的重要原因。即使是有不同看法的胡風、舒蕪也不從根本上反對〈講話〉，原因也在於此。

客觀地看，毛澤東的〈講話〉，如果僅僅作為一種激進主義的左翼文藝思潮，也是自有其歷史的合理性與獨特價值的。比如他從中國農民占絕大多

數這一基本國情出發，主張文藝為工農兵服務，重視普及，強調為中國老百姓喜聞樂見的民族、民間形式，這些都是本來就和底層人民有著血肉聯繫的左翼知識分子所樂於接受的。後來在〈講話〉的指引下，出現了既體現了黨的意識形態，又在藝術形式上有新的創造，並為普通老百姓，特別是農民所歡迎的作品，如賀敬之（1924-）、丁毅（1920-1998）等的《白毛女》（吸取了地方戲劇元素的新歌劇），李季（1922-1980）的〈王貴與李香香〉（民歌體新詩）、趙樹理（1906-1970）的〈小二黑結婚〉、〈李有才板話〉（評書體小說），絕不是偶然的。

　　問題在於，〈講話〉不是單純的文藝思想，從一開始就是黨的意識形態，在建國後，就更成為國家意識形態，國家文藝政策，和國家權力結合在一起，必然將自身絕對化、唯一化，並強迫歸順、投降，就演變成了思想、文化專政。原有的合理性推向極端，也走到了反面。這裡是有著深刻的歷史教訓的。

參考文獻：

《胡喬木回憶毛澤東》（北京，人民出版社，1994年）。

艾克恩《延安文藝運動紀盛》（北京，文化藝術出版社，1987年）。

〈列寧、斯大林等論黨的紀律與黨的民主〉，載1942年5月16日。

洛甫（張聞天）〈抗戰一來中華民族的新文化運動與今後任務〉，《解放》1940年4月1日第103期。

丁玲〈關於立場我見〉，《丁玲全集》第七卷（石家莊，河北人民出版社，2001年）。

毛澤東〈中國共產黨在民族戰爭中的地位〉（1939年10月），《毛澤東選集》（一卷本）（人民出版社，1967年）。

錢理群

1942年5月2日–23日
中共中央在延安楊家嶺召開文藝工作座談會

毛澤東〈在延安文藝座談會上的講話〉

　　1942年5月2日到23日，中共中央在延安楊家嶺召開了文藝工作座談會，毛澤東和時任中共中央宣傳部代部長的凱豐主持。參加會議的有中共中央領導幹部和在延安的文藝工作者一百多人。2日的會議上，毛澤東講話，蕭軍、丁玲、歐陽山、艾青、周揚等相繼發言。16日召開討論發言的第二次會議。5月23日的第三次會議上，毛澤東作了總結講話。他的兩次講話即「引言」和「結論」合併整理後，成了〈在延安文藝座談會上的講話〉（下簡稱〈講話〉）。〈講話〉在座談會結束後並未及時發表，一年多後毛澤東同意胡喬木協助整理，並經他本人修訂，1943年10月19日全文刊於《解放日報》，延安出版機構解放社也出版單行本。自1942至今，〈講話〉主要有三個版本，一是速記稿本，二是1943年《解放日報》本（四〇年代在根據地和解放區大量翻印的大多依據這一版本），三是1952年《毛澤東選集》第三卷本：後者經毛澤東再次修改校訂，一般被視為「定本」。

　　延安舉行的文藝座談會和毛澤東〈講話〉的發表，是一個重大的政治、文化事件，事實上改變了中國現代文學的進程。〈講話〉在《解放日報》全文刊出的第二天，中共中央總學委（延安整風的領導機構）便將〈講話〉列為整風檔。1943年11月7日，中共中央宣傳部發出「關於執行黨的文藝政策的決定」，指出〈講話〉「規定了黨對於現階段中國文藝運動的基本方針。全黨都應該研究這個檔，以便對於文藝的理論與實際問題獲得一致的正確的認識，糾正過去各種錯誤的認識」。1944年3月，周揚以文藝的特質、文藝

與階級、無產階級文藝等專題，將〈講話〉與馬克思、恩格斯、列寧、史達林等的相關論述編排連結，編輯出版了《馬克思主義與文藝》（延安，解放社版）一書，以證明〈講話〉是馬克思主義文藝觀的繼承和發展，稱〈講話〉「最正確、最深刻、最完全地從根本上解決了文藝為群眾和如何為群眾的問題」（《馬克思主義與文藝·序言》）。「序言」1944年4月8日刊於延安《解放日報》。毛澤東讀過《馬克思主義與文藝》之後致信周揚：「你把文藝理論上的幾個主要問題做了一個簡明的歷史敘述，藉以證實我們今天的方針是正確的，這一點很有益。」〈講話〉除在「根據地」廣泛推廣、組織學習之外，也通過重慶《新華日報》的報導，通過中共中央派往重慶的何其芳、劉白羽的介紹宣傳，以及周恩來1945年在重慶領導的整風，在大後方的左翼文化界擴大影響。雖說存在胡風等在相關問題上的不同觀點，左翼文化界大多數人對〈講話〉持支持、擁護的態度。

　　1949年7月的第一次全國文代會上，〈講話〉及毛澤東其他文藝論述構成的「毛澤東文藝思想」，不僅在中國局部地域，而且在大陸整體範圍確立了它的綱領性地位。周揚在《新的人民的文藝》報告中宣稱，〈講話〉「規定了新中國的文藝的方向，解放區文藝工作者自覺地堅決地實踐了這個方向，並以自己的全部經驗證明了這個方向的完全正確，深信除此之外再沒有第二個方向了，如果有，那就是錯誤的方向」。

　　〈講話〉的核心問題是文藝的社會、政治功能，文藝與政治的關係。〈講話〉開宗明義指出，革命事業存在「文武兩個戰線」，僅依靠「手裡拿槍的軍隊」是不夠的，需要「必不可少」的「文化軍隊」。〈講話〉堅決拒絕、批判「藝術必須按照自己的方式發展，走自己的道路」的那種文藝、政治的「二元論或多元論」，認為「在現在世界上，一切文化和文學藝術都是屬於一定的階級，屬於一定的政治路線的。為藝術而藝術，超階級的藝術，和政治並行或互相對立的藝術，實際上是不存在的」；而「黨的文藝工作」「是服從黨在一定革命時期內所規定的革命任務的」。〈講話〉在引述列寧相關文化論述的基礎上，提出了「黨的文學」的觀念，這一觀念的明確指向是，文學應該從屬於黨的政治，文藝要成為「整個革命機器的一個組成部分」。「文學」從屬政治和「黨的文學」的提出，必然引導出對文藝的「規

範性」要求，不僅為文藝創作提出「寫什麼」，也規定「怎麼寫」。如提出要著重表現「新的人物，新的世界」，表現工農兵的生活和鬥爭；要描寫生活的「光明面」；提倡「新鮮活潑的，為中國老百姓所喜聞樂見的」形式；強調樂觀主義精神和展示浪漫遠景，讓文藝作品「比普通的實際生活更高，更強烈，更有集中性，更典型，更理想，因此就更帶普遍性」；指出文藝批評應堅持政治標準第一，藝術標準第二；在創造「新文化」上對待中外文化遺產應取批判繼承的態度……

毛澤東認為，鑑於大多數知識分子都是受過小資產階級、資產階級或地主文化的深刻影響，他們又與工人農民的生活脫節，「靈魂深處還是一個小資產階級知識分子的王國」，總想「經過種種辦法，也經過文學藝術的方法，頑強地表現自己」，「按照小資產階級知識分子的面貌來改造黨，改造世界」。因此，〈講話〉中將作家思想改造、轉移立足點、改變感情和立場（朱德在5月23日會議上用了向工農「投降」的說法），作為實現文藝服務工農，成為「革命機器」的首要保證。〈講話〉指出，思想改造轉變立場的工作，要通過學習馬列主義理論，同時深入「工農兵火熱鬥爭生活」來實現。

〈講話〉主要是理論和政策的論述，並未涉及文藝制度的具體方面。但「黨的文學」和文藝「革命機器」性質的觀念，必然需要制度上的保障：改變、規範作家藝術家的社會身分、存在方式和工作方式，對文藝創作、出版、流通、閱讀、評價進行有效的管理和控制。相關的制度在根據地、解放區就逐步建立，1949年以後更在全國鋪開，不斷趨於完善和嚴密。它們包括：成立由黨領導的組織（各級「文聯」、作家協會和各種藝術家協會）；作家藝術家分別組織進各種「單位」；文藝刊物、出版發行機構全部歸黨和國家直接管理運營；如〈講話〉提出的「文藝界的主要的鬥爭方法之一，是文藝批評」──以批評和開展運動的方式來區分「香花」、「毒草」，褒揚符合文藝路線的作家作品，對逸出和悖逆的「異端」給予警示和批判。

〈講話〉的論述，基本上是對文藝問題的幾組「對立項」的分析。它們是：政治與文學、政治標準與藝術標準、創作規範與創作自由、普及與提高，歌頌與暴露、遺產的繼承與批判……這些「對立項」又被置於「綱領

性」和回應現實緊迫問題的「策略性」雙重視野中。〈講話〉的論述雖然有堅定鮮明的傾向性，但避免簡單化的「辯證」考慮，也仍留存可供向兩方拓展的有限空間。自1949年以後的幾十年間，因為政治、文學形勢發生的變化，由於革命文藝內部存在不同見解的派別，在對文藝政策進行調整，或提出某種推動變革的異見的時候，由於〈講話〉已經成為「經典」，就會首先以〈講話〉作為背景，或直接借助對〈講話〉的重釋來進行。可以列舉的例子有：胡風〈關於解放以來文藝實踐情況的報告〉（1955）；劉紹棠〈我對當前文藝問題的一些意見〉（1957）；何其芳〈回憶、探索和希望——紀念〈在延安文藝座談會上的講話〉發表15週年〉（1957）；《人民日報》社論：〈為最廣大的人民群眾服務——紀念毛澤東同志〈在延安文藝座談會上的講話〉發表20週年〉（1962，周揚等執筆）；《上海文學》評論員〈為文藝正名〉（1979）；周揚：〈三次偉大的思想解放運動——在中國社會科學院召開的紀念「五四」運動60週年學術討論會上的講話〉（1979）；中共中央編譯局〈《黨的組織和黨的出版物》的中譯本為什麼要進行修改〉（1982）……

參考文獻：

毛澤東〈在延安文藝座談會上的講話〉，延安《解放日報》1943年10月19日。

毛澤東〈在延安文藝座談會上的講話〉，《毛澤東選集》第三卷（北京，人民出版社，1952年）。

周揚主編《馬克思主義與文藝》（延安，解放社，1943年）。

胡風〈置身在為民主的鬥爭裡面〉，《希望》1945年第1集第1期，收入胡風《逆流的日子》（希望社，1947年）。

《文藝報》編輯部《再批判》（北京，作家出版社，1958年）。

艾克恩《延安文藝運動紀盛》（北京，文化藝術出版社，1987年）。

洪子誠

1943 年 4 月
趙樹理的《小二黑結婚》出版

「趙樹理方向」

　　1943年，趙樹理（1906-1970）的短篇小說《小二黑結婚》出版，一個原本默默無聞的中國農民，一夕聲名大噪。小說描寫一對不受迷信與封建包辦婚姻約束，勇於追求愛情的農村青年。小說以簡單、通俗而美妙的語言，形塑了栩栩如生的農村人物，因此迅速獲得成功，並很快改編為戲劇在當地劇場演出，廣受眾多不識字農民的歡迎。小說銷量高達四萬冊，甚至超越作品在革命根據地年年重印的革命偶像作家魯迅（1881-1936）的紀錄。

　　趙樹理或許是最著名的現代中國農民作家，他的崛起標誌著現代中國文學成功地從都市擴展到農村和非菁英群體的聲音。他引領革命作家用「舊瓶裝新酒」，將革命理念嵌入傳統而耳熟能詳的本土媒介中，以此教育農民讀者。趙樹理的文學成就最終獲得中國共產黨的認可，1950年代被授予最高的文學榮譽，並且被譽為中國語言大師，與郭沫若（1892-1978）、茅盾（1896-1981）、老舍（1899-1966）和巴金（1904-2005）齊名。

　　然而，對「趙樹理方向」寫作的接受，並非毫無爭議，尤其經歷經典與西方知識菁英訓練的馬克思主義知識分子。他們拒絕承認趙樹理對農村文化重新發明的價值。他們以次級紙張出版趙樹理作品，與重印魯迅著作的上等紙材形成強烈反差，委婉地表達他們的異議。

　　這種歧視，絕非個案，反映的是晚清以降的民族文學舞台上，圍繞現代中文寫作屬性所進行的鬥爭。對文學美學和功能屬性的各自強調，被理解為關於高級文學與低級文學的爭辯，二者此起彼落，形塑了二十世紀以來各時

期文學發展的歷程。直至革命時代，二者的緊張拉鋸，仍不斷激發著定義現代中國文學身分的努力。

　　一九二〇年代後期，中國共產黨開始將革命根據地轉移至農村，他們所處的位置，需要想像一種專門迎合大眾的新型文學工程。這一「人民的文學」實際上就是面向農民的（pro-peasant）文學，藉以滿足黨迫切的政治需要。正是在這種政治語境中，像趙樹理這類作家的名聲開始成形，因為能夠吸引農民讀者的，正是趙樹理及其同儕，他們以古老的藝術形式實踐新理念。

　　趙樹理1906年出生於華北的貧苦農家，他有著非常獨特的背景。他的藝術才華孕育於在地的藝術形式。早年，他精通當地的樂器、戲曲、中醫和算命。1927年，他加入中國共產黨，為了稱頌新信仰而改名，從追求美德的「禮」，改為追求真實、理性和原則的「理」。然而，他的馬克思主義轉向，並未將他送入城市的文化空間——當時，這是年輕人社會晉升的過程。相反地，他主要活動範圍仍限於鄉村，這解釋了他何以從未覺得自己是隸屬於主流都市文化的知識分子。

　　現代中國文學的顯著特徵是具備雙驅動引擎。都市空間得以動員最佳人力和制度資源，並成為新興現代文化發源地——五四啟蒙文學的整體，都烙印著這種都市性格。但共產主義運動——尤其1937年全面抗日戰爭後，卻集中致力於拓展中國西北的農村空間，並引入社會和文學革命的新意識形態力量。

　　在中國共產黨領導下，農村文化空間經歷了持續改革和重新制度化。由此，很快地成為往後半世紀裡，現代中國文學另一處生產力源泉。農村作家、讀者、主題和風格，都成了毛澤東（1893-1976）所提出的「新民主主義文化」的要點。是「民族的、科學的、大眾的」，具有「新鮮活潑的、為中國老百姓所喜聞樂見的中國作風和中國氣派」。為了建設這種新民主主義文化，毛需要都市和農村的雙生產引擎（twin engines）的密切合作。在此語境下，對共產主義革命最好的理解是：它並未熄滅第一個都市文學生產引擎，同時為第二引擎添了把火。趙樹理的著作，因而成為這一新方向的適時預告。

　　趙樹理成名於1943年，這是特定歷史條件的結果。事實上，他的早期作品幾乎沒有引起批評界的關注，遑論讚揚。趙樹理最初的兩個短篇小說〈悔〉和〈白馬的故事〉寫於1929年——當時他為國民黨所羈押，並未在文壇留下印象。一九三〇年代，他的寫作風格逐漸成熟，發表了一批短篇故事、劇本和小說。但他的鄉野風格，始終無法迎合都市口味。趙樹理文學命運的突然改變可歸因於中國共產黨的文化運動，這一運動既鼓勵趙樹理這樣的作家，也創造出一個新的、基於農民的、喜愛他的著作讀者群。這些歷史環境造就趙樹理的全國性風潮。

　　從此一歷史視角觀之，趙樹理在國家舞台的登場及其作品的風行，可說反映出人民共和國裡，文學體系雙引擎的單方推進。一方面，趙樹理熟悉中國啟蒙文學，也是魯迅的深度讀者（deep reader），及俄國作家契訶夫（Anton Chekhov, 1860-1904）的崇拜者，強調啟蒙文學對他的巨大影響並不為過。〈小二黑結婚〉反映了更多的啟蒙文學信條，而非革命法則，絕非偶然。這篇小說如其題名，聚焦於小二黑的婚事。但小說中的「婚姻自由」理想，是藉自早期啟蒙文學的主題——只是將典型的都市背景與農村做了替換。就其所受的啟蒙影響而言，〈小二黑結婚〉在許多重要層面，又偏離此一傳統。比如，小說確認了三個妨礙新人生活尊嚴的主要因素：迷信、女色和官僚腐敗。這些病根中的後兩者在啟蒙時期文學中，基本是缺席的；而且這對農村伴侶的相愛，似乎缺乏浪漫感情，也無任何親密的身體接觸。另一個重要的分歧是小說中解決問題的方式，共產主義行政權力的介入確實有其必要，但其暴力手段，只能用來針對腐敗的官僚主義者。對舊思想的農民而言，革命性權威只能發揮如處理農村事務道德法庭那樣的作用。在這一意義上，農村裡運作的諸種啟蒙價值，不是抽象的真理以及普遍性的原則，而是恢復性價值（recuperative values），由於封建主義和資本主義等壓迫性力量，它們曾一度丟失。

　　然而另一方面，趙樹理的思想，也浸透於當時農村民粹主義的精神中。他雖然明確承認農村經濟文化的落後性，卻不願為了討好城市化理論而貶低農村價值。他期待一場偉大的革命，從農村的土地上驅逐所有反動勢力，也真誠相信只有通過農民自己才能做到這點。由此看來，發展農民的生產力、

原創性和革命意志，對解放他們的目標而言，可說是關鍵性的，密切回應了毛澤東的政治理想。趙樹理對毛以及共產黨的配合，根源在於他們共同的農村民粹主義視野。

毛的知識分子政治，與這種民粹主義綱領有清晰的連結。在〈在延安文藝座談會上的講話〉中，毛說道：「最乾淨的還是工人農民，儘管他們手是黑的，腳上有牛屎，還是比資產階級和小資產階級知識分子都乾淨。」這種民粹主義式宣言的結果，是號召城市知識分子下鄉學習農民的語言，學習他們純潔的意志，並為他們的發展而工作。趙樹理對農民的語言、需求、習慣和精神的極度熟悉，以及他與農民在一起的絕佳舒適感，使他成為代表中國共產黨統合（unification）模式的理想候選人。

1947年，眾所周知的「趙樹理方向」開啟了趙樹理的偶像化過程。趙樹理代表中國其他共產主義作家都應該走上的方向，這一方向本質為何？儘管有著多種理解，它仍然可被簡單視為一種寫作的姿態。在此，一個作家被認為是為農民這一他者（peasant other）寫作的雙重意識，已然獲得克服，他的作品也成功結合了這一雙重意識。以〈小二黑結婚〉為例，它出色的美學特徵，包含了對當地戲劇情節裝置的運用、詳盡又引人入勝的形象描寫，以及精心製造的一個戲劇性高潮。在其所有作品中，趙樹理有意捨棄現代主義諸如心理分析、環境的客觀化、獨白等技巧，甚至主要英雄人物的角色功能，這些對於現代主義的小說而言，都是最基本的特徵。

此後，趙樹理在將近十年的時間裡，保持了創作的活力。著名作品有《李有才板話》和《李家莊的變遷》。除了小說寫作，他還創作了散文、劇本和工人模範的傳記。

人民共和國建立後，趙樹理的主要文學貢獻是《三里灣》（1953），第一部重新衡量「農村合作化」運動的小說。然而，一九五〇年代政治氛圍的種種突變，很快扭轉了趙樹理文學事業的命運。持有不同「人民文學」想像的激進中國馬克思主義者，開始批判他的作品，譴責趙樹理缺乏對農村轉型的宏大歷史敘述，寫作呆板，故事節奏緩慢，忽略人物塑造中的英雄主義。一九六〇年代伊始，中國讀者已然養成了對新體裁的趣味，其中最重要的，是英雄故事、成長小說和史詩性農村小說。

　　甚至趙樹理本人也並不一定能使自己沿著以他命名的「方向」前進。他的作品最終獲得的標籤，反映了另一類型的「雙重意識」：農民藝術家和國家作者（national writer）。他在文學圈裡的黯然失色，確實是一場個人悲劇，但更重要的是，這表明了黨的農村政策游移不定——在民粹主義和城市化之間；國家與農民階級的利益之間，彼此無法解決的矛盾。趙樹理最後小說所觸及的主題之一是農村青年的背叛，他們無法抗拒都市的誘惑。他深深地感到失望，開始懷疑自己的作品，是否還能被當代農民閱讀和欣賞。1970年9月，他在文化大革命的批鬥中痛苦離世。

　　文化大革命結束，毛的革命理想終止，迎來了現代中國歷史及文學的新時代。文學話語開始掙脫社會主義意識形態束縛，生產新的文學運動。然而，這些都不是出於趙樹理和他的同儕所秉持之價值的激發。文學不再被視為改造人民的工具，卻被重新定位為藝術活動的自主領域，具備著獨立價值。儘管在當代中國寫作中，對「農民問題」的興趣仍然清晰可辨，它們的表現方式卻已然歷經重大變化。就此而言，趙樹理並沒有真正的繼承人。

　　雖然在當代中國，趙樹理的文學仍然得到左翼批評家的尊敬。但作為一種文學遺產，所能找到最接近它的卻是繁興的打工文學體裁。這種寫作與趙樹理作品的氣質或許可在1942年鄧小平與太行山文化人座談會中，趙樹理和一位年輕革命詩人的爭論捕捉到——後者聲稱：「群眾雖然是大多數，卻是落後的。」趙樹理如此回應：「群眾再落後，總是大多數；離了大多數就沒有偉大的抗戰，也就沒有偉大的文藝。」

參考文獻：

《趙樹理全集》五卷本（太原，山西人民出版社，1999年）。

Yi-Tsi Mei Feuerwerker, *Ideology, Power, Text: Self-Representation and the Peasant "Other" in Modern Chinese Literature* (Stanford, CA, Stanford University Press, 1998).

蔣暉 撰，劉子凌 譯

1944 年 11 月 14 日
梅娘小說《蟹》獲得「大東亞文學獎」

北有梅娘

　　1944年11月14日，時年24歲的作家梅娘（1920-2013），以小說《蟹》
獲得第三屆大東亞文學者大會「大東亞文學獎」，那是日方贊助的東亞文學
協會。此後，她在寫作上被烙下了一個印記，成為她日後生活上致命的陰
影。為了這個殊榮以及據傳兩萬日元的獎勵，梅娘從北京（時稱「北平」）
來到南京──一個深受日軍荼毒的城市。對一個年輕作家來說，這是一項殊
榮，但授獎的時機險惡，日軍在此地的暴行仍歷歷在目。這場慶典結束僅數
月，日本帝國即被驅逐出中國本土，留下離心離德的中國國民。接下來數十
年中，共產主義革命趕走了帝國主義者，中國人因內戰而兄弟鬩牆。包括梅
娘在內，曾經在日據時期飛黃騰達的中國人，眼見自己的人生分崩離析。作
為一個日本統治勢力下的中國青年，梅娘以批判父權社會以及社會經濟墮
落，締造了自己的創作生涯。為此她卻遭到長達三十年的迫害，但她掙扎存
活。1997年，她被官方承認為中國現代文學中最重要的「百家」之一。

　　梅娘原名孫嘉瑞（梅娘是她廣為人知的筆名），1920年12月24日生於海
參崴，成長於長春的富裕家庭。她的母親為妾室，因正室逼迫而自殺，她是
被冷酷的嫡母和溺愛她的父親撫養長大。「梅娘」即「沒娘」，同音異義。
童年時期她即憧憬文學寫作，啟蒙作家包括冰心（1900-1999）、拜倫
（Lord Byron, 1788-1824)以及高爾基（Maksim Gorky, 1868-1936）。1931年
日軍侵華，她的實業家父親拒絕高官厚祿，舉家遷往長城以南，然而經濟壓
力迫使他們遷回長春。梅娘在新成立的滿洲國繼續高中學業。

　　1936年，對梅娘而言是重要的一年。那年她十六歲，出版第一部短篇小說集《小姐集》。不久父親去世，她被送往日本讀書。嗣後與在東京漢語書店工作的中國學生柳龍光（1916-1949）相戀，在書店接觸到國內難以獲取的文學作品。1938年，梅娘返回長春（當時已更名為「新京」），柳龍光緊接著於1939年返國，二人以同居反抗家裡安排的包辦婚姻。梅娘在新京日本人擁有的華文報紙《大同報》工作，成立「文叢派」——一個致力於「描寫」與「展示」地方生活現實的作家群體。他們暴露社會黑暗現實的寫作，違反了當時的文學制度，但在美學趣味相投的日本進步知識分子支持下，出版了一些淪陷時期最重要的文學作品，包括梅娘的第二部小說集。

　　1939年夏天，梅娘系列小說（包括後來獲獎的《蟹》）的第一部《蚌》完成，主要內容是批判社會生活和婦女地位。小說在日本人擁有的華文雙週刊《華文大阪每日》上發表，同時在日本帝國境內發行。《蚌》描寫滿洲國內一對苦命青年中國夫妻，被當時的習俗和流言所摧殘的命運。女主人公梅麗是一個辦公室職員，對自己的工作和所受教育極為不滿，認為此二者皆不足以使女性獲得真正的獨立。她為了幫日本老闆端茶倒水的服務而與同事爭論，對這種低人一等的滋味感到厭惡。梅麗也堅決反對包辦婚姻，聲稱她寧可墮入娼門，也要保持獨立性。她為自己和男友的婚前性行為辯護，質疑為什麼女子必須在婚前保持貞潔，男性則不需要。《蚌》的核心思想，是呼籲婦女必須意識到男權的壓迫，並為了戰勝它而奮鬥。這個故事，為梅娘留給後人的大部分文學遺產奠定了基調。

　　1940年6月24日，梅娘的第二部小說集《第二代》出版，佳評如潮。全書由十一個短篇組成，內容聚焦於社會動蕩、貧困和吸毒問題。作家梁山丁（1914-1998）認為《第二代》是最早將「自由主義」之風引入滿洲國文學界的作品。生活在新京並頻繁出版作品，使得梅娘的文學聲譽與日俱增。1940年底，柳龍光在《華文大阪每日》先後獲得記者與編輯職務，夫婦二人移居日本。梅娘筆耕不輟，並致力增進日文水平，及翻譯日本文學，特別是作家久米正雄（1891-1952）的作品。1942年，二人返國定居北平。當時，柳龍光已是「（偽）華北作家協會」的締造者之一，梅娘則繼續從事《婦女雜誌》寫作和編輯工作。

　　1941年，梅娘著手創作最著名的兩部小說——《魚》和《蟹》。《魚》中的女主人公芬控訴她不幸的婚姻生活，並批判男權對婦女的壓迫。芬直言教育為她注入了對精神解放的極度渴求。她對真愛的追尋使她遠離父母、丈夫和情人，且決心向他們訣別。在梅娘飽含同情的筆下，懷孕的芬幾乎違反了官方宣傳中理想化的「賢妻良母」形象，尤其當芬發現她的情人——即丈夫的表兄已婚時，她表明自己寧可當妓女，也不會繼續與他來往。日本的中國文學研究權威吉川幸次郎（1904-1980）譴責《魚》是他讀過「最墮落」的小說之一。飯冢朗（1907-1989）也以類似的蔑視口吻稱梅娘的作品「充滿了性描寫的女性宣言」。雖然屢遭批評，《魚》（收入作者第三部作品集）卻廣受讀者的喜愛，半年內再版八次，並於1943年獲得第二屆大東亞文學者大會的次獎。

　　《蟹》於1941年起於《華文大阪每日》連載，後收入梅娘1944年出版的第四部同名作品集。故事中的兩位年輕中國姑娘崔和玲，都來自長春的富裕家庭，她們的生活因日軍占領受到了影響。中國人意識到日本人的統治，比此前的軍閥以及俄國人更加難以忍受。日本人的工作環境並不適合中國人，後者無法理解如此刻板的工作環境——嚴守計畫的長時間工作，也沒有中國文化中極為普遍的禮尚往來。伴隨社會經濟衰退而來的則是對金錢的過分看重，損害了人與人之間的關係。這種情況在中國群體中造成了嚴重破壞，最終使得婦女受到更嚴重的輕視，於是崔變成了一棵「搖錢樹」，誰出最多錢就賣給誰。故事結尾，受寵的女兒玲有感於落日景色而選擇拋棄家庭尋找自由。梅娘選擇了「落日」意象，而非日本帝國的象徵——「朝陽」，被評論者認為，此乃對當時親日宣傳的漠視甚至是拒斥。由於小說描述日本統治下中國社會經濟的衰退，婦女所受到的男權壓迫，以及金錢至上的腐朽社會，為梅娘贏得了她在文學上的最高評價。

　　無論是《蚌》、《魚》還是《蟹》，都對當時日本統治下由男性主導的滿洲國社會，提出了以女性為中心的批判觀點。這三部小說都未直接描寫日本人，而是聚焦於那些積極嘗試改變命運的中國女性。事實上，《蚌》和《蟹》中分明有日本人的存在，只是當時審查制度明確禁止對日本及其臣民的直接批評。禁令也擴展到表現社會陰暗面、對「賢妻良母」思想的抵制，

以及對貧困的描寫等。這些曾是梅娘創作的主題，也曾吸引滿洲國、日本和中華民國的讀者，她的作品，就像其他中國女作家一樣，在東亞地區廣有知音，如從東北流亡的蕭紅（1911-1942），以及生活在日據上海的張愛玲（1920-1995）。據說，在1942年一次書店評選出的當代中國最流行的女作家中，張愛玲曾與梅娘並列，形成那句著名的文宣讚語：「南玲北梅。」

　　梅娘是滿洲國最著名的女作家，但不是唯一一位。其他活躍的女作家（許多都曾在梅娘的鼓勵下創作），包括但娣（1916-1995）、藍苓（1918-2003）、吳瑛（1915-1961）、楊絮（1918-2005）和朱媞（1923-2012）。她們一如梅娘，批判男權對女性的壓迫，以及當時社會經濟的衰落。她們都是在滿洲國下接受教育，也同樣抓住一切機會進行社會批判。她們一邊寫作一邊工作，公然的社會批判者身分連帶影響了她們在工作場所的活動。在日本統治的最後兩年，這些作家大多數遭到迫害，梅娘則因避居北平而逃過一劫。儘管滿洲國政府對於文藝的管控問題極為關注，卻難以控制大眾文學的內容。文學生產雖被審查制度、官方機構和審查員們左右。然而隨著日本國家資源的匱乏，特別是自1937年抗日戰爭全面爆發以後，文學審查也亂了章法。而日本國內的本土作家們傾向現實主義式的寫作，不明言地認可了他們的中國同行，使得情況變得更加複雜。政府官員對這類的批判文學視而不見，似乎相信它是文化表達的合理形式，他們可能期望一種獨特的滿洲國文化，使得占人口大多數的中國人能與中華民國徹底了斷。男性中國作家可能遭到威脅、逮捕或處決，相形之下，女性同行似乎能更加自由地抵抗沉重的制度規範。當地作家李正中（1921-2020）和朱媞先後指出，滿洲國政府官員對女性的厭惡，使他們看不到女性作家作品中的政治性本質，因而在軍事化的殖民地背景下，促成了一批獨特的反男權社會批判文學的誕生。

　　隨著1945年滿洲國的崩潰，梅娘和柳龍光短暫遷往長春，接著轉往上海和台灣。1949年，夫妻倆決定返回大陸參加新中國的建設。不幸的是，柳龍光死於海難，懷著兒子的梅娘帶著兩個女兒回到北京。她在戰時的寫作很快地帶來了惡果。1952年，梅娘被批評有「腐朽墮落的資產階級思想」。1955年，她被懷疑為日本間諜而遭迫害，1957年被劃歸右派。「文革」期間對她

的迫害達到頂點，她被貼上「漢奸」標籤。在毛澤東（1893-1976）時代的剩餘歲月裡，她長期居於監獄從事繁重的勞動，兩個孩子也在此期間死去。1978年，對滿洲國時期作家的批判被推翻，梅娘得以同她僅存的女兒柳青團聚，並重新寫作。一九八〇年代中期，她的戰時作品重新出版。1997年，距平反後近二十年，梅娘的肖像被放置於中國現代文學館。她仍以不屈不撓的精神持續寫作，直到2013年5月7日走到生命盡頭。

　　1944年11月，當梅娘在南京慶祝獲獎之際，這位年輕作家絕不會知道，這是自己事業的頂峰。獲獎短暫地提升了她的地位，但在日據時期所獲得的殊榮換來她日後幾十年的艱辛苦難。在最著名的作品裡，她譴責日本統治下，中國社會生活的男權準則和機制帶來的壓迫，並因此遭受長達幾十年的不堪迫害。諷刺的是，梅娘在日本統治期間，尚有空間追求她的個性解放和事業理想，在毛澤東時代許諾解放全體中國人民的體制下，卻無法實現。梅娘的生命和寫作，證明二十世紀中國所遭逢那充滿矛盾的複雜力量，這些力量也使她二度登上了二十世紀中國文學的前列。

參考文獻：

侯建飛編《梅娘近作及書簡》（北京，同心出版社，2005年）。

岸陽子《另外一部〈白蘭之歌〉：淺析梅娘的翻譯作品》，趙暉譯，張泉編
　　《抗日戰爭時期淪陷區史料與研究》（南昌，百花洲文藝出版社，2007
　　年），頁190-201。

Norman Smith, "'Only Women Can Change This World into Heaven' : Mei Niang,
　　Male Chauvinist Society, and the Japanese Cultural Agenda in North China,
　　1939-1941," *Modern Asian Studies* 40, no. 1 (February 2006): 81-107.

Norman Smith, *Resisting Manchukuo: Chinese Women Writers and the Japanese
　　Occupation* (Vancouver, BC, University of British Columbia Press, 2007).

諾曼・史密斯（Norman Smith）撰，盧冶 譯

1945 年 8 月 1 日

卞之琳和王力在昆明合作

中國現代主義詩歌的聲音

　　大約1945年8月1日於昆明西南聯合大學，詩人卞之琳（1910-2000）開始協助語言學家王力（1900-1986）撰寫關於中國現代詩歌格律著作。這段經歷代表了中國詩學從前瞻性到描述性研究的轉變——它標誌了詩人發明新詩音律時期的結束，以及評論家嘗試分析和理解何謂詩歌音律時代的開始。一九四〇年代初，卞之琳因公開支持共產黨，被迫離開四川大學；稍早，王力則從南寧的廣西大學而來。他們都在日軍勢力深入中國北方及其腹地之際，輾轉流亡至此。西南聯大位處遠離前線的雲南，抗戰時期由北大、清華、南開三所被日軍占領的北方學校組成。來自這幾所大學的學者在西南聯大形成一個政治、地域與知識結構多樣化的群體。他們在日軍的炮火空襲下，持續學術追求。

　　卞之琳來到昆明時正值他的詩歌創作轉折期。他早年以複雜難解、聲律豐富的象徵主義詩歌名聞遐邇；戰爭初期因為深受一次延安之旅的啟發，開始發表詩作聲援左翼理念。一九三〇年代，卞之琳的詩作多為五四運動流風餘韻的觸發下所寫，他致力探索詩歌的新音律形式，用以豐富甫成為國家語言的新白話文。1940年始，他嘗試以音律詩形式，為士兵和工人創作簡單的實驗性詩歌，並於同年出版《慰勞信集》。大約同一時期，王力迅速成為同輩中最傑出的語言學家。王力1932年於巴黎大學取得博士學位；一九四〇年代早期，他致力於研究和出版中國語言學和音韻學的著作，為白話文的理解，以及語法的系統化作出了自己的貢獻。這兩人因緣際會的遇合——王力

邀請卞之琳參與著作書寫中關於當代詩歌音律的章節，並命名為〈白話詩和歐化詩〉——成為他們志業重要轉折點。

兩人有許多共通處，卻也有不少相異點：雖然卞之琳英法文學根底優秀，但1945年前，他的海外經歷僅限於日本的短暫停留。他深受中國新詩的影響，尤其是聞一多（1899-1946）和徐志摩（1987-1931）的詩作。作為「新月詩派」成員，聞和徐皆嘗試抵抗中國新詩中越來越居於主導地位的自由詩體（free verse）。在古典格律詩已不為詩學政治所涵容、又大異於自由詩體所使用的新語言下，新詩人必須挑戰不同古典詩詞的新音律形式。他們應對的方法就是同時在實踐和理念上，改編以及翻譯外國詩歌，因應當代中國詩歌的要求。比如1940年，卞之琳已翻譯了魏爾倫（Paul Verlaine, 1844-1896）、梵樂希（Paul Valéry, 1871-1945）、葉慈（W. B. Yeats, 1865-1939）和艾略特（T.S.Eliot, 1888-1965）的詩歌，並實驗性地以聞一多關於「頓」或「節拍」的理念創作。「頓」是一個建立在語義單位基礎上的節奏單元。作為二十世紀的發明，「頓」糅合了中國古典詩歌的音節或音步，並讓外國詩歌的重音有了更多的表現機會。通常，一個「頓」只是一個詞，特別是在新的中國語法中兩音節或三音節詞相當普遍。一個「頓」究竟該如何發聲，是在詩歌的實際操演裡，而非在理論上得到解決。加上每位藝術家對這種新音韻模塊之理解和運用，都有著微妙差異。畢竟關鍵點並非複製異國系統，而是創造新的中國詩歌系統。

與卞之琳不同，當王力與卞之琳討論新詩時，他已在巴黎專攻語言學數年。因此早已習慣運用西方語言學和韻律的概念，作為建立語法結構的基礎。他邀請卞參與的《漢語詩律學》是以數字和字母形式編寫，與瑞士語言學家索緒爾（Ferdinand de Saussure, 1857-1913）提倡的形式非常相近。王致力提供豐富的分析類別，以科學論證分別舉例的方式，展現分析類別的效用。專著結構亦隱而不彰，企圖描述或包含中國詩歌特徵之大成：關於古典詩詞的四章就涵蓋了抒情詩歌所有主要傳統。不同種類的聲律形態都被一一列入，每種聲律形式都有例詩，甚至包括那些鮮少使用者。但此書的結構體系也有所缺失，即未能展示概念和分類邊界的可滲透性。如卞之琳詩歌，不論是否運用了「頓」，每行都經常採用固定的音節數。這當然使其視覺和聽

覺效應與傳統的中國詩歌有著相似之處。王力強調了這一點，但他卻在名為〈白話詩和歐化詩〉的章節中，呈現這類詩例，讓「歐洲化」成為這些作品定性和定位因素，而傳統中國詩歌的影響因素，則被認為只起到輔助作用。

　　王力與卞之琳的討論，對前者寫作有著明顯影響。〈白話詩與歐化詩〉一章的詩例，主要以卞之琳和另一位西南聯大流亡詩人馮至（1905–1993）的詩歌為例。馮氏同樣對歐洲詩律懷有濃厚興趣。非中國文學是該章節的立論標準。在講述「句首同韻」（initial identical rhyme）時，王力引用了諾伊斯（Alfred Noyes, 1880–1958）的詩作，接著是泰戈爾（Rabindranath Tagore, 1861–1941）的一首詩，最後摘錄卞之琳的〈圓寶盒〉作結。其行文邏輯是清晰的：這種詩體起始於以諾伊斯為代表的歐洲，接著經過泰戈爾這個歐亞之間的變體，最後落腳於卞之琳——他也確實是上述兩位詩人的讀者。然而這些相似詩歌間的差異，卻未被強調。比如說，諾伊斯的詩並未使用相同的韻，這些韻把多個單句聯繫起來；泰戈爾和卞之琳的詩，則使用同樣的韻，在同個句子裡列出了平行的從句。我們可以從王力講故事的方式，辨認出其詞源學（etymology）或進化生物學（evolutionary biology）的原型：這個詞／這個動物從哪裡來？它的先祖是什麼？在幾乎每一個對象中，王力的答案都是「西洋」，特別是他最熟悉的英國和法國傳統。

　　也許正因如此，王力置換了卞之琳所使用的韻律術語：比起中國獨特的「頓」，王更喜歡談論「音步」（「foot」）。這使歐洲式詩歌吊詭地既成為中國新詩的來源，又變成了它的目標。在分析音步一節的末尾，王引用了兩首卞之琳詩歌，作為不符音步節奏的特例，並總結道：「總之，歐化詩在音步一方面，似乎還沒有達到十分完善的地步。將來詩人們也許還要有所改進的。」當然，卞之琳原先並沒有從韻腳起步去結構詩作。然而王力的解說，卻顯示他的理論與卞的詩歌實踐間最深刻的分歧：卞之琳的詩歌形式是非常獨特的創造，其特徵並非來自英國與法國的詩歌，而是將異國詩學引為己用，搭建了一個獨特觀念和語言的空間。從這個角度來說，卞的詩作與五四運動時對變革的熱情有著深刻關聯，雖然他更關注作詩法和詩歌本身，而非社會和政治的變化。他的〈白螺殼〉被王力引用來說明「不拘音步的一致，而只求節奏的一致」。這首詩實際上每行都使用了三個「頓」，標點被

用來強化「頓」的邊界。同時它還採用了「ababccxdxd」這種奇特的韻律結構，正如傳統的七言律詩一樣。這首詩並非西方詩歌傳統的尾聲，而是標誌一種新韻律形式的發明。王力了解卞之琳所使用的「材料」，卻不清楚他使用的方式。

　　1940年以降，王力那些分析性的、被公認為客觀的詩律研究，以其對詩歌譜系和詩歌技巧起源的興趣、測量力和識別力，乃至於強調詩歌形式作為國族身分本質之再現的重要性，成為中國詩律學在實踐上越來越受推崇的方法論。而卞之琳那些充滿了創新色彩與跨文化性格、並且經常受到美學驅動的詩歌實踐則被邊緣化。一九四〇年代末，他完全停止了詩歌創作，再也未能重拾一九三〇年代旺盛的創造力。取而代之的是被捲入一場漫長的辯論中，不斷解釋他在作詩方法上的選擇與政治間的關係。毛澤東（1893-1976）於1942年發表〈在延安文藝座談會上的講話〉，指示藝術家要模仿（基本上是指農村的）人民大眾，他們的詩歌創作依然停留在音樂、朗誦和傳統五言與七言形式的配合上。左翼詩人的共識是以傳統民歌的形式創作宣傳共產主義意識形態的詩作，這使卞之琳很少能有餘地去進行創新。在辯論中支持新民歌的一方認為，詩人不僅要表達黨的意識形態理念，也要表現出中國人的民族性格。卞之琳被迫為他調和西方詩歌形式的選擇辯護，王力的分析則似乎證明了卞在一九三〇年代所寫的詩歌，不僅不是與西方「無關」，而且基本上就是「歐化」的。卞之琳以其對共產主義發自內心的忠誠，甘願放棄早期作品，避免了毛澤東時代最危險的後果。一九五〇年代後，他因緣際會從事翻譯和外國文學的教學工作，成為一個和王力一樣的西方文學專家。儘管王力在「文革」中受到了嚴重衝擊，他的研究成果卻仍然重要且極富影響力。1962年《漢語詩律學》甚至再版，雖然關於卞之琳的章節，由於涉及太多外國文學內容而被刪除。

　　儘管如此，當1945年兩人坐談詩歌及合作研究時，並未帶有任何特定的政治意圖。在許多意義上，卞之琳對藝術技巧的關注和探索，其創造力和汲取、借鑒不同傳統的意願，都與早年中國新文化運動的要求相吻合。而王力的選擇更加激進，也更徹底地受到異國意識形態和實踐的影響。這呼應了當時中國的國族意識。畢竟，這是一個蘇聯共產主義成為中國民族性選擇的時

期，而那時的中國，也正面臨來自於日本侵略更迫切的救亡壓力。當毛澤東開始寫作和公開發表他的舊體詩作時，詩人也放棄並停止模仿像卞之琳這樣的詩歌形式，他的作品未來可能性也就此終結。1950年以後，卞自己開始強調，他一九三〇年代的創作並非新發明，而是對中國語言和文化核心結構的反映。與王力和卞之琳於一九四〇年代的初衷相反，王力對新詩形式的研究並未開創更多新的篇章，而是標誌著一個初生傳統的終結。

參考文獻：

《卞之琳文集》（合肥，安徽教育出版社，2002年）。

卞之琳〈談詩歌的格律問題〉，《文學評論》1959年第2期，頁79-83。

江弱水《中西詩學的交融：七位現代詩人及其文學因緣》（台北，人間出版社，2009年）。

王力《漢語詩律學》（上海，1962年完整版，1979年再版）。

Lloyd Haft, *Pien Chih-Lin* (Dordrecht, Netherlands, De Gruyter Mouton, 1983).

Lucas Klein, "Foreign Echoes and Discerning the Soil: Dual Translation, Historiography, and World Literature in Chinese Poetry," PhD diss., Yale University, 2010.

安敏軒（Nick Admussen）撰，盧冶譯

1945 年 8 月 29 日
華商趙廉在印度尼西亞蘇門答臘島失蹤

郁達夫失蹤之謎

　　1945年8月29日傍晚，五十歲的華商趙廉與一名操印度尼西亞語、族裔不明的青年離家，此後行蹤成謎。失蹤前，他曾與幾位來自南蘇門答臘華人種植園公司的朋友會面，討論8月15日日本投降後東南亞華人的未來計畫。

　　趙廉的失蹤，在南洋華人社群及中國知識分子間是一則重大新聞，因為趙廉其實是流亡海外的著名五四文人郁達夫（1896-1945）在日本占領印尼時使用的化名。

　　1946年8月，根據蘇門答臘的棉蘭盟軍報告，郁達夫已遭日軍殺害。多年後，日軍檔案公開，郁達夫在一次日軍發動的政治清洗活動中遭殺害的揣測，獲得證實。1969年，日本學者鈴木正夫（1939-）發表了他的研究成果，關於郁達夫失蹤之謎做了細微修正。鈴木採訪了一百多名日本人，包括十位與郁達夫來往的日本士兵，最終得出結論：郁達夫是遭駐守於武吉丁宜（Bukit Tinggi）的憲兵所殺，目的是為了掩飾自己的惡行，並非來自日本軍方高層的命令。

　　郁達夫是與魯迅(1881-1936)、郭沫若(1892-1978)齊名的中國現代文學先驅，其短篇小說集《沉淪》是五四時期最早的白話短篇小說。《沉淪》中的感傷浪漫主義與心理分析式敘事架構，和魯迅推崇的國民性重塑及郭沫若憧憬的現代國家建立等大相逕庭。郁達夫關注的是現代中國的精神世界，特別是青年知識分子處於傳統與現代十字路口的心理掙扎。小說集代表一種嶄新文類──「心理分析小說」的誕生，這是郁達夫對中國現代文學審美的首

要貢獻之一。除了小說外，郁達夫也創作為數不少的散文與評論，嚴厲抨擊了中國的習俗與傳統。

　　儘管郁達夫對自己未踏上仕途甚感遺憾，他的文字卻激勵鼓舞著二十世紀初中國現代化變革的籌畫者。他以文學研究者的眼光，在散文中觀察和批判性地審視政壇風雲，尤其是一九二〇年至一九四〇年代的政治社會更迭，直接影響了中國文學和文化生產。

　　1938年12月，郁達夫收到胡兆祥（1901-1975）的電報，邀請他擔任新加坡《星洲日報》的新任主編。12月28日他抵達後，即主持了《星洲日報》文藝副刊〈晨星〉、週刊《文藝》、《星洲晚報》文藝副刊〈繁星〉。

　　在南洋三年兩個月零八天，他成為當地最負盛名的文化人物之一。他不但與本土和大陸的資深作家展開文學交流，還投入大量時間支持甫嶄露頭角的年輕馬來亞作家。

　　二戰初期，作為《華僑周報》編輯，郁達夫協助英國新聞部發布反戰訊息，同時被任命為文化界戰時工作團主席。1941年12月8日太平洋戰爭爆發之時，當地華人成立了新加坡華僑抗敵動員總會，郁達夫被提名為文藝部的執行委員會主席，他也是文化界抗日聯合會的主席。然而，由於積極地參與抗日活動，1942年2月4日日軍開始進攻新加坡時，郁達夫被迫逃至荷屬蘇門答臘。

　　是年5月，郁達夫流亡至蘇門答臘的小鎮巴爺公務（Payakumbuh），化名趙廉，經營「趙豫記」酒廠維生。戰爭期間，酒廠收留了不少抗日流亡知識分子。經營酒廠同時，因迫於日軍淫威，不得不屈從充當日本憲兵翻譯。最終他賄賂一名醫生，謊稱自己罹患肺結核而辭去工作。但每當日本人有翻譯需求時，他依然必須奉命前往。根據胡愈之（1896-1986）回憶，當時郁達夫從日本憲兵手中救下不少華人以及當地居民，避免他們遭受酷刑與被害。

　　南洋時期的郁達夫，主要在報刊雜誌發表散文，主題從反戰宣傳到文學評論，甚至也參與了南洋文學的論戰。在舊體詩創作方面，他僅寫下十多首詩收錄於《亂離雜詩》中。儘管他在南洋的作品，並未如早期作品一樣得到評論界的一致讚譽，但參與當地的抗戰活動，仍然使他成為大陸和海外華人

眼中的愛國者。他的離奇失蹤，成為許多學者心心念念之事，諸多東南亞華人學者，曾對他的命運進行過大膽的推測。

　　黃錦樹是眾多探尋郁達夫歷史蹤跡的馬華學者之一。黃錦樹（1967-）的三篇短篇小說：〈M的失蹤〉（1990）、〈死在南方〉（1992）、〈補遺〉（1998），都可見到郁達夫的身影。在〈M的失蹤〉中，這段尋找馬華文學大師之旅間接復活了郁達夫。他是這段訪查之旅最理想也最難以實現的目標。然而，這樣的影射模稜兩可。無論M是否暗指郁達夫或未來的文學大師，馬華文學史始終缺乏經典文本，阻礙了文學身分與譜系的連貫性。〈死在南方〉的第一人稱敘事者為一名印度尼西亞華人，憑藉著一連串重新出土的殘稿文字質疑了郁達夫在官方記錄中的失蹤與死亡。〈補遺〉以郁達夫的〈沉淪〉作為同文的另一個篇名，小說描繪一位前台灣電視導演，在專門研究郁達夫作品的日本學者說明下，調查作家之死真相的旅程。最後所謂「真相」既主觀又充滿爭議。在黃錦樹的小說狂想裡，郁達夫的失蹤不但影射著馬華文學中典律的缺失，也是對歷史書寫的質疑與詰問，從而帶出重寫馬華文學史的必要性。

　　南洋文學的誕生，最早可追溯至1919年，從某種程度上來說，是中國五四文學在南洋的回響。南洋社群創作的文學，常被視為中國文學的一個分支，因為絕大部分的海外華人，都還視大陸為其文化歸屬。郁達夫參與了南洋文學史以及政治的發展，因此被視為一個標誌性人物，坐實南洋文學譜系內部現代中國文學和南洋文學間的文化親緣。在對郁達夫之於南洋文學影響力的想像中，輪番演繹著兩種截然不同的譜系——親緣（familial）與親近（familiar）。如此既為找尋傳承有序的線性文學史造成困難，同時也構建出一種並非依託於具體實然的歷史聯繫，而是基於文學想像的新文學關係。

　　作為旅居東南亞最重要的五四作家，郁達夫肉身的消隱也象徵南洋文學與祖國以及文學遺產間失去了聯繫——前者希望成為此種遺產的一部分，無論它們之間的聯繫多麼薄弱。黃錦樹意識到這種「大中華中心主義」下，南洋文學渴求「認祖歸宗」的荒謬性，於是在〈補遺〉中為郁達夫發明了一種虛構的命運（郁達夫活了下來，因為婚姻而被迫皈依伊斯蘭教），從而為南洋文學提供了另一種歷史選擇。這種命運讓南洋文學史可以創造自己的聲

音，而不是時時以懷舊姿態，渴求五四傳奇的幽靈。

事實上，重點應是郁達夫在南洋的「在場」而非「消失」。他剛抵達新加坡後不久，便加入了一場有關南洋文學色彩的論戰。1939年1月21日，郁達夫發表〈幾個問題〉響應幾位檳城作家的提問。當被問及南洋馬華作家該如何看待中國文學和文化的影響，以及當地文學圈是否應該全心繼承現代中國文學等關鍵問題時，郁達夫認為：既然大家都使用漢字寫作，那麼討論許多在中國被關注的議題顯得順理成章，特別是有關抗戰的主題。他視漢字為統一的中華身分文化象徵，這惹惱了許多本地作家。對他們而言，南洋文學的獨一無二在於其在地特色，而非對中國文化傳統的一味傳承。當被問及南洋作家應該如何在作品中表現其地方性特色時，郁達夫回答，既然南洋華人都把南洋作為寫作背景，那麼他們的作品早已有了「南洋色彩」。

郁達夫的言論馬上將他捲入與南洋作家間一系列的激烈辯論。許多人認為，他沒有看出關於文學繼承的第一個問題的重要性，和其中隱含的諷刺意味——暗示南洋文學缺少原創性，因此尋求郁達夫的建議。郁達夫想當然耳地認為南洋文學不過是中國文學的一個分支，忽略了南洋作家最關心的在地論點。而在回答另一個有關推進地方美學特色的問題時，郁達夫儘管承認「南洋色彩」的重要性，卻僅僅將其視為風格化的點綴，其話題和主題經常繼承自中國文學。此外，郁達夫並不認為推廣「南洋色彩」是走向建立南洋文學傳統的重要一步，反而天真地暗示道：如果想要把自己作為獨立的文學傳統來推廣，南洋文學需要一個文學天才的誕生。

我們必須意識到，剛到新加坡的郁達夫認為自己被迫回答一群檳城作家的提問，他不可避免地對南洋文學及其特色缺乏了解。不過，他願意參與這場文化論戰，也願意扶持、幫助、培養馬華文學新生代作家的成長。在建設性方面，郁達夫文章所引發的辯論，間接推動了南洋文學史的鞏固：它迫使南洋作家和藝術家們捍衛、接受和擁護「南洋色彩」，將其變成文學傳統的根本特徵；其次，這場論戰讓郁達夫進入南洋文化圈，直接觸碰當中的核心問題，這對他日後成為《星洲日報》主編以及本地文學青年的導師，大有裨益。郁達夫與作為華語語系文學獨特表述的南洋文學之誕生密不可分，雖然這樣的貢獻往往被迷戀著他失蹤事件的文學書寫所遮蔽。

參考文獻：

黃錦樹《由島至島》（台北，麥田出版，2001年）。

Jing Tsu, *Sound and Script in Chinese Diaspora* (Cambridge, MA, Harvard University Press, 2010).

Yoon-wah Wong, "Yu Dafu in Exile," in *Essays on Chinese Literature: A Comparative Approach* (Singapore, Singapore University Press, 1988), pp. 11-27.

陳榮強（E. K. Tan）撰，陳抒 譯

1946 年 7 月 15 日
周作人因「漢奸罪」的指控向南京高等法院提起上訴

文人與漢奸

　　1946年7月15日，被控「通敵叛國」漢奸罪名的周作人，向南京高等法院提起上訴。周氏為五四運動以來文學界傑出的散文家及精神領袖。1937年7月，北平為日軍攻陷，他卻未隨北京大學南遷，因而引起社會廣泛的譴責。對那些期望他遷往未淪陷區的人而言，周氏此舉極具風險：他除了是左翼文學領袖魯迅的弟弟，在日本知識菁英心目中更享有崇高地位。他如果選擇離開，意謂著向中國民眾傳達一種強烈的立場表態，但周氏卻選擇留在北京。

　　他被起訴的緣由為於1939年8月接受偽北京大學教授職務，並擔任文學院院長；1941年1月，又出任親日派成立的偽華北政務委員會教育總署督辦。他被指控在傀儡大學「施行趨奉日本人的奴化教育」。審判於一個月前開始，然而在提交的詳細證據中，反而說明了周作人利用職務為保存中國財產與文教事業付出努力。他保護甚至增加圖書館館藏，盡可能使課程維持原貌，保留英文教學，阻斷日方在青年團體中宣傳的企圖，保護從事地下工作的教師。自始至終，他都利用職位對敵人進行消極抵抗。

　　周作人以簡要的事件摘要開始他的自辯：中國北方淪陷之際，他是四位「留平教授」之一，他們留平理由或因年事已高或因「家累」之故，同時也受前北京大學校長蔣夢麟（1886-1964，時為行政院祕書）委託維護校產，周作人設法保全了生物樓不被侵占。北平淪陷之初，周氏設想以翻譯為生，並開始在燕京大學教書。1939年元旦，他在家中遭到槍擊，槍擊案的發生讓

周作人身心備受衝擊，因而離開燕京大學受聘偽北京大學圖書館，希冀以此打消當局對他繼有所圖。在偽北京大學校長湯爾和（1878-1940）的催促下，1939年8月受聘教授兼文學院院長之職。此後，他以「學校可偽，學生不偽，政府雖偽，教育不可使偽」為座右銘。

周氏堅信教育的必要性，尊重個體的判斷和行為，這是其早期思想的標誌。1906年，二十一歲的周作人獲得留日獎學金，自此開啟了他的學術生涯。爾後，他在東京與魯迅會合，並參與他的文學計畫。同時修習英文和希臘文，並對文化人類學產生興趣，自此持續終生。1911年，他攜日本妻子返回中國。1917年在魯迅鼓勵下加入北京大學教師團隊。

北京大學在校長蔡元培（1868-1940）創新而開明的領導下，成為知識界對中國未來討論的中心，五四運動和新文化運動皆是這股熱潮的高峰。〈人的文學〉一文將周作人推至思想潮流的最前沿。他主張人類為一整體，每個「個人」都是其中一部分。「世上生了人，便同時生了人道」，這一基本關係始終存在。然而歐洲直至文藝復興時期時才意識到它的存在，更不論中國「人的問題，從來未經解決，女人小兒更不必說了」。因此他認為文學應該提倡人類是進化的生物這一嶄新的科學觀點，視靈與肉為和諧的整體，而非相互衝突與對立。文學的試金石，端視它是提倡個人主義和人道主義精神，還是秉持「非人」的觀點。周氏所提倡的科學人類觀，包含了藹理斯（Havelock Ellis, 1859-1939）的理念：人類的性是人類尊嚴的自然成分，女性的性權力和性別平等應得到認可。在另一篇談論如何解決「婦女問題」的文章中，周氏強調對各階層男女提供知識普及基礎教育的重要性。

周作人認為，個體與廣泛的人類間有著深切聯繫，這使其與日本作家武者小路實篤（1885-1976）走得很近。武者小路是提倡人道主義和反戰精神的「白樺派」領袖，周氏曾於1919年造訪由他創建的烏托邦實踐基地「新村」，描寫這番經歷的文章促使當時北大圖書館員青年毛澤東拜訪周氏。然而胡適和魯迅卻認為「新村」是不切實際的理想主義。

周作人努力解決個人該如何找尋自己方向的問題，最後得出，人在思想中遵循的路不是只有一條。在〈自己的園地〉（1922）一文中，周作人呼籲社會應允許人們重視自己的個性，並說明正因如此，他們也將回饋社會；沒

有實際目的的養花種草，應與種植水果和蔬菜具有同等價值。違背這樣的原則，強迫人們服從特定社會需求，便是與「藉了倫常之名強人忠君」「一樣的不合理了」。他所提到的是一種根據等級劃分權力關係（統治者—被統治者，父—子，夫—妻，兄—弟，友—友）的方式，是起自漢朝宰制中國社會的觀念。同年，他關於「一切強加給個人的觀點，哪怕是以善的名義，都會對人類的聯合構成致命威脅」的信念，促使他反對新成立的「非宗教同盟」既然法律規定範圍內的信教自由已被寫入憲法，他不希望知識分子就此干涉，擔心在將來思想自由和言論自由也會受到禁止。他將自己的信念傾注在小品文中，這是一種兼具小說和詩歌特質的文體。且最重要的是，作家能在此文體中，用真誠、質樸、清晰的方式傳達想法。

周作人在往後的寫作中發展出一種地方性的、物質文化的詩學：作家應無畏地書寫自己喜愛的任何內容，堅信一個人的觀念，不可避免地將受地域與環境的影響，適足以彰顯人類生活的內在價值。當作家傳達一種特定背景的價值與風土時，他們也由此顯現出自身個性的部分。同時，周氏也倡導作家應為求智性與道德上的理解，努力表達自己批判性的論斷。為此，他引用中國傳統美學範疇「趣味」和「本色」等觀念，它們在十六世紀和十七世紀的哲學與美學討論中都占有重要地位。他特別認同反傳統主義者李贄（1527-1602）博大寬容的儒學思想。1932年，在關於新文化運動起源的演講中，周氏提出：自我表達和個性主義的現代形態，在晚明就已現端倪，卻在清朝受到壓抑，導致五四運動對缺乏寬容精神的新儒家正統的反撥。周氏相信新文學因為現代西方對人類的科學觀點而產生了質變，但現代散文的基本要旨，仍來自於儒家與道家。他認為此要旨該被接納及歡迎，因為這些哲學思想的原始型態，皆在關注人類情感的物質環境以及事物的自然規律。

當日本扶植華北政府之際，文人漢奸繆斌（1899-1946）發動了一場大規模批判國民黨的宣傳運動。他們宣稱這是將「西方垃圾」清理出中國的時機，通過這樣的嘗試，日本將引導及帶領將儒學遺產拋諸腦後的中國，以達東亞文化的「共榮」。周作人在戰時最重要的作為之一，就是寫出一系列強烈反對這種觀念的散文。他認為，儒家思想的核心體現在《論語》對人性本質內在善性的認識，明確表現為恪守「忠」、「恕」而成「仁」的原則。這

一切兼濟天下之民的原則，在上古傳說帝王禹與后稷的德治下得以發揚。他們知曉「仁」與生存之道息息相關，從上智到下愚，這些原則為普遍的共識和生活的實踐，曾為每個中國人所接受。然而任何想將這些準則發展為狂熱信仰之人，也都將導致紊亂的後果。周作人的文章公然反駁了日本在占領區的意識形態宣傳。1943年8月，他在日本召開的一次文學會議上遭到譴責，被視為「反動老作家」，是大東亞共榮圈計畫的障礙，應被「掃除」出去。

周氏因服務於傀儡政權，初時遭判處有期徒刑十四年，經上訴減為十年。法庭承認他做過許多積極之事，他的戰時寫作，尤其是〈中國的思想問題〉一文值得稱讚。但同時聲明他服務於偽政府乃有目共睹、不容辯駁的事實，因此仍需判刑。1949年1月，中國共產黨占領南京，周作人和獄友被釋放。不久，他返回北京家中，從此以翻譯古希臘文學，以及寫作關於魯迅的雜文度過餘生。直到1967年5月，他在「文革」的軟禁中去世。然而對多數讀者而言，一如許多活躍於1949年以前的作家，他早已死去。直到後毛澤東時代，周作人與他的作品才被重新研究和估量。儘管他的文學成就受到公認，但通敵叛國之事，卻始終讓論者對他褒貶不一。

多數學者認為，他未能離開占領區，並加入偽政府工作，顯示其性格中的自私和軟弱。然而，正如卜正民（Timothy Brook）在戰時中國的研究中所說，既沒有人試圖「在親眼見到他們為日本人工作以前，先懸置其有罪的判斷」，也沒有人試圖理解變化莫測的時局環境的複雜性（周氏的辯護律師寫道，戰後恐慌的時局氣氛，致使一些人「落井下石，棒打落水狗」，譴責周氏是叛國者，而其他人則保持沉默）。

1987年，發表於《新文學史料》雜誌的文獻揭露了地下抵抗組織曾敦促周作人接受教育督辦職位，否則這位置將由可憎的繆斌接任。參與此事的中共特工拒絕承認此事，但這則訊息的確為周作人的作為提供了新的視角。同時發表的還有周作人1949年7月寫給周恩來的一封信，其時正值國共內戰邁入新時代的變局之際。周作人在信中寫道，當聽說共產黨政府欲解決婦女和農民生活問題時，他感到極度振奮。又聽說共產黨軍隊有著高度的組織紀律性，這使他看到自1911年以來就號召的一些變革，如今有了實現的希望。

他一直反對儒家思想對倫理關係的禁錮，認為中國社會統治與服從的等

級壓迫，在男性對女性的束縛中體現得最為清晰，也最為有害。以婦女貞操這類禮教思想體現公民對國家與民眾的責任義務觀念可謂陳腐不堪。就此而言，他聲稱接受教育督辦的職位，是為了盡可能地減輕日本人對中國的侵害和壓迫，他認為這才是他該做的事，雖然逃亡到未淪陷區教幾年書會更加輕鬆。他寫道：「（人說我）得罪名教，我可以承認，若是得罪民族，則自己相信沒有這意思。」

當然，通敵叛國事件的複雜性，從來沒有被列寧式國共兩黨當中的任何一方所理解。新世紀之初，有關抗日戰爭的回憶在當代政治的多重需要下被重新組織和形塑。中國當下或許仍不是能夠重新審視「通敵」的時代，有朝一日當這一點成為可能之時，周作人批評的獨立性和他勇敢的堅持，儘管遭受同胞們的強烈譴責，或許仍會被證明是具有啟示性的！

參考文獻：

Timothy Brook, *Collaboration: Japanese Agents and Local Elites in Wartime China* (Cambridge, MA, Harvard University Press, 2005).

Susan Daruvala, *Zhou Zuoren and an Alternative Chinese Response to Modernity* (Cambridge, MA, Harvard University Asia Center, 2000).

Edward Gunn, *Uncertain Muse: Chinese Literature in Shanghai and Peking, 1937-1945* (New York, Columbia University Press, 1980).

Lu Yan, *Re-understanding Japan* (Honolulu, University of Hawaii Press, 2004).

蘇文瑜（Susan Daruvala）撰，盧冶 譯

1947 年 2 月 28 日
〈台灣島上的屠殺已致 10,000 人死亡〉──《紐約時報》

記憶與創傷：從二二八事件到「白色恐怖」

　　1947年3月29日，《紐約時報》刊登了一篇題為〈台灣島上的屠殺已致10,000人死亡〉的文章，這是1947年2月28日發生的一場駭人聽聞的悲劇，是為二二八事件又稱二二八大屠殺。報紙以觸目驚心的細節報導了這一事件及其後續：

　　3月7日，來自大陸的軍隊登陸台灣，肆意燒殺搶掠達三天之久。甚至一度只要有人出現在街上就遭到槍擊，士兵們闖入民宅，住戶被殺害。在較為貧窮的區域，街道上布滿死者。美國人說，砍頭、分屍和強姦的事件都有所見。

　　1947年5月24日，事件發生兩個月後，《國家》（ The Nation ）雜誌證實了這場屠殺的規模：「單是在台北、基隆地區就有一千多手無寸鐵的台灣人遭到殺害……基隆港和流經台北的那條河裡擠滿了漂浮的屍體。」如今，大多數人都相信事件的導火線是1947年2月27日的「販菸」事件，一名台籍女菸販林江邁與一位國民黨政府執事人員之間發生爭執，因而引發二二八事件。但根據各方面證據顯示，二二八事件是由於台灣人對國民黨政府的不滿而導致一場不可避免的悲劇。從1895年至1945年，歷經日本統治五十年的台灣人，對於二戰中盟軍獲勝歡欣鼓舞，他們真心歡迎國民黨政府接管台灣。但國民黨官員腐敗及壓制民意，任人唯親的現象處處可見，多數政府職位都

由外省人擔任，未顧及本省人。台灣人在國民黨政府統治之初的欣喜感逐漸被憤怒和絕望所取代。因此，1947年2月一場原本只關乎買賣香菸的小爭執，迅速升級成本省人與外省人之間的全面對峙和衝突。

1946年春我和家人離開大陸，我們是戰後最早來台的一批外省人。那一年我兩歲，蔣介石（1887-1975）的國民黨還統治著中國，二戰剛結束一年。經歷了八年殘酷的中日戰爭，這一年對中國人而言是一個勝利年。然而，通貨膨脹和國共內戰開始肆虐中國。台灣突然成了充滿機遇的新大陸，很多大陸人前往台灣，在政府部門擔任新職位。我母親祖籍台灣，移居台灣對我們而言正是求之不得的事。

未想第二年即爆發二二八事件，我的家人也被這一狂潮捲入。當時父親擔任基隆港務局庶務課課長，居家附近的基隆港——如《國家》雜誌所報導，河裡「擠滿了漂浮的屍體」。那時節國民黨士兵甚至會處決任何不會講國語的台灣人。母親是台灣人，且國語並不流利，因此家人非常焦慮。3月8日，國民黨軍隊登陸基隆，父親在槍林彈雨中受困港務局大樓。夜晚降臨，母親開始未雨綢繆，她挪開榻榻米下的木板，弓著身體，爬進夾層清理泥巴和砂土，鋪上厚棉被。每當巷子響起槍聲或有任何嘈雜聲響，她便急忙揭開木板，帶著弟弟和我鑽到夾層躲藏，當時我三歲。爾後的童年和青少年歲月，腦海中經常浮現那可怕的一幕。

三年後，發生了一件更有創傷性的事件。1950年1月的一天，當時我未滿六歲，祕密警察頭目谷正文（1910-2007）上門逮捕父親。根據父親日後的回憶，那夜他在電燈的強光下接受一整晚的漫長審訊，黎明前被推進了一間漆黑的囚室。一個月後他突然被釋放了，那時家產已全被沒收，我們被迫搬進一處被專人日夜監視的住所。

至於父親則被谷正文帶到台灣的每一座城市，逼他供出一些朋友和親屬的藏身處。數十年後，我才得知那時谷正文想找到的是舅舅陳本江（1915-1967）——他是一個左翼組織的領袖，但是父親拒絕合作。那年5月5日，他又被逮捕，長時間關在軍法處看守所，期間沒有收到任何判決書，只有一個囚犯編號。他經常在深夜聽到獄卒喊出一個個號碼或名字，一些人被推出牢房槍決。他們大多數是優秀的台灣年輕大學生，幾乎都是國立台灣

大學的學生。

同年6月25日，朝鮮戰爭爆發。不久，父親被判刑十年。他的大部分刑期在台北新店的軍事監獄裡度過，其中兩年被送到綠島集中營從事強制勞動。十年間，母親在台南以教縫紉為生，賺錢養活三個孩子。1960年1月，距他首次被捕整整十年，父親終於獲釋，但麻煩尚未結束，因為沒人膽敢雇用前政治犯，父親長時間找不到工作——直到一位勇敢的中學校長冒險讓他擔任英文老師。多年後我才知道，我們是二二八事件餘波的受害者；我們是「白色恐怖」的倖存者。

1977年夏天，我與谷正文相見，曾當面質問他當初為何監禁我父親。谷承認父親是無辜的，但說父親公然冒犯他，必須受到懲罰。他還說，當時與父親同樣的例子多不勝數，很多年輕有為的知識分子都在相似的情況下被捕入獄。

台灣歷史上「白色恐怖」時期，通常被認為是自蔣介石政府在1949年12月中從大陸播遷來台之後的十年——但就實際層面而言，恐怖統治貫穿了整個戒嚴時期，從1949年5月19日至1987年7月15日。在「白色恐怖」最黑暗的時期，國民黨政府執行「寧可錯殺一千，不可放走一個」的政策，許多無辜的民眾與持不同政見者成為殘酷的政治清算和迫害的受害者。據估計，「白色恐怖」的第一個十年，至少有八千名台灣人和外省人被監禁或被處決。這一時期，哈佛大學人類學家張光直（1931-2001）曾在1949年被捕入獄——那年他僅十七歲；著名詞學家葉嘉瑩教授（1924-）也在一九五〇年代被關押，丈夫則被判刑七年。

長達數十年，過往這些涉及迫害、受難和不公的事件一直未被揭露，因為「白色恐怖」在台灣長久以來是禁忌的話題。在戒嚴令下，國民黨政府不許受害者發聲，禁止他們的家人將受難遭遇公之於世。直到一九九〇年代，移民美國近三十年後，我才得知，白色恐怖期間谷正文不遺餘力想要逮捕的舅舅陳本江，曾經試圖在鹿窟村組織一場對抗國民黨政府的武裝起義，從而引發了一九五〇年代初該村遭致殘酷集體鎮壓的「鹿窟事件」。幾年後，經過進一步探究，得知陳本江與戰後台灣文壇的領軍人物、偉大的小說家呂赫若（1914-1950）在那時建立了深厚的友誼。與多數台灣人一樣，對台灣能

在日本統治五十年後重新回歸中國，呂赫若欣喜若狂，但二二八事件很快粉碎了他的愛國夢想，他開始參與地下抵抗活動，爾後回到鹿窟山區與陳本江和其他左翼人士會合。不幸的是，1950年呂赫若因被毒蛇咬傷不治身亡。過了很長一段時間，大家才了解呂赫若和陳本江的左翼活動深刻揭示了那個時代的真相。台灣左翼人士的數量在二二八事件後遽增，此前只有約七十人加入左翼組織，但事件後組織成員增至九百人。直到1987年戒嚴令解除，這些事實才為公眾所了解。藍博洲（1960–）和陳芳明（1947–）等人終得以發表研究左翼人士的著作，以紀念二二八事件和「白色恐怖」期間的無辜受害者。

　　政治審查制度確實導致了記憶的延誤。讓人尤為痛心的是，經歷了二二八事件和「白色恐怖」的那一代人，注定了只能沉默，這種無力發聲的惡性循環持續了很長一段時間。在我父親被關押的十年間，我也學會了緘默——除非別無選擇，我從不提父親的被捕。在那樣的非常時期，連小孩子也不得不學會管好自己的嘴。

　　如同許多人，我也忍受著喪失母語能力的痛苦。我出生於北京說北京話長大，即便1946年搬到台灣，說話仍然帶著京腔。但在父親1950年1月被捕後，母親帶著我和弟弟遷居台南——那裡是台灣方言的生活圈，我很快遺忘了北京腔，第二年便開始只說台灣話。直到入學不得不重新開始學國語，但學的是帶著台灣口音的國語。在國民黨政府統治下，台灣話和帶有台灣口音的國語被視為是粗俗的，文化上是落後的。台灣口音在學校招致的羞辱，成為我內心一道永恆恐懼的深重陰影。與鍾肇政（1925–）這類作家的經歷很相似，我開始害怕聽到自己的聲音，對自己文化身分的認同感到困惑。1968年移民美國後，開始我只講英文，終於擺脫了先前語言造成的憂慮。頗為反諷的是，自我放逐到英文的異國他鄉，竟治癒了我童年的創傷。

　　在我們這一代逐漸從上一代的經歷中恢復的同時，相似的經歷和事例也不斷浮現在公眾視野中。2006年3月6日發表在《世界雜誌》上的一篇文章中，六十九歲的林明珠提供了親歷者的陳述，她是林江邁的女兒——很多人相信正是她母親與一個國民黨政府執事人員的衝突引發了二二八事件，那年僅十歲的林明珠恰恰與母親一起在台北延平北路的菸攤照顧生意。文中至關

重要的一點是，林明珠反駁了一個長期以來被認定的觀點，即「認為二二八事件的起因是一個大陸官員欺凌了一個台灣婦人」。與此相反，她解釋是由於語言溝通障礙的問題，才導致失控的混亂局面。據她回憶，那位國民黨官員當時是微笑著走到菸攤前，顯然是想買香菸並無惡意。當他詢問價錢時，林明珠和母親只聽得懂台灣話和日本話，並不懂國語。她們轉向街上的人求助，沒想到人群突然聚攏過來，與這位官員理論——他們以為官員想騷擾這個台灣女人和她的女兒。

當語言本身如此令人困惑時，要向人們解釋清楚二二八事件和「白色恐怖」的複雜性又談何容易？在這樣的情況下，一個人要如何才能負責的、有擔當的成為歷史的見證者？對於堅持研究台灣文學史和政治史的作家和知識分子而言，這確實是一項最大的挑戰。多年來，我一直試圖尋找一種適合自己的聲音，一種曾經喪失的聲音——為了記住那些抗拒記憶的往事。

參考文獻：

孫康宜《走出白色恐怖：一個女兒的回憶錄》，第二版（台北，允晨文化，2013年）。

Tillman Dardin, "Formosa Killings Are Put at 10,000," *New York Times*, March 29, 1947. Peggy Durdin, "Terror in Taiwan," *Nation*, May 24, 1947.

Lai Tse-Han, Ramon H. Myers, and Wei Wou, *A Tragic Beginning: The Taiwan Uprising of February 28, 1947* (Stanford, CA, Stanford University Press, 1991).

Denny Roy, *Taiwan: A Political History* (Ithaca, NY, Cornell University Press, 2004).

孫康宜 撰，金莉 譯

1947 年秋

蘇格拉底造訪北京

朱光潛、沈從文和蘇格拉底

　　1947年國共內戰之際，北平局勢迷離，人心動盪。深秋一日，某褚教授在北平街頭撞見蘇格拉底，大驚。柏拉圖之師、泰西哲學之祖，竟然扮作遊客造訪皇城，且還寄居一處小小公寓，日日上街與路人攀談？這外國人自稱蘇格拉底，模樣瞧著確是柏拉圖記載的一張大嘴、朝天鼻孔。褚教授家住附近，趕緊與同行的友人林老先生一塊兒邀他往家中小酌。蘇翁不喜三輪，一路步行，又常常站在街心出神，二人拖著拽著才算到了去處，不過，蘇格拉底好酒量，一壺白乾全不在話下，賓主雙方相飲甚歡。

　　無論是在路上出神，還是酒量如海，柏拉圖的〈會飲〉都有記載。這是蘇格拉底本人無疑了。中國多事之秋，蘇格拉底來到北京，街上閒聊之餘，當然是在等待可與懇談的有緣人。而中國知識分子如褚教授、林老先生者，雖困於時局，更不願錯過與智賢之士交流的機會。是夜，他們即徵詢蘇格拉底對中國文化，尤其是對中國思想生活的意見，於是便有了我們後來讀到的對話錄，〈蘇格拉底在中國——談中國民族性和中國文化的弱點〉，作者正是著名美學家朱光潛（1897-1986），即對話裡化名褚教授者。

　　朱光潛的對話發表於1947年11月。尚有後續。讀者中有一位王運通先生，心思細密，想起歲末人人忙於過節，恐無人顧及獨自寓居的客人。王先生遂自薦以為東道，邀請蘇翁共慶聖誕。主客一晚暢談，留下了這位希臘先哲在中國的第二篇記錄，〈蘇格拉底談北平所需〉，王運通即是著名的小說家沈從文（1902-1988）的化身。王運通（沈從文）與蘇格拉底有此機緣，

當然是為人的周到，也是因為同樣憂心時局，希望得到蘇翁指教。抗戰結束後，沈從文從昆明回到闊別多年的北平。這本來是一件喜事，可是再次見到的北平，不僅「此間諸事，均失舊樣」，而且「人情溫厚，亦日益消失」。平安夜一晚，蘇格拉底向他指明了一個新北平的重建計畫，重點在於對大學、圖書館、故宮博物院等機構的重新規制，重中之重則是針對年輕學生的美育。蘇翁的計畫，當然只能是夢想，卻也是在動盪的時勢下對美的一個至高讚頌和追求，由此，沈從文的記載也呼應了柏拉圖的〈會飲〉。柏拉圖所記錄的那個群星璀璨的晚上，蘇格拉底和雅典菁英集結一堂，輪流為希臘愛神（Eros）獻上讚辭，而蘇格拉底教導，愛神之重要，就在於他指引了人們對美的追求。

　　如此，在中國歷史的一個關鍵時刻，蘇格拉底出現在有關中國及其未來的討論裡。這一場討論在中國知識分子的想像中發生，回應柏拉圖的〈會飲〉，標誌了蘇翁進入中國知識和文學領域的一個高潮。晚清以來，他在介紹西學的小冊子和論文中慢慢現身，占上幾段或者幾頁的篇幅。比如，1881年的《古教匯參》稱他為「所哈達底士」，1882年的《萬國通鑒》中是「瑣格底」，艾約瑟在1886年的《希臘志略》中則寫作「梭革拉底」，到了1907年，年輕的魯迅（1881-1936）在《文化偏至論》裡提及他悲劇性的離世，又稱他「梭格拉第」。如此，漸為人所知，並大略在一九一〇年代以後，以「蘇格拉底」之名在中國文字裡廣為傳頌。

　　1920年代，當新文學提倡者與反對者之間的爭論甚囂塵上，蘇格拉底則受到了雙方共同的推崇。1925年，《京報副刊》向社會賢達徵詢「青年必讀書」，在胡適（1891-1962）推薦的十種書裡，赫然就有柏拉圖關於蘇格拉底之死的三部對話《申辯》、《斐多》和《克里同》。同時，作為文化保守主義者活躍於文壇的學衡派，給予了蘇格拉底更高的敬意。在《學衡》雜誌1922年創刊號上，蘇格拉底與孔子的畫像並排於雜誌首頁。學衡諸子發聲文壇，以糾正新文學與古典傳統之間的斷裂為宗旨，而他們給予讀者的第一個訊息，就是宣告了蘇格拉底在中國二十世紀文學、文化建設上無以倫比的意義。同樣，也是學衡派的一位年輕成員，郭斌龢（1900-1987），在1925年首次把〈會飲〉全文譯為中文。郭氏採文言文翻譯，Eros在其清雅規整的譯

文下，如同另一位古典中國的神明。我們猜想蘇格拉底興許對此不以為然。但是經過這位嚴格的古典主義者的整飭，〈會飲〉儘管以男性之愛為主題，在當時保守的中國卻暢行無阻。更關鍵的是，一直到朱光潛、沈從文寫作他們對話錄的一九四〇年代，郭氏譯文是唯一行世的中文譯本。對於不會外文的沈從文而言，其意義尤為重要。

對於蘇格拉底的中國對話者朱光潛，蘇格拉底的到來，當是對他勤奮博學的獎賞。從年輕時期開始，朱就浸潤於希臘文學藝術中，此時，他終於有信心想像蘇翁的到訪，以及面對面的交流，並以蘇格拉底對話錄的形式寫下交流的過程。但是，亂世之中，身為美學家，儘管他為人熟知的話題常常是比如希臘的靜默，朱光潛卻選擇了一個更現實的話題，追問中國知識分子在時世的紛擾裡如何自處與處事，並進一步探討他們人性深處的思維模式。戰時的紛亂裡，這一話題，不僅有學理上的客觀觀察，更是倫理上對知識分子角色的探問：一方面是作為知識者的責任，甚或為人的責任，一方面是個人的福祉與安危，這兩方面魚與熊掌不可兼得時，應該如何選擇。

聯想蘇格拉底傳統在西方所具有的意義，一九四〇年代後期，當困頓的情緒瀰漫在中國上空，知識分子對蘇格拉底的召喚可謂恰當其時。公元前399年的雅典，蘇格拉底的審判和離世，在西方哲學傳統建立之初，就表徵哲學與政治之間盤根錯節的關聯。哲學家從來不能脫離現實的政治。但是，相對於現實政治中自以為是的聰明人的圓滑，蘇格拉底式的哲學家追求如神一般的正直和公允。他們鍾愛的智慧(*sophia*)由此指向一種面對社會種種壓力卻不屈的自覺。所以，在朱光潛的對話中，當蘇格拉底表達他對中國知識分子的保留，認為中國知識界根本的問題在於缺少「思想的自由生發」，褚教授便沉默了，因為「自由生發」正是隨波逐流的反面。而褚教授當然知道語言在反駁蘇翁這一看法上的無力。蘇格拉底讓中國人黯然的批評，只有用現實裡的行動才能駁倒。

不過，儘管蘇格拉底對中國知識界有所微詞，朱光潛的對話也在他的批評中草草收場，在下一個對話裡，他仍然熱情鼓勵他的中國對話者勇敢面對時代的野蠻和粗魯。沈從文來自閉塞的湘西，在北平當作家全靠自學成才，對於遙遠的希臘幾乎一無所知，甚至忽略了蘇格拉底不可能慶祝聖誕。不僅

如此，他還頗瞧不起那些城裡的文人，曾譏諷他們「高談希臘、羅馬以送長日」——或許也包括了朱光潛。但是，1936年，沈從文編選《從文小說習作選》對他過去十多年文學生涯做一個回顧時，他說他的文學理想是「造希臘小廟」供奉人性。這個喜歡自稱鄉下人的鄉土作家，恰恰對於人文傳統有著世界主義的眼光和開放包容的態度，也正是這樣一種立場使他可以在蘇格拉底的教導中尋找支持的力量。

蘇格拉底欣欣然到了沈從文的家。跨越文化和時空的界限，沈從文的思想確有可以與蘇格拉底溝通之處。比如雙方都有著對莊嚴和神性之美的堅定信仰，並深信這一神性在人間事物上的顯現。蘇格拉底的哲學以「理念」著稱，可是尋找「理念」的旅程卻開始於對一個美好的身體的欣賞；而沈從文則在比如長腳蜘蛛的求生，在一季的收穫，更在普通人忠實、努力的生活裡，看到了莊嚴和神聖。也正是這種對於帶著神性的人性的尊重，給予了沈從文的小說一種獨特的魅力。他的文字所造，多為故鄉湘西的故事。在他筆下，湘西的男男女女，莊嚴地愛與恨、生與死，在人生的幸與不幸之間，敬奉神明，安於命運，正如他們的先祖。其中的認真與誠摯，絕非城裡人藉現代化之名橫行的傲慢、媚俗可比。

沈從文記錄：是夜，蘇格拉底強調對美的嚮往，以此為時代癥結的解決之道；而美育是關鍵，以求把這種嚮往重新注入已經乾枯的心靈——在沈從文看來，人心枯竭實為萬惡之源。換而言之，蘇格拉底鼓勵沈從文，恰恰應該在戰時的北京，在一個被各種社會政治問題毀壞的城市，繼續他「希臘小廟」的夢想，來重建人性的莊嚴和神聖。因此，與朱光潛一致，沈從文看似夢語般的作品也指向了知識分子在現實中的責任和努力。而美育和文化的傳承，既是他們的信仰，也是依靠。但是，朱光潛、沈從文的時代要解決危機的時候，憑藉的是戰爭和革命，並以此允諾一個天堂般的未來。因此，當這些知識分子試圖從過去的人類經驗來獲得啟發，他們的聲音注定不合時宜，並為人忽視。

蘇格拉底不是唯一在現代中國受歡迎的古希臘文化形象。從神話中的普羅米修斯到斯巴達國王黎河尼陀（Leonidas），從古風時代的莎弗（Sappho）到羅馬帝國的路吉阿諾斯（Lukianos），各種希臘因素聚集在中

國現代文化的場域中，以至於沈從文會作出譏誚之語，也讓毛澤東在延安嘲諷西方化的知識分子「言必稱希臘」。但是，蘇格拉底在其希臘同胞中有不可替代的意義。他用他的死為西方哲學作出的定義，讓中國知識分子在歷史轉折的關鍵時刻警醒、體悟，並由此影響了中國現代文化的品格。

朱光潛、沈從文虛構蘇格拉底的訪問之後，僅僅一年，戰爭形勢就傾向了共產黨。1948年歲末，北平城下大軍橫陳。毛澤東為即將到來的1949寫下新年獻詞。反諷的是，他也提到了希臘，用了《伊索寓言》裡農夫和蛇的故事，指示中國人民切不可對敵人好心腸，農夫就是因為憐惜惡人，才被他救下的毒蛇咬死。這些毒蛇中間，就包括了當時北京城內所謂的資產階級知識分子。早在1948年5月，朱光潛和沈從文就受到來自共產黨陣營暴風驟雨般的批評。這場運動旨在拔掉這些資產階級的毒牙，在意識形態領域為即將成立的新中國做準備。面對歷史的巨變，這些遭到批判的知識分子其實並沒有太多選擇，而如果留在北平，他們就必須考慮自己面對新政權的姿態。蘇格拉底之死，此時投下長長的陰影。

1949年11月，朱光潛在《人民日報》上發表〈自我檢討〉，檢討他前半生的學術觀點和政治活動。往後的日子裡，他留任北京大學的教職，之後還參與馬克思主義美學討論，貢獻一位頗有成就的美學家的理解。只是他和他的很多朋友一樣，都不能免於各場政治運動的衝擊。而朱光潛也不可能忘記蘇格拉底和柏拉圖，1963年他還翻譯出版了包括〈會飲〉在內的《柏拉圖文藝對話集》。對於朱光潛而言，在這幾十年的歲月裡，在歷史的重負下，他也許終將了悟蘇格拉底的傳統，以及一位熱愛希臘的美學家的責任。

而我們故事的另一位主人公沈從文，在1949年經歷了嚴重的心理危機，甚至試圖自殺。這以後他被安排前往中國歷史博物館，成為一名文物研究者和講解員，從此沒有再發表任何小說作品。中國曾經最好的鄉土小說家就此停筆，很多人為之扼腕。但是，沈從文儘管有機會離開，卻自始至終都留在歷史博物館，並且成為中國當代文物研究的一代開山大家。一方面，在他研究的這些工藝文物中，他當看到了中國普通的製作工匠千年來一以貫之的莊嚴。另一方面，在最瑣碎的工作中，沈從文也實踐了自己生命的莊嚴。

歷史的後見之明，我們再來看啟發了這些中國知識分子的〈會飲〉。歷

史上的這場會飲發生在公元前416年，恰逢悲劇性的西西里遠征前一年，正是民主雅典最榮耀的年代。可是，柏拉圖寫作〈會飲〉卻大約在四十年之後，那時，雅典深受戰爭的創傷，而包括蘇格拉底在內，會飲中的諸人都已離世。所以柏拉圖記載的這場雅典最高菁英的宴飲，發生在雅典歷史轉折點之前的往事，是在戰後黯淡歲月裡對過往的追憶。而在舊時代即將結束之時，中國知識分子的這兩場與蘇格拉底的對話，也在多年之後讓我們追憶一代知識分子面對時代巨變所作出的努力。歷史謝幕之時，我們也想起朱光潛早年研究希臘悲劇時的論點，悲劇的魅力「不是災難，而是反抗」。

參考文獻：

朱光潛〈蘇格拉底在中國（對話）：談中國民族性和中國文化的弱點〉，《朱光潛全集》，卷九（合肥，安徽教育出版社，1993年）。

沈從文〈蘇格拉底談北平所需〉，《沈從文全集》，卷十四（太原，北嶽文藝出版社，2002年）。

陳婧裬

1948 年 10 月，2014 年 2 月
一本國文教科書的命運

尋找徐娜娜

　　1948年秋，當徐娜娜（徐格晟）參加第一場國文考試時，中國內戰槍聲震驚全國。所有學校陷入動盪，逃離圍城北京和天津的學生湧入上海。隨著戰火蔓延至南方，國民黨當局將學生送往遙遠的台灣島繼續學業。這是一個混亂的年代，對追求時尚的徐娜娜來說更是如此。

　　2011年8月，我即將完成在上海圖書館的資料蒐集，題目是有關中學國文教科書。在老式的木製卡片目錄櫃，搜尋著尚未數位化的條目，我發現其中一張卡片登記著1947年重印、1936年上海中正書局初版的教科書。這本書是否隱藏著未知的信息？儘管圖書館員告知書收藏於館外書庫，我仍然申請閱覽，但恐怕在依計畫離開前無法如願閱讀。離開上海前的下午，再度前往借書處，令人驚喜的是書已調出：六卷本中的第三卷。然而，我只剩幾個小時的閱覽時間了。

　　翻開破爛發脆的書頁，一張橫格紙掉出，雙面書寫，筆跡精細，這是一張試卷，初估時間應該是1948年10月中旬。右上角寫著「徐格晟」，接著是羅馬字母：「S. M. II. B/No. 48」，意思應該是聖瑪利亞女中（Saint Mary's High School），二年級，B班，學號48。徐娜娜（Nana Hsu）──我後來知道她的英文名──得到了一個很不錯的成績：八十七分。當下如獲至寶，不想之後卻獲得更多。

　　一如許多保守的教科書，這本書強調目前仍然被看作「國族文學」（national literature）的古典文學作品。然而，有別於大多數收藏於圖書館和

檔案館的教科書，它留下了一名學生曾經翻閱過的痕跡。書上不僅有大量和文本有關的眉批，還不斷出現娜娜的塗鴉之作。當她的思緒離開國文老師單調的聲音飛散開時，便進入了另外的語言和幻想世界，這些世界有關她的青春期、現代上海和書寫的物質性。

2012年春休假期間，我每天埋首於國立台灣圖書館苦讀二十世紀初教育政策和國文教科書等等相關的枯燥材料。絕望之餘，突然想到運用娜娜的教科書為研究注入新生命。然而搜查遍網路尋找徐格晟，卻一無所獲，於是我轉而尋求創造性地虛構娜娜的生活。我利用學期剩下的時間完成這項嘗試，文長七十五頁，但不是論文也不是書，我稱它為我的「中篇小說」（novella）。

徐娜娜——是徐格晟自己取的英文名字——她是一個處於青春期，個性開朗但注意力有點不集中的十六歲女孩，就讀於聖瑪利亞女中二年級。聖瑪利亞女中是建於1881年的聖公會女子學校，1923年遷至上海西郊的白利南路（Bresnan Road）16-5號，位於舊的國際租界外面，但不接收流亡學生。作家張愛玲（1920-1995）是該校最著名的畢業生，1941年她返回上海，隨後成為上海文壇名流。1943至1945年間是張愛玲創造力的高峰期，當時娜娜剛進入人生的第二個十年，成長過程中她如飢似渴地閱讀張愛玲以及其他中國作家優雅精緻的都市小說。年輕可愛的娜娜和中國一樣，正期待著令人激動的新生活。然而，我們並不知道這兩個年輕的——個人的與國家的——生命將一道迎來怎樣的未來？娜娜高中最後一年又是在哪裡度過呢？她是如常從聖瑪利亞女中畢業，然後繼續在新中國生活？還是和另外兩百萬難民隨著國民黨一起逃到台灣，過著另一種與中國大陸隔離的生活？對這個年輕女學生來說，兩種情形有著天壤之別的人生。她所受的菁英基督教教育在一個地方會成為包袱，在另一個地方則大有裨益。

作為一個生活在中華人民共和國的二十多歲女性，娜娜會遭遇一九五○、一九六○年代初的反右劫難和大躍進。我想像她是一個帶著八歲女兒的年輕母親，熬過了這段動盪歲月，文化大革命又把她們推向西北邊遠的青海省艱難度日。在她們落腳的村子，因為貧窮和迫害，教育女兒的責任落到了娜娜肩上（那是一個沒有公立學校也沒有教科書的地方），娜娜用盡她在聖

瑪利亞女中所學的一切。她的女兒成了文化大革命激進政治所造就的「失落的一代」，但她接受的是某種保守的「國文」教育。一九八〇年代她們回到上海，捉襟見肘地應付新的經濟現實。到了世紀之交，隨著共和國的意識形態風向急劇地轉向懷舊，一九三〇年代的國文教科書重新被複製出版，用作教學輔助和自學讀物。娜娜和女兒所受的文學教育——就像殖民地上海一樣——再度成為時尚。

假如娜娜去了台灣，她會在台北過著流亡菁英那種相對安穩的日子。她住在像永康街十七弄二十七號的那種臨著台灣師範大學的日式大房子裡面，而娜娜1951年會進入這所大學。一九六〇年代，這位年輕的母親會到台北市立第一女子高級中學（北一女）教國文，教的課程內容看起來非常熟悉——保守的，菁英的，也受到國民黨的意識形態的滲透。她的女兒繼承這種優越的庇護，同時又受到出生地台灣本地環境的薰染。然而國文教科書不會為了適應本地的環境而調整，仍舊深陷國民黨的意識形態，永遠回望著大陸。直到一九八〇年代後期解嚴後，教科書才開始台灣化，此時「教育部」失去了它對教科書出版的壟斷權，不同類型的新教科書應運而生。像魯迅（1881-1936）這種與共產主義意識形態相關而長期被禁的作家，又可以在中學閱讀了。

2012年當我寫下這些文字時，如果娜娜還活著，她應該八十多歲了，也許就在我仔細閱讀其他教科書的台灣圖書館那條街上，過著平靜的退休生活。我非常希望如此，但並不想知道真相。若有所知，我就不可能寫出想像中的娜娜生活了。

圍繞中國（「國」）和它的文學（「文」）的爭論貫穿整個二十世紀——第一部國文教科書和最早的國文課程標準都始自1904年——其間，娜娜的教科書可以視為一個象徵。這本教科書代表了論爭中的保守一方，他們主張中國文學主要的精粹部分都在二十世紀以前——三千年的文字必然會讓只有三十年歷史的新文學相形見絀。娜娜的這一卷教科書以《詩經·國風》開篇，終於唐代詩文，多為名家名篇，如司馬遷（公元前133？-公元前86）的〈屈原賈生列傳〉、陶淵明（365-427）的〈歸園田居〉以及元稹（779-831）為杜甫（712-770）寫的墓誌銘〈唐故工部員外郎杜君墓系銘並序〉。

然而，在娜娜的教科書裡，從古典文本和她的眉批間的不協調，我們能見出對保守主義的某種抵抗。當然，這種抵抗既是這種不一般的形式，同時也表現在更大的民族舞台上，尤其是一九四〇年代左翼課程和教學法所提出的挑戰，這些課程和教學法排斥古典文學，認為它們與現代景況無關。儘管宣稱白話文運動取得勝利，但中國社會仍然存留著強烈的保守傾向，這種傾向認定二十世紀以前的文學——特別是唐詩——才是國族文學。我所想像的娜娜的兩種不同人生軌跡就體現了這場論爭。

2013年4月12日，一封來自明尼蘇達大學（University of Minnesota）東亞圖書館館員陳垚的電子郵件引起我的注意：「找到了你的娜娜。」2013年3月，正當我愉快地完成「娜娜敘事」後幾個月，陳垚發現有人在他的部落格貼了一份舊文件。這是一位年輕人狄陸嘉在1955年鎮壓反革命清洗運動中所寫的自我檢舉書，他試圖澄清與王雲五（1888-1979）一家的關係。王雲五為出版家和國民政府前經濟部長，也是共和國政府眼中的戰犯。狄陸嘉因為王雲五的兒子王學藝而與王家產生了複雜而足以被定罪的關係，王學藝不但是狄中學時期的朋友也是大學室友。抗戰時期兩人在重慶認識，王家為狄陸嘉提供了強而有力的保護傘。回到上海後，狄陸嘉跟王家的關係更加緊密。狄在自我檢舉書中以毫不含混的資產階級語調描述他和王家的關係：

> 1946年6月，交大復員後，我偶爾於週六去他家玩（上海威海衛路六八八號），因此認識了他的表妹徐革新、徐格非、徐格晟，她們來自香港，住在王學藝家。後來請我為徐革新補書，於是改為每週六去他家，補書後有時聊天，有時聽音樂，有時他姊姊彈鋼琴，我們合唱。日後我也幫徐格非、徐格晟補過書。

於是，2013年，徐格晟——我的徐娜娜——脫離了我的幻想，來到現實的具體歷史位置。由於王雲五和香港徐氏姊妹的婚姻——1910年娶了徐寶蓮，1917年娶了徐寶盤——她成了王雲五的外甥女。徐氏姊妹的哥哥正是娜娜的父親。因而，娜娜的教科書第236頁上用優雅的草體寫了好幾次王雲五的名字——寫的是她的姑父，而不是經濟部長；105頁上非常清楚地寫下

的地址：香港堡壘街二十八號二層，很可能就是她在香港的家。

狄陸嘉的交代材料給如今已經非常真實的娜娜提供了進一步的信息：

1951年初，徐格晟回到北京念大學……以後我從徐格晟那裡知道，王學藝的姊姊和徐革新也於1951年去美國讀書，徐格晟和我最近一次見面是1953年夏，當時她在北大醫學院公共衛生系讀書。

娜娜在台灣的優越生活只能是想像了。她已經回到了毛時代的中國懷抱。

2014年2月28日，第二天我就要首次公開報告，談論教科書和我想像的娜娜，而這天我收到一封郵件：

周（文龍）教授：

感謝您所做的奇特發現。它讓我目瞪口呆，真的是目瞪口呆。是的，我確實就是那個在國文課本上塗鴉而只得了八十七分的女生，我是三姊妹中最小的一個……

　　　　　　　　　　　　　　　　　　　　　　　　徐格晟

娜娜不僅在現代中國歷史上有了一個位置，她也在當代發出了聲音。

　　　　　　　　　　　周文龍（Joseph R. Allen）撰，季劍青 譯

1949 年 2 月 21 日

葉石濤發表〈三月的媽祖〉

憂鬱的二月

　　有關二二八事件的回憶、辯證、與平反，是台灣近年最重要的歷史與政治議題。1947年2月27日，台北天馬茶房前一場查緝私菸的糾紛，竟然釀成全島空前的暴動，應是當事者任何一方所始料未及的。然而更引人深思的是，這場暴亂被打為政治禁忌，以致成為日後島上族群紛爭的引爆點。遮蓋歷史暴力的後果，往往要花上更大的代價來收拾。

　　二二八事件的原因，當然遠比表面的官民糾紛複雜太多。它至少包括了日本結束殖民統治後，台灣人自覺意識的興起；接收台灣的國民黨政權的顢頇粗暴；還有日本殖民建設與中國民族主義所代表的現代性意義的落差。多年以後，詮釋者各取所需，形成繁複對話。

　　但有一點值得我們一再反省：述說歷史的血淚不難，述說歷史血淚的「難以述說」性才難。已經發生災難無從彌補，我們唯有藉著不同的形式，不斷嘗試記憶重組，才能夠銘刻歷史的創傷於萬一。也正因此，我們就必須警覺傷痕的「誘惑」。當後之來者以無所不知的姿態為死難者代言，他們其實只凸現了自己的傲慢。而當傷痕只能激起血性的狂熱，禁忌已然成為圖騰。

　　早期有關二二八事件的文學作品極少。這一方面是因為執政當局的文網嚴密，一方面也是因為大難之後，作家畢竟有無言以對的苦楚，何況他們中文創作的能力，仍然有待加強。在這些限制下，葉石濤（1925–）原以日語寫出的〈三月的媽祖〉（1949年2月21日《台灣新生報》副刊）就特別值得

重視。這篇小說寫革命行動隊的首領律夫在三月時號召有志一同的青年參加革命，然而不過三天，便被敵人打得潰不成軍。律夫逃到偏僻的農村，得到村婦的收容，暫時躲過追捕。

〈三月的媽祖〉抹消了具體時間、地點的指涉，敘事的手法迷離晦澀，乍看之下，很難聯想為描寫二二八事件的作品。我們只能根據相關背景和寫作時間來判斷故事的動機。葉石濤在不利的環境下輾轉寫出他的故事，當然有不得已的苦衷，但卻意外的為傷痕文學要怎麼寫，怎麼讀，留下話題。

故事中律夫的革命和逃亡，有如一場夢魘。混亂的行動，驚恐的追捕，都化為意識流動的震顫。恍惚中，他的妻子、娼妓和農婦的身影交互出現，引誘著慰藉著他，最後竟然歸結為媽祖的形象。女性以其悲憫，以其包容，成為革命者最後的救贖。

葉石濤成長於日據初期，十八歲就得到日本在台的文化名人西川滿的器重，廁身《文藝台灣》的編務。葉早期作品多少反映了「殖民地摩登」憂鬱耽美的風格。與此同時，他對左翼思想也產生興趣，嚮往社會主義對文學和正義的追求。這樣不同的美學及意識形態傳承在〈三月的媽祖〉裡留下矛盾但精采的印記。律夫的逃亡，代表革命理想的頹敗，卻也傳達一種個人感官、知覺的混沌冒險。女性的身體是誘惑，也是寄託。一個市鎮知識分子革命者的挫敗，最後必須同時在宗教的願景和勞動者的烏托邦勝利中，找到安頓。

在戰後台灣文學的開端，〈三月的媽祖〉已經示範了書寫創傷的複雜方法。這個故事語焉不詳，因為造成傷害的原因和責任還無從說出；但它紛然雜陳的敘事手法和聲音，卻在在促使我們思考那總也說不清——也不能說清——的癥結。多少年後，我們必須仔細推敲，才能夠揣摩作者的心意。

〈三月的媽祖〉發表不到兩年，葉石濤因為散播左翼思想的罪名，被判入獄三年。這個台南青年在短短時間裡，就經歷了殖民統治到二二八事件，再到白色恐怖的連串煎熬。多年來葉石濤以人道寫實主義的在地文學廣為大家所推崇。但他早期的作品似乎更透露了一位本土作家面對創作時，所可能有的多重選擇。

二二八事件後，詩人林亨泰（1924-）以日文寫下詩歌〈群眾〉作為見

證。這首詩以青苔作為隱喻，寫群衆幽幽的怨懟，以及無可遏抑的生命力
量：

在陽光不到的陰影裡
綠色的圖案
從闇祕的生活中　偷偷的製造著
成千上萬　無窮無盡

在陰濕暗淡的環境裡，青苔私下蔓延，形成燎原之勢：「終於燃燒了起
來。」

林亨泰少年就對世界文學有濃厚興趣。二二八事件發生時，他仍是師範
學院的學生，因緣際會，加入了詩社「銀鈴會」。「銀鈴會」成立於1942
年，是台灣詩壇繼「風車詩社」後又一現代主義重鎮。與此同時，林亨泰結
識了作家楊逵、龍瑛宗；前者的左翼理想，後者的耽美風格，都讓他傾倒。
五〇年代以後，林亨泰曾是台灣現代詩再起的媒介之一，之後他參與本土色
彩濃厚的「笠詩社」。葉石濤所曾經驗的創作風格的改變，也印證在林亨泰
身上。

正如〈三月的媽祖〉，〈群衆〉一詩以現代主義風格處理血腥的歷史事
件，再次說明傷痕寫作不必只訴諸於寫實主義的血淚控訴。另一方面，〈群
衆〉因其題材的敏感性，延至1979年才以日文發表。中文版的出現已經是
1993年了。這四十多年的延宕，足以說明傷痕與書寫、閱讀傷痕間相互辯證
的嚴厲條件。

楊照（1963-）其生也晚，他成長的年代見證了台灣政治意識的劇烈改
變。1987年解嚴前夕，他寫出〈黯魂〉，作為對父祖一輩的紀念。楊照不再
滿足於平鋪直述的敍事——那不能是記憶往事的方法。二十世紀前半期的台
灣政治史是如此散亂憂傷，只能以魔幻寫實的筆法勾勒。 他安排了一個蒼
老的靈魂游走前世今生，預見他所不該見的，回想他所寧願忘記的。

時間從1921年「台灣議會請願團」事件開始，歷經皇民化運動，抗日戰
爭，國共內戰，以迄二二八事件。由此，楊照上溯漢族先民與原住民間的神

話，又預言未來的憂傷宿命。不同的政權，不同的國族號召，不同的悲情，一輩台籍菁英輾轉期間，以畢生的銷磨浪費，見證歷史的暴虐與嘲弄。

　　楊照寫作〈黯魂〉的時候年紀還輕，他有話要說的衝動在在可見。解嚴多年後，政權已歷經改換，二二八也早進入正史。回首少作，楊照會有什麼感觸？他已經完成了自己的悼亡寫作？還是像筆下角色一樣，成了又一輩預見「台灣之命運」的黯魂？

參考文獻：

葉石濤《一個台灣老朽作家的五〇年代》（台北：前衛出版社，1995年）。
呂興昌〈林亨泰四〇年代新詩研究：跨越語言一代的詩人研究之二〉
http://ws.twl.ncku.edu.tw/hak-chia/l/lu-heng-chhiong/lim-heng-thai-40.htm。
徐俊雅編《無語的春天：二二八小說選》（台北：玉山社，2003年）。

王德威

1949年3月28日

沈從文企圖自殺，被送往精神病院

從精神病院到博物館

　　1949年3月28日，沈從文（1902-1988）在北京大學教師宿舍企圖自殺，被送往精神病院接受治療。沈從文聲名卓著的文學生涯戛然而止，之後他被派往北京中國歷史博物館工作。當沈從文拒絕前往台灣的邀請，決定留在北京時，他並非沒有想到將會發生這樣的事。1948年他在給一位新進作家的信中寫道：

　　二十年三十年統統由一個「思」字出發，此時卻必須用「信」字起步，或不容易扭轉。過不多久，即未被迫擱筆，亦終得把筆擱下。這是我們一代若干人必然結果。

　　隨著中國共產主義革命勝利到來，中國知識分子面臨從個體主義向集體主義，從反思性思考到順從的轉變。沈和許多同代人沒能適應共產黨的要求，他在事業和個人生活都經歷著痛苦的轉變。

　　1948年末，沈從文感受到來自左翼不斷增強的政治壓力，也感受與朋友甚至家人疏離的苦澀滋味。當時最重要的左翼作家和理論家郭沫若（1892-1978），抨擊沈從文是寫黃色小說的「粉紅色」作家，是積極的反動分子。北京大學裡的進步學生，抄寫郭沫若的文章貼成大字報，要求學校解聘沈從文。沈從文企圖自殺以前，已經歷了嚴重的精神崩潰。他在精神病院裡完全陷入幻覺、妄想與恐懼中。他在給曾經是親密朋友的丁玲（1904-1986）信

中描述了自己的精神狀態，丁玲當時是中國文聯副主席和《文藝報》主編。沈從文在信中寫道：「一入醫院得來的恐怖印象，痛苦印象，及由此發展所形成的戲辱、恐怖、在催眠過程中所作成的全部錯亂，已永遠成為生命擔負。」偏執的幻想和受迫害情結，在在地證明在精神病院裡以及共產主義社會的意識形態禁錮中運轉的社會排斥與監禁機制。

1949年7月，中華全國文學藝術工作者代表大會開幕，沈從文雖是資深現代文學作家，並未受邀出席。1953年，開明書店通知，他現存所有作品以及印版皆已被銷毀。與此同時，他的著作與大批五四文學作品一樣在台灣也遭審查。沈從文被各種官方中國文學史剔除，接下來的四十年生命，他都奉獻給藝術和考古研究，最大的貢獻是《中國古代服飾研究》，初稿完成於1964年，經多次修訂於1981年在香港問世。

1950年沈從文被送往華北革命大學學習，他吃力地學習黨的政策，實現「思想改造」。他的努力象徵當時自由知識分子的普遍決心，為了服務於新中國，他們急切地想要改造自己。例如他的朋友馮至（1905-1993），就否定自己深受里爾克（Rainer Maria Rilke, 1875-1926）啟發而寫作的自我反思詩歌，將創作的抒情技巧與宣傳式政治頌歌的套子強加結合。儘管沈從文還想寫作，但1949年以後他所創作的未發表小說，幾乎無法與此前的文學才情相提並論，也無法滿足新社會主義的文學要求。1951年，一封寫給不知名記者的未寄出信件中，沈從文談及對新時代文學的想法：「目下說，有政治覺悟似乎什麼都成，其實不成，還要點別的東西，要情感，要善於綜合與表現！」

「有情的文學」被認為與「事功的文學」相互對立，後者即正統的社會主義作家趙樹理（1906-1970）、李准（1928-2000）和周立波（1908-1979）所從事的「致用」的文學。沈從文回顧中國文學傳統，把諸如《國語》和《史記》等視為「有情的文學」典範：「（它們）卻成了唯一連接歷史溝通人我的工具。因之歷史如相連續，為時空所阻隔的情感，千載之下百世之後還如相晤對。」文學與其他藝術一樣，存在於抽象的情感中，把印象變成看得見的東西，然後轉化為獨特的形態。這一過程，沈從文稱之為「抽象的抒情」。

　　這樣的藝術沉思可回溯至一九四〇年代，當時沈從文逃難至中國西南昆明，艱苦奮力於創造一種不同於早期現實主義和鄉土主義寫作的嶄新文學形式，甚至達到精神錯亂的程度：「我正在發瘋。為抽象而發瘋。……我看到生命一種最完整的形式，這一切都在抽象中好好存在，在事實前反而消滅。」沈從文試驗新形式，以超越語言的限制。確實，文學表現美，由此傳達生命和情感；然而在沈從文看來，既然美是抽象和偶然的，「表現一抽象美麗印象，文字不如繪畫，繪畫不如數學，數學似乎又不如音樂」。沈從文在抽象與具體、短暫與永恆、幻覺與實存之間，保持一種不穩定的平衡，徒勞地尋求著理想的表現形式。他煞費苦心的美學探索，把他推向了精神崩潰的邊緣。1949年，沈從文在精神病院中反思，是戰時昆明遇到的美學危機造成他嚴重的心理傷害。

　　沈從文的美學視野，以及他對文藝表達美和人性的持久信念，會跨越1949年前後的轉折時期，並發展至藝術和考古的相關領域。他的轉變源於對藝術和文物的終身熱愛。早在一九二〇年代初期，沈從文曾擔任過改革派軍閥陳渠珍（1883-1952）的祕書。主要任務是為陳渠珍收藏的古籍、畫作、瓷器和其他文物編目，爾後沈從文將這段經歷視為自己的歷史教育。在這些文物中，他看到了文化的記憶碎片，它們是美、歷史，以及人性的結晶。歷史因而是由「一片顏色，一把線，一塊青銅或一堆泥土，以及一組文字，加上自己生命」構成的，藝術對人類文明的建設與復興則至關重要。由此觀之，他在1949年以後所從事的事業，事實上延續了他對藝術、人性和歷史的探索。1953年第二次文代會召開時，沈從文是以美術組成員的身分參加。

　　朋友和家人很難理解他決定到中國歷史博物館工作。就像精神病院一樣，博物館一直被認為是另一種封閉的現代機構，一個保存陳舊無用器物的地方。然而，沈從文卻在博物館找到了一個人類歷史與其歷史痕跡的真正庇護所。不管沈從文在1949年以後經歷了何種磨難，他還是想方設法地完成了關於絲綢、織物設計、唐宋鏡、明代織錦、玉石、瓷器、漆器以及其他藝術品的廣泛論著。他的代表作《中國古代服飾研究》構建了中國服飾文明的獨特歷史，貼切地體現了他的創造性視野，一種將文學想像力、考古證據、物質文化和歷史意識融合為一體的視野。

　　沈從文到歷史博物館工作後不久，便開始研究中國古代織物。這些織物向來被視為無關緊要的手工藝品而備受忽視。他細緻地考察了故宮博物院、省一級博物院的藏品，以及考古發掘出來成百上千件的織物。他曾建議建造一座國家級的織物博物館，但沒有下文。1963年，按照周恩來（1898-1976）總理的要求，文化部委託沈從文編纂一部有關中國服裝和織物的書，作為致贈外賓的禮物。僅短短五個月時間，初稿就完成了，內容計二十萬字及兩百幅插圖。然而該書進入出版流程前，沈從文被要求大幅度修訂：書的結構和插圖之分類，需按照階級身分而非個性重新編排。文化大革命期間，書的手稿被當作美化封建時期「帝王將相」和「才子佳人」的反動「毒草」，因而遭到沒收。1969年，經歷了許多輪的審查、思想鬥爭、抄家以及強迫勞動後，沈從文所在單位的特別調查組，讓沈從文拿回部分被沒收的材料。他倍感意外的是，其中包括服飾研究的手稿。次年他被下放到湖北一所幹校接受再教育時，這一堆手稿和素描，成了他可憐巴巴的行李。儘管條件非常艱苦，身體也每下愈況，沈從文還是努力繼續修訂服飾研究手稿，這項工作持續至文化大革命結束後，這部著作終於獲准出版。

　　隨著絢麗多彩的昔日風尚被當作過時毒草而遭摒棄，社會主義中國到處都是藏青色或灰色的毛式制服。在一個集體主義和整齊劃一的時代，沈從文的服飾研究突出的是質地、色彩、樣式和風格的多樣性，它提供了一個不同的歷史與文化視野。《中國古代服飾研究》探討了與刺繡樣式、鈕扣與袖子、髮式、珠寶和飾物、餐具、家具、交通方式、供水等多種多樣之論題相關的日常場景、社會事件或潮流，把文化器物當成重新思考歷史的途徑。在他看來，在歷史流變中，時裝與服飾設定了人類生活的範圍。他並非把歷史視作從壓迫走向革命的目的論式敘述，而是把它看成由片段與瞬間構成的直線，這一直線超越了曇花一現的現實政治，照亮了美與人性，它是一種「有情的歷史」。沈從文在這些藝術碎片中，發現了書寫「有情的歷史」的方法，這個歷史與主導的「事功」話語並不完全合拍，而在主導的「事功」話語中，歷史是以被計畫好的方式展開。

　　沈從文針對自己的靈感來源，即司馬遷（公元前135?-公元前86）的《史記》做了深入思考，他注意《史記》並非簡單地賦予過去意義，而是思

索歷史和思想的地平線。它展現一種對過往的藝術性的深入認知；讓歷史向人性敞開，讓現在向新的文化可能性敞開。像《史記》這樣偉大的作品，能將情感傳遞給未來的人們，能與之進行交流。它是那個時代的產物，卻超越了當下的現實性延伸到未來。它的歷史觀因而是以未來為中心的。沈從文自己在1949年後所做的藝術史研究，也同樣如此：當整個國家陷入社會主義現代化的狂熱時，他對過去文化器物的深入了解，在當下具備一種以未來為中心的眼界。他的抒情考古學實踐，為當前的社會主義現實，打開了通往更廣闊文化可能性的大門。

　　在此有必要將沈從文的服飾研究視為一部文學作品。他在該書〈引言〉寫道：「總的說來，這份工作和個人前半生搞的文學創作方法態度或仍有相通處。」他那種在一件衣物或家具周邊穿插場景的概述方法，當然會讓我們聯想起他一九三〇年代的作品。這些作品以地方民俗、風景、家庭故事、軼聞和傳說的一系列速寫為特色。更重要的是，沈從文的文化史著作，通過發掘那些被編織到一件衣服樣式中、凝結在一支玉簪設計裡、記錄在一個歷史文本段落內，或者一行詩所引發的情感時刻，進一步凸顯了他以抒情表達形式所呈現的藝術和文學眼光。正如1961年在一篇未完成的文稿〈抽象的抒情〉中清楚地傳達的那樣，一件文學和藝術作品是為了「抒情」，為了短暫而脆弱的人類生命賦予某種形態而存在的。沈從文以其抒情考古和感發才能，看到了文學藝術的價值與意義。這樣一種獨特眼光，不僅超越了社會主義現實主義的嚴苛限制，也擴展了五四文學那種被狹隘限定的範式。1988年，沈從文獲得諾貝爾文學獎提名，獎項未揭曉，他已離開人世。按照瑞典科學院馬悅然（Göran Malmqvist, 1924-2019）的說法，如果當年他還活著，極有可能獲得該獎項。從精神病院到博物館，從小說寫作到藝術考古研究，沈從文克服了重重逆境，創造一個對中國乃至於世界文學，貢獻甚巨的藝術境界。

參考文獻：

沈從文《沈從文全集》（太原，北岳文藝出版社，2002年）。

張新穎《沈從文的後半生，1948-1988》（桂林，廣西師範大學出版社，2014年）。

Jeffrey C. Kinkley, *The Odyssey of Shen Congwen* (Stanford, CA, Harvard-Yenching Institute, 1987).

David Der-wei Wang, *The Lyrical in Epic Time: Modern Chinese Intellectuals and Artists through the 1949 Crisis* (New York, Columbia University Press, 2015).

Xiaojue Wang, *Modernity with a Cold War Face: Reimagining the Nation in Chinese Literature across the 1949 Divide* (Cambridge, MA, Harvard University Asia Center, 2013).

王曉珏 撰，季劍青 譯

國家圖書館出版品預行編目資料

哈佛新編中國現代文學史 = *A new literary history of modern China*/王德威(David Der-wei Wang）主編. -- 初版. -- 臺北市：麥田出版, 城邦文化事業股份有限公司出版：英屬蓋曼群島商家庭傳媒股份有限公司城邦分公司發行, 2021.02
面； 公分. -- (人文；16)
ISBN 978-986-344-862-4(上冊：平裝). --
ISBN 978-986-344-873-0(全套：平裝). --
ISBN 978-986-344-872-3(下冊：平裝)

1.中國現代、當代文學 2.中國文學史 3.文學評論

820.908 109018870

A NEW LITERARY HISTORY OF MODERN CHINA edited by David Der-wei Wang
Copyright © 2017 by the President and Fellows of Harvard College Published by arrangement with Harvard University Press through Bardon-Chinese Media Agency
Complex Chinese translation copyright © 2021 by Rye Field Publications, a division of Cite Publishing Ltd.
All RIGHTS RESERVED.

人文 16

哈佛新編中國現代文學史（上）

A new literary history of modern China

主編 王德威
編修 劉秀美
助理主編 陳婧祾 李浴洋
編輯委員 Kirk Denton(鄧騰克) Michel Hockx(賀麥曉) Theodor Huters(胡志德) Carlos Rojas(羅鵬) Xiaofei Tian(田曉菲) Jing Tsu(石靜遠) Ban Wang(王斑) Michael Yeh(奚密)
譯者 王珂 王晨 李浴洋 季劍青 金莉 唐海東 張治 張屏瑾 陳抒 陳婧祾 翟猛 劉子凌 盧冶 黨俊龍
書名題字 陳平原
校訂 沈如瑩 邱怡瑄 蔡建鑫 賴佩暄 黨俊龍
責任編輯 林秀梅

版權 吳玲緯 楊 靜
行銷 闕志勳 吳宇軒 余一霞
業務 李再星 李振東 陳美燕
副總編輯 林秀梅
編輯總監 劉麗真
事業群總經理 謝至平
發行人 何飛鵬
出版 麥田出版
台北市南港區昆陽街16號4樓
電話：886-2-25000888 傳真：886-2-25001951
發行 英屬蓋曼群島商家庭傳媒股份有限公司城邦分公司
台北市南港區昆陽街16號8樓
客服專線：02-25007718；25007719
24小時傳真專線：02-25001990；25001991
服務時間：週一至週五上午09:30-12:00；下午13:30-17:00
劃撥帳號：19863813 戶名：書虫股份有限公司
讀者服務信箱：service@readingclub.com.tw
城邦網址：http://www.cite.com.tw
麥田部落格：http://ryefield.pixnet.net/blog
麥田出版Facebook：https://www.facebook.com/RyeField.Cite/
香港發行所 城邦（香港）出版集團有限公司
香港九龍九龍城土瓜灣道86號順聯工業大廈6樓A室
電話：852-25086231 傳真：852-25789337
馬新發行所 城邦（馬新）出版集團 Cite（M）Sdn. Bhd.（458372U）
41, Jalan Radin Anum, Bandar Baru Seri Petaling,
57000 Kuala Lumpur, Malaysia.
電話：+6(03)-90563833 傳真：+6(03)-90576622
電子信箱：services@cite.my

設計 莊謹銘
印刷 沐春行銷創意有限公司

初版一刷 2021年02月21日
初版五刷 2024年09月10日
定價 600元
ISBN：978-986-344-862-4

著作權所有・翻印必究(Printed in Taiwan)
本書如有缺頁、破損、裝訂錯誤，請寄回更換

城邦讀書花園
www.cite.com.tw